COLLECTION FOLIO

Alba de Céspedes

Elles

Traduction de l'italien de Juliette Bertrand,
révisée par Marc Lesage

Gallimard

Titre original :

DALLA PARTE DI LEI

Alba de Céspedes est née à Rome en 1911 d'une mère italienne et d'un père cubain. Résistante antifasciste et intellectuelle engagée, elle fonda et dirigea la revue littéraire *Mercurio*, et collabora avec de nombreux journaux. Elle fut également poète et écrivit pour le cinéma et le théâtre. Ses romans, dont *Elles* (1949) et *Le cahier interdit* (1952), largement traduits de son vivant, firent d'elle l'un des grands noms de la littérature italienne du XXe siècle. Alba de Céspedes est morte à Paris en 1997.

From childhood's hour I have not been
As others were; I have not seen
As others saw; I could not bring
My passions from a common spring.
From the same source I have not taken
My sorrow; I could not awaken
My heart to joy at the same tone;
And all I loved, I loved alone.

EDGAR ALLAN POE

C'est à Rome que j'ai rencontré pour la première fois Francesco Minelli, le 20 octobre 1941. Je préparais ma thèse et cela faisait un an que la cataracte de mon père le rendait presque aveugle. Nous habitions un des nouveaux immeubles du quai Flaminio où nous avions emménagé très peu de temps après la mort de ma mère. Même si je pouvais me considérer fille unique, je savais qu'avant ma naissance, un frère avait eu le temps de venir au monde, s'avérer être un enfant prodige et mourir noyé, à l'âge de trois ans. Il y avait beaucoup de photographies de lui à la maison, sa nudité à peine voilée d'une blouse blanche qui glissait sur ses épaules rondes. On le voyait aussi couché à plat ventre sur une peau d'ours. Mais de tous ses portraits, ma mère préférait une petite photo qui le représentait debout, la main tendue vers le clavier du piano. S'il avait vécu, affirmait-elle, il serait devenu un grand compositeur, comme Mozart. Il s'appelait Alessandro. Et quand je suis née, quelques mois après sa mort, on me donna le nom d'Alessandra, pour entretenir sa mémoire, mais aussi dans l'espoir que je manifeste certaines des qualités qui l'avaient conduit à laisser un souvenir impérissable. Le lien qui m'unissait à ce jeune frère défunt pesa lourdement sur les premières années de mon enfance. Impossible de m'en libérer. Quand on m'adressait des reproches, on me faisait toujours remarquer que je trahissais les espoirs qu'on avait placés en moi, en dépit de mon prénom. Alessandro ne se serait jamais permis de se comporter de cette façon, ne manquait-on jamais d'ajouter. Et même les fois où je recevais une bonne note à l'école, où je me montrais appliquée et obéissante, on m'enlevait la moitié de mon mérite en insinuant que c'était Alessandro qui s'exprimait à travers moi. Cette manière d'abolir ma personnalité me rendit sauvage et taciturne. Plus tard, je crus que mes parents avaient enfin confiance en mes facultés, mais c'était simplement le souvenir d'Alessandro qui commençait à s'estomper.

À cette présence spirituelle de mon frère, avec qui ma mère entrait en communication au moyen d'un guéridon à trois pieds et par l'intermédiaire d'une médium nommée Ottavia, j'attribuais un pouvoir maléfique. Je ne doutais pas qu'il avait élu domicile en moi mais, contrairement à ce que prétendaient mes parents, uniquement pour me souffler des actes répréhensibles, de mauvaises pensées, des désirs malsains. Puisqu'il était inutile de les combattre, je m'y abandonnais. En somme, Alessandro représentait pour moi la même chose que le diable ou l'esprit du mal pour d'autres filles de mon âge. Je pensais : « Le voilà, c'est lui qui commande. » Il pouvait s'emparer de moi comme du guéridon.

On me laissait souvent seule à la maison, confiée à une vieille bonne appelée Sista. Mon père était à son bureau ; ma mère s'absentait plusieurs heures tous les jours. Elle était professeure de piano. Plus tard, je compris qu'elle aurait certainement exprimé un talent remarquable s'il lui avait été possible de s'adonner à l'art au lieu de s'adapter au goût des riches bourgeois dont elle devait dégrossir les enfants.

Avant de sortir, elle me préparait des passe-temps, afin que j'aie de quoi me distraire en son absence. Elle savait que je n'aimais pas les jeux bruyants et violents ; elle me faisait donc asseoir dans un fauteuil d'osier à ma taille et, sur une petite table basse, disposait autour de moi des coupons d'étoffe, des coquillages, des perles à enfiler pour en faire des bracelets ou des colliers, ainsi que quelques livres. Très vite, affectueusement dirigée par elle, j'appris à lire et à écrire convenablement mais, à mon grand dam, c'était aussi à l'influence d'Alessandro qu'on attribuait ce talent précoce. En fait, je raisonnais et m'exprimais comme si j'avais deux fois mon âge. Et ma mère ne s'en étonnait pas. Dans son esprit, elle le substituait à celui qu'aurait eu Alessandro. Voilà pourquoi elle me laissait lire des livres destinés à des filles plus grandes. Néanmoins, je peux aujourd'hui affirmer que ces choix de lectures étaient excellents et relevaient d'une culture solide.

Elle sortait, donc, après m'avoir embrassée passionnément comme avant une longue séparation, et je restais seule. Dans la cuisine résonnaient des bruits de vaisselle, l'ombre maigre de Sista passait dans le couloir. Le soir venu, notre bonne s'enfermait dans sa chambre et je l'entendais réciter son chapelet dans le noir. Étant alors certaine de ne pas me faire surprendre, j'abandonnais livres, coquillages et bracelets de perles pour partir à la découverte de la maison.

Je n'avais pas le droit d'allumer la lumière car nous vivions dans la plus stricte économie. Je commençais à rôder dans la pénombre, à pas lents, les bras tendus telle une somnambule. Je m'approchais des meubles, vieux et massifs, qui, à cette heure-là, semblaient sortir pour moi de leur immobilité paisible et s'animer d'apparences mystérieuses. Poussée par une curiosité fébrile, j'ouvrais les portes et fouillais les tiroirs. Et quand je finissais par voir la lumière se retirer de ces pièces sombres, je me pelotonnais dans un coin, remplie d'une peur terrible et du plaisir qu'elle me procurait.

En été, j'allais m'asseoir dans la galerie qui donnait sur une cour commune ou m'aidais d'un petit tabouret pour me hausser jusqu'à la fenêtre. Je ne choisissais jamais les fenêtres donnant sur la rue. Je préférais celle qui s'ouvrait sur une courette tapissée de glycine qui séparait notre immeuble d'un couvent de religieuses. Les hirondelles descendaient volontiers dans l'ombre de cette petite cour et, au premier cri qu'elles poussaient, je me levais comme si elles m'appelaient et courais à la fenêtre. Je m'y attardais, suivant des yeux leur vol, les dessins changeants des nuages et la vie de cette secrète communauté de femmes qu'on saisissait à travers les fenêtres éclairées. Derrière les voilages blancs qui protégeaient celles du couvent, les religieuses passaient vivement en projetant de grandes ombres chinoises. Les piaillements cruels des hirondelles étaient des coups de cravache qui excitaient mon imagination. Silencieusement, dans ce recoin sombre, je mettais sens dessus dessous tout ce qui m'entourait. Cet état d'âme indescriptible, je l'appelais « Alessandro ».

J'allais ensuite me réfugier auprès de Sista, assise près des fourneaux dont les braises vives coloraient de rouge toute la cuisine. Ma mère revenait, allumait la lumière : nous sortions alors de l'ombre, la vieille bonne et moi, assommées par le silence et par l'obscurité. Mes entretiens muets avec le piano et les hirondelles me fatiguaient tellement que j'avais les yeux bouffis. Ma mère me prenait alors dans ses bras pour se faire pardonner son absence et me parlait de Mlle Chiara et de Mlle Dorotea, les jeunes filles d'une princesse auxquelles elle enseignait la musique depuis des années, sans aucun résultat.

Mon père rentrait généralement tard, suivant l'habitude des gens du Sud. On entendait d'abord sa clef tourner – une longue clef maigre qui dépassait constamment de la poche de son gilet – puis le déclic de l'interrupteur. Nous étions dans la cuisine ; ma mère aidait Sista à préparer le dîner. Mais dès qu'elle entendait le bruit de la serrure, avant même que son mari n'entre dans l'appartement, elle recoiffait hâtivement ses cheveux, passait dans la salle à manger et s'asseyait avec moi sur le canapé dur. Elle prenait un livre et feignait de lire, l'air absorbée. Puis elle demandait : « C'est toi, Ariberto ? », d'une voix aiguë qui exprimait joie et surprise. Au cours des premières années de ma vie, maman jouait chaque soir cette petite comédie qui me parut longtemps incompréhensible. Je ne parvenais pas à saisir pourquoi elle ouvrait fébrilement ce livre alors qu'elle ne le lisait pas. Chaque soir, pourtant, j'étais fascinée par ce cri qui résonnait harmonieusement dans l'appartement, en donnant une tonalité romantique à l'affreux prénom de mon père.

Mon père était un homme grand et robuste, les cheveux coupés en brosse. Une fois adulte, lorsque j'ai eu l'occasion de voir des portraits qui le montraient au temps de sa jeunesse, j'ai compris pourquoi il avait pu avoir un certain succès auprès des femmes. Il avait des yeux très noirs et profonds, des lèvres charnues et sensuelles. Il était toujours vêtu de couleurs sombres, peut-être bien parce qu'il travaillait dans un ministère. Il parlait peu. La plupart du temps, il se contentait de secouer la tête en signe de désapprobation quand ma mère parlait avec animation. Elle racontait ce qu'elle avait vu ou entendu dire dans la rue, en agrémentant ses récits de remarques spirituelles, en puisant dans son imagination pour les enjoliver. Mon père la regardait et secouait la tête.

Ils se querellaient souvent, mais sans qu'il y ait de scènes, de disputes bruyantes. Ils parlaient d'une voix plutôt basse et se livraient avec maestria à un duel acharné, tout en phrases sèches et acérées. Bien que ne comprenant rien à leurs propos bourrés d'allusions, je les regardais avec effarement. Sans la colère qui animait leurs regards, je ne me serais même pas aperçue qu'ils se querellaient.

Dans ces moments-là, Sista, qui écoutait toujours derrière la porte, venait me chercher et m'emmenait à la cuisine où elle m'obligeait à réciter le rosaire, à répondre aux litanies. Parfois, pour me distraire, elle me racontait l'histoire de la Vierge de Lourdes apparaissant à la bergère Bernadette ou celle de la Vierge de Lorette voyageant dans sa maison transportée par des anges.

Entre-temps, mes parents s'étaient enfermés dans leur chambre. Le silence se concentrait autour de la vieille servante et de moi. Je redoutais de voir apparaître dans l'embrasure de la porte un de ces esprits qu'Ottavia la médium évoquait le vendredi et que mon imagination d'enfant se représentait comme des squelettes tout blancs dont chaque articulation craquait. Je disais : « Sista, j'ai peur ! », à quoi elle répondait : « Peur de quoi ? », mais d'une voix mal assurée et le regard souvent tourné du côté de la porte de la chambre, comme si elle avait peur, elle aussi.

Puisqu'ils parlaient à voix basse, je n'arrivais pas à saisir un traître mot. Le signal de la tempête, c'était ce silence qui se répandait dans le couloir sombre et dans les quatre pièces de l'appartement, un silence ambigu qui glissait sous leur porte fermée et avançait en saturant l'air, à la manière insidieuse d'une fuite de gaz. Sista abandonnait son tricot sur ses genoux, les mains tremblantes. Finalement, sans pouvoir cacher son impatience et son anxiété, elle me conduisait dans ma chambre, comme pour me mettre en sûreté, me déshabillait en vitesse et me cachait sous les draps. J'obéissais, sans mot dire, et la laissais éteindre la lumière, toujours sans mot dire, écrasée par ce silence qui s'échappait de la chambre parentale.

Pendant la nuit qui suivait ces soirées d'angoisse, il n'était pas rare que ma mère entre sur la pointe des pieds, se penche sur mon lit et m'étreigne convulsivement. Elle n'allumait même pas. J'entrevoyais sa chemise blanche dans l'ombre. Je m'agrippais à son cou et l'embrassais. Cela ne durait qu'un instant. Elle se sauvait aussitôt et je fermais les yeux, à bout de forces.

Ma mère s'appelait Eleonora. C'est d'elle que j'ai hérité la couleur claire de mes cheveux. Elle était tellement blonde que, les fois où elle s'asseyait en contre-jour devant la fenêtre, ses cheveux paraissaient d'un blanc éblouissant et je la regardais avec ébahissement comme si j'avais la vision de sa vieillesse future. Elle avait les yeux bleus, la peau transparente ; ces traits lui venaient de sa mère autrichienne, comédienne de théâtre assez connue qui avait abandonné la scène pour épouser mon grand-père, un Italien officier d'artillerie. On avait appelé ma mère Eleonora en souvenir d'*Une maison de poupée* d'Ibsen, que ma grand-mère avait l'habitude de jouer lors des soirées en son honneur. Deux ou trois fois par an, au cours des rares après-midi de vacances qu'elle s'accordait, ma mère me faisait asseoir à côté d'elle, ouvrait la grande « boîte à photographies » et me montrait des portraits de ma grand-mère. Celle-ci y apparaissait toujours très élégante dans ses costumes de théâtre, tantôt coiffée de chapeaux à plumes étourdissants, tantôt la chevelure défaite et semée de perles. J'avais peine à croire que ce soit réellement ma grand-mère, une personne de notre famille, qu'elle aurait pu venir nous voir dans l'appartement que nous habitions, franchir notre porche sous lequel résonnait sans cesse le marteau de notre concierge, qui était cordonnier. Je savais par cœur le titre des pièces qu'elle avait jouées et le nom des héroïnes qu'elle avait incarnées. Maman voulait que je me familiarise avec le théâtre. Elle me racontait donc les tragédies, dont elle me lisait les scènes capitales, et se réjouissait de me voir retenir les noms des personnages comme ceux de nos proches. Ces heures-là étaient magnifiques. Assise dans un coin, les mains sous son tablier, Sista suivait ces récits comme pour garantir, par sa présence, que ces histoires fabuleuses étaient véridiques.

Dans cette même boîte étaient conservées les photographies de la famille de mon père, des petits propriétaires des Abruzzes, à peine plus riches que des paysans. Des femmes à la poitrine épanouie, serrée dans des corsages noirs, les cheveux séparés par une raie médiane qui retombaient en deux crans lourds de part et d'autre de leurs visages massifs. Il y avait une photographie de mon grand-père paternel, en veste noire et lavallière. « Ce sont de braves gens, disait ma mère. Des gens de province. »

Nous recevions souvent de leur part des sacs de farine et des corbeilles de figues fourrées, très savoureuses. Mais aucune de mes tantes ne s'appelait Ophélie, Desdémone ou Juliette, et je n'étais pas assez gourmande pour préférer un gâteau aux amandes aux tragiques histoires d'amour de Shakespeare. Voilà pourquoi je me sentais tacitement d'accord avec maman pour mépriser nos parents des Abruzzes. Leurs corbeilles recouvertes d'une grosse toile cousue tout autour n'étaient ouvertes qu'avec indifférence, voire avec condescendance, malgré notre dénuement. Il n'y avait que Sista pour apprécier leur contenu, qu'elle mettait soigneusement de côté.

Sista nourrissait envers ma mère un dévouement frénétique et total. Habituée aux pauvres demeures où elle servait des femmes usant d'expressions approximatives et triviales, sans rien qui les intéresse en dehors de leurs garde-manger et de leurs cuisines, elle avait été aussitôt conquise par sa nouvelle patronne. Quand mon père n'était pas là, elle la suivait partout, quitte à rattraper le temps perdu en travaillant la nuit. Si elle l'entendait jouer du piano, elle se hâtait d'abandonner tout ce qu'elle pouvait être en train de faire, relevait son tablier sur le côté et courait au salon pour écouter gammes, exercices et études, comme si c'était des sonates.

Elle se plaisait à rester assise dans l'ombre, en silence. Pendant toute mon enfance, l'obscurité fut animée de ses yeux brillants de femme sarde. Elle parlait très peu : je ne crois pas l'avoir jamais entendue tenir le moindre raisonnement d'un bout à l'autre. Elle semblait attachée à notre maison par l'attraction irrésistible que ma mère exerçait sur elle en lui révélant un monde qu'elle avait ignoré, même au temps de son éphémère jeunesse. Voilà pourquoi, quoique bigote, elle restait à notre service alors que ma mère n'allait jamais à la messe et ne m'élevait pas en suivant strictement la morale catholique. Elle devait à mon avis considérer qu'elle commettait une faute en vivant chez nous. Elle se confessait peut-être de rester à nos côtés mais, dès qu'elle promettait d'y mettre un terme, se retrouvait de plus en plus enlisée dans ce péché. En l'absence de ma mère, la maison devait parfois lui apparaître comme une veine exsangue. Les longues heures de l'après-midi s'écoulaient dans une solitude épuisante. Dès que sa patronne était un tant soit peu en retard, Sista redoutait que son caractère distrait et tête en l'air ne l'ait fait rouler sous un tram ou une voiture. Elle imaginait son corps inerte, étendu de tout son long sur les pavés, les tempes pâles, les cheveux tachés de sang. Je savais qu'elle avait, tout prêt dans la gorge, le hurlement déchirant d'un chien tandis qu'elle restait assise, immobile et muette, la main sur les grains de son chapelet ou sur sa chaufferette. Un vague sentiment de pudeur l'empêchait néanmoins d'attendre ma mère à la fenêtre. Moi aussi, du reste, j'étais saisie dans ces moments-là par une crainte irrationnelle, glaçante, et je me serrais contre Sista. Peut-être s'imaginait-elle servir à nouveau de grosses femmes, excellentes ménagères, tandis qu'on me conduirait chez ma grand-mère, dans les Abruzzes. La lune descendait par couches successives ; des vagues d'obscurité nous submergeaient. Ces moments-là étaient très tristes. Finalement, maman revenait et s'annonçait du seuil de la porte d'un joyeux : « Me voilà ! », comme pour répondre à nos appels désespérés.

Sista servait également mon père avec douceur et fidélité. Elle le servait et le respectait. C'était un homme, le maître de maison. Mieux : si elle avait quelque chose à demander, s'adresser à lui était plus facile à ses yeux parce qu'elle le sentait de sa race – une race humble, inférieure. Quant à ses lamentables aventures amoureuses, que mille signes lui avaient fait deviner, comme je l'ai appris par la suite, elles ne la contrariaient même pas : elle avait vu bien d'autres hommes mariés agir de la sorte, dans son village, puis en ville.

En ce qui me concerne, je ne parvenais pas à comprendre pourquoi mes parents s'étaient mariés, pour commencer. Je n'ai même jamais su comment ils s'étaient rencontrés. Mon père était conforme au modèle type du mari petit-bourgeois, père de famille médiocre et employé médiocre, qui consacre ses heures de liberté et ses dimanches à réparer les interrupteurs électriques ou à construire d'ingénieux appareils permettant d'économiser le gaz. Sa conversation était toujours la même, rare et pleine de dédain. Il critiquait généralement le gouvernement et l'administration, avec des arguments mesquins, ou se plaignait des petites chamailleries de bureau, toujours en termes conventionnels. Même son apparence physique était dépourvue de toute spiritualité. Grand et corpulent, il donnait une impression de brutalité naturelle par ses épaules larges. Ses yeux noirs typiquement méditerranéens étaient aussi humides et doux que des figues de septembre. Seules ses mains – il portait à la main droite une bague d'or en forme de serpent – étaient singulièrement belles. Nobles de forme et de couleur, elles témoignaient de l'ancienneté de sa race. Sa peau, fine et lisse, brûlait comme si un sang vigoureux s'y trouvait emprisonné. C'est cette ardeur secrète qui me fit confusément comprendre ce qui avait poussé ma mère vers lui. Leur chambre jouxtait la mienne et, parfois, le soir, je veillais à genoux sur mon lit, l'oreille collée au mur. La jalousie me rongeait et le sentiment qui me poussait à ces gestes médiocres me semblait réellement être « Alessandro ».

Un jour où j'entrais dans la salle à manger, je les surpris enlacés – j'étais encore toute petite, je n'avais pas dix ans. Ils étaient à la fenêtre et me tournaient le dos. La main de mon père, posée sur la hanche de ma mère, montait et descendait avec des tapotements avides. Elle portait une robe légère et percevait certainement la chaleur sèche et brûlante de sa peau ; mais cela ne la gênait pas, à l'évidence. Tout à coup, il posa ses lèvres sur son cou, de côté, à la naissance de l'épaule. J'imaginais ses lèvres aussi brûlantes que ses mains. Ma mère avait un long cou blanc, très délicat, sur lequel il n'eût pas été difficile de laisser une marque aussi rouge qu'une brûlure.

Je m'attendais à la voir se rebiffer, avec l'un de ces gestes espiègles qui lui étaient habituels. Mais non, elle resta serrée contre lui, l'air désormais indolente, alentie et avide. Alors que j'essayais de m'enfuir, j'ai buté contre une chaise. Mes parents se retournèrent et m'observèrent d'un air surpris. J'avais le visage crispé, l'œil furieux.

— Qu'y a-t-il, Sandi ? me demanda maman.

Elle ne venait pas vers moi pour m'embrasser, pour s'envoler avec moi. Elle eut même un rire futile et maniéré.

— Tu es jalouse ? me demanda-t-elle sur le ton de la plaisanterie. Tu es jalouse, c'est ça ?

Je l'ai regardée fixement, déchirée par la souffrance.

Sitôt de retour dans ma chambre, j'ai laissé ma colère sourde se consumer en silence. J'avais encore dans les yeux le visage de mon père qui souriait à ma mère d'un air malicieux et complice. Pour la première fois, je venais de le voir pénétrer dans la sérénité de notre monde féminin, tel un ennemi insidieux. Il m'avait jusque-là fait l'effet d'un être d'une espèce différente, qui nous était confié et dont nous ne devions pourvoir qu'aux besoins matériels. Les seuls qui paraissaient l'intéresser, d'ailleurs. Il nous arrivait souvent de manger les restes de la veille pendant qu'on lui cuisait un bifteck ; on lui repassait fréquemment ses vêtements alors que les nôtres étaient simplement pendus dehors, dans la galerie, afin qu'ils perdent leurs faux plis les plus visibles. Tout cela m'avait donné la conviction qu'il vivait dans un monde différent du nôtre, où les choses que ma mère m'avait appris à dédaigner occupaient une place prééminente.

C'est à cette époque que j'ai commencé à songer au suicide, croyant que maman trahissait notre entente secrète. Depuis, cette tentation m'est revenue d'innombrables fois, dès que je redoutais de ne pouvoir me tirer d'une mauvaise passe, ou simplement au cours d'une nuit d'incertitude et d'angoisse.

Ma maigre éducation religieuse ne m'a jamais permis de me résigner à une vie malheureuse en la considérant transitoire, rien de plus. Au contraire, l'idée du suicide que je gardais toujours à l'esprit, en guise de dernier recours, m'a été d'un grand secours dans les instants difficiles. Grâce à elle, il m'était possible d'avoir l'air enjouée et désinvolte, y compris dans le plus profond désarroi. Petite fille, je songeais à me tuer en me pendant aux barreaux de la fenêtre de ma chambre ; il m'arrivait aussi de penser qu'il me suffirait de quitter la maison, sortir dans la nuit et marcher, marcher jusqu'à m'effondrer, à bout de forces et sans connaissance – projet qui me semblait par ailleurs irréalisable puisque, tous les soirs avant d'aller se coucher, mon père fermait la porte de l'appartement à triple tour.

Le sommeil avait raison de mon désespoir et de mes plans. Néanmoins, c'est au cours de cette période que je priais souvent Sista de m'accompagner à l'église. Dans ces brusques élans, je ressemblais à maman. Elle aussi se rendait à l'église au crépuscule, parfois trois ou quatre jours de suite. Elle s'agenouillait et chantait, emportée par la musique. Moi, je demandais au Seigneur la grâce de me faire mourir. Ma prière n'avait rien d'un sacrilège à mes yeux. Dans la grande bâtisse que nous habitions, on appelait Dieu au secours des causes les plus inavouables. Des années plus tard, la nouvelle se répandit que l'amant de la dame du deuxième étage allait mourir d'une pneumonie. On apprit aussi que cette dame avait fait dire d'urgence à la paroisse voisine un triduum « suivant ses intentions ». Des intentions que tout le monde connaissait : voir son amant survivre, l'aider à recouvrer ses forces et sa santé, puis continuer à tromper son mari. Ces trois jours de prières, toutes les locataires de l'immeuble y participèrent. La dame du deuxième était agenouillée sur le premier banc, le visage caché dans ses mains. Les autres ne se pressaient pas autour d'elle parce qu'elles voulaient, en quelque sorte, respecter sa pudeur, son honorabilité, son secret. Elles assistaient à la messe comme si elles étaient passées là par hasard, l'une près du bénitier, l'autre devant un autel secondaire. Mais toutes s'adressaient à Dieu avec la même ferveur et semblaient presque indignées qu'il continue de faire souffrir cette malheureuse.

Accrochée à la main de Sista, je sortais de la maison vers le soir et marchais avec gravité et componction, comme si mon cœur n'était pas habité par un désir abominable, mais un vœu saint. Traversant les rues grises de notre quartier, nous nous dirigions vers une église qui dressait sa silhouette élancée et blanche au milieu des grands immeubles bordant le quai du Tibre. C'était l'ultime frontière que nos promenades avaient le droit d'atteindre, le fleuve semblait indiquer les bornes de notre fief – et de notre liberté.

Sur le quai du Tibre, pendant la belle saison, les platanes étaient remplis de moineaux. Et au coucher du soleil, quand ils passaient et repassaient capricieusement afin de choisir la meilleure branche pour dormir, les vieux arbres bourdonnaient comme des ruches, agités de petits vols nerveux. J'aurais aimé profiter de la vue de ces arbres. Mais je m'engouffrais, toujours au bras de Sista, dans l'antre obscur de l'église. Sous les nefs stagnait une odeur grasse de corps humains, un parfum huileux d'encens. Il y pesait cette même ombre à laquelle l'absence de ma mère nous condamnait, Sista et moi. C'est à peine si je connaissais les premières prières de notre religion. Mais cette pénombre rougeâtre, ces chants et ce parfum trouble excitaient aussitôt ma foi, ils la rendaient brillante, flamboyante.

Je regardais mes mains, qui tremblaient dans la lumière des cierges ; je les fixais intensément, avec l'espoir de les voir se couvrir du sang des stigmates ; je sentais mon visage devenir aussi effilé que celui d'une statue de sainte Thérèse que ma mère aimait. Peu à peu, je me dépouillais du poids de ma chair, je m'élevais dans l'air pur du ciel et des étoiles brillaient entre mes doigts. Un fleuve de mots doux et sauvages inondait ma poitrine en même temps que la musique de l'orgue, les mots que ma grand-mère récitait au théâtre, les plus beaux que je connaissais. C'est avec ces mots-là que je m'adressais à Dieu. Et c'est en usant du même langage qu'il me répondait. Dès lors, j'ai appris à le discerner dans les expressions de tendresse mieux que sur les tableaux d'autel.

Tous les gens présents dans l'église me semblaient graves et tristes, on aurait dit que ni la prière, ni même le chant ne leur apportait de joie. Alors que moi, je les aimais, ces gens, j'aurais voulu les voir heureux, et je savais qu'il aurait suffi de leur apprendre à prier avec mes mots pleins d'amour. J'aurais pu les sauver mais n'osais le faire, retenue par l'idée que Sista ne voyait en moi qu'Alessandra, une simple petite fille. Tout le monde ne voyait en moi qu'une simple petite fille. Mais lorsque la messe prenait fin et que les dernières notes de l'orgue nous reconduisaient jusqu'au quai du Tibre, les hirondelles me reconnaissaient et me saluaient joyeusement, comme elles saluaient Dieu.

Nous habitions une grosse bâtisse de la via Paolo Emilio, construite au début du siècle. L'entrée était étroite et noire, la poussière s'y accumulait car le concierge, comme je l'ai dit, exerçait le métier de cordonnier, et avait une femme paresseuse.

L'escalier gris, en spirale, ne recevait d'autre lumière que celle d'une lanterne en hauteur. Malgré l'aspect secret, voire équivoque de l'entrée et de l'escalier, cette maison n'était habitée que par des bourgeois de condition modeste. On ne voyait que rarement les hommes, au cours de la journée. Ils étaient presque tous employés, rabaissés à force de privations. Ils sortaient tôt le matin et rentraient à heure fixe, un journal dans la poche ou sous le bras.

La grosse bâtisse paraissait donc n'avoir d'autres habitants que des femmes. C'étaient d'ailleurs elles qui régnaient sans partage sur cet escalier sombre qu'elles montaient et descendaient d'innombrables fois au cours de la journée avec leurs cabas vides, leurs cabas pleins, une bouteille de lait enveloppée d'un journal, pour accompagner leurs enfants à l'école, avec un petit pain et une gamelle, ou ramener leurs enfants dont la blouse bleue dépassait sous leurs manteaux courts. Elles montaient sans un coup d'œil alentour ; elles savaient par cœur les inscriptions qui ornaient les murs et c'étaient leurs mains qui avaient lustré la rampe. Seules les jeunes filles descendaient d'un pas vif, attirées par l'air du dehors, leurs talons claquaient sur les marches avec le bruit de la grêle sur les vitres. Des jeunes qui habitaient l'immeuble, j'ai gardé peu de souvenirs. Ils avaient commencé par être des petits garçons remuants qui passaient toutes leurs journées dans la rue et faisaient des parties de football dans le jardinet de l'église. Après quoi, très vite, ils ont été aspirés par le bureau de leurs pères, dont ils n'ont pas tardé à adopter l'allure, les horaires et les habitudes.

Mais ce bâtiment, à l'extérieur abandonné et triste, respirait par une vaste cour comme à travers des poumons généreux. D'étroites galeries aux rambardes rouillées passaient devant les fenêtres intérieures et leur aménagement révélait l'âge et la condition des locataires. Certains y accumulaient de vieux meubles, d'autres des cages à poules ou des jouets. La nôtre était ornée de plantes.

Dans la cour, les femmes se sentaient à leur aise ; elles y vivaient avec cette familiarité qui lie les pensionnaires d'un internat ou d'un pénitencier. Ce qui créait cette proximité ne tenait pourtant pas au fait qu'elles partageaient le même toit mais que chacune était au courant de la vie fatigante des autres. Leurs difficultés, leurs renoncements, leurs habitudes avaient développé une indulgence pleine d'affection qui les liait à leur insu. Loin des regards des hommes, elles se montraient telles qu'elles étaient vraiment, sans être obligées de jouer péniblement la comédie. Les premiers volets qu'on entendait battre marquaient le début de la journée, à la façon de la cloche dans un couvent de nonnes. Toutes acceptaient avec résignation qu'à la naissance d'un nouveau jour de nouveaux efforts viennent peser sur elles. Elles tenaient cette sérénité de l'idée qu'à l'étage au-dessous, une autre femme, également vêtue d'un peignoir défraîchi, reproduisait les mêmes gestes, jour après jour ; c'était comme un appui. Aucune n'aurait osé s'arrêter, de crainte d'arrêter aussi le mouvement d'un engrenage parfaitement réglé. Au contraire, dans tout ce qui constituait leur vie domestique, elles sentaient inconsciemment une modeste valeur poétique. Une cordelette qui passait d'une galerie à l'autre pour mieux étendre le linge ressemblait à une main tendue avec sollicitude. Des petits paniers sautillaient d'un étage à l'autre pour prêter un ustensile en cas de besoin. Au cours de la matinée, les femmes ne parlaient pourtant guère entre elles. C'est à peine si, parfois, dans un moment de répit, l'une d'elles s'appuyait à la rambarde de fer et regardait le ciel en disant : « Il fait un beau soleil aujourd'hui ! » Au contraire, dans l'après-midi, la cour était vide et silencieuse. On devinait, derrière les fenêtres, des pièces et des cuisines bien rangées. Certaines vieilles s'installaient dans la galerie pour coudre et des servantes épluchaient des pommes de terre ou écossaient des petits pois qu'elles jetaient dans une casserole posée à leur côté, par terre. Puis, le soir venu, elles regagnaient leurs appartements pour travailler ; c'était l'heure où je vivais dans la solitude de la cour, comme si elle m'appartenait de droit.

En été, il arrivait souvent qu'après le dîner les hommes s'installent à leur tour dans les galeries, en manches de chemise ou même en pyjama. On voyait alors les lucioles rouges de leurs cigarettes palpiter dans le noir. Les femmes, elles, se disaient tout juste bonsoir, leurs voix n'étaient plus les mêmes. Elles parlaient des maladies de leurs enfants, parfois. L'air agacés, ils ne tardaient donc pas à rentrer, fermaient les volets, et un grand vide noir se creusait entre les loggias.

Ma mère apparaissait rarement dans la cour et uniquement pour arroser ses plantes. Ce caractère réservé agaçait les autres locataires, mais lui valait aussi leur admiration. Voilà pourquoi notre famille, quoique extrêmement pauvre, jouissait d'une considération particulière grâce à la beauté délicate de ma mère, à son allure élégante, et à son humeur toujours enjouée et sereine.

Les femmes gracieuses et pleines d'aisance ne manquaient pas dans cet immeuble ; certaines avaient même un peu de culture, ayant été institutrices ou bien employées de bureau avant de se marier. Mais ma mère n'échangeait avec elles qu'un rapide bonjour ou de brefs commentaires sur le temps ou sur le marché. L'unique exception était une dame habitant l'étage au-dessus du nôtre et qui s'appelait Lydia.

Maman me conduisait souvent chez cette dame

pour me faire jouer avec sa fille Fulvia. Elles nous laissaient seules dans la chambre de la petite, toujours encombrée de jouets, ou sur une terrasse intérieure qui servait aussi de débarras. Elles s'allongeaient toutes deux sur le lit de Lydia et se mettaient à parler à mi-voix avec une telle animation que si nous les dérangions pour leur demander un châle, une feuille de papier ou une plume, elles nous accordaient tout pourvu que nous les laissions tranquilles. Les premiers temps, je ne comprenais pas les raisons de cette amitié entre ma mère et une femme avec qui elle n'avait pas la moindre affinité. Mais très vite, je m'aperçus que je subissais moi aussi l'influence de la fille. Dès lors, elle devint mon unique amie. Elle semblait plus grande que moi, alors que nous avions seulement quelques mois d'écart. C'était une jolie brune, aux traits marqués et expressifs. À douze ou treize ans, elle était déjà formée. Et lorsque nous sortions, accompagnées de Sista, les hommes la regardaient passer. Elle ressemblait à sa mère, qui était une femme attirante, fraîche et potelée, qui portait volontiers des robes de soie brillante, si décolletées qu'elles montraient le sillon de ses seins épanouis.

Mère et fille vivaient presque toujours seules, M. Celanti étant voyageur de commerce. Dès qu'il revenait, c'était comme si elles accueillaient un étranger et elles ne se gênaient guère pour lui faire comprendre à quel point il dérangeait, par sa présence, le rythme habituel de leur vie : elles se hâtaient de manger, allaient se coucher de bonne heure et ne répondaient que laconiquement au téléphone. L'une simulait de longues migraines, l'autre ne faisait que s'adonner à des jeux puérils, agaçants et bruyants. Sitôt que Lydia annonçait le retour de Domenico, leur appartement qui recevait fréquemment les visites des autres locataires était déserté. Finalement, et peut-être sans le vouloir, elles rendaient la maison si inhospitalière, si désordonnée, si désagréable que M. Celanti ne tardait pas à reprendre sa petite valise et repartir, non sans avoir chanté les louanges de la vie à l'hôtel et de la cuisine du Nord.

Immédiatement après son départ, Lydia et Fulvia retrouvaient leur caractère et leur mode de vie ordinaires. La mère recommençait ses interminables conversations téléphoniques et sortait l'après-midi en laissant derrière elle traîner un entêtant parfum d'œillet dans tout l'escalier, comme une écharpe.

Elle allait chez le capitaine. C'était de ce capitaine qu'elle parlait à mi-voix à ma mère, Fulvia et moi le savions bien. Elle ne le désignait que par son grade : « Le capitaine dit que... Le capitaine aime bien que... », comme si elle ignorait son nom et son prénom. Mais à l'époque, cela ne m'étonnait pas. D'autres dames de la maison avaient « leur avocat » ou « leur ingénieur ». Et de ces messieurs-là non plus, on ne savait rien de précis.

Lydia racontait leurs rendez-vous d'amour, leurs longues promenades ensemble, les lettres qu'elle recevait grâce à la complicité de la petite bonne. Ma mère l'écoutait et vibrait avec elle. Plus tard, en grandissant, j'ai remarqué que ces visites de ma mère à son amie suivaient, généralement, les soirées où elle s'enfermait avec mon père dans leur chambre, quand le silence envahissait la maison.

Elles avaient fait connaissance à l'occasion des leçons que ma mère était censée donner à Fulvia ; Lydia était venue frapper à notre porte, en insistant pour ne pas entrer et expliquer la raison de sa visite sans quitter le seuil – c'est l'usage dans des immeubles comme le nôtre où, quand on arrive à l'improviste, on a toujours peur de trouver les pièces en désordre et les gens mal habillés. Sa visite avait causé une certaine stupeur. Personne ne s'était jamais adressé à nous, même pour emprunter un peu de sel ou quelques feuilles de basilic. Ma mère tint absolument à la recevoir au salon, une pièce sombre qu'on n'aérait jamais. Lydia devait avouer, plus tard, qu'elle était venue dans le seul but de voir ma mère de près parce qu'il courait beaucoup de rumeurs et de légendes sur son compte, tant elle était belle et réservée. Ce fut un succès immédiat. Lydia était fraîche, elle sentait bon la poudre de riz, aussi vive et colorée qu'une plante arrosée de frais. Ma mère était lymphatique et n'avait pas beaucoup de poitrine. Elle fut séduite par ces seins fermes et épanouis qui paraissaient animés d'une vie propre, animale, étrangère à leur propriétaire. Après quelques leçons que Fulvia prenait à contrecœur – elle se contenta d'apprendre de quoi écorcher les chansons à la mode, rien de plus –, les deux femmes devinrent amies. Ma mère se rendait chez ces voisines à heure fixe, comme chez ses autres élèves. Mais à peine était-elle entrée que Lydia l'appelait de sa chambre : « Ici, ici, Eleonora ! » Et tout de suite, elle commençait à bavarder avec entrain, à raconter ses histoires, à lui offrir des cigarettes. Et des heures entières passaient.

Je suis devenue jalouse de cette amitié, avec cette véhémence qui prouve la sincérité de chacun de mes sentiments. Sur le conseil de Sista, je me suis risquée, un soir, à aller chercher ma mère pour la faire rentrer. C'était la première fois que je montais à l'étage au-dessus du nôtre, je me sentais dans un monde nouveau. J'hésitais. D'en bas, Sista m'encourageait :

— Courage !

J'ai frappé. Lydia est venue m'ouvrir.

— Dites à ma mère qu'il est très tard, dis-je sévèrement, les sourcils froncés.

— Entre, me répondit-elle avec un sourire.

Et comme je ne paraissais pas me décider, elle répéta :

— Entre, tu le lui diras directement !

Je n'avais pénétré que rarement chez des étrangers. J'ai donc aussitôt été curieuse de voir la façon dont vivaient cette mère et sa fille, à quoi ressemblaient leurs chambres, leurs lits, les objets qu'elles posaient sur les meubles. Lydia referma la porte derrière moi et je suis tombée en extase devant des gravures représentant des sujets mythologiques, des nymphes qui dansaient dans un pré.

— J'aimerais te présenter Fulvia, me dit-elle. Vous pourrez devenir amies, comme ça.

C'était l'été. Fulvia était dans sa chambre, à demi nue sous une longue robe en voile de sa mère. Elle avait les cheveux relevés et les lèvres peintes.

— Je suis Gloria Swanson.

Comme je ne comprenais pas, elle m'initia à son jeu :

— Viens, me dit-elle en dénouant mes nattes, je vais t'habiller comme Lillian Gish.

Fulvia eut vite fait de s'attacher à moi comme Lydia à ma mère. Cela venait, en grande partie, de notre naïveté, qui les piquait, et de leur désir, peut-être inconscient, de troubler notre vie bien rangée. Encouragées par la stupeur qu'elles suscitaient en nous, elles nous révélaient la vie secrète de cette grande bâtisse que nous habitions depuis des années. Toutes ces femmes que nous croisions jour après jour, en les effleurant du coude quand nous montions l'escalier, les histoires de Lydia et de Fulvia nous les montraient nimbées d'histoires romanesques, comme les personnages que grand-mère incarnait sur scène. Nous comprenions enfin à quoi tenait ce silence qui s'abattait sur la cour déserte, pendant l'après-midi. Libérées de leurs corvées ingrates, ces femmes s'opposaient courageusement à cette vie morne à laquelle elles étaient condamnées et fuyaient ces pièces sombres, ces cuisines grises, cette cour qui guettait inexorablement la mort d'une autre journée d'inutile jeunesse, aussitôt que les ténèbres tombaient. Telles des colonnes, il ne restait pour surveiller les maisons bien en ordre et silencieuses que les vieilles, concentrées sur leurs travaux de couture. Mais elles ne trahissaient pas les jeunes. Au contraire, elles les aidaient, comme si elles étaient affiliées à la même congrégation. Toutes se sentaient unies par un mépris tacite mais ancestral de la vie des hommes, de leurs règles tyranniques et égoïstes – une rancœur étouffée qu'elles se transmettaient de génération en génération. Le matin, à leur lever, les hommes trouvaient leur café prêt, leur costume repassé, et sortaient dans l'air vif, libérés du souci de leur foyer et de leurs enfants. Ils laissaient derrière eux cette odeur de sommeil qui pesait sur les chambres, les lits défaits, les tasses de café au lait sales. Ils revenaient toujours à la même heure, par petits groupes parfois, comme des écoliers, puisqu'ils s'étaient rencontrés dans le tram ou sur le pont Cavour et qu'ils avaient continué leur chemin ensemble en discutant ; en été, ils s'éventaient de leurs chapeaux. « Le déjeuner est prêt ? » demandaient-ils à peine entrés. Ils ôtaient leur veston, montrant des bretelles élimées, déclaraient que les pâtes étaient trop cuites, le riz trop clair, et, par une simple phrase de ce genre, semaient la mauvaise humeur. Ils prenaient ensuite l'unique fauteuil, dans la pièce la plus fraîche, et lisaient leur journal. Lecture dont ils tiraient toujours de funestes pronostics – on va augmenter le prix du pain et baisser les salaires – et dont ils concluaient toujours qu'il fallait faire des économies. Ils ne trouvaient jamais rien de bon dans le journal. Peu après, ils sortaient de nouveau. On entendait claquer derrière eux la porte, tandis qu'une minute avant ou une minute après, c'était celles des autres étages qui claquaient. À leur retour, la maison était dans l'ombre, les enfants à moitié endormis, la journée bouclée, finie, éteinte. De nouveau les hommes enlevaient leur veste, s'asseyaient près de la radio, écoutaient les débats politiques. Ils n'avaient jamais rien à dire aux femmes, pas même : « Comment ça va ? Tu es fatiguée ? Tu as une jolie robe ! » Ils ne racontaient rien, ils n'aimaient ni causer ni plaisanter, et on ne les voyait guère sourire. Quand ils s'adressaient à leurs femmes, c'était pour dire : « *Vous, vous* faites... *vous, vous* dites », en les mettant dans le même sac que les enfants, la belle-mère, la bonne – rien que des paresseux, coûteux et ingrats.

Leurs fiançailles avaient pourtant duré longtemps, comme c'est l'usage dans le Sud. Les jeunes hommes avaient attendu des heures et des heures, dans le seul but de voir leurs bien-aimées se mettre à la fenêtre ou de les suivre tandis qu'elles se promenaient avec leurs mères. Ils avaient écrit des lettres passionnées. Fréquemment, les jeunes filles avaient patienté des années avant le mariage, parce qu'il n'était pas facile de trouver un poste sûr ou parce qu'il fallait économiser de quoi s'acheter des meubles. Elles avaient attendu, confiantes, en préparant leur trousseau, certaines d'être aimées et heureuses. Au lieu de quoi, elles avaient écopé de cette vie exténuante – la cuisine, le ménage, le corps qui se gonfle et se dégonfle pour mettre les enfants au monde. Petit à petit, derrière une résignation apparente, les femmes avaient senti naître en elles une rancœur amère vis-à-vis du piège dans lequel on les avait fait tomber.

Elles avaient pourtant pris l'habitude de poursuivre ce quotidien pénible, sans jamais se plaindre. Elles ne rappelaient plus à leurs maris les jeunes filles qu'elles avaient été, pas plus que la vie heureuse et harmonieuse qu'on leur avait promise. Elles avaient essayé, les premiers temps : elles avaient passé de longues nuits à pleurer tandis que leurs maris dormaient à côté d'elles. Elles avaient multiplié ruses et coquetteries, fait mine de s'évanouir. Les plus raffinées avaient essayé de faire naître chez leurs maris la passion de la musique ou des romans, elles les avaient ramenés dans les jardins où ils s'étaient promenés, au temps de leurs amours, avec l'espoir qu'ils puissent comprendre et revenir à de meilleurs sentiments. Mais sans autre résultat que de détruire ces lieux chers à leur souvenir, car là où avaient été prononcés les premiers mots tremblants, donnés les premiers baisers encore chargés d'un désir inassouvi et de curiosité, leurs époux n'avaient fait que tenir des propos oiseux et banals. Bon nombre de ces dames avaient souffert de crises de nerfs et de sanglots convulsifs au cours des premières années de leur mariage. L'une d'elles, disait Lydia, avait même tenté de s'empoisonner avec du véronal. Quelques-unes avaient fini par accepter de devenir irrémédiablement vieilles, de perdre tout charme et toute séduction. Mais celles-là étaient encore mariées depuis peu ou tenues par une foi très stricte. La plupart d'entre elles guettaient désormais l'après-midi pour entendre leurs maris dire : « J'y vais », et la porte se refermer. Celles dont les filles étaient déjà grandes attendaient qu'elles sortent à leur tour avec des amies de leur âge. Puis, après avoir préparé et emballé soigneusement leur goûter, elles envoyaient les plus jeunes enfants au jardin public, accompagnés de la bonne. C'étaient leurs plaisirs ou leurs intérêts qui les poussaient tous dehors. Personne ne leur demandait : « Et toi, qu'est-ce que tu vas faire ? » On les laissait face à des montagnes de linge à repriser et des corbeilles d'effets à repasser, attachées à cette roue qui les écrasait.

L'hiver, à en croire Fulvia, la vie était plus supportable. Engourdies par le froid, au-dessus d'un brasero ou près du feu de la cuisine, les femmes regardaient la pluie ruisseler sur les vitres, en soignant avec prévenance les maladies saisonnières de leurs enfants. Et il arrivait même que cette vie domestique sans vagues leur donne une amère satisfaction. Le soir, à bout de forces, elles sombraient dans un sommeil lourd qui leur faisait tout oublier.

Mais quand approchait la belle saison en couvrant de bourgeons rouges les arbres qui bordaient les tristes rues du quartier des Prati, les mimosas et les chèvrefeuilles qui se pressaient derrière les grilles répandaient une odeur pénétrante qu'on sentait même dans la vieille cour. Les femmes ouvraient alors leur fenêtre pour écouter les cris des hirondelles qui passaient et repassaient devant elles en leur lançant une invite insistante. Elles ne résistaient plus : elles se débarrassaient de leurs scrupules et de leurs remords comme d'entraves odieuses, lançaient un : « Pardon, Jésus » en passant devant l'image du Sacré-Cœur accrochée dans le couloir, et allaient s'enfermer dans leur chambre. Elles en ressortaient peu après, transformées. Toutes avaient une prédilection pour les robes à fleurs sur fond noir et les larges chapeaux qui masquaient leurs visages. Elles mettaient de la poudre de riz, du parfum, du rouge à lèvres, des gants transparents. C'est dans cette tenue qu'elles se présentaient aux vieilles assises derrière une fenêtre ; mais les vieilles ne les regardaient même pas. Elles reconnaissaient le parfum, la voix qui disait : « Je sors ! » d'un ton résolu. Et même s'il s'agissait de la femme de leur fils, les vieilles n'osaient rien dire. Une solidarité plus forte que les liens familiaux les unissait.

Leurs amants, me dit Fulvia, les attendaient au coin de la rue – j'arrivais quelquefois à les entrevoir depuis la fenêtre. Précaution inutile car tout le monde les connaissait, dans le quartier. C'étaient souvent des hommes plus jeunes qu'elles et d'une condition légèrement supérieure. J'imaginais pour ma part qu'un amant devait être un homme extrêmement beau, l'air romantique, et bien habillé. J'étais étonnée de voir qu'en général ils n'avaient aucune de ces qualités.

Tout s'éclaira quand Fulvia m'expliqua que l'avocat de la dame mûre du troisième l'appelait toujours « Nini ».

Troublées par ces récits et par la mystérieuse présence de ces hommes qui faisaient le siège de notre immeuble, de loin et sans relâche, maman et moi redescendions l'escalier en silence, absentes, rêveuses. Nous regagnions notre appartement plongé dans le noir, cernées par les meubles sombres, les livres, le piano. J'allais tout de suite me coucher ; ma mère éteignait la lumière et s'asseyait sur mon lit. Si son mari l'appelait dans ces moments-là, c'était d'une voix sèche et irritée qu'elle lui répondait. Pendant ce temps, Alessandro se réveillait au fond de moi et me posait des questions scabreuses, qui m'inspiraient une foule tumultueuse de sentiments nouveaux, inavouables. Je voyais passer devant mes yeux les feuilles blanches de ces lettres d'amour dont Fulvia me parlait, celles qui passaient par les mains des petites bonnes et du vieux concierge. J'aurais voulu les voler et les lire, toutes !

Ma mère restait sur mon lit, sans mot dire, puis finissait par me quitter sans m'embrasser. Je voyais sa mince silhouette franchir la porte. Peu après, Sista entrait et me secouait pour me sortir de mon demi-sommeil.

— Tu es allée chez *ces femmes*, récite ton acte de contrition et un Je vous salue Marie...

Plus tard, deux événements notables se produisirent. Ma mère fit la connaissance de la famille

Pierce et nous eûmes les premières séances avec Ottavia la médium.

Les Pierce étaient une famille d'origine anglaise qui venait de quitter Florence pour Rome. La mère, américaine, était extrêmement riche et, contrairement à nombre de ses compatriotes, elle ne gaspillait pas son argent pour donner des bals et des fêtes mondaines. Elle préférait acheter des œuvres d'art et venir en aide à de jeunes musiciens. Les Pierce habitaient sur le Janicule, dans une villa entourée d'arbres touffus et de hauts palmiers. On avait une vue imprenable de là-haut : les coupoles étaient encadrées par les fenêtres comme des tableaux de famille et on voyait le Tibre entrer sous les ponts, puis en ressortir tel un lacet dans une dentelle. À cette époque, ma mère prenait souvent la colline du Janicule comme destination de nos promenades dominicales afin que papa et moi puissions admirer, de loin, le parc de la villa. Il nous arrivait même de pousser jusqu'aux grilles intérieures. Elle me faisait alors monter sur le petit mur d'enceinte et m'indiquait trois grandes fenêtres au premier étage, celles de la salle de musique. C'est là que se trouvaient le grand piano à queue que Mme Pierce avait fait venir d'Amérique, la harpe sur laquelle elle jouait et un électrophone dernier cri qui changeait les disques tout seul.

La villa était très belle, d'une architecture ancienne. L'épaisse végétation rendait le jardin impraticable. On y voyait passer de grands chiens élégants et, m'assurait ma mère, des paons blancs se promenaient également sur les pelouses, mais je ne suis jamais parvenue à les voir. Cette demeure nous fascinait, elle et moi. Mon père ne partageait pas notre enthousiasme, peut-être en raison de l'antipathie que les personnes de condition modeste éprouvent instinctivement à l'endroit de ceux dont la fortune crève les yeux. Il nous pressait, tant il était impatient de se rendre au plus vite dans une trattoria voisine pour prendre une limonade.

Tous les dimanches, à la fin de la journée, il nous emmenait au café. J'ai toujours été très friande de glaces. Mais quand j'avais contemplé de loin le parc de la villa des Pierce, je restais distraite et songeuse ; je m'amusais avec ma petite cuillère pendant que ma glace devenait une eau jaunâtre à mesure qu'elle fondait. Ma mère en faisait autant. La facilité avec laquelle nous pouvions laisser nos pensées nous emporter provoquait chez mon père un agacement indescriptible. Il y voyait, à tort, du mépris envers notre condition et son incapacité à gagner de l'argent.

Nous ne prêtions pourtant aucune importance à notre niveau de vie, ni elle ni moi. Ma mère a porté les mêmes robes des années durant ; et même si elle les ravivait de temps en temps à l'aide d'une boucle ou d'un ruban – mais peut-être était-ce pour cette raison, précisément –, ces robes étaient tellement éloignées de la mode du moment que le simple fait de les porter passait pour une extravagance volontaire. Elle n'avait pas de fourrure mais tout juste un petit manteau noir étriqué avec lequel elle bravait les rigueurs de l'hiver. Ses magnifiques cheveux, qu'elle gardait longs et noués sur la nuque, se cachaient sous de modestes chapeaux dont une femme âgée n'aurait pas même voulu. Notre table était des plus frugales et nos amusements se bornaient à ces promenades du dimanche. Si nous contemplions longuement cette villa, c'était uniquement parce que nous étions fascinées par les grands arbres qui l'entouraient, par petits groupes ou deux par deux, comme des personnages. Nous mesurions également le privilège de la famille Pierce, qui jouissait d'une telle vue. Ce privilège-là n'était d'ailleurs pas le seul :

si, aux yeux de ma mère, ces gens étaient heureux, c'était aussi parce que leur fortune leur permettait de mener une vie spirituelle conforme à leurs aspirations, sans avoir à la plier aux contingences du quotidien.

Tout absorbées par ces idées, nous nous asseyions devant une table en fer posée sur un trottoir rempli d'autres tables pareilles à la nôtre, avec d'autres gens qui nous ressemblaient – le père, la mère et les enfants. Alentour se dressaient de grosses bâtisses grises percées de nombreuses fenêtres et, par ces fenêtres, les locataires surveillaient notre glace avec envie, jusqu'à ce qu'elle disparaisse de notre soucoupe. Le tram passait en rasant le trottoir et, chaque fois, ses grincements métalliques couvraient nos conversations sans entrain. Je ne pouvais m'empêcher de repenser à la haute grille derrière laquelle vivaient ces arbres couverts de lierre et de mousse, aux humides pelouses vertes sur lesquelles se promenaient les paons blancs que je n'avais pas vus, à ces trois fenêtres aux tympans aveugles derrière lesquels, seuls dans la pénombre, se trouvaient la harpe et le piano.

Le charme puissant que ce piano exerçait sur ma mère ne venait pas seulement de son excellente qualité mais du fait qu'il lui servait à autre chose qu'à enseigner des gammes, des études et des sonatines sans intérêt. Elle en jouait librement comme si elle était chez elle. Les raisons qui l'avaient conduite chez les Pierce étaient plutôt originales. Le premier jour où elle s'était rendue là-haut, la maîtresse de maison ne l'avait pas reçue à la va-vite, comme le faisaient les autres, qui lui présentaient sa nouvelle élève et les laissaient seules au bout de quelques minutes. Mme Pierce l'avait invitée à prendre le thé, lui avait parlé de sa collection d'œuvres d'art, de ses voyages et, pour finir, de sa famille, laquelle se composait de son mari, un industriel qui se distrayait, à ses heures libres, à collectionner des papillons du Brésil, d'une fille mariée résidant à Londres et de ses deux plus jeunes enfants, Hervey et Arletta, qui habitaient avec elle même si le premier était malade, dit-elle sans entrer dans les détails, et très souvent en voyage.

C'était d'Arletta que ma mère devait s'occuper. Non pas pour lui enseigner le piano mais pour susciter en elle un intérêt quelconque pour la musique, tout comme d'autres professeurs s'efforçaient de l'intéresser à la peinture et à la poésie. Il se trouve que cette enfant – la mère fit cet aveu à mi-voix – n'avait aucune sensibilité artistique. Ce qui ne manquait pas d'agacer les autres membres de la famille qui vivaient presque exclusivement pour l'art. Voilà en partie pourquoi Hervey s'éloignait souvent de Rome. Il s'en était allé depuis peu et n'était pas censé revenir avant l'année suivante. La personnalité d'Arletta devenait tellement encombrante qu'il était impossible d'en faire abstraction dans la vie quotidienne de la maison. Elle affectait de préférer les chansons populaires à la musique de chambre et les romans les plus vulgaires aux classiques. Il fallait donc éduquer son goût, pas à pas. Arletta était encore très jeune, et pleine de bonne volonté. On pouvait sans doute la guérir.

Peu après, Arletta fit son entrée, vraisemblablement consciente de ce qu'on avait dit juste avant sur son compte. Ma mère m'avoua ainsi qu'elle avait ressenti un certain embarras en lui serrant la main. Elle l'avait imaginée différente – vive et insolente, prompte à contester et à manier l'ironie. C'était au contraire une fillette de mon âge, plutôt potelée et à l'air casanier. Elle proposa aussitôt de la conduire dans la salle de musique et, rien qu'à la façon dont elle tourna la haute poignée de porte dorée, ma mère compris le mélange de respect et de crainte que lui inspirait cette pièce.

L'intérieur de la vaste salle était plongé dans la pénombre. De frêles branches s'entrelaçaient devant les fenêtres et le soleil de l'après-midi perçait à travers les jeunes feuilles des arbres qui s'élevaient jusqu'aux rebords en donnant aux lieux la couleur verte des fonds marins, l'aspect nébuleux et vague d'un aquarium. La silhouette sombre du piano se dressait dans un coin, telle une île, et le poudroiement du soleil faisait briller la fine couche d'or de la harpe. La grande salle n'était meublée que de quelques chaises de style Empire, au dossier orné d'une lyre, et de deux divans marqués d'empreintes profondes. Près d'une fenêtre, quatre hauts pupitres à violon projetaient sur le blanc du mur de longues ombres transparentes aux allures de squelettes. Arletta et ma mère marchaient sur la pointe des pieds, de peur de troubler cet agencement et le silence qui l'entourait. Au milieu de la pièce, la jeune fille s'arrêta brusquement. Avec ses bras blancs et sa robe blanche, elle ressemblait à une grande méduse dans la lumière qui parvenait de la fenêtre.

— J'ai peur, madame, dit-elle. Mon frère ne veut pas que j'entre dans cette pièce.

Elle semblait réellement intimidée.

— Il pense que je suis réfractaire à la musique. Que je déteste ça, même. Je ne comprends pas... Ce n'est pas ma faute. Il a raison, Hervey. Il fait de longs voyages rien que pour écouter un pianiste et, quand il est à Rome, on peut dire qu'il passe sa vie ici, tout seul, avec ses disques et son violon. Je sais bien que s'il ne veut pas que j'entre, c'est parce qu'il a peur qu'une partie de moi reste dans l'air et le dérange, même quand je n'y suis plus. Ça me pèse, madame, c'est comme si j'avais une maladie cachée et contagieuse. Guérissez-moi. Il faudra peut-être commencer par des choses faciles, pour les enfants. Il faut que je guérisse, dit-elle d'un ton résolu.

Puis elle conclut à mi-voix :

— Parce que j'aime mon frère Hervey par-dessus tout.

Ma mère lui prit les deux mains et la remercia de s'être confiée à elle. Elle ouvrit la fenêtre afin de dissiper l'atmosphère mystérieuse qui s'était formée dans la salle. Une branche de sapin entra par la fenêtre, pareille à un animal qui serait longtemps resté aux aguets. Malgré tout, la pièce s'obstinait à demeurer impénétrable, secrète. Les instruments de musique ressemblaient à des personnages dotés d'une âme et de pensées.

— C'est Hervey ! répétait craintivement Arletta, en regardant autour d'elle d'un air apeuré.

Ma mère à son tour commençait à se sentir mal à l'aise.

— Maman n'ose même pas venir jouer ici quand il n'est pas là, déclara Arletta en indiquant une chaise de satin blanc près de la harpe. Quand elle joue, Hervey s'allonge sur le divan et ferme les yeux pour l'écouter.

— Et toi ?

— Moi, je reste dans ma chambre ou je me promène dans le jardin. Loin, pour qu'il ne m'aperçoive pas par les fenêtres.

Ma mère tenta de lui reprocher ce drôle de comportement mais Arletta défendit énergiquement son frère.

— Oh non, madame ! Hervey est un artiste. Il joue du violon et il improvise aussi au piano. Maman trouve tout ce qu'il fait magnifique. Non, c'est réellement ma faute, insista-t-elle.

Et elle ajouta avec une grande tristesse :

— C'est comme lady Randall, enfin, ma sœur

Shirley, qui vit à Londres. Elle joue très bien du piano.

Afin de caser cette nouvelle leçon, ma mère fut obligée d'en abandonner d'autres : elle passait presque tout l'après-midi à la villa Pierce, deux fois par semaine. Mon père lui avait déconseillé de le faire, même s'il ignorait la nature particulière de ces leçons. Il redoutait qu'après avoir perdu des élèves qui travaillaient avec elle depuis des années, elle peinerait à en retrouver d'autres si la famille Pierce partait du jour au lendemain. Et cette source de revenus se tarirait.

Ma mère se montra cependant résolue. Entêtée, même. Les jours où elle allait voir Arletta, elle était nerveuse et anxieuse dès le matin, comme si elle se rendait à une fête.

Vu mon caractère et le sentiment que je nourrissais pour elle, j'aurais dû être jalouse de sa nouvelle élève. Mais, à son retour, elle se montrait nettement plus expansive que d'habitude. De fait, après quelques heures passées à la villa Pierce, un enthousiasme nouveau semblait avoir envahi ma mère. Elle rentrait et agitait notre appartement obscur et endormi de son pas vif et léger.

Il lui arrivait souvent de nous rapporter des gâteaux ou un sachet de confiseries qu'on lui offrait là-haut. Mon père s'en agaçait et je ne les mangeais d'ailleurs pas de bon cœur. Peut-être avait-il peur qu'être au contact d'un mode de vie si différent du nôtre la pousserait à regretter l'existence qu'elle menait le reste de la semaine. La majorité des élèves que ma mère avait eus jusque-là se composait de petits-bourgeois, de jeunes filles travaillant le piano pour l'enseigner à leur tour et gagner leur vie de cette façon. Elle ne tirait aucune satisfaction de son travail et, dans les demeures où elle se rendait, il ne lui était jamais arrivé de rencontrer des gens un tant soit peu remarquables ou tout au moins intéressants. C'était uniquement pour aider mon père à subvenir à nos besoins matériels qu'elle devait sortir par n'importe quel temps, se presser dans un tram, monter et descendre des escaliers semblables aux nôtres, entrer dans de petits appartements sordides dont les odeurs révélaient ce qu'on avait mangé la veille au soir et le midi. J'étais donc tout heureuse que les après-midi à la villa Pierce représentent pour ma mère de joyeuses vacances et je ne rechignais pas à aider Sista pour la libérer du fardeau des tâches domestiques. C'est ainsi que j'ai appris à repriser – un travail qui ne me déplaisait pas parce qu'il me permettait de me rencogner silencieusement derrière ma fenêtre préférée en laissant libre cours à mes pensées.

Celles-ci avaient été passablement troublées depuis que – grâce à Ottavia la médium – j'avais fait la connaissance des personnages mystérieux et terrifiants qui habitaient ce ciel dans lequel, l'après-midi, je voyais passer les hirondelles.

Il y avait déjà longtemps que cette femme fréquentait l'appartement des Celanti. Fulvia m'avait souvent parlé d'elle quand on nous laissait bavarder seules dans la chambre ou sur le balcon. Je l'avais entrevue une fois dans l'escalier : c'était une femme entre deux âges, vigoureuse, aux cheveux gris coupés comme un homme. Elle avait toujours un grand sac rempli d'images pieuses, de médailles attachées à des rubans rouges, de cornes en corail et de sachets d'herbes contre le mauvais œil. Elle se faisait suivre d'un jeune homme qu'elle présentait comme son neveu, un garçon de quinze ans, la tête toujours entièrement rasée, même au plus fort de l'hiver. Elle avait une infirmité à la jambe gauche qui la faisait boiter, mais sans rien de pénible ni d'affligeant. À chaque pas, elle tapait du pied avec arrogance, comme sur un point final. Enea – c'était le nom de ce garçon – la suivait à une certaine distance et, pour autant que je m'en souvienne, il était toujours habillé de noir, avec des chaussures et des gants de la même couleur qui lui donnaient l'allure d'un prêtre. Il avait le teint olivâtre, luisant. Et ses yeux, sombres et caressants, ombragés de longs cils ressemblaient à ceux de mon père.

À en croire les Celanti, il y avait déjà plusieurs années qu'Ottavia circulait dans l'escalier sombre de notre immeuble. Elle avait une manière particulière de s'annoncer par trois coups discrets et précis, afin de s'assurer que les hommes n'étaient pas là. Dans le cas contraire, elle feignait de s'être trompée d'étage. Cela avait lieu dans la journée du vendredi, la plus propice pour ces séances. Dès le matin, une lourde odeur d'encens imprégnait l'escalier. Les portes s'entrouvraient sur les paliers, les jeunes filles se rendaient d'un appartement à l'autre, l'air méfiantes, pour déplacer le guéridon ou le drap qu'elles avaient empruntés. Bref, une ferveur non dissimulée animait cette journée du vendredi.

Dès le matin, les morts revenaient en effet habiter leurs demeures. « C'est l'oncle Quintino », disait tranquillement Fulvia en entendant du bruit dans la pièce à côté. Les femmes se levaient plus tôt et travaillaient sans ménager leur peine, peut-être pour que les morts se souviennent que la vie est un cadeau empoisonné. Elles se tournaient vers la place qu'ils avaient occupée pendant des années et leur parlaient d'un ton dur, ironique, en leur reprochant d'être morts comme s'il s'agissait d'une trahison, d'une dérobade hypocrite. Il leur arrivait de soupirer en regardant fixement la chaise vide qui avait été celle de leur mère ou de leur grand-mère. Puis elles époussetaient le dossier avec douceur et délicatesse, comme on remettrait d'aplomb un châle.

Depuis la chaise vide, ce jour-là, des yeux immobiles et résignés les regardaient. Même exclue de ces entretiens spirites, je percevais autour de moi une présence invisible. Un craquement suffisait à me faire me retourner, trempée de sueur et le cœur battant la chamade. D'un ton apeuré, je murmurais : « Alessandro ! » Je sentais que, comme les autres, il ne se résignait pas à n'être qu'une ombre muette : il voulait prendre part à notre vie, en se servant de moi.

Ma mère, elle, ne semblait ni éprouver aucun intérêt pour ces pratiques, ni croire à des prophéties illuminées. Elle n'était d'ailleurs pas curieuse de savoir l'avenir parce qu'elle n'avait pas le moindre espoir de voir changer notre vie monotone. Mon père resterait employé au ministère jusqu'au moment où il prendrait sa retraite et elle continuerait de donner des leçons de piano jusqu'à un âge avancé. Quant aux rêves qu'il nous confiait parfois – la possibilité qu'elle devienne une pianiste célèbre, la maison de campagne que nous pourrions avoir –, ils ne duraient jamais plus longtemps que le moment où elle nous les racontait. Mais lorsqu'elle commença à fréquenter la villa Pierce, elle montra davantage d'intérêt pour ces séances ; elle s'esclaffait en entendant Lydia expliquer que les prédictions des esprits s'étaient toujours réalisées. Vint alors le jour où notre voisine lui fit entrevoir la possibilité de communiquer avec Alessandro grâce à l'écriture d'Ottavia. Alors seulement, même si elle continuait de décliner l'invitation, elle laissa échapper :

— Nous verrons.

J'ai déjà dit que mon frère Alessandro s'était noyé. Il est extrêmement rare qu'un enfant de cet âge puisse se noyer dans le Tibre, fleuve endigué et protégé par de hauts parapets. Tout arriva à cause de l'incurie d'une bonne d'enfants, raison pour laquelle ma mère n'a jamais voulu en embaucher une pour moi. Elle préférait me laisser des après-midi entiers à la maison et me suggérer de sortir prendre l'air sur la loggia plutôt que de me confier à une inconnue. Et c'est à contrecœur qu'elle me laissait aller jusqu'à l'église avec Sista.

Alessandro avait été confié, comme c'est souvent le cas chez les gens peu fortunés, à une jeune fille âgée d'environ treize ans qui, avant cela, avait toujours vécu à la campagne. Les maigres arbustes et le gravier poussiéreux des jardins publics n'attiraient pas la pauvre fille, habituée à sentir sous ses pieds nus l'humide fraîcheur de l'herbe. Les grands immeubles, les rues bruyantes l'épouvantaient littéralement : elle passait des heures et des heures à pleurer dans sa petite chambre sans fenêtre, désespérée d'être loin des prés et du fleuve. Voilà pourquoi, au mépris des ordres de sa patronne, elle prenait l'enfant dans les bras et faisait tous les jours un long bout de chemin à pied pour rejoindre les bords du Tibre, un peu après le pont du Risorgimento, dans une zone encore à peine construite qu'on appelait la piazza d'Armi. Là, elle descendait sur la berge et ôtait ses souliers, puis ceux de mon frère. Elle s'étendait sur la berge verte et sous l'arc du ciel, comme une bienheureuse, elle écoutait parler l'eau et les oiseaux, comme dans son village. L'enfant s'amusait auprès d'elle, faisait des boules de boue, courait entre la rive et les roseaux. Après la tragédie, elle tenait, semble-t-il, à décrire combien Alessandro était joyeux au cours de ces heures-là. Elle avoua que c'était elle-même qui l'avait poussé à se familiariser avec l'eau. À l'entendre, tout s'était passé en un clin d'œil. Elle était allongée sur l'herbe, à l'ombre des roseaux, les yeux fermés, les bras sous la tête. Elle avait entendu un *plouf !* et un petit cri, aussitôt étouffé. Elle s'était levée d'un bond, juste à temps pour voir une menotte s'agiter au-dessus de l'eau comme un petit drapeau. Et puis plus rien ; l'eau était lisse et brillante. Elle n'avait pas appelé à l'aide ; elle avait été abasourdie, dépitée, comme si l'eau avait emporté un mouchoir.

« Le fleuve, il a pris le petit », dit-elle de retour à la maison. Aussitôt des tas de gens se précipitèrent sur place, les bateliers fouillèrent et draguèrent l'eau, mais on ne retrouva jamais le jeune corps. Des années durant, ma mère évita avec dégoût de regarder le fleuve. Dès qu'elle passait sur les ponts, elle gardait les yeux fixés obstinément devant elle. Elle évitait même de parler du Tibre. Mais chaque année, le 12 juillet, nous sortions tous les trois de la maison. Ma mère était habillée de noir ; moi, j'avais un ruban noir autour de la taille et dans les cheveux. Sans un mot, nous gagnions le pont puis descendions lentement sur la rive. Le triste endroit était encore marqué par les grands panaches ondoyants des roseaux. Ma mère avançait jusqu'au bord de la berge et restait là, à regarder l'eau d'un air absorbé, comme s'il s'agissait du visage de son enfant. Après quoi, elle jetait dans le fleuve les fleurs qu'elle avait apportées – toujours de grandes marguerites blanches. Elle les lançait lentement, une à une. À peine touchaient-elles le fil de l'eau qu'elles partaient, emportées par le courant. Le soir, elle nous appelait au salon et jouait Bach.

Pour son imagination sans limites, ce fils que l'eau lui avait pris était promis à un destin extraordinaire. Elle m'a toujours tendrement aimée : je n'en sentais pas moins que son amour pour Alessandro était d'une nature différente. Elle retrouvait en moi ce même caractère qu'elle avait hérité de sa mère, cette même sensibilité dangereuse. Souvent je la surprenais en train de poser sur moi un regard extrêmement affectueux mais rempli d'une pitié si sincère qu'il me donnait envie de pleurer, sans que je sache pourquoi. Mon goût prononcé pour la solitude, pour ces longs moments passés à la fenêtre, mon amour pour la poésie ne lui échappaient pas. Découvrir ces affinités entre nous lui inspirait tantôt de brusques élans de tendresse, tantôt un effroi tel que, tout à coup, elle m'arrachait à ma fenêtre ou à mes jeux solitaires, comme si j'étais menacée par un danger invisible, et m'ordonnait brusquement :

— Remue-toi un peu, enfin ! Monte chez Fulvia au lieu de rester enfermée ici, va jouer avec des filles de ton âge, va prendre l'air. Allez, file !

Ma mère était convaincue qu'Alessandro n'aurait pas été comme nous. À l'entendre, il aurait été en mesure de triompher partout où elle avait dû s'incliner. Il serait également devenu un pianiste célèbre. Elle imaginait les voyages que nous aurions faits pour l'accompagner dans les grandes villes d'Europe. Elle décrivait Paris, Vienne, les ponts de la Seine et du Danube, Buda et l'île Marguerite. Elle n'était jamais allée à l'étranger mais connaissait par cœur toutes ces villes que sa mère lui avait minutieusement décrites. Pour ma part, l'existence de tant de merveilles me semblait presque impossible, au point que je la soupçonnais parfois d'inventer. Elle parlait des gens que nous aurions rencontrés : des rois, des princes, les artistes dont on lisait le nom sur la couverture des partitions. Elle décrivait les femmes qu'Alessandro aurait rencontrées. Certaines se seraient même lancées dans de longs voyages et auraient traversé l'Océan pour faire sa connaissance. Je les imaginais belles et malheureuses, comme Ophélie ou Desdémone, et j'écoutais ma mère avec ravissement. Dans ces moments-là, l'hostilité que je nourrissais toujours envers Alessandro s'évanouissait. Ensuite, ma mère se taisait et restait absorbée, le regard fixe. Sans doute voyait-elle devant ses yeux la gueule noire du pont et le cours du Tibre, aussi rapide qu'insidieux, car elle pâlissait et se couvrait le visage de ses mains.

C'est un vendredi matin qu'Ottavia vint chez nous pour la première fois. Ma mère, Sista et moi nous tenions debout près de la porte ouverte comme quand, à l'approche de Pâques, on attend le prêtre venu bénir la maison. Les Celanti l'attendaient avec nous.

Ottavia entra et demanda tout de suite une chaufferette allumée. Dès qu'elle l'obtint, elle jeta dessus une poignée d'encens puisée dans un gros paquet qu'elle avait dans son sac. Elle tendit la chaufferette au gamin qui la suivait et ordonna à ma mère de la conduire dans toute la maison. Nous nous arrêtions dans chaque pièce, et tandis qu'Enea veillait scrupuleusement à promener la chaufferette suivie de son sillage de fumée épaisse et parfumée, jusque dans chaque angle, Ottavia, immobile et les yeux baissés, récitait des prières pour les défunts. Elle reprenait ensuite sa marche de son pas irrégulier et dur.

Les moindres recoins de la maison une fois visités, elle s'arrêta et demanda :

— Où ?

— Nous serons mieux au salon, lui répondit Lydia, à quoi ma mère acquiesça d'un regard.

Nous nous sommes enfermées dans le salon. C'était une pièce où nous n'entrions que rarement – uniquement quand ma mère nous appelait près du piano – et où se trouvaient les meubles les plus solennels de la maison. L'air n'y entrait pas davantage, entravé par dc lourdes tentures provinciales et démodées. Ottavia voulut laisser les fenêtres fermées et les rideaux tirés. Sista nous observait, un air réprobateur au milieu des rides sévères de son front. D'un geste vif et assuré, Ottavia posa sur le guéridon la lampe à abat-jour vert dont ma mère se servait quand elle jouait du piano le soir, jeta à côté de la lampe les amulettes attachées par un ruban rouge, tira de son sac son papier et son crayon, et se prépara à écrire en nous invitant à nous recueillir.

J'étais assise entre Fulvia et Enea. Elle semblait électrisée et folle de curiosité, lui me fixait avec une telle insistance que, de temps en temps, je me sentais obligée de me retourner pour répondre à l'appel de son regard. Ce garçon, qui vivait tous les jours en compagnie des esprits sans en avoir peur, m'intimidait. Ma mère avait pris place à côté de la médium et posé ses mains ouvertes sur le guéridon. Dans le cercle de lumière, elle me semblait à nouveau différente de toutes les autres femmes du monde ; j'étais donc contrariée de la voir à côté de Lydia qui savait garder son aisance même dans des moments pareils. La main de la médium se mit à trembler sur la feuille blanche.

— Le voici ! me chuchota Fulvia.

J'avais peur. J'avais certainement pâli, comme ma mère, et le regard d'Enea, qui scrutait constamment le mien, rendait mon malaise encore plus pénible. Cependant Ottavia écrivait, et lisait ce qu'elle notait au fur et à mesure que se formaient les syllabes : « Je-vous-bé-nis-tous-vous-qui-êtes-ras-sem-blés-ici. »

À l'aide d'un face-à-main, Lydia jeta un coup d'œil sur la feuille puis déclara, comme si elle reconnaissait l'écriture d'un membre de sa famille :

— C'est Cola.

La médium fit signe que oui.

Ce Cola était un esprit qui servait d'intermédiaire. Ottavia nous expliqua plus tard qu'il était condamné à rester lié à notre monde, en utilisant sa personne à elle, jusqu'au moment où il pourrait s'élever jusqu'aux plus hautes sphères.

Ottavia parlait de Cola comme d'un être vivant, d'un vieux parent lunatique. Elle décrivait son caractère, ses goûts – jusqu'à ses caprices. Souvent, disait-elle, quand Cola voulait communiquer et qu'elle n'était pas prête, il s'acharnait furieusement sur elle, en faisant tomber ce qu'elle avait dans les mains ou en lui cachant un objet, comme on le fait quand on perd patience, jusqu'à ce qu'Ottavia reprenne son papier et son crayon, puis se mette à écrire. Il lui était arrivé de le voir, mais le soir, à la lueur de sa veilleuse qu'elle gardait toujours allumée ; il était grand et marchait voûté comme s'il était triste ou soucieux. Une fois seulement, elle avait entrevu son visage, juste un instant. Il n'avait pas de traits précis mais n'en trahissait pas moins une profonde tristesse. Quand il se montrait, cela signifiait qu'il fallait faire dire une messe pour lui.

Ce premier jour, il fut impossible d'entrer en communication avec Alessandro. Quand Ottavia interrogea Cola à son sujet, ma mère, épouvantée, s'agrippa à la table.

Cola écrivit : « Je vais voir », et nous quitta comme s'il se rendait dans une pièce à côté, de ce pas qu'Ottavia nous avait décrit. Je ne pouvais pas comprendre comment il faisait pour marcher sur les nuages, dans le ciel. Cola revint, et écrivit : « Pour l'instant, il est occupé, il ne peut pas venir. Ce sera pour vendredi prochain. »

En entendant ce message et ce rendez-vous, ma mère baissa la tête et je me suis mise à trembler. Alors Enea me prit la main pour me donner du courage. La sienne était sèche et brûlante – pareille à celle de mon père. Ce contact m'a fait frissonner, mais sans que j'ose y mettre un terme. Était-ce parce que mes nerfs étaient déjà mis à rude épreuve ? Était-ce ce parfum ou l'obscurité ? Toujours est-il que je ressentais un violent désir de me rapprocher de lui et je percevais dans cette chaleur aride une secrète, une inavouable attirance.

Pendant ce temps, Cola dictait rapidement. Il déclarait voir, dans l'avenir, des événements appelés à changer la vie de ma mère.

— Pourquoi ? demanda-t-elle en se penchant sur le guéridon d'un air naïf et surpris.

L'écriture s'interrompit un long moment. Le crayon s'approchait du papier, puis s'en éloignait, comme s'il hésitait. Brusquement, Cola se lança à une telle vitesse qu'Ottavia avait peine à le suivre.

Lorsque l'esprit finit de dicter, Ottavia demeura un instant pensive, sans nous révéler le message. De toute évidence, sa main tremblait encore. Finalement, elle leva les yeux sur ma mère, la mine grave. Puis son regard se porta sur moi. Sans doute se demandait-elle si elle pouvait parler librement. Ma mère lui fit brièvement signe que oui.

Ne pouvant plus résister à la curiosité, Lydia se pencha sur la feuille qu'elle lut à travers son face-à-main. Puis, après l'avoir baissé, elle se mit elle aussi à regarder fixement ma mère.

Effrayée, celle-ci leur demanda :

— C'est une mauvaise nouvelle ? Répondez.

Ottavia hocha la tête, la dévisagea d'un air déférent, et lui annonça :

— Il dit que vous allez vivre un grand amour.

Ma mère ne répondit rien. Elle resta stupéfaite, le visage légèrement rougi, à la façon des jeunes mariées. Aussitôt Lydia lui donna une joyeuse tape sur le bras et la secoua en s'écriant :

— Oh, là, là, ma chérie !

Elle cherchait ses yeux d'un air complice et malicieux. La médium, elle aussi, la regardait en souriant, très fière d'avoir découvert chez ma mère cette dimension insoupçonnée et merveilleuse, malgré sa modestie naturelle. Toute tremblante, mais conquise par ces sourires encourageants, celle-ci sourit à son tour – naïvement. Puis m'observa d'un air épouvanté.

Mais je me suis levée d'un bond et, sans me soucier de troubler le bel agencement de la pièce, j'ai couru l'embrasser.

Tout cela se produisit un an avant la mort de ma mère, j'avais donc environ seize ans. J'étais déjà très grande, plus grande que les filles de mon âge, mais me coiffais encore avec deux longues nattes qui me tombaient sur la poitrine. Mes formes n'avaient pas développé le moindre charme féminin ; c'était un torse souple et maigre de jeune garçon que semblaient voiler mes chemisettes blanches. Et comme mon visage aux traits nordiques, plutôt réguliers et impassibles, refusait de s'animer de fossettes ou de plis gracieux, même quand je riais, j'ai longtemps eu peur que cette apparence masculine ne soit due à la présence diabolique d'Alessandro, qui s'incarnait en moi.

Je passais le plus clair de mes journées dans la solitude. Au lycée, le fait d'être la première de la classe créa rapidement une bulle de méfiance autour de moi. Mais je ne me souciais guère d'en sortir : la vie de l'école ne m'intéressait pas beaucoup. Et si mes études ont été couronnées de succès, c'est uniquement parce que j'ai toujours été incapable de faire quoi que ce soit à la légère et sans ferveur. Par ailleurs, la fainéantise de mes camarades me déplaisait, de même que la vulgarité de certains de leurs comportements. Tourner en dérision des professeurs, à mon sens justes et bienveillants, les traiter d'un air de sarcasme, faire des réponses humiliantes à des gens qui consacraient leur vie professionnelle à nous instruire et à nous rendre meilleurs, me semblait être le signe d'âmes frustes et grossières. Peut-être cette manière de voir était-elle due en partie au fait que la personne que j'aimais le plus au monde, c'est-à-dire ma mère, était professeur. Je ne pouvais supporter l'idée qu'elle soit, elle aussi, traitée par ses élèves de cette manière-là. Je ne trouvais pas non plus spirituel de se vanter de son ignorance et de ses mauvaises notes, dans le seul but de montrer qu'on n'a pas le moindre intérêt pour tout ce qui affine et élève l'esprit.

Naturellement, mes camarades se moquaient de moi. Mais puisque je montrais que je n'étais en rien touchée, cela ne faisait qu'accroître leur ironie et leur agacement.

Un jour, toutefois, il se produisit un événement qui risqua de me faire renvoyer du lycée – il me semble donc utile de le raconter. Parmi les camarades avec lesquelles il m'arrivait de parler, il y en avait une qui s'appelait Natalia Donati. C'était une fille sans beauté, surtout à cause des épaisses lunettes qu'il lui fallait porter, et à l'intelligence modeste, mais douce, sensible, toute prête à la sympathie. On disait qu'elle était amoureuse d'un garçon plus âgé qu'elle, dénommé Andreani, élève en première. Elle ne pouvait pas le voir passer sans changer de couleur et, une fois où nous rentrions ensemble, elle m'avoua qu'il lui suffisait d'échanger quelques mots avec lui au cours de la récréation pour qu'elle sente ses forces l'abandonner. Elle le suivait continuellement des yeux et se rendait probablement envahissante dès qu'elle tentait de se joindre aux groupes qu'il fréquentait, sans y être invitée.

Ces manœuvres n'échappaient pas aux plus dégourdis de la classe, qui en profitèrent pour manigancer une farce d'un goût déplorable. Natalia m'avoua qu'elle avait reçu d'Andreani d'abord une lettre débordant d'affection, puis une déclaration d'amour. Dans les deux lettres, il la suppliait de ne révéler à personne leur tendre secret et de ne pas se trahir pendant la récréation, afin de ne pas l'exposer à des commentaires malveillants.

C'est dans un petit jardin public qu'elle me lut ces lettres – le seul coin de verdure au milieu des maisons uniformes et grises des Prati. C'est Natalia qui avait voulu que nous allions jusque là-bas. « Ça me déplairait de lire ses lettres dans la rue, au milieu des passants », disait-elle. Et l'idée m'avait semblé d'une grande délicatesse. Elle était assise sur le bord d'un banc et sa voix se voilait quand elle répétait les expressions ardentes du garçon aimé. Mais quand j'ai remarqué, à son émotion, à son trouble, l'importance qu'elle attribuait à ces paroles et que j'ai comparé ces mots couchés sur le papier avec la totale indifférence d'Andreani à son égard, j'ai commencé à soupçonner que ces lettres étaient fausses. Et c'était précisément elles qui étaient la cause de cette hilarité que je voyais serpenter depuis peu entre les bancs chaque fois que Natalia se levait pour répondre à une question.

J'ai fini par découvrir que ces missives avaient été rédigées par Magini, un garçon plus vieux que nous, qui redoublait la classe. Il les avait écrites avec l'approbation et sur le conseil de quelques-uns de ses camarades, des gamins insolents et dénués de scrupules. Je n'ai pas osé révéler ma découverte à Natalia. Désormais, nous rentrions fréquemment ensemble, peut-être bien parce que j'étais la seule à connaître son secret. En me quittant, elle m'embrassait sur les deux joues et me promettait encore de me confier toutes les impressions que ce sentiment nouveau suscitait en elle.

Une autre lettre arriva et, une fois encore, Natalia me la lut sur les bancs du jardin public. Ces phrases habilement tournées provoquaient chez moi une souffrance indicible, j'étais tentée de lui révéler la vérité mais je répugnais à devoir, moi, lui faire du mal. Je devais avoir une mine navrée car elle me regarda un instant puis m'embrassa en me disant de ne pas me décourager. Car moi aussi, j'aurais bientôt un amoureux tout aussi épris.

Nous sommes rentrées chez nous bras dessus, bras dessous. Natalia parlait avec un tel enthousiasme que j'étais presque tentée de croire que cette histoire était vraie. Mais quand nous nous sommes dit au revoir, que je l'ai vue s'éloigner, rayonnante, et m'envoyer un baiser du bout des doigts, elle me parut si pathétique avec son petit manteau vert et ses lunettes épaisses que je me suis résolue à passer à l'action et la défendre, peu importe comment.

Le lendemain, après la cloche de la sortie, j'ai affronté Magini.

Au moment où il traversait le hall, je l'ai attrapé par le bras et j'ai commencé à lui parler tout bas, sans m'arrêter.

Je ne le connaissais pas très bien. Mais comme il s'agissait d'un garçon plus âgé que moi, je pensais qu'il valait mieux lui parler franchement. Je lui ai parlé de l'exaltation de Natalia, de sa sensibilité, de l'importance qu'elle accordait à ces lettres. Il a été tout heureux de l'apprendre. La farce avait marché, alors, dit-il – et il tapa sur sa poche où, me confia-t-il, il avait une nouvelle lettre pour Natalia. Il lui donnait rendez-vous le dimanche suivant au bord du lac de la Villa Borghèse. Là-bas, Natalia ne tomberait pas sur Andreani mais sur plusieurs de nos camarades, en train de se moquer d'elle.

J'ai pâli et prié Magini de renoncer à son projet. Il secoua la tête en riant. Je lui ai parlé d'un air grave. Malgré ma pudeur instinctive, je me suis efforcée de lui faire comprendre que les femmes ne prenaient pas les sentiments amoureux à la légère, que c'était un crime que de jouer avec eux. Il continuait à rire. Pire : à partir de ce moment-là, ce n'était plus seulement de Natalia qu'il riait, mais de l'amour. Je l'ai regardé dans les yeux, sincèrement, j'ai à nouveau tenté de le dissuader, une note émue, déchirante, dans la voix. Il me répondit que Natalia recevrait la lettre le lendemain et que, si ça me faisait plaisir, je n'avais qu'à venir avec eux.

Une colère débridée m'envahit, tel un tourbillon. Face à moi, Magini me disait au revoir d'un air sournois. Brusquement, j'ai levé mon bras armé d'un lourd étui à compas et je l'ai frappé à la tête.

C'était un garçon de haute taille. Il tomba de tout son long dans le hall, cerné par la foule de nos camarades, tandis que le sang ruisselant de son front poissait les poils durs de ses sourcils.

On m'emmena chez le proviseur où on me laissa seule. Je voyais encore devant moi ces gouttes écarlates et denses tomber du front de ce garçon sur son pull-over blanc. La vue du sang m'était insupportable, tout comme le spectacle de deux personnes qui, à force de se chamailler, s'abaissent à des gestes vulgaires. Je ne parvenais pas à comprendre comment j'avais pu être l'héroïne d'une scène pareille. Le proviseur arriva – c'était un homme déjà âgé, il me connaissait bien car cela faisait des années que je fréquentais cet établissement. Je n'étais jamais entrée dans son bureau que pour y recevoir des félicitations. Il me parla avec bienveillance, en m'invitant à lui expliquer les raisons d'un acte aussi grave. Je me butais, les yeux braqués droit sur lui, en me demandant si un vieil homme serait capable de comprendre l'importance d'une histoire d'amour, ou s'il en rirait, comme Magini. Devant mon silence, il se mit à m'interroger, à faire des hypothèses. Je continuais de me taire. Finalement, il m'attrapa les mains et laissa entendre que Magini avait peut-être pris quelques libertés à mon égard et que j'avais agi dans le seul but de me défendre. Alors, après lui avoir demandé de garder le secret, j'ai parlé. Le sang m'avait fait horreur, après coup, lui ai-je dit, mais, sur le moment, j'aurais souhaité que Magini tombe raide mort. Il fixa sur moi des yeux préoccupés, mais répondit tout de même : « Je comprends. » Après quoi, il parla à Magini et à nos autres camarades. Puisque ma conduite avait toujours donné satisfaction, je n'ai pas été renvoyée du lycée. On raconta que nous nous étions querellés au sujet d'un livre. Mais j'ai perdu l'amitié de Natalia, qui me trouvait violente et vindicative.

Le jour même, j'ai avoué à maman ce qui s'était passé.

Je l'ai conduite près de la fenêtre donnant sur le jardin des bonnes sœurs. Il me semblait plus facile de lui parler là, nous y avions passé tant d'heures douces et complices, elle et moi. Debout devant elle, je lui ai raconté toute l'histoire, avec une profusion de détails, moins pour me justifier que pour lui faire comprendre – et peut-être aussi comprendre moi-même – comment les choses avaient pu en arriver là.

Son regard m'intimidait. Ma maigreur et mes nattes me faisaient penser qu'elle devait encore me prendre pour une petite fille. Elle m'écoutait attentivement, la joue posée sur la main. Quand je lui ai dit que j'avais frappé Magini au front et qu'il était tombé de tout son long, puis quand je lui ai parlé du sang qui coulait de sa tempe sur son pull-over blanc, ma mère eut un sursaut mais, sans m'interrompre ni me gronder, elle m'écouta jusqu'au bout.

Alors elle se leva, me prit par les épaules, me regarda dans les yeux et me demanda, comme si elle s'adressait à une femme adulte :

— Pour toi aussi, c'est tellement important, l'amour, n'est-ce pas, Sandi ?

Mes yeux plongés dans les siens, je lui répondis nerveusement que oui, avant de fondre en sanglots, des sanglots tout à fait étrangers à mon geste. Je sentais s'ouvrir en moi un vide mélancolique auquel, par cette question inattendue, ma mère venait de donner un nom. Apeurée, je me suis accrochée à elle comme lorsque j'étais petite fille.

Enlacées, nous regardions à travers les carreaux de la fenêtre, toutes proches, joue contre joue. Au-dehors, je m'en souviens très bien, les nuages étaient bas, et le vent souffla fort avant de céder la place à la pluie et à la tempête. Devant l'imminence du cyclone, les religieuses avaient soigneusement refermé toutes les fenêtres et le mur du couvent semblait impénétrable. Les feuilles les plus faibles s'étaient laissé arracher des branches et tournoyaient en rafales furieuses.

Consolée par la tiédeur des bras accueillants de maman, je sentais une sérénité amère se répandre en moi. Mais brusquement, un sursaut me saisit.

— Et papa ? ai-je murmuré.

— Nous ne dirons rien à papa, me répondit-elle.

Après une pause, elle ajouta à mi-voix :

— On ne peut pas tout dire à papa. Ces choses-là, Sandi, les hommes ne les comprennent pas. Ils ne donnent aucun poids à une parole ou à un geste, ils ont besoin de faits concrets. Et devant les faits concrets, les femmes sont toujours dans leur tort.

Elle s'arrêta, puis reprit :

— Ce n'est pas leur faute. Nous habitons deux planètes différentes et, fatalement, chacune tourne autour d'un axe différent. Il arrive que ces planètes se rencontrent, mais ça dure peu. Quelques instants, peut-être. Ensuite, chacun retourne s'enfermer dans sa solitude.

Le vent entrait en sifflant à travers les interstices et me faisait frissonner.

— Tu es presque aussi grande que moi. Tu es déjà une femme, ton adolescence est finie.

Je me rappelle avoir alors eu l'impression que ma mère ne resterait pas longtemps près de moi. Ses paroles me parvenaient déjà d'un monde lointain, c'était comme si elle me parlait à travers un mur d'air, ou d'eau. Je la serrais, presque pour la retenir, sans oser la regarder ; je craignais de lire un signe d'adieu sur son visage.

— C'est pour ça que j'aurais voulu que tu sois un garçon, continua-t-elle. Les hommes n'ont pas tant d'infimes raisons d'être malheureux, comme nous. Ils s'adaptent, les hommes, ils en ont de la chance ! J'aurais voulu laisser derrière moi un être heureux. Ma mère a essayé par tous les moyens de me faire lâcher la musique, les romans, la poésie. Elle aurait voulu me voir me distraire, être plus forte qu'elle. J'étais encore petite fille qu'elle me racontait déjà des histoires d'amour, sombres et sanglantes. Elle espérait susciter en moi un instinct de défense naturel. Tous ces récits étaient terribles, lugubres, hallucinants, elle me les racontait d'une voix basse et tragique, qui reflétait sa vocation d'actrice. Je n'arrivais pas à l'écouter. Je pleurais, je voulais m'en aller, mais elle me retenait par le poignet. C'était une femme hors du commun, elle faisait ça avec une sorte d'acharnement, un acharnement cruel, germanique. Moi, je me levais la nuit pour lire des poésies ou le texte de *Werther* en allemand, qui était difficile pour moi. J'étudiais le piano avec une telle passion qu'il m'est même arrivé de faire une grave dépression nerveuse. Alors elle a cessé de me traiter comme elle le faisait. Seulement, un jour, avec ce geste qu'elle avait, cette manie presque, de séparer mes cheveux sur mon front, elle m'a déclaré : « C'est dommage. J'aurais aimé que tu sois heureuse. »

— Est-ce qu'elle était heureuse, grand-mère ?

Ma mère hésita un instant, puis reprit :

— Je ne crois pas. Avant de se marier peut-être,

quand elle vivait une grande histoire d'amour tous les soirs sur scène. Ensuite... non, elle n'a certainement pas été heureuse. Son mariage avait été un mariage d'amour mais, à y regarder de plus près, il ressemblait aux autres. De la passion irrésistible qui l'avait poussée à quitter le théâtre, il ne restait rien, absolument rien : c'étaient un mari et une femme qui semblaient même lassés de vivre ensemble. Ils n'avaient pas beaucoup de patience, ni l'un ni l'autre, et ma mère était une femme violente. Comme elle est morte assez jeune, je n'ai pas tellement de souvenirs précis d'elle. Mais je me rappelle très bien certaines choses. En été, par exemple, elle m'emmenait en villégiature dans le Tyrol. Nous allions nous promener en rasant des champs de blé, au milieu de ces immenses montagnes qui décuplaient notre voix, dès que nous disions un mot. Elle marchait d'un pas rapide. D'une main, elle tenait sa longue jupe ; de l'autre, elle me traînait derrière elle. Pendant ce temps, elle récitait tout haut les tirades d'une pièce. Comme c'était en allemand qu'elle les récitait, je ne comprenais pas très bien. Sa voix devenait si différente de celle qu'elle avait d'habitude, j'en arrivais à soupçonner qu'un être caché habitait en elle et qu'il ne se manifestait qu'à ces moments-là. Quelqu'un qui continuait à vivre sur scène, à sa place, dans une odeur de poudre de riz et de fond de teint, dans sa loge ornée de grandes corbeilles de fleurs où, suspendue avec sa robe et sa perruque, tous les soirs une merveilleuse histoire d'amour l'attendait.

Ma mère marqua une pause puis ajouta :

— Non, elle n'a vraiment pas été heureuse. Je me rappelle la détresse avec laquelle elle me pressait contre elle pour m'embrasser.

Et tout en le disant, ma mère me serrait. Elle ne s'en rendait évidemment pas compte mais, chez elle aussi, il y avait de la détresse dans ce geste.

Je frissonnais, ma condition de femme m'inspirait subitement une compassion qui me plongeait dans le désarroi. Nous faisions partie, me semblait-il, d'une espèce noble et malheureuse. À travers ma mère, la mère de ma mère, les héroïnes des tragédies et des romans, à travers les femmes qui regardaient dans la cour comme derrière les barreaux d'une prison et les autres, celles que je rencontrais dans la rue, au ventre énorme et aux yeux tristes, je sentais peser sur moi un malheur séculaire, une inconsolable solitude.

— Maman, lui ai-je demandé d'un ton déchirant, l'amour peut rendre heureux, parfois ?

— Oh oui ! me dit-elle. Je crois que oui. Seulement, il faut attendre. On l'attend parfois toute sa vie, ajouta-t-elle d'une voix plus basse.

Cette conversation modifia quelque peu mes relations avec ma mère. Sans jamais y faire allusion, elle renonça à certaines câlineries et me témoigna plus de confiance, comme une sœur. Elle se préoccupa moins de la façon dont j'employais mes journées. Elle savait que je restais longtemps seule et devinait certainement que je pourrais ainsi me connaître plus profondément moi-même et me poser toutes les questions qu'on se pose à mon âge.

Elle n'avait donc aucun remords à passer des après-midi entiers à la villa Pierce. Quand elle rentrait à la maison, elle me disait : « J'ai mal au bras, j'ai joué des heures sans m'arrêter. » Elle se laissait tomber sur son lit et m'appelait auprès d'elle, dans une légère pénombre. Sur la couverture foncée du lit conjugal, ses mains paraissaient exsangues. Sous sa peau semblait circuler une énergie qui la rendait heureuse et la rajeunissait, tout en donnant à ses joues un teint vermeil délicat. Je l'avais rarement vue embellie par ces couleurs-là, hormis lorsqu'elle me parlait de son enfance ou qu'elle me racontait les drames de Shakespeare. On aurait dit qu'elle avait la fièvre.

Il y avait pourtant quelque chose qui la troublait là-haut : la présence cachée d'Hervey, auquel tout semblait obéir dans la grande villa, les choses autant que les êtres. Quand elle parlait de lui, c'était d'un ton nerveux, légèrement irrité :

— On arrange les fleurs de la façon qui lui plaît, les tableaux qu'on achète sont ceux de ses peintres préférés. Parfois dans l'après-midi, j'entends des coups de hache acharnés. Les arbres qui lui ont déplu, on les abat, exécutés. Non, non, il faut réagir, c'est ce que je dis toujours à Arletta. Dès que je cesse de jouer et que je fais deux pas dans le jardin avec elle, pour me reposer, ou dès que nous prenons le thé, elle commence tout de suite à me parler de son frère.

— Et que dit-elle ? lui demandais-je avec curiosité.

— Oh, je ne sais pas, me répondait-elle d'un air nonchalant, je l'écoute à peine.

Mais je savais que ce n'était pas vrai.

Une fois, je l'avais vue dévaler l'escalier tandis que la voiture des Pierce attendait devant la porte de l'immeuble – tous les jours, on venait la prendre. Elle descendait avec la rapidité d'une jeune fille à peine sortie de l'adolescence, pressée de se trouver dans la rue pour saisir dans les yeux des hommes l'effet produit par son apparence et son pouvoir. Nul n'aurait osé croire que c'était une automobile vide qui l'attendait.

De fait, elle n'était pas vide. Dès cette époque, Hervey l'attendait à l'intérieur. Dans aucune des pièces de la villa on ne voyait de photographies de lui. Mais sur le piano, il y avait ses mains, moulées dans la cire. Blanches, coupées au poignet, détachées l'une de l'autre car, lui avait expliqué Arletta, elles avaient servi de modèle pour une statue de saint Sébastien.

— À un moment où Arletta était sortie de la salle, je les ai touchées. Elles ne sont pas froides, tu sais ? La cire est légèrement tiède, comme une peau humaine.

Ma mère me dit qu'elle avait posé la main sur son bras. Une fois seule, j'ai passé la main sur mon bras, sur mon cou, pour éprouver la même sensation. C'était bouleversant.

Un soir, j'ai demandé à ma mère pourquoi Hervey vivait loin de la villa Pierce. « Il est malade », me répondit-elle mais d'un ton étrange, certainement celui d'Arletta et des domestiques lorsqu'ils évoquaient M. Hervey. Personne ne précisait quelle était cette maladie. Peut-être était-ce sa différence qui invitait à expliquer par une anomalie physique sa manière toute particulière de penser, de sentir, de vivre ?

Cependant, assurait Arletta, Hervey avait parfois joué au football quand il était tout jeune. Il construisait de petits avions, on pensait qu'il deviendrait ingénieur. On parlait beaucoup de ces avions, quand Hervey n'était pas là. Ce fut même une des premières choses que ma mère apprit sur son compte. « Et après ? » demandait-elle. On commençait alors à parler à voix basse, comme en secret. Après, la guerre avait éclaté ; Hervey avait quinze ans, Shirley neuf, Arletta venait juste de naître. Les Pierce habitaient Bruxelles, dans une villa analogue à celle de Rome, à ceci près que ses grilles donnaient sur une grande avenue du centre où il passait des gens. Vers le soir, Hervey sortait de la salle de musique et allait s'asseoir derrière la grille. Ce n'étaient plus de paisibles bourgeois qui se promenaient lentement avant de rentrer dîner. Beaucoup de jeunes hommes avaient déjà l'uniforme, le fusil sur l'épaule, le pistolet à la ceinture, ou la baïonnette au canon. Des armes, en somme. Hervey n'éprouvait pas pour les soldats cette attirance si courante chez les jeunes, mais une sorte de répugnance. Il les arrêtait sous un prétexte ou sous un autre et les appelait à la grille. Il observait leur uniforme, les insignes de leur régiment, scrutait leurs visages sous leurs képis. Puis finissait par leur dire : « N'allez pas à la guerre. Il ne faut pas tirer sur des gens qui n'ont rien fait de mal. » Les soldats étaient stupéfaits d'entendre un gamin tenir de tels propos. Et lui continuait : « Jetez votre uniforme, sauvez-vous. Sauvez-vous dans la campagne, cachez-vous. » Des petits rassemblements de curieux se formaient devant la grille. Effrayé par l'attention qu'il avait suscitée, Hervey courait se réfugier dans sa chambre.

C'est à ce moment-là qu'il a cessé de fabriquer des avions. S'il en entendait un bourdonner sourdement au-dessus de la maison, il devenait même tout pâle. Il avait des accès de fièvre, aussi brusques qu'inexplicables, au cours desquels, en proie au délire, il parlait d'hommes engloutis vivants dans un sous-marin qui ne pouvait plus remonter du fond de la mer. « Il faut les sauver, disait-il, il faut les délivrer. Ils aiment que la mer soit calme, eux, ce sont des marins, des pêcheurs. » Il rêvait qu'il nageait jusque dans les profondeurs les plus reculées, là où se trouvent des branches de corail et des bancs de perles. Il se débattait dans son délire : « Je frappe à la coque, je frappe, je frappe, mais ils ne répondent plus. » De grands médecins venaient l'ausculter. Hervey les regardait, le visage rouge de fièvre. « Ils ne répondent plus ! Ils ne répondent plus ! » répétait-il, les yeux exorbités par la terreur. Violet Pierce suivait les médecins qui l'examinaient, guettant le moindre mot. Ils se lavaient les mains, tournant et retournant paisiblement le savon dans leurs paumes, puis déclaraient à la mère qui ne les quittait pas des yeux :

— C'est un garçon en très bonne santé, madame.

— Et cette fièvre ?

— Affaire de nerfs, madame, affaire de nerfs. Un peu de neurasthénie.

Hervey ne sortait plus du grand parc et ses parents ne le poussaient pas à le faire. Il ne voulait pas voir, sur les murs, les grandes affiches de l'emprunt national sur lesquelles figuraient des hommes à l'uniforme maculé de sang, la poitrine déchirée par d'affreuses blessures. « Il ne faut pas faire la guerre ! » continuait-il à dire, tout pâle, la tête passée entre les barreaux de la grille.

Désormais, les gens connaissaient l'adolescent. Certains l'attendaient pour lui lancer des grossièretés et des insultes. Hervey était grand et blond.

— Sale Allemand ! Espèce de boche ! lui criait-on.

— Non, je ne suis pas allemand, leur répondait Hervey. Et quand bien même, est-ce que ce serait de ma faute ?

Les autres le sifflaient et continuaient de crier :

— Sale boche, sale boche !

Ils lançaient des cailloux. Une pierre l'atteignit à la joue. Les plus jeunes grimpaient aux barreaux de la grille pour mieux l'accabler. Mais lui ne manifestait pas le moindre ressentiment :

— Il ne faut pas frapper les gens ! poursuivait-il. Il faut aimer tout le monde, même les Allemands. Chaque homme est un monde créé par Dieu.

Les autres ne s'arrêtaient plus.

— Protestant ! Espion ! Boche !

Et tandis qu'ils lui lançaient des pierres sur les jambes, Hervey se retournait et rentrait bien tranquillement chez lui, avec du sang qui dégoulinait sur ses vêtements. Ce fameux jour, sa mère s'évanouit en le voyant blessé. Le lendemain, trois ou quatre personnes se présentèrent chez les Pierce et, comme ils étaient étrangers, les invitèrent à quitter la Belgique. Pour leur sécurité, disaient-elles. Pour leur sécurité aussi, on fouilla jusqu'aux tiroirs d'Harold Pierce.

Les Pierce rentrèrent en Angleterre puis, à la fin de la guerre, vinrent s'installer en Italie pour permettre à Hervey d'étudier la musique.

— Voilà comment ça a commencé, concluait Arletta en hochant la tête. Par cette haine de la guerre. Avant, comme je vous ai dit, on pensait qu'il pourrait devenir ingénieur. Moi, j'aurais aimé avoir un frère ingénieur, il aurait construit des ponts et des maisons. Mais Hervey n'aime pas les maisons. Il ne monte jamais au belvédère, le belvédère tout en haut de la villa, vous savez ? De là-haut, on voit les dômes et les maisons, toutes les maisons de Rome, roses, rouges, jaunes, elles sont tellement différentes de celles de Londres, qui sont si tristes. Le panorama est aussi vaste que depuis le sommet du Janicule. Il n'y a que papa et moi qui montons quelquefois là-haut pour en profiter. Ma mère ne partage pas nos goûts. Pourtant croyez-moi, madame, là-haut, c'est vraiment beau, le soir. On voit les tramways de la ville qui lancent des éclairs, les néons des grandes enseignes, toutes les lumières allumées. De la fenêtre d'Hervey, on n'aperçoit qu'un grand cèdre du Liban. C'est un très vieil arbre, mon frère raconte toujours sa légende. Moi, je ne pourrais pas vous la raconter, elle est assez longue. Et puis si je le faisais, elle perdrait toute sa saveur, je n'ai pas son talent. Avec lui, tout devient extraordinaire. Bref, il paraît qu'il y a un cheval enfermé à l'intérieur de l'arbre. La nuit, quand les branches bruissent, Hervey l'entend hennir.

Lorsqu'elle me rapportait tout cela, ma mère prenait une voix chaude et basse comme celle d'Ottavia quand elle nous lisait les messages des esprits. Dans la faible lumière de la chambre, les meubles sombres émergeaient comme des rochers noirs. Sur le mur en face du lit, mon père avait voulu accrocher une grande photographie de ses parents, pris à mi-buste. Les épaules du mari et de la femme se touchaient, leurs yeux regardaient fixement le photographe, d'un air sévère. Vêtus de noir, sur le blanc laiteux de l'agrandissement, eux aussi ressemblaient à des rochers, des écueils.

— Maman, ai-je dit à mi-voix, je ne crois pas que le frère d'Arletta soit malade. Papa pense qu'on est malades, nous ici, tu sais ? Quand il se met un doigt sur le front et qu'il le fait tourner comme une vis !

— Il dit ça, c'est vrai.

Elle se retourna pour me regarder, elle voulait saisir dans mes yeux le sens véritable de ce rapprochement. Puis elle m'a serrée contre elle et nous sommes restées dans les bras l'une de l'autre, muettes sur le lit haut. Certainement qu'en elle-même, elle me disait : « ma petite fille », elle me disait : « Sandi », elle me disait : « ma chérie ». Il me fallait pourtant deviner tout cela sans qu'elle me l'avoue, le comprendre à sa manière éperdue de m'étreindre et qui était déjà, m'avait-elle expliqué, celle dont l'étreignait ma grand-mère. Du reste, je sentais moi-même que je ne pourrais pas étreindre autrement la femme qui serait un jour ma fille.

L'année suivante, Arletta commença à jouer du piano. Pendant tout l'hiver, ma mère se rendit tous les jours à la villa Pierce, j'étais donc seule. Ce fut un hiver triste et pluvieux. Mais peut-être est-ce ma solitude qui me donna cette impression. Une seule chose est sûre : lorsque je repense à ces jours-là, il me semble avoir les narines envahies par une odeur de terre mouillée et revoir à travers la fenêtre un ciel blanc plein de nuages.

Livrés à nous-mêmes, mon père et moi avions davantage l'occasion de bavarder ensemble. Il paraissait désireux de se rapprocher de moi, non pour s'intéresser à mon éducation ou tâcher de mieux me connaître, mais uniquement pour discuter et passer le temps.

Il s'asseyait près de moi avec l'espoir que je lui fasse part de ragots et de commérages sur les jeunes filles de l'immeuble qu'il connaissait de vue parce qu'il les rencontrait dans l'escalier. Il ne savait pas quoi faire quand il n'était pas au bureau et qu'il avait fini la lecture du journal – qu'il lisait soigneusement, jusqu'aux petites annonces, même s'il n'avait jamais rien à vendre ou à acheter, jusqu'aux plus insignifiantes nouvelles de la province environnante. Lire le journal était un devoir, pensait-il, là où lire un livre revenait à perdre son temps. Il ne savait d'ailleurs pas faire autre chose – il s'asseyait dans son fauteuil, se limait les ongles, regardait par la fenêtre, descendait prendre un café au bar du coin. Deux fois par an, il se rendait dans les Abruzzes chez grand-mère et en rapportait l'argent tiré de la vente des olives et des figues sèches.

Nous allions le chercher à la gare ensemble, maman, Sista et moi, pour l'aider à transporter jusqu'au tram deux grandes corbeilles remplies de provisions. Nous n'avions pas l'habitude de nous retrouver dans les rues bruyantes du centre, au milieu de tout ce monde. Et, une fois sur place, c'est les yeux écarquillés que nous suivions du regard les allées et venues de gens à destination de pays inconnus. Je repensais aux fois où maman décrivait les villes fabuleuses dans lesquelles grand-mère avait joué. Rêveuses, nous nous laissions emporter, accrochées à la fumée grise que les cheminées des locomotives faisaient flotter, comme la queue d'une comète. Le souffle des pistons faisait palpiter notre cœur à un rythme effréné.

— Cette voie-là, disait maman, c'est celle du train de Vienne.

Et, les yeux plissés, nous tentions de suivre tout leur parcours, jusqu'à l'arrivée.

Mais Sista nous appelait :

— Voilà le train !

Sa voix grave, l'aspect sévère que lui donnaient sa robe noire et le fichu noir couvrant ses cheveux et noué sous son cou nous ramenaient à nos habitudes mélancoliques. Encore perdues dans notre rêve, nous reculions pour ne pas nous faire happer par les roues de la locomotive. Une corbeille recouverte de toile blanche posée sur le rebord d'une vitre nous indiquait que mon père était arrivé.

Tout en nous embrassant, il s'empressait de lancer :

— J'apporte des petits fromages frais et de la coppa.

Il aimait la bonne chère. Il avait l'allure d'un gourmand et la manière de s'habiller typique de l'homme mûr qui veut plaire aux femmes. Il avait toujours sur lui un peigne de poche et un étui de cigarettes légères, même s'il ne fumait que rarement. Quand il sortait, le samedi après-midi, il se passait de la brillantine sur les moustaches et sur les cheveux. Une fois la porte refermée sur lui, il restait dans chaque pièce une odeur entêtante qui me répugnait profondément. J'ouvrais portes et fenêtres pour chasser ce parfum et, tant qu'il n'avait pas complètement disparu, j'avais l'impression de ne pas être encore tout à fait seule. Je n'aimais pas mon père. J'avais toujours envie de lui répondre sèchement, durement, même, alors que j'étais habituellement aimable avec tout le monde.

Il lui arrivait de s'approcher de moi tandis que j'étais en train de lire dans mon coin, assise près de la fenêtre. Sa présence me gênait tellement que je prenais une mine hostile et farouche.

— Qu'est-ce que tu fais ? me demandait-il en m'interrompant dans ma lecture.

— Tu ne vois pas ? lui répondais-je d'un air revêche.

— Si, si. Qu'est-ce que c'est ?

À contrecœur, je lui montrais le titre de mon livre.

— Tu aimes lire, hein ? me demandait-il.

Puis il ajoutait :

— Tu es comme ta mère.

Une note légèrement méprisante flottait dans sa voix. Il avait toujours ce ton-là quand il disait « ta mère » au lieu de dire « ta maman ».

— Et donc ?

— Et donc vous n'êtes pas comme les autres femmes, celles qui aiment aller au cinéma ou au café et puis qui rentrent pour coudre, travailler, ranger la maison. Vous, vous êtes des princesses.

Il employait souvent ce mot, résumant dans ce titre nobiliaire la paresse, l'inertie, le goût des choses raffinées mais inutiles. Je frémissais de rage mais continuais d'afficher un calme glacial pour ne pas l'admettre dans l'intimité de mon ressentiment.

— Pourquoi dis-tu ça ? lui demandais-je, parcourant toujours les pages de mon livre, sans un regard pour lui. Est-ce qu'on dépense trop ?

— Oh non, ça non !

— Est-ce que la maison est mal rangée ? La nourriture est mauvaise ?

— Non, au contraire.

— Est-ce que nous réclamons des distractions ? Des toilettes somptueuses ?

— Certainement pas.

— Alors quoi ? demandais-je en finissant par lui adresser un regard empli d'une antipathie contenue. Alors quoi ?

— Alors je ne sais pas, mais vous n'êtes pas des femmes comme les autres, c'est moi qui te le dis.

C'est peut-être bien la faute des livres. Mais vous avez quelque chose qui ne fonctionne pas là-dedans.

Il portait son index à sa tempe et faisait mine de tourner une vis, geste qu'il répétait souvent et qui avait le don de m'exaspérer. J'avais une soudaine envie de l'accabler de coups de poing, sans ménagement. Avec un effort immense, je baissais les yeux sur mon livre et reprenais ma lecture. Il restait là, dans son fauteuil, parce qu'il n'avait rien à faire. Il se curait les ongles avec mon coupe-papier tout en m'observant comme si j'étais la première venue, une fille assise à côté de lui dans le tram. Et quand il me regardait de cette façon, je rabattais d'instinct ma jupe sur mes genoux.

S'installaient de longs silences gênants. Puis il concluait son interminable examen de ma personne en disant :

— Tu es maigre. À ton âge, les jeunes filles ont déjà de la poitrine.

Je rougissais comme si on m'avait giflée. Un sentiment de malaise et d'humiliation se répandait en moi, sous ma peau. Il n'avait aucun droit de me parler de choses aussi intimes, absolument étrangères à la complicité qu'autorisent les rapports d'un père avec sa fille.

— Tu es comme ta mère.

— Ma mère est extrêmement jolie ! protestais-je vivement.

— Oui, mais elle n'a pas de poitrine, me répondait-il avec calme.

Et, sur ces mots, il me quittait pour lire le journal ou écouter la radio, me laissant battue à plates coutures.

Le tempérament de mon père, le goût qu'il avait pour les formes opulentes n'échappaient pas à Fulvia :

— Ton père est très porté sur les femmes, me disait-elle. Je le comprends rien qu'à sa façon de me regarder. Il y a quelques jours, il m'a arrêtée dans l'escalier pour me demander : « C'est bien toi la copine d'Alessandra, pas vrai ? » J'ai fait signe que oui et j'ai filé. Il aurait bien voulu engager la conversation. Mais, moi, les hommes mariés, ça me dégoûte.

Des années plus tard, Fulvia m'a raconté qu'à cette époque il l'attendait souvent dans l'escalier. Il ne lui faisait pas de propositions indécentes et n'essayait pas davantage de l'embrasser : il se contentait de la toucher, comme on touche un objet. Malgré la répulsion que ses mains suscitaient chez elle, m'a-t-elle dit aussi, elle n'osait pas se défendre, retenue par une sorte de timidité à l'endroit d'un homme âgé, marié à une amie de sa mère. Elle se laissait donc palper en affectant d'ignorer encore le sens de ces gestes, comme si tout cela était pour rire.

En ce temps-là, Fulvia était extrêmement gracieuse. Gracieuse n'est peut-être pas le terme adéquat. Elle était séduisante et insolente, comme le sont, à son âge, beaucoup de filles de la bourgeoisie romaine, avec des cheveux noirs brillants, très soigneusement coiffés, et une poitrine provocante qu'elle n'essayait pas de dissimuler. Si quelqu'un lui murmurait un compliment quand nous sortions ensemble, elle répondait tout haut, avec une certaine repartie. Elle ignorait mes timidités, mes rougeurs. Elle correspondait de façon régulière avec un garçon habitant l'immeuble d'en face et lui parlait de sa fenêtre, par signes. Avec un autre, qui était son camarade de classe, elle allait se promener à la campagne au lieu d'aller en cours. Du reste, elle n'avait pas besoin de mentir parce qu'elle faisait de ses journées ce qu'elle voulait. Lydia passait souvent tout l'après-midi avec son capitaine.

Fulvia ne profitait pourtant de cette liberté qu'avec parcimonie. Quand sa mère sortait, elle s'asseyait devant la coiffeuse et s'amusait à se peindre les lèvres, à se maquiller les yeux, à se coiffer de différentes manières, les cheveux relevés sur la nuque et réunis sur le front en un gros chignon, comme dans les magazines de cinéma dont elle était une lectrice assidue. Chez elle, elle s'habillait d'une façon tout à fait négligée, comme presque toutes les jeunes filles de l'immeuble. Elle portait de petites robes en coton déteint à force d'avoir été lavé, trop courtes, trop étroites et déchirées aux aisselles, et se chaussait de vieux souliers qui faisaient office de pantoufles. L'été, elle se baladait complètement nue sous son petit peignoir à fleurs, étroitement serré à sa taille par une ceinture. Quand elle était seule, elle se graissait la figure avec de l'huile d'olive et frottait dessus des rondelles de pommes de terre et du jus de citron, même si elle avait la peau très fraîche. C'était même ce qu'il y avait de plus joli chez elle, cette peau fine, transparente, veloutée. Lorsqu'on nous laissait seules, j'avais envie de lui demander : « Tu me laisses toucher ? », mais n'osais pas.

De mon côté, je devenais de plus en plus taciturne et solitaire. Sans Fulvia, j'aurais passé des journées entières refermée sur moi-même. Je sentais qu'un âge nouveau me transformait. Et cette transformation m'inspirait un mélange de fascination et d'effroi. Au lycée, l'incident avec Magini ne m'avait certes pas rendue plus populaire. Les paroles que j'échangeais avec mes professeurs étaient souvent les seules que je prononçais de la matinée. Mes camarades ne manifestaient pas le moindre intérêt à mon endroit. « C'est une pimbêche arrogante », les ai-je entendus dire à mon sujet. Une autre fois, je les ai entendus déclarer que j'étais moche.

Bien souvent, Fulvia m'ignorait pendant des

journées entières, elle aussi. Puis, brusquement, elle m'appelait de la cour :

— Monte ! m'enjoignait-elle d'un ton despotique.

À peine m'avait-elle appelée que je fermais mon livre et la rejoignais en grimpant deux marches à la fois.

Je trouvais la porte entrebâillée et, dans l'appartement vide et silencieux, Fulvia occupée à des soins de beauté qu'elle n'interrompait même pas malgré mon arrivée.

Au cours de ces longs après-midi d'été, nous restions à parler sur la petite terrasse, très élevée par rapport à la ville. On aurait dit que la grosse bâtisse que nous habitions nous portait en triomphe. De là-haut, on n'apercevait que d'autres terrasses, désertes, des toits rouges et un clocher où se réfugiaient les hirondelles. Une étroite planche de bois posée sur deux gros bidons vides nous servait de siège. Parfois, Fulvia s'étendait sur la planche en me laissant à peine assez de place pour que je m'asseye à ses pieds. Son peignoir s'ouvrait sur ses épaules, sur ses seins, sur ses jambes, que je contemplais avec une curiosité avide.

— Fais-moi de l'air, j'ai chaud, me disait-elle entre deux bavardages.

J'obéissais, j'acceptais qu'elle me traite comme une esclave. Je sentais qu'Alessandro était amoureux d'elle et voulait la dévorer des yeux. Mais j'étais trop naïve pour accepter sciemment ces élans. Je me délectais à la regarder tandis qu'elle racontait des histoires. Elle parlait d'un ton brusque, presque arrogant. Pour elle, l'amour était une chose banale, expéditive, pas trop propre. Les camarades avec lesquels elle avait l'habitude de sortir usaient d'un langage cru et haut en couleur, ils racontaient des histoires salaces, ils fumaient. Avec eux, elle se comportait comme un garçon, sauf avec Dario.

Dario, c'était le garçon qui habitait l'immeuble d'en face. Il étudiait à l'université et, quand approchait la période des examens, on voyait sa fenêtre éclairée jusque tard dans la nuit. Il emportait ses livres même lorsqu'il allait à la campagne avec Fulvia. Il s'asseyait, adossé à un arbre, et travaillait tandis qu'elle prenait des bains de soleil.

— J'enlève souvent ma chemisette, m'expliquait-elle.

— Mais, dessous, qu'est-ce que tu as ?

— Dessous ? Rien du tout. Je suis toute bronzée, me disait-elle en ouvrant son encolure davantage encore.

— Mais Dario ?

— Dario, il travaille et il monte la garde. Il m'avertit : « Voilà des gens, couvre-toi. » Si je ferme les yeux, il me lance des petits cailloux pour me réveiller. Quand il est fatigué, il vient s'allonger sur l'herbe près de moi.

J'épiais la porte, de peur que ma mère ne surprenne nos discussions.

Puis, non sans rougir, je demandais à Fulvia :

— Raconte-moi, raconte-moi encore. Explique-moi.

Je voulais qu'elle me parle de Dario.

— Tu l'aimes ?

À ma question, elle répondait que non. Elle me disait que ces lettres et ces rendez-vous ne lui donnaient aucune émotion. Pourquoi faisait-elle tout ça, alors ? Une fois, je suis sortie de ma réserve habituelle et je lui ai posé la question.

Elle me regarda d'un air sérieux et me demanda :

— Qu'est-ce que je devrais faire ? Je ne vaux pas grand-chose. Je ne suis pas comme toi.

Je l'ai coupée, en protestant vivement. À mon sens, jamais une femme ne devait s'abaisser à cette amère résignation.

Un soir qu'il faisait noir et qu'elle était allongée sur la planche, et moi assise à ses pieds, elle m'expliqua comment naissent les enfants.

Les histoires de Fulvia et les séances de spiritisme ne me permettaient guère de passer des nuits calmes. Une fois que mes parents s'étaient enfermés dans leur chambre et que, derrière la porte fermée, la voix de ma mère s'était tue, j'avais l'impression d'être seule, livrée à mille dangers tapis dans l'ombre et dans mes pensées.

Les récentes explications de ma jeune amie, auxquelles j'avais affecté de ne pas donner d'importance en sa présence, me tenaient longuement éveillée et troublée. Je n'allais me confesser que rarement. Jusque-là je n'avais guère eu conscience de ce qu'était la faute. Brusquement, je compris ce qu'était réellement le péché, j'en sentis à la fois la médiocrité et le pouvoir, obscur, irrésistible. Seule une aveugle obéissance à l'amour, me semblait-il, pouvait pousser à accepter des gestes qu'on paie parfois de sa vie, comme Desdémone ou Francesca da Rimini. « Ça n'a rien à voir avec l'amour », m'avait pourtant dit Fulvia. Je n'arrivais pas à le croire. Si elle cherchait à me tromper, n'était-ce pas à cause de sa manie de se montrer indifférente et cynique ?

Une fois que j'étais couchée, dans le noir, mon esprit agité passait en revue les couples que je connaissais, leur vie, leurs sentiments. Il me semblait invraisemblable que ces hommes qui, pendant la journée, n'avaient pas un seul mot d'amour pour leurs compagnes exigent tout à coup qu'elles soient prêtes à ces effroyables étreintes, la nuit venue. Le matin, quand les femmes reprenaient leur travail, il me semblait lire dans leurs yeux le souvenir d'une humiliation écrasante.

Maintenant que j'imaginais ces choses-là, je ressentais pour mes voisines une pitié remplie d'affection.

J'étais seule dans notre petite loggia, pelotonnée dans un coin comme un chien. Mais elles aussi se trouvaient seules avec leurs gestes qui, vus de loin, ressemblaient à des gestes de folles – cette façon d'agiter un bout de tissu, encore et encore, ou de donner je ne sais combien de coups de bâton sur un tapis étendu ! Chacune de nous était seule au monde, un point noir dans le monde : Europe, Italie, Rome, via Paolo Emilio, numéro 30, appartement 6, appartement 4, appartement 1. Moi, comme un chien, j'aurais accepté un geste d'amour, de n'importe qui ; elles acceptaient qu'un homme vienne fugacement se lover contre elles et, une heure durant, les envelopper dans sa chaleur.

Il n'était pas facile de résister, je le savais. Au cours des séances de spiritisme, Enea s'asseyait à côté de moi. Il prenait mon bras dans sa main chaude, brûlante, et moi, dominée par la nouveauté de ce contact, bien qu'il me fût odieux, je n'osais pas m'éloigner. Un jour il vint à la maison dire qu'Ottavia était malade. Il pénétra dans l'entrée et, tout en parlant, il regardait autour de lui. La porte était restée ouverte et je m'y appuyais d'une main tremblante.

— Tu es seule, Alessandra ? me demanda-t-il.

Je fis signe que oui. Alors il repoussa doucement la porte jusqu'à la fermer. Je ne l'avais jamais croisé en dehors des séances de spiritisme, j'avais l'impression qu'il gardait sur lui une odeur d'encens et que des esprits voltigeaient autour de ses bras.

— Il y a si longtemps que je souhaitais te voir seule un moment ! me dit Enea.

Tout en parlant, il se rapprochait de moi à mesure que je reculais vers le mur. C'était un garçon déjà grand, son regard se posait sur moi et, partout où il se posait, ma chair mollissait comme si mes os se disloquaient.

— Tu sais que je suis amoureux de toi ? me lança-t-il.

Il s'approchait, et, en même temps, la chaleur de tout son corps se rapprochait de moi. J'ai pensé : « Peut-être que ça me dégoûte. Peut-être que, s'il se rapproche encore, ça me dégoûtera. » Quand il tendit sa bouche vers la mienne, je l'ai esquivée pour me soustraire à son haleine. Ça me dégoûtait, par bonheur. Oui, ça me dégoûtait ! J'ai ouvert la porte en grand, un air froid s'engouffra dans l'appartement. Tout bas, je lui ai dit :

— Va-t'en tout de suite, va-t'en !

L'escalier était sombre. S'il tentait à nouveau de se rapprocher, je n'hésiterais pas à me défendre. Je pensais aux ciseaux, restés ouverts sur mon ouvrage laissé en plan. Hors de question qu'il me touche. Il lut dans mes yeux une telle aversion qu'il sortit en se contentant de murmurer :

— Espèce d'idiote !

Aussitôt revenue dans mon coin, je me suis jetée dans mon fauteuil. Il me semblait qu'Enea circulait dans la maison, invisible, comme les esprits après les séances. J'avais peur que ma mère ne s'en aperçoive à son retour. Je lui ai indiqué qu'Ottavia ne viendrait pas le lendemain.

— Comment le sais-tu ?

— Elle a envoyé Enea, lui ai-je répondu.

J'étais assise en face de ma mère et l'observais fixement. En mon for intérieur, je l'appelais de toutes mes forces, « Regarde-moi bien, maman, regarde ce que j'ai dans la tête. » L'intensité qui se dégageait de moi la surprit et elle me demanda :

— Qu'est-ce que tu as, Sandi ?

Je lui répondis :

— Rien.

Mais j'aurais voulu qu'elle ne me croie pas.

Au contraire, elle me croyait toujours. Peut-être

était-ce ma faute si, depuis quelque temps, je devenais méconnaissable. Ma mère passait à côté de moi, pleine de grâce tant ses mouvements étaient purs, loin de se douter que mon esprit était hanté de curiosités malsaines, d'abominables pensées.

— Bonne nuit, Sandi, me disait-elle en me faisant une caresse.

— Bonne nuit, maman, lui répondais-je.

Mais au fond de moi, je l'invoquais désespérément, je la suppliais : « Ne t'en va pas, aide-moi. » Ma mère ne comprenait pas. Si ma mère ne comprenait pas, nul ne pourrait jamais comprendre. Sans doute était-ce cette glaciale solitude qu'elle aurait voulu éloigner de moi quand elle semblait désirer m'empêcher de grandir, de devenir adulte. Je m'accrochais à cette image d'elle, je hurlais : « Maman, j'ai peur ! » Et même si ma voix refusait de sortir, elle m'entendrait quand même, comme elle l'avait toujours fait jusque-là. Mais non, elle ne m'entendait plus. Et, sans son aide, j'étais faible et accablée par le péché. Quand elle me voyait me tourner vers elle, ma mère effleurait mes cheveux de la main, et son sourire me disait : « Ma petite fille ! »

Effrayée de rester seule avec ces pensées, je retenais Sista jusque tard, je la faisais asseoir sur mon lit. Un jour, je lui ai demandé brusquement :

— Sista, tu as déjà été amoureuse, toi ?

— Non, me répondit-elle.

— C'est vrai, ça, jamais ?

— Jamais.

Je regardais ses traits réguliers, son front pur. Elle avait dû être belle, autrefois.

— Pourquoi ? Personne ne t'a jamais fait la cour, dans ton village ?

— Oh si, quand j'étais jeune.

— Et alors ?

Elle hésita un instant avant de répondre, puis me dit à mi-voix :

— Les hommes sont tous des cochons, Alessandra.

Alors que j'étais couchée dans mon lit, je me suis relevée d'un bond, furieuse :

— Va-t'en ! Va te coucher, va-t'en !

Je me suis alors tournée contre le mur derrière lequel ma mère dormait, la joue sur la main, comme à son habitude. J'espérais que, dans le silence de la nuit, elle m'entendrait pleurer et l'appeler au secours de toutes mes forces.

Des hommes, en ce temps-là, je n'en connaissais pas beaucoup. Leurs manières, leurs voix m'étaient, pour ainsi dire, presque inconnues. Dès qu'il s'était aperçu que j'étais en train de devenir une jeune fille pas trop laide, mon père s'était hâté de me faire abandonner mon lycée mixte pour me faire inscrire dans un autre, exclusivement féminin et dirigé par une vieille fille dont la moitié du visage était couverte par une tache de vin violette et plissée.

La conscience que j'avais de ma condition de femme m'inspirait ainsi un sentiment de faute. C'est avec honte que je découvrais sur mon corps tous les signes qui révélaient cette condition et la rendaient visible à mes propres yeux, mais aussi à ceux des autres. Je ne pouvais pas croiser un homme dans l'escalier sans aussitôt rougir et hâter le pas, comme pour me cacher. Et néanmoins, quand j'étais seule, je ne parvenais pas à vaincre cette curiosité morbide. Dans le tram, j'observais avec attention les gestes des hommes, la façon dont ils sortaient leur portefeuille de leur poche et dont ils comptaient leur argent. Je regardais leurs doigts jaunis de nicotine. Si j'étais coincée dans une foule, j'approchais mon visage de l'imperméable d'un officier et j'aspirais cette odeur forte de cuir et de tabac qui me paraissait appartenir à une espèce différente.

Quelquefois, mon père annonçait la visite d'un collègue de bureau. Il aimait recevoir ses amis dans la salle à manger pour leur offrir un verre de vin, chose que ma mère n'approuvait pas. Pendant tout l'après-midi, cette visite du soir m'inspirait un mélange de trouble et de curiosité. Quand la sonnette tintait, je devais faire un effort pour cacher l'appréhension que me donnait l'idée de me présenter à un homme, de lui tendre la main, de parler avec lui.

D'un côté de la table, il y avait mon père et son ami, de l'autre ma mère et moi, gracieusement assises, les yeux grands ouverts sur eux comme si nous étions dans une loge au théâtre. Nous avions une foule de choses intéressantes et agréables à raconter. J'aurais voulu parler de certains livres que j'avais lus, ma mère, peut-être de musique. Mais ils ne nous posaient jamais de questions.

Ils disaient que j'avais grandi et s'en étonnaient, comme si grandir avait été une liberté, une permission que je m'accordais. Puis, aussitôt, mon père ajoutait qu'il vieillissait, et l'autre disait : « Oui, oui ! », mais tous deux finissaient par rire d'un air équivoque. Très vite, en quelques phrases, ils reconstituaient le bureau autour d'eux, ce qui les incitait encore plus à prendre leurs aises.

Nous avions du mal à croire qu'ils pussent avoir plaisir à se replonger, le soir même, dans les mesquineries du bureau, au milieu des tristes médiocrités parmi lesquelles il devait être déjà si pénible de passer une bonne partie de leur vie quotidienne. Ils se préoccupaient de savoir si, à l'occasion d'une solennité à venir, on allait leur accorder un jour de vacances. « Ils nous le doivent ! déclaraient-ils. Et ils nous le donneront. » Là-dessus, ils riaient d'un rire gras et vulgaire, signe de leur certitude que le gouvernement aurait peur d'eux.

Mon père ne connaissait pourtant rien à la politique. Il ne tirait de la lecture du journal qu'un mélange d'ironie et d'irritation sourdes, qui avait principalement trait aux salaires des fonctionnaires. Dès qu'on leur accordait une légère augmentation ou une gratification, il nous montrait la nouvelle imprimée dans le journal en nous tapotant l'épaule ou en nous clignant de l'œil, comme si cet avantage était dû à une manœuvre personnelle. L'État ne suscitait chez lui aucun sentiment de solidarité mais, simplement, la méfiance qu'inspire quelqu'un toujours prêt à vous entortiller et avec qui il faut jouer d'astuce. Il faisait souvent allusion à de petits trucs employés pour travailler le moins possible au bureau. Il lui arrivait de s'entretenir avec ses amis d'un de leurs supérieurs hiérarchiques trop zélé qu'ils avaient surnommé Calotin. Le simple fait de prononcer ce surnom suscitait leur hilarité. « Tu as vu Calotin ? » se demandaient-ils les uns aux autres. Et de rire de bon cœur. Il paraissait que, depuis la fenêtre des cabinets, on voyait, l'été, les employées du ministère des Finances ôter leur blouse noire. Mon père et son ami s'accusaient réciproquement de toujours être aux cabinets, vers cette heure-là. Je rougissais, maman aussi, mais elle évitait de se tourner vers moi pour ne pas croiser mon regard. Je fixais les yeux de mon père tandis qu'il débitait ces histoires avec satisfaction, navrée qu'il se ravalât au rang de mes anciens camarades de classe. J'essayais de ressentir de la tendresse pour lui, sans succès. À mon sens, la tendresse qu'on pouvait éprouver pour des hommes ne devait pas naître de la pitié. Et je ne voulais pas ressentir de pitié pour un homme. « Tu as vu que, jeudi, c'est congé ? Ils ont été bien obligés de nous le donner ! »

Et ce jour de congé, comment en profitaient-ils ? En s'asseyant devant un verre de vin en attendant que le bureau rouvre le lendemain matin. Voilà ce qui les reposait, ce qui les délectait. Cela n'en restait pas moins des vacances aux frais de l'État et, par conséquent, un bon tour qu'on lui avait joué, même si ça coûtait des heures et des heures du plus morne ennui. Les jours fériés, mon père demandait : « Quelle heure est-il ? », comme les gens qui attendent un train à la gare. Je me rappelle qu'une fois ma mère fit remarquer à mon père et à son collègue :

— Mais l'État, c'est vous !

— Nous ? lui répondit mon père en affectant une surprise amusée. Lui et moi ?

— Vous deux aussi. Comme tous les autres.

Tous deux se mirent alors à rire de plus belle en se renversant sur leurs chaises.

— Si nous étions l'État, tu verrais !

— Moi, il me suffirait d'un an ! dit l'autre avec une brusquerie empreinte de gravité et de réprobation.

— Un an ? Qu'est-ce que tu racontes ? protesta mon père. Un mois ! Huit jours !

Après être tombés d'accord sur le fait qu'il leur suffirait de vingt-quatre heures pour assurer le bien-être du pays, ils se versèrent un autre verre de vin.

— La première chose que je voudrais, déclara mon père, ce serait voir Calotin nettoyer les chiottes.

Je n'osais pas croire que c'était vraiment ça, « les hommes ». Ce que les livres m'avaient appris d'eux était bien différent. Je savais qu'ils n'étaient pas comme ça. Je le savais avec une telle certitude que je sentais parfois un furieux désir de m'éloigner d'eux, de les chasser pour ne pas voir s'éteindre en moi l'attente d'un homme semblable au Devouchkine des *Pauvres gens*, lecture qui, à cette époque, m'avait séduite et charmée. « Non, non », me disais-je. Et sans doute devais-je hocher la tête puisque maman attrapait ma main sous la table et la serrait fort.

Les hommes, chez Fulvia, c'était souvent qu'on en parlait. Je peux même dire qu'on parlait rarement d'autre chose. Le soir venu, surtout au printemps et en été, un grand nombre de jeunes filles se réunissaient chez elle, la terrasse servant alors de salon. Une partie de ces jeunes filles habitaient notre immeuble, les autres étaient des camarades de classe ou des voisines.

Fulvia était le centre de ces réunions. Elle exerçait un grand pouvoir sur ces filles de son âge qui ne venaient là, tout comme moi, que pour lui obéir. Il lui arrivait de les traiter durement, de leur donner carrément des ordres : « Va me chercher un verre d'eau dans la cuisine », ou encore de déclarer : « J'ai faim, je mange ! », et, avec une indélicatesse qui me faisait rougir, de mordre dans une tartine de pain assaisonnée d'huile ou dans un beau fruit, sous les regards envieux des autres.

Si sa mère n'était pas là, Fulvia se hasardait à fumer deux ou trois cigarettes. Celles du capitaine, précisait-elle.

Enivrées, nous dilations nos narines quand la fumée bleue passait devant nous.

— Ce sont des cigarettes fines ! disait Aida. Mon frère ne fume que des Nationales.

— Elles viennent d'Égypte, expliquait Fulvia – et ce produit exotique ne faisait que renforcer le charme du mystérieux capitaine.

— Aujourd'hui il est en inspection, nous confiait-elle parfois.

Ces jours-là, Lydia restait chez elle et nous adressait de lointains sourires, pareille à une jeune veuve. Sa poitrine ronde, sur laquelle elle épinglait souvent une fleur, nous semblait gonflée d'une passion irrépressible. Nous imaginions le capitaine relégué au fond de sa caserne comme un patriote en exil.

Souvent, Fulvia nous lisait tout haut les lettres de Dario ou des billets que ses camarades de classe glissaient dans ses cahiers. Une de ses amies, qui s'appelait Rita, disait que même le professeur, un homme de trente ans, était amoureux de Fulvia.

Celle-ci rétorquait :

— Oui. En attendant, il me donne 6 !

— Il devrait te donner 0 !

Nous riions parce que nous savions que c'était vrai. Maddalena, une blonde rose et délicate qui était dans sa classe, disait que son frère Giovanni aussi était amoureux de Fulvia. Et que, depuis, il était devenu le plus charmant des frères. « Il vient même me prendre à la sortie », disait-elle en riant. On se rendait compte que ça lui aurait fait plaisir de le voir devenir le « fiancé » de Fulvia (nous parlions entre nous de « fiançailles » pour désigner toutes les amourettes de notre âge). Il avait peut-être fait appel à elle pour qu'elle lui serve habilement d'intermédiaire auprès de Fulvia et Maddalena devait trouver cette mission piquante.

— Viens avec moi demain à la Villa Borghèse. Giovanni y sera. Quand la nuit tombera, je vous laisserai seuls sur votre banc.

— Vas-y, Fulvia, lui conseillaient les autres. Vas-y.

C'était comme si elles étaient toutes tapies dans l'ombre de la villa, aux aguets.

Je la regardais gravement. J'aurais voulu la retenir par le bras. Mais Fulvia répondait :

— Il ne me plaît pas, ton frère. Il m'appelle « mademoiselle ».

Et, souvent, pour l'humilier, elle lui répétait : « Ça doit être un idiot ! » Devant cette insinuation, Maddalena se rebiffait comme si l'ironie facile de son amie bafouait tout le prestige de sa famille.

Un jour, alors que nous étions toutes réunies sur la terrasse, Fulvia demanda à Maddalena :

— Je ne vois plus ton frère. Qu'est-ce qu'il fait, il est entré au séminaire ?

Toutes se mirent à rire, à se moquer de lui. Aida fit des gestes de prêtre, prit un regard en biais et feignit de miauler un chapelet. Maddalena les considéra avec une rage contenue :

— Allez-y, moquez-vous, moquez-vous ! Si vous saviez ce que j'ai trouvé dans le tiroir de mon frère...

— Quoi donc ? demandèrent les autres aussitôt curieuses.

— Moquez-vous de Giovanni, moquez-vous ! continuait Maddalena sans répondre.

— Qu'est-ce que tu as trouvé ? Des lettres d'amour de Greta Garbo ? lui demanda Fulvia d'un ton méprisant.

— J'ai trouvé la photo d'une femme toute nue qui se cache la figure dans les mains. Une femme très belle.

Il y eut un silence. Les jeunes filles, muettes, regardaient avec admiration Maddalena, qui détenait un tel secret, puis Fulvia, qu'elles pensaient humiliée et battue. Mais, d'un bond, celle-ci se redressa :

— Plus belle que moi ? demanda-t-elle en laissant glisser son peignoir et en se montrant nue sur le fond gris du réservoir d'eau.

Les jeunes filles eurent un petit cri et la regardèrent. Pour ma part, j'ai aussitôt détourné les yeux d'elle sans discerner les formes de son corps et je me suis enfuie. J'ai traversé la cuisine, le couloir sombre. Quand Fulvia me rejoignit, j'avais déjà la main sur le verrou.

Elle était encore nue mais serrait son petit peignoir contre elle pour se couvrir. Elle fondit sur moi et me bloqua dans un coin, près de la porte d'entrée.

Je voyais son visage et ses épaules comme une blancheur confuse.

— Tu me méprises, n'est-ce pas ? me dit-elle en se pressant contre moi pour m'empêcher de me sauver.

— Laisse-moi, ai-je murmuré.

Les forces me manquaient.

— Tu me méprises ? répéta-t-elle.

Puis, en caressant mon visage, elle murmura :

— Tu as raison, pardonne-moi. Va-t'en. Va-t'en, Alessandra.

Elle me caressa les cheveux. M'embrassa tendrement comme on embrasse une petite sœur. Puis m'ouvrit elle-même la porte et me poussa dehors.

Tandis qu'elle regagnait sa terrasse, je l'ai entendue dire :

— Elle est déjà partie, l'autre idiote.

Je suis restée près d'un mois sans la voir. J'aurais voulu retourner aussitôt chez elle, la supplier de me pardonner. Je l'entendais rire et chanter, et je me rongeais. À mes yeux, c'était moi qui étais dans mon tort de traîner mon corps comme une faute ! J'aurais voulu lui parler de la présence d'Alessandro au fond de moi mais n'osais pas, de peur qu'il s'agisse d'une anomalie congénitale, comme si j'avais caché un pied fourchu dans mon soulier. Au cours de ces jours-là j'ai lu, dans le journal, l'histoire d'une fille qui, à une vingtaine d'années, a découvert qu'elle était un homme. J'ai découpé l'entrefilet que j'ai caché dans un livre. Je n'arrivais pas à me persuader que j'étais une jeune fille comme les autres. J'avais surtout l'impression que la sincérité de mes amies était plus honnête que ma veule réserve.

Un jour que j'étais assise dans notre loggia, occupée à repriser de vieilles chaussettes de mon père, Fulvia m'appela :

— Alessandra !

J'ai levé la tête et vu sa mine courroucée.

— Monte, me dit-elle.

Elle faisait appel à une solidarité toute féminine, ce qui s'était passé sur la terrasse était oublié. Le frère d'Aida avait été arrêté, m'expliqua-t-elle dès que j'entrai dans son appartement. En me tenant par le bras, elle me conduisit dans sa chambre comme si nous nous étions quittées une heure avant.

Aida était assise sur le lit, l'air grave. Les autres étaient assises autour d'elle. Maddalena tenait une poupée sur ses genoux. J'ai demandé :

— Qu'est-ce qu'il a fait ?

Au lieu de me répondre, les autres me regardèrent d'un air hésitant. Sans doute s'agissait-il d'un motif honteux que personne ne tenait à évoquer. Tout bas, j'ai avancé :

— Il a volé quelque chose ?

Je n'avais jamais vu le frère d'Aida. Je savais qu'il s'appelait Antonio et qu'il apprenait le métier de typographe. Nous connaissions ses goûts, ses défauts, son caractère comme ceux des frères de toutes nos camarades. Elles parlaient d'eux avec indifférence puisque leurs liens de parenté les empêchaient de discerner la moindre séduction chez eux. Mais cet Antonio qu'Aida nous avait décrit comme taciturne, sauvage, grand lecteur, avait toujours suscité mon intérêt... Je regrettais qu'il ait pu céder à l'insignifiante tentation de voler.

— Non, me dit Aida.

Et elle me regardait fixement, dans l'espoir que je devinerais. Toutes les autres en faisaient autant, la mine fermée.

J'ai baissé la voix et demandé :

— Qu'est-ce qu'il a fait, alors ?

— Il a été arrêté avec les communistes, finit par répondre Aida.

J'ai porté la main à ma bouche, dans un geste de terreur, et me suis laissée tomber sur une chaise, à côté de Fulvia.

Aucune de nous ne savait ce que ce mot signifiait, au juste, mais nous n'avions jamais osé le prononcer. Il était exclu de notre vocabulaire comme un mot trivial et obscène. Nous regardions Aida. Je lui pris la main, en la caressant pour la réconforter.

— Mais comment est-ce arrivé ?

— Les agents sont passés à l'atelier puis sont venus le chercher. Nous étions seuls à la maison, c'est moi qui ai ouvert.

— Toi ? Et alors ? voulut savoir Fulvia.

— Alors ils sont entrés et ils ont regardé autour d'eux. Je ne sais pas pourquoi, mais j'ai tout de suite compris que cette visite n'amènerait rien de bon. Mais quand ils m'ont lancé : « Antonio Sassetti ? », j'ai quand même dit : « C'est mon frère, il est dans sa chambre. » Oui, c'est ça que j'ai répondu.

— Et alors ?

— Il était allongé sur son lit comme s'il les attendait. Je suis entrée la première et j'aurais voulu faire quelque chose, le prévenir, mais ils étaient déjà dans mon dos. L'un d'eux s'est mis à fouiller dans les livres et a fait un paquet. Mon frère s'est levé, il a enfilé son imperméable et il est parti avec eux. Il s'est arrêté sur le pas de la porte pour m'embrasser. Il m'a dit : « Au revoir, Aida. Explique à maman que je reviens bientôt, dès demain, si ça se trouve. » Mais je voyais bien qu'il n'y croyait pas. J'avais la gorge tellement serrée que je n'ai même pas pu lui dire adieu. Je suis restée à écouter ses pas et ceux de ces types dans l'escalier. Puis je suis retournée dans sa chambre. Il y avait encore l'odeur des Nationales, ça m'a fait fondre en larmes.

— On l'a annoncé dans le journal ? demanda Maddalena.

— Non. Rien du tout. Papa est allé au commissariat. Au début, ils n'ont pas voulu répondre. Ensuite ils ont dit qu'il était communiste. Plus personne ne vient chez nous. Dès qu'on passe, le concierge nous regarde à travers son carreau d'un air méchant. Papa a su que ce sont tous des jeunes qu'ils ont arrêtés, comme Antonio. Il y a beaucoup d'étudiants, aussi.

— Qu'est-ce qu'ils font, les communistes ? demanda Maddalena à mi-voix.

— Je ne sais pas, lui répondit Aida. Ils ne sont pas contents. Antonio n'était jamais content. Il avait souvent des amis qui venaient le voir et eux non plus n'avaient pas l'air contents. Ils n'étaient jamais joyeux comme les autres jeunes de leur âge. C'était moi qui leur ouvrais la porte. Chaque fois, on aurait cru qu'ils venaient de recevoir une mauvaise nouvelle. Ils venaient chez Antonio pour lire. Nous, on croyait qu'Antonio voulait s'instruire et renoncer au métier de typographe. Même chose pour ses amis. C'est bizarre mais, maintenant, je me rappelle que, lorsque la nuit tombait et que j'entrais dans la chambre d'Antonio pour fermer ses volets, ils levaient la tête de leurs livres et me regardaient avec des yeux pleins de tristesse. Seigneur, ce regard triste qu'ils avaient ! Ils ne me considéraient jamais comme une jeune fille avec laquelle on a envie de plaisanter. Je croyais que c'était à cause de la fenêtre qui n'éclaire pas beaucoup la pièce, parce qu'elle est en hauteur. Mais Antonio avait le même regard dans la journée.

Brusquement, j'ai ressenti une admiration émue pour le frère d'Aida. Elle avait dit qu'il lui ressemblait – elle avait des cheveux noirs et des yeux bruns. Cela me paraissait très noble de se laisser emmener et emprisonner parce qu'on n'est pas content.

— Nous non plus, on n'est pas contentes, dit Fulvia en observant la fenêtre derrière laquelle Dario travaillait, muré dans sa mauvaise humeur. On n'est jamais contentes, je n'arrive pas à comprendre pourquoi – on dirait que quelque chose nous étouffe et qu'on aimerait s'en délivrer.

Elle se tenait debout contre l'appui de sa fenêtre et regardait du côté de celle de Dario, sans que je puisse comprendre s'il y avait une question ou un défi dans ses yeux.

Elle était très belle, dans cette posture, vêtue d'une blouse toute simple, coiffée sans prétention.

— On se dit que c'est la faute de vieux préjugés dont on voudrait se débarrasser, de notre famille, ou de certains principes qu'on a voulu nous imposer, continua Fulvia, mais peut-être qu'il s'agit d'autre chose. Peut-être que c'est ce silence autour de certaines choses qui nous étouffe, qui nous prend là...

Elle portait ses mains à sa gorge.

— On n'est pas contentes, n'est-ce pas ? Et on se dit que c'est à cause de...

Elle n'osait pas dire le mot.

— À cause de l'amour, lui suggérai-je alors doucement.

— Oui, dit-elle.

Fulvia fit une pause.

— Mais ce n'est peut-être pas uniquement à cause de ça. J'ai l'impression que les hommes savent la vérité et qu'ils nous la cachent, comme on cache les mauvaises nouvelles aux enfants.

— Je crois qu'Antonio le savait, dit Aida, et que c'est pour ça qu'il me regardait d'un air si mélancolique.

Après une brève hésitation, j'ai demandé :

— Il était fiancé ?

— Je ne sais pas, me répondit Aida. Il ne racontait jamais rien sur lui. Il disait bonjour et bonsoir et fumait des Nationales l'une après l'autre, sans un mot.

Maddalena restait muette. Si elle avait apporté sa poupée, c'était parce qu'elle avait cette manie de passer encore pour une enfant auprès de ses parents et peut-être bien d'elle-même. C'était une ravissante poupée de chiffon, vêtue d'un tissu rose. Un joli sourire entrouvrait ses lèvres et ses yeux, brillants, étaient d'un bleu très clair. Lentement, pendant que nous parlions, Maddalena lui arracha un œil en creusant dans le tissu. L'œil était désormais par terre et nous regardait fixement. Peu à peu, elle fit également sauter l'autre, puis arracha lentement tous les cheveux, avec une froide cruauté d'écorcheuse. Elle lui écrasa le nez et, du bout du doigt, l'enfonça dans la face qui, tout de suite, avec ses orbites vides et sous ce crâne chauve, fit l'effet d'une tête de mort aux pommettes barbouillées de rouge.

Maddalena laissa alors tomber sa tête sur sa poitrine et se mit à pleurer.

— Ma poupée ! Ma poupée ! disait-elle en regardant fixement cette trogne atroce.

Alertée par ces pleurs, Lydia fit son apparition. Elle consola Maddalena, lui fit remarquer qu'elle était maintenant trop grande pour ce genre d'amusements, qu'ils n'étaient plus de son âge. Elle lui donna une de ses écharpes pour la consoler, une petite écharpe de soie rouge, à fleurs.

— Ce sont encore des petites filles, de vraies petites filles, dit-elle à ma mère le soir.

Et elle lui raconta que Maddalena avait pleuré à cause d'une poupée de chiffon.

J'ai peur, parfois, de trop m'étendre dans le récit des événements qui ont précédé mon mariage avec Francesco. Mais il est certain qu'on ne comprendrait rien de moi, de mon caractère, de ce que je suis, en somme, si je passais sous silence la façon dont j'ai vécu et ce que j'ai ressenti en ce temps-là.

Aussi obscure et difficile fût-elle, cette époque me semble avoir été celle d'un parfait bonheur, simplement parce qu'il m'était donné de vivre à côté de cet être extraordinaire qu'était ma mère. Peut-être n'était-elle pas parfaite aux yeux de la morale commune, mais ses imperfections, ses faiblesses, cet attendrissement apitoyé qui inspirait tous ses gestes, étaient autant de traits de caractère qui tissaient déjà autour d'elle et de sa présence vivante une véritable légende poétique. Ma mère était aussi éloignée de moi que les personnages des livres, c'était une de ces femmes qu'on aimerait être et qu'on ne sera jamais complètement. Si je perdais le souvenir de mon enfance et d'elle, je me priverais de tout ce qui a eu de l'importance pour moi, de tout ce qui m'a procuré de la joie – et aussi de tout ce que ma vie avait de fabuleux. Aujourd'hui encore, il m'est facile, grâce à ces souvenirs, d'enrichir les longues heures de méditation solitaire qui rythment mes journées monotones. Du reste, c'est dès mon enfance que j'appris à me trouver heureuse dans la solitude. Nous étions pauvres, je l'ai dit, et les pauvres ont l'habitude de se distraire par leurs propres pensées. Notre pauvreté, l'habitude rapidement prise d'être toujours seule m'ont poussée à consacrer mon attention à moi-même et à mes sentiments. Celle-ci est devenue, en fait, mon unique richesse. Je dois cependant reconnaître que l'importance excessive que j'ai toujours accordée à ces réflexions et ma tendance naturelle à vivre toujours sérieusement, investie par mes responsabilités, sont en grande partie la cause de ma situation actuelle.

Peut-être n'étais-je pas comme les autres jeunes filles de ma connaissance. Tout, en moi, se transfigurait, tout suscitait un écho, tout devenait magique. Je m'attachais à ce qui m'entourait avec une affection dévorante. Les plantes de notre loggia, par exemple

– leurs feuilles, leurs pétales faisaient pleinement partie de moi, au point que j'avais l'impression de les nourrir de mon sang. Le matin, dès mon réveil, je courais leur dire bonjour. Et j'avoue sans rougir que, lorsqu'il faisait froid, je me baissais pour les réchauffer en soufflant dessus.

Il m'arrivait, en ce temps-là, de percevoir le bonheur comme une présence vivante. Il venait me chercher lorsque j'étais assise près de la fenêtre avec ma mère. Nous avions pris l'habitude de rester toutes les deux à la maison, le dimanche après-midi, pour broder et coudre. Sista s'asseyait derrière nous et raccommodait ses vêtements noirs. Sur la terrasse en face, elles aussi, les religieuses profitaient de leur repos dominical. Elles faisaient parfois une ronde et on les entendait rire d'une voix innocente tandis que leurs jupes s'ouvraient, pareilles à de sombres corolles.

Je cousais en silence, mais d'innombrables projets prenaient corps en moi. Je rêvais de me consacrer au métier de lingère et de travailler tranquillement, les genoux couverts de tissu blanc, avec pour seul horizon le ciel clair et léger que je voyais s'ouvrir au-dessus de la cour. Le rire timide des sœurs, le crissement que l'aiguille de ma mère produisait sur la toile, me donnait la conviction d'appartenir à un monde plein de douceur et d'harmonie. Dans mon dos, Sista marmonnait le rosaire. Je me sentais si pieuse et si dévote que j'aurais voulu l'imiter, mais cela ne me semblait pas nécessaire. Dans ces moments-là, ma vie n'était qu'une prière.

Ma mère travaillait sans traîner. Je me sentais attendrie de voir son cou mince et légèrement penché, son profil délicat, la masse de ses cheveux fins. La passion avec laquelle elle travaillait à l'aiguille rappelait celle avec laquelle elle jouait du piano ; depuis qu'elle fréquentait la villa Pierce, quelque chose s'était éveillé en elle. Elle inventait dans ses broderies de fantaisistes arabesques, des fleurs comme on n'en avait jamais vu.

C'était le temps des longs crépuscules du printemps, le jardin des religieuses ruisselait de lourdes grappes de glycine dont le parfum nous mettait la sueur aux tempes. Dans la chapelle, les cierges s'allumaient derrière les vitraux rouges.

— On n'y voit plus rien, disait ma mère. Papa ne va pas tarder à rentrer.

Mon père avait d'abord protesté contre notre décision de rester à la maison le dimanche. Puis il s'était habitué à sa liberté et avait fini par la considérer comme un droit. Il sortait tout de suite après le déjeuner et ne rentrait qu'à l'heure du dîner.

Avant de nous rejoindre à table, il s'enfermait dans la salle de bain pour se laver les mains et la moustache.

Une fois où Sista nous avait laissées seules pour aller préparer le dîner, ma mère me dit d'une voix basse et sourde :

— Tu dois te demander pourquoi je l'ai épousé...

Jusque-là, elle ne m'avait jamais parlé de ces choses-là, de même qu'elle ne s'était jamais montrée à moi sans sa robe.

— À mon avis, tu aurais du mal à comprendre, continua-t-elle. Aujourd'hui encore, je trouve ça incompréhensible, absurde. Mais à l'époque...

— Si, si, je comprends, je comprends très bien..., lui répondis-je avec une fougue presque tranchante.

Au lieu de continuer, elle baissa les yeux. Elle ne voulait pas croire que j'avais une telle expérience de la vie. Elle parut étonnée, effrayée aussi, comme deux ans plus tôt, lorsque je lui avais raconté pourquoi j'avais blessé Magini, mon camarade de classe. Il est certain que les raisons de son mariage avaient été pour moi autant de points d'interrogation, jusqu'au moment où j'en étais venue à évoquer la présence fantasmagorique d'Enea, nuit après nuit.

Je m'étais souvent demandé comment ma mère pouvait partager son intimité avec un homme qui, toute la journée, se comportait avec elle à la manière d'un étranger encombrant. À l'époque où j'étais encore une petite fille, j'aurais toujours voulu la retenir par le bras quand elle me disait bonne nuit. Par l'entrebâillement de sa porte qu'elle avait soin de refermer autant que possible, je voyais mon père ôter ses souliers. La glace de l'armoire reflétait leur lit haut et solennel, à la couverture blanche, un lit qui venait des Abruzzes et dans lequel, m'avait-on dit, une sœur de mon père était morte. Le papier peint de la chambre était gris, d'un gris de fer. Il m'arrivait de redouter que ma mère, si lumineuse et si fragile, ne ressorte plus de cette pièce ténébreuse. Je la regardais et tendais vers elle mes bras maigres.

— Viens dormir avec moi, maman, lui demandais-je d'une voix brisée par les sanglots.

Ma mère hochait la tête et me repoussait doucement.

— N'aie pas peur, me disait-elle. La nuit passera vite. Demain nous nous retrouverons.

Elle refermait doucement la porte, et c'était le terrible silence que pas un seul mot, pas un seul soupir ne venait briser. Debout dans mon lit, je collais désespérément mon oreille contre la cloison pour être bien sûre qu'elle était encore en vie. Mais je n'entendais rien. C'est dans ce silence que, devenue plus grande, je croyais entendre les pas d'Enea s'approchant de mon lit.

— Si, je comprends, dis-je en l'interrompant brusquement alors qu'elle allait tâcher de m'expliquer les raisons de son mariage.

Mon père avait expliqué en ma présence que leurs

fiançailles n'avaient pas duré longtemps. Ma mère était toute jeune, elle venait d'avoir dix-sept ans.

— Nous allions nous promener en barque sur le Tibre, le dimanche. Tu te rappelles, Eleonora ?

Il prononçait cette phrase en bombant le torse et en reculant légèrement sur sa chaise comme si ces promenades étaient des actions héroïques et glorieuses dont il pouvait se vanter. « Tu te rappelles ? » insistait-il. Il la cherchait du regard, l'obligeait à se retourner pour répondre : « Oui, oui, je me rappelle. » Sur ces mots, il se mettait à badiner, à raconter que ma mère s'asseyait à l'autre extrémité de la barque pour mettre une certaine distance entre eux. Il la décrivait toute pâle, apeurée, redoutant de perdre son chapeau. « Elle était blanche comme un linge ! » disait-il en riant. Il prenait plaisir à la taquiner, en évoquant sa timidité.

— Elle essayait de m'échapper, tu sais, Alessandra ? Elle faisait sa mijaurée, elle prétendait qu'elle ne viendrait pas le dimanche suivant, qu'elle avait trop à faire. Mais elle venait toujours, je n'avais pas besoin de beaucoup insister. Pas vrai, Eleonora ?

Je sentais les larmes me monter aux yeux et courais embrasser ma mère.

— On descendait sur la berge et on s'installait sur une pelouse pour goûter. Tu t'en souviens, de cette pelouse ?

Il l'interrogeait sans relâche, pour s'emparer de ses pensées, la forcer à revenir sur certains détails.

— Oui, disait-elle. Je me souviens de tout.

— On revenait dans la soirée et ta mère avait pris des couleurs magnifiques, pas vrai, Eleonora ? Pas vrai ?

Si elle tardait un peu à répondre, il continuait d'insister :

— Hein que c'est vrai que tu avais des couleurs magnifiques ?

Tout en la questionnant, il ne la lâchait pas des yeux. Son regard luisant semblait glisser sur elle. Alors elle finissait par répondre, mais semblait à bout de souffle, comme après une longue course :

— Mais oui, bien sûr, entre le grand air et le soleil, j'étais toute rouge !

Ces réponses le faisaient rire, et encore rire. Ma mère, d'un coup d'œil, le suppliait de se taire pour m'empêcher de comprendre. Mais je comprenais parfaitement, et je souhaitais de ne pas tomber dans un piège semblable à celui où était tombée la jeunesse immaculée de ma mère.

Il y avait presque un an que ma mère fréquentait la villa Pierce, et les après-midi qu'elle passait avec Arletta, les nouvelles d'Hervey que lui donnait la jeune fille, la floraison des acacias et des hortensias, bref, tout ce qui arrivait là-haut était devenu notre unique distraction. Je peux bien dire « notre » parce que, à peine rentrée, elle me racontait tout avec une telle minutie que j'avais l'illusion d'y être moi aussi. Ces récits m'enthousiasmaient à tel point – d'autant qu'ils étaient enrichis par le charme de sa voix et la grâce de ses gestes – que, vers le soir, quand approchait l'heure où elle avait l'habitude de revenir, j'étais saisie d'une impatience irrépressible. Si elle tardait, j'avais l'impression qu'elle me refusait mon dû, qu'elle bafouait mon droit. À peine était-elle entrée dans la maison, je lui demandais : « Alors ? » J'avais l'impression de lire un beau roman en feuilleton.

J'avais peine à croire qu'une telle vie existe vraiment. Et avec toutes les histoires que maman avait entendu Arletta raconter au sujet de son frère et qu'elle me répétait le soir, elle-même finissait par perdre le fil. La main passée sur son front, elle me disait : « Non, non, ce n'est peut-être pas tout à fait ça », et cherchait un point de repère dans sa mémoire. Elle était tellement à bout de nerfs qu'elle redoutait le prochain retour d'Hervey comme une menace, une injustice.

— S'il revient, je ne retournerai jamais là-haut, me disait-elle. Hors de question !

Arletta lui avait fait cadeau des parties de piano des morceaux préférés d'Hervey, en la priant de les jouer. Pendant ce temps, elle observait ses mains parcourir le clavier.

— J'aimerais pouvoir jouer comme vous, lui confiait-elle en la regardant avec une jalousie contenue qui faisait presque peur à ma mère. Comme ça, poursuivait-elle, je pourrais jouer pour mon frère, rester des heures et des heures avec lui dans cette salle. Oh, ça n'arrivera jamais. Mais vous, vous pourriez !

Le visage débonnaire et grassouillet d'Arletta s'éclairait d'un sourire pressant.

— Vous pourriez l'accompagner au piano pendant qu'il jouerait du violon. Hervey serait là, debout, à côté de vous. Essayons ! disait-elle en déplaçant un pupitre. Il serait là.

Autour du pupitre se formait un courant d'air qui creusait un vide angoissant. Ma mère essayait de sourire et lançait sur le ton de la plaisanterie :

— Allons, ça suffit.

Mais Arletta insistait :

— Essayons.

Elle lui demandait aussi pourquoi elle s'habillait toujours en noir. Elle commençait par dire : « J'aimerais... », puis s'approchait d'elle, palpait l'étoffe de sa veste au niveau des épaules et continuait :

— Si vous n'étiez pas si grande, j'aurais aimé vous prêter une de mes robes.

Tandis que ma mère racontait tout cela, on lisait

sur son visage comme sur une page. Nous étions dans sa chambre, elle étendue sur son lit, et, comme le printemps était avancé, nous laissions la fenêtre ouverte. Dans la cour, on entendait la voix dure d'une femme qui grondait son enfant, l'enfant qui pleurait, les volets qui claquaient avec un bruit rageur. On entendait l'huile grésiller dans la poêle et la chambre se remplissait de relents d'oignons. J'avais honte et j'allais refermer la fenêtre. Mais, en la refermant, j'embrassais toute la cour d'une même étreinte. C'était comme si nous étions des êtres vivants, et les habitants de la villa Pierce, des anges insaisissables. Par conséquent, sans la peur émerveillée dont son regard était animé, j'aurais pu croire que ma mère nageait en plein rêve, le soir où, à son retour, elle m'annonça à voix basse :

— J'ai fait la connaissance d'Hervey.

Pourtant, c'est à compter de ce jour-là que tout changea pour nous. Mais est-ce que tout n'avait pas déjà changé la première fois où elle s'était hâtée de descendre l'escalier d'un pas léger, avant que la grande voiture ne l'emmène ?

Peut-être aurais-je dû me sentir dévastée, ou la juger sévèrement. Au contraire, je m'en souviens fort bien, une douce sérénité s'empara de moi : j'étais contente. Pour autant, je ne lui ai pas demandé : « Et alors ? », pour la pousser à tout me raconter, comme les autres soirs. Je sentais que cela eût été commettre une indélicatesse. Désormais, j'allais moi aussi être exclue de la salle de musique, je resterais de l'autre côté de la grille, comme tout ce qui appartenait à la cour de notre immeuble. Mais je n'en souffrais pas. L'événement me semblait avoir eu lieu depuis longtemps déjà mais je me suis étonnée de voir cette peur dans ses yeux, à cet instant seulement. Elle me demanda si papa était rentré. Devant ma réponse négative, elle poussa un soupir dc soulagement.

Elle se dirigea vers sa chambre et j'eus l'impression qu'elle n'allait pas m'appeler auprès d'elle comme les autres soirs. Et en effet, elle ne m'appela pas. Je suis restée encore un instant dans le couloir sombre, puis je suis entrée dans la cuisine et je me suis laissée tomber sur une chaise. Sista m'observa un moment :

— Elle a fait connaissance avec le frère d'Arletta, n'est-ce pas ? me dit-elle.

Je fis signe que oui.

Pourtant, pendant quelques semaines, ma mère ne prononça plus le nom d'Hervey. Elle était devenue étrangement taciturne et distraite. À table, quand papa lui adressait la parole, j'étais obligée de lui poser la main sur le bras pour attirer son attention. Il lui arrivait souvent de monter chez les Celanti pour téléphoner et changer l'heure de ses leçons : elle les donnait presque toute la matinée. Je l'entendais se lever de très bonne heure, dans le noir, parler avec Sista à mi-voix, pour essayer de rattraper le temps qu'elle passait à la villa Pierce.

Elle s'y rendait tous les après-midi. Avant de sortir, elle se montrait à la porte de la salle à manger où mon père écoutait la radio. « Bon, je m'en vais » disait-elle. Il lui arrivait de revenir brusquement sur ses pas et d'embrasser papa comme si elle partait en voyage. Quand elle rentrait à la maison, le soir, elle venait s'asseoir près de la fenêtre avec moi. Désormais, elle ne me racontait plus rien. Mais ce silence était la première histoire qui me semblait vraie au sujet de la villa Pierce.

Sur la terrasse, au crépuscule, on voyait les religieuses s'accorder quelques minutes de promenade pour se distraire. Elles marchaient deux par deux, ou par petits groupes soudés par l'affection, et on entendait bruire leurs jupes. Quand c'étaient de jeunes sœurs, il leur arrivait de se courir après. Elles avaient de petits gestes pudiques, craintifs, mais toutes étaient si gracieusement féminines qu'elles semblaient porter ce costume sévère par jeu. De toute évidence, c'était le printemps qui les métamorphosait. D'ailleurs, on voyait partout la saison éclore avec insolence. Sur le mur du couvent, les feuilles neuves de la glycine avaient passé en quelques jours d'un vert timide à un vert éclatant. Entre les vieilles pierres, des touffes d'herbe poussaient comme des panaches aux allures de caprices, de folies. Tout prenait part à l'amour de ma mère. J'avais même réellement l'impression que ce renouveau avait lieu pour elle.

Très vite, sur le voile délicat du ciel, apparaissait l'or des premières étoiles. Les arbres devenaient gris, puis noirs, enveloppés par les ombres de la nuit.

— Viens là, me disait maman en m'invitant à m'asseoir dans le même fauteuil qu'elle.

C'était mon père qui nous tirait de l'obscurité en tournant brusquement l'interrupteur.

— Qu'est-ce que vous fichez là ? demandait-il.

Le dîner était prêt, la maison bien en ordre. J'avais l'impression qu'il regrettait de n'avoir aucune raison de nous adresser des reproches.

— On marche sur la tête ! marmonnait-il dans sa barbe en touchant son front de son index. Sur la tête !

Il nous regardait longuement, il nous observait en tâchant de découvrir pourquoi nous étions des êtres si différents.

— Vous êtes toutes pâles, faisait-il remarquer.

Après quoi, il s'adressait à ma mère pour lui dire :

— Tu as l'air malade.

Effectivement, le teint rose dont s'ornaient toujours les pommettes saillantes et mutines de ma mère avait disparu. Sa peau était devenue aussi blanche que ce blé qu'on fait pousser dans l'obscurité des caves.

— Eleonora, tu es en train d'enlaidir, lui dit un jour mon père.

Nous étions encore à table. Mon père était le seul à prendre le café. Quelquefois, mais rarement, il allumait une cigarette. N'ayant pas l'habitude de fumer, il tenait sa cigarette d'une façon prétentieuse, entre l'index et le majeur. Il tendait les lèvres quand il en approchait la cigarette et soufflait de longues et denses bouffées.

Elle leva les yeux sur lui et le regarda fixement, d'un air ironique et méchant. Peut-être s'attendait-elle à l'entendre dire que c'était pour rire.

Au lieu de quoi, il lui répéta :

— Tu es laide. Je te préviens. Depuis quelque temps, tu deviens laide.

Ma mère le regarda encore un moment, puis éclata de rire, la tête en arrière, sur le dossier de sa chaise. Je ne l'avais jamais vue rire de cette façon. Elle n'était pas vaniteuse, j'ai déjà dit qu'elle s'habillait toujours à la va-vite et enfonçait son chapeau sur sa tête sans même jeter un coup d'œil dans la glace. Voilà pourquoi ce rire plein d'assurance, et la façon dont elle redressa le buste, me surprit.

Elle se leva brusquement et sembla voler autour de la table. Elle disparut dans notre petit salon sombre et nous l'entendîmes attaquer un morceau à bras-le-corps. Il s'ouvrait sur un motif pastoral qui évoquait les prés verts et la liberté du matin. Petit à petit, celui-ci se chargeait d'une intensité diabolique, se déchaînait en joyeux arpèges, en éclats sonores, argentins, pleins d'allégresse. Elle jouait avec une certaine arrogance, on avait l'impression qu'elle continuait à rire, la tête penchée en arrière, comme elle venait de le faire à table. J'aurais voulu me précipiter auprès d'elle, l'admonester : « Maman ! Maman ! », pour qu'elle arrête. Il me semblait qu'elle avait perdu tout contrôle et qu'elle dévoilait, sans s'en apercevoir, ses sentiments les plus secrets. Mais le regard de mon père me clouait à ma chaise.

Quand elle eut terminé, elle regagna la salle à manger, s'appuya sur la table et se pencha vers nous avec un sourire triomphant. Une couleur vive enflammait ses joues.

— Vous savez ce que c'est ? dit-elle à propos du morceau qu'elle venait de jouer.

Sans attendre notre réponse, elle ajouta :

— Ce sont les *Murmures du printemps* de Sinding, déclara-t-elle. Rien d'extraordinaire, n'est-ce pas ? Mais c'est comme courir dans les prés, de bon matin.

Tout heureuse, elle se mit à tourner autour de la table en dansant sur les notes du motif.

— Din, dan, dadan, dan, dadanda, chantait-elle de sa voix de cristal. Din, dan, dadan, dan.

J'avais l'impression qu'on aurait dû voir pousser sous les pieds de l'herbe et des jacinthes, jaillir des sources, des cours d'eau joyeux, « din, dan, dadan ». La fenêtre allait peut-être s'ouvrir et elle s'envolerait pareille à une hirondelle. Sista, immobile, la regardait, les mains croisées sur les genoux. Mon père avait l'air grave. Et moi je l'adorais, j'aurais voulu baiser le bord de sa robe, « din, dan, dadan. »

Brusquement, elle s'arrêta, essoufflée, s'adossa au buffet et nous dit :

— Je compte jouer ce morceau à un grand concert que je vais donner dans quelques jours à la villa Pierce. Vous êtes invités.

Ma mère avait toujours rêvé de pouvoir donner un concert. Mon père lui répondait que cela faisait beaucoup de frais et que nous ne connaissions personne susceptible d'acheter des billets. Sans l'écouter, elle continuait à parler de la musique qu'elle aimerait exécuter et du succès éclatant qu'elle remporterait. Échauffée par ses propos, elle allait et venait avec animation dans la pièce où ils se trouvaient, s'efforçait de réduire à néant les objections de son mari, exprimait l'espoir de voir s'améliorer notre situation. Peut-être était-elle consciente que cela n'arriverait jamais. Elle ne demandait qu'un mot d'approbation, une lueur d'espérance qui lui permettrait de cultiver ces rêves. « Pas vrai ? » lançait-elle à mon père avec un sourire. Mais lui secouait la tête : il ne voyait pas de quelle façon ce concert-là pourrait avoir lieu.

Je regardais mon père et la rancune contenue dans mon regard était si agressive que j'espérais bien le blesser. Non, non, faisait-il de la tête. Et tous les espoirs de ma mère s'enfuyaient.

Mais désormais, peut-être parce que l'hiver était fini, on aurait dit que la période obscure et triste de la vie de ma mère était révolue, comme une saison. Je ne l'avais jamais trouvée vieille, comme ont souvent coutume de le faire les enfants. Elle n'avait d'ailleurs que trente-neuf ans, à l'époque. Depuis sa rencontre avec Hervey, elle semblait redevenue jeune fille. Quand nous sortions ensemble, les gens se retournaient pour la regarder. Elle était pourtant vêtue simplement, sans rien d'extraordinaire ni de voyant. Mais il était rare de rencontrer une femme avec une telle grâce, une telle harmonie intérieure. Elle tenait mon bras comme un arbre porte sa branche. Elle hésitait avant de traverser une rue et on aurait dit qu'elle craignait de se faire écraser. Mais moi, je savais qu'elle ne percevait rien : les voitures à cheval, les automobiles, les bicyclettes passaient devant elle comme un fleuve.

À la maison, je la trouvais tout aussi rêveuse. Je la surprenais devant une armoire, un tiroir qu'elle avait ouverts sans se rappeler pourquoi. Elle s'attardait parfois devant ma fenêtre, dans le fauteuil, le regard tourné vers l'extérieur, la tête légèrement inclinée de côté. Dieu, que ma mère était jeune, à ces moments-là ! Je m'apercevais que le contour de ses joues avait gardé une fraîcheur enfantine. Tous ses gestes étaient devenus encore plus chastes et pudiques, on avait presque peine à croire qu'elle était une femme mariée, qu'elle avait connu le désir d'un homme et que j'étais née d'elle. Son amour pour Hervey que d'autres, peut-être, auraient jugé coupable la couvrait, à mes yeux, d'un voile magique d'innocence qu'un mot, qu'un rire, qu'un geste pouvaient entacher. Pour ma part, je sais que ma mère, à ces moments-là, se sentait toute proche de Dieu, mais aussi, cela va sans dire, de ses préceptes qui nous poussent à nous montrer bons, purs et honnêtes. Elle était si maigre ! On aurait dit qu'il n'y avait sous ses vêtements qu'un souffle à peine perceptible. Oui, ma mère éprise était la chose la plus délicate que j'aie jamais vue. « Allons-nous-en » murmurais-je à Sista. Et nous la laissions seule près de la fenêtre.

Sans un mot, nous allions nous asseoir à la cuisine. Je retenais mon souffle, comme si j'avais voulu que, dans le silence de la maison, ma mère se sente gardée et protégée, comme dans un coquillage. Je consacrais toute mon énergie à coudre, je me piquais les doigts pour me punir, pour me rabaisser. Je n'étais pas contente : je redoutais que les viles curiosités réveillées en moi par Enea m'interdiraient de ressembler à maman. Souvent, je repensais à Antonio, le frère d'Aida. Lui non plus n'était pas content, avait-elle dit. Il avait pourtant préféré se laisser mettre en prison plutôt que de céder à ce qui le rendait mécontent. Il avait la possibilité de montrer sa force et je l'enviais, même si elle provoquait une telle mélancolie en lui. Il aurait pu me défendre, me délivrer d'Enea. Qu'importe si je ne l'avais jamais vu, je me promettais à lui, j'étais prête à l'attendre des mois, des années, je me disais : « Je suis sa fiancée. » Indifférente à la compassion pleine d'amour qui voilait les yeux inconnus d'Antonio, je cherchais à me rassurer par cette idée. Nous deviendrions mari et femme, pensais-je. J'irais le chercher à sa sortie de prison. Il est vrai que cela se passait dans une autre ville que la nôtre, dans une autre prison. J'étais adulte, la mine sérieuse, vêtue d'un vieil imperméable, j'attendais longuement, appuyée au pilier d'une grille. Antonio finissait par descendre et, pour la première fois, je le voyais. Mais son apparence m'était déjà familière ; il avait un visage lugubre sous ses cheveux bruns, le menton maigre et les yeux creux. Il tenait un paquet à la main, je lui proposais aussitôt de le porter. Il refusait et nous commencions à marcher en silence, ce paquet entre nous. Nous avions l'air de pauvres gens. À mes yeux, c'était mon premier rendez-vous d'amour, je me rappelais le pas léger et frémissant qu'avait ma mère quand elle avait fait la connaissance d'Hervey. Je cheminais péniblement à côté d'Antonio, lui-même encombré de son gros paquet, en espérant vainement atteindre un jardin, une belle avenue – un peu de verdure, en somme. En cours de route, nous longions le mur d'une usine, noirci par la fumée. C'était la banlieue d'une grande ville avec de nombreuses cheminées qui se pressaient dans le ciel gris et, tout au bout, une mer plate, couleur de plomb, derrière une plage sombre. Je l'appelais : « Antonio ! » J'aurais voulu lui dire des mots tendres, lui sourire, être resplendissante même au milieu de cette désolation. Mais dès qu'il tournait vers moi ses yeux mélancoliques, je n'étais capable de lui dire qu'une seule chose : « Laisse-moi porter ton paquet. » Lui, de la tête, faisait signe que non et nous poursuivions notre route en silence.

C'est ainsi que je portais désormais deux secrets au fond de moi : les bas instincts que me soufflait Alessandro et le désir de me révolter contre la lâcheté, comme l'avait fait Antonio. Ces sentiments qui s'affrontaient en moi me rendaient encore moins sociable. Par la fenêtre, je regardais les gens qui passaient dans la rue et m'évertuais à deviner le nom de leur secret. Peut-être portaient-ils tous au fond d'eux une lutte inavouable, une tare honteuse. Ma mère, elle, portait fièrement Hervey dans sa démarche et dans le son provocant de son piano.

Pour ce concert, ma mère me fit faire une robe neuve, en taffetas à carreaux noirs et blancs. Fière de cette toilette, je voulus savoir :

— Et ta robe, de quelle couleur sera-t-elle, maman ?

Elle se retourna, sembla perplexe un instant, puis répondit :

— Je mettrai une de mes robes habituelles, Alessandra.

Plus tard, cependant, je la surpris devant l'armoire ouverte, en train de palper ses toilettes, une à une. Elles étaient toutes de couleur neutre, gris-havane, deux ou trois en chantoung, attristées par un petit col en guipure blanche – des robes de femme âgée. Gênée d'avoir été découverte en pleine hésitation, elle me demanda conseil du regard. Ses robes pendaient mollement au bout de leurs cintres. Doucement, je lui dis :

— On dirait des femmes mortes, maman.

Nous nous sommes serrées l'une contre l'autre en frissonnant. Puis, subitement, elle se dégagea de moi et courut à la commode dont elle sortit une grande boîte que je n'avais jamais vue. Elle était attachée par de très vieilles ficelles que maman fit sauter d'un seul coup. Une fois le couvercle soulevé, j'ai aperçu du voile rose et bleu clair, des plumes, des rubans de satin. J'étais loin de penser qu'elle possédait de tels trésors. Et quand je la regardai, stupéfaite, elle tourna les yeux vers le portrait de sa mère. Je compris alors qu'il s'agissait des voiles de Juliette et d'Ophélie et c'est avec dévotion que je touchai ces tissus en soie.

— Comment pourrions-nous les arranger ? me demanda-t-elle d'un air hésitant.

Nous ignorions tout des exigences de la mode. Face à ces mètres de voile, nous étions comme perdues.

— Il faudrait s'adresser à quelqu'un, maman.

Elle rangea les voiles et les soieries, me prit par la main et, la boîte sous le bras, se dirigea vers la porte de l'appartement. Nous y avons croisé Sista qui revenait du marché.

— Je vais avoir une robe neuve, Sista, dit maman en lui caressant l'épaule au passage.

— Une robe avec les voiles de Juliette et de Desdémone, ai-je ajouté d'un ton plein d'orgueil.

Elle nous regarda d'un air stupéfait, mais nous avions déjà refermé la porte pour monter l'escalier et sonner chez les Celanti. J'ai frappé joyeusement pour qu'elles se dépêchent d'ouvrir.

Fulvia se précipita dans son petit peignoir de percale.

— Il faut faire une robe pour maman avec les voiles d'Ophélie ! me suis-je écriée en l'embrassant.

Lydia vint à notre rencontre en agitant ses mains grandes ouvertes pour faire sécher le vernis de ses ongles. Immédiatement, et sans poser de questions, elles se prirent au jeu.

— Allons dans la chambre, il y aura la glace !

Même s'il était près de midi, la chambre était encore sombre et en désordre : une petite lampe brillait sur la table de nuit près du lit défait. Des bas et des sous-vêtements s'entassaient sur les chaises, les chaussures étaient jetées à droite et à gauche sur le tapis. Une lourde odeur de renfermé se mêlait au parfum écœurant de vernis à ongles.

— On peut entrer ? demanda ma mère en hésitant.

— Mais oui, mais oui, lui dit Lydia en la poussant par les épaules sans se soucier de refaire le lit et de ranger un peu le linge.

Elle ouvrit en grand la fenêtre et l'air ensoleillé du matin fit ressortir plus cruellement le désordre de la pièce. Elle ouvrit la boîte en poussant des cris de joie et d'enthousiasme. Moi je riais, en proie à une exaltation d'enfant, j'embrassais ma mère qui paraissait sonnée, un sourire sur les lèvres. Fulvia ôta son petit peignoir et se drapa dans une étoffe de soie à laquelle elle donna adroitement l'allure d'une robe tandis que Lydia posait un voile sur sa tête à la façon des Indiennes.

Ma mère s'amusait de leurs inventions. Elle finit par demander timidement :

— Est-ce qu'on pourrait tirer une robe pour moi de ces étoffes, à votre avis ?

— Une robe du soir ? demanda Fulvia.

— Oh non ! Une robe... comment dire ? Une robe pour le jour du concert.

— Voyons ça, dit Lydia. Déshabille-toi.

Ma mère hésita un instant. Elle porta même les deux mains autour de son cou, à l'endroit où commençait la longue rangée de boutons de sa robe. Pendant toutes les années où j'avais vécu avec elle, je ne l'avais jamais vue qu'habillée. Jamais je ne l'avais vue se promener en chemise, comme faisaient les autres femmes de l'immeuble, pendant les grandes chaleurs d'août.

— Déshabille-toi, répétait Lydia. C'est nous qui t'intimidons ? Nous sommes toutes des femmes, non ?

Fulvia éclata de rire.

Elles allaient et venaient déjà en agitant leur étoffe préférée.

— Allez, Eleonora, allez ! insistaient-elles.

Ma mère commença à se déshabiller, révélant une peau très fine et très blanche, des bras élégants et minces, à peine un léger renflement sous sa robe de dessous, à l'endroit de la poitrine.

— Tu as l'air d'une jeune fille, lui dit Lydia.

— D'une mariée ! ajouta Fulvia. Habillons la mariée.

De mon côté, je les excitais. Ma mère était toute rouge. Heureuses de s'affairer autour d'elle non sans violer, en quelque sorte, sa grâce cachée et sa pudeur, Lydia et Fulvia l'enveloppaient d'une soie bleue qui laissait les bras libres et se croisait au niveau du décolleté.

— C'est celle-là, il n'y a pas de doute ! décréta Fulvia.

— N'allons pas trop vite en besogne, dit Lydia. Sors de la chambre et reviens !

— Comment ça ? demanda ma mère d'un ton incertain.

— Mais oui, entre par la porte, qu'on te voie.

Ma mère s'exécuta. Pendant un moment, l'embrasure de la porte fut vide. Je sentais mon cœur battre des coups durs. J'avais peur qu'elle ne revienne plus, qu'elle nous laisse sur le souvenir de cette robe bleue. J'allais l'appeler, épouvantée, quand je vis sa main écarter la portière de velours fané. Elle entra, toute légère, avec un sourire timide. Elle était très belle.

Fulvia et moi l'avons applaudie avec enthousiasme. Nous criions :

— C'est celle-là ! C'est celle-là !

Lydia applaudit d'abord avec nous, puis, brusquement nous fit signe de nous taire et interrogea gravement ma mère :

— Un instant. Tu es sûre qu'il aime le bleu ?

Impressionnées, Fulvia et moi avons gardé un silence mêlé d'appréhension, sans bouger. Ma mère hésita, puis lui répondit :

— Je ne sais pas.

— Il n'a pas fait de remarque sur une de tes robes...

— Nous n'avons jamais parlé de mes robes. D'ailleurs, je n'ai pas de robes de couleur.

— C'est très important, pourtant ! Le capitaine, par exemple, ne supporte pas le vert. Tous les hommes ont une couleur qui leur déplaît, qui les agace. Mme Mariani, tu sais, la dame du premier, me disait que le sien ne lui permet jamais de s'habiller en rouge...

Ma mère s'était assise et contemplait la belle étoffe bleue sur ses genoux.

— Je ne sais pas, dit-elle. Je ne sais vraiment pas.

Elle n'évoluait pas aisément au milieu de ces problèmes, elle se sentait égarée.

— Tu as déjà remarqué s'il porte souvent une cravate bleue ?

— Il ne porte presque jamais de cravate. Il a une chemise blanche ouverte sur la poitrine et retrousse ses manches jusqu'aux coudes.

Elle avait appuyé la tête contre le mur et regardait vers la fenêtre, à travers laquelle, par-delà les terrasses nues de notre quartier, on voyait le vert du Pincio. Elle parlait à mi-voix, les mains posées sur ses genoux, sous le voile, et nous l'écoutions attentivement, comme lorsque mon frère nous parlait par la bouche d'Ottavia.

— Les rideaux de son bureau sont blancs. Le divan aussi est clair, écru. C'est une grande pièce, il y vit constamment comme les Bohémiens dans leur roulotte. Sur les murs il y a de grands rayonnages pleins de livres, et des tableaux qui représentent des coquillages, mais des coquillages extraordinaires de la mer des Caraïbes, ils ont été peints par un artiste mexicain qui pêche sous l'eau, m'a-t-il dit. Il éblouit les poissons avec un projecteur, ça les étourdit et ils accourent, ils viennent taper contre ses lunettes. Il y a aussi des photographies, de gazelles, de chamois, de pumas. Et aussi des photographies d'arbres qui sont encadrées comme des portraits d'amis.

Elle fit une pause, puis reprit :

— Non. Je serais incapable de dire quelle est sa couleur préférée. Avec un peu de chance, il ne remarque même pas la couleur d'une toilette. Je doute qu'une robe ait beaucoup d'importance pour lui. Pourtant...

— Pourtant ?

— Chaque fois que j'arrive et qu'il me regarde, j'ai envie d'être belle comme une femme dans un tableau.

Elle se leva, courut embrasser d'abord Lydia puis Fulvia, puis moi, vola en un clin d'œil jusqu'au miroir, s'arrêta, s'examina. Puis finit par s'écrier, les deux mains jointes sur son cœur :

— Rendez-moi belle ! Rendez-moi belle !

J'aimerais montrer sans ambiguïté l'innocence absolue, la sincérité authentique avec laquelle ma mère parlait d'Hervey.

À cette époque, ils n'avaient pas encore prononcé un seul mot d'amour susceptible de donner à leur relation une apparence coupable. Moi-même, qui l'interrogeais continuellement sur lui, je la renforçais dans sa conviction qu'elle ne faisait rien de mal, puisqu'une jeune de mon âge, sa fille qui plus est, comprenait une telle amitié.

Lorsqu'elle me parlait de leurs rendez-vous, on aurait dit qu'elle récitait une poésie, j'avais l'intuition que son amour était réellement l'amour tel qu'il devait être dans mon imagination : vibrant, fabuleux, magique – et malgré tout inexorable dans son effrayante majesté. Est-ce qu'à son apparition la vie de ma mère n'avait pas changé ? N'était-elle pas devenue plus intelligente, comme si, jusqu'alors, les choses s'étaient montrées à elle cachées par un voile ? Quand elle revenait de la villa Pierce, le soir, elle me racontait leurs promenades dans le parc, les heures passées dans la salle de musique, elle accompagnant au piano Hervey, qui jouait du violon.

— Et Arletta ? lui demandais-je quelquefois.

Elle évitait de me répondre. Mais un jour elle m'annonça qu'Arletta était partie, en compagnie d'une gouvernante, pour passer quelque temps en Angleterre chez sa sœur aînée. Elle me dit une autre fois :

— Quand j'entre dans la salle de musique, j'ai toujours l'impression de la voir venir à ma rencontre dans sa robe blanche.

Et elle cacha sa tête entre ses mains. Moi, je lui caressais doucement les cheveux pour l'encourager gentiment à ne pas avoir de remords si, un jour, elle ne devait se rappeler de moi que mon profil, dans l'encadrement de notre fenêtre préférée.

Ces récits – qui montrent clairement qu'Hervey occupait constamment ses pensées et que rien ne comptait davantage dans sa vie – pourraient sembler cruels à mon égard, mais ce serait oublier qu'elle n'avait jamais aimé jusqu'alors. N'ayant jamais vécu sa vie de jeune fille et de femme, elle ne pouvait se contenter d'être uniquement mère.

Peut-être pourrais-je lui reprocher de m'avoir fait vivre continuellement dans une atmosphère exaltée qui me donna, avant tout, le culte et le mythe du grand amour, m'amenant ainsi, sans le vouloir, à ma douloureuse condition d'aujourd'hui. Je pourrais le lui reprocher si elle n'avait pas été la première à expier elle-même l'ambition de ses projets. Si, à présent, je me sens contrainte à écrire ces choses-là sur elle, à rechercher les moments les plus intimes et les plus dramatiques de notre vie en commun, ce n'est assurément pas pour l'accuser de m'avoir faite telle que je suis – mais pour expliquer à d'autres certains de mes actes qui, sans ces explications, ne seraient clairs que pour moi-même.

Ma situation actuelle me permet d'abandonner toute pudeur afin de m'examiner sans fard et d'assumer des actes et des pensées que, dans d'autres conditions, j'aurais peut-être évité de révéler à un homme. Je crois qu'aucun homme n'a le droit de juger une femme alors qu'il ignore que les femmes sont faites d'une autre pâte que lui. Je trouve injuste, par exemple, qu'un tribunal composé exclusivement d'hommes décide si une femme est coupable ou non. S'il existe une morale commune valable aussi bien pour les femmes que pour les hommes, comment un homme pourrait-il réellement comprendre les raisons subtiles qui conduisent une femme à l'enthousiasme ou au désespoir, des raisons innées qui ne font qu'un avec elle ?

Un homme ne comprendra peut-être pas que, dans la grande bâtisse où nous habitions, tout était régi par l'amour. Les hommes qui vivaient avec nous ne s'en apercevaient pas. Ils croyaient que l'amour n'avait été pour leurs compagnes qu'une fugace légende, une exaltation passagère, nécessaire pour acquérir le droit de devenir maîtresses de maison, d'avoir des enfants, et de consacrer toute leur vie aux problèmes du marché et de la cuisine. Oui, ils pensaient réellement que l'odeur de la nourriture, le poids du panier à provisions, les longs moments passés à repriser patiemment et les leçons d'écriture aux enfants pouvaient remplacer le roman d'amour qui avait été l'origine de leurs rendez-vous. Ils connaissaient si peu les femmes qu'à leurs yeux c'était là que résidaient réellement le projet et l'idéal de leur vie. « C'est une femme frigide, confiaient-ils à leurs amis avec un soupir. Elle ne s'occupe que de la maison et des enfants. » Grâce à ces constats faciles, ils refusaient d'admettre un problème dont ils n'acceptaient pas la responsabilité. Il leur aurait pourtant suffi d'écouter les conversations des femmes entre elles dès qu'elles étaient seules – conversations qu'elles interrompaient aussitôt qu'arrivaient les hommes, comme les enfants quand surgissent les parents. Ou de remarquer les livres posés sur la table de chevet dans les chambres où, bien souvent, un ou deux marmots couchaient avec elles, ou d'observer la façon dont les femmes ouvraient la fenêtre après dîner, avec un léger soupir. « Elles sont fatiguées », disaient-ils sans jamais en chercher la raison. Tout au plus pensaient-ils : « Ce sont des femmes », mais sans qu'aucun d'entre eux se demande ce que cela signifiait. Aucun d'eux ne devinait que tout geste, toute marque d'abnégation, tout acte d'héroïsme féminins correspondait à un grand, à un secret désir d'amour.

Ma mère, amoureuse, acquit à nos yeux un prestige extraordinaire. En dépit du fait qu'elle ne fréquentait personne, à part Lydia et Fulvia Celanti, la curiosité suscitée par la grande voiture américaine, ajoutée à quelques indiscrétions de nos amies ou de la médium, avait mis les voisines au courant de ce roman d'amour. Il n'était pas rare qu'une d'entre elles m'appelle quand je passais, m'adresse un compliment, et saisisse cette occasion pour me poser des questions innocentes sur maman. J'avais plaisir à sentir, partout autour de moi, ce regain de sympathie et de chaleur.

Ce printemps 1939 était éclatant. Ou du moins mon état d'âme me donnait-il cette impression. Dans mon souvenir, jamais le ciel ne fut aussi bleu, l'air aussi doux. Mais je dois ajouter qu'à la douce excitation inspirée par la saison venait s'adjoindre le trouble suscité en moi par la romantique image d'Hervey. Hervey n'avait pas seulement bouleversé la vie de ma mère mais, par ricochet, la mienne et celle des Celanti. C'est à cause de lui que Fulvia et moi étions devenues méprisantes à l'égard de nos jeunes amis, que nous ne trouvions plus autant de plaisir à discuter avec elles. Et, de toute évidence, il n'était pas étranger non plus aux dissensions qui apparurent, à cette époque, entre Lydia et son capitaine. Une fois où j'étais entrée dans une crémerie de la via Fabio Massimo, je les ai vus assis en silence devant leurs deux coupes vides, barbouillées de crème fouettée.

Pourtant, aucun d'eux n'avait vu la villa Pierce, même de loin. Moi-même je n'aurais pas pu dire son emplacement exact mais, quand j'en parlais, j'enrichissais cet endroit de charmes extraordinaires. Je parlais des paons blancs et des lévriers. Mes lectures m'avaient appris que certaines orchidées poussent sur les arbres à l'état sauvage dans les Indes occidentales et j'ornais de ces splendides parasites les grands chênes de la villa Pierce. J'en arrivais à décrire un petit étang sur lequel glissaient calmement des cygnes noirs et sur lequel Hervey et ma mère faisaient des promenades en gondole. Je ne sais si Fulvia me croyait toujours, mais elle avait plaisir à m'écouter.

— Raconte encore, me disait-elle.

Au fond, en parlant d'Hervey, c'est de moi que je parlais. C'étaient mes désirs et mes élans que je lui attribuais. Les propos que je lui prêtais, c'étaient mes monologues près de la fenêtre. Il me semblait ainsi que c'était moi qui accompagnais maman dans ses promenades romantiques, moi qui m'asseyais à côté d'elle près du piano. Et que c'était pour me rejoindre qu'elle volait jusqu'au bas de l'escalier.

Nous finissions par nous taire. Parfois, Fulvia tentait de se reprendre au moyen d'un rire nerveux, moqueur. Nous marchions en nous donnant le bras.

Dans ces longues soirées estivales, désolées, une paix lugubre stagnait dans les rues. Maman me recommandait avec insistance de ne pas emprunter le pont séparant notre quartier du reste de la ville ; c'était, chez elle, une sorte de tendre idée fixe, on aurait dit qu'elle y voyait le moyen de m'empêcher de grandir. Fulvia me poussait à manquer à ma promesse, m'incitait à mentir quand je serais de retour. Je lui répondais :

— Non, je n'aime pas ce genre de subterfuges.

Elle s'étonnait de cette répugnance que j'avais à mentir, elle y voyait de la lâcheté. « Ta mère ne serait jamais au courant », me disait-elle pour me rassurer. Une fois, je lui ai expliqué que ce n'était pas pour elle, mais pour moi.

— Tu t'imagines que je suis très sage, mais ce n'est pas vrai du tout. Je me sens tentée par le diable toute la journée.

— Tu crois au diable ? me demanda-t-elle avec ironie.

— Oui. Je crois que le diable, c'est cet ensemble de pièges que nous nous tendons nous-mêmes continuellement, de tentations. Il y a des jours où je n'y tiens plus, ma résistance ne tient plus qu'à un fil. Si j'apprenais aussi à mentir, je serais perdue.

— Qu'est-ce qui te tente ?

Je suis restée muette un instant. Nous étions assises dans un jardin public près du château Saint-Ange, comme deux soldats de sortie. Les gens passaient devant nous. Les enfants jouaient et couraient.

Les yeux baissés, je lui ai avoué :

— Tout.

Fulvia se retourna pour m'observer, surprise de ma confidence, puis laissa son regard plonger dans le vague et me dit, d'un ton brusquement pensif :

— C'est pénible, hein ? Moi je sens qu'il ne me serait pas difficile de devenir une sainte mais que je pourrais tout aussi bien devenir une de ces femmes qui se vendent aux hommes. Peut-être que tu ne vas pas comprendre et que tu n'auras plus d'estime pour moi...

— Non, non, je comprends ! lui ai-je répondu à voix basse.

J'ai marqué une pause, et continué :

— Je n'ai qu'une seule chose pour m'aider, en dehors du mal que j'ai à dire des mensonges. Dès que les hommes s'approchent trop, ils me répugnent un peu. L'autre jour, chez Maddalena, quand les garçons sont venus et que nous avons dansé, vous vous imaginiez que si je restais à l'écart, c'était parce que je ne sais pas très bien danser. Mais non, c'était parce que je ne peux pas supporter la main d'un inconnu dans mon dos. Sous une robe légère, ça me brûle. Le lendemain, ma robe garde encore une forte odeur de fumée, une odeur d'homme désagréable. Tu comprends ?

— Oui, bien sûr.

Elle réfléchit un instant, puis conclut :

— Je crois que les hommes te plaisent plus qu'à moi.

— Qu'est-ce qui te fait penser une chose pareille ? ai-je sursauté.

— Parce que c'est comme ça. Avoir la bouche de Dario sur la mienne, ça ne me gêne pas du tout. Au pire, je m'essuie les lèvres et je reviens tout de suite dans la pièce où on danse, pour m'amuser avec un autre. Tu n'as pas vu ?

— Si. J'ai vu.

— Je n'arrive pas à m'expliquer ce que je lis souvent dans les livres, cette nécessité, cet instinct qui pousse une femme à se défendre, ces hésitations qu'elle sent avant de céder à un homme ou simplement avant de lui donner un baiser.

Puis elle continua :

— L'an dernier, j'allais à la mer à Fregene avec Dario et les autres garçons de la bande. Quelquefois rien qu'avec Dario. On prenait un petit bateau, on partait au large, on plongeait et on enlevait nos maillots.

— Dans l'eau ?

— Oui. On les lançait dans le bateau. On était si bien ! Mes cheveux se collaient à mes joues et ça me donnait un frisson. La mer était verte et bleu clair. On se frôlait, on nageait sous l'eau, nos corps blancs ressemblaient à des poissons dans un aquarium. J'étais heureuse comme un poisson, comme une algue…

J'ai ri, mais pour cacher mon embarras.

— Et si le bateau était parti avec vos maillots ?

— Il était à l'ancre, m'expliqua-t-elle en haussant les épaules.

Puis elle reprit :

— Quelquefois, la main de Dario me caressait. Mais elle était mouillée, ça me chatouillait. J'aurais voulu que ça me trouble, tu comprends ? J'aurai voulu me rebiffer ou savourer l'audace de mes gestes. Mais non, rien. Rien du tout. Je voudrais éprouver, ne serait-ce qu'une fois, ce que tu ressens quand un homme s'approche de toi.

Nous nous promenions sur le quai du Tibre à Borgo, sous l'ombre mobile des platanes et le babillage des moineaux nichés dans les arbres. Ils criaient si fort qu'ils couvraient notre voix. À cette heure-là, une foule de prêtres marchait d'un pas vif, pris à l'improviste par les premières ombres de l'angélus.

— On traverse ?

Tout sourire, Fulvia me poussait légèrement du bras quand nous passions devant les ponts. Je la suppliais :

— Non, non !

— Ce que tu peux être innocente ! me disait-elle avec attendrissement.

Moi, je baissais la tête, confuse de la tromper à ce point. Je comprenais, maintenant, que mes continuelles inhibitions, mes luttes intérieures, ne servaient qu'à refréner une nature trop enflammée. Mon apparence physique me protégeait : j'étais maigre, sèche, encore dans l'enfance. Les hommes passaient à côté de moi sans me remarquer.

— Tu es une innocente ! continua Fulvia. C'est pour ça que tu m'as attirée dès le premier jour. Dès le premier jour où je t'ai remarquée dans l'escalier. Tu descendais avec ta mère et elle te tenait par la main. Mais ça y est, j'ai fini par découvrir ce que les gens éprouvent en te voyant : le désir irrésistible de te faire entrer dans leur vie pour toujours. Je suis sûre que tu trouveras beaucoup d'hommes qui te demanderont en mariage. Quand on te voit, on ne peut pas se résigner à t'avoir pour une heure seulement. Tu es comme ta mère.

Personne, jusqu'alors, ne m'avait parlé de ce que j'étais et de l'impression que je faisais. L'attention appuyée que me consacrait Fulvia me faisait peu à peu prendre forme. Je n'étais plus une boule de désirs troubles et d'aspirations, mais une personnalité entièrement construite, avec une physionomie bien définie. Jusqu'à ce moment-là, je n'aurais pas cru que les autres aient une opinion sur moi, quelle qu'elle soit. Voilà pourquoi, en écoutant les paroles de Fulvia, j'avais l'impression de me voir pour la première fois dans une glace. Je me suis serrée contre son bras, contre sa peau fine, dans sa chaleur.

— Antonio est là-dedans, ai-je dit en passant devant le grand bâtiment de la prison.

Nous nous sommes appuyées au parapet du fleuve, le regard tourné vers les fenêtres défendues par des barreaux et l'inscription sur la façade : *Maison centrale*.

— Non, me dit Fulvia en baissant la voix. Maintenant, il est sur une île.

— Mais qu'est-ce qu'il a fait ? lui ai-je demandé, excédée.

— On ne sait pas.

C'était toujours la même réponse. On en parlait très peu, d'Antonio. Mon père s'agaçait que je pose sans cesse les mêmes questions et m'avait enjoint une fois pour toutes de ne pas m'occuper de ces choses-là. Aida m'avait dit que son frère était accusé d'avoir imprimé certains tracts.

— Qu'est-ce qu'ils disaient, ces tracts ? lui avais-je aussitôt demandé.

Elle aussi m'avait répondu : « On ne sait pas. »

Je scrutais les fenêtres de la prison. Au fond de moi, j'appelais Antonio avec une telle force que, tout à coup, j'ai eu l'impression de voir son visage derrière les barreaux. Dans son regard accablé se lisait l'épouvante que les autres exprimaient par ces quelques mots : « On ne sait pas. » Je me souvenais de ce qu'Aida avait dit le premier jour – Antonio et ses amis n'étaient pas contents. Dès lors, la conscience de leur pénible situation sonnait sans cesse comme une mise en garde à mes oreilles.

Dans la grise lumière du crépuscule, une foule de gens passait devant nous, entre la prison et nous. Ils parlaient, lisaient le journal et riaient. Deux femmes se promenaient en voiture, une autre se repoudrait le nez. J'avais l'impression qu'ils mettaient toute leur énergie dans ces gestes pour se distraire de leurs préoccupations. Ainsi leur journée, et la mienne aussi, me faisait l'effet d'une suite d'actions vertigineuses, qui se succédaient sans répit dans le seul et unique but d'empêcher tout examen de conscience. S'ils avaient pu s'interroger, peut-être auraient-ils tous découvert qu'ils n'étaient pas contents.

J'ai murmuré :

— C'est terrible !

— Oui, répéta Fulvia. C'est terrible d'être enfermé là-dedans alors qu'il fait si beau.

Avidement, elle regardait autour d'elle. Doucement, le dernier soleil du soir teintait de rose le toit des maisons et la cime gonflée des arbres sur le Janicule, derrière la prison.

— C'est là-haut que se trouve la villa Pierce ? me demanda-t-elle.

Je fis signe que oui de la tête.

— On ne la voit pas d'ici ?

— Non, répondis-je brusquement. On ne la voit ni d'ici ni d'ailleurs. Elle est cachée dans les arbres. On ne parvient jamais à la voir.

Nous avions repris notre marche en silence.

— Tu sais quoi ? me dit-elle subitement. Quelquefois, j'ai l'impression que la villa Pierce n'existe pas, et Hervey non plus.

— Pourquoi ?

— Je ne sais pas. C'est une impression. Ça me rappelle un livre que j'ai lu, l'histoire d'un voyageur qui traverse une forêt, en pleine nuit. Il est affamé, à bout de forces. Il se sent incapable de résister à la fatigue et au froid. Tout à coup, il aperçoit une maison éclairée, au loin. Il entre, se restaure, se réchauffe à un grand feu. Il est accueilli par un vieux monsieur élégant et par une dame âgée qui le traitent avec une courtoisie et une gentillesse qu'il n'a jamais connues. Ils l'accompagnent dans sa chambre, le bordent dans son lit et il passe la nuit la plus agréable de sa vie. Mais le lendemain matin, il se réveille couché par terre au bord de la forêt, près de la grand-route. La maison et les deux vieillards ont disparu.

— Oh ! Et ces vieillards, c'était qui ?

— Ses parents qu'il avait perdus dans son enfance. C'étaient bien eux, mais comme s'ils avaient vécu autre part, loin de lui. Hein que c'est une belle histoire !

— Oui, seulement tu disais...

— C'est ça, j'ai l'impression que c'est la même chose avec la villa Pierce. Je trouve qu'il y a quelque chose de spectral chez Hervey, et même chez ta mère. Moi aussi, tu vois, j'ai parfois l'impression qu'elle va disparaître, ne plus revenir, comme tu le redoutes.

— Tais-toi ! lui dis-je en frissonnant.

Nous pénétrions dans l'échiquier régulier des rues avoisinant notre immeuble. Nous marchions en nous donnant le bras, brusquement saisies par le froid. Je tenais entre mes mains la vie de ma mère comme on porterait un joli ballon coloré, en suspens dans la liberté aérienne du ciel, et sans rien d'autre que la frêle complicité d'un fil pour le rattacher à nous.

Le jour du concert, mon père et moi avons déjeuné seuls. Maman était invitée à la villa Pierce. C'était la première fois qu'il nous arrivait de manger seuls, en tête-à-tête comme ce fut le cas plus tard, pendant tant d'années. Je me souviens que cela me parut de très mauvais augure. Néanmoins, par une instinctive solidarité avec maman, j'avais décidé de m'estimer tout à fait à mon aise. J'étais encore animée par l'enthousiasme qui m'avait saisie quand j'avais aidé maman à passer sa robe bleue, que j'avais trouvée d'une élégance rare. Lydia avait insisté pour qu'elle soit fabriquée par une bonne couturière. Pour payer ce travail, Sista avait dû faire sa première course au mont-de-piété où elle avait engagé une petite broche en or de grand-mère. Dans sa robe bleue, ma mère était extrêmement belle. La soie qui bouffait légèrement au niveau de la poitrine et des hanches atténuait sa maigreur, la couleur rappelait celle de ses yeux. Quand je l'ai vue habillée ainsi dans cet appartement où je la voyais toujours aller et venir, l'air si modeste dans ses robes foncées, j'ai instinctivement porté mes mains à ma bouche pour étouffer un cri de surprise.

Elle avançait vers nous en étalant toute l'ampleur de sa robe comme une jeune fille à son premier bal. Du même pas léger, j'avais l'impression qu'elle pourrait s'en aller comme s'il s'agissait d'un geste anodin. Aussi l'ai-je regardée, un long moment, avec un amour intense. Je lui ai fait de la main un geste d'adieu et j'ai fondu en larmes. Serrée contre Sista, j'ai caché ma tête dans le creux de son épaule, en respirant cette âcre odeur de cuisine et d'étoffes noires qui était celle de mes journées solitaires à la maison. Ma mère s'arrêta, perplexe.

— Pourquoi pleurez-vous ? Pourquoi pleures-tu, Sandi ? Qu'est-ce que j'ai fait, mon Dieu ?

Nous ne pouvions rien lui expliquer. Il y avait entre Sista et moi une secrète entente, proche de la peur qui nous prenait toutes les deux lorsque nous l'attendions, assises à la cuisine, et lorsque chaque instant marqué par les grosses aiguilles de l'horloge faisait grandir notre peur de ne plus la revoir. Elle ne comprenait pas que sa présence était le seul bonheur de notre vie. Avec un sourire, nous l'avons regardée à travers nos larmes. Alors elle sourit à son tour et nous embrassa, émue de nous voir prendre part à sa joie avec une telle intensité.

— J'ai un peu peur, dit-elle sur le pas de la porte, comme avec hésitation.

Puis elle se reprit :

— J'ai très peur !

Mais elle domina vite cette frayeur. Elle s'engouffra rapidement dans l'escalier en se penchant de temps en temps par-dessus la rambarde pour nous regarder encore une fois.

— Adieu ! nous cria-t-elle en nous envoyant un baiser.

Et l'escalier sordide était tout éclairé de son sourire.

L'automobile revint nous chercher plus tard. J'étais déjà prête depuis quelque temps quand j'entendis le klaxon. Aussitôt mon cœur se mit à battre la chamade. Mais mon père nous dit : « Un moment ! » et affecta de lire une nouvelle importante dans le journal. Nous avons lentement descendu l'escalier, l'un derrière l'autre, moi dans l'abominable effluve de sa brillantine.

Assis dans l'automobile, nous ressentions une forme de gêne, légèrement éloignés l'un de l'autre. Mon père affichait de l'indifférence et même de l'ennui, mais je savais qu'il était fier d'être conduit par un chauffeur en livrée dans une voiture de prix. Pour ma part, je me disais que c'était ce chemin que maman faisait tous les jours pour se rendre à la villa Pierce. Pendant ce trajet, la monotonie de sa vie quotidienne devait glisser de ses épaules. Derrière elle, la rue où nous habitions, la grande bâtisse, l'appartement sombre, mon père, Lydia, Sista s'effondraient, fondaient sans bruit. Et peut-être qu'au moment d'emprunter la large avenue ombragée du Janicule, elle oubliait jusqu'à mon existence.

La grille était ouverte. La voiture entra, écrasant le gravier avec le bruit que fait l'eau creusée par des rames. Dans le hall, Violet Pierce, ses cheveux blancs teints en violet, recevait les invités. Nous avons été accueillis avec enthousiasme, comme si elle n'était là que pour attendre notre arrivée.

— Tu joues du piano, toi aussi ? me demanda-t-elle d'un ton volubile.

Intimidés, mon père et moi nous sommes assis au fond de la salle. Sur les chaises étaient posés de petits programmes annonçant le « Récital de la pianiste Eleonora Corteggiani ». Et la pianiste Eleonora Corteggiani, c'était maman. Corteggiani était le nom de mon père, le nom qu'on me donnait au lycée. Cependant, j'avais l'impression que ma mère ne faisait pas partie de notre famille, qu'il s'agissait d'une simple homonyme. J'avais beau observer les alentours, je ne reconnaissais pas la salle de musique telle que ma mère me l'avait décrite.

Beaucoup de personnes parlaient anglais et nous étions en proie au malaise des gens qui se retrouvent seuls dans un pays étranger dont ils ignorent la langue et les habitudes. J'ai cherché Hervey du regard, mais j'ai tout de suite eu la certitude qu'il n'était pas là. Pour me donner du courage, je fixais le piano devant lequel je n'allais pas tarder à apercevoir la silhouette aimée de ma mère.

C'était un piano à queue, très long et très brillant, bien différent du vieux Pleyel droit que nous avions à la maison. Mon père le regardait avec antipathie et, à cet instant, je ne pus m'empêcher de me sentir liée à lui par cette même gêne que nous éprouvions. Notre appartement, Sista assise à la cuisine, les voix de la cour, l'escalier sombre et poussiéreux me semblaient plus indiqués pour nous, plus accueillants, même. « Allons-nous-en, rentrons à la maison ! » comptais-je dire à papa quand nous vîmes des domestiques en livrée fermer les portes et Mme Pierce lever les deux mains pour réclamer le silence. Par une petite entrée latérale, ma mère fit son apparition.

De son pas léger, elle avança jusqu'au piano. Puis s'arrêta, la main posée sur le pupitre. À ce moment, les gens l'applaudirent. Ce n'était pas qu'un simple hommage, mais une réaction que sa présence arrachait comme un cri.

Elle était extrêmement pâle. La robe fabriquée à partir des voiles d'Ophélie, qui semblait si extraordinaire entre les murs de la maison, semblait démodée dans cette salle.

— Elle est trop maigre, ta mère, dit papa. Je vais lui faire faire une cure fortifiante.

Je me suis tournée vers lui pour le regarder. Il entendait, par ces mots, nier le fait que sa femme était une femme extraordinaire, afficher le droit qu'il avait de la juger et de la forcer à tenir compte de son jugement. J'aurais voulu lui répondre durement mais, juste à ce moment, ma mère se mit à jouer un *Prélude et fugue* de Bach.

Ce morceau-là et les autres qui suivirent, je les avais entendus d'innombrables fois, mais joués dans cette pièce, eux aussi paraissaient différents. Peut-être à cause de ce pupitre qui la cachait, j'en arrivais à douter que c'était bel et bien ma mère qui les exécutait. Le toucher était celui d'un être très fort et très courageux, étranger à la femme que nous avions l'habitude d'entendre obéir docilement, d'une voix basse et soumise, aux injonctions de son mari.

À la fin de chaque morceau, le public s'empressait d'applaudir, avec enthousiasme. Ma mère ne se levait pas pour le remercier. Non, elle baissait la tête, en laissant voir son trouble. Durant ces intermèdes, Violet Pierce voguait au milieu de ses invités pour leur murmurer certainement des choses flatteuses au sujet de ma mère puisqu'elle souriait en regardant l'estrade. Elle se glissa même jusqu'à nous et s'arrêta un instant pour nous demander : « *Isn't she wonderful* ? N'est-elle pas merveilleuse ? » De toute évidence, elle ne se rappelait plus qui nous étions.

Elle s'arrêta ensuite près d'un fauteuil d'une des premières rangées et se mit à parler avec animation, en anglais. J'avais beau ne rien comprendre à ce qu'elle disait, j'ai compris à son expression qu'elle s'adressait à Hervey et une émotion me saisit aussitôt. On devinait sans mal qu'elle essayait de le décider à jouer. Finalement, ma mère qui avait toujours gardé les yeux baissés vers le clavier tourna son regard vers lui, comme pour l'inviter. Immédiatement, Hervey monta sur l'estrade.

Ma mère ne me l'avait jamais décrit, je savais seulement qu'il était très grand et qu'il avait les cheveux clairs. Dès le premier instant, pourtant, sa silhouette coïncida avec l'image que je m'étais faite de lui. Il avait pris son violon et l'accordait, tourné vers ma mère, et se préparait à jouer pour elle, sans se soucier du public. Mais sans apercevoir son visage, je sentais entre nous une affinité lointaine comme celle qui relie les plantes d'une même famille. Peut-être était-ce à cause de sa silhouette élancée ou de sa nuque penchée sur son violon, qui me faisait penser à l'encolure d'un cheval, toujours est-il que j'eus l'impression de voir réuni en lui tout ce qui me plaisait dans la vie, les beaux animaux et les beaux arbres – et pas seulement ce qui me plaisait chez un homme.

Il avait commencé à jouer. Je ne connaissais pas cette musique qui développait un thème pastoral – ma mère m'avait dit que c'étaient ceux qu'il préférait. Le piano ne faisait pas que l'accompagner, il apportait à chaque phrase la réponse appropriée. Le violon demandait, le piano répondait doucement. C'était un dialogue serein. Mais, peu à peu, le ton et l'intensité montèrent : on aurait dit que les questions devenaient, graduellement, plus insistantes, plus pressantes. Dans les mesures finales, le piano sembla vouloir s'éloigner, fuir, poursuivi par le violon.

Quand la musique prit fin, nous avions tous la gorge nouée, comme si nous les avions suivis dans leur course. Il y eut un moment de silence avant que le public se ressaisisse et commence à applaudir. Mon père, pâle dans son costume foncé, gardait le silence.

Moi, je battais des mains, j'entendais retentir en moi de grands cris de joie que j'avais peine à contenir. Le public applaudissait frénétiquement. Violet Pierce était montée sur l'estrade pour féliciter les musiciens. C'était terminé. Ma mère, le rouge aux joues, se leva du piano et voulut se sauver, mais Hervey la retint par le bras. Ils se regardèrent, puis sourirent, confus d'avoir manifesté un sentiment qu'eux-mêmes avaient cru ignorer jusqu'à présent. C'est avec ce sourire qu'ils se tournèrent vers nous.

Émue, je cessai d'applaudir pour les regarder, absorbée, en laissant les larmes me monter aux yeux. J'étais fière et attendrie, comme si c'était moi la mère et elle la fille. À travers un voile de larmes, brillant et tremblant, je voyais ma mère et Hervey quitter la terre, main dans la main, et monter, monter de plus en plus haut, emportés sur la robe bleue comme sur un nuage. Et ce voile de larmes m'empêchait de distinguer leurs traits. Ils me semblaient du même sexe. Ils n'étaient ni des hommes, ni des femmes, mais des anges. Tous deux étaient en effet de haute taille et semblaient frère et sœur – peut-être à cause de la couleur de leurs cheveux. Cette idée traversa mon esprit, me plongeant dans l'étonnement et dans l'incertitude. Je ne pouvais pas m'expliquer cette mystérieuse ressemblance, cette harmonie qu'ils laissaient transparaître. Détachés de la terre, ils tremblaient dans l'aquarium opalescent de mes yeux, et ma mère souriait comme lorsqu'elle s'était retournée pour me dire adieu avant de disparaître dans l'escalier.

Réclamée par le public, elle finit par se rasseoir au piano et attaquer ces *Murmures du printemps* du soir où elle nous avait annoncé le récital. De nouveau, nous l'avons entendue rire sous la musique. Beaucoup de gens étaient debout. Mon père me dit : « Allons-nous-en », et passa son bras sous le mien.

Hantés par ces sonneries joyeuses et ces brillants arpèges, nous avons traversé de vastes salles vides. Dehors, il faisait encore jour mais les grands arbres s'étaient drapés dans l'ombre comme dans une cape. Par les fenêtres, la musique nous poursuivait, nous poussait dans le dos. Nous pressions le pas, désireux de nous éloigner. Au-delà de la grille, on n'entendait plus le piano.

Mon père s'appuyait sur moi, s'en remettait à moi. Plus tard, lorsqu'il devint aveugle et que je l'emmenais se promener, j'ai reconnu la façon qu'il avait de s'appuyer ce soir-là. Son visage avait brusquement vieilli ; il s'était boursouflé, comme cela arrive dans les moments de fatigue aux visages qui ont gardé longtemps leur jeunesse. Il ne faisait aucun commentaire sur le concert et n'osait plus répéter que ma mère était maigre. Incapable d'exprimer ses sentiments autrement que par des réactions physiques immédiates, il s'affaissait, pesait sur mon bras, traînait les pieds. Et moi, au lieu d'éprouver de la compassion pour lui, pour sa vie qui déclinait après avoir engendré la mienne que je sentais jeune et forte, je me réjouissais de le voir s'abandonner de la sorte, je dois l'avouer. Maman et moi possédions le secret d'une jeunesse éternelle. À cet instant ou des années plus tard, les mêmes choses nous procureraient toujours de la joie et de l'enthousiasme, nous triompherions du temps et même de la déchéance physique grâce aux plaisirs que mon père n'avait pas connus. Avec ce corps accroché à mon bras, j'avais l'impression de traîner tout ce que notre vie contient d'éphémère – la chair qui vieillit, jusqu'au jour où elle pourrira. Je ressentais de la répulsion, une sorte de dégoût, d'horreur, comme le jour où

Enea avait voulu me pousser contre le mur pour me faire connaître son corps. Maman avait été le seul pont jeté entre mon père et la poétique vérité de la vie. Elle était restée à côté de lui des années, l'invitant à la suivre. Et maintenant qu'elle était partie, il était seul.

Lentement, à travers les ruelles du Borgo, je l'ai reconduit chez nous. Les voix, les odeurs de nos rues venaient à notre rencontre, nous accueillaient. C'était notre quartier, notre voisinage, où ma mère semblait être tombée par erreur.

Je regardais mon père qui, sans s'en rendre compte, se fiait à moi, une jeune fille dont il avait raillé tant de fois les idées et les habitudes. Je sentais l'odeur de sa brillantine, je le revoyais assis à table, son journal étalé, sa bague d'or au doigt, occupé à nous observer avec des hochements de tête ironiques.

Apitoyée par ce souvenir, je lui dis : « Viens, papa, viens », tandis que je l'aidais à traverser une rue.

Dès notre retour, mon père demanda à Sista si le dîner était prêt et, même s'il était encore tôt, lui ordonna de servir. Sista n'osa pas poser la moindre question, elle plaça la soupière au milieu de la table et nous observa éberluée, les mains entrelacées sur son tablier noir, les yeux fixés sur la place de Madame. Ma mère avait l'habitude de plier sa serviette « en lapin ». La vue de cette serviette m'attendrit comme ces jouets d'Alessandro qu'elle gardait religieusement dans un tiroir. Derrière la fenêtre, les douces ombres du soir que, parfois, nous attendions ensemble, descendaient – et j'étais seule. Je me suis surprise à la remplacer à travers ses gestes de la veille. J'ai préparé mon assiette pour Sista et, au moment de la tendre, j'ai usé des mêmes paroles, avec la même intonation affectueuse.

En entendant ma voix, papa leva les yeux de son

assiette et me regarda. Il se rendit compte que j'étais une femme, à présent. Et puisque mon ton et mes gestes me faisaient tant ressembler à ma mère, il me reconnut aussitôt comme une adversaire. Assise dans un coin, Sista grignotait un morceau de pain. Entre nous, le silence était comme une couche de glace sur laquelle personne n'osait s'aventurer. Mais, bien vite, nous avons entendu des pas pressés dans l'escalier. J'ai sauté au bas de ma chaise, rayonnante, couru à l'entrée et ouvert en grand la porte.

Je dois dire qu'après tant d'années, les fois où je repense à ma mère, il m'arrive encore souvent de la revoir telle qu'elle était à cet instant. Elle serrait contre sa poitrine une grosse gerbe de roses qu'on lui avait offerte et les pans de sa robe bleue s'échappaient de son petit manteau, comme s'il lui était interdit de reprendre l'apparence modeste qui était la sienne au quotidien. Elle avait les cheveux légèrement décoiffés et la figure toute rose, pleine de charme. Elle s'appuya au mur comme si elle était en proie à un vertige. « Oh, Sandi ! » murmura-t-elle, et j'eus l'impression qu'elle n'avait jamais prononcé mon nom avec tant de tendresse. « Oh, Sandi ! » répéta-t-elle en fermant à demi les yeux. Elle était très belle. J'aurais voulu qu'elle s'allonge sur mon lit, dans cette robe qui avait été celle d'Ophélie et qu'elle me raconte la légende de sa journée comme elle me racontait les histoires de Shakespeare quand j'étais enfant.

Brusquement, notre heureuse intimité fut brisée par la voix de mon père, depuis la salle à manger. C'était une voix pourvue de mains énormes et d'une épaisse toison noire, la voix de l'Ogre.

« Eleonora ! » appela-t-il. « Eleonora ! » répéta-t-il avec force quand il vit qu'elle tardait à répondre.

Après quoi, il fit son apparition dans l'entrée. Nullement apeurée, ma mère l'accueillit par un sourire. Elle était tellement heureuse qu'elle avait l'illusion, ce soir-là tout au moins, de le voir partager sa joie. Je sentais qu'elle aurait aimé venir à sa rencontre de bon cœur, lui parler d'Hervey, elle aurait souhaité qu'il l'écoute, qu'il prenne part à son contentement. Je reconnais sans honte que cela me paraissait tout à fait naturel, car le lien qui les unissait était, à mes yeux, sans rapport avec les sentiments qui liaient ma mère à Hervey.

— Viens avec moi ! lui enjoignit-il en avançant dans le couloir.

Mortifiée, ma mère le suivit aussitôt. Elle paraissait très jeune, peut-être à cause de ce pauvre manteau qui ne recouvrait pas sa robe – une jeune fille surprise au retour d'un bal où elle se serait rendue en cachette.

Avant d'entrer dans sa chambre, elle laissa tomber ses roses que j'ai ramassées d'un bond en me piquant les mains. Puis, sans un regard pour moi, elle referma sur elle la porte grise.

Je me suis assise tout contre, sur le carrelage rouge, mon oreille collée à cette porte. Sista essaya vainement de m'en arracher, puis finit par s'accroupir à terre, à côté de moi. D'abord, il n'y eut qu'un grand silence. Puis nous entendîmes la voix de mon père : dure, furieuse, chargée d'une haine et d'une violence dont je ne l'aurais jamais cru capable. « C'est la dernière fois que tu vas à la villa Pierce ! » lui disait-il. Après quoi, nous avons cru qu'il l'avait attrapée par le bras en la serrant très fort parce qu'elle gémit doucement.

Ma mère parlait à voix basse, nous n'entendions pas ses paroles. Lui répondait de même. On eût dit que tous les deux avaient honte de leur propos. Cet affrontement terrible m'inspirait le même effroi que le silence qui accompagnait, jadis, leurs soirées d'entente amoureuse et de sérénité, il me faisait repenser à ces heures où j'avais senti, pour la première fois, l'amertume de ma solitude de fille devant la bouleversante complicité des parents. Je découvrais combien ce qui arrive entre un homme et une femme qu'on laisse seuls est effroyable. Je me rappelais ce que Fulvia m'avait dit sur la façon dont on fait les enfants. Ce n'était pas l'acte franc, heureux, lumineux que devait être celui par lequel on transmet la vie – ne choisissait-on d'ailleurs pas le secret et l'obscurité de la nuit pour l'accomplir ? Dans les voix coléreuses que j'entendais derrière la porte grise, je sentais se manifester toute la médiocrité de l'intimité qu'établissent entre eux un homme et une femme. Même leur façon de s'aimer – à ce que j'en savais – était aussi vulgaire et affreuse que la lutte à laquelle j'assistais.

— Je vais t'enfermer ici, lui disait-il. Ici, tu entends ?

Je serrais la main de Sista avec épouvante. J'imaginais ma mère recluse entre le grand lit de fer où la tante Caterina était morte et la commode noire avec son plateau en marbre livide. J'imaginais son corps délicat étouffé par ce mobilier lugubre.

— Je t'en prie, Ariberto, je t'en prie ! disait-elle d'une voix implorante et douloureuse. Je t'en supplie, je t'en supplie !

C'était comme si elle se traînait à genoux, elle si fière et si aérienne, comme si elle s'anéantissait devant cet homme que j'avais pris pitoyablement par le bras pour le ramener chez nous.

Je me suis tournée vers Sista, atterrée.

— Il faut la sauver ! lui dis-je. Il faut faire quelque chose, la sauver.

Sista ne me répondit pas. Dans la faible lumière de l'applique accrochée au milieu du couloir, je voyais sa maigre silhouette appuyée au montant de la porte. Elle avait le visage immobile, cireux. Il m'était souvent arrivé de la voir s'inquiéter pour un petit retard de maman, comme si elle craignait de ne plus la voir revenir. Je m'étonnais qu'à un moment si grave elle puisse rester aussi raide, aussi impassible.

J'ai répété :

— Il faut la sauver.

Elle ne réagissait toujours pas. J'ai fini par lui secouer le bras plusieurs fois en lui demandant :

— Qu'est-ce qu'on peut faire ? Dis-moi, allez, qu'est-ce qu'on peut faire ?

Alors, sans que je voie changer l'expression pétrifiée de son visage, elle dit :

— Qu'est-ce que tu veux faire ? C'est son mari.

Après cette terrible soirée, notre vie reprit exactement le cours qu'elle avait toujours eu. Mes parents ne se doutèrent jamais que j'avais écouté ce qui s'était passé entre eux. Ils continuèrent donc de se traiter l'un l'autre comme avant le concert.

Seul changement : je connaissais, désormais, la façon dont ils se parlaient quand ils s'enfermaient dans leur chambre, de sorte que le ton affable dont ils usaient pour discuter m'apparaissait comme un simulacre insupportable. À compter de ce moment, ma mère cessa aussi de me faire la chronique de ses journées à la villa Pierce. Et le fait que je ne l'interrogeais plus anxieusement à son retour comme je l'avais fait jusqu'alors prouvait que je devinais les raisons de sa réserve et de son silence. Une grande partie des événements que je vais raconter maintenant (et qui se sont produits en dehors de ma présence ou en dehors du cercle de la maison), je ne les ai appris qu'après sa mort, à travers les récits de Lydia et un petit cahier que j'ai trouvé caché dans le piano, dans lequel maman notait ses pensées. C'est ainsi que j'ai pu facilement reconstituer les faits.

Quelques jours après le concert, Hervey se déclara

à ma mère. Sûrement le 21 mai parce que cette date était soulignée deux fois dans son petit cahier et que sur cette page elle avait écrit partout, de son écriture haute aussi sinueuse qu'un ruban : *Je t'aime, Eleonora*.

Après cette date étaient notés des itinéraires romantiques, « Villa Celimontana », « vu un amandier au Palatin », « Villa Hadriana », « les iris de la via Appia ». Entre les pages était glissé un pétale de ces iris, je l'ai porté à mon cou dans un reliquaire de grand-mère Editta.

Ce reliquaire est le seul bijou qui me soit resté d'elle. Ma mère avait abandonné presque tous ses élèves et, chose que j'ai apprise plus tard, à partir du jour où elle avait fait la connaissance d'Hervey, elle avait refusé que la famille Pierce lui verse la moindre rémunération. À la fin du mois, elle remettait une enveloppe à son mari, comme elle l'avait fait durant tant d'années. C'était le prix pour qu'elle soit libre pendant la journée. Elle le lui payait régulièrement, peut-être avec un léger accent de dédain : « Voilà l'argent, Ariberto. » Sista avait fait bien des courses au mont-de-piété et, quand mon père ouvrit les tiroirs de ma mère après sa mort, en dehors du reliquaire, il ne trouva dans son écrin capitonné de rouge qu'une liasse de reconnaissances épinglées ensemble.

Vers la fin du mois de juin, ma mère me parla clairement de ses projets.

C'était un samedi, la journée était chaude. Papa était sorti tout de blanc vêtu, une lavallière de couleur bleue au cou.

Je lisais près de la fenêtre et ma mère était assise à côté de moi dans son fauteuil. Depuis peu, elle me permettait de lire des romans. C'était maintenant elle qui me les conseillait les uns après les autres, me traçant ainsi une sorte de programme idéal.

Je me souviens très bien que j'étais en train de lire l'histoire d'Emma Bovary. Ma mère avait dû lire et relire ce livre, plusieurs passages étaient soulignés. Ces passages révélaient parfois des élans et des sentiments dont elle n'aurait jamais osé me parler malgré toute notre intimité. Quand je tombais sur une de ces confessions involontaires au cours de ma lecture, j'éprouvais souvent un malaise comme si je commettais une indélicatesse grave. D'ailleurs si le personnage de Mme Bovary plaisait beaucoup à ma mère, je ne lui vouais pas la moindre sympathie. Je voulais donc ignorer les affinités lointaines qu'elle se découvrait avec cette femme, comme je voulais ignorer les causes qui avaient poussé maman à épouser mon père.

J'étais en train de lutter contre cette pensée quand ma mère me dit :

— Aujourd'hui, je ne sors pas, Sandi. J'ai à te parler.

Je me suis tournée vers elle, pleine de reconnaissance, et lui ai demandé :

— Est-ce qu'on reste ici, devant la fenêtre ?

— Mais oui, bien sûr, me répondit-elle en souriant.

J'ai rapproché mon fauteuil du sien et nous avons gardé le silence, tout heureuses. Quoique surprise de la gravité de sa voix, je ne me suis même pas demandé ce qu'elle avait à me dire. Je me sentais contente d'être avec elle, dans le cercle de son regard. Je sentais le bonheur couler en moi, comme une eau tranquille. C'est ce qui m'arriva plus tard avec Francesco, lors de nos premiers rendez-vous.

Au bout d'un moment, ma mère me demanda, en regardant la rue :

— Sandi, ça te plairait de partir ?

Un nœud me serra la gorge et je sentis mon cœur battre à toute vitesse, j'avais peur qu'elle souhaite m'éloigner d'elle en m'alléchant par la perspective nouvelle d'un voyage.

— Avec toi ? lui demandai-je dans un souffle.

— Bien sûr, avec moi !

— Oh oui, maman, oui ! me suis-je écriée.

Et à mi-voix, comme pour l'inciter à commettre un geste aussi risqué que répréhensible, j'ai ajouté :

— Partons !

Elle ne me répondit pas tout de suite, elle ne se retourna même pas. Ses yeux reflétaient le ciel qu'on voyait par la fenêtre ouverte. Puis elle me répondit dans un souffle :

— Allons-nous-en.

Au ton de sa voix, je compris que ces mots traduisaient une préoccupation constante, une obsession, que cette phrase-là, elle devait se la répéter à chaque instant, quand elle ne dormait pas la nuit dans son grand lit, quand elle allait et venait dans l'appartement. Cette phrase se cachait derrière tout ce qu'elle pouvait dire, « Allons-nous-en ». Elle devait secouer la tête pour chasser ces mots-là, en vain. Ils l'entouraient, ils bourdonnaient autour d'elle, l'enveloppaient, ils étaient l'air même qu'elle respirait : « Allons-nous-en. »

Ce devait être un soulagement pour elle que de les prononcer tout haut, enfin. Les accepter, c'était s'en libérer.

On aurait dit qu'elle inventait un jeu, comme quand j'étais petite fille et qu'elle faisait semblant de partir avec moi pour des villes étrangères où ma grand-mère avait joué.

— Nous habiterons à la campagne, loin des villes, des grandes bâtisses, des rues pleines de gens, des trams qui grincent toute la nuit. En sortant de chez nous, nous aurons déjà les pieds dans l'herbe. Moi, j'aurai un grand piano. Une pièce entière pour le piano.

Je la suivais dans son jeu. J'aimais jeter dans ce projet de vie à venir tous les désirs que je n'avais, jusque-là, jamais cru pouvoir satisfaire.

— J'irai me promener, lui dis-je, et je reviendrai à travers bois en suivant le son de ton piano comme la comète de Bethléem.

Elle approuvait d'un signe de tête.

— Mais oui. Et pendant l'hiver, tout restera enseveli sous la neige, même notre maison. Nous resterons enfermées avec le piano et les livres, et nous allumerons un grand feu de cheminée.

Elle continuait de parler à mi-voix. Les paysages et les journées défilaient dans mon imagination comme un spectacle. Méchamment, je me représentais papa rentrant à la maison le soir de notre fuite. Il nous appellerait de sa voix ironique et mauvaise pour nous lancer : « J'ai faim ! », pour nous demander : « Le déjeuner est prêt ? », mais c'est le silence qui viendrait accueillir et souligner ses paroles. Il appellerait : « Eleonora ! Alessandra ! » J'entendais sa voix, d'abord agacée, puis furieuse et, pour finir, angoissée. Je voyais le geste avec lequel il ouvrirait la porte des pièces dont le sombre mobilier l'attendrait pour l'étouffer et l'écraser, comme il avait écrasé ma mère pendant tant d'années.

— Sandi...

— Maman...

Il y eut un silence. Puis elle se retourna et me regarda gravement comme pour m'inviter à sortir du monde fantastique que ces images venaient de susciter autour de nous.

— Sandi, me dit-elle, nous ne serons pas seules.

— Oh, maman ! lui répondis-je en souriant. Je n'ai jamais pensé que nous partirions sans lui.

Sa main se posa sur la mienne et la serra bien

fort, comme pour me faire entrer en elle, dans ses sentiments et dans ses problèmes.

— C'est une décision très grave, me dit-elle.

— Tu ne peux pas vivre ici ! ai-je vivement protesté. Tu dois...

— C'est une décision très grave, répéta-t-elle en m'interrompant, j'aimerais que tu le comprennes. Une mère ne devrait jamais oser parler d'une telle chose à sa fille, à une jeune fille. Mais à vrai dire, et c'est peut-être un de mes torts, je ne t'ai jamais vue comme une enfant et, à mon avis, je ne t'ai jamais traitée comme telle. Je t'ai toujours traitée comme une femme, depuis ta naissance, et si je t'ai entourée d'affection jour après jour, en te consolant et en t'encourageant, c'est parce que je savais déjà à quel point c'est difficile d'être femme. Une femme, en réalité, n'a jamais de véritable enfance. Dès son plus jeune âge, depuis qu'elle sait parler, elle est déjà femme. Peut-être que je me suis trompée. Oui, j'ai vraiment peur de m'être trompée, parce que, élevée de cette façon, tu es devenue faible et sans défense, comme moi. Quand tu étais toute petite, je prenais plaisir à me donner l'illusion que tu étais un garçon, comme Alessandro, et puis... un jour, je t'ai vue ici, assise, à la fenêtre, tu n'avais que quelques années. Je t'ai demandé ce que tu faisais, si tu ne t'ennuyais pas, toute seule comme ça. Tu m'as répondu : « Non, je suis très contente. » Alors je me suis rappelé une fenêtre près de laquelle je m'asseyais longuement quand j'habitais Belluno, avec mon père et ma mère. Je connaissais le sens de la solitude précoce. Je savais que tu souffrirais, que tu serais blessée par bien des choses mais que tu tirerais gloire d'autres choses, ça oui. Parce que, comme chez toutes les femmes, tu as en toi la possibilité de devenir un être extraordinaire, merveilleux, un objet pétri de grâce et d'harmonie, comme un bel arbre ou une étoile.

Comme une femme, en somme. Une femme, Sandi, c'est l'univers. La femme a, dans son sein, le monde entier, le soleil et les saisons, le ciel qui enveloppe les villes et les campagnes.

Elle fit une pause et se reprit :

— Je ne sais pas comment j'en suis venue à te parler de tout ça... Qu'est-ce que je te disais, au début ? Je suis un peu perdue.

— Tu disais que nous allons vite partir...

À ces mots, ma mère se leva brusquement. Je la vis marcher de long en large, à travers la pièce, comme si elle ne pouvait plus contenir son impatience. Elle se tordait les mains et regardait autour d'elle pour chercher sur les murs, sur les meubles, les traces de sa vie monotone, de ses journées sans surprises. « Partir... Partir ! » murmurait-elle avec la sensation qu'elle avait enfin échappé au piège que ces pièces lui avaient tendu, des années durant, aussi inexorables et implacables que des sables mouvants. Elle ouvrit la porte du petit salon. Et du salon s'échappa l'odeur de renfermé que les fauteuils des Abruzzes n'avaient jamais perdue. « Partir ! » cria-t-elle comme une insulte, dans le vide noir de la pièce. Puis elle se mit à tournoyer, toute légère. « Partir ! » répétait-elle de sa voix chantante. « Partir... »

Elle s'arrêta brusquement :

— Et Sista ?

Elle eut un instant d'incertitude. Puis elle décida :

— Va vite la chercher.

Je trouvai Sista à la cuisine en train de raccommoder.

— Viens ! lui ai-je murmuré en la prenant par le bras. Viens, viens !

Ma mère vint à sa rencontre avec animation.

— Écoute ! lui dit-elle. Nous partons. Tu viens avec nous.

— Où ça ? demanda-t-elle stupéfaite.

— Qu'est-ce que ça peut te faire de savoir où ? Tu viens avec nous.

— C'est un endroit magnifique, lui dis-je. Il y a des arbres, des prés et des vaches, tu verras. On s'en va, tu comprends ? Toutes les trois. On part, on part, on part.

Ma mère, enivrée, s'était remise à tourner gracieusement dans la pièce, ses mains s'ouvraient et se fermaient délicatement, en signe d'adieu. Elle revint vers nous et nous enferma dans une seule étreinte.

— Oh, mes chéries ! murmurait-elle. Mes chéries, mes...

Nous partirions sans tarder, nous confia-t-elle ensuite.

Deux semaines environ s'écoulèrent sans que ma mère évoque à nouveau nos projets de fuite. Je m'apercevais cependant qu'au moment de sortir, elle m'embrassait encore plus tendrement que d'habitude et tenait à me rassurer. « Je vais vite revenir, tu sais, ma chérie », me disait-elle d'un ton aussi affectueux et animé que si elle m'avait dit : « Encore un peu de patience. »

Cette attente secrète me maintenait constamment dans un état d'excitation qu'il m'était difficile de dominer. Je redoutais qu'on remarque ma surprenante loquacité et l'aisance inhabituelle qui se dégageait de chacun de mes gestes – encore que l'été, les longues journées et les vacances donnaient aux autres habitants de l'immeuble une euphorie nouvelle. Dans la cour, les plantes avaient fleuri. Agité par un vent fripon, le linge étendu sur les cordes flottait, claquait, disait joyeusement bonjour. Par les fenêtres ouvertes on voyait les rideaux se gonfler comme des voiles. Les vêtements d'hiver avaient été battus avec mépris sur les balcons puis ensevelis au fond des malles. Encouragées par leurs robes neuves, les femmes haussaient le ton, elles sentaient reverdir leur fierté. En somme, la grande bâtisse grise devenait enjouée, bruyante, et, chaque après-midi, elle respirait par toutes ses fenêtres ouvertes. Le marteau du cordonnier tapait plus fort et plus vite, la concierge s'asseyait sous le porche avec un air bienheureux tandis que les petites filles des locataires s'amusaient autour d'elle avec des boucles d'oreilles en cerises.

Je sortais fréquemment avec Fulvia. Un même rythme plein d'énergie et de jeunesse réglait nos pas. Nous causions avec animation, nous chuchotant des choses à l'oreille, riant de tout et de rien. En été tout le quartier retentit de cris d'hirondelles. Pas un quartier à Rome ne connaît aussi bien les cris d'hirondelles que celui des Prati. À peine le soleil levé, elles se poursuivent en vols joyeux, très haut dans le ciel. Le soir, au contraire, elles descendent dans les rues, rasent les fenêtres et crient d'une voix désespérée pour se soustraire aux pièges de la nuit. Puis quand tombe le crépuscule, elles font brusquement silence tels les instruments sur un signe du chef d'orchestre. Alors Fulvia et moi nous hâtions vers la grosse bâtisse où, déjà, de nombreuses familles dînaient dans la pénombre pour ne pas gaspiller l'électricité.

Souvent, Dario nous accompagnait. Nous ne lui donnions jamais de rendez-vous précis. « Tu sors ? » demandait-il d'un signe à Fulvia, de la fenêtre en face. Elle répondait que oui.

Nous sortions, mais Dario, lui, n'était pas là. Bien vite, pourtant, nous le retrouvions sur notre chemin – chaque fois à un endroit différent. Il nous attendait sur le trottoir en fumant, épiant notre passage avec de longs coups d'œil indifférents. « Salut ! » lui disait Fulvia. Il se mettait en route avec nous.

C'était un garçon maigre avec un menton pointu

qui faisait penser à un renard, des traits assez communs, mais des yeux à la fois bleus et profonds donnaient de la noblesse à son front large.

Dario marchait à nos côtés sans un mot, tentant fréquemment, et vainement, d'arranger de la main ses cheveux plats toujours mal coiffés. Son silence agaçait Fulvia qui voulait un après-midi agréable et joyeux. Alors c'est elle qui se mettait à parler des sujets les plus variés, en s'efforçant de susciter l'intérêt du jeune homme, mais sans résultat la plupart du temps. Au début, je me demandais quel plaisir elle éprouvait à s'entretenir avec lui. Par la suite, j'en suis venue à préférer moi aussi le silence renfrogné de Dario aux fanfaronnades oiseuses des jeunes garçons de notre âge, qui semblaient décidés à donner une image originale d'eux-mêmes et s'imaginaient que quelques bizarreries suffisaient à faire preuve d'une personnalité marquée. Il était pourtant impressionnant de voir à quel point ils se ressemblaient. Ils s'habillaient selon le même style et parlaient l'argot, comme des marins ou des soldats. Pour ma part, j'avais peine à m'habituer à ce langage codé que Fulvia au contraire pratiquait fort bien. « Qu'est-ce que vous ferez quand vous serez grands ? » demandais-je parfois à l'un d'entre eux. Leurs réponses étaient toujours ironiques et je me sentais mal à l'aise comme lorsque, au lycée mixte, mes camarades garçons tournaient mes bonnes notes en ridicule.

Une fois, l'un d'eux me répondit :

— On va tous crever ! Et toi aussi, malgré tes 19 en latin.

— Vous êtes des filles, vous ne pouvez pas comprendre tout ça, dit Dario en nous adressant un regard plein de tendresse qui dissipait la froideur et l'apathie de son visage. Ce n'est pas facile de parler de ces choses-là avec vous autres.

— Pourquoi ? lui ai-je demandé, blessée par la différence qu'il voulait faire entre nous.

— Est-ce qu'il le sait lui-même ? dit Fulvia. Est-ce qu'il sait pourquoi ?

Tous semblaient égarés dans la plus triste solitude mais, au lieu de s'en affliger, ils affectaient de se suffire largement à eux-mêmes, de n'avoir besoin d'aucun appui dans la vie – ni celui de l'amitié, ni celui de l'amour. Ils affectaient un cynisme impitoyable, une cruauté inutile, entièrement factice. Une fois, l'un d'eux se vanta d'avoir plumé vif un chardonneret que sa sœur gardait dans une cage. Tout le monde rit, même la grasse et douce Maddalena.

J'eus pour ma part un frisson, révoltée par tant de bêtise et de perfidie.

— Pourquoi as-tu fait ça ? ai-je demandé avec véhémence à ce garçon. Tu n'as pas honte, dis ? Tu me dégoûtes.

Les autres continuaient leur marche en riant. Mais je comprenais qu'ils étaient gênés et faisaient exprès de nous laisser seuls.

Claudio – c'était le nom du garçon – essaya encore de rire, mais sans conviction.

— Comment as-tu pu faire ça ? ai-je insisté.

Petit à petit, il se rembrunit. Les autres, désormais, ne pouvaient plus nous entendre. Nous nous promenions sur une large avenue du Monte Mario où on entendait chanter les petits oiseaux.

— Qu'est-ce que je pouvais faire ? finit-il par me répondre d'un ton hargneux. Je suis assez lâche pour m'en prendre à ceux qui sont plus faibles que moi.

— Mais qu'est-ce qui se passe ? lui ai-je demandé affectueusement. Qu'est-ce que tu as ?

Il se retourna pour me regarder, très étonné de l'intérêt que je lui témoignais. Il sembla m'évaluer un instant, se demander s'il pouvait se fier à moi.

— Je ne sais pas, me dit-il.

Puis, comme s'il craignait que j'attribue sa réserve à un manque de confiance, il ajouta :

— Vraiment, je ne sais pas, Alessandra.

Il le répéta, et me prit le bras.

Il avait un bras maigre, rude, noueux, des mains trop grandes pour sa taille. Il était vêtu d'un pull-over blanc ajouré et portait son veston sur l'épaule. Il exhalait une âcre odeur de sueur et de peau mal lavée, comme tous les garçons que je connaissais. Je me doutais que le matin, ces garçons-là ne se lavaient pas beaucoup chez eux, pressés qu'ils étaient de vite se sauver. Cette odeur mêlée au relent amer du tabac bon marché qu'il fumait me le rendait plus sympathique.

— Tu n'es pas content, n'est-ce pas ? lui ai-je demandé à voix basse, comme lorsqu'en mon for intérieur je m'entretenais avec Antonio.

— Non, me répondit-il du même ton bas et comme avec prudence. Comment pourrait-on être content ?

Il n'y avait rien de mal dans ce que nous disions. Malgré tout, je remarquais que Claudio regardait autour de nous. À droite, on voyait s'élever une cannaie haute et raide. Les feuilles, remuées par le vent, bruissaient comme si quelqu'un nous écoutait, caché dans cette masse. À notre gauche, au contraire, se dressaient de grands immeubles ouvriers. Leurs façades jaunes étaient percées de nombreuses fenêtres, très rapprochées. Même les nippes qui séchaient devant se touchaient, comme pour réunir les habitants de chaque étage.

— Comment pourrait-on être content ? On ne peut parler à personne. C'est la première fois que je parle, Alessandra, et j'ai déjà l'impression de me sentir mieux, comme si je m'étais libéré d'un poids. Peut-être bien qu'il n'y a qu'à une femme qu'on peut parler sincèrement. J'en ai assez.

La tête baissée, je me suis appuyée à lui pour

marcher. Mais, en réalité, c'était lui qui s'appuyait sur moi, à la façon de mon père le soir du concert. Claudio avait trois ans de plus que moi et déjà l'aspect d'un homme : il fut mon premier ami garçon. J'aurais voulu me reposer sur lui, me décharger de mes hésitations et de mes doutes, me laisser consoler. Mais il me devança et ce ne fut plus possible. Il ne me fut plus jamais possible d'être faible, même un instant, mon Dieu ! Dès cette époque il me fallut apprendre à être l'épaule qui supporte, la main qui soutient, la voix qui console. Ce n'est qu'ici, maintenant, que j'ai trouvé du repos après avoir bien cru que jamais je ne pourrais me reposer.

Nous marchions donc côte à côte, Claudio appuyé à moi. J'avais l'impression que d'autres couples aussi marchaient derrière nous en simulant le même tendre abandon alors qu'ils ne cherchaient qu'à se soutenir, l'homme et la femme, à créer un solide rempart contre un danger inconnu qui nous guettait de toutes parts.

— Tu connaissais le frère d'Aida ? lui ai-je demandé.

— Oui, me répondit-il.

— Il est en prison.

— Je sais, me répondit Claudio à mi-voix.

Puis il continua tout de suite avec une note de mépris :

— C'est aussi lâche que de plumer un chardonneret, que de se jeter par la fenêtre. C'est un lâche, crois-moi, Alessandra. C'est facile, de se révolter. Il suffit de cinq minutes et on est tout de suite un héros. En prison, il suffit de se contraindre soi-même à l'ordre, à la réflexion, à la paix intérieure. Il faut avoir le courage de continuer à vivre tous les jours avec un père qui ne te comprend pas, avec une mère qui te fait de la peine. Le courage de vivre là, regarde ! derrière l'une de ces grandes fenêtres – il me montra une imposante maison jaune –, d'aller en classe sans rien dire, au bureau sans rien dire, de ne jamais rien demander, de ne jamais se révolter, d'affronter cette vie facile qui t'englue et qui t'emporte, petit à petit.

Nous suivions nos amis que nous entendions rire et parler près de nous. Claudio me serra contre lui et me demanda :

— Tu m'aimes, Alessandra ?

— Oui, je t'aime bien, lui ai-je répondu.

— Est-ce que tu m'aimes tout court ? me demanda-t-il plus bas.

Il poussa son bras dur contre moi, comme s'il voulait ne faire qu'un avec moi.

J'ai baissé la tête, désolée de le priver de mon aide. J'aurais pu lui répondre que oui. À ma place, Fulvia l'aurait fait : il m'inspirait spontanément tant de sympathie ! Mais je voulais avant tout être sincère, et je n'avais pas l'impression que ce sentiment que j'éprouvais pour lui soit de l'amour. Je connaissais le visage transfiguré de ma mère quand elle rentrait à la maison après un rendez-vous avec Hervey.

Je ne lui ai pas répondu, et nous avons continué de marcher en silence jusqu'au moment où nos amis s'arrêtèrent pour nous permettre de rentrer tous ensemble.

Le même soir, dans le couloir sombre devant la cuisine, maman me prit la main et me confia à voix basse :

— Tout à l'heure, je vais annoncer à papa que nous partons. Reste avec nous. Ne me quitte pas, sauf s'il te le demande.

Elle avait l'air grave et sec, comme animée par une volonté pleine d'énergie. Cependant, les jours précédents, elle s'était montrée plus souple que d'habitude, elle avait dominé tous ces élans fantaisistes qui faisaient partie de sa personnalité. Parfois même, je m'étais demandé non sans frayeur si elle n'avait pas renoncé à son doux projet. J'espérais toutefois qu'elle voulait seulement faire semblant d'être une femme comme les autres – une créature vaincue, domptée, à laquelle on pouvait se fier.

— Courage ! lui dis-je en effleurant sa joue d'un baiser.

Le dîner commença. Mon père parlait des mêmes choses que d'habitude en enroulant ses spaghettis autour de sa fourchette avec sa méticulosité coutumière. Je m'étonnais qu'il ne devine pas ce qui allait se produire, qu'il ne sente pas l'atmosphère incertaine dans laquelle nous étions tous plongés. Mais il était à ce point englué dans son égoïsme que rien ne pouvait l'atteindre. « Ce sont des âneries ! » déclarait-il toujours quand on parlait d'une peine de cœur. S'il s'agissait d'une femme, il ajoutait : « Elle n'a qu'à repriser ses bas ! »

Sista ôta les verres et les assiettes, mon père et ma mère demeurèrent l'un en face de l'autre, séparés par la nappe blanche. D'un petit geste de la main, elle fit sauter loin de la table les miettes de pain qui y restaient : on aurait dit qu'elle voulait voir tout libre et net entre eux. Quand son mari fit mine de se lever, elle le retint d'un coup d'œil.

— Un instant, Ariberto, j'ai à te parler.

Il se rapprocha de la table à contrecœur et lui demanda d'un air méfiant :

— Qu'y a-t-il ?

Ma mère était très calme. Elle entrelaça ses mains sur la table où ne subsistait plus une seule miette, et lui dit :

— Dans quelques jours, je vais partir avec Alessandra.

Jamais nous n'étions parties en voyage. Nos valises en carton et en osier, à l'allure désuète, restaient en haut d'une armoire.

— Vous partez ? demanda-t-il en affectant une stupeur amusée. Est-il permis de savoir où ?

— Nous partons, lui répondit calmement ma mère. Nous partons.

Il y eut un silence. J'avais rapproché ma chaise de celle de ma mère et, toutes deux, nous le regardions fixement et gravement.

— Nous ne voulons plus rester ici, dans cet appartement.

— Qu'est-ce qu'il y a qui ne va pas dans cet appartement ? Il est confortable et le loyer est raisonnable. Qu'avez-vous à redire ?

Ma mère hésitait. Elle espérait qu'il comprendrait rien qu'à nos regards, sans qu'il soit besoin de lui donner d'explications, sans qu'elle ait à s'acquitter de cette tâche désagréable.

— Nous ne voulons plus vivre avec toi, finit-elle par dire.

Il hésita, sembla mesurer la gravité de ces paroles. Nous étions assises l'une à côté de l'autre et j'avais l'impression qu'il devait voir dressées contre lui deux Eleonora, tout aussi inflexibles, tout aussi résolues, exprimant par tout leur être leur désir de le quitter. Mais après nous avoir regardées à différentes reprises, tantôt l'une et tantôt l'autre, mon père éclata de rire. Il se renversa sur sa chaise, en partant d'un rire répugnant : « Ha ha ha ! » faisait-il. Il nous scrutait comme si nous avions dit une chose extrêmement spirituelle. Comique, même.

— Ha ha, vous ne voulez plus vivre avec moi, alors ?

Ma mère lui rétorqua, très pâle :

— Ne ris pas comme ça, s'il te plaît, c'est sérieux.

Il continuait à rire. La soirée était très lourde, les fenêtres étaient grandes ouvertes. La chaleur semblait rapprocher le mur de la maison d'en face. Je craignais que tous les habitants de l'immeuble n'entendent le rire de mon père et, surpris, ne viennent frapper à la porte pour connaître la cause de cette irréfrénable hilarité. Or cette cause, c'était nous et l'angoisse qui agitait notre vie.

— Et comment comptez-vous vivre ?

Brusquement, il s'était arrêté de rire pour affecter un intérêt à la fois bienveillant et curieux, puis avait répété :

— Hein, comment comptez-vous vivre ?

Une fois de plus, c'était ça qui le rendait sûr de son pouvoir – cette enveloppe jaune qu'on lui remettait au ministère tous les 27 du mois. Avec cet argent-là il croyait s'assurer non seulement le droit de nous traiter comme des logeuses ou des servantes, mais aussi celui de se gausser de nous sans même se demander ce que pouvait cacher notre décision.

— Oui, dites-moi un peu, comment comptez-vous vivre ?

— J'ai toujours gagné de l'argent, lui répondit ma mère. Je sais que je peux gagner davantage.

— Avec des concerts ? insinua-t-il ironiquement.

— Avec des concerts aussi.

Papa se mit à rire. Tandis qu'il riait je voyais sa chemise s'ouvrir sur sa grosse poitrine velue. Nos paroles n'entamaient pas sa carapace. Il était tellement sûr de lui qu'il ne tentait même pas de nous détourner de notre projet. Bien au contraire, il nous montrait la porte, à deux pas. Il nous suffisait de l'ouvrir pour être libres. Et nous, nous restions clouées à la nappe blanche, tandis qu'il riait.

— C'est sérieux, Ariberto, répéta ma mère en tentant de s'imposer dès que ce rire cessait. Notre décision est prise, ça y est.

Alors il jugea que la plaisanterie avait suffisamment duré. Il cessa brusquement de s'esclaffer, se redressa sur sa chaise, et changea de ton :

— Vous êtes folles.

Il nous observa d'un œil dur d'abord l'une, puis l'autre.

— Folles. Vous avez besoin d'une cure reconstituante, de soigner vos nerfs, de prendre du bromure. Je vous l'ai déjà dit, vous avez quelque chose qui ne fonctionne pas, là-dedans.

Il mit son index sur sa tempe et fit le geste de tourner une vis.

— Là-dedans, dit-il en nous regardant avec ironie. Là-dedans !

— Arrête de faire ce geste, Ariberto, s'écria ma mère. Je t'en prie, arrête de faire ce geste !

— Du bromure ! répéta-t-il.

Il se leva et quitta la pièce sans rien ajouter. Nous entendîmes le bruit de la serrure, comme toujours, puis le pas de mon père qui allait se coucher.

Les jours suivants furent difficiles. Même notre amitié avec les Celanti traduisait cette affectueuse solidarité, cette compréhension profonde et pleine de compassion qui unit les victimes d'une minorité persécutée.

Parfois, l'après-midi, tandis que je faisais mes devoirs, maman entrait dans ma chambre et, sans aucun motif, m'invitait à laisser en plan mon travail et à monter chez Fulvia. Si je résistais car je devinais qu'il s'agissait d'un simple prétexte pour lui permettre de rester seule avec papa, elle me regardait d'un air suppliant : « Monte, Sandi, je t'en prie. »

Aussitôt qu'elles me voyaient, les Celanti comprenaient que maman m'éloignait pour m'éviter d'assister à une discussion pénible ou déchirante. Immédiatement, elles me comblaient de tendresse et d'attention. Un soir, j'ai entendu Lydia téléphoner au capitaine pour lui dire qu'elle ne pourrait pas sortir à cause de ma mère. J'aurais voulu la prier de ne pas s'occuper de moi, mais le désir de ne pas rester seule l'emportait. Nous nous asseyions sur le lit et c'est à peine si nous échangions quelques mots. Nous ne faisions absolument rien. Nous attendions que ces heures passent et le fait d'être ensemble nous les rendait moins pénibles. Attentives et tendues, nous sursautions à la moindre voix, au moindre bruit, prêtes à courir au secours de ma mère. Et, à travers notre attente angoissée, nous luttions nous aussi contre mon père, mues par toutes ces raisons de femmes que les hommes ne peuvent pas comprendre. Un jour, je n'étais pas entrée que Lydia m'annonçait déjà avec animation :

— Aujourd'hui, elle va tout lui dire.

— Au sujet de quoi ?

— D'Hervey.

La réponse m'attrista. Je craignais qu'un éclat de rire de mon père puisse froisser, salir, peut-être même détruire ce doux conte dans lequel, grâce à elle, je vivais moi aussi.

— Il y a un moment où on est bien obligé de parler franchement, déclara Lydia.

— C'est vrai, ai-je reconnu. Mais pas avec papa. Papa ne comprendra rien.

— Justement ! Il faut penser à la loi.

— Qu'est-ce que la loi a à voir là-dedans ? C'est une affaire de sentiment.

— Oh ! s'écria Lydia. La loi ne pense jamais aux sentiments des femmes.

— Dans ce cas, comment peut-on faire une loi vraiment juste en laissant de côté ce qui est le plus important pour nous ?

— C'est le cas, pourtant, me dit Lydia.

— Et pour les hommes, maman ? demanda Fulvia après une pause.

— C'est différent. Avec les hommes, il n'est jamais question de sentiment, mais du besoin qu'ils ont de... comment dire ? C'est difficile à expliquer...

— Tu veux dire : de coucher avec une femme ? demanda brutalement Fulvia.

— C'est ça.

J'éprouvais un sentiment de révolte, un dégoût si profond que j'ai eu un sursaut et demandé à Lydia :

— Et ça, la loi s'en préoccupe ?

— Oui, me répondit Lydia. Pour les hommes, oui.

Des flammes brûlantes me montèrent au visage. J'ai dit :

— On n'a qu'à s'en passer, de ces choses-là. C'est difficile mais, à mon avis, c'est possible !

Je pensais à Enea et je parlais sans regarder mes amies en face. D'une voix angoissée, j'ai ajouté :

— Mais comment se passer d'un sentiment ?

Ni Fulvia ni Lydia ne me répondirent. Mais un moment après, Lydia m'expliqua comment la loi est faite et le sens différent qu'on donne au mot de « fidélité », selon qu'on l'applique à l'homme et à la femme. Elle me dit aussi que ma mère avait décidé d'avouer à son mari qu'elle était éprise d'Hervey, qu'elle n'avait jamais été sa maîtresse et que si elle voulait s'en aller, c'était justement pour se conduire honnêtement et passer auprès d'Hervey une vie faite de goûts partagés et d'aspirations communes.

Elle n'avait pas fini de parler que je m'étais mise à pleurer. Il y avait bien longtemps que je n'avais pleuré, des années, peut-être. Ma mère avait fait de moi une petite fille heureuse. Elle m'avait appris à me contenter d'une poignée de biens matériels et à me sentir riche de tous les autres. En vérité, je n'avais pas le souvenir d'avoir pleuré, étant jeune. Une seule fois – j'avais un peu plus de onze ans – j'avais eu peur d'être très malade. Je m'étais confiée à Sista pour éviter que maman ne s'inquiète pour moi. Sista m'avait dit que je n'étais pas malade mais que j'étais devenue une grande fille. Je l'avais quittée sans lui demander d'autre explication et j'étais allée dans ma chambre me jeter sur le petit lit coincé entre deux armoires, qui était mon meilleur refuge. Alors la douloureuse humiliation qui me serrait la gorge m'avait fait fondre en larmes.

— Il faut faire quelque chose pour les femmes, dit Fulvia. À en croire Dario ça viendra avec le temps.

— Avec le temps ! s'écria Lydia. Toutes les femmes l'attendent, ce temps-là. En attendant, leur vie passe et s'en va…

— Pourtant, Dario assure qu'avec le temps des choses se feront. En Amérique, les femmes peuvent voter et être députées.

Allongée sur le lit de mes amies, je pleurais doucement et pleurer me faisait du bien. Fulvia continuait de parler, et moi, je secouais la tête pour lui faire signe de s'arrêter. C'est à peine si je savais ce que voter ou être députée voulait dire, je n'éprouvais aucun désir d'y avoir droit, mais je refusais d'entendre qu'on ferait quelque chose pour les femmes comme s'il s'agissait d'êtres inférieurs ou déficients. Je voulais qu'on nous laisse vivre selon notre tempérament ombrageux et délicat, comme on permettait à l'homme de vivre avec sa force et son assurance.

— Non, disais-je en secouant la tête. Inutile de faire des choses pour nous. Nous aussi, tout comme les hommes, par le seul fait que nous sommes nées, nous avons droit au respect de notre existence même.

Je pleurais et on me laissait pleurer. Lydia me donnait de petites tapes sur les épaules et c'était là le seul réconfort qu'elle pouvait m'offrir. J'ai attrapé sa main potelée, que j'ai embrassée avec une grande tendresse. Elle me dit : « À l'heure qu'il est, ils doivent en avoir terminé » et je suis redescendue. Il faisait noir.

Je me suis dirigée vers la cuisine où Sista était en train de repasser sous la faible lumière jaune d'une lampe. En me voyant entrer, elle leva les yeux, et je lui ai adressé un signe qui voulait dire : Où sont-ils ?

— Il est sorti, me répondit-elle.

— Et maman ?

— Dans sa chambre. Dans le noir. Elle doit être sur son lit. Elle a fermé la porte à clef.

J'ai pris une chaise pour m'asseoir près de la table où Sista continuait de repasser consciencieusement. Quand le fer glissait dans un sens, puis dans l'autre, il projetait sur moi des bouffées brûlantes.

Elle repassait une chemise de mon père : une chemise aux manches longues, encombrantes. Sista, qui était pourtant très bonne repasseuse, ne pouvait pas dompter ces longs bras.

— Que s'est-il passé ? lui ai-je demandé

— Je ne sais pas. Ton père criait. Ta mère n'arrêtait pas de pleurer.

— Pourquoi ?

Elle hésita un instant puis répondit :

— Je ne sais pas.

— Tu mens, Sista. Je suis sûre que tu n'as pas pu résister et que tu es allée écouter derrière la porte. Qu'est-ce qu'ils ont dit ? ai-je insisté d'un ton dur.

Après une pause, elle m'avoua à voix basse :

— Je n'ai pas pu entendre grand-chose, ta mère parlait tout bas. Il lui disait : « Ça te passera », et elle pleurait, et elle disait : « Impossible. Ça ne passera jamais, tant que je vivrai. » Il lui répondait que les femmes sont...

— Qu'elles sont quoi ?

— Qu'elles sont toutes des putains.

— Il a dit ça à maman ?

— Oui, me répondit Sista en continuant de repasser, tête basse. Ensuite, il lui a ajouté : « Tu resteras ici, dans cette maison. »

— Et quoi encore ?

— Je ne sais pas. Il faisait les cent pas la pièce, j'avais peur qu'il s'aperçoive de ma présence.

Le fer passait et repassait sur la grande chemise de mon père. Sista restait muette et je n'avais plus le courage de l'interroger. Je regardais la chemise avec des yeux exorbités, ce blanc m'aveuglait. Je n'avais pas la moindre envie de bouger, d'aller trouver maman pour la consoler. Je regardais Sista et je lisais, dans son visage immobile, dans ses yeux inexpressifs, une vieille habitude d'obéir. « Qu'est-ce qu'on peut faire, Sista ? » lui avais-je demandé un soir. Et elle m'avait répondu : « Qu'est-ce que tu veux faire ? C'est son mari. » Un autre jour, elle m'avait expliqué : « Ce sont leurs affaires, des affaires de gens mariés qui sont forcés de passer leur vie ensemble. C'est long, la vie ! » Je ne voulais pas me résigner, et pourtant, je me rendais compte avec effroi que, déjà, j'abandonnais ma mère, que je la laissais toute seule, au fond de son immense angoisse, épuisée à force de pleurer, et que je restais là à regarder Sista repasser. À la lumière de la lampe, la grande chemise, avec ce vide rond du col, les poignets, la forme des épaules, ressemblait à un homme vivant, envahissant, étendu devant nous de tout son vaste corps, rempli d'importance et sûr de lui. Nous nous montrions attentionnées, nous le servions, nous soignions sa personne. Je voyais le fer noir glisser lentement sur la chemise blanche comme sur une peau tendue, livide. Il avait l'air d'une sangsue dégoûtante. Sista le poussait sous le col, déjà roide et repassé, pour que le tissu prenne un bon pli. Elle le poussait encore et encore, avec instance et acharnement. On aurait dit que la bête noire voulait s'accrocher au cou, sucer tout son sang. Subitement, dans ces mouvements durs et incisifs, j'ai perçu une intention secrète :

— Il faut que tu m'apprennes à repasser, Sista, ai-je murmuré.

Elle leva brusquement les yeux sur moi, effrayée d'avoir été prise en flagrant délit. Son regard me scrutait. Ses yeux fixes dévoraient son visage décharné. Peut-être aurait-elle voulu nier. Au bout d'un moment, elle recommença à pousser le bout pointu du fer noir sur le blanc fragile du col.

— Oui, me répondit-elle doucement. C'est une chose que toutes les femmes doivent savoir faire.

Et c'est ainsi que nous sommes arrivées au 12 juillet, le dix-huitième anniversaire de la mort de mon frère. Il y avait déjà de longues années que, à cette date récurrente, nous nous rendions toutes seules au fleuve, ma mère et moi. Mon père avait dû se lasser de cette cérémonie qui, son premier chagrin passé, lui semblait sans doute inutile, voire grotesque. La première fois, alors que nous nous apprêtions à sortir, vêtues de noir, il nous avait dit : « Je ne peux pas venir aujourd'hui, j'ai une affaire importante sur les bras. » En invoquant ce prétexte, il avait l'air aussi gêné que s'il s'en était servi pour couvrir un mauvais geste. Et nous savions pertinemment qu'il n'avait jamais d'affaires importantes à régler. L'année suivante, il trouva une autre excuse. Et puis il ne dit plus rien.

Le 12 juillet, ma mère, de bonne heure, avait convoqué Ottavia. Désormais, elle venait fréquemment chez nous, bien que mon père ne l'ait jamais vue. Lorsque Ottavia entrait de son pas claudicant et résolu, toute la maison tombait en son pouvoir.

Ces jours-là, même Enea était exclu du salon ; il s'asseyait à la cuisine avec Sista en attendant la fin de l'entretien surnaturel. Je l'imaginais passer toutes ses journées de cette façon, d'une cuisine à l'autre, traînant d'appartement en appartement cette attitude volontairement grave et recueillie. Si la séance durait trop longtemps, Sista lui offrait un peu de pain et de fromage. Même quand il mangeait, il gardait cette mine sombre comme si le fait de se rassasier ne pouvait pas l'égayer un instant. Il avalait un morceau après l'autre, en silence, tout en serrant entre ses genoux le sac usé rempli d'herbes et d'amulettes.

Dans ces moments, il n'osait même pas m'effleurer de ce désir visqueux qu'on sentait percer dans ses yeux. Il se concentrait sur cette nourriture qu'il avalait avec des gestes à la fois lents et avides. Toute son animalité dissimulée s'exprimait en mordant, en mastiquant, en avalant. Son appétit vorace, son humiliante vie d'errance finissaient par susciter en moi une sorte de pitié. Les années ne l'avaient guère changé. Sous sa grosse tête, son corps était resté courtaud et l'expression sournoise de son visage s'était pervertie au gré d'expériences déjà propres aux adultes. Il était toujours habillé de noir.

— J'ai eu des manifestations, me dit-il ce 12 juillet. J'ai vu une figure se dessiner sur le mur, et une nuit j'ai entendu distinctement une voix qui m'ordonnait : « Écris ! »

— Alors toi aussi, tu as choisi ce métier ?

— Ce n'est pas un métier, rectifia-t-il. C'est une mission.

Sista s'était éloignée pour aller écouter à la porte du salon. Il en profita pour me prendre la main. Le contact de sa peau me troublait profondément et j'étais furieuse de penser qu'un homme comme lui me procurait cet irrésistible alanguissement. Dans le sac des herbes et des amulettes, les clients glissaient un petit pourboire pour lui, quelques lires, voire un œuf, un morceau de pain. Il ne se sentait pas humilié par cette condition servile puisqu'il voulait continuer toute sa vie à accepter ces aumônes alors qu'il était fort, bien portant, et qu'il aurait pu aisément assumer un métier.

— Laisse-moi ! lui ai-je dit en repoussant sa main avec un sursaut. Je ne vais pas tarder à partir, tu sais ? Je m'en vais. Ta tante et toi, vous ne mettrez plus jamais les pieds dans cet appartement. C'est peut-être bien la dernière fois qu'on se voit, ai-je ajouté avec une pointe de méchanceté.

Enea eut un sourire répugnant et me dit :

— Ne pense pas à ça. Pense à moi, pour l'instant.

Et tout en parlant, il essayait de plonger sa main dans l'échancrure de ma chemisette.

Je me suis débattue d'un geste brusque. Au même instant, comme si elle venait à mon secours, j'ai entendu ma mère faire glisser les anneaux des rideaux à la façon d'un arpège. Elle sortait du salon.

Nous nous sommes serrées l'une contre l'autre dans le vestibule presque noir. Elle avait les yeux étincelants, le regard d'une hallucinée.

— *Lui aussi* sera au rendez-vous cet après-midi, me dit-elle.

À l'approche du coucher du soleil, nous avons pris le chemin du fleuve et nous sommes descendues sur la berge. Le quai du Tibre n'était plus désert comme à l'époque de mon enfance. Après le pont du Risorgimento et presque jusqu'au pont Milvius, on voyait se dresser toute une rangée d'horribles immeubles verts, jaunes, et bleu clair. Mais là, sur la berge, tout restait intact et paisible. La haute cannaie au-delà de laquelle l'enfant avait souhaité jouer existait encore, l'herbe était verte et douce, tout étoilée de pâquerettes.

Ma mère s'approcha du bord, se pencha au-dessus du courant, et jeta ses fleurs. Puis elle s'assit près des roseaux sans quitter des yeux le fleuve. Le vent passait dans ses cheveux, et son buste frêle semblait onduler avec les roseaux. « Ma chérie ! » lui disais-je au fond de moi avec une furieuse passion.

Elle ne me regardait pas, concentrée sur le vent qui bruissait au milieu des épées pointues des roseaux.

— Tu l'entends ? murmurait-elle. C'est lui.

Je me suis laissée tomber à la renverse sur l'étendue d'herbe. Sa fraîcheur humectait ma nuque. Un cercle magique de silence et de paix s'était formé autour de nous. On n'entendait pas une voix, pas un crin perçant. Au-dessus de ma tête, j'avais le grand arc du ciel et, à côté de moi, je voyais le Tibre placide se traîner paresseusement. Je sentais qu'Alessandro était réellement présent à ce moment-là. Immense, drapé dans un manteau d'air, il tournoyait autour de nous. Lui mort et nous vivantes, nous n'étions qu'un seul courant doux. Une lune pâle se profilait dans le ciel, j'avais l'impression que j'aurais pu la détacher d'un coup d'ongle. Adieu Enea, ai-je pensé, adieu. Le courant du fleuve m'entraînait, m'éloignait de la brutale chronique de la vie.

— Maman, on va bientôt partir, pas vrai ? lui ai-je demandé avec un sourire.

— Je ne sais pas, me répondit-elle à voix basse. Je ne crois pas. Ne pense pas à ce départ, Sandi. N'y pense plus.

Remplie d'incertitude, j'ai attendu qu'elle se retourne vers moi pour se moquer de moi, comme cela lui arrivait souvent, quand elle raillait tendrement ma crédulité naturelle. Mais elle restait immobile et grave. J'ai eu peur de la voir brusquement disparaître, de la voir choisir ce lieu de douce solitude pour m'abandonner.

Glacée par la terreur, je me suis rassise et lui ai dit, en criant presque :

— Oh maman, ne t'en va pas sans moi !

Elle se retourna, surprise par le ton de ma voix. Puis me répondit, après m'avoir regardée avec une tendresse intense :

— Non, Sandi, n'aie pas peur. Je ne pourrais pas

partir sans t'emmener avec moi. C'est justement pour ça que je viens de te dire de ne plus penser à notre départ.

Elle marqua une pause puis reprit :

— Papa ne veut pas nous laisser partir. Il m'a dit : « Pars si tu veux, mais ma fille, tu dois la laisser ici. »

— Moi ? me suis-je écriée, abasourdie. Pourquoi ? Nous n'avons rien à nous dire, nous n'avons rien de commun.

— Je le sais bien. Mais à l'entendre, il a la loi pour lui.

Et tout de suite, avec un pli triste sur la figure, elle se remit à regarder fixement le fleuve. De toute évidence, elle parlait avec Alessandro, elle s'entretenait avec lui. Je me sentis tout à coup étrangère à cette discussion à cause de ce tout petit peu de mon père que j'avais en moi et qu'Alessandro avait renié par sa mort. Sur certains points, je ressemblais à mon père – mes mains, disaient certains, mes dents disaient les autres. Et mon amour sans bornes pour maman était incapable de détruire les signes dont la loi lui permettait de se réclamer.

Elle ne tarda pas à se lever. Nous avons remonté l'escalier du quai et pris le chemin de la maison. Il y avait beaucoup de gens le long du Tibre. C'était un dimanche, on voyait les familles se promener en silence, abruties de vivre ensemble à chaque instant. Elles regardaient les passants avec intérêt, désireuses de lire sur leur visage de quoi les distraire. Elles poussaient leur lente promenade jusqu'à ces quais qui étaient à la fois la frontière et l'orgueil de leur quartier. Quelques jeunes gens conduisaient leur bicyclette à la main, d'autres soutenaient une femme qui s'abandonnait tendrement. Nous marchions le long de ces immeubles où nous allons reposer notre corps quand il est las, nous rassasier quand l'amas de viscères que nous portons en nous réclame de la nourriture. Leurs pièces gardent l'odeur de notre peau, de notre sueur, des plats que nous mangeons. Sur le quai Mellini, on voyait de vieilles bâtisses semblables à la nôtre où, depuis des années, un grand nombre de gens naissaient, se mariaient et mouraient. J'avais l'impression qu'ils se ressemblaient tous physiquement, qu'ils étaient tous parents entre eux depuis des générations et des générations. J'aurais voulu me révolter mais quelque chose me retenait, tel un garrot. Peut-être les yeux remplis de tristesse et de bonté de ceux qui passaient à côté de moi ou la pitié que m'inspirait le pas calme dont ils vaquaient à leurs obscures occupations.

Ma mère se tenait à côté de moi, c'était comme si nous nous efforcions de briser un flot compact. Saisie par une angoisse inexprimable, je me sentis égoïste et mesquine. J'aimais ma mère, je l'aimais désespérément et je n'avais pas le courage de me sacrifier pour la rendre libre. C'est donc que je ne l'aimais pas de la manière dont j'avais toujours pensé qu'on devait aimer. Il suffisait de peu, pourtant. Ouvrir la main et laisser le papillon s'envoler.

— Maman, pars sans moi, lui dis-je.

J'avais parlé d'un air désinvolte, comme s'il s'agissait d'une chose sans importance. Les gens se glissaient entre nous deux et nous séparaient.

— Non, me répondit-elle sur le même ton. Ce n'est pas possible.

Il y eut un silence. Une de mes camarades de lycée passa à côté de moi et me dit :

— Bonjour !

— Bonjour ! lui répondis-je avec un sourire.

Alors ma mère me prit par le bras, pour que personne ne puisse nous séparer, et se mit à me parler si doucement qu'on aurait cru qu'elle se parlait à elle-même.

— Je ne peux pas te laisser. J'ai un beau projet en

tête, or si j'agissais de la sorte, tout deviendrait laid. J'ai tenté d'en parler franchement à ton père, j'espérais qu'il comprendrait. Mais il n'a rien compris.

— Il ne peut pas comprendre !

Il commençait à faire sombre, l'obscurité alourdissait déjà les arbres. Ma mère s'arrêta et nous avons regardé le fleuve du haut du parapet. Les gens, dans notre dos, continuaient à se promener lentement. J'insistai :

— Partons, maman. Allons-nous-en maintenant, tout de suite, sans rentrer à la maison. Papa n'en souffrira pas, je t'assure. Sista restera avec lui, elle lui fera à manger le midi et le soir, elle s'occupera de son linge. Il ne nous a jamais demandé autre chose, non ? Il ne remuera pas le petit doigt pour nous chercher, je parie.

— Je ne sais pas. Tu as peut-être raison. Mais ce serait très mal, ce serait déloyal, et je ne veux pas me montrer déloyale. Tout le plan de ma vie serait bouleversé. Et tout le reste deviendrait inutile, tu comprends ?

Les gens continuaient de passer dans notre dos. J'ai entendu une voix de femme demander : « Tu n'as pas faim, Gigino ? »

— Tout deviendrait inutile, reprit ma mère. Même l'amour. Ne va pas croire que je suis incapable de transgresser une règle stricte. Oh non, ce n'est pas ça, Sandi, crois-moi. Et c'est peut-être mal. Je te l'ai déjà dit, c'est mal. Mais je ne pourrais jamais me plier à une vie spirituellement médiocre, à un amour médiocre. Et quel est l'intérêt d'un amour médiocre ? On ne voit que ça partout. Retourne-toi et regarde derrière nous. Beaucoup de ces gens-là ne se posent pas un seul de mes problèmes. Ils mènent une vie tranquille, jour après jour, sans se demander la raison de leur passage sur la terre, le sens de leurs gestes et de leurs actes. Ce sont eux qui ont voulu ces lois inhumaines auxquelles ils sont les premiers à tâcher d'échapper, au prix de petits compromis, de petites lâchetés.

Je me taisais, les yeux fixés sur le fleuve noir. J'aurais voulu demander à ma mère si elle croyait réellement que les autres menaient une vie tranquille. Ne pensait-elle pas que le fait même de vivre contient déjà une souffrance exténuante et profonde que nul ne peut consoler ? Seulement, elle me fascinait, j'étais sous le charme du moindre geste qu'elle faisait naître, du rythme harmonieux de chacun de ses mots.

Elle continua :

— Bien souvent, je me suis demandé où se trouvait la vérité, de leur côté ou du mien ? J'avais l'impression d'être aussi anormale que ceux qui naissent avec deux têtes ou six doigts. J'essayais de me faire à leurs compromis. Mais j'ai fini par me rendre compte que c'était moi qui avais raison. C'est moi qui ai raison. C'est nous qui avons raison. Mais ce sont eux les plus forts.

Nous les sentions passer dans notre dos, certains nous effleuraient chemin faisant. Ils formaient un flot lourd et compact dont le cours nous retenait. Nous nous sentions enserrées par deux fleuves ennemis. Quelques lumières réfléchies par le Tibre s'ouvraient en composant de monstrueuses faces humaines. Et puis le courant les effaçait. De l'autre côté du parapet d'en face, toutes les lumières de la ville étaient allumées et nous appelaient, on aurait dit une île heureuse devant laquelle nous nous serions trouvées en quarantaine, sans pouvoir débarquer.

— Il est très tard, dit ma mère.

Nous nous sommes enfoncées dans la via degli Scipioni. Dans cette rue-là, tout l'espace est envahi par les arbres – de très vieux platanes dont les longues branches chargées de feuilles et d'oiseaux endormis se blottissent les unes contre les autres, en bouchant le ciel. Les immeubles sont hauts et sombres. Le soir, au rez-de-chaussée, les gens se mettent à leur fenêtre pour profiter du peu d'air qui passe entre les feuilles et les moustiques. Derrière certaines vitres, on voit siéger en silence le père, la mère et un enfant. Derrière eux, on aperçoit des intérieurs obscurs et désolés et on lit dans les yeux de ces gens la mélancolie qui, sur certains monuments funéraires, pétrifie ces familles ayant entièrement péri au cours d'une épouvantable tragédie, un incendie ou une inondation.

D'une fenêtre à l'autre, ma mère et moi sentions ces yeux nous suivre. Serrées entre les arbres, les maisons, les regards, nous avions l'impression de marcher sous une galerie de pierre aussi basse qu'interminable, sans aucune clarté au bout. Ce sont eux les plus forts, pensais-je. Et ma mère songeait la même chose car, de toute l'incomparable grâce de son beau corps, elle fuyait. Elle me tenait par la main et ce n'est qu'aux croisements de rues qu'elle ralentissait le pas dans l'espoir de découvrir une lumière, un salut. Mais on ne voyait de chaque côté que d'autres rues inexorablement droites, hérissées de platanes gigantesques, d'immeubles gris et de fenêtres.

Arrivée à ce point déjà avancé de ma confession, j'ai peur de ne pas m'être toujours montrée entièrement sincère, comme je m'étais proposé de l'être. Oh mon Dieu, peut-être ne l'ai-je pas été ! Sûrement, même, je le sens, mais comment aurais-je pu faire autrement ? Il s'agit là pour moi de la seule vérité. Et il n'y en a pas d'autre en dehors de celle-ci. Je veux dire : l'esquisse que je suis en train de tracer de ma mère. J'ai peur d'avoir raconté sa légende et non pas la chronique de sa vie. Peut-être n'a-t-elle pas été toujours aussi parfaite que je la décris, aussi aérienne dans ses gestes, aussi harmonieuse dans sa façon de parler. Peut-être a-t-elle eu des mots durs, des sentiments mesquins – comme en ont toutes les femmes.

Mais je ne me rappelle rien de cela. Elle est restée, dans ma mémoire, cet exemple, rare et fabuleux, de grâce et de candeur avec laquelle j'aime calquer, humblement, la mienne. Elle a réellement été cela pour moi. La légende que nous voulons laisser derrière nous est, me semble-t-il, la raison secrète de nos gestes et de nos paroles. Pourquoi ne pas dire simplement qu'elle est la raison même de notre vie ?

Ma mère a été pour moi la plus noble incarnation de la femme. Et plus le cours de ma vie devenait terne et médiocre, au fil des années, plus son image se parait d'éclat.

Notre visite au fleuve me laissa pleine de trouble. J'aurais voulu faire quelque chose pour elle, lui rendre tout ce qu'elle sacrifiait pour moi avec son élégance naturelle.

J'avais peur que mon dévouement sans limites ne suffît plus à la secourir, désormais. Et Sista aussi devait le redouter, car nous nous regardions d'un air perdu, et nous avions repris notre vieille habitude de l'attendre à la fenêtre. À cette époque, Sista maigrissait et pâlissait autant que maman : on aurait dit qu'elle lui avait livré tout le trésor intact de sa jeunesse refoulée, afin qu'elle le dépense à son gré. À travers ma mère, elle se voyait vivre avec le feu et l'impétuosité qu'elle avait certainement gardés cachés en elle. Quand sa patronne sortait, elle semblait assouvir une revanche personnelle, une révolte, une fuite, mais, aussitôt après, elle aurait voulu se repentir de ces élans et s'agitait tant qu'elle ne la voyait pas réintégrer la maison.

Nous regardions par la fenêtre et j'observais son

dur profil de médaille. Elle avait les cheveux bien plantés sur les tempes et toute sa personne reflétait la sobre et sèche dignité des femmes de Sardaigne.

— Quel âge as-tu, Sista ? lui ai-je demandé.

Elle se retourna et parut étonnée de ma question.

— Je ne sais pas, me répondit-elle. Compte toi-même. Je suis de 99.

— Tu as quarante ans ? Alors tu es à peine plus vieille que maman.

Sans me répondre, Sista regarda de nouveau du côté des arbres de la via Cola di Rienzo. Et moi, je continuais d'observer l'implantation de ses cheveux sur ses tempes - riche, foisonnante, et qui me suggérait l'idée d'un corps encore jeune enterré vif sous des étoffes noires, soumis à l'épuisante fatigue de servir dans une maison pauvre comme la nôtre.

— Sista, dis-je en m'approchant d'elle pour l'embrasser.

— Qu'est-ce que tu as ? me répondit-elle rudement. Sois un peu sérieuse. Regarde, il ne va pas tarder à rentrer lui aussi. Je ne comprends pas, marmonna-t-elle en secouant la tête, je ne comprends vraiment pas ce qu'elle peut bien faire toute la journée avec cet individu.

Je lui ai donné un grand coup de coude.

— Je te défends de l'appeler comme ça, tu entends ? Ce n'est pas un homme comme les autres.

Sista me regarda de côté d'un air de pitié et secoua à nouveau la tête.

— Tous les hommes sont les mêmes. L'homme est un vrai fléau ! dit-elle à voix basse en se passant la main sur le front et sur tout son visage comme pour conjurer un mauvais présage. Elle n'est toujours pas là, chuchota-t-elle en plissant les yeux dans l'espoir d'apercevoir au loin la silhouette aimée de ma mère. Toujours pas ! Toujours pas ! répéta-t-elle, désemparée.

Et je voyais son bras trembler sur le marbre froid du rebord.

Un instant après, papa rentrait. Sista reçut ses reproches avec indifférence. Il alla se coucher de bonne heure, sans avoir échangé un seul mot avec moi. C'était un vendredi soir.

Le lendemain, ma mère était nerveuse quand elle se leva.

— Je n'ai pas fermé l'œil de la nuit. Je n'arrêtais pas d'entendre la voix d'Alessandro qui m'appelait.

Elle avait l'air bouleversé d'une hallucinée.

— Tu ne devrais plus consulter Ottavia, lui suggérai-je avec beaucoup de douceur.

— Pourquoi me dis-tu ça ? protesta-t-elle vivement. Toi aussi, tu es contre moi, maintenant ? Tu emploies les mêmes mots que lui ?

Je lui ai lancé un coup d'œil à la fois réprobateur et plein d'affection. C'était une journée de sirocco sans soleil. Par la fenêtre donnant sur la cour on voyait s'avancer des nuages menaçants. La maison semblait encore plus sombre que d'habitude, et elle était chaude, brûlante.

— Nous avons l'orage dans la peau, maman, calmons-nous.

En attendant, je mettais de l'ordre, je faisais la poussière, je m'efforçais de diriger l'inquiétude à laquelle j'étais en proie vers un geste bien précis. Depuis mon enfance, je ressentais l'influence de la saison et du temps. Mon humeur était sensible au soleil ou au vent, un coup de tonnerre lointain me faisait frissonner comme s'il me roulait le long du dos.

— J'aimerais me calmer, lui dis-je, retrouver mon équilibre. Ce matin, dès que je me suis réveillée, j'ai essayé de travailler. Mais rien à faire.

Ma mère m'attira à elle et regarda mon visage comme on regarde un miroir.

— J'aimerais que tu me pardonnes. C'est ma faute. Je n'ai fait que des erreurs. J'aurais dû te sauver, au moins toi.

Elle m'interrogea encore des yeux, puis ajouta en me serrant les épaules :

— Mais tu dois te sauver. Tu possèdes une force secrète que je n'ai pas.

Tandis que je la regardais, je refusais que ce soit vrai. Et pourtant, j'avais, j'ai encore la ténacité de mes grands-parents des Abruzzes, la force de gens habitués dès l'enfance à lutter dans la solitude contre les pièges de la nature et de l'âme. Ma mère décelait en moi ces qualités-là et semblait presque me les envier. Mais elle ne se rendait pas compte comme beaucoup de gens de cette terre que je possédais aussi – à son insu, d'ailleurs –, le goût des rancunes longuement couvées, une violence impulsive, une incapacité à pardonner.

— J'ai supplié ton père de nous laisser partir. Je l'ai supplié toute la nuit. Je ne devrais pas te parler de ces choses-là, s'interrompit-elle en éloignant légèrement son visage du mien, mais il est nécessaire que tu le saches. J'espérais parvenir à entamer son entêtement, petit à petit. Je lui ai dit qu'il y a dans le mariage un instant, peut-être un seul instant, où il est nécessaire d'être amis, amis comme le sont deux étrangers. Tu ne crois pas, Sandi ?

— Il faudrait.

— Oui.

Après une pause, elle reprit à voix plus basse :

— Mais il n'a rien voulu comprendre. Il s'est contenté de me dire : « Je vais demander à être muté en province, dans les Abruzzes pour me rapprocher de ma famille, ça aidera à faire passer tes caprices. » C'est ce qu'il a dit, « tes caprices ». « Je ne viendrai pas », je lui ai répondu. Il a insisté : « Tu viendras. » Il l'a répété je ne sais combien de fois : « Tu viendras !

Tu viendras ! Tu viendras ! » Mais pas pour me venir en aide. Non, il me lançait ces mots comme on lance une pierre. « Ta place est ici ! » me répétait-il. Et de mon côté, je regardais autour de moi… Oh, Sandi, je ne devrais pas te raconter tout ça…

— Continue, maman, continue.

— Je regardais autour de moi et je voyais la grande armoire noire, la commode noire, ces meubles de son village dont j'ai senti l'hostilité, dès les premiers jours. Lorsque je suis entrée dans cette chambre, aussitôt après notre mariage, j'ai eu l'impression d'être enterrée vivante. Il y a une incompatibilité latente entre eux et moi, c'est un combat qui dure depuis des années. Tu me croiras si tu veux, mais je suis obsédée par ce mobilier qui ne veut pas de moi, qui me repousse depuis des années. J'ai bien essayé de rire, de chanter, de dénouer mes cheveux comme pour conjurer un sortilège, mais quand je me peigne devant le miroir de la coiffeuse, je vois se refléter le grand portrait de sa sœur morte, celui qui est accroché à côté de notre lit.

— Celui de la tante Caterina ?

— Oui. Elle était à elle, cette coiffeuse, et elle est restée à elle. Tous les jours, ce miroir me renvoie une image déformée, pleine de nœuds. C'est une critique qu'elle m'adresse, comprends-tu ? Une confrontation s'est engagée entre sa vie et la mienne. Il y a bien des choses que tu ignores. Caterina était une femme forte, dure. Son mari l'avait quittée alors qu'elle était encore toute jeune pour aller vivre avec une paysanne, dans un petit village voisin. Mais elle ne s'est pas montrée meurtrie ou vaincue pour autant. Pas un seul jour elle n'a voulu admettre la vérité, à savoir que son mari l'avait abandonnée. Peut-être pour éviter de se sentir rabaissée face à son propre regard. Aussitôt après cette fuite, et même si tout le monde était au courant des faits, elle expliqua que son mari était parti pour l'Amérique où un poste avantageux l'attendait. Elle faisait semblant de recevoir des lettres de lui, et même des mandats, de l'argent, elle se montrait fière qu'il ait acquis une situation élevée en Amérique. Pendant ce temps, tout le monde au village voyait circuler la maîtresse de son mari, parfois enceinte d'un des nombreux enfants qu'il lui a donnés. Mais ça ne changeait en rien l'orgueil qu'affichait Caterina. Tout le village était en admiration devant elle. Ariberto me la cite toujours en exemple. Elle est morte jeune et, jusqu'au bout, elle a voulu persister dans son courageux mensonge. Le prêtre qui l'assistait à ses derniers instants a cru la consoler en lui disant que Dieu récompenserait la force d'âme dont elle avait fait preuve dans son malheur. Caterina a rassemblé le peu de force qui subsistait dans son regard sévère et lui a demandé : « Quel malheur ? » Elle refusait même la compassion de Dieu. C'était une femme extrêmement forte. Je la vois immobile dans les coins de la chambre, elle a la bouche tordue par une grimace pitoyable.

Toute pâle, ma mère regardait autour d'elle avec effroi, je sentais sa raison vaciller.

— Calme-toi, maman, lui disais-je. Calme-toi, je t'en prie.

— Je n'ai pas cette force-là, Sandi. Je n'ai plus de force. Plus aucune force. Aucune.

Toute sa vie s'enflamma dans ses yeux, lui donnant un inoubliable regard.

— Et puis, je l'aime, m'avoua-t-elle à voix basse, exténuée.

Je l'ai scrutée avec un mélange de pitié et de tendresse. Quelle force pouvait avoir ma mère à ce moment ?

— Va-t'en d'ici ! lui dis-je. Monte à la villa Pierce. Pars avec Hervey, maman, moi je reste.

C'était la première fois que je prononçais le nom d'Hervey. Je l'avais fait avec calme. Car j'étais très calme, je m'en souviens. Tandis que nous parlions, je m'obstinais à fourbir un vieux presse-papiers noir qui avait toujours suscité une étrange aversion chez moi. Il représentait un bossu tenant un 13 à la main. Je voulais le rendre bien propre et bien brillant. Je voulais trouver la force de vivre dans cet appartement, patiemment. D'astiquer d'autres bibelots tout aussi répugnants. Et de la libérer.

— Non, me répondit-elle. Ce n'est pas possible.

Son visage devint encore plus blanc, et elle ajouta :

— Il faut qu'on renonce.

Elle s'arracha à moi comme si elle comptait aller tout de suite lui parler. Elle prit l'imperméable suspendu dans le vestibule et le jeta sur ses épaules. De là, elle m'appela :

— Sandi… Alessandra…

J'ai accouru. Nous nous sommes tombées dans les bras, sans retenue.

— Va-t'en, lui chuchotai-je. Ne reviens plus, maman. Va-t'en.

Elle ne me répondit pas, fragile à mon contact. Elle regardait fixement dans le vide. Une douce lumière éclairait son visage. Elle me parut convaincue. C'est moi-même qui l'ai poussée dehors, en répétant :

— Vas-y ! Vas-y !

Et au fond de moi, je me sentais glacée, je n'étais plus qu'un bloc de solitude et de terreur.

— Vas-y !

Je l'ai vue disparaître dans l'escalier que l'orage plongeait dans les ténèbres.

Elle ne rentra pas pour le déjeuner. Il pleuvait et ventait. Puis la grêle se mit à frapper les vitres, de pleines poignées de grêlons durs. Nous attendîmes jusqu'à une heure tardive. Je finis par dire :

— Elle ne va pas revenir par un temps pareil. Elle a dû rester à déjeuner à la villa Pierce.

Mon père me regarda d'un air soupçonneux. La scène de la nuit précédente n'avait servi qu'à éveiller en lui une froide méfiance de gardien. Dès son arrivée, certain que ni Sista, ni moi ne pouvions le voir, il avait ouvert l'armoire contenant les quelques robes que sa femme possédait. Elles s'y trouvaient toutes.

— Monte téléphoner chez les Celanti, m'ordonna-t-il. Assure-toi qu'elle est bien là-bas.

Il me fixait d'un œil menaçant.

Je me suis levée comme si j'avais la conscience tranquille. Une fois dans l'escalier, j'ai monté quelques marches et je me suis plaquée contre le mur. Je voulais donner à ma mère le temps de se mettre en lieu sûr. Ils avaient dû déjà partir dans la grande automobile. J'essayais d'imaginer leurs deux profils, l'un tout près de l'autre, au milieu du paysage qui défilait derrière la vitre. Je me rappelle très bien que je les voyais fuir dans une campagne verdoyante et ensoleillée. Ma mère ne monterait plus cet escalier, elle ne poserait plus la main sur cette rambarde. Je sentais dans tous mes membres un malaise glacé et poignant.

En rentrant, j'ai dit :

— Oui, elle est là-bas. Mais la voiture est en panne. Elle ne rentrera que pour le dîner.

Dans l'après-midi, mon père sortit. Je m'assis près de la fenêtre donnant sur la cour des sœurs. À deux ou trois reprises, Sista vint s'asseoir dans mon dos pour mendier un mot. Mais je refusais de me retourner. Étendue dans le fauteuil, je feignais de me reposer. En réalité, je devenais adulte.

Vers le soir, Lydia descendit demander des nouvelles de maman. Elle était accompagnée de Fulvia.

— Où est Eleonora ? me demanda-t-elle.

— Elle n'est pas là, lui répondis-je sans bouger.

C'était le crépuscule. L'ombre sentait la terre mouillée comme en automne. C'était un soir pareil aux autres. On entendait monter le son de l'harmonium accompagnant les vêpres. J'avais pourtant l'impression d'habiter cette maison pour la première fois et d'être obligée d'affronter de nouvelles habitudes. Fulvia et Lydia restaient muettes, contemplant la cour toute tendue d'un feuillage luisant de pluie.

Finalement, Lydia demanda :

— Où est-elle allée ?

Je répondis :

— Je ne sais pas.

La mère et la fille s'assirent pour l'attendre. Lydia restait sur le bord de la chaise, elle aurait voulu me parler, me poser des questions, mais elle avait peur. Et moi aussi, j'avais peur qu'on commence à parler de ces choses-là. Maintenant que le ciel s'assombrissait, je ne me sentais plus aussi forte.

Sista entra, et s'assit près de nous.

— Sista..., lui dit Lydia.

— Madame..., lui répondit-elle avec un gémissement.

Leurs voix désemparées et tristes me faisaient frissonner. Et pendant ce temps, les minutes passaient, le jour se refermait sur notre attente.

Soudain, j'ai lancé aux trois femmes, d'un ton dur :

— Pourquoi attendez-vous ? Maman ne reviendra pas.

Dans la faible lumière du soir, j'ai vu leurs yeux se poser sur moi d'un air incrédule avant que l'effroi ne s'empare d'elles. J'ai répété :

— Elle ne reviendra plus. Elle est partie.

— C'est elle qui te l'a dit ? me demanda Lydia, qui avait déjà retrouvé son calme.

— Non. Elle ne me l'a pas dit. Mais je l'ai compris à la façon dont elle m'a embrassée. Elle n'est pas rentrée pour le déjeuner. Elle ne reviendra plus.

Après une minute d'incertitude, Lydia se tourna vers sa fille et lui ordonna :

— Monte, et téléphone à la villa Pierce.

Nous attendîmes un temps interminable – peut-être bien cinq minutes. Quand Fulvia redescendit, elle nous fit savoir que maman n'était pas là-bas.

— Qui a répondu ? s'informa Lydia.

— Une voix d'homme.

— C'était lui ?

— Je ne sais pas. Il a répondu très gentiment.

— Alors c'était sûrement lui.

— Même les domestiques sont comme des aristocrates, dis-je. Eux aussi répondent gentiment.

Nous avons repris notre attente. Lydia envisageait toutes sortes d'hypothèses. Je répondais toujours : « Elle est partie », et chaque fois que je prononçais ces paroles, je me sentais couverte d'une sueur glacée.

Tout à coup, Sista se leva comme si elle commençait juste à comprendre la situation. Elle vint se planter en face de moi et me demanda :

— Tu veux dire qu'elle est partie avec le monsieur de la villa là-haut ?

— Oui, lui répondis-je.

— Ce n'est pas possible, affirma-t-elle avec assurance. Elle n'a rien emporté. Tous les tiroirs sont en ordre. Elle n'a même pas pris une brosse à cheveux.

Alors Fulvia se mit à rire :

— Il a suffisamment de sous pour lui acheter toutes les brosses qu'elle voudra et aussi des chemises, des robes et des fourrures. Vous ne connaissez pas la fortune des Pierce ?

— Et alors ? objecta Sista. Ça n'est pas de son argent à elle et il n'est pas son mari. Madame ne mettrait jamais de robes achetées avec l'argent d'un autre.

Cette observation me laissa perplexe. Peut-être

allions-nous sous peu entendre le pas de ma mère dans l'escalier et elle ferait son apparition sur le palier comme un miracle.

— Elle est peut-être partie avec un peu d'or, dit Lydia.

Sista secoua la tête et déclara :

— Tout l'or est au mont-de-piété.

Nous attendîmes encore. Il faisait tout à fait noir, à présent, mon père n'allait pas tarder à rentrer. Nous entendions déjà les pas des autres hommes regagnant leur domicile, les clefs dans les serrures, les portes qu'on ouvrait et qu'on refermait. Nous sommes passées dans la cuisine et, malgré l'inquiétude que nous inspiraient son retour et la nouvelle que nous avions à lui annoncer, nous nous sommes empressées de préparer son repas, toutes ensemble. Lydia triait la salade, Fulvia épluchait les pommes de terre.

Sista était allée jeter un coup d'œil dans la cage d'escalier.

— Veux-tu que nous restions avec toi ? me demanda Lydia en passant un bras autour de mon cou.

Elle avait un regard plein d'affection et je me souvins de toutes les fois où j'avais été jalouse d'elle. À ce moment, je me sentis réconfortée par sa présence. Fulvia aussi me semblait différente des moments où elle s'allongeait en peignoir sur la terrasse. C'étaient deux femmes qui se rapprochaient de moi pour apporter l'aide que seules des femmes savent donner. Lydia me proposa de les suivre et de coucher chez elle. Je pourrais dormir dans le lit de Fulvia, à ses côtés.

— Non, merci, lui répondis-je. Je me sens tranquille.

Finalement, Sista nous rejoignit tout essoufflée pour nous annoncer :

— Le voilà !

Les deux Celanti prirent la fuite et nous refermâmes en toute hâte la porte derrière elles.

Mon père entra et se présenta tout de suite sur le seuil de la cuisine. Il ne posa pas de questions mais regarda autour de lui comme si maman était cachée dans un coin. L'air mystérieux de nos deux visages aurait pourtant dû lui faire comprendre que nous étions seules. Je l'ai regardé sans lui dire bonsoir : ce n'était pas une bonne soirée qui se profilait, loin de là. Il déclara, je me souviens, qu'il avait très faim et qu'il voulait manger tout de suite même si, finalement, nous n'avons presque pas touché à nos assiettes, ni lui, ni moi. C'était un samedi et j'ai remarqué qu'il ne traînait pas cette odeur de brillantine insupportable dans son sillage.

À table, nous n'avons prononcé que quelques mots indifférents. Entre nous deux, une place seulement occupée par le flacon d'un médicament que ma mère prenait contre l'anémie et que Sista avait posé là comme tous les soirs. J'avais beau être forte, je ne pouvais pas regarder ce petit flacon sans avoir envie de plonger la tête entre mes bras et de pleurer.

Sista se hâta de débarrasser la table, pressée de faire disparaître cette place vide.

J'ai pris un livre. Mon père, lui, avait sorti du tiroir de la table un vieux jeu de cartes et le disposait pour jouer au solitaire. Ce qu'il ne faisait jamais. Au reste, je lisais rarement à cette heure-là. Nous tentions tous les deux de prendre de nouvelles habitudes, semblait-il. On entendait par la fenêtre ouverte une chanson populaire diffusée à la radio, *Me ne vogl'i' a Surriento*, « Je veux partir pour Sorrente ». Depuis ce jour, chaque fois que j'entends cet air-là, je frissonne de la tête aux pieds. *Me ne vogl'i' a Surriento*. Je supposais qu'à cette heure ma mère était déjà très loin, qu'elle avait quitté notre ville, les campagnes que je connaissais. Je voyais deux projecteurs lumineux trouer l'obscurité dense, sous la pente d'une haute montagne. Elle n'écrirait plus, ne donnerait plus de nouvelles. Je considérais que c'était « ça » qu'allait devenir ma vie quotidienne. Le reste avait été des vacances, un cadeau. Je ne souffrais pas, cependant. J'en arrivais même à chantonner dans ma tête. *Me ne vogl'i' a Surriento*.

Un moment plus tard, mon père se leva et alla refermer la porte de la cuisine. Le fait qu'il veuille ainsi me séparer de Sista éveilla mes soupçons. D'instinct, je me suis levée d'un bond, et adossée au mur pour lui tenir tête.

— Où est ta mère, Alessandra ?

Il avait parlé doucement. Je ne lui connaissais pas cette voix basse et coupante, elle faisait penser à une lame tentant de faire sauter la fermeture d'un écrin. C'était certainement comme ça qu'il parlait à ma mère quand il s'enfermait avec elle dans leur chambre. Sans répondre, je lui adressai un regard dur en forme de défi.

Il fit quelques pas vers moi et me demanda encore :

— Où est-elle ?

Il était près de moi, tout près. Je sentais la déplaisante chaleur de son corps. Je voyais, dans sa poche de gilet, la clef de la maison où nous étions désormais obligés de vivre ensemble.

Je n'avais pas peur, je pensais que ma mère était au loin et que c'était à moi de la défendre, même si je devais cruellement souffrir pour elle. Je l'ai donc observé un moment, puis lui ai lancé avec violence et précision, à la manière d'un couteau :

— Elle est partie.

— Où est-elle allée ?

— Je ne sais pas.

— Si, tu sais.

— Non, je ne sais pas.

Je tenais à ce qu'il me croie, afin qu'elle lui semble encore plus lointaine, inaccessible.

— Où est-elle ? insista-t-il en concentrant dans cette question à la fois sa colère et son impuissance.

— Loin d'ici. Elle est partie. Loin d'ici.

Il m'attrapa par le poignet et me secoua. J'aurais voulu qu'il me fasse mal, qu'il fasse craquer mes articulations, qu'il me fasse souffrir physiquement, en somme. Cela m'aurait contrainte à montrer une force que je sentais vaciller. Mais c'est à peine s'il serrait, peut-être avait-il même pris mon bras pour s'y accrocher, tout simplement.

— Où est-elle ? répétait-il.

Dans mon cœur, j'entendais la grande voiture rouler à toute vitesse, prendre les virages. « Vite, vite ! » l'ai-je pressée avec l'impression qu'un seul instant de retard pouvait tous nous perdre. « Vite ! »

— Elle ne reviendra plus ! lui ai-je répondu, furieuse. Elle ne remettra plus les pieds dans cette maison.

— Avec qui est-elle partie ? me demanda-t-il tout bas.

— Est-ce que je sais, moi ? Elle est partie !

Je sentais s'afficher dans mes yeux et sur tout mon visage un mélange d'insolence et d'impertinence. Je voulais lui faire comprendre que la loi avait beau m'obliger à rester, j'étais partie avec maman.

— Tu sais, me dit-il. Tu sais tout.

Puis il demanda brusquement :

— Quelle heure est-il ?

Nous avons tous les deux levé les yeux sur la grosse pendule accrochée au-dessus du buffet. Il était presque dix heures. Dans un moment, on allait fermer la porte de l'immeuble et ma mère resterait dehors. Ça y est, elle s'était enfuie, à présent. J'ai repris mon souffle.

Tous les bruits s'étaient tus. Nos voisins avaient

coupé leur poste. Les enfants ne jouaient pas dans la rue comme ils le font toujours en été avant d'aller se coucher. J'eus l'impression que le silence n'avait jamais été aussi profond. On n'entendait que le sourd tic-tac de la pendule, monotone, inexorable, écrasant.

— Elle va revenir, déclara mon père. Dès demain matin, je la ferai rechercher par la police.

Il quitta rapidement la salle à manger et gagna sa chambre, mais sans fermer à clef la porte de l'appartement. Peut-être craignait-il, par ce geste, de détruire un dernier espoir.

Sista et moi nous sommes croisées dans l'entrée. J'avais l'impression d'être fiévreuse et, à mon avis, je l'étais réellement. Je me suis serrée contre elle pour ne pas voir son regard tout au fond du creux de ses orbites.

— Elle est sauvée ! lui dis-je. Demain matin, il sera trop tard, n'est-ce pas ? Il ne pourra plus la rattraper. Elle est partie.

J'imaginais les frontières se refermant sur elle comme de hautes grilles. Elle était déjà loin. La grande automobile filait à travers une campagne fraîche et verdoyante. Sur ma peau, dans mon estomac, je sentais naître une souffrance amère.

— Elle est partie ! répétait Sista d'une voix sombre. Elle est partie. Elle est partie.

Au même moment, nous avons entendu des pas dans l'escalier. Je me suis écartée de Sista, atterrée. Les pas montaient, se rapprochaient de plus en plus, devenaient de plus en plus distincts. Ils atteignirent notre palier, firent silence devant notre porte. J'ai couru ouvrir.

C'étaient deux hommes vêtus de costumes sombres. Même si c'était l'été, ils gardaient leurs chapeaux sur la tête et ne l'ôtèrent pas pour me saluer.

— C'est ici qu'habite Eleonora Corteggiani ? demanda l'un des deux.

L'autre serrait dans sa main le sac de maman.

Je les ai regardés un instant, hébétée. Puis j'ai articulé doucement en remuant à peine les lèvres :

— Elle est morte, n'est-ce pas ?

Gravement, celui qui avait parlé acquiesça d'un hochement de tête. L'autre scrutait les alentours d'un air soupçonneux.

Je me suis alors détachée de la porte, j'ai traversé le couloir en courant et, sans frapper, je suis entrée dans la chambre de mes parents. Le bruit de la serrure dut donner à mon père la certitude que sa femme était revenue. La mine sévère et bourrue, il se tenait debout près de la coiffeuse, à attendre.

J'ai éclaté d'un rire convulsif.

— Je te l'avais bien dit. Elle ne reviendra plus !

Il me regardait rire, incertain, méfiant. J'ai expliqué :

— Elle est morte. Elle s'est tuée.

Dans les yeux écarquillés de mon père, j'ai vu une terreur inhumaine. Et puis je suis tombée à terre, évanouie dans mon éclat de rire comme dans une mare de sang.

C'est deux jours après la tragédie qu'arriva mon oncle Rodolfo. Nous l'avons croisé sur le seuil de l'appartement au moment où nous sortions avec les Celanti pour nous rendre à l'enterrement. Les deux frères s'embrassèrent en silence et mon oncle Rodolfo me prit aussitôt par le bras pour me soutenir. Il ne me lâcha pas jusqu'au retour. C'est à peine si je le connaissais et, depuis toutes ces années, il ne m'avait jamais écrit. Mais c'était mon parrain et je compris que c'est à lui que je serais confiée dans un avenir proche.

Devant la porte, le concierge était habillé de pied en cap, avec col et cravate, tandis que des locataires formaient de petits groupes. Les femmes étaient vêtues de couleurs sombres. Ils nous regardèrent passer sans nous adresser un mot de réconfort et sortirent derrière nous lorsque nous avons pris le chemin de l'arrêt du tramway.

Dans le wagon, je me suis assise entre papa et l'oncle Rodolfo. Et comme l'un et l'autre étaient grands, avec de larges épaules carrées, j'avais l'impression d'être enfermée entre deux murailles grises infranchissables. Lydia et Fulvia étaient assises en face de nous, M. Celanti avait pris place à côté de papa et lui donnait de temps en temps des tapes sur l'épaule. Les deux femmes me regardaient avec affection. Depuis la mort de ma mère, c'est avec elles que j'avais vécu, mais devais-je aussi me détacher de cette affection, désormais ? Je sentis aussitôt mes forces faiblir.

En sortant du quai, le tram tourna brusquement et s'engagea sur le pont du Risorgimento. C'est près de ce pont que ma mère s'était suicidée, pile à l'endroit où s'était noyé Alessandro. J'avais l'impression que le tram passait sur son corps, avec ses roues et tout son poids, et qu'il le réduisait en bouillie. Lydia fit le signe de la croix.

Devant la porte de la morgue, nous avons croisé d'autres locataires ainsi qu'Enea, Ottavia et la couturière qui nous faisait nos robes et qui habitait en face de chez nous. Il était encore tôt – peut-être bien neuf heures – et la journée s'annonçait très belle. Les lauriers du jardin de l'hôpital exhalaient une odeur forte et fraîche. Je me rappelle que je ne souffrais pas, que je ne souffrais pas du tout. Il y avait également Aida, la sœur d'Antonio, et Maddalena. Maddalena pleurait, alors qu'elle ne connaissait ma mère que de vue. Elles n'osaient pas approcher, à cause de mon père et de l'oncle Rodolfo, et me regardaient avec une curiosité grave en s'efforçant de se rapprocher de ma souffrance. Mais à ce moment-là, je ne souffrais pas, je le répète.

Nous formions un petit groupe devant la porte de la morgue. M. Celanti allait et venait, suivi d'un vieillard habillé de noir, et mon père le remerciait des yeux. Peu après, on vit paraître un homme de petite taille vêtu d'une blouse et d'une toque blanche. « Elle descend tout de suite », dit-il. J'ai compris qu'il s'agissait de ma mère.

Je ne l'avais pas vue morte, mon père ne m'avait pas invitée à lui faire un dernier adieu. S'il l'avait fait, d'ailleurs, j'aurais certainement refusé. Je voulais garder d'elle l'image qui me plaisait tant, la voir animée par cette ferveur qui ne retombait jamais, évoquer ses doux yeux, et ce pas qui semblait flotter au-dessus du sol. De plus, n'ayant jamais vu de morts, je craignais de ressentir, en sa présence, de la peur ou du dégoût. C'est ainsi qu'en dépit de tout j'avais l'impression qu'elle n'était pas morte, mais en voyage. Depuis le soir terrible où elle n'était pas revenue, j'avais vécu avec Lydia, c'est elle que j'avais vue à côté de moi dès que j'avais repris connaissance tandis que mon père parlait avec les agents. Elle me faisait respirer des sels pendant que Fulvia tenait une de mes mains et la caressait. Sista était à terre, enveloppée dans ses étoffes noires, en train de prier. Mon père était revenu près de nous tout pâle, les lèvres tremblantes.

— Madame, avait-il dit à Lydia, ils veulent vous interroger, vous étiez sa seule amie. Elle s'est jetée dans le Tibre là où s'était noyé l'enfant. J'ai demandé qu'on n'interroge pas Alessandra mais ils voudront peut-être parler avec Sista. Souvenez-vous qu'elle s'est tuée parce qu'elle ne pouvait pas se consoler de la mort de son enfant. Compris ?

Son visage terreux avait une expression dure. Mortifiées, nous avons fait un signe d'assentiment. Papa sortit avec les agents pour l'identification. Sista prit mes couvertures, mes draps, et on me fit un lit par terre, dans la chambre de Fulvia.

— La voilà ! dit l'homme à toque blanche.

Derrière lui, porté par des inconnus à l'apparence grossière, nous avons vu un étroit cercueil de bois.

C'est là que j'ai commencé à souffrir atrocement. À compter du moment où j'avais repris mes esprits, j'avais sans cesse pensé à ma mère comme à une silhouette voltigeant souplement dans l'air. Je n'arrivais pas à l'imaginer immobile, enfermée dans cette boîte, mais cette vue macabre me donna la certitude concrète que la douceur avait disparu de ma vie. Au milieu des gens qui m'entouraient, je me sentais seule, je devinais que je ne pourrais plus parler des choses qui, pour nous deux, avaient tant d'importance et que les autres paraissaient ignorer.

Le cheval marchait lentement. Nous suivions à pied ; j'étais entre mon père et l'oncle Rodolfo. On avait déposé sur la bière un gros coussin de roses rouges qui la recouvraient entièrement. Il n'y avait aucun nom sur le ruban du coussin, mais tout le monde savait d'où il venait. Mon père avait évidemment eu envie de le faire ôter par les hommes habillés de noir qui s'affairaient tout autour mais s'était souvenu que sa femme était morte parce qu'elle ne pouvait pas se consoler de la mort de leur fils, et il n'avait plus rien pu dire. L'air était frais et pur. Sous la pression légère du vent, les arbres s'inclinaient. Et, peu à peu, dans le rythme et dans le bruit des pas accompagnant ma mère calme, étendue sous son coussin de roses, j'avais cru percevoir une harmonie teintée de résignation. J'éprouvais du réconfort à sentir le soutien du bras de l'oncle Rodolfo – un bras fort, auquel on pouvait se confier.

Nous entrâmes dans une chapelle de la grande basilique de San Lorenzo, que je n'avais jamais vue. C'était une chapelle secondaire, parce que les suicidés ne sont plus accueillis dans le sein de l'Église. Un prêtre sortit, paré des ornements funèbres, et nous observa avec un mélange de pitié et de suspicion, sans doute parce que nous étions les parents de cette femme qui s'était jetée dans le Tibre. Puis le cercueil fut recouvert d'une tenture noire sur laquelle on posa le coussin de roses.

Je me suis retrouvée à côté de Fulvia et de Lydia. Instinctivement, les femmes avaient pris place à gauche et les hommes à droite de l'autel comme ont coutume de faire les paysans dans les églises de campagne. Pénétrée de la chaleur de ces créatures semblables à moi, je sentis la douleur gonfler ma poitrine, l'emplir, m'inonder.

Le prêtre, entre deux enfants de chœur, récitait les prières pour les morts. Indifférente à tout ce qu'il faisait je gardais les yeux fixés de l'autre côté du cercueil, sur le groupe des hommes qui écoutaient gravement, certains les bras croisés. Ils semblaient plus atterrés qu'accablés, leur regard trahissait l'effroi inspiré par ces gestes inconsidérés que commettent parfois les femmes et dont ils ont confusément l'intuition d'être la cause. Je sentais que si la violence de ces brusques révoltes les épouvantait, c'est parce qu'ils étaient convaincus que l'idée d'un enfant, la présence d'un étranger voire une robe neuve suffisaient à consoler une femme. Le concierge avait répété je ne sais combien de fois que, ce matin-là, quand ma mère était sortie, elle lui avait dit gentiment : « Bonjour, Giuseppe ! » L'air hébété, il rapportait ce détail à tout le monde. Les hommes ne comprennent pas comment les femmes arrivent à dire : « Bonjour, Giuseppe » et à sourire un instant avant leur mort. Et pourtant quelque chose les lie si obstinément à la vie qu'elles tentent d'en faire partie jusqu'au dernier moment. Peut-être qu'elles attendent leur salut de cette force même qu'elles ont en elles. Comme le temps était nuageux, ma mère avait pensé à prendre son imperméable, elle avait dit : « Bonjour, Giuseppe », et s'était jetée dans le fleuve.

Entre-temps, beaucoup de gens étaient arrivés dans la chapelle. Derrière un pilastre, j'aperçus le capitaine, qui faisait semblant d'être un passant entré là par hasard ; je serrai aussitôt le bras de Lydia, qui me fit, de la tête, un léger signe d'assentiment. Quelques dames habitant l'immeuble entrèrent aussi, émues et timides, craignant d'être indiscrètes. Certaines pleuraient et toutes remuaient rapidement les lèvres, donnant à leur prière une intensité dramatique.

Leur présence et l'élan qui les avait poussées à se sentir solidaires de ma mère qu'elles connaissaient à peine suscitaient en moi une force désespérée. Cela m'incitait à regarder encore plus attentivement les hommes groupés de l'autre côté du cercueil. Je sentais une colère furieuse s'emparer de moi, l'envie de les chasser pour qu'ils nous laissent seules. Mais, telles deux armées prêtes à l'affrontement, nous étions séparés et il y avait déjà entre nous, dans ce cercueil, une victime.

Ma mère fut enterrée dans la fosse commune. Les croque-morts posèrent sur la bière le coussin de roses, le caressèrent, le bordèrent comme un drap. Mon père observait tout cela sans moqueries ni menaces. Tout son pouvoir avait cessé d'exister.

— Allons-y, finit-il par décider.

L'oncle Rodolfo me reprit par le bras et M. Celanti déclara qu'à cette heure-là les tramways de ceinture sont vides.

Nous sommes donc rentrés à la maison. J'étais très fatiguée, j'aurais voulu m'étendre sur mon lit, ne plus voir personne et dormir. J'espérais, dans mon sommeil, pouvoir rejoindre ma mère et lui parler. Mais papa pria Lydia de me faire déjeuner avec elle, cette fois aussi, parce qu'il avait à parler avec son frère. Plus tard, il me fit appeler et m'annonça que, le lendemain matin, je partirais pour les Abruzzes avec l'oncle Rodolfo.

Dans le train, nous nous sommes assis l'un en face de l'autre sans rien trouver à nous dire car nous nous connaissions trop peu. Nous affections tous deux l'intimité qui aurait dû s'établir entre nous puisque nous étions proches parents. Mais dès qu'il fermait les yeux pour dormir, je l'observais attentivement et, de même, aussitôt que je m'assoupissais, je sentais son regard me scruter dans le but de découvrir ce que je pouvais bien cacher sous la douceur de mon apparence, l'expression docile de mes traits. Il devait tâcher de faire un rapprochement entre mon image et le portrait que son frère lui avait sûrement fait de moi. Je rouvrais les yeux et souriais, pour lui montrer que je me pliais à son enquête sans opposer la moindre résistance.

— Quel âge as-tu ? me demanda-t-il brusquement.

— Dix-sept ans, lui répondis-je. J'aurai dix-huit ans en avril.

— Et tu es en quelle classe ?

— J'ai fini le lycée.

Non sans étonnement, il me demanda :

— Tu continues tes études ?

— Bien sûr. Qu'est-ce que je pourrais bien faire d'autre ?

— Apprendre à coudre, à faire des raccommodages.

— Je sais les faire, lui répondis-je. Je sais même faire la cuisine.

— Oh ! me dit-il en pointant le doigt vers moi d'un air faussement menaçant. Quand tu verras l'examen que te fera passer ta grand-mère !

J'ai répondu que j'avais peur de me faire recaler car je ne savais guère que le strict nécessaire. Mais cela suffisait, me semblait-il. Ce que j'aimais, c'étaient les études, je tenais à cultiver mon penchant naturel pour les lettres et la poésie. J'ai manifesté mon désir de me diplômer au plus vite afin d'être en mesure de gagner ma vie.

Mes intentions parurent le surprendre.

— Pour quoi faire ? me demanda-t-il. Tu es une jolie fille, tu ne tarderas pas à te marier. À ce moment-là, tu auras ta maison et tes enfants.

En prononçant ces dernières paroles, il souriait. Malgré la tâche ingrate dont on l'avait chargé à mon égard, il m'avait tout de suite inspiré une sympathie instinctive. Il me faisait l'effet d'un homme franc. De plus, sa mine simple me rassurait : il n'avait pas cette mollesse dans le regard et dans les mains qui, chez un homme de la condition de mon père, ne pouvait qu'être l'indice d'une sensualité sournoise.

— Ariberto a peut-être raison, continua-t-il en baissant la voix. Si ta mère avait eu beaucoup d'enfants, elle n'aurait plus trouvé le temps de jouer du piano. Il dit que c'était la cause de tous ces malheurs.

Effrayée, j'ai reculé sur ma banquette, tentée de fuir d'un bond, de me jeter hors du train en marche. Jusqu'à ce moment, j'avais obéi docilement, j'avais accepté mon départ comme une solution naturelle. Tout ce qui me plaisait via Paolo Emilio s'en était allé avec ma mère. Sista avait jeté un drap blanc sur le piano, qui lui donnait l'allure d'un fantôme. Partout dans la maison, on sentait peser cet air étouffant qu'il suffisait d'un geste ou d'un mot de ma mère pour dissiper. C'est pourquoi, lorsque mon père m'avait annoncé que je partirais le lendemain, le soulagement m'avait envahie. À l'heure de me dire adieu, Fulvia et Lydia avaient fondu en sanglots. Avec elles, c'était aussi mon enfance qui pleurait, mon adolescence et tout ce qui, jusqu'alors, avait été Alessandra. La fenêtre pleurait aussi, tout comme l'escalier, le robinet d'eau froide sous lequel je me lavais tous les matins, la cour, et le mur du couloir contre lequel Enea m'avait plaquée, me faisant comprendre ce qu'est un homme. En voyant Fulvia et Lydia épuisées par la souffrance de ces derniers jours, c'est moi qui les avais affectueusement consolées, en leur répétant que c'était mieux ainsi, que je n'aurais jamais pu vivre avec mon père.

J'étais allée dans sa chambre lui dire au revoir avant de partir. Il était de bonne heure, on n'y voyait presque rien. Et comme il avait décidé de ne pas m'accompagner à la gare, je l'imaginais encore couché. J'avais tourné tout doucement la poignée pour entrer et l'avais trouvé tout habillé, en veston et lavallière. Il était assis les jambes écartées, le dos rond, une main posée sur la table. Sous l'éclairage froid que donnait la fenêtre, on avait l'impression d'un homme dépouillé de toute énergie et de toute prétention, d'un vieil homme.

Il s'était retourné et, quand il m'avait vue dans l'embrasure de la porte, s'était mis à pleurer :

— Nora, Nora, répétait-il d'une voix désolée en me regardant comme s'il cherchait son image à elle dans mon visage.

Pendant toutes ces années, je ne l'avais jamais entendu employer ce diminutif affectueux avec elle. Voilà pourquoi leur intimité m'avait fait reculer d'horreur. « Je voulais te dire au revoir, papa », lui avais-je dit brusquement. Oui, oui, avait-il fait de la tête, lui aussi prêt à cette nouvelle séparation.

Par la fenêtre ouverte, je percevais les cris d'hirondelles que j'entendais de bon matin, quand j'allais communier avec Sista. J'avais essayé de les graver dans mon oreille comme l'air même de mon enfance heureuse.

Dans le train, je faisais semblant de dormir pour faire le silence en moi et réentendre ces voix fraîches, perçantes, stridentes. Mais je n'y parvenais pas – peut-être à cause du fracas des pistons. C'est tout juste si j'arrivais à les réentendre, dans mon imagination.

L'oncle Rodolfo me donna une tape sur le bras pour m'éveiller de la torpeur dans laquelle il me croyait assoupie :

— Tu es fatiguée, n'est-ce pas ? me demanda-t-il affectueusement, voyant que j'avais peine à rouvrir les yeux.

Puis il eut un sourire encourageant :
— Encore quelques minutes et nous y sommes.

Grand-mère nous attendait dans la salle à manger, assise dans son fauteuil. De part et d'autre, telles deux ailes noires, tante Violante et tante Sofia.

— Approche, approche, Alessandra, n'aie pas peur, me dit grand-mère.

C'est que j'avais peur, en effet. Grand-mère était une vieille femme de très haute taille, avec un large visage, un nez massif et l'allure d'un grand animal. Le geste par lequel elle me fit signe d'approcher embrassa toute la pièce. Elle était assise dans un grand fauteuil blanc capitonné et ses épaules dépassaient du dossier. Sa voix ressemblait à celle de mon père, peut-être bien à cause de leur accent.

Lentement j'ai avancé sur les larges carreaux noirs et blancs. Poussée par mon oncle, je me suis arrêtée juste devant elle.

— Baise-lui la main ! me souffla-t-il à l'oreille.

C'était une grande main froide de statue.

Je me suis relevée et nous nous sommes regardées. Grand-mère avait les yeux noirs brillants de mon père, mais animés par le feu d'une fierté naturelle que je n'avais jamais remarquée chez lui. Elle me scrutait, mesurant ma taille et mon tour de hanches d'un regard rapide et précis.

— Tu ne ressembles pas à Ariberto, dit-elle au terme de son examen.

— Non, lui répondis-je, et ma voix se perdit dans la hauteur de la pièce. Je ressemble à maman.

Prononcer ce mot déclencha un silence froid. Mais il m'avait suffi de le dire pour retrouver un peu de force. J'ai regardé autour de moi. Les rideaux de toile blanche, le blanc des murs faisaient ressembler cette pièce à un grand parloir de couvent.

— On est bien ici, ai-je murmuré malgré mon

impression de me trouver chez les morts, ou peut-être à cause de cette impression, justement.

— Oui, dit grand-mère. C'est une maison confortable. J'y suis née, tes tantes aussi. C'est là que sont nés ton père, ton oncle Rodolfo, et la pauvre tante Caterina qui est au ciel. C'est ici qu'est né ton cousin Giuliano, le fils de Violante, expliqua-t-elle en me montrant Violante à sa droite. C'est ici que tu aurais dû naître aussi, mais ta mère a préféré une clinique en ville. Et maintenant, te voilà toi aussi.

Je fis oui de la tête, comme pour l'inviter à sourire, mais grand-mère ne souriait jamais, je m'en aperçus par la suite. Elle continuait à me regarder et, sous mes vêtements, mon corps se contractait de gêne.

— Tu es maigre, me dit-elle. Es-tu tombée malade, étant enfant ?

— Non, lui répondis-je. Tout juste la varicelle et une grippe.

— Ça ne compte pas. Tu as peut-être grandi trop vite, tu n'as ni hanches, ni poitrine. Pourtant tu dois avoir dix-sept ans, n'est-ce pas ? Il faudra faire venir le médecin. Avec une poitrine pareille, tu ne pourras jamais donner le sein.

Je rougis, la nuque douloureuse. Je percevais derrière moi la présence de l'oncle Rodolfo, et j'avais l'impression que grand-mère m'avait arraché mon corsage.

— Prends une chaise, Alessandra, me dit tante Violante.

J'ai été contente d'exécuter un ordre, de plier, de montrer ma docilité. On me demanda ensuite si j'avais faim ou soif et, pour m'offrir un beignet, mes deux tantes s'éloignèrent du fauteuil, détruisant ainsi le tableau qu'elles formaient.

Elles aussi étaient grandes mais, malgré tous leurs mouvements, elles ne pouvaient dominer le buste de grand-mère. Un geste de celle-ci suffisait à les envoyer de l'armoire au buffet. Cependant, l'oncle Rodolfo avait disparu avec un petit signe d'adieu qui semblait une marque de complicité, me laissant seule devant ces femmes inconnues, avec lesquelles je devais affecter une intimité.

— Mange, m'ordonna grand-mère, trempe ton beignet dans le vin.

J'ai mangé en m'efforçant de me concentrer sur ce geste et en veillant à ne pas tacher ma robe. J'avais l'impression d'être morte aussi, comme ma mère, et de me trouver dans cet au-delà qu'ensemble nous avions si souvent tenté d'imaginer. « Je crois qu'on vivra à nouveau, disait maman, on recommencera une autre vie comme celle-ci. Mais j'aimerais au moins garder le souvenir des jours vécus. » C'était ses mots exacts. Quand je nommais ma mère ou évoquais l'appartement de Rome, grand-mère et mes tantes faisaient comme si je n'avais pas parlé.

— Maman ne buvait jamais de vin, ai-je essayé de dire pour faire une nouvelle tentative.

Mais une fois de plus, ce fut comme si mes paroles n'avaient rendu aucun son.

Je perdais du temps, laissant durer les bouchées. Je me demandais avec épouvante ce que j'allais faire ensuite, puis le soir, puis le lendemain. Le lendemain m'apparaissait sombre, terrifiant. Il me semblait qu'il me serait facile de tenir encore le reste de la soirée, mais pas davantage. Je ne m'estimais même pas capable de résister une semaine ou un mois. Toutefois, je comprenais obscurément que revenir était impossible. Mon passé, ce n'était pas Rome, ce n'était ni une ville, ni un appartement. C'était ma mère. Et ma mère était morte.

— Maintenant, tu vas monter dans ta chambre, me dit grand-mère. Sofia va t'accompagner. Tu peux te reposer si tu en as envie, je te ferai appeler plus tard pour réciter le rosaire avec nous avant le dîner. N'oublie pas de prendre ton chapelet.

— Je n'en ai pas, avouai-je.

Grand-mère m'interrogea du regard.

— Tu veux dire que tu l'as oublié à Rome ?

— Non, je n'en ai pas. Je n'en ai jamais eu.

— Ta mère ne t'emmenait jamais à l'église, c'est ça ?

— Oh si, quelquefois, pour écouter la musique.

Grand-mère resta muette. Être assise à côté d'elle, c'était comme être assise à côté d'une grande montagne, je me sentais perdue dans une vallée de solitude. J'aurais voulu lui faire comprendre de quelle façon je priais, recueillie près de ma fenêtre, lui dire que, avec l'aide d'Ottavia, nous parlions avec Alessandro et tant d'autres âmes du Purgatoire. Mais elle n'aurait pas compris.

Après un long silence, elle me promit que, le lendemain, un prêtre me rendrait visite.

— Monte, maintenant, m'ordonna-t-elle.

Je me disposais à lui obéir quand la porte s'ouvrit et tante Clarice fit son apparition.

C'était une minuscule vieille bonne femme, souriante, aussi molle et blanche qu'une meringue. Elle avait une taille d'enfant de dix ans et gardait intacte, sur son visage, la stupeur de l'enfance. À son bras elle portait un tabouret proportionné à son gabarit.

— Je veux voir la petite ! s'exclama-t-elle. À la cuisine, on m'a dit qu'elle était arrivée.

Elle approcha de moi d'un air curieux.

— Je suis Clarice, ajouta-t-elle avec un petit ricanement et un geste du doigt, comme si elle me faisait part d'une nouvelle extraordinaire. Je suis tante Clarice.

— C'est ma sœur, expliqua grand-mère.

— Tu en as de beaux cheveux, me dit tante Clarice. Ce sont les cheveux d'Eleonora. Quand elle est venue ici, elle passait son temps à les laver et se mettait au soleil pour les faire sécher. Sofia était jalouse, ajouta-t-elle avec une malice enfantine, c'est parce qu'à l'époque elle avait eu la fièvre typhoïde et ses cheveux étaient tombés. Eleonora me laissait lui tenir compagnie sur le balcon. Elle était gentille, Eleonora. Elle me donnait des sous pour que je m'achète des sucreries. Je peux prendre un beignet ? demanda-t-elle avec une petite moue tout en s'asseyant sur son tabouret avec beaucoup de dignité.

Ayant eu son beignet, elle se mit à le manger sans faire davantage attention à moi. Grand-mère me congédia d'un geste et tante Sofia me conduisit à ma chambre. La maison était très grande. Pour aller d'une pièce à l'autre, il fallait traverser de petits vestibules sombres où on risquait de buter sur des marches d'escalier. Les chambres étaient toutes à des niveaux différents et sans communication entre elles, pareilles à des cellules de couvent. Les portes, étroites et lourdes, laissaient tout juste passer une personne. La mienne ne contenait qu'une armoire, une petite table, une chaise et un lit en fer.

— Il pleut, il faudra fermer la fenêtre, me dit tante Sofia.

Après quoi, elle m'expliqua que c'était la chambre de mon père quand il était petit.

— C'est dans cette pièce que j'aurais dû naître, n'est-ce pas ?

— Peut-être, me répondit-elle avec un sourire.

Et elle me regarda, comme pour me proposer une alliance qui semblait sincère.

— J'espère que tu te trouveras bien ici. Repose-toi un peu, range tes affaires et reviens en bas.

Une fois seule, j'ai aussitôt couru à la fenêtre pour l'ouvrir en grand. Il tombait une pluie drue qui faisait comme un voile tremblant entre la terre et le ciel. La fenêtre peinte en gris était étroite et longue, elle descendait jusqu'au sol pavé de grosses dalles rouges. Il n'y avait pas de rebord mais une rambarde grise qui m'arrivait presque à la poitrine. La maison était plantée au centre du village et dominait les masures qu'on voyait s'entasser les unes sur les autres comme pour se soutenir et s'épauler. Devant elles, en guise de rues ou de ruelles, de larges cordons de pierre étaient usés par le passage des ânes et des paysans. Sous les maisons se déroulait une courte vallée sillonnée par un torrent à sec et, en face de moi, se dressait une colline en partie cultivée, en partie dénudée, tachetée de prés jaunes et de pierres. À ma droite, derrière les proches collines, on apercevait une haute et impressionnante montagne qui, m'apprit-on plus tard, se trouvait être la Majella.

Libéré des nuages couleur de fer qui avaient tôt fait de se déliter en pluie, le paysage ne tarda pas à briller, aussi luisant que de l'acier. Un brouillard radieux monta jusqu'au ciel, aussi blanc qu'un feu de Bengale et le vert des arbres devint vif et limpide. On entendait l'eau ruisseler partout. On aurait cru la maison entourée de joyeux ruisseaux, alors que ce bruit venait simplement des gouttières. L'odeur montant de la terre mouillée réveillait en moi le souvenir des jours où ma mère et moi allions nous promener tout de suite après la pluie, sous la protection de l'arc-en-ciel.

J'ai murmuré :

— Maman ! Sauve-moi, maman, emmène-moi !

La chambre aux murs nus ressemblait à un cachot, un crucifix accroché au-dessus du lit. J'ai ouvert l'armoire et deux cintres, en se balançant, frappèrent le bois avec des tintements lugubres. Sur la table, un tapis verdâtre élimé qui sentait le moisi. Habiter cette pièce, cela voulait dire trouver juste de quoi survivre jour après jour. En face de moi, le Christ, cloué sur une croix de fer, au-dessus du lit de fer, montrait qu'il fallait s'offrir à la souffrance et au sacrifice. J'étais prise au piège, enfermée, prisonnière comme Antonio.

— Antonio, ai-je murmuré. Antonio.

Et je me suis laissée tomber à genoux devant la fenêtre, le visage collé à la grille.

Ce nom me donna tout de suite une impression de réconfort et de paix. Il me sembla qu'Antonio, cet Antonio lointain et que je n'avais jamais vu, était la seule chose qui me restait de ma vie d'avant. « Ne m'oublie pas ! » m'avait dit Fulvia en se blottissant contre moi. Elle m'avait emmenée dire au revoir au balcon et à la chambre où nous avions joué ensemble, le premier soir où j'étais montée dans son appartement. « Mon Dieu, tant d'années ont passé ! s'était écriée Lydia en soupirant. Je venais tout juste de connaître le capitaine. » Et affaiblie par la douleur que lui procurait la mort de son amie, elle s'attendrissait sur elle-même, sur son passé : « Quelle tragédie ! s'exclamait-elle en s'essuyant les yeux. Ah, quel malheur, l'amour ! Gare à toi si jamais je te vois amoureuse, Fulvia ! Et toi aussi, Alessandra ! Soyez libres et heureuses, épousez un homme riche… » « Quel déchirement, l'amour ! » répétait-elle. Nous avions gardé le silence et feint d'accepter le destin qu'elle nous souhaitait. Mais, dans notre for intérieur, nous brûlions de sentir cet amour qui mène aux larmes et à la mort.

— Je n'aurais pas dû l'encourager, m'avait avoué Lydia le visage mouillé de larmes. J'aurais dû lui dire : « Arrête de le voir, réfléchis, tu as une famille. » J'ai eu tort, c'est ma faute…

Pourtant, quelques instants plus tard, profitant d'une courte absence de son mari, elle était venue me prévenir que Claudio m'attendait dans l'escalier.

J'étais allée le retrouver sans enthousiasme parce que je ne l'aimais pas. Mais depuis le jour de notre promenade au Monte Mario, il suivait ma vie, docile et fidèle comme une ombre. Je ne m'étais jamais demandé si son amour était réellement de l'amour, je soupçonnais qu'il aimait d'abord la possibilité de se chercher et de se trouver, car j'avais été la première à la lui fournir.

— Il est impossible, absolument impossible de parler avec ses parents, me disait-il. Il faut faire semblant de ne jamais penser à autre chose qu'à manger, faire ses études et dormir. Si on tentait de leur expliquer qu'on est parfois incapables de dormir la nuit à cause des problèmes qui nous taraudent et que, bien souvent, ces problèmes ne nous laissent pas envisager d'autre solution que d'en finir avec la vie, de recourir au suicide, la seule manière qu'ils trouveraient de nous aider serait de nous houspiller et de nous menacer. Mon père taperait du poing sur la table et me dirait certainement : « Qu'est-ce qui te manque ? », sans soupçonner un instant que ce n'est pas ce qui manque mais, précisément, ce que j'ai, ce que je possède en moi de bon et de mauvais, qui me place face à ces alternatives. À mon avis, c'est en nous adressant des reproches et en nous empêchant ainsi de leur révéler nos doutes et nos incertitudes que nos parents se défendent instinctivement du devoir qu'ils auraient de nous aider à les résoudre. Parce qu'ils savent déjà qu'il n'existe aucune solution, ou du moins, bien souvent, parce qu'ils n'ont pas encore trouvé la leur. Alors ils manquent de compassion. Tandis que toi, Alessandra...

Il me regardait comme il aurait regardé une apparition miraculeuse à travers un mur d'air qu'il lui était impossible de franchir, ou plutôt, qu'il ne voulait pas franchir afin de me laisser intacte dans le secret qui m'entourait. À peine sortie dans l'escalier, j'avais aperçu les yeux de Claudio, écarquillés par l'angoisse. Je lui avais tendu la main en restant une marche plus haut que lui, aussi immobile qu'une image.

— Tu as vu ? lui avais-je dit d'un ton navré en faisant allusion à tout ce qui s'était passé au cours des derniers jours.

— Ah ! m'avait-il répondu avec un soupir, signe de sa consternation et de son impuissance.

— Et maintenant, je m'en vais ! avais-je conclu.

— Est-ce que je pourrai t'écrire ? m'avait-il demandé timidement.

— Je ne crois pas, lui avais-je répondu après une brève hésitation. À mon avis, ça ne ferait pas plaisir à mes parents.

Il m'avait alors proposé de m'envoyer des cartes postales signées Claudia – un prénom de fille, donc.

— Envoie-moi une carte toi aussi, de temps en temps, avait-il ajouté d'une voix légèrement tremblante.

L'escalier était devenu noir. L'harmonie de sa spirale me procurait une apathie, une mélancolie infinie. Je m'attendais à ressentir une douleur lancinante en quittant ces marches que le pas de ma mère animait encore deux jours plus tôt.

Finalement, Claudio avait dit :

— Tu sais quoi ? J'ai eu mon bac, j'ai eu 18 en philo.

— Bravo ! lui avais-je répondu.

— En octobre, je m'inscris à la faculté. En médecine. Ça te paraît bien ?

— Oui. Je ne sais pas. Je ne sais plus rien.

Il me regardait fixement. Il regardait tout ce qui était moi, il me le volait pour le garder et le contempler pendant mon absence.

— Il y a une chose que je veux que tu saches, Alessandra. J'attendrai ton retour des mois et des années. Je t'attendrai toujours.

Il avait prononcé ce dernier mot d'une voix presque

rageuse. Puis il m'avait pris la main, qu'il avait serrée un instant, et s'était sauvé sans un regard. J'étais restée immobile dans l'ombre, agrippée au fer froid de la rampe.

Maintenant, c'est au fer d'un grillage de fenêtre que je m'accrochais pour contempler une colline aride et la sévérité majestueuse de la Majella. Je me regardais dans la vitre qui faisait comme un miroir sur le bois du volet. Je voyais la ligne souple de mon corps accroupi par terre et mes mains blanches sur le noir opaque de ma robe. J'essayais de me comprendre, de m'interroger.

Mais la porte s'ouvrit et j'ai encore reculé contre la grille. C'était tante Violante, maigre dans sa longue robe noire.

— Oh, mais qu'est-ce que tu fais par terre, Alessandra ?

Elle avait la voix douce. Sans faire le moindre mouvement, je la regardais avec épouvante parce que son entrée me ramenait brusquement à une réalité que je n'avais pas le courage d'affronter.

— Tu n'as même pas défait tes valises ? Je comprends que tu n'aies guère envie de rester. Il le faudra bien, pourtant. Ce sont des jours difficiles, n'est-ce pas ? Je le comprends aussi. Mais tu finiras par t'habituer, parce que chaque jour est difficile, en réalité. Tu as de la chance d'être venue ici, à la campagne. Grand-mère te laissera quelques jours pour faire connaissance avec la maison et avec les gens. Ensuite elle te mettra au travail. Qu'est-ce que tu sais faire, Alessandra ?

— Rien du tout, lui répondis-je d'un ton agressif.

Après toutes ces années, je crois encore revoir tressaillir le visage de tante Violante. On aurait dit que je l'avais frappée. Elle se tut. Puis, brusquement, le ressentiment qui lui avait noué la gorge se dissipa et elle me dit affectueusement :

— Je ne te le souhaite pas. Mais je sais que ce n'est pas vrai. Ariberto m'a souvent écrit que tu savais faire la cuisine, ranger la maison...

— Je veux continuer mes études ! lui dis-je d'une voix basse et hostile. Je veux entrer à l'université l'an prochain. Ma valise est pleine de livres.

— Si tu le désires, personne ne t'en empêchera. Enfin, je crois. Mais d'ici peu, tu y renonceras peut-être de toi-même. La ville est loin d'ici, on a parfois l'impression qu'elle n'existe pas. Et, à la campagne, les journées sont courtes. Elles commencent quand sonnent les cloches et se terminent avec elles, comme maintenant, tu entends ?

Je me suis levée d'un bond pour me précipiter vers elle, les mains jointes :

— Oh, tante Violante, je t'en prie, je t'en supplie, laisse-moi continuer mes études, tu ne peux pas m'empêcher de...

— Moi ? s'écria-t-elle avec surprise. Ce ne sera pas moi qui t'empêcherai, Alessandra. Il faudra que tu en aies envie, tu comprends ? Toi, personnellement. Il n'est pas facile de se défendre. La vie de chaque jour a un rythme si assommant ! Sans le vouloir, nous nous laissons prendre, petit à petit. Et nous n'avons plus le temps, nous n'avons plus jamais le temps de rien faire.

Elle me poussa dehors par les épaules.

— Tu as vu ? C'est déjà l'heure du rosaire.

Elle tira de sa poche un chapelet de grains grossiers, couleur tabac, et me le tendit.

L'escalier n'était que faiblement éclairé, tout comme les passages, les vestibules, les autres escaliers rugueux et poreux.

— Regarde, me dit-elle en s'arrêtant un instant pour me montrer une petite peinture qui me sembla être un papillon. Ça, je l'ai peint quand j'étais jeune fille. J'étais fiancée, mais j'avais ton âge.

— Et après, tu n'as plus jamais peint ?
— Si, quelques contes de fées pour Giuliano.
— Et après ?
— Après, je n'ai plus eu le temps.
Elle me fit signe de me taire, tandis qu'elle ouvrait précautionneusement une porte.

Grand-mère était seule dans la salle à manger, elle semblait presque endormie. Elle avait les yeux fermés, les mains sur les bras de son fauteuil, et reposait bien droite tel un cheval majestueux. On avait déplacé son fauteuil si bien qu'elle siégeait à présent en face d'une grande armoire de bois noir, lisse et luisante. Il me parut bizarre de la trouver dans cette position, mais je n'osais pas poser de questions parce que le visage de tante Violante était redevenu impassible et fermé.

— As-tu donné le chapelet à Alessandra ? lui demanda grand-mère sans ouvrir les yeux.

Une fois rassurée, elle reprit sa méditation. Nous nous sommes installées derrière elle, sur deux chaises. Tante Clarice entra à son tour et vint s'asseoir à côté de moi sur son tabouret. Tout en clignant de l'œil d'un air complice, elle me montra une grande poche remplie de prunes. Deux servantes entrèrent et s'assirent par terre, puis ce fut au tour de deux femmes venues vendre leurs produits – elles s'étaient trouvées par hasard à la cuisine. Pour finir arriva tante Sofia, un voile sur la tête, qui ouvrit l'armoire.

Dans cette armoire se trouvait un autel. Tante Sofia alluma des bougies et, peu à peu, de l'ombre émergea la face noire et terrible de la Vierge de Lorette. Toutes les femmes s'agenouillèrent et je les imitai. Seule grand-mère resta assise, comme en vertu d'un pacte d'égalité entre le Ciel et elle.

Elle entonna le rosaire et je lui répondis avec les autres.

Comme la nuit tombait, la grande salle ne recevait désormais d'autre lumière que la lueur rouge et palpitante des bougies. Effrayée, j'observais les personnes qui m'entouraient. Quelques heures plus tôt, elles m'étaient encore inconnues et voilà à présent que ces êtres graves et taciturnes me prenaient dans un engrenage dont je sentais qu'il pouvait aisément m'emporter, tant il était infrangible. Vainement, j'essayais d'évoquer les souvenirs de ma vie d'avant, l'air espiègle de Fulvia, l'indulgence de Lydia. De mon temps passé je ne reconnaissais que le visage courroucé de tante Caterina accroché au battant noir de l'armoire ouverte – ce visage dont j'avais vu la photographie dans la chambre de mes parents. Sur ce même battant, on voyait, côte à côte dans les mêmes cadres noirs, les portraits de tous les morts de la famille. De vieilles femmes rébarbatives et des jeunes filles aux yeux écarquillés par une sorte d'épouvante. Les unes avaient d'épaisses tresses noires enroulées sur le front, les autres de maigres cheveux blancs, mais toutes avaient en commun un visage à la fois massif et fin, ainsi que de lourdes poitrines. Les hommes, par comparaison, semblaient mous et sans la moindre volonté – c'était très certainement ces poitrines qui triomphaient d'eux et les intimidaient, la transmission sûre et puissante de la vie, de génération en génération. Chauves quand ils étaient vieux, imberbes et tout perdus dans leurs uniformes de soldats ou de collégiens, sur ce battant de porte macabre les hommes faisaient figure de vaincus. J'ai imaginé le portrait de ma mère à côté de celui d'une énorme vieille, une grand-tante, morte récemment étouffée par son obésité. « Non, non, non ! » me disais-je en mon for intérieur. Je sentais ma mère rayonner autour de moi comme une auréole, sa force augmentait la mienne. « Essayez de nous faire plier ! » me disais-je en défiant mes parentes agenouillées et tante Caterina clouée sur son battant noir.

La récitation du rosaire achevée, j'aperçus dans le fond de la pièce l'oncle Rodolfo, l'oncle Alfredo – le mari de tante Violante – et leur fils Giuliano. Tous les trois me regardaient comme s'ils étaient gênés de me voir chez eux, au milieu de leurs meubles et de leurs habitudes.

L'oncle Alfredo m'embrassa, même si c'était la première fois qu'il me voyait. Giuliano me tendit la main qu'il avait molle et humide, comme un séminariste.

On nous appela pour le dîner. Grand-mère se leva et ce fut la première fois que je pus mesurer sa stature. Elle était plus grande que mon père, plus grande que l'oncle Rodolfo – c'est tout juste si elle pouvait passer sous les portes. Il me parut donc naturel que son verre soit plus grand que celui des autres et rempli de vin. Elle mangeait abondamment en affichant un solide appétit, en dépit de son âge. Après lui avoir été présenté, le plat passait à l'oncle Rodolfo, à l'oncle Alfredo, puis à Giuliano, qui se servait avec une gloutonnerie teintée de méchanceté, en prenant bien soin de ne laisser aucun morceau de choix. Tante Violante me réserva le meilleur de ce qu'il n'avait pas pris. Le reste fut pour elle et pour tante Sofia.

Dans cette vaste pièce, ces mêmes meubles qui, dans notre appartement de Rome, semblaient trapus et grossiers, révélaient ici une noblesse à laquelle je fus sensible dès mon arrivée. Devant les rideaux de beau lin blanc, les robes noires des femmes et leurs cheveux noirs paraissaient plus noirs.

Nous mangions en silence, comme dans les réfectoires, et je m'efforçais de donner à mon visage un air naturel. Mais n'ayant que peu l'habitude de me trouver dans une maison étrangère, j'étais envahie par une curiosité soupçonneuse. Je regardais l'oncle Alfredo qui m'étudiait lui aussi en me lançant de rapides coups d'œil. Tout comme l'oncle Rodolfo ou mon père, lui non plus ne paraissait pas son âge. Chose que j'ai fréquemment remarquée chez les hommes du Sud, par la suite, ils avaient les joues d'un rose délicat, l'œil humide et satisfait, les dents très blanches. Ils semblaient également avoir grand soin de leurs ongles, qu'ils gardaient bien roses alors que ceux des femmes se flétrissaient vite en prenant une couleur jaunâtre.

Giuliano était assis à côté de moi. Vu qu'il était en manches de chemise, son bras nu sur la table effleurait souvent le mien. Chaque fois, c'était comme toucher une ortie qui me laissait cette brûlure désagréable.

— Vous avez le même âge, dit tout à coup tante Violante. Giuliano est à peine plus âgé que toi. Mais vous avez beau être cousins germains, vous ne vous ressemblez pas du tout.

Nous nous sommes tournés l'un vers l'autre pour nous observer. Et c'est ainsi que je vis réuni en lui tout ce qui me déplaisait le plus chez un homme. Il n'était pas laid, il avait même les beaux yeux caractéristiques des hommes de sa famille, mais il avait l'air brouillon, goguenard et sournois, les cheveux mal peignés, le visage couvert de petits boutons rouges et des mains… oh, des mains affreuses – courtes, disgracieuses, encore marquées par les engelures de l'hiver, qui terminaient lourdement un bras plein de cicatrices et d'égratignures.

— Non, ils ne se ressemblent pas, dit grand-mère.

Pour me montrer gentille, j'ai réprimé mon aversion et demandé à Giuliano :

— Qu'est-ce que tu fais ?

— Qu'est-ce que tu veux que je fasse ? Je vais aux champs.

— Tu ne fais pas d'études ?

— Des études, quel intérêt ? Je n'ai pas l'intention de finir prêtre.

— Moi non plus, dis-je en essayant de rire. Ça n'empêche que je fais des études.

— On voit que tu aimes perdre ton temps, trancha-t-il brusquement.

Je suis restée muette. Le regard sévère et perçant de grand-mère passait de Giuliano à moi, en nous mesurant. Après si longtemps, j'ose dire qu'elle devait s'amuser à nous exciter comme deux coqs, pour voir lequel était le plus fort. N'ayant pas répondu, j'ai eu l'impression que grand-mère m'accordait un point.

Pendant ce temps, les hommes s'étaient levés sans attendre que nous ayons fini de manger le dessert. L'oncle Rodolfo était sorti dans la basse-cour et l'oncle Alfredo tournait autour de moi pour mieux m'observer – son regard coulait sur mon cou, dans l'échancrure de ma robe, remontait de mes pieds tout le long de mes jambes gainées de bas noirs. Et je me sentais forcée de ne pas bouger, de rester immobile, de me prêter docilement à son examen.

— Tu es fatiguée ? me demanda tante Violante, frappée de voir mon visage pâle.

— Non, merci, je ne suis pas du tout fatiguée.

— Alors travaillons, dit grand-mère. Veux-tu commencer des bas, des chaussettes ?

— Je ne sais pas faire ça ! avouai-je dans un souffle.

— Qu'est-ce que tu sais faire alors, les ourlets ? me demanda-t-elle patiemment.

— Oui, je sais très bien faire les ourlets.

Entre nous quatre, assises en rond, tante Violante ouvrit un grand drap blanc.

— Très bien, dans ce cas nous allons travailler à ce drap. Chacune un côté.

— Et moi ? demanda tante Clarice en se dandinant comme une petite fille. Moi, quand je ne fais rien, je m'ennuie, donnez-moi du travail à moi aussi.

— Ce n'est pas possible, Clarice, lui répondit sévèrement grand-mère. Assieds-toi dans un coin et regarde.

— Alors pendant que vous travaillerez, je vais chanter.

— D'accord, acquiesça grand-mère. Chante une belle hymne à la Vierge.

— Je me mets ici, près d'Alessandra.

Je lui souris. Elle avait dans ses yeux verdâtres une eau limpide comme celle qu'on voit, immobile, dans les yeux des enfants.

Je l'ai priée de chanter.

— Ô Marie, sein de rose..., commença-t-elle.

Nous étions penchées sur le blanc immaculé de la toile ; seule grand-mère était installée de telle sorte que le drap se trouvait à sa hauteur et nous avions l'impression de coudre à ses pieds, en pénitence. Cette impression redoublait mon ardeur. Je cousais rapidement, contrite et recueillie. À chaque point, mon aiguille crissait dans la forte trame du tissu, c'était comme un cri, un sanglot. L'aiguille craquait aussi sous les doigts de tante Violante, sous la main vigoureuse de tante Sofia. Grand-mère cousait plus lentement que nous, calmement, avec ses mains de marbre. Mes doigts me faisaient aussi mal que mes genoux quand, petite fille, je restais trop longtemps sur les bancs de l'église. Mais je ne ralentissais pas le rythme de mes points, de même qu'en ce temps-là je ne m'asseyais pas pour me reposer – la douleur me procurait déjà une espèce d'épuisement d'une immense douceur. Les visages de tante Violante et de tante Sofia suscitaient en moi une tendresse émue. Je recommençais à me sentir encerclée par les gestes coutumiers des femmes. Tout en souplesse, ma légende coulait parmi elles comme un petit ruisseau entre des berges familières.

Un silence délicat régnait autour de nous. Toutefois, de temps à autre, on entendait dans la pièce à côté les voix des hommes entrecoupées de bruyants éclats de rire.

— Qu'est-ce qu'ils font ? demandai-je en levant un instant les yeux de mon ouvrage.

— Qu'est-ce que tu veux qu'ils fassent ? me répondit grand-mère en haussant les épaules. Ils jouent aux cartes.

Les premiers jours chez ma grand-mère furent durs pour moi. Nul ne faisait jamais allusion à la mort de ma mère, on l'ignorait à tel point que je me demandais parfois si je ne l'avais pas imaginée pour avoir une raison de me plaindre. Le monde dans lequel j'avais toujours vécu à Rome ne m'était plus d'aucun secours et je ne m'adaptais pas facilement à ce nouvel ordre des choses, rigoureux et incompréhensible, dont il me fallait désormais faire partie.

Par ailleurs, j'avais toujours cru posséder jusque-là un caractère plutôt sauvage, mais aucunement original. J'étais habituée à vivre par procuration, dans la sympathie suscitée par ma mère. Je croyais même paraître insignifiante aux yeux de tous, tant j'éprouvais de difficultés à exprimer mes sentiments.

Dans les Abruzzes, au contraire, tout le monde me trouvait fantaisiste et extravagante. Et la stupéfaction qu'inspirait mon comportement, je m'en rendais bien compte, était mêlée de désapprobation. Grand-mère m'accorda une longue période de liberté et de repos pour me permettre de me remettre de la fatigue du voyage et de m'acclimater, disait-elle. Mais si, les premiers jours, j'ai profité de cette liberté avec enthousiasme, elle m'est devenue difficile à supporter dès que je me suis aperçue qu'elle ne m'était accordée que pour mieux m'étudier. Chacun de mes gestes, chacune de mes paroles devenait une confession. J'aurais parfois voulu les ravaler, mais ma famille s'en était déjà emparée et, inexorablement, y avait vu la marque de mon caractère.

Certes, étant donné les mœurs strictes et inflexibles de ces gens, la résignation avec laquelle je supportais la disparition de maman et l'éloignement de papa devait passer pour la marque d'une âme dure et têtue. Nul ne pouvait imaginer à quel point la compagnie quotidienne de mon père m'était désagréable. Et personne, hormis grand-mère, ne devinait le réconfort que j'éprouvais à vivre, pour la première fois, au contact de la nature.

Le matin, je me levais de bonne heure mais voyais déjà grand-mère debout au milieu du jardin. Elle tenait à la main un grand bâton avec lequel, pour ne pas se déranger, elle dirigeait les cueillettes. Les femmes étaient courbées dans leurs amples jupes de couleur qui tranchaient gaiement sur le vert. Le silence était d'un genre neuf quand on venait de la ville. Dans ce silence-là, on entendait le chant du rossignol s'élever dans l'air transparent comme un serpentin argenté. Sous le soleil vif du matin, tout brillait – les feuilles remuant au vent, un minuscule cours d'eau qui passait près de là, l'émeraude des collines et la vaste gorge pierreuse de la Majella.

L'exploitation n'était pas grande mais elle abondait en légumes, preuve qu'on l'entretenait avec soin et attention. Immédiatement derrière s'étendaient des prés et des petits bois, car le sol de cette zone montagneuse était tout en terrasses et en escaliers. Dans les bois poussaient des chênes et des érables. En automne, leurs feuillages devenaient d'abord d'un rose de corail, puis d'un rouge de sang. Dans cette solitude totale, je parlais avec les arbres, je me baissais pour cueillir une fleur inconnue et me laissais littéralement fasciner par la délicatesse des nervures d'une feuille. Personne ne pourrait comprendre, à travers ces pauvres lignes, l'enthousiasme qui s'emparait de moi dans ces moments-là, la part que je prenais à la vie et au travail de la nature. Il m'arrivait, dans ce merveilleux silence, d'entendre, du haut de sa branche, le rossignol m'adresser un compliment ou, tandis que j'étais assise sur l'herbe, de recevoir sur mes genoux une tache de soleil tombée comme un fruit. Un après-midi, je me suis même endormie dans les racines d'un vieux chêne comme au creux d'une épaule.

— Tu aimes la campagne, Alessandra ? me demandait grand-mère quand elle me voyait revenir de ces promenades. Tu as plaisir à vivre à la campagne ? insistait-elle en se baissant pour arracher une mauvaise herbe et ainsi dissimuler l'intérêt qu'elle portait à ma réponse.

Mais une question posée par elle ressemblait toujours à une question posée lors du Jugement dernier. Je gardais le silence. Elle m'observait. Je soutenais son regard. C'était un regard dur et volontaire. Toutefois, à ces moments-là, je n'avais aucun mal à comprendre que grand-mère m'aimait.

Pendant les premières heures de l'après-midi – heures étouffantes où seule la voix d'un coq ou la cloche d'une vache coupait le silence –, je travaillais. Par ma fenêtre, à travers l'arabesque mouvante des feuilles d'acacia, la lumière verte qui filtrait était si douce qu'elle m'obligeait parfois à laisser tomber ma tête sur ma table. Il était difficile de se concentrer au cours de ces heures-là. Mais le soir, ma chambre était chichement éclairée par une faible lampe voilée d'un abat-jour de perles, si bien qu'il m'était impossible de lire avant de me coucher. Dès que j'ai constaté cette nouvelle habitude que je prenais, j'ai craint d'y voir le premier signe du renoncement prophétisé par tante Violante. Du reste, les quelques livres que j'avais apportés de Rome, des romans et des recueils de poésie appartenant à la modeste bibliothèque de maman, n'allaient pas tarder à s'épuiser, même si je ne les lisais que parcimonieusement, quitte à régulièrement relire quelques chapitres. Et puis j'avais besoin de livres de classe.

J'ai décidé d'aborder le sujet avec l'oncle Rodolfo. C'était la seule personne sur laquelle je pensais pouvoir compter, vu le vif débat que je l'avais conduit à engager avec grand-mère et les autres femmes de la maison. Et j'étais flattée de pouvoir justifier ce débat.

J'allais le voir presque tous les jours dans son bureau où il passait quelques heures, au cas où un paysan voudrait le consulter. Mais cette activité était de pure forme. Il était même le premier à le reconnaître et à en rire car, en réalité, grand-mère ne laissait jamais les paysans arriver jusqu'à lui.

Cette pièce me plaisait. Elle exerçait même sur moi une sorte de fascination. Elle ressemblait à une ancienne étude de notaire et n'avait pas l'aspect d'une pièce de couvent, comme tout le reste de la maison. La lampe, voilée d'un abat-jour vert, répandait une lumière agréable et calme. De hauts rayonnages revêtaient les murs et, derrière les vitres, on voyait alignés des volumes reliés en parchemin. L'oncle Rodolfo m'avait dit qu'il s'agissait de livres latins et de vieux registres ayant appartenu à mon grand-père, qui avait rempli les fonctions d'avocat-conseil au village. Il m'avait montré un jour un gros ouvrage poussiéreux en me déclarant que c'était notre livre de famille. Non sans orgueil, il avait ajouté qu'on pouvait remonter notre lignée sur plusieurs générations. Tous nos ancêtres avaient été d'honnêtes gens et leurs existences s'étaient conclues par une mort digne. Je crus saisir dans ces paroles une allusion à ma mère et, me sentant froissée, je rougis. Mais j'eus tôt fait de comprendre que l'oncle Rodolfo n'avait pas eu la moindre intention de me blesser. Pour dissiper l'embarras qui s'était créé entre nous, il me prit par le bras et me montra, dans un cadre, le grand arbre généalogique de notre famille, chargé de branches, en m'aidant à chercher mon nom parmi les jeunes ramures.

Cet arbre ressemblait à l'oncle Rodolfo, tant il était robuste. Je le lui dis et il se mit à rire, en montrant ses fortes dents blanches. Puis il me répondit que la comparaison tombait mal puisque lui n'avait pas d'enfants, précisément.

— Pourquoi ne t'es-tu pas marié, oncle Rodolfo ?

Il ne dit rien mais tourna les yeux vers la fenêtre, se laissant ainsi éblouir. Comprenant qu'il était en train de repenser à sa vie, j'ai gardé un silence respectueux.

— Qui sait ! dit-il en conclusion de cet examen de conscience, comme pour se dérober derrière ces paroles évasives.

Puis il ajouta avec un sourire amer :

— Il y a des branches qui doivent sécher pour que d'autres se renforcent.

Cette réserve m'émut. Les traits de son visage, rugueux et marqués, s'étaient ennoblis d'une pudeur que j'avais toujours devinée au fond de son âme. Nous étions seuls, liés par une solidarité forte et loyale qui, chez moi, devenait une vraie tendresse. Je regardais, accrochés au mur, ses fusils de chasse, sa casquette, sa cartouchière, deux pipes, autant d'objets témoignant de ses goûts d'homme solitaire et simple. Sur le drap usé de son bureau, je voyais quelques vieux objets qu'il n'osait effacer de sa vie : un porte-montre, un presse-papiers en forme de lion, un calendrier portant l'inscription *Souvenir*.

Pendant ce temps, mon oncle déplia devant moi

un grand tableau où tous les rejetons de la famille étaient représentés sous une forme géométrique. On voyait les couples de frères pendre comme les plateaux d'une balance. Les couvées nombreuses prenaient quant à elles l'apparence d'un râteau. À côté de mon père Ariberto, ma mère figurait sous son nom de jeune fille. Et en la voyant encagée au milieu de ces lignes, je crus la voir avec ses cheveux clairs réunis sur la nuque, tout apeurée et pâle comme lorsqu'elle était assise dans la barque. Silencieusement, à côté du nom de ma mère, l'oncle Rodolfo dessina une petite croix et inscrivit une date. Un peu plus bas, mon nom et mon jour de naissance pendaient dans le vide, seuls et perdus.

Pour parler à mon oncle Rodolfo, je choisis un après-midi où grand-mère et mes tantes étaient à la vigne. La maison était silencieuse et les grandes pièces nues concentraient les premiers froids de l'automne. Le bureau, lui, était accueillant et chaud. Mon oncle était assis dans son vieux fauteuil en cuir, je m'étais installée en face de lui, à l'autre bout de la table. Le menton appuyé sur sa main, il m'écoutait attentivement, tout en regardant mon visage éclairé par la lampe. Peut-être était-il étonné de me voir si animée. C'était la première fois que je sortais d'une apathie qui me faisait suivre, jour après jour, les programmes établis par d'autres que moi. Depuis quelques semaines, grand-mère m'avait chargée de quelques tâches domestiques, naturellement celles qui lui avaient paru le mieux en rapport avec mon tempérament et mes aptitudes. Il s'agissait, la plupart du temps, de donner des ordres et je ne pus ainsi m'empêcher de constater qu'elle avait été la seule à remarquer, sous la froideur de mes traits et de mes gestes, une réelle capacité d'organisation. Je me rappelle qu'une fois il m'avait fallu descendre à la cave pour y faire transporter quelques dames-jeannes de vin.

— Je voudrais les clefs, grand-mère, lui dis-je.

Elle sembla frappée par ma requête.

— Les clefs ? répéta-t-elle, prise de court.

Personne n'avait jamais osé les lui demander depuis toutes ces années ! Mon audace la laissait hésitante. Elle me regarda et crut lire sur mon visage une détermination qui la décida à s'exécuter. Lentement, elle releva son tablier et décrocha le gros trousseau de clefs d'argent suspendu à sa ceinture. Je tendis la main. Elle eut encore un instant d'hésitation puis me dit : « Tiens ! », d'une voix que je ne lui connaissais pas. Cette voix partait du plus profond d'elle-même, de ses entrailles, c'était la voix avec laquelle, dans mon esprit, on devait parler à un amant. Une terreur m'envahit au moment de prendre ces clefs qui brillaient dans la pénombre du couloir. Elles étaient froides et lourdes, j'avais l'impression d'avoir fait un sacrifice en les acceptant, comme la novice qui tend sa tête aux ciseaux. Je descendis l'escalier de la cave à toute vitesse, j'étais à bout de souffle en remontant. « Tiens ! » lui dis-je en lui rendant ses clefs comme si je venais de remporter une victoire.

L'oncle Rodolfo m'écouta gravement, en me scrutant du regard. Puis, avec un léger sourire qui, de prime abord, me parut ironique, il tira de sa poche un billet de cent lires et me le tendit.

— Ça, c'est pour t'acheter des cahiers. Quand tu auras à nouveau besoin d'argent, tu me le demanderas. Prépare une liste de livres, je les ferai venir de Rome.

Dans un élan de reconnaissance, je me levai d'un bond pour l'embrasser mais, de peur de paraître insolente, je parvins à me contenir.

— Oh, merci ! m'écriai-je. Merci !

J'avais l'impression de me lier à lui par un complot destiné à me rendre paix et bonheur.

— Écoute-moi ! continua-t-il à voix basse en m'appelant d'un geste. As-tu une poche ?

Surprise, je fis signe que oui en lui montrant mon tablier.

— Viens ici. Prends ça et ne t'en sépare jamais.

Je regardai ce qu'il avait fait glisser dans ma poche. C'était une corne de corail rouge.

— Garde-le dans ta poche et ne le montre à personne. Dans ce village, on vit au milieu des jeteurs de sorts et des sortilèges. Surtout quand on ne tient pas à rester caché dans les branches, ajouta-t-il avec un sourire.

Et il me montra notre arbre généalogique.

En voyant mon nom prisonnier de ces branches, je me sentis le souffle coupé. Une foule de noms se pressaient autour du mien et me revint en mémoire ce que ma mère m'avait dit, quelques jours avant sa mort : « Pas un seul être n'est libre. Personne n'est libre. Notre liberté prend fin très peu de temps après notre naissance, dès qu'on nous impose un nom, dès qu'on nous greffe sur une famille. À partir de ce moment, impossible de nous enfuir, de nous dégager, d'être vraiment libres, en somme. Notre prison, c'est l'état civil. Nous sommes tous coincés dans ces registres, aplatis, broyés, même les jeunes femmes, même les petits enfants. Notre parcours est suivi, enregistré et contrôlé. Où que tu ailles, les hommes qui remplissent ces registres te poursuivront. »

Hypnotisée, je regardais le tableau dans lequel mon nom était inscrit entre celui de Giuliano et celui d'une cousine morte âgée de seulement quelques années. J'aurais voulu secouer ces branches envahissantes, me frayer un espace. Mais en me cachant, elles semblaient aussi me protéger. Les familles que j'avais connues à Rome n'avaient pas de quoi être comparées à un bel arbre, tant s'en faut. Mais depuis que j'étais dans les Abruzzes, je sentais que, comme ce pin, j'avais moi aussi des racines profondément enfoncées dans la terre et j'avais l'intuition que cela était dû en grande partie à ma condition de femme. On aurait dit qu'en raison de cette condition, tout le monde attendait de moi quelque chose que ma conscience peinait encore à cerner précisément mais qu'avec un effroi instinctif, je me sentais posséder. Je passais ma main sur mes seins, mes petits seins à peine arrondis, en me rappelant le visage immobile des femmes qui me regardaient tous les soirs depuis le battant noir de l'autel, ces femmes à la poitrine pleine et triomphante. J'étais une branche de l'arbre, sa sève coulait en moi, aussi blanche que le lait des plantes. Non, non ! pensais-je au fond de moi. Et je me réfugiais en pensée auprès de ma mère, dont le souvenir me donnait la fatuité arrogante de ceux qui possèdent un titre nobiliaire. Je me parais d'elle, je tirais vanité d'elle. Grand-mère ne me disait rien. Les solides qualités que je révélais la poussaient à me pardonner cette innocente manie. Parfois, quand nous étions réunies dans la cuisine ou dans la grande salle, je commençais à répéter les histoires de Shakespeare que me racontait ma mère lorsque j'étais encore petite fille. Tante Violante lâchait son aiguille et, à mesure qu'elle suivait le déroulement de l'intrigue, je voyais palpiter son beau visage régulier. Tante Sofia, elle, mettait encore plus de cœur à l'ouvrage et faisait semblant de ne pas m'écouter. À la fin de mon récit, tante Clarice battait des mains.

— Comme tu racontes bien ! s'exclamait-elle. C'est une histoire vraie ?

— Non, coupait sèchement grand-mère avant que je puisse répondre. Ces histoires-là n'arrivent jamais dans la vie.

J'essayais de protester. Je rassemblais mes souvenirs

historiques pour démontrer, par exemple, que les Malatesta avaient effectivement habité Rimini. Il n'y avait donc rien d'improbable à ce que la tragédie de Francesca ait un fond de vérité.

— Non ! rétorquait ma grand-mère d'une voix coupante. N'insiste pas, Alessandra. Quand tu seras mariée, tu comprendras toi-même que ce sont des sornettes, des balivernes.

Je me rebellais :

— Je n'ai pas envie de comprendre, grand-mère !

— Tu comprendras quand même.

À cause de sa haute stature, il semblait impossible de débattre avec elle. J'appelais ma mère à l'aide mais sa silhouette était trop fragile à côté de celle de ma grand-mère, elle ne pouvait m'être d'aucun appui. J'avais par ailleurs découvert qu'en mon absence grand-mère avait l'habitude de parler d'elle en disant « cette malheureuse », et que les autres suivaient son exemple. Appliquer ce mot à la plus adorable créature qui avait jamais existé me faisait cruellement souffrir, il m'était insupportable de l'entendre circuler à voix basse dans toute la maison. Aussi ai-je décidé d'en parler franchement. Je l'ai fait un soir, avant la récitation du rosaire. Grand-mère était assise dans son grand fauteuil et, même debout, je n'étais pas aussi grande qu'elle.

— Il n'y a rien d'offensant dans ce mot-là, Alessandra, me dit-elle après un instant de réflexion. Il n'exprime que compassion et pitié.

— Je ne veux pas qu'on ait pitié d'elle ! lui répondis-je du tac au tac. Elle a préféré mourir plutôt que de s'abaisser à des compromis que beaucoup d'autres femmes acceptent facilement. Je ne sais pas ce que vous pensez d'elle au village, ce que les prêtres ont pu insinuer. Ma mère n'a rien fait de mal – comprends-moi, grand-mère –, rien dont on puisse rougir.

Elle me regardait avec un mélange de stupéfaction et de plaisir, je devinais dans ses yeux l'imperceptible étincelle des moments où elle s'amusait à m'exciter comme un coq.

— Je le crois, Alessandra, me répondit-elle avec calme. Tu le dis et je te crois. Mais malgré ce que tu me dis, voire à cause de ce que tu me dis, je continue à penser que ta mère a été malheureuse. C'est un vrai malheur que de ne pas savoir maîtriser ses réactions, ses instincts. Maîtriser sa propre vie, en définitive. C'est un vrai malheur d'avoir un caractère pareil.

Froidement, pour élever entre nous deux une infranchissable barrière, je déclarai :

— Mon caractère ressemble au sien.

Je m'aperçus que le coup avait porté car elle pâlit. Mais elle se reprit aussitôt et parut tirer son assurance après m'avoir examinée des pieds à la tête.

— Ce n'est pas vrai, Alessandra. Je crois te connaître assez bien, maintenant, pour te dire que ce n'est pas vrai. Et tu as tort de penser que ta mère était extraordinaire. Les femmes extraordinaires sont celles qui ne se laissent pas submerger.

— Qui ne se laissent pas emporter par le fleuve, l'ai-je coupée en suivant le fil de ma pensée.

— Si tu préfères, disons alors celles qui résistent, en somme, qui ne se laissent pas déraciner par le courant comme des arbrisseaux sans force. Pour ma part, je n'ai aucune indulgence pour ces femmes-là, observa-t-elle en grimaçant. Les femmes vivent une vie contraire à leur caractère et à leur nature, à leurs sentiments et à leurs élans, raison pour laquelle elles doivent se montrer très fortes. Les hommes n'ont pas besoin de se contraindre à être forts. Le sort leur a donné la force comme il nous a donné la faiblesse. Du reste, ils ne ressentent jamais de véritable élan. Et s'ils en éprouvent un, ils le suivent et c'est tout, ajouta-t-elle d'un ton hargneux. Si un homme tombe à la guerre, c'est un héros. Même s'il n'avait pas conscience d'en être un. Ah !

Grand-mère en frappa de la main le bras de son fauteuil en se dressant dans toute la majesté de sa stature.

— Combien de fois les femmes doivent-elles consciemment mourir au cours de leur misérable vie, jour après jour ?

Elle prononça cette phrase d'une voix terrible que je crois encore entendre, des années après. Dans la faible lumière du crépuscule, ses yeux scintillaient. En l'écoutant parler de cette façon, une peur irrépressible m'envahit, la même qu'à mon arrivée.

— Non ! murmurai-je en secouant la tête. Non, grand-mère, non !

— Viens ici, me dit-elle d'une voix grave qu'elle croyait certainement très tendre. C'est tout de même beau d'être femme. Ce sont les femmes qui possèdent la vie comme la terre possède les fleurs et les fruits. Les fleurs ont une vie aussi courte que la lumière du matin. Mais regarde comme le soir est beau. L'erreur, c'est de croire qu'on peut tout demander à la vie. C'est la vie qui nous demande toujours quelque chose. Il faut toujours lui donner quelque chose.

À travers la fenêtre, je voyais s'étendre cette campagne que je connaissais désormais à fond, et le coucher du soleil, doux et triste à la fois, me donnait très envie de pleurer. Et c'étaient précisément l'heure suave et la ligne harmonieuse des montagnes qui m'inspiraient ce déchirement poignant.

— Grand-mère ! l'ai-je implorée pour qu'elle vienne à mon secours, tant mon désarroi prenait le dessus.

— Ma fille, me répondit-elle en posant sa main sur mes cheveux.

Mes tantes entrèrent avec les femmes de la cuisine

pour réciter le rosaire. Pour disposer les chaises, le bénitier, les cierges, elles passèrent à côté de moi, silencieusement, dans leurs longues jupes sombres. Elles allaient et venaient, et je sentais leurs pas me lier, m'envelopper comme des fils invisibles. Je ne pouvais m'empêcher d'admirer la fierté mélancolique de ces gestes qu'elles répétaient monotonement, jour après jour, et dont, précisément, la mélancolie ininterrompue les gardait prisonnières. Un frisson glacé parcourait mon dos, j'aurais voulu m'enfuir, me sauver en hurlant. Et pourtant, un instinct m'incitait à appuyer de ma force frémissante cet ordre fait de travail et de silence. Je me sentais appelée à marcher du même pas que le leur, un pas étranger à tout enthousiasme, à toute aventure. Agenouillée dans un coin, je jetais toute mon énergie dans la prière. Mais mon énergie ne s'épuisait jamais.

Le soir, alors que nous étions encore à table, des parents venaient souvent nous voir. Notre famille était très nombreuse car, dans les Abruzzes, même des cousins du troisième ou quatrième degré sont considérés comme de proches parents. Les visites étaient devenues plus fréquentes depuis mon arrivée car, même s'ils évitaient de le montrer, tous étaient très curieux de faire ma connaissance pour voir à quoi pouvait bien ressembler la fille d'une écervelée qui s'était tuée par amour.

Ils m'appelèrent immédiatement par mon petit nom, ils me tutoyèrent, me demandèrent qui un verre d'eau, qui un cendrier, qui une chaise, sans faire usage des formules de politesse que le peu de proximité qu'ils avaient avec moi aurait dû leur imposer. À peine avais-je tourné la tête qu'ils m'observaient avec une attention qui s'attachait aux moindres détails de ma toilette, pourtant bien modeste. Ils venaient généralement par couples, mais certains hommes étaient parfois seuls et expliquaient que leurs femmes étaient restées à la maison, retenues par la maladie ou le caprice d'un enfant. Les hommes de cette région m'ont laissé le souvenir de gens de bonne humeur, d'un excellent caractère et généreux. Quand ils venaient seuls, ils se hasardaient à m'apporter un fruit ou un beignet, chipés dans le buffet et vivement dissimulés dans leur poche. Ils aimaient bien la plaisanterie, savaient faire des tas de tours de passe-passe avec les cartes à jouer et leur conversation, pleine d'aisance et de spontanéité, était fréquemment émaillée d'évocations d'innocents épisodes de leur vie de garçon. À l'inverse, quand ils venaient avec leur femme, c'est tout juste s'ils me disaient : « Bonjour, Alessandra. » Les plus âgés me tapaient sur l'épaule pour m'assurer de la bienveillance que leur inspiraient mon caractère et la triste histoire de ma vie. Leur attitude me blessait mais je n'osais pas laisser percer mon ressentiment.

Il me semblait, à tort du reste, que les hommes étaient de taille moyenne et leurs femmes d'une taille imposante. Ils se réunissaient en groupes pour discuter et les femmes, contentes de rester seules, leur lançaient souvent un regard rapide, mais attentif. Toutes étaient comme grand-mère et souriaient donc peu. S'il m'arrivait de me laisser aller à un léger accès de gaieté, aussitôt leurs regards sévères et interrogatifs manifestaient leur surprise et leur agacement. Elles étaient toujours habillées de noir, ce qui donnait l'impression qu'un deuil les avait récemment frappées. Leur conversation, qui roulait la plupart du temps sur des événements du quotidien, était entrecoupée de soupirs et de commentaires relatifs à la difficulté d'être mère ou maîtresse de maison.

Depuis que l'oncle Rodolfo avait acheté un poste de radio dernier cri qui captait les fréquences les plus éloignées, les visites avaient tendance à se prolonger. Même dans ces campagnes, on commençait désormais à voir circuler la nouvelle que nous n'allions pas tarder à entrer en guerre. C'était là un mot auquel je ne parvenais pas à donner un sens précis. L'autre guerre était déjà achevée avant ma naissance et les fois où mon père y faisait allusion – car il y avait pris part au sein du service de santé –, il me semblait qu'il se vantait, qu'il cultivait une légende. Je me rappelle qu'il m'était impossible de comprendre comment on pouvait faire la guerre. Ces soldats, où trouvaient-ils le courage de se lancer à l'assaut de sang-froid, pour des motifs qu'eux-mêmes connaissaient à peine ? Voilà pourquoi j'avais, à cette époque, pris l'habitude de lire les journaux. Très vite, les articles de politique me fatiguaient et je peinais à poursuivre ma lecture. Par ailleurs, les nouvelles fournies par les quotidiens veillaient à ne jamais éveiller la moindre appréhension. Quand les paysans me voyaient passer, ils s'arrêtaient de piocher pour me demander : « Vous qui venez de Rome, mademoiselle, c'est vrai qu'on va avoir la guerre ? » Je répondais que j'étais partie de Rome depuis longtemps et que, d'après les journaux, tout allait bien. Rassurés par mes réponses, ils reprenaient leur travail. Seules les femmes étaient méfiantes. Chaque soir, elles écoutaient la radio puis demandaient : « Qu'est-ce qu'ils disent ? », même si le propos était parfaitement clair. Un instinct inné les rendait soupçonneuses et les poussait à saisir le sens réel de mots en apparence anodins. Tante Violante disait, en regardant Giuliano : « On reçoit déjà des avis de mobilisation. » Dès que les paysans en recevaient un, ils venaient le dire à grand-mère. Ils étaient jeunes, on lisait dans leurs yeux une incertitude mêlée d'angoisse. « On va partir pour l'Afrique, à ce qui se dit », répétaient-ils. Grand-mère les encourageait, leur assurait que le voyage était magnifique, qu'ils allaient connaître du pays et qu'ils ne tarderaient pas à revenir. La guerre épargnerait notre pays, c'était certain. Ils affichaient alors un sourire confiant et concluaient, comme étourdis : « À Rome, ils pensent à nous ! »

On voyait même sourire les hommes qui venaient écouter la radio le soir, on aurait dit qu'ils se trouvaient en face d'un brusque caprice dont ils ne saisissaient pas tout à fait les raisons, mais qu'ils imaginaient sans importance. « Est-ce qu'on peut comprendre ce qu'ils veulent, à Rome ? » disaient-ils. Il n'y avait, dans leur voix, aucune aversion, tout au plus une compassion apitoyée comme s'il soufflait sur la capitale un vent de folie douce. Ils se croyaient complices d'une farce sans conséquences. Ils étaient un peu originaux, à Rome, mais pas méchants ! À Rome, les gens que je connaissais se rendaient à leur travail, rentraient chez eux, mangeaient, se couchaient puis retournaient à leur travail le lendemain.

— Ils ne sont pas contents, là-bas, disais-je en évoquant certaines soirées lugubres lorsque l'obscurité descendait dans la cour.

Tous souriaient en hochant la tête.

— Pourquoi veulent-ils faire la guerre, maintenant ? demandaient les femmes.

— Qui sait ? répondaient les hommes.

Et ils ajoutaient, pour se montrer spirituels :

— Il faut bien qu'ils fassent quelque chose de temps en temps. Peut-être que ça leur réussira, une fois de plus !

Ils riaient et on finissait par se fier à ce rire. Les femmes, qui avaient commencé par les regarder avec un certain désarroi, se laissaient convaincre elles aussi, gagnées par la conviction rassurante que c'est aux hommes de s'occuper de ces histoires compliquées de politique et de guerre. Peu à peu, moi aussi, je me laissais gagner par leur confiance. Tout autour de nous régnait un beau silence paisible, la lune éclairait la campagne, les arbres fidèles. Rien de mauvais ne semblait pouvoir habiter le monde. Le Sangro se déroulait joyeusement au pied de la Majella déjà blanchie par la neige. Ce serait bientôt Noël. Je riais. Mais oui, tout irait bien, une fois de plus, et je ne savais même pas à quoi ils faisaient allusion, au juste. Je voulais pourtant que tout soit paisible autour de moi, que tout ne soit qu'une heureuse promesse, car j'étais jeune et un long cortège d'années et d'événements m'attendait. Nous raccompagnions nos hôtes jusqu'à la porte et le moment où ils prenaient congé de nous donnait lieu à de cordiales effusions. Brusquement, je chassais l'image d'Antonio, qui, depuis quelque temps, suscitait chez moi un désagréable sentiment de culpabilité.

Une autre idée me causait du souci, au cours de ces jours-là : je me préoccupais de la situation des gens de la campagne et des villages semblables à celui que j'habitais moi-même. De ma fenêtre, je pouvais voir le village descendre dans la vallée vers le torrent. Ce n'était qu'un vaste amas de pierres sous lesquelles il semblait impossible que des hommes puissent trouver refuge. Seule la fumée sortant des noires cheminées laissait deviner la présence de vies humaines.

D'emblée, j'avais pris plaisir à pénétrer dans les ruelles étroites qui passaient au milieu de ces habitations. Mais la joyeuse curiosité qu'éveille toujours en moi la connaissance des nouvelles mœurs et de nouveaux paysages s'était aussitôt éteinte. Les maisons étaient toutes en pierre brute, aucune ne pouvait compter sur la sécurité d'un sol plat. Elles se soutenaient les unes les autres, leurs toits comme autant de marches d'escalier. Elles s'accrochaient ainsi aux flancs de la montagne pour s'abriter du vent et du froid, très rigoureux pendant l'hiver. À l'inverse, la chaleur brûlait ces pierres calcaires, au point que les habitants cuisaient dans leur maison comme le pain sur les pierres du four.

La vallée était vaste, entourée de collines et de montagnes qui l'encerclaient. Les montagnes se teintaient de rose ou de jaune à mesure que le soleil suivait son cours. En pleine lumière, elles semblaient bienveillantes, accueillantes. Mais sur le flanc des montagnes séparées entre elles par des vallées et des rivières, d'autres misérables bourgades poussaient comme des champignons, des verrues. À leur centre, le clocher s'élevait comme un cri.

Accablée, je m'approchais de la porte de ces masures et regardais l'intérieur. C'étaient de sombres antres noyés de fumée. Une meurtrière laissait passer un peu de lumière et, sur le rebord, un géranium fleurissait dans un vieux bocal. Noircies par le feu du foyer, ces cuisines des Abruzzes n'en avaient pas moins une noblesse que, plus tard, j'ai appris à discerner dans toutes les maisons et chez tous les habitants de la région. Et malgré la misère du lieu, les haillons dont étaient drapés les femmes et les enfants, on ne sentait entre les murs que la bonne odeur du bois noir prêt à brûler. Je dirais même que cette odeur était l'odeur caractéristique du pays entier – une odeur robuste qui, même en été, faisait penser à la neige et au feu du foyer.

Sous leur fichu noir, les femmes avaient des visages bruns et éteints. Elles m'observaient et tout, en moi, les étonnait – mon pas, mes gestes et la couleur claire de mes cheveux. « Bonjour ! » leur disais-je avec un sourire. Et elles, sans jamais sourire, me répondaient : « Entre ! », sans se demander la raison de ma curiosité et de mon intérêt. Je me suis aperçue que tout leur était indifférent. Elles me regardaient d'un air compatissant comme si moi, qui vagabondais accompagnée d'un chien, j'avais encore à apprendre l'effroyable meule à broyer qu'est la vie quotidienne. Je leur demandais des nouvelles de leurs hommes, qu'on croisait rarement au village pendant la belle saison. « Ils triment », me répondaient-elles, mais sans ostentation ni pitié. Simplement parce que la fatigue est le propre du travail et que c'est le travail qui donne le pain.

Il m'arriva une fois d'entendre une femme déclarer avec mépris :

— Bah, ils triment en été, les hommes. C'est dur, de s'occuper de la terre, plus dur que de s'occuper d'une maison. La maison, elle défend, et la terre, elle tue. Mais en hiver, ils dorment auprès du feu, ils fument leur pipe et ils se reposent. Pas nous ! Les enfants naissent aussi en hiver et il y a toujours la polenta à cuire. La terre, elle se repose, mais la maison, elle ne chôme jamais.

Le ton sur lequel elle finit sa phrase était rempli d'une haine contenue, qui formait comme une boule. Après une pause, elle continua :

— Nous aussi, on va trimer dans les champs au moment de la récolte ou des semailles. Et quand il y a la guerre, il faut qu'on trime aussi. La guerre, c'est pour les hommes. Moi, j'ai eu trois maris, me dit-elle avec calme, sans la gêne qu'une femme de la ville aurait eue à donner de telles informations. Le premier est mort en Afrique, le deuxième en Espagne. Maintenant, conclut-elle en élevant un peu plus sa voix stridente, je voudrais savoir où ils vont envoyer mourir l'autre.

Je savais que cette femme était jeune mais, autour de sa bouche, sur son front, près des yeux, les rides ressemblaient à des sillons creusés dans la pierre et sa peau, pareille à du cuir, était aussi brune que celle de Sista. Et tout comme Sista, elle n'avait pas d'âge. Elle avait beau être remariée depuis quelques semaines, on continuait à l'appeler « la veuve Martina ». Je m'étais assise et la regardais pétrir la pâte pour le pain. Ses manches retroussées découvraient ses avant-bras forts et musclés, pareils à ceux d'un jeune homme. En s'ouvrant et en se refermant sur la pâte molle et collante, ses mains trahissaient une pulsion violente qui s'exprimait dans ce geste. Brusquement, cela m'a rappelé l'acharnement avec lequel Sista poussait son fer à repasser sur la chemise de mon père.

— Qu'est-ce que vous allez faire ? lui demandai-je à voix basse.

— Qu'est-ce qu'on pourrait faire ? me répondit-elle en commençant à aplatir sa pâte avec force. Eux, ils sont à Rome, grand bien leur fasse ! Nous, on est ici, et on attend. On attend en remerciant Dieu que ce ne soit pas à nous de décréter les guerres et d'envoyer des feuilles de mobilisation. Nous, on doit simplement trimer. Le reste, c'est le travail des gens qui ont de l'instruction, ceux qui lisent les journaux, ceux qui lisent des livres.

On aurait dit qu'elle me visait personnellement. Je me suis donc hâtée de m'éloigner, sans regarder à l'intérieur des maisons, sans dire bonjour aux femmes. Depuis quelque temps, j'avais l'impression que c'était moi qui déciderais la mort du troisième mari de Martina.

J'essayais de parler de ces choses-là avec l'oncle Rodolfo. Désormais, je descendais souvent dans son bureau. Tandis que je lisais, il écrivait dans le cercle de la même lampe. Quand je marquais une pause dans ma lecture et levais les yeux sur le mur, je voyais une seule photographie de lui, du temps où il était au front, plein de fierté, le pied posé sur un rocher, les bras croisés, la moustache conquérante. J'attribuais cette fière allure aux illusions qu'il avait dû nourrir dans sa jeunesse, d'être aimé de la fortune et des femmes. S'il était mort à la guerre, on aurait dit : « Quel dommage, il avait toute la vie devant lui, allez savoir tout ce qu'il aurait fait ! » Cet homme-là n'était désormais plus tout jeune, il vivait dans une vieille maison d'un village reculé des Abruzzes, c'est lui qui tenait les comptes du métayer dans un grand registre et il était soumis à sa mère qui, d'un geste, lui faisait faire ses quatre volontés.

À force de songer à son destin, j'ai commencé à trembler pour le mien. Je ne voulais pas le voir se dégrader, s'adapter sans difficulté à la médiocrité comme l'avait fait le sien. Je frissonnais d'effroi à l'idée que ma force n'était peut-être qu'apparente, comme celle de mon oncle Rodolfo sur sa photographie. Peut-être serais-je moi aussi étouffée, emportée par le courant, car je n'étais pas assez solide pour résister. De plus, je me rendais compte que je n'avais aucune expérience de la vie. La solitude m'avait nui ; la majeure partie de mes connaissances, je les avais tirées d'un livre quand je ne les avais pas reçues de ma mère, qui transformait tout en conte de fées. « Moi, je serai toujours jeune. Nous serons toujours jeunes », me disait-elle. Et cette joyeuse excitation me rassurait. Mon oncle Rodolfo pensait-il la même chose au moment où il se faisait photographier, pendant la guerre, le pied sur ce rocher ? À présent, ma mère était morte et l'oncle Rodolfo avait un pli mou sous le menton tandis qu'il écrivait dans le livre de comptes.

— Tu étais content, à cette époque-là, oncle Rodolfo ?

— Quand ça ? me demanda-t-il en levant la tête de ses paperasses, tout surpris.

— À cette époque-là, lui répondis-je en lui montrant la photographie.

Il se retourna, suivit mon geste et me répondit :

— À cette époque-là, oui. C'était une très belle période, la plus belle de ma vie.

Il sourit en regardant dans le vide comme s'il revoyait des personnes, des lieux, des images. Et ce sourire le rajeunit.

— Et pas seulement parce que j'avais tout juste vingt ans, ce qui est si important. Nous possédions une confiance naturelle, une bonhomie civilisée, une solidarité avec notre prochain qui nous faisait rire pour un rien. On était contents. Nous n'avions aucune espèce de réticence, de méfiance.

Il se tut brusquement, comme s'il avait peur de s'être laissé emporter et d'en avoir trop dit, puis me lança un coup d'œil rapide pour voir l'effet que ses mots avaient produit chez moi.

— Alors que maintenant, personne n'est content, n'est-ce pas ? lui dis-je dans un murmure.

— Oui. Maintenant, on a l'impression que personne n'est très content.

Il baissa de nouveau les yeux sur ses papiers. Mais il semblait réfléchir à ma question, car il les releva vers moi comme pour essayer de deviner ce qui se cachait derrière. Je n'osais pas sonder les causes de ce mécontentement mais, dès que je repensais à mon passé, je m'apercevais qu'il avait toujours été lourd, dur, épais, tout autour de moi, depuis mon enfance. Et pourtant, personne ne se risquait jamais à en parler, pas même Fulvia, pas même moi, alors que nous évoquions les sujets les plus scabreux lorsque nous étions seules sur la terrasse. L'oncle Rodolfo ne souhaitait pas me voir m'étendre sur ce sujet. Et c'était par son regard humble et contrit qu'il me demandait de ne pas le faire.

— On ne doit pas dire qu'on n'est pas contents, c'est ça ?

— Non ! me répondit-il en secouant la tête. Moi-même, jusqu'à présent, je ne l'ai jamais dit. Et ça me peine que tu sois la première à me le demander, toi qui appartiens à une génération très éloignée de la mienne. À vos yeux, certaines choses doivent paraître incompréhensibles. Mais naguère, au moment où je suis revenu de la guerre, ces choses-là reflétaient notre assurance, notre fierté. Il était tout naturel d'adopter certains comportements. Les risques et les souffrances que nous avions endurés semblaient nous donner le droit d'imposer aux autres la présence remuante de notre vie, notre force, notre loi. Non, vous ne pourrez jamais comprendre combien tout ça était naturel, à l'époque. Mais aussi sain, facile, sans pièges. Nous étions à peine plus âgés que toi et le monde semblait commencer avec nous et nos terribles expériences. À cette époque-là...

Il montra à nouveau son portrait.

— Et puis, je suis revenu ici, à la campagne, je me suis enfermé dans ce bureau et dans la vie intérieure que j'étais en train de me découvrir. Je suis même tombé amoureux, mais c'est une longue histoire, ajouta-t-il avec un sourire timide. Bref, je me suis refermé autour de mes seuls intérêts : ma maison, ma terre et ma famille. J'ai perdu toute cette assurance, toute cette arrogance. Et surtout, je suis bien obligé de le reconnaître, la vie quotidienne a rongé mon enthousiasme, mon attachement sincère à certaines choses qui appartenaient désormais à une époque reculée, à un âge lointain. D'autres se sont claquemurés dans leurs bureaux, ils se sont mariés, ils ont fondé une famille. Personne ne parlait plus de certaines choses avec la même ardeur qu'avant. Et pendant ce temps, ces choses-là changeaient, elles se transformaient, elles devenaient gigantesques. À lui seul, notre silence les rendait gigantesques. Et maintenant..., conclut-il en ouvrant les bras.

Il me regardait, attendant que je lui donne l'absolution ou que je réponde avec véhémence. Or je ne savais pas très bien à quoi il faisait allusion. Tout ce que je comprenais, c'est qu'il parlait de la difficulté à assouvir les idéaux qu'on s'est fixés, de la difficulté de vivre qui est infinie, décourageante, et que je n'avais jamais cessé de pressentir quand, dans mes rares moments de joie, le désespoir n'était jamais loin. J'étais encore une petite fille, je n'avais que quelques années et connaissais déjà les visages mélancoliques des femmes qui regardaient dans la cour. Je voyais les hommes sortir de bonne heure, regagner la maison pour se nourrir, repartir pour leur bureau, manger de nouveau, puis se jeter sur leur lit, abrutis de lassitude, et s'endormir. Je me rendais compte du mécanisme humiliant qu'est la vie des hommes. « Il n'y a plus de sous », disent les femmes. Les enfants attendent en ouvrant tout ronds des yeux hostiles. « Je vais m'arranger », disent les hommes, et ils ressortent dans la rue le cœur rempli d'angoisse et le souffle court. Pendant ce temps, certaines choses se produisent et c'est à ces choses-là que les hommes devraient penser avant tout. Mais ils ne sont plus des hommes forts et libres, ils sont devenus des chefs de famille. Et que peut faire une famille devant certaines choses ?

Je ressentais un désir irrépressible d'accomplir une mission dangereuse et de me libérer, à mes risques et périls, d'une responsabilité dont les origines m'étaient inconnues mais dont j'apercevais les douloureux effets. J'étais libre, j'étais seule, je pouvais tout risquer, jusqu'à ma vie – je m'enfuirais la nuit, dans cette robe noire que je ne quittais jamais et, au terme d'un voyage épuisant, j'arriverais à Rome. La ville restait dans mon souvenir comme une tache de soleil blanc, d'immeubles blancs au milieu du vert éclatant des arbres, sous le bleu vif du ciel. Vêtue de noir et sûre de moi, je me voyais marcher dans les rues, animée par une tâche précise : faire savoir que

« les paysans ne sont pas contents », parler de leurs masures en torchis ou de leurs maisons de pierre brute accrochées aux flancs de la montagne, et du mécontentement qui nous coupait le souffle. Mais je me laissais décourager par l'idée que je ne pourrais pas décrire précisément ce mécontentement, car je n'en connaissais ni les causes ni les limites. Mon ignorance me faisait frémir de colère ; les mains tremblantes, je regardais anxieusement autour de moi pour y trouver un signe révélateur. Je ne savais pas où me rendre. Et si je demandais à qui j'étais censé m'adresser, je me sentais frappée par la foudre. Un instinct obscur me suggérait de renoncer. Tu es folle ? On ne peut pas faire une chose pareille. Il faut se taire, se taire, se taire. On n'avait jamais parlé d'Antonio qu'à voix basse.

Malgré la défiance que son apparence m'inspirait, j'aurais voulu discuter de ces choses-là avec Giuliano. C'était le seul jeune de mon âge, nous aurions pu en parler à l'insu de nos parents, tout comme Fulvia et moi attendions que les adultes s'en aillent pour parler de l'amour et de la façon dont on fait les enfants – des choses qui paraissaient tout aussi secrètes. Mais notre aversion réciproque devenait de plus en plus manifeste à chaque jour qui passait. Il s'était aperçu de la sympathie que grand-mère nourrissait à mon endroit et s'opposait à moi, même si je n'avais aucune envie de lutter. Il tentait de me dénigrer par tous les moyens, à commencer par une ironie banale, flagrante, fruste. Et ce qui me choquait n'était pas la grossièreté de son comportement mais la vulgarité des sentiments que celle-ci trahissait. Quand j'étais assise en train de lire dans la salle à manger ou dans le jardin, il tournait autour de moi en m'asticotant, dans l'espoir de détruire mon bien-être. Ma vie était comme un cercle parfait, dont j'arrivais à discerner l'harmonie. Or c'était cette harmonie qui agaçait Giuliano. Peut-être n'avait-il pas encore possédé une femme et la curiosité le dévorait, raison pour laquelle mon apparence honnête et pure devait l'exciter contre moi.

— Pourquoi prends-tu ces grands airs ? me demandait-il constamment.

Une fois, il m'a même dit que j'étais laide.

— Ça m'est égal ! lui ai-je répondu en souriant. C'est vrai, Giuliano, je t'assure, je m'en fiche complètement.

— Tu dis ça parce que tu n'es qu'une bêcheuse. Mais c'est la seule chose importante, pour une femme. Tu es trop grande et trop maigre. Les femmes doivent avoir de la poitrine, des hanches et de belles joues bien rondes. Tu ne vois pas comme tu es maigre ? Aucun homme ne t'épousera, il se piquerait en approchant de toi au lit.

Il avançait vers moi en riant et fixait sur moi des yeux méchants et méprisants, dans lesquels je sentais frémir un désir obstinément refoulé. Je m'écartais en serrant contre moi mon livre ou mon ouvrage de couture, pour me protéger.

— Ça m'est égal, répondis-je calmement. Je n'ai pas la moindre intention de me marier.

— Tu fais bien, car il y a une autre raison pour laquelle aucun homme ne t'épousera jamais. Alors pas la peine de prendre ces grands airs.

— Pourquoi ? lui dis-je en m'efforçant de rester calme – mais je m'étais levée et mes mains tremblaient.

— Parce que tout le monde sait que ta mère avait un amant.

— Ce n'est pas vrai ! lui répondis-je en le foudroyant du regard.

— Bien sûr que si, c'est vrai ! Tout le monde le dit.

Pourquoi se serait-elle tuée, sinon ? Elle s'est tuée parce qu'elle a eu honte.

— Ce n'est pas vrai ! ai-je répété avec force. Elle s'est tuée parce que...

Hélas, je fus incapable de continuer. Comment définir la myriade de raisons qui avaient constitué le malheur de ma mère ? Et, surtout, comment les faire comprendre à un garçon comme Giuliano ? Vaincue, je m'enfuis précipitamment.

Il se mit à me poursuivre :

— Si, elle avait un amant ! Tout le monde le sait !

La maison était déserte et me semblait sans issue. Je ne voulais pas me diriger vers la cuisine pour éviter que les femmes entendent ce que Giuliano continuait de me dire tout en me poursuivant et, d'instinct, je préférais ne pas monter dans ma chambre. Tout en me bouchant les oreilles, j'ai quitté le couloir pour gagner une petite galerie au bout de laquelle se trouvait le réduit d'un cabinet. Aussitôt entrée, j'ai tiré le verrou, tout essoufflée.

Depuis la galerie, collé à la mince porte de bois, Giuliano répétait encore et encore :

— Si, elle avait un amant ! Allez, ouvre, tout le monde le sait. Arrête un peu avec tes grands airs.

Il secouait la poignée de la porte et le verrou n'était pas très solide. Il réussirait bientôt à ouvrir. En haut de la porte se découpait un petit vasistas au carreau dépoli. Il criait :

— Ouvre ! Ou je casse la vitre.

Le cabinet était suspendu dans le vide puisque la maison, comme je l'ai dit, était accrochée à la roche, tout en haut du village. J'avais l'impression que mon seul salut serait de voir le plancher s'effondrer et de tomber sur les cailloux pointus de la rue en contrebas. J'étais soulagée de m'imaginer broyée dans ma chute, saisie par la mort dans un geste désespéré. La voix de Giuliano répétait :

— Ouvre, idiote, ouvre !

Sa main secouait frénétiquement la serrure avec une insistance cauchemardesque :

— Tu m'entends très bien, en plus. Ta mère avait un amant, elle avait un amant !

La terreur m'envahissait, j'étais sûre qu'il allait réussir à ouvrir la porte, j'étais sûre que, s'il l'ouvrait, je serais incapable de résister, mais sans savoir à quoi précisément. Les paroles de Giuliano m'avaient acculée dans ce réduit, privée de toute liberté et de toute assurance. Par une fente donnant sur la vallée, j'apercevais ce cher paysage des Abruzzes, à la fois puissant et doux, qui était devenu mon meilleur compagnon. Mais s'il me réconfortait au cours de mes journées, il ne m'était à présent d'aucune aide. L'espace était exigu. D'un seul pas, Giuliano pouvait me plaquer contre le mur pour me contraindre à écouter les mots qu'il me soufflerait à l'oreille.

Contre le verre dépoli de la petite fenêtre, je le vis coller son visage pour me regarder. On discernait ses yeux, ses grosses lèvres, son nez écrasé, une tache de chair blanche.

— Je te vois ! me dit-il. Je te vois très bien !

Il riait de me voir dans cet endroit malpropre. Adossée au mur gris, je couvris mon visage de mes mains.

— Je te vois ! Arrête un peu avec tes grands airs, tu m'entends ? Ta mère avait un amant ! Pas besoin de t'enfermer dans les cabinets !

Un long moment s'écoula sans que je me risque à relever la tête. Je ne voulais pas me retrouver face à la bouche livide de Giuliano écrasée contre la vitre. Brusquement, j'entendis aboyer le chien. Il était derrière la porte et m'appelait, en grattant le bois de ses griffes avec une patience obstinée. Le silence me confirma que j'étais seule. Je sortis donc prudemment et m'accroupis dans la galerie à côté de la bête.

C'était presque le soir, on distinguait à peine ses yeux dans la pénombre. On ne voyait que les contours amers de sa bouche, ce pli chagrin qu'ont tous les museaux de chien. Il laissa tomber sa tête sur mes genoux. Rassuré par ma présence, il s'endormit en respirant très fort. La chaleur de son corps, que je percevais sous son poil ras, se communiquait à mes membres, elle me consolait de cet emprisonnement humiliant. La tête appuyée au mur, j'ai levé les yeux et vu quelques étoiles, blanches et limpides, affleurer sur le manteau noir du ciel. C'était une belle soirée paisible. J'ai caressé le chien. Au bout d'un moment j'ai entendu dans la maison la voix de tante Violante m'appeler : « Alessandra ! Alessandra ! » Je n'ai pas répondu. J'espérais qu'on m'oublierait dehors dans le noir. Pas seulement pour la soirée, mais pour toujours.

Cette nuit-là, je dormis peu et c'est le lendemain que se produisit l'histoire du coq. Une histoire que tout le monde a citée comme preuve de mes instincts sanguinaires. Lorsqu'on m'a demandé, à l'époque et plus tard, pourquoi j'avais agi de la sorte, j'ai répondu que je ne savais pas. Tout le monde a cru que c'était par réticence, mais non, c'était la vérité.

Le poulailler abritait de nombreuses poules et un coq magnifique. Ce coq était même connu dans le village pour ses plumes abondantes, leur vert doré, l'allure orgueilleuse de sa crête. Il était venu du Nord dans une cage. Les servantes le considéraient comme un invité à traiter avec beaucoup d'égards.

Ce n'était jamais lui qui se précipitait le premier quand on lançait le maïs. Les poules arrivaient aussitôt, toutes joyeuses, en agitant leur large bassin comme des ménagères au travail. Elles becquetaient le grain goulûment, bien vite, mais non sans respecter la solidarité. C'est alors qu'arrivait le coq. Il était grand, bien plus grand que les poules. Son pas était grave et majestueux. Tout en marchant, il relevait ses pattes aux ergots ornés d'une touffe de plumes. Il se penchait sur les poules, visait le cou et, sans crier gare, leur donnait de méchants coups de bec, avec une grande maestria. Il les frappait l'une après l'autre, très vite, comme s'il assénait des coups de poignard. Bien souvent, une goutte de sang tachait le doux col blanc des poules. Elles fuyaient et le laissaient seul devant ce qui restait de graines. Le coq laissait alors paraître une voracité soudaine et se hâtait de donner des coups de bec précis pour dévorer les grains de maïs jaunes et gras. Il était splendide. Dans ces accès de gloutonnerie, il secouait ses plumes, ses caroncules s'enflammaient et devenaient couleur de sang, sa crête semblait encore plus orgueilleuse, encore plus renflée. C'était surtout ce cou, gonflé par le contentement et la satiété, qui attirait mes yeux. Il était léger, bien fourni en plumes, extrêmement beau.

Je l'ai appelé, en lui offrant une poignée de grains pour l'attirer. Il vint vers moi parce que ma voix et ma personne lui inspiraient confiance. Il s'avança de son pas précautionneux et solennel. Pendant un instant, sous sa crête dressée, son œil me regarda fixement, me toisa comme il toisait les poules quand il s'approchait d'elles. J'étais agenouillée à terre, je sentis qu'il pouvait me blesser en m'envoyant un brusque coup de bec. Pas par méchanceté, mais en raison d'un droit bien établi qu'on le laissait revendiquer. Nous nous sommes regardés, son œil pareil à de la pierre dure. D'un geste sec, j'ai attrapé son cou, mes doigts plongés dans ses plumes, et, avec un certain dégoût, j'ai serré son corps souple et luisant entre mes genoux.

J'ai des mains longues et maigres, des mains qui semblent faibles, en apparence, de délicates mains de femme. Je dis bien : elles semblent telles. Au contraire, j'ai toujours eu des mains très fortes, mais aussi le goût de m'en servir pour faire plier les choses – casser des branches, des arbustes. Sous l'épaisseur moelleuse de ses plumes éclatantes, le cou du coq se révélait fragile même s'il était encore gonflé de nourriture – je l'imaginais blanc, livide, violacé. J'ai serré. Son corps aux ailes vibrantes se débattait entre mes genoux, me donnant une impression d'horreur et de dégoût. Mais ce dégoût ne faisait que redoubler ma force. J'ai serré, tiré, dans le chaud secret du plumage jusqu'à ce que le coq s'immobilise et roule à terre, pour me regarder fixement de son œil dur comme de la pierre.

La matinée était avancée, il était presque midi. Et même s'il y avait du soleil dans la basse-cour, les belles plumes du coq s'éteignirent comme si leur couleur les avait abandonnées en même temps que la vie. J'étais encore agenouillée, ma robe noire souillée de poussière. Vivement, je me suis lavé les mains à la fontaine, je me suis engouffrée dans l'escalier que l'ombre rendait froid et, une fois dans ma chambre, je me suis jetée sur mon lit, les yeux clos, à bout de forces.

Même si personne ne m'avait vue, j'ai avoué que c'était moi qui avais tué le coq. Les servantes me regardèrent avec respect après un geste aussi osé. On débattit longtemps pour savoir qui le plumerait. Aucune de ces femmes ne voulait se charger de cette besogne, comme si c'était une façon de prolonger ce méfait. Finalement, une brune robuste nommée Adele se proposa et se mit à l'ouvrage avec ardeur. Les plumes voltigeaient autour d'elle, chaque touffe qu'elle arrachait agitait sa tête crépue.

— Il n'avait que des plumes, dit-elle. Le corps est tout maigrichon.

Grand-mère vint m'interroger dans ma chambre. On m'avait annoncé sa visite et je l'attendais calmement, comme j'avais attendu le proviseur après avoir blessé Magini.

Quand j'entendis son pas dans l'escalier, je me sentis néanmoins en proie à une agitation irrépressible. Je ne me sentais pas capable de lui expliquer un acte qu'à vrai dire je ne parvenais pas à m'expliquer moi-même. Une fois encore, j'aurais voulu croire, comme au temps de mon enfance, qu'un être surnaturel me possédait – en l'occurrence, mon frère Alessandro, à qui je pouvais attribuer tous mes actes honteux ou cruels. Mais je ne pouvais plus me réfugier derrière des faux-fuyants aussi faciles. Je me sentais entièrement responsable, bien qu'incapable de prouver mon innocence absolue.

— Pourquoi as-tu fait ça ? me demanda grand-mère.

Elle était assise en face de moi, ses genoux très haut soutenant sa chaufferette. Sa robe noire drapée autour de ses jambes donnait l'impression d'un piédestal sur lequel reposait solennellement son buste.

Je répondis que je ne savais pas ; elle refusa de me croire.

Je m'interrogeais obstinément, dans l'espoir de découvrir, tout à coup, la raison mystérieuse de mon geste. Mais j'étais simplement vide, épuisée.

J'ai répété que je ne savais pas.

— Ce n'est pas possible. Tu avais envie de le manger ?

J'ai secoué la tête en souriant.

— Giuliano aurait peut-être été capable de faire une chose pareille pour me contrarier, mais pas toi. Tu savais que j'y tenais beaucoup, à ce coq. Alors pourquoi ?

— Je ne sais pas, grand-mère.

Elle sembla déçue et fâchée.

— Moi qui croyais que tu n'irais jamais jusqu'à mentir, me dit-elle d'un ton de regret. Je t'ai pardonnée. Je ne veux pas que tu aies peur de moi. Je t'ai pardonnée. Alors maintenant, dis-moi tout.

— Je ne sais pas, répondis-je en hochant la tête. Je ne sais pas.

Un désespoir à la fois profond et sauvage m'animait. Je ne comprenais pas les raisons de cet acte qui me paraissait horrible et que, néanmoins, j'avais savouré avec volupté. Je me rappelais les gestes assurés d'Adele arrachant les plumes, le corps maigre du coq, son cou frêle désarticulé. « Elle l'a très bien tué ! » avait-elle déclaré et tout le monde avait regardé mes mains.

— J'aimerais que tu aies confiance en moi, Alessandra, disait grand-mère. Moi j'ai une très grande confiance en toi. Depuis ton arrivée, je me sens plus forte, alors qu'au début j'avais eu très peur pour toi. Tu disais que tu ressemblais à Eleonora. Mais ce n'est pas vrai. Tu ne ressembles pas à ta mère.

Elle fit une pause et ajouta :

— C'est à moi que tu ressembles.

Je la regardais et son apparence impressionnante me fascinait. Cette ressemblance que je ne sentais pas encore ne tarderait peut-être pas à se manifester d'une manière irrésistible, comme cette pulsion qui m'avait poussée à tuer le coq. Je me tendais vers grand-mère avec l'impression qu'une nouvelle puissance m'animait, capable de donner à mes traits et à ma taille des proportions gigantesques.

— Tu ne t'en apercevras pas tout de suite, continua-t-elle. Moi non plus, je n'avais pas conscience d'être celle que je suis. Et puis, petit à petit, je pourrais dire jour après jour, j'ai acquis de la force. Tu passes ton temps à lire, tu as tort. Les livres affaiblissent, ils font souffrir, ils te rendent esclave. Il ne faut pas souffrir, il faut éliminer la souffrance de sa vie, si on veut être fort. Il n'y a que pour mettre des enfants au monde que ça vaut la peine de souffrir. À chaque enfant que j'ai mis au monde, c'était comme si je me sentais vivre une fois de plus.

Je la contemplais, fascinée. C'était une majestueuse divinité à laquelle il semblait naturel d'offrir en sacrifice du sang humain et des enfants vivants.

— J'ai vu que tu aimes la campagne, que tu prends plaisir à te promener sur l'exploitation. Maintenant, tu la connais bien. Écoute..., me confia-t-elle à voix basse, la propriété est à toi. Regarde-la, dit-elle en me montrant la vallée et la pente de la colline. Regarde comme elle est belle. Bien agencée avec la vigne en carré et les champs de blé en terrasses jusque là-haut, jusqu'aux oliviers.

Pour la première fois, sa voix devint tendre et émue, c'était une voix de femme et non plus celle d'une grande montagne.

— L'exploitation s'étend le long du fleuve. Le fleuve qui l'arrose nourrit la terre comme une mère nourrit son enfant. L'herbe est épaisse et, chaque année, les épis sont plus lourds. D'ici peu, au printemps, le verger sera en fleurs. Et puis viendront les fruits, des fruits fermes, durs et juteux. La cave se remplit de fruits si parfumés, c'est enivrant.

Elle m'avait pris la main.

— Giuliano n'aura rien, continua-t-elle. Juste la petite part de sa mère. Il ressemble à son père. Tant de fois, je lui ai répété de bien travailler en classe, de se trouver un poste en ville. C'est une fille que j'attendais. Toi, je te croyais perdue. Quand j'ai su que ta mère était morte, j'ai dit à Rodolfo : « Va la chercher, amène-la ici. » La nuit avant ton arrivée, j'ai été incapable de fermer l'œil.

Nous regardions ensemble la campagne à travers la vitre de la fenêtre. Les yeux de grand-mère luisaient d'exaltation. Doucement, elle écarta son tablier. L'argent brillant du trousseau de clefs se détachait sur le noir de sa robe. La lumière du soir se concentrait sur l'acier et lui donnait des reflets incandescents. Grand-mère passa sa grande main sur les clefs, prenant plaisir à les caresser longuement.

— Je me rappelle le jour où tu m'as demandé les clefs. J'ai eu l'impression que j'étais déjà morte et que tu avais pris ma place. En descendant à la cave, tu avais un pas très sûr. On distinguait tes cheveux clairs dans le noir. Sofia et Violante ont peur du noir, pas toi. Tu es comme moi.

Elle passait la main sur mon bras, sur mon épaule, avec un frémissement. Son visage avait l'expression impatiente et résolue d'un sourcier qui a trouvé de l'eau. Immobile, j'attendais qu'elle m'attire à elle, me serre dans ses bras.

— Cesse de lire des livres, murmura-t-elle. Laisse les livres aux hommes. Moi aussi, avant de me marier, je lisais, je jouais de l'harmonium. Quand ton grand-père est mort, j'ai fait monter l'harmonium au grenier et je l'ai enfermé à clef. J'étais encore jeune, j'avais à peine plus de trente ans, cinq enfants à élever, la maison, la propriété. Il fallait que je sois très forte, en somme. Par bonheur, j'ai compris. Et je suis devenue forte, très forte.

Elle se redressait en prononçant ces mots. Peut-être était-ce à partir de ce moment-là qu'elle s'était mise à grandir, à partir de ce moment-là que ses mains étaient devenues grandes, et son port noble.

— L'harmonium, ça fait du mal, comme lire des livres. Toi, tu n'as pas besoin de lire puisque tu seras la maîtresse ici.

Encouragée par ces paroles de ma grand-mère, je regardai la vallée et la colline d'en face, en m'efforçant de les imaginer à moi. Je m'attendais à éprouver une sensation intense, un frémissement avide et satisfait. J'essayais de me représenter cette terre à moi comme la chair de mon dos, de ma poitrine, le fleuve coulant dans mes veines. Mais j'avais surtout l'impression que c'était moi qui appartenais à la terre. On ne peut pas être maître de la terre, c'est contre nature. Une fois de plus, plus fort que jamais, j'ai ressenti de la répugnance à posséder quelque chose.

Tout le monde appelait grand-mère « la Patronne ». Il était naturel qu'on l'appelle ainsi, elle tenait ce titre d'un droit profond que sa propriété n'était pas la seule à lui conférer. Là-bas, c'est la propriété qui définit la condition sociale – un champ équivaut à un titre nobiliaire. Grand-mère portait une couronne de reine, même si sa propriété était modeste. Mais chacun de ses gestes, chacune de ses paroles révélait la conscience et la force de cette propriété. Il arrivait parfois, quand le temps n'était ni froid ni brumeux, qu'elle prenne place au milieu d'un pré. Une servante lui apportait une chaise, je crois bien qu'il s'agissait d'une chaise comme les autres, mais elle paraissait plus haute. Elle s'asseyait, humait l'air et le vent, tournait lentement sa grande tête blanche. Sa jupe recouvrait la chaise et c'était comme si la terre même s'élevait jusqu'à elle pour la placer sur un trône. Il paraissait donc juste que la terre lui appartienne, avec ses arbres fruitiers, jusqu'à la plaine en hauteur où se trouvaient les oliviers. Elle les dominait de loin comme le chef d'orchestre les instruments les plus éloignés. Sous son regard, les arbres frissonnaient et se dépouillaient de leurs fruits, les olives se laissaient broyer dans le pressoir pour lui offrir leur suc jaune et dense. « Très bonne », décrétait-elle gravement en léchant l'huile dans laquelle elle avait trempé le bout du doigt.

Parfois, je m'asseyais près d'un cerisier dont le feuillage était léger et transparent. « Demandez qu'on vous le donne, mademoiselle », me suggéra un jour Adele. Tante Sofia possédait les amandiers, tante Violante un bosquet de noyers. Tandis qu'on gaulait les amandes et les noix, elles surveillaient les arbres et comptaient rapidement les fruits comme on compte des pièces d'argent. Les paroles d'Adèle me firent rougir, j'eus l'impression qu'elle me poussait à m'acheter un esclave. Sans compter que ces arbres appartenaient à grand-mère, c'est elle qui avait donné ordre de les planter, qui les avait vus pousser, qui les avait soignés, taillés. On racontait qu'une fois, quelques années plus tôt, la neige était tombée pendant la nuit, suivie par le gel. Sous le poids de la neige glacée, les arbres craquaient, gémissaient. Grand-mère était descendue dans le jardin avec sa longue perche et, toute seule, s'était mise à dégager les branches. On entendait les glaçons tomber avec un bruit de vitres cassées. Le lendemain matin, elle s'était défendue devant les protestations affectueuses de ses proches : « Il faisait aussi froid les nuits où Rodolfo ne rentrait pas à la maison alors que je l'attendais à la porte, il faisait aussi froid la nuit où Caterina est morte et je l'ai bien veillée. » Pour ma part, je n'avais jamais veillé sur les arbres comme on veille sur des enfants. Par conséquent, ces arbres n'étaient pas à moi.

Voir qu'on me traitait avec encore plus de déférence me fit néanmoins comprendre que grand-mère avait dû parler à certains de son projet de me laisser l'exploitation en héritage. Je n'avais jamais suscité de sympathies, sauf chez les gens simples. Les autres semblaient se demander qui j'étais, au juste, et ce que je voulais. Ensuite, ils commencèrent à comprendre que j'étais l'héritière présomptive de la propriété, de la maison, de la colline. Il suffisait que je passe pour que se fasse ce silence méfiant dont s'entoure la présence des patrons. J'ai vu une petite fille âgée de quelques années se lever de la marche d'escalier sur laquelle elle était assise et me regarder avec des yeux fixes et apeurés. Cela me rendait mécontente, je sentais mes membres se glacer brusquement, j'éprouvais comme un pressentiment sinistre. Mais, surtout, j'avais l'impression que, dorénavant, je serais seule, incapable de communiquer avec les autres.

— Pourquoi t'es-tu levée ? ai-je demandé à la petite fille en la secouant par le bras.

Elle ne me répondit pas mais continua de me regarder d'un air perdu. J'ai insisté :

— Pourquoi ? Pourquoi ?

Elle ne se rebiffait pas. Durement, je l'ai laissée retomber sur sa marche. La petite ne pleura pas, elle semblait s'attendre à ce que je fasse un tel geste, un geste impitoyable et incompréhensible, quel qu'il soit.

C'est moi qui serais la patronne du cochon. Le cochon avait son enclos répugnant derrière la maison. Il sortait pour regarder grand-mère quand elle venait le peser du regard. Ils se regardaient fixement l'un l'autre, ils se jaugeaient. La graisse ballottante du cochon était soupesée d'un regard aigu, méchant. « Pas encore », décidait grand-mère.

Le feuillage des érables du bois était devenu rouge quand on tua le cochon. On entendit monter de la basse-cour un cri humain déchirant, un gémissement pitoyable. Nous étions rassemblées autour de grand-mère dans la salle à manger en train de coudre. Mes mains tremblaient. Bouleversée par cette plainte effroyable, j'aurais voulu interrompre mon travail, me boucher les oreilles, m'éloigner. Mais je levais les yeux sur le calme visage de grand-mère et continuais mon ouvrage. On entendit enfin un cri plus aigu, suivi d'un gargouillement :

— C'est fait, dit grand-mère en posant sur ses genoux le linge blanc auquel elle travaillait.

On avait emporté le cochon sur une litière de branchages comme un adversaire tué en combat loyal. Une odeur de sang, chaude et douceâtre imprégnait encore la cour.

La même odeur lourde pesait dans la cuisine tandis qu'on préparait la viande pour l'hiver. Toutes les femmes étaient réunies là, animées d'une euphorie insolite. Certaines étaient assises devant la table, d'autres allaient de la table au grand évier. Leurs grands tabliers blancs étaient tachés de sang. Me voyant sur le pas de la porte, grand-mère me convia à entrer :

— Viens, Alessandra.

— Viens, Alessandra, répétèrent-elles toutes habitées par une gaieté enfantine. Viens, viens.

On était à la fin de l'automne, les journées étaient courtes. La chaude lumière de la lampe suspendue au-dessus de la table enflammait le rose tendre de la chair hachée prête à faire des saucisses et des cervelas, le bloc d'un rouge sombre de la viande qu'on mettrait dans la saumure. J'avançais timidement, j'avais l'impression de marcher dans la chair vive. Grand-mère contrôlait, à contre-jour, les boyaux du cochon. Livides et voilés, ils se gonflaient avec un ballottement répugnant. Quand elle les avait jugés intacts, elle les tendait à ses filles et aux domestiques pour ensacher et ficeler. Joyeusement, les femmes fourraient la viande dans les longs boyaux et tiraient la ficelle.

Le rouge éclatant de la viande se réfléchissait sur les murs, on avait l'impression de voir des taches rougeâtres se condenser dans les coins sombres. Dans un vaste récipient, le sang vermeil et luisant reflétait la lampe. Tante Sofia déplaça le récipient : le liquide oscilla, déborda, et le sang gicla à terre, en faisant une flaque. « Ça porte bonheur ! » crièrent les femmes. Toutes voulurent y tremper le bout du doigt. Adele se barbouilla les joues de rouge. « Il est mort, le cochon ! » chantonna-t-elle et, de son doigt trempé de sang, elle dessina une croix sur la hure massive posée sur l'évier. « Il est mort, le cochon ! » répéta tante Clarice en battant des mains.

Elles travaillaient avec ferveur en révélant une adresse surprenante, en s'encourageant à aller plus vite. Elles enfonçaient avec violence la chair hachée dans le pied trapu, puis approchaient le sabot fourchu de la figure de leur voisine pour lui faire peur. Elles riaient. Je voyais leurs mains luisantes de sang rouge, noircies de sang coagulé. Le goût du sang restait dans ma gorge, en y laissant une sensation dégoûtante. Grand-mère, debout, plongeait son couteau dans la chair froide et résistante. Je serais la patronne du cochon !

— Non ! me suis-je alors écriée.

J'ai tourné les talons et je me suis sauvée à tâtons dans le couloir, les yeux aveuglés par des taches rouge sang qui ne cessaient de s'agiter. Je répétais : « Non, non ! » De mur en mur, les portraits de ces femmes des Abruzzes, mes ancêtres, m'accompagnaient. C'étaient des visages immobiles, sombres, sévères. En chacune d'elles, je lisais une profonde satisfaction d'avoir été la patronne du cochon.

J'ai murmuré :

— Non, non, ce n'est pas ça mon histoire.

Mon histoire se trouvait dans la boîte où ma mère gardait jalousement les voiles de Juliette et de Desdémone.

Quelques jours plus tard, tante Clarice vint me voir dans ma chambre.

— Écoute un peu, Alessandra, me demanda-t-elle en se hissant sur une chaise et en laissant ses petits pieds chaussés de noir se balancer dans le vide. Est-ce que c'est vrai qu'Eleonora est morte ?

Je la regardai un instant et me sentis hésiter. Peut-être aurais-je dû inventer un mensonge comme on le fait avec les enfants.

— Si elle est morte, j'en suis bien contente, continua-t-elle sans attendre ma réponse. Parce que, comme ça, je la retrouverai au Paradis. J'ai déjà beaucoup de gens qui m'y attendent : papa, maman, Cesira, des tas de tantes, de cousins, de neveux et ma grand-mère qui m'aimait tellement quand j'étais petite. Ils feront une grande fête en me voyant. J'attends ce moment avec impatience. Qui sait comment ça se passera. J'aimerais arriver en catimini, juste au moment où ils seraient assis en rond en train de dire : « Elle tarde à venir, Clarice ! »

Elle était près de moi, je caressais ses cheveux blancs plats et brillants.

— Tu serais contente, c'est vrai ? lui demandai-je.

— Bien sûr, me répondit-elle d'un ton presque fâché en haussant les épaules avec de délicats mouvements de chat. Je n'ai plus envie de rester ici. Je suis vieille maintenant, je m'ennuie. Je ne fais rien de toute la journée. L'hiver passe vite parce que je me couche avec le soleil et je dors. Mais, en été, les journées n'en finissent plus. Je m'ennuie. Je voudrais aller au Paradis pour entendre de la musique.

Sa peau sentait la poudre de riz et les confiseries.

— Quelle est la musique que tu aimes, tante Clarice ? lui demandai-je pour l'encourager à parler.

— Toutes les musiques. Quand j'entends de la musique, j'ai l'impression d'être à l'église et je me sens bien. Quand Eleonora est venue ici, elle jouait de l'harmonium, tu venais quasiment de naître. Une fois, nous sommes montées toutes deux au grenier, car c'est là-haut que se trouve l'harmonium, et elle a joué une pièce qui s'appelait *Rêve de valse*. Je m'en souviens encore. Elle jouait doucement, pour que grand-mère n'entende pas, il paraît que c'était mal. Moi, je ne comprends pas ce qu'il peut y avoir de mal dans la musique, mais je ne comprends jamais rien. Les servantes se moquent de moi à la cuisine quand elles parlent de choses malpropres, des choses que font les hommes, parce que je ne comprends rien. Mais je suis contente de ne pas comprendre. Je n'aime pas les hommes.

— Tu ne les as jamais aimés ? Même quand tu étais jeune ?

— Oh non. En ce temps-là, ils me faisaient très peur. Mais maintenant, je ne les calcule plus. Et puis, écoute ! reprit-elle en baissant la voix. Les hommes ne comprennent rien, je te le dis. Qui fait marcher la maison, qui lave, qui repasse, qui fait la cuisine, qui sait faire les gâteaux ? Les femmes. Ce sont les femmes qui font tout. Les hommes, ils boivent, ils s'enivrent, ils se disputent à cause de la politique, sans arriver à rien. Quand ils sont à la maison, il faut toujours leur dire mais oui, mais oui, et faire tout le contraire. Tu crois qu'un homme saurait jouer *Rêve de valse* ?

— Je ne sais pas, répondis-je dans un souffle.

— Comment ça ? Moi, je t'assure que non, il ne pourrait pas. Giuliano tire des coups de fusil et tue les petits oiseaux, il n'y a pas besoin de talent pour ça. Alfredo emmène les paysannes derrière le tas de bois et on finit par les voir sortir toutes rouges, ébouriffées comme des poules. Quels idiots ! Tu sais que Rodolfo se moque de moi parce que je suis pressée d'aller au Paradis ? Bien sûr, il pense que c'est plus joli de le regarder jouer aux cartes et boire du vin !

Elle avait pris un air courroucé. Mais elle ajouta avec sollicitude :

— Ne t'inquiète pas. Dès que je serai arrivée, je

dirai à Eleonora de te faire venir tout de suite. Tu es contente ?

Assise à ses pieds, je l'observais sans lui répondre. La lumière qui descendait de ses cheveux la revêtait entièrement de blanc, c'était comme si une colombe était entrée miraculeusement dans ma chambre.

— Ne me réponds pas, me dit-elle. J'ai déjà compris. Toi non plus, tu ne serais pas contente de mourir. C'est sûrement parce que tu ne veux pas quitter les hommes. Ils t'ont déjà jeté un sort. Quelle autre raison retiendrait une femme de désirer la mort, sinon ? Là-haut, ça sent bon les lis comme à l'église le jour de la Fête-Dieu. Les saints ont des fleurs blanches à la main et sainte Cécile joue de la musique. Eleonora joue *Rêve de valse*. Mais ici ? Ici, il faut se donner du mal, mettre des enfants au monde, les allaiter, travailler dans les champs, travailler à la maison, travailler toute la journée. Et il faut toujours avoir peur des hommes parce qu'ils sont de mauvaise humeur, parce qu'ils ont une bonne amie et dépensent de l'argent avec elle. Il faut toujours trembler et pleurer. Toujours pleurer pour ces horreurs d'hommes ! Si les hommes ne leur jetaient pas un sort, quelle autre raison retiendrait les femmes de désirer la mort ?

D'un petit saut, elle descendit de sa chaise et me prit par la main.

— Viens, me dit-elle, allons demander à grand-mère de nous conduire au grenier et de jouer de l'harmonium.

Grand-mère dit oui. Elle alla prendre la clef dans une cachette, appela ses filles et nous précéda dans l'escalier obscur.

Elle montait lentement, et nous, par respect, nous ralentissions le pas. Puisque nous étions toutes habillées de noir, nous formions comme une procession.

Le grenier, au contraire, était clair. Dans les coins,

on voyait s'entasser de vieux meubles hors d'usage, la fenêtre basse qu'on apercevait au bout d'une longue enfilade de poutres s'ouvrait sur les douces collines et sur le ciel pâle du soir imminent.

— Nous y voilà, dit grand-mère en refermant la porte.

Il y avait des toiles d'araignée partout, mais si nettes et si ordonnées qu'elles avaient pris un caractère décoratif. La poussière qui voilait les objets leur faisait perdre leurs contours précis et leur donnait l'apparence fantastique des rêves.

Tante Violante regarda tout autour d'elle et murmura :

— Il y a bien longtemps que nous n'étions pas montées ici.

— Comme c'est beau ! s'écria tante Clarice. Quand nous étions jeunes, nous venions souvent ici, grand-mère et moi, pour ouvrir les malles. Nous passions tout l'après-midi à tout regarder, à toucher à tout, à tout essayer. Il y a les robes blanches de toutes les mariées, celle de notre mère, celle de grand-mère, et de beaucoup de grand-tantes. Nous les posions sur les chaises et elles restaient toutes droites, les bras tendus. La soie crisse encore, elle fait frou, frou. Quand la nuit tombait, les robes blanches avaient l'air de fantômes... On ouvre les malles, ce soir ? proposa-t-elle d'une petite voix engageante.

— Non, répondit fermement grand-mère. Ça suffit. Nous sommes trop vieilles. Je ne veux plus d'émotions. Alessandra verra tout ça un jour. Nous sommes venues pour être tranquilles et jouer une belle hymne.

L'harmonium était grand. Face à lui, même les gestes de grand-mère devenaient minuscules. Mieux : au moment de s'asseoir devant, elle me parut dominée, pour la première fois. Elle appuya sur un bouton portant l'inscription « Voix angélique », déroula une feuille de papier à musique et se mit à jouer.

C'était une hymne à la Vierge. Mes tantes la chantaient avec une pieuse application. Pour mieux lire, tante Clarice avait grimpé sur un tabouret. Ce chant, très courant, me faisait découvrir une affinité entre toutes les femmes de ma famille. Grand-mère nous dirigeait et nous la suivions toutes contentes, chacune de nous renonçant à mettre en valeur sa propre voix pour donner au chant un caractère uniforme et, ainsi, permettre à toutes les autres de l'apprécier. Le visage douloureux de tante Violante semblait allégé et celui, sévère, de tante Sofia s'adoucissait devant la délicatesse du motif.

Le grenier qui nous accueillait nous remplissait d'un bien-être empreint de sérénité. Je compris brusquement la facilité avec laquelle une femme peut entrer dans une communauté religieuse, le charme que j'aurais pu y trouver. Je ressentis violemment le désir de cette vie aussi solitaire que fervente, et l'élan avec lequel je chantais traduisait ce désir.

J'imaginais une toute petite cellule pavée d'un carrelage très net, avec une fenêtre semblable à celle devant laquelle j'ai pris l'habitude d'écrire. L'ombre des barreaux dessinait par terre une grande croix. S'adapter à cette croix me semblait le bonheur suprême. J'imaginais, derrière le mur, la solitude exténuante d'autres femmes qui me ressemblaient et, dans cette solitude, je sentais s'apaiser tous les problèmes que doivent affronter les femmes.

Au retour de mes promenades, j'apercevais le bourg gris, rude, âpre, pareil à ceux que les saints protecteurs des villes portent sur la paume de la main. C'était un sombre amas de pierres ; ces pierres formaient les maisons et les maisons ne permettaient pas de reprendre haleine, de trouver une issue. Je discernais, au-dessus des autres, notre demeure aux fenêtres étroites. J'entrais et, quand on sortait de la lumière du dehors, se plier à cette obscurité était comme passer sous un joug. La nuit, bien souvent, je n'arrivais pas à dormir. En hiver, on entendait le Sangro couler avec un lointain roulement de tambour. Et, dans le silence, la maison parlait ; c'était une très vieille maison, grand-mère prétendait qu'elle avait deux siècles. Tous les matins, pendant deux cents ans, les femmes s'étaient agenouillées pour écarter la cendre de la braise et souffler sur le charbon et le feu avait commencé à crépiter dans la demeure ensommeillée. C'est dans cette maison que s'étaient écoulées toutes les heures de leur vie, à un rythme régulier. De petites filles elles étaient devenues femmes, elles avaient connu un homme dans leur lit nuptial, mis leurs enfants au monde, vieilli. Finalement, les hommes avaient cogné leurs gros souliers sur les pierres des ruelles, chargé leur cercueil sur leurs épaules et les avaient emportées. Dans l'effrayant silence de la nuit, j'entendais toutes ces femmes mortes passer et repasser, avec agitation, dans les couloirs, les escaliers, avec leurs clefs qui tintaient. Grand-mère disait avoir entendu rire tante Caterina, une nuit, bien des années après sa mort, quand la maîtresse de son mari le trompa. Elle disait aussi qu'on entendait souvent marcher dans la maison une jeune femme venue de Vénétie et morte en couches, qui s'appelait Ortensia Boni. J'entendais le pas léger d'Ortensia quand le vent s'élevait ; j'entendais rire Caterina quand une fenêtre vitrée grinçait. « Tu te marieras ici » me répétait tout le monde. Ma grand-mère voulait un mariage avantageux. C'est donc cette chambre qui deviendrait ma chambre nuptiale ; c'est là le plafond que je verrais tandis qu'un homme se coucherait à côté de moi et c'est là que j'accoucherais – car ce sont des lits commodes, disait grand-mère, on peut s'agripper à ces lits à barreaux de fer. Quand je serais morte, il suffirait de décrocher le crucifix suspendu au-dessus du lit pour le poser sur ma poitrine.

Je voulais me rebiffer contre ce destin sordide, je me sentais la force de porter, d'une façon ou d'une autre, le message que m'avait confié ma mère. Je m'imaginais en blouse blanche, dans un laboratoire, au milieu des éprouvettes et des cornues. Non, j'avais toujours été attirée par l'être humain. Aussitôt, je m'imaginais vêtue d'une toge, face à un tribunal. Derrière moi, une petite femme entre deux âges dont les mains étaient posées sur les genoux. « Sauvez-la ! disais-je. Elle est innocente. » Et je répétais : « Messieurs les jurés, elle est innocente. Toutes les femmes sont innocentes. » Non, je ne pouvais pas devenir avocate, ma timidité m'en empêcherait. Et pourtant, je me sentais le devoir de faire quelque chose pour les femmes. Il fallait que je fasse quelque chose pour elles au risque de me sacrifier, de m'anéantir. J'entendais, en moi-même, une voix m'appeler : « Deviens une sainte ! » me disait-elle. La chaleur d'une communauté féminine m'attirait irrésistiblement. Je brûlais de m'enfermer dans une pauvre cellule avec une couchette dure, comme sainte Claire d'Assise. Derrière une grille, je voyais apparaître le visage émacié de saint François.

— Mon Dieu ! m'écriais-je en laissant tomber mes bras le long du corps. Mon Dieu, mon Seigneur, prenez-moi !

Mais je n'avais pas la foi. Quand je songeais à me faire religieuse, je ne pensais, en réalité, qu'à m'exalter moi-même. Je m'acharnais à me perfectionner, je voulais, chaque jour, être plus limpide et plus pure, me transformer en un être extraordinaire, une femme merveilleuse. Je pouvais devenir sainte sans prier, sans prononcer de vœux. « Oui, m'incitait ma mère de sa voix douce, oui, deviens une sainte ! » Peu à peu le maigre visage d'Antonio derrière les barreaux de sa prison se substituait au pâle visage de saint François. Il avait les yeux brûlants de fièvre. « Alessandra ! disait-il. Alessandra ! » Et dans un souffle, je répondais, à bout de forces :

— Oui, oui, je serai sainte par amour !

Ce fut dans ce village des Abruzzes, alors que j'avais une apparence sauvage, les cheveux en bataille, un corps étouffé sous des robes noires, que je pris conscience de mon charme physique.

Je me contemplais moi-même dans le fleuve et dans les arbres. De la beauté de la campagne, je tirais une preuve de ma beauté personnelle. La saison me rendait plus belle, de même qu'elle parait les buissons ou les parterres de fleurs. Sur le noir de ma robe, mes mains s'ouvraient comme des colchiques.

« Que je suis belle ! » pensais-je en regardant mes mains à contre-jour. Je brûlais comme la terre du pré, comme le sable du fleuve. Les pulsations effrénées de mon sang me renvoyaient une image. Et sur cette image, j'avais l'impression d'être devenue brusquement une femme.

C'était arrivé quelques jours plus tôt. Je descendais l'escalier extérieur qui mène à la cour, un pot d'eau fraîche tirée à la fontaine entre les mains. C'était l'heure immobile et sèche de la sieste. L'angle de la maison projetait une ombre bleue dans l'escalier et je descendais doucement pour prolonger cette sensation de fraîcheur. L'aveuglante clarté blanche du soleil couvrait la cour, le jardin et les champs.

J'entendis un râle rauque et rageur auquel, immédiatement, répondit un autre. Je m'arrêtai et l'eau s'agita dans mon pot.

Deux hommes battaient le maïs dans la cour. Le torse nu, ils avaient la poitrine et les épaules ruisselantes de sueur. Tous deux brandissaient un long fléau. Au moment où l'un des deux hommes abattait son outil sur les épis pour les vider de leurs grains, l'autre relevait le sien d'un vigoureux mouvement des bras et des épaules pour le faire tournoyer dans l'air, si bien que l'un se dressait tandis que l'autre se baissait, on aurait dit deux pièces du même mécanisme. Ils avaient pris un rythme égal, monotone, hallucinant. C'était au moment où ils abattaient leur fouet qu'ils laissaient échapper ce cri rauque et désespéré, ce râle.

Je restais immobile, appuyée au mur. Ce mouvement régulier, rythmique, me fascinait, je ne pouvais plus détourner mes yeux de ces deux hommes. Leurs torses brillaient au soleil, ce vernis brillant que leur donnait la sueur devenait un miroir. L'ombre de l'escalier se faisait aride et brûlante, les cigales bruissaient et le sang battait dans mes tempes avec le rythme énergique de ces bras d'hommes. Les deux paysans ne m'avaient pas vue. Je respirais doucement pour qu'ils ne m'aperçoivent pas. Je restais là, fascinée, sans pouvoir détourner le regard de leurs gestes. À chaque claquement du fléau, j'avais un sursaut. Dans l'ombre froide, mon corps se couvrait de la même sueur que les leurs sous les assauts du soleil. Ils ne se lassaient pas. Il me semblait que c'était ma présence cachée qui les excitait. J'aurais voulu qu'ils ne s'arrêtent pas, qu'ils continuent indéfiniment. Je sentais que c'était moi qui étais prête à m'évanouir dans l'escalier. Quand j'ai eu l'impression de ne plus résister, j'ai approché le pot de ma bouche et bu avidement. L'eau froide ruisselait de mes lèvres dans l'échancrure de ma robe. Et j'ai murmuré :

— Te voilà revenu, Alessandro. Va-t'en !

Depuis lors, jusqu'au jour où j'ai rencontré Francesco, je n'ai jamais plus pensé que j'étais belle.

En effet, même dans les Abruzzes, alors que les autres filles de mon âge étaient entourées et courtisées, tout le monde me considérait comme un être extravagant, sans âge ni sexe.

Seul l'oncle Alfredo, quand il me regardait, semblait me trouver attrayante. Pour autant, je discernais toujours dans son regard une part de condescendance et d'ironie. On aurait dit qu'il était au courant d'un crime que j'avais commis et qu'il me tenait en son pouvoir, tout en acceptant de me laisser libre. « Comme tu joues bien la comédie ! » me disaient ses yeux. Il fumait silencieusement mais me suivait du regard tandis que je débarrassais la table, cousais ou m'occupais de travaux domestiques. « Je sais ce que tu es », me disait son regard. Je me sentais tentée de me retourner brusquement et de l'affronter : « Allons, parle ! Jouons franc jeu, qu'est-ce que tu me veux ? » Quand l'oncle Alfredo me regardait, il m'était impossible de rester tranquille, sa présence brouillait et troublait tout. On aurait dit qu'il me reprochait de me déguiser en fille honnête pour tromper ma famille. « Je suis une fille honnête ! » aurais-je voulu lui répondre. Mais en restant muette, j'acceptais qu'il devienne mon complice.

L'oncle Alfredo paraissait fatigué de la compagnie de sa femme et de sa belle-sœur. Dans la soirée, il descendait à la cuisine déguster un verre de vin debout, en plaisantant avec les servantes. Depuis quelque temps, il manifestait de l'intérêt pour moi et me taquinait à coups de plaisanteries mesquines. Tante Violante le laissait faire : elle le traitait comme un enfant qui s'invente un nouveau caprice mais tenait à savoir jusqu'où pourrait bien aller ce caprice. « Non ! » me fit-elle comprendre d'un signe de tête un soir où il m'invita à l'accompagner sur la colline pour observer l'éclipse de lune. Tante Sofia me fit le même signe une fois où elle l'avait entendu me demander un peu de vin. Je ne cherchais pas la raison de ces interdictions.

C'était le seul qui parlait de ma mère. « Elle était jolie ! disait-il. Elle allait se baigner dans le fleuve parce qu'elle souffrait de la chaleur. Elle était jolie. » En parlant ainsi, il me regardait et, sous ses regards, ma robe se ternissait, mon corps devenait vil et abject. L'idée qu'il ait pu aussi regarder ma mère de cette façon-là m'était insupportable. Je fermais les yeux et tentais d'oublier qu'elle aussi avait été une femme comme moi, que nous étions liées par beaucoup de choses, y compris les expériences désolantes et répugnantes qu'une femme tait toujours à une autre femme. « Viens ici, semblait me dire l'oncle Alfredo, viens ici ; je le sais bien que tu y penses, à certaines choses ! »

C'était un lâche, je le méprisais. La crânerie qu'il affectait dans le paisible cercle familial dissimulait mal sa lâcheté naturelle. « Éteignez le poste ! nous disait-il pâle de rage quand nous écoutions des émissions étrangères. Éteignez, je ne veux pas d'ennuis. » On aurait cru que c'était précisément son manque de courage qui le poussait vers moi, qui le poussait à se raccrocher aux mille petites lâchetés qui existent chez tout être humain, qui existaient aussi chez moi et contre lesquelles je luttais.

Quand il parlait, grand-mère ne l'écoutait jamais. Un jour, elle m'appela d'un geste auprès d'elle et me dit : « Enferme-toi à clef dans ta chambre, le soir. » Tante Violante était là et tante Sofia aussi avait entendu. Elles ne demandèrent pas pourquoi alors que moi, j'aurais voulu le faire, dans l'espoir de m'entendre répondre : « Il y a des voleurs à la campagne, des gens qui viennent piller les poulaillers, ils pourraient te faire peur. » Mais personne ne dit rien. La nuit, en tournant la clef dans ma serrure, je sentais mes mains trembler de honte.

Je me suis mise à étudier avec passion. Je restais des heures à ma table de travail, j'en avais les yeux rouges et fatigués, mon dos me faisait mal. Je me disais qu'il me fallait à tout prix fortifier mon esprit, développer mes connaissances. Je demandais constamment de nouveaux livres à l'oncle Rodolfo, ou de l'argent pour acheter des cahiers. J'écrivais fréquemment à Rome, je restais en contact avec mes amis, mes camarades de classe, je les tenais au courant de mes études, de mes lectures, résolue à me recentrer sur ce qui m'intéressait.

Les lettres de Fulvia évoquaient souvent le fait que mon père caressait le projet de déménager. J'ai commencé par me dire que, dans le sombre appartement de la via Paolo Emilio, le souvenir de ma mère le hantait sans relâche. Peut-être bien l'entendait-il jouer du piano ou le supplier, encore et encore, de la laisser partir. Sista la cherchait partout, m'avait écrit Fulvia. Assise dans la cuisine noire, elle l'appelait : « Madame… » Un soir, elle était entrée dans l'appartement des Celanti, pâle et égarée. « J'ai entendu dans l'escalier le pas de Madame qui venait ici… », leur avait-elle dit.

Pour ma part, je ne souffrais plus de la disparition de ma mère. J'avais la certitude qu'elle avait fait confiance à ma vie de femme : la raison de sa mort et la mort qu'elle avait eue me conféraient une lourde responsabilité. Je ne pouvais pas me rabaisser sans la rabaisser elle aussi.

Si j'avais parlé de ces choses-là avec tante Violante, je suis sûre qu'elle m'aurait comprise. Et c'était peut-être afin que nous en parlions qu'elle montait souvent dans ma chambre me tenir compagnie pendant que je travaillais. Elle lisait le titre de mes livres et me regardait avec effroi :

— Je ne crois pas que ce soit bon pour toi de

savoir tant de choses, me disait-elle. À mon avis, plus on sait de choses et plus il est difficile de vivre.

Tante Violante était extrêmement belle, malgré sa figure mélancolique – une figure de femme en deuil. Elle répétait souvent que, dans sa jeunesse, elle se polissait les ongles, de longs ongles en forme d'amandes. Vers le soir, nous ouvrions la fenêtre et nous regardions les arbres en fleurs, les prés verts. Je commençais à comprendre qu'il existe une fenêtre dans la vie de chaque femme. Aux premiers signes du mois d'avril, tante Violante avait dit à mi-voix d'un ton hargneux : « Il ne manquait plus que le printemps ! »

Plus je la regardais, plus je me laissais gagner par son effroi. Dans le ciel bleu, si engageant, dans le mol abandon de la terre, partout je sentais une menace insidieuse peser sur ma sérénité.

— Tante Violante, lui dis-je doucement, mon âge est bien difficile.

J'aurais voulu qu'elle me rassure comme maman m'aurait rassurée, sans doute. Mais elle me répondit gravement :

— Je sais. Mais tu es tellement forte, je ne peux pas retrouver en toi la fille que j'étais, moi. Quand j'étais jeune, j'avais l'impression que… non, c'est ridicule…

— Dis-moi.

— J'avais l'impression d'être en verre. Un rien me blessait, me faisait pleurer. Il suffisait que la pluie se mette à tomber ou que ma mère me regarde avec une certaine expression. Avec elle, il était impossible de parler : elle nous intimidait. Nous devions toutes avoir la taille serrée dans un corset. Vous avez de la chance d'avoir aboli le port du corset. En ce temps-là, ma seule distraction était de faire sécher des feuilles entre les pages des livres. Mais parfois, je les copiais à l'aquarelle. Vivre avec tante Sofia était pénible, elle était d'un caractère orgueilleux et dur, elle me punissait toujours, sans la moindre pitié.

— Tante Sofia ? lui demandai-je, surprise.

— Oui. Maintenant, elle a changé. Elle a bien changé. Il est arrivé tant de choses en vingt ans ! Elle a bien changé, la pauvre Sofia !

Il y eut un silence gênant, puis elle reprit :

— Oui, tu vis un âge tourmenté, mais ça ne dure pas. Ensuite, c'est un âge extrêmement difficile qui commence. Tous les jours, on espère que c'est fini. Mais non, il n'en finit pas, cet âge intermédiaire si terrible. Toi, tu as la chance d'être forte. Moi, je suis très pieuse, et j'ai Giuliano. Quand Giuliano se mariera, j'aurai des petits-enfants. Je pense sans cesse au jour où ils viendront au monde. Je serai très occupée. La nuit, les enfants, ça pleure. Et moi, j'aime me lever la nuit pour les bercer. N'empêche que c'est injuste de bercer des enfants nuit après nuit, de les élever et de les instruire, tout ça pour voir la guerre arriver ensuite ! À ce qu'on dit, la guerre est pour bientôt. Moi, cela me semble impossible, il y a trop de mères en Italie pour qu'on puisse faire vraiment la guerre. Est-ce que tu crois que j'arriverai à faire embusquer Giuliano ? J'ai bien peur d'avoir à endurer encore cette épreuve-là. Ensuite, je deviendrai vieille. Enfin vieille.

Tandis qu'elle répétait ce mot, une sérénité merveilleuse s'emparait d'elle. Tous les muscles de son visage se détendaient, son visage ressemblait à une pierre lisse.

— Ah ! dit-elle avec un profond soupir de soulagement. Moi aussi, j'aurai droit à la vieillesse ! Je voudrais engraisser. Du reste, je n'en suis sûrement pas loin, j'ai quarante-deux ans.

— Tu ne les parais pas, lui fis-je remarquer.

— Peu importe. Une bonne partie du chemin est faite. J'ai le droit de vieillir, répéta-t-elle avec une légère aigreur. Sofia est beaucoup plus jeune que moi.

D'en haut, nous voyions Sofia aller et venir sur le large terre-plein de la cour. Elle donnait des ordres à des journaliers. Grave et nette, elle se concentrait sur sa tâche, à laquelle elle se consacrait entièrement, mais sans conviction. Je m'aperçus pour la première fois qu'elle avait la taille svelte et les hanches rondes, ainsi que des gestes pleins de grâce. Elle devait avoir trente-neuf ans. L'âge de ma mère quand elle avait donné son concert. L'âge de Lydia quand elle mettait son chapeau noir pour aller trouver le capitaine.

— Elle est jeune, ai-je murmuré.

— Oui, me répondit tante Violante.

Puis elle ajouta :

— Elle vieillira, elle aussi.

Elle la regardait fixement, avec une intensité rageuse. « Sofia ! Sofia ! » l'appela-t-elle pour le plaisir de la faire obéir, de la faire se retourner. Tante Sofia baissa de nouveau la tête et reprit ses occupations. « Elle a bien changé, la pauvre Sofia », avait dit tante Violante. Adele, une fois, avait fait allusion à une rancune entre les deux sœurs : « Elle est jalouse », avait-elle déclaré au sujet de tante Violante. Je me suis brusquement rappelé le ton sur lequel l'oncle Alfredo appelait : « Sofia ! », la délicatesse avec laquelle Sofia le servait, non sans avoir au préalable lancé à sa sœur un coup d'œil rapide comme pour obtenir son assentiment. « Non ! » m'avaient-elles fait comprendre toutes deux avec la même expression éloquente dans les yeux.

— Elle vieillira aussi, la pauvre Sofia, dit tante Violante en se laissant aller sur le dossier de sa chaise comme si elle renonçait à lutter. Nous vieillirons toutes, grâce à Dieu.

Désormais, presque tous les jours, parents et amis venaient écouter la radio parce qu'on disait la guerre proche.

Nous nous asseyions autour du poste en attendant que la même voix arrogante s'élève. Elle nous parlait constamment de l'impatience d'entrer en guerre, qui nous animait tous. Même si je vivais dans un cercle restreint, je doutais fort que ce soit vrai. Aucun de nous n'éprouvait de haine pour ceux que nous devions attaquer, ni d'amitié sincère pour ceux aux côtés de qui il nous faudrait combattre. À vrai dire, ils nous étaient tous indifférents et je sentais que c'était dans cette indifférence que résidait notre faute.

Il semblait parfois impossible qu'un événement nouveau soit réellement sur le point d'arriver. Les jours étaient semblables à ceux qui les avaient précédés, il suffisait de ne pas ouvrir le poste pour tout ignorer, profiter de la nature et de la vie quotidienne. Je repensais à mon enfance, je me rappelais ce que ma mère m'avait dit de la guerre, l'horreur qu'Hervey en avait éprouvée dès son jeune âge. Maman m'avait expliqué ce qu'est un « objecteur de conscience ». Mais ces choses n'existaient manifestement que pour Hervey, que pour maman, pour leur monde extraordinaire, qui m'était interdit, de même qu'il l'était à mes contemporains.

Claudio, dans ses lettres, faisait souvent allusion à la possibilité d'une guerre et je m'étonnais de voir un garçon si méditatif et réfléchi accepter ce malheur comme on accepte un phénomène météorologique, une précipitation atmosphérique. « Je voudrais te revoir avant de partir » m'écrivait-il. Mais il n'était pas attristé par mon sort, par ce qui pourrait m'arriver. Peut-être pensait-il que nous étions tous les deux responsables de cette catastrophe et que nous devions l'expier tous les deux. Bien plus, son attitude me persuadait que j'avais là-dedans une responsabilité égale à la sienne, que la responsabilité de toutes les femmes était pareille à celle de tous les hommes.

J'ai commencé à regretter de ne jamais m'être intéressée à la politique et d'être obligée par mon ignorance à accepter les assertions d'autrui. Jusqu'alors, moi qui me passionnais facilement pour n'importe quel sujet, les problèmes de politique me lassaient. Dès que j'ai perçu confusément en moi que je nourrissais une curiosité pour ces sujets, je compris que je devais garder ces choses-là cachées, comme la présence d'Alessandro. J'aurais voulu les ignorer, me contenter de partager les conclusions fournies par la radio. Mais je ne pouvais m'empêcher de constater que cette voix qui parlait à la radio était antipathique, que le ton qu'elle prenait, les mots qu'elle employait étaient sans rapport avec ceux que j'avais appris toute ma vie à aimer. C'était une réaction instinctive. Et suivant le fil de cette réaction instinctive, j'imaginais la douleur que j'éprouverais en voyant mon pays envahi par des armées étrangères, des troupes parlant une autre langue que la nôtre. On pourra y voir une hérésie, un véritable sacrilège, mais je me souviens que cette éventualité me laissait complètement indifférente. Je ne me révoltais qu'à l'idée du désordre que ces hommes armés pourraient apporter dans le pays où je vivais, cela me contrariait d'imaginer le bruit de leurs pas dans la cour. En même temps, je savais que je ferais tout pour empêcher un acte de violence aussi bien de notre part que de la leur. J'essayais de m'éprendre d'une plus grande affection pour le mot « Italie », je me le répétais intérieurement avec tendresse, allant même jusqu'à m'émouvoir au souvenir de certaines pages lues en classe. Dans un élan d'émotion, je sortais de la maison. « C'est l'Italie », pensais-je en regardant le ruban blanc des routes sur lesquelles passaient les habitants de notre village – des femmes ayant leur cruche sur la tête, des paysans portant des fétus de paille, des garçons pieds nus. « Ce sont les gens de chez nous », pensais-je. Et je sentais pour eux un élan d'affection, un attendrissement suscité par leur condition de pauvres gens qui s'efforçaient de travailler, mais surtout par le fait qu'ils s'efforçaient de vivre. Je tâchais d'imaginer ce que j'aurais éprouvé si les paysans qui sarclaient la terre près de moi n'avaient pas été des Italiens, mais des étrangers. Je n'éprouvais pas la moindre révolte, pas la moindre hostilité, simplement le désir de parler toutes les langues, de m'entendre avec tous les peuples.

Souvent, le matin, dans le ciel au-dessus de la montagne, on voyait surgir des escadrilles d'avions luisants, métalliques et bourdonnants. Leur bourdonnement me perçait les oreilles comme une vrille, il m'était insupportable parce qu'il traduisait une détermination inflexible. Ils traversaient l'air bleu avec rapidité, décision, et il va sans dire qu'à leur passage tous les oiseaux fuyaient. Le soleil se réfléchissait sur leurs ailes ouvertes avec une lueur méchante, la paix de la campagne était souillée. Dans la vallée fermée, les flancs ensommeillés des montagnes rendaient tout l'écho provoqué par le fracas des moteurs, la terre s'ébrouait, les arbres tremblaient, un frisson ridait l'eau du fleuve. Brisant les rayons du soleil, les avions projetaient sur la terre une ombre froide comme celle des nuages précédant l'orage. Leurs ombres passaient sur moi l'une après l'autre et me faisaient frissonner. Leur vrombissement effaçait toute image de mon esprit, toute douce parole que j'avais dans l'oreille.

Sur l'aile des avions, on voyait, peintes en cercles, les couleurs italiennes ; je haïssais ces couleurs. Les grands cercles tricolores passaient comme une menace en faisant glisser sur moi, tour à tour, la chaleur du soleil et l'ombre froide. J'avais peur. Jusque-là, je n'avais jamais connu la peur. Et la connaître me remplissait de honte et de dégoût.

En même temps que les autres, je vis venir un soir un jeune homme en costume sombre et compris tout de suite que c'était lui que grand-mère me destinait comme mari.

— Lève-toi, Giuliano ! dit-elle afin que le jeune homme puisse s'asseoir à côté de moi.

Quand il fut installé, elle le jaugea d'un long regard, puis fit courir ses yeux sur moi comme si elle s'efforçait de m'étudier en toute objectivité. Après quoi son visage prit une expression satisfaite.

— Encore un fruit ? me demanda l'oncle Rodolfo. Un peu de vin ?

Je compris que, par ces paroles, il essayait de rompre l'incertitude et la glace qui nous entouraient, qu'il voulait m'amener à penser que c'était une soirée comme toutes les autres, et que j'étais toujours la même pour lui – une jeune fille qu'il avait le devoir de protéger. Je le regardai dans les yeux, animée par une douce reconnaissance. L'histoire de son long amour, qu'on m'avait racontée, me revint à l'esprit. C'était une femme mariée, m'avait dit Adele. Ils se voyaient la nuit : elle sortait prudemment de chez elle et allait l'attendre au fond du jardin, le visage couvert d'une écharpe en voile. En le regardant ce soir-là, je compris aisément pourquoi on pouvait l'attendre, anxieusement, nuit après nuit. Certainement qu'elle se jetait tout de suite dans ses bras, sur sa large poitrine. J'aurais voulu être cette Emilia qui l'avait tant aimé. Emilia... C'était un joli prénom. « Je suis amoureuse de lui ! » pensai-je avec un frisson d'horreur. C'était le frère de mon père, il avait trente ans de plus que moi. Et pourtant, je sentais que je ne pouvais me fier qu'à lui ; j'aurais été heureuse d'aller à sa rencontre, comme Emilia, pour m'offrir. Je me souvins instantanément de la façon qu'il avait de me regarder quand j'entrais dans son bureau. « Comme tu as belle allure quand tu marches, Alessandra ! » m'avait-il dit un jour. Le rouge m'était monté aux joues mais j'avais éclaté de rire pour détourner la conversation et il m'avait aussitôt aidée à le faire.

Par-dessus le blanc de la nappe, nous nous regardions dans les yeux. Nous étions seuls, dans une religieuse solitude. Alors il fut clair pour moi qu'il m'aimait ; et moi aussi, pendant un instant je l'ai aimé, désespérément. Ce fut l'un des moments d'amour les plus intenses de ma vie. Notre parenté m'attirait irrésistiblement, je ne sais quelle vieille affinité me poussait à tisser des liens à la fois séduisants et dangereux. Il avait les belles mains de mon père, mais les siennes étaient plus fortes et plus nobles. Il m'indiqua mon voisin et me demanda :

— Tu ne connais pas Paolo ? Il ne vient pas souvent ici parce qu'il habite à Guardiagrele.

C'était un beau jeune homme, quoique pas très grand. Aussitôt, il me consacra toute son attention. Il avait un sourire sympathique.

— Vous faites des études, n'est-ce pas ? me dit-il.

Il me demanda ensuite si j'aimais la campagne.

C'est Giuliano qui répondit à ma place :

— Bien sûr qu'elle aime la campagne. Elle aime se lever tard, aller se promener avec le chien, s'asseoir sous un arbre et lire. Rentrer à la maison, trouver le déjeuner prêt et aller dormir dans un pré. Cueillir des branches fleuries en abîmant les amandiers. Mettre des fleurs dans les vases. Des fleurs des champs, des marguerites. Elle aime bien tordre le cou aux coqs et casser le bois avec ses mains comme les bûcherons, aussi. Le cochon cru la dégoûte, mais quand il est rôti elle le mange avec beaucoup d'appétit. Je le crois bien qu'elle aime la campagne ! conclut-il avec un rire dur.

Grand-mère, d'un seul coup d'œil, le chassa de la tablée.

— Pourquoi, grand-mère ? protestai-je en souriant.

Et en me tournant vers mon voisin, j'avouai :

— C'est la vérité.

Nous avons ri tous les deux, ce qui ramena la bonne humeur dans la salle.

Paolo revint souvent parce qu'une vive et solide sympathie s'était tout de suite établie entre nous. Il y avait longtemps que je n'avais pas fréquenté quelqu'un de mon âge, à part Giuliano. Paolo était intelligent et franc. Il me suffisait de regarder son visage, le désordre juvénile de ses cheveux pour me sentir enjouée. Quand il était présent, il m'arrivait souvent de rire, de m'amuser.

Je ne me souviens plus de quoi nous pouvions bien parler. Il ne s'intéressait pas aux mêmes choses que moi. La plupart du temps, il devait me raconter sa vie à la campagne, mais sa présence donnait à ma journée une saveur pleine de santé et de jeunesse. Aussitôt qu'il arrivait, en passant entre les ombres noires de mes tantes, j'allais à sa rencontre, une lueur de gaieté dans les yeux. Je regardais souvent ma montre et le voyais partir à regret. On ne nous laissait jamais seuls et cette continuelle vigilance m'agaçait parce qu'elle révélait des soupçons que ma relation avec Paolo ne pouvait en rien justifier.

Il me regardait en souriant, un peu surpris de mon attitude désinvolte. Je sentais que, d'emblée, il avait été tenté de mal me juger et qu'il avait été aussitôt désarmé par ma franchise. J'avais toujours été trop réservée, par comparaison avec les filles de mon âge. Mais là-bas, mon habitude de révéler mes goûts personnels, de porter des jugements, passait pour de l'effronterie pure et simple. Les femmes cachaient la moindre passion comme une faute, à part celle que pouvaient leur inspirer Dieu ou leurs enfants, de sorte que, quand elles reportaient sur Dieu et les enfants le trop-plein de leur cœur, il leur arrivait de prier de façon théâtrale, sans pudeur, et de serrer leurs enfants si fort que leur étreinte maternelle semblait étouffer ces corps fragiles. Paolo disait que je n'étais pas comme les autres jeunes filles.

— Tu ne couds jamais. Tu ne prépares pas ton trousseau. Ici, chez nous, les jeunes filles préparent leur trousseau dès leur petite enfance. Elles travaillent patiemment. Quand on va les voir, elles ont toujours les jambes couvertes par un drap blanc auquel elles travaillent.

— Elles te plaisent, ces filles-là ?

— Oui.

Un silence gêné s'installait alors entre nous, et j'avais envie de pleurer. Pendant plusieurs jours, je cessais d'étudier et remuais péniblement mes longues mains pour apprendre à tricoter. En somme, j'essayais de me rapprocher d'un modèle de femme incapable de réserver des surprises. Mais cela m'était impossible. « Paolo ne reviendra plus » pensais-je.

Paolo revenait, pourtant. Il me disait :

— Quand on parle avec toi, c'est comme faire une excursion dans la montagne. À chaque tournant du sentier, on découvre un paysage nouveau. Avec toi, on ne parle pas des mêmes choses qu'avec les autres jeunes filles.

Il finissait pourtant par s'interrompre comme s'il s'en voulait de s'être laissé aller ; et il me demandait si j'aimais les enfants.

À la maison, personne ne me parlait de lui et, dans ce silence même, je sentais un danger. Quand il arrivait, tante Sofia venait sous ma fenêtre et m'appelait : « Alessandra, Paolo est là. » Souvent un brusque élan s'emparait de moi, j'aurais aimé lui dire : « Parlez-en, allons, parlons-en ! » Le silence de ma famille me donnait l'impression d'être assiégée, je sentais que quelque chose se décidait, prenait corps, et je souhaitais mesurer jusqu'à quel point cette façon primitive de disposer de ma personne pourrait bien aller. C'était comme un défi entre grand-mère et moi. Pire encore : entre une humiliante tradition et moi. Je savais que, dans les Abruzzes, aucune fille ne reçoit aussi fréquemment la visite d'un jeune homme s'ils ne sont pas fiancés. Sans quoi, personne ne voudrait plus l'épouser, il ne lui resterait plus qu'à partir chercher un mari en ville. De plus, j'entendais combattre un usage très répandu parmi les villageois, à savoir marier les promis aussitôt la demande faite et la dot fixée. Après la cérémonie, la jeune fille retourne chez ses parents et le garçon aussi reprend la vie de famille. Il s'écoule parfois des années avant que les jeunes mariés puissent s'installer et habiter ensemble, puisque le mariage se fait alors qu'ils sont à peine sortis de l'adolescence. Mais si d'aventure il se lasse et abandonne sa femme, la réputation de celle-ci n'est pas compromise.

On voyait parfois, dans les champs, une fille accompagnée par un homme au bras passé autour de ses épaules. « C'est son mari », me disait-on. Ils se prenaient tendrement les mains, s'embrassaient à l'ombre d'un arbre, la femme serrée contre le tronc. « C'est son mari ! » m'expliquait-on pour me rassurer. Au coucher du soleil, à l'heure mélancolique qui précède le soir, il leur fallait se séparer et retourner chacun chez soi. Les étoiles poignaient, les grillons limaient l'air enivrant de l'été et le courage nécessaire à la séparation. Les femmes accompagnaient leurs jeunes époux au bout du chemin, le plus longtemps possible, comme si elles s'efforçaient de les retenir. Immobiles, elles les regardaient s'éloigner, en leur disant « au revoir » de la main jusqu'à ce que l'ombre de la nuit ne les fasse disparaître. Je demandais :

— Pourquoi ne peuvent-ils pas habiter ensemble ?

— Il n'a pas encore assez d'argent pour acheter un lit, pour nourrir des enfants.

J'imaginais les filles regardant les hommes d'un œil accusateur, sans pitié, et eux qui promettaient : « C'est pour bientôt, oui, pour bientôt, je vais trouver de l'argent, je le volerai s'il le faut. » Adele déclarait : « À défaut de lit, il y a la bonne herbe du pré. »

Le soir, désormais, il m'était très difficile de travailler. J'avais l'impression que le contact direct de la nature donnait satisfaction à toutes les curiosités, que le cours du soleil révélait suffisamment la clef de l'univers. La vérité des religions flottait dans l'air, tout comme la poésie et la musique. Le parfum de l'herbe coupée me donnait mal à la tête. Paolo s'annonçait en sifflant doucement.

Alors je fermais mes livres, descendais l'escalier en courant et entrais dans la salle à manger. Dans l'élan de ma course, ma jupe noire tournoyait autour de moi. Je souriais : quelques jours plus tard, j'aurais dix-huit ans. J'avais l'impression de jouer un beau rôle, le rôle principal.

Depuis que Paolo venait me voir, la vie était devenue plus facile, la maison plus lumineuse. Mes parents révélaient à mon égard une tendresse insoupçonnée. Un jour, grand-mère voulut que je l'accompagne dans une pièce du rez-de-chaussée où, à part elle, personne n'entrait, et qui avait été jadis une chapelle.

— Entre ! me dit grand-mère en me poussant par les épaules et en refermant tout de suite la porte sur nous.

C'était une grande pièce plongée dans une demi-obscurité, aux murs peints en violet. Tout autour, ceux-ci étaient garnis d'armoires imposantes aux couleurs sombres – certaines avaient l'allure noble des armoires de sacristie. J'avais l'impression de m'être engagée dans un souterrain où ni l'air ni la lumière ne filtraient plus depuis longtemps. Les armoires et les murs, le noir et le violet se confondaient dans une obscurité étouffante.

— Nous y voilà ! dit grand-mère, une lueur de satisfaction dans ses yeux remplis de la joie de m'avoir prise au piège.

La porte massive ne laisserait rien passer, même si je criais de toutes mes forces, la fenêtre était protégée par une grille. J'ai fait mine de dire quelque chose.

« Chut ! » m'imposa grand-mère et je me suis concentrée sur chacun de ses gestes. Elle écarta son tablier et l'ombre eut comme un soubresaut quand surgit l'éclat magique de son trousseau de clefs. Elle les tâta, les palpa, en choisit une, décrocha tout le trousseau de sa ceinture et approcha une longue clef luisante d'une armoire noire. Délicatement, elle l'introduisit dans la serrure. On aurait dit qu'elle redoutait de voir l'armoire se révolter contre cette violence et s'abattre sur elle pour la tuer. Finalement, elle écarta les battants et la blancheur éblouissante du linge empilé sur les rayons dissipa l'obscurité de la pièce.

Grand-mère ouvrit les armoires les unes après les autres, non sans guetter anxieusement sur mon visage des signes d'admiration. La pièce se remplit d'une blancheur étincelante.

— Regarde, me dit-elle. Regarde.

Elle me prit par le bras pour que je m'approche d'une grande armoire ouverte.

— Touche ! m'encouragea-t-elle.

C'est elle-même qui guida ma main pour la faire glisser sur le dos frais des draps.

— Touche ! insista-t-elle.

Il y en avait beaucoup.

— Devine combien.

Elle hésita comme si elle se demandait jusqu'à quel point j'étais capable de garder un secret.

— Il y en a plus de deux cents, finit-elle par dire. Deux cent seize. Certains sont neufs, intacts, personne ne les a jamais dépliés. C'est peut-être toi qui le feras, ou bien l'une de tes filles. Mieux : la fille de ta fille ! ajouta-t-elle comme pour donner du relief à un rêve. Celui-ci – elle fit glisser sa main sur le dos d'un drap de lin brodé –, ce sera ton drap de noces. Le chiffre qui est brodé est un A, il a été apporté en dot par ma mère qui s'appelait Antonietta. Tu vois ? A.

L'initiale était entourée de ramures et de feuillages. En haut une pensée, qui évoquait une jeune fille avec une fleur dans les cheveux.

— Ça, poursuivit-elle, ce sont des draps d'enfants.

Elle me serra contre elle. Nous sommes restées immobiles devant tout ce blanc parfumé de lavande et j'étais presque aussi grande qu'elle. Elle me caressait le front et rassemblait toutes mes pensées dans sa grande main. Il me semblait que je n'étais plus habillée de noir, que je n'étais plus chaussée de souliers noirs, que je n'avais plus une natte dans le dos. Docilement, je voyais se présenter à moi le rêve de toutes les jeunes filles – j'étais en robe de mariée et tout le monde me souriait. « Comme elle est belle » disait-on sur mon passage. Je m'allongeais ensuite sur le drap de lin brodé et Paolo riait avec moi, nous étions jeunes ensemble.

— Je suis tranquille, disait grand-mère. La tombe qui m'attend regarde du côté de cette maison.

Depuis le cimetière, situé sur la verte pente de la colline, on dominait le village comme du haut du paradis.

— Je te verrai. Il faudra que tu te lèves de bonne heure, que tu sois partout la première. La maison est endormie, les hommes aussi. Ce sont des paresseux, ils attendent qu'on leur apporte leur café au lit. C'est à cette heure-là que tu es vraiment la patronne. Tu parcours les pièces et les couloirs, tu descends à l'office, à la cave, dans cette pièce, tu ouvres et tu refermes avec tes clefs. Porte-les toujours à ta ceinture. Quand tu te couches, il faut les mettre sous ton oreiller. Je ne pourrais pas dormir si je ne sentais pas les clefs sous l'oreiller. Le jour où je mourrai, tu sauras où les trouver.

À partir de ce soir-là, elle me fit passer plus de temps avec elle. Elle tenait à se faire comprendre d'un petit signe, d'un coup d'œil – et, effectivement, je la comprenais. C'était précisément cette affinité qui m'effrayait. Il me fallait désormais étudier en cachette. Quand j'entendais son pas dans l'escalier, je lâchais mes livres.

Une fois encore, j'ai fait appel à l'oncle Rodolfo. Je l'ai prié d'intercéder auprès de grand-mère afin qu'elle me laisse aller à Sulmone me présenter à l'examen. Tandis qu'ils discutaient j'attendais, assise dans le bureau comme une coupable attendant d'être graciée. Au retour de leur entretien il ouvrit les bras en signe de résignation : grand-mère avait dit non.

Je suis allée à la fenêtre pour ne pas lui montrer mes yeux pleins de larmes. À travers ces tremblements incessants, je voyais la vallée verte fermée par la Majella comme par un corps encombrant impossible à franchir.

— Je continuerai de faire tout mon possible, murmura dans mon dos l'oncle Rodolfo, d'un ton d'excuse.

— Je regrette de t'avoir fait dépenser de l'argent pour ces livres, je te le rendrai ! lui dis-je sans me retourner.

J'étais blessante, je voulais être blessante. Il eut une nouvelle discussion avec grand-mère. Ils parlèrent longuement, enfermés dans la salle à manger. J'appris plus tard qu'il n'avait pas seulement parlé de moi mais de ma mère, et de cette Emilia qu'il avait tant aimée.

Finalement, grand-mère arriva à un compromis avec son fils.

— Tu me dis qu'après ce baccalauréat ce sera fini ?

Elle fit une pause au cours de laquelle elle semblait calculer le temps, les jours. Et elle finit par trancher :

— Soit. Qu'elle y aille !

Je me suis rendue à Sulmone en compagnie de tante Sofia. Nous étions assez tristes, vêtues de noir. Tout le monde nous regardait. Je me rappelle que Sulmone était remplie de poussière. Les jeunes filles qui attendaient avec moi les épreuves orales portaient des robes fleuries, elles étaient bien coiffées, se mettaient du rouge aux lèvres. Une d'elles me demanda si j'étais une novice.

J'ai répondu que non, mais j'avais l'impression de mentir. Je me sentais ligotée par ce malaise qui m'étreint toujours quand il y a beaucoup de gens autour de moi – je sens pour tous ceux qui m'entourent un amour sans bornes, qu'il m'est impossible d'extérioriser. Les épreuves ne me semblèrent pas difficiles. À l'écrit, j'ai tenté d'aider mes camarades, surtout les filles. Ils acceptaient mon aide mais me regardaient avec méfiance, ils se demandaient ce que j'avais en tête. Aucun d'eux ne soupçonnait la vérité. Je désirais qu'au moins une de mes épreuves se passe mal. Comme ça, ils arrêteraient de me regarder de cette façon, ils m'auraient plainte et consolée. Mais tout se passait toujours bien. En sortant de la salle, je me sentais mal à l'aise, sans doute parce que j'étais trop grande, pensais-je.

Le dernier jour, au moment d'aller prendre connaissance des résultats, l'oncle Rodolfo m'accompagna. Me retrouver seule avec lui dans les rues de Sulmone était nouveau pour moi, j'en avais le souffle coupé. Nous marchions éloignés l'un de l'autre sans nous regarder et, quand nos yeux se croisaient, nous les détournions tout de suite, comme s'ils brûlaient. Il me présentait la ville, les édifices. Je lui ai parlé de Paolo, j'ai même évoqué Claudio et des lettres que je recevais. Pourtant, ni l'un ni l'autre ne semblaient exister, c'était comme si je les inventais.

J'ai reçu mon baccalauréat avec les félicitations du jury. Tandis que je lisais les notes, mes camarades m'observaient et je riais, avec l'impression que tout cela était un cadeau – un crédit qu'on m'accordait et que je n'avais pas mérité. L'oncle Rodolfo me tenait par le bras et, au moment de sortir, tout le monde me salua.

Dehors, il faisait un grand soleil, les pierres scintillaient. Une immense gaieté m'habitait, je riais pour un rien, il me semblait percevoir partout une sorte d'effervescence insolite, que peut-être ma simple présence suffisait à susciter. Tandis que je riais, que je marchais, que je bougeais, l'oncle Rodolfo me regardait, si bien que je riais, marchais et bougeais encore plus volontiers. Nous avons pris un vermouth et, comme je n'en avais pas l'habitude, l'alcool accentua mon euphorie pleine d'insouciance.

— Je suis vieille ! disais-je.

Dans quelques mois j'irais à l'université. Mes veines, mes membres, mes cheveux – rien ne suffisait à contenir ma jeunesse.

— Je suis vieille ! répétais-je.

À la radio, on annonça qu'il fallait écouter l'émission de cinq heures. Tous nos parents viendraient sûrement l'écouter à la maison et, peut-être à cause du vermouth, je me mis à me moquer d'eux comme je ne l'avais jamais fait.

— Je n'ai pas envie de les voir ! Vraiment pas envie !

Alors l'oncle Rodolfo me proposa de déjeuner à Sulmone et de rentrer par le train de six heures.

Je dois faire une place à ce souvenir parmi tous les autres, il est si important. Au cours des années qui suivirent, à l'époque de ma vie commune avec Francesco, et même encore à présent, ce souvenir passait souvent dans mon esprit comme un train éclairé traverse la campagne plongée dans le noir – et disparaissait.

L'oncle Rodolfo me tenait par le bras et me guidait. Comme le premier jour, à l'enterrement de ma mère, je me fiais à lui sans rechigner. Il choisit un petit restaurant, avec une tonnelle recouverte de feuilles de glycine translucides. Sous ce toit vert, nous paraissions pâles, mais d'une pâleur saine et naïve, pareille à celle des petits enfants. La femme de l'aubergiste s'approcha de nous en souriant, à la fois bienveillante et complice, mais je ne me sentais pas embarrassée. C'était pourtant la première fois que je prenais mon repas avec un homme. Cette femme nous observait. Peut-être se demandait-elle si j'étais la maîtresse de celui qui m'accompagnait, ou sa fille. Mais son jugement ne m'intéressait pas, je m'en remettais à l'oncle Rodolfo, comme je m'appuyais à lui tandis que nous marchions bras dessus, bras dessous.

Le soleil traversait les dessins mouvants des feuilles et la nappe donnait l'impression d'une eau agitée. Je pris le pain afin de le rompre et m'aperçus que j'avais les mains molles et faibles – mes mains si fortes d'habitude...

— Romps-le, toi ! dis-je à mon oncle. Je n'y arrive pas.

Il semblait impossible qu'un homme de quarante-six ans puisse encore paraître aussi jeune. Pour ma part, il y avait bien longtemps que je n'avais pas été aussi gaie – depuis le temps où j'allais avec maman voler des fleurs aux grilles des jardins. Je riais, il me regardait rire. Je mangeais avec appétit et il avait plaisir à me voir manger. Il commandait pour moi des plats rares et fins, s'irritait de ne pas les trouver, s'en excusait auprès de moi et je le laissais s'excuser. Il versait le vin d'une bouteille poussiéreuse dans mon verre. Il eut une hésitation, s'arrêta :

— Ça ne va pas te faire du mal ? me demanda-t-il.

Après tant d'années, je me rappelle encore la tendresse de son regard tandis qu'il m'adressait ces paroles. Il avait une conscience aiguë de la fragilité d'une femme et, en même temps, il se préoccupait vivement de mon bien-être et de mon bonheur. Tant et si bien que j'ai voulu mettre encore un peu mon pouvoir à l'épreuve.

— Je ne crois pas, lui dis-je en buvant un long trait.

Après quoi je déclarai :

— Je veux fumer.

Il fouilla dans ses poches, honteux de ne pouvoir m'offrir de cigarettes fines. Je me mis à fumer maladroitement, en soufflant la fumée loin de moi. « Ça va peut-être me faire du mal ! » pensais-je, en proie à un vague étourdissement. Mais j'étais tranquille parce qu'il était là – il me prendrait dans ses bras, il m'emporterait, il penserait à tout. Je pouvais me laisser aller à ma faiblesse, à mon malaise. Je reviendrais à moi dans un lit adouci de rideaux blancs. Dans la chambre, je verrais des fleurs claires et lui agenouillé près de mon lit, avec bonheur et dévotion. Oui, si j'avais voulu, j'aurais même pu m'évanouir. Jamais plus l'implacable vie quotidienne ne m'accorda ce privilège.

— Elle n'avait pas peur, Emilia, n'est-ce pas, quand elle venait au rendez-vous ?

— Qui t'a dit ça ? me demanda-t-il stupéfait.

— Ça t'ennuie que je le sache ?

— Non. Toi, pas. Au contraire, bien des fois, j'ai failli t'en parler. Mais je pensais que tu n'avais pas l'âge. Il est vrai que tu es beaucoup plus mûre, on peut parler avec toi comme avec une femme. Ta maturité m'inspire de la tendresse et beaucoup de peine.

Il me prit la main, la couvrit de la sienne. Et, sous sa main, la mienne était comme à l'abri, protégée. Aujourd'hui encore, quand je ferme les yeux, je me rappelle cet épisode, je revois une verte lumière estivale et ma main est une innocente main d'enfant.

— Emilia est morte, n'est-ce pas ?

— Il y a des années. Tu venais tout juste de naître. Elle est morte à Cesena, où il avait été muté. Tout s'était fait en quelques jours.

Il se tut un moment, puis reprit, avec une amère ironie :

— Ta grand-mère ne t'a peut-être pas dit...

— Ce n'est pas elle qui m'en a parlé.

— Ah, voilà. Voilà. En somme, à l'époque, ta grand-mère a joué un rôle dans cette histoire. Depuis, nous ne sommes plus les mêmes. Ou, plutôt, c'est moi qui ne suis plus le même. Ta grand-mère ne peut pas changer. Et Emilia est morte.

— Elle était belle ? lui demandai-je à mi-voix.

Il tira une photographie de son portefeuille. Elle ne me sembla pas belle. Elle avait le visage rond, un voile blanc sur la poitrine et, sur le front, de lourdes boucles blondes. Elle paraissait âgée.

— Elle avait vingt-quatre ans. Elle est partie l'année suivante. Tu as les mêmes cheveux clairs.

— Ce sont les cheveux de ma mère, lui dis-je.

— Je sais. Mais je me souviens très peu d'Eleonora.

— C'était une femme extraordinaire.

— Comme toi ? insinua-t-il en souriant.

— Oh non ! répondis-je vivement.

Je me suis alors mise à parler d'elle avec ferveur. Aussitôt, comme appelée par mes paroles, ma mère entra dans le restaurant, étonnée, et regarda tout autour d'elle. Il y avait du vert sur le blanc de cire de ses mains, son visage était une feuille tendre. Vaporeuse et rapide, elle approcha tandis que je parlais de son pas. Le jour était fier d'elle, l'oncle Rodolfo la regardait, hypnotisé.

J'étais heureuse. Il y avait sur la table un bouquet de fleurs des champs avec quelques tiges de citronnelle.

— Je le prends dans mon sac, déclarai-je.

Je dis affectueusement au revoir à la grosse femme qui nous souriait.

— Nous reviendrons ! affirmai-je.

L'oncle Rodolfo me regarda, puis répéta avec émotion :

— Nous reviendrons !

Nous sommes sortis sur le boulevard poussiéreux de Sulmone. Il me prit par le bras et nous partîmes. Il aurait dû m'emmener, ce jour-là. Tout aurait été différent. Je n'étais qu'une faible femme et les femmes s'appuient sur les hommes comme lui, grands et forts. Je ne peux pas lui pardonner de ne pas l'avoir fait. Ma pensée s'acharne contre lui, j'aimerais qu'il lise ces pages. Pourquoi est-ce que tu ne l'as pas fait ? Je couvre sa poitrine de coups de poing. Pourquoi est-ce que tu ne m'as pas emmenée ? Au lieu de quoi, il me demanda :

— On va écouter la radio ?

Et je lui répondis en souriant :

— Oui, allons-y.

Nous marchions en silence, manifestant notre joie par nos pas vifs et pleins d'énergie. Je souriais. Je croyais encore m'appuyer sur lui alors que chacun de mes pas m'éloignait de ce jour heureux et de la légende de ma mère. Je devenais Alessandra, rien qu'Alessandra. Chacun de mes pas me conduisait inexorablement vers Francesco, vers Tomaso, vers ma vie solitaire.

La radio dit que la guerre avait éclaté.

Le lendemain, en ouvrant ma fenêtre, je pensais trouver tout différent. Je fus donc surprise de voir que le soleil brillait, que les prés étaient verts et le ciel dégagé, que les paysans travaillaient dans les champs. J'espérais que j'avais été victime d'un mauvais rêve mais les heures vécues au cours de la journée précédente étaient encore si vives en moi que cet heureux espoir s'évanouit aussitôt. Je jetais des regards soupçonneux alentour, j'interrogeais le visage des personnes qui passaient dans la cour. C'étaient des visages sereins, sans la moindre expression malveillante. Ce qui m'a incitée à trouver très exagérées les descriptions de l'autre guerre que nous tenions de nos parents. Dans mon esprit, ils n'avaient pas eu un seul jour de calme et de soleil, le ciel avait toujours été noir, l'air déchiré de grondements épouvantables, retentissant de plaintes et de hurlements. Or j'entendais le gloussement familier des poules, le bêlement apeuré des brebis. Un sourire aux lèvres, je me dis que ce n'était pas si terrible d'être en guerre.

Les semaines qui suivirent, un grand nombre de jeunes gens partirent, mais ils partaient tranquillement. Tous assuraient qu'ils reviendraient très vite. Ceux qui restaient travaillaient à contrecœur, ils préféraient s'asseoir devant la maison et fumer, en attendant leur avis de mobilisation. Paolo était absent, il se trouvait à Guardiagrele. À son retour, il se contenta de me dire : « Tu as vu ? » Lui aussi fumait beaucoup et, quand nous étions ensemble, nous n'étions plus si gais. Je n'arrivais pas à comprendre pourquoi, puisque rien n'était changé. Claudio écrivait qu'en ville aussi la vie était toujours la même, si ce n'est qu'on dépensait beaucoup d'argent pour acheter des journaux.

Cependant, derrière les yeux des femmes, la pâleur de leurs visages, les gestes précipités avec lesquels elles habillaient et caressaient leurs enfants, le lugubre accent des prières qu'on entendait dans les églises, une tristesse écrasante flottait dans l'air. Les journées étaient voilées de crainte et d'incertitude. Et, comme l'avait prédit Giuliano, un voile odieux se tissait entre la poésie et moi. Je m'acharnais désespérément contre ce voile invisible, certainement créé par mon imagination. J'essayais de réagir en refusant d'accepter la guerre. C'était facile, me disais-je, puisque rien ne troublait le cours de mes journées. Je lisais, je me fixais des programmes de lectures, de recherches, j'écrivais à Claudio de longues lettres sans aucune allusion aux événements ; je me suis acheté une robe neuve et, quand je passais dans les couloirs de la maison, je chantais pour repousser le poids oppressant qui me cernait. Je n'écoutais plus la radio. Je ne voulais plus rien savoir et, quand on me donnait des nouvelles, je répondais distraitement. Cela eut pour effet qu'on me jugea encore plus froide et plus égoïste. L'oncle Rodolfo me regardait avec stupeur, et je prenais plaisir à m'enfermer dans cette attitude. Je parcourais le pays en affectant de ne vouloir m'arrêter parler avec personne, un fichu noir sur la tête, le chien Giuseppone en laisse. Mais la voix de la radio me poursuivait partout. À la maison, il y avait toujours quelqu'un assis près de l'appareil et cherchant nerveusement sur le cadran. Même dans ma chambre, j'imaginais une main tournant nerveusement les boutons. Au village, par les fenêtres ouvertes, cette voix de la radio inondait les routes, m'attendait au café, chez le pharmacien et chez l'épicier. Je refusais d'écouter ce qu'elle disait, je ne l'écoutais pas. Mais le ton arrogant de la voix me frappait, semait le trouble dans mes pensées, suscitait une révolte en moi : « Assez ! murmurais-je avec une fureur contenue. Assez ! Assez ! »

Grand-mère ne parlait jamais de la guerre. Tout comme moi, elle refusait de s'incliner devant la brutalité des faits. Elle avait pâli, cependant : elle n'était plus qu'un grand cadavre. « Mais pourquoi ? aurais-je voulu protester. Il ne se passe rien. Coupez le poste. Il suffit de couper le poste. » Pourtant, la nuit, quand la radio faisait silence, je me sentais poussée à descendre dans la maison noire, dans la salle à manger déserte, à allumer la petite lampe du cadran et à déplacer fébrilement l'aiguille jusqu'à ce que je retrouve cette voix. Elle faisait désormais partie de l'air même que je respirais ; lorsqu'elle se taisait, j'avais le souffle coupé.

C'était avec une impatience croissante que j'attendais les visites de Paolo ; même si elles ne me procuraient plus la même joie, j'espérais qu'il aurait le pouvoir de me faire redevenir celle que j'avais été jusque-là. Un soir, brusquement, on nous laissa seuls. Paolo avait dîné avec nous, personne n'avait allumé le poste et tout le monde semblait vouloir se réfugier dans une tranquillité factice. Tante Sofia avait été la dernière à sortir, en tenant sur ses bras la grande nappe blanche en désordre – elle allait la secouer dans la cour et, dans la matinée, les poules venaient becqueter les miettes. Elle n'était pas rentrée. Paolo avait d'abord été déconcerté de cette liberté inhabituelle qui nous était accordée : il avait regardé autour de lui, en s'efforçant d'en comprendre le sens. Puis m'avait demandé de sortir avec lui. Il faisait un beau clair de lune.

Nous prîmes le sentier qui menait à un petit

chemin à mi-côte, bordé de peupliers blancs. Des feuilles claires remuaient sur les peupliers comme des papillons et, dans l'herbe, les grillons agitaient timidement des clochettes d'argent sans pouvoir couvrir les cris rageurs des grenouilles.

— Paolo, dis-je.

Il me prit par le bras.

Je n'étais pas heureuse. Il subsistait toujours un voile épais entre mes pensées et le bonheur, entre cette promenade et une heureuse promenade. J'essayais de rire, de dire des paroles agréables et légères : tout sonnait faux, tout était le fruit d'une inconsciente et sotte coquetterie. Depuis que ma mère était morte, mes paroles ne formaient plus autour de moi le monde poétique et séduisant dans lequel j'avais appris à me sentir vivre. Et je savais qu'au moment où je pourrais parler avec un homme la langue de ce monde-là, alors seulement je connaîtrais amour et bonheur.

— Qu'y a-t-il ? me demanda Paolo.

Nous nous assîmes sur un muret, j'avais les pieds dans l'herbe fraîche de rosée.

— Tu es vraiment différente des autres jeunes filles, me dit-il. Pourquoi n'es-tu pas heureuse, en ce moment ?

— Tu es heureux, toi ?

— Moi, oui.

Je l'ai regardé avec méfiance. J'avais peur qu'il veuille me cacher la mélancolie de cet instant et des jours traîtres que nous vivions, me prendre pour une petite fille. Mais il avait une mine sincère. Je compris alors que seuls les hommes possèdent la force et l'assurance – aucun d'eux n'avait le visage égaré de ma mère, le visage douloureux de tante Violante, le visage pathétique de Lydia quand elle était loin du capitaine. Je fus prise d'un brusque désir de m'emparer de leur force. Je voulais la leur dérober, la leur ravir, me libérer de ce voile épais qui me refusait l'insouciance et la gaieté.

— Moi aussi, dis-je, je voudrais être heureuse.

Alors Paolo s'approcha de moi. Son visage se trouva contre le mien et ses yeux sombres et vifs se voilèrent. Comme c'était beau, ces traits d'homme – un nez fort, un grand front. Paolo avait la peau bronzée, sa chemise ouverte sur sa poitrine laissait monter une odeur agréable, l'odeur de la peau longuement exposée au soleil. Désemparée, j'ai fermé les yeux.

C'est ainsi qu'il me donna mon premier baiser. À vrai dire, ce n'était sans doute pas le premier : Claudio m'avait embrassée quelquefois, mais c'étaient des baisers piquants, peureux, pressés. Les lèvres de Paolo se collaient durement aux miennes. Il me faisait mal, j'entrouvris les miennes pour échapper à cette pression. Alors il prolongea le baiser, m'obligea à desserrer les dents, me cloua de stupéfaction.

Nous nous sommes écartés et j'aurais voulu m'enfuir. Ce qui me retint fut l'idée qu'il n'était peut-être pas normal et qu'il risquait de me courir après pour profiter de la solitude des lieux et me forcer à assouvir sa pulsion brutale. Il recommença à m'embrasser et je le laissai faire, horrifiée mais en même temps curieuse d'éprouver de nouveau cette impression bouleversante. J'avais envie de m'essuyer la bouche, mais je craignais que Paolo se sente froissé, comme si je refusais de boire dans le même verre que lui.

— Quoi ? me demanda-t-il en me voyant triste. Il n'y a aucune raison pour que ça te déplaise puisque je t'aime et que nous sommes fiancés.

En me disant ces mots, il me serrait contre lui et me caressait les épaules, sans se demander si cette étrange façon d'être embrassée m'était agréable.

— Non, lui dis-je.

— Pourquoi non ? me demanda-t-il distraitement alors qu'il recommençait à m'embrasser.

— Non, répétai-je en m'essuyant les lèvres. Nous ne sommes pas fiancés.

— Mais bien sûr que si, répéta Paolo, qui voulait recommencer à m'embrasser. Nous n'allons pas tarder à nous marier, avant que je sois rappelé.

— Non, lui dis-je en sautant au bas du muret. Nous ne sommes pas fiancés, je ne suis pas amoureuse de toi.

Lui était resté assis. Il avait les cheveux en bataille, sa chemise blanche était froissée, son pantalon tombait mal. On voyait sa peau nue au-dessus de sa chaussette roulée. Il me regardait fixement avec une stupéfaction si naïve que je fus brusquement en colère contre moi-même, contre ma difficulté à être heureuse. Et pour la première fois, je vis ce regard perdu d'enfant que je devais retrouver si souvent dans les yeux de Francesco. Il a toujours suffi que les hommes me regardent de cette façon pour que j'aie l'impression d'être une créature méprisable, possédée par une sorte de folie. J'étais remplie de remords, j'aurais voulu voir Paolo oublier ce que je venais de dire, l'oublier moi-même, lui demander pardon. Cher Paolo, lui disais-je en moi-même, cher Paolo ! Tout attendrie par la désillusion qu'il me donnait, je lui caressais le front pour le consoler. Cher Paolo, fais quelque chose, allons, pour alléger ce poids qui nous écrase ! Il me semblait qu'il suffisait d'inventer tendrement un mot, un de ces mots grâce auxquels, magiquement, ma mère suscitait le bonheur. J'étais tellement seule que même les montagnes, les arbres, les étoiles du ciel ne me tenaient plus compagnie. Sur les reliefs, on ne voyait plus de villages, la campagne était déserte – nous étions seuls sur la terre, lui et moi, un homme et une femme, condamnés à vivre toujours ensemble.

— Tu ne veux pas ? me demanda-t-il d'un air renfrogné en recoiffant ses cheveux.

Il parlait d'un ton sec, ce n'était plus l'ami avec lequel j'aimais rire.

— Non, lui dis-je.

— Pourquoi m'as-tu fait croire que tu étais contente, que tu m'aimais ?

— C'est que j'étais contente, en effet.

Et je le regardais fixement, dans le blanc des yeux, pour bien le convaincre de ma sincérité.

— Pourquoi ne veux-tu pas m'épouser, alors ?

— C'est que… Tu auras peut-être du mal à me comprendre. J'attends que ce soit beau de se trouver seule sur la terre avec un homme. Beau et pas angoissant, effrayant. J'attends…

J'allais dire : « J'attends Hervey », mais je me retins aussitôt. Il ne m'aurait pas comprise, aucun homme n'aurait compris cela. Du regard, je le caressais maternellement, je lui lissais les cheveux. Cher Paolo, lui disais-je au fond de moi. Cher Paolo ! Il me semblait qu'il était à terre, sur le rivage, et moi sur un fragile voilier qui s'en allait.

Pendant quelques jours, je suis allée l'attendre à la tombée du soir, tout au bout de l'exploitation. Seul Paolo aurait pu me rassurer, par son retour, me rendre la certitude que j'étais une femme comme les autres. Je scrutais le chemin bordé de chênes par lequel il avait l'habitude de venir jusqu'à moi. Je ne voyais que de l'herbe, des arbres et le ciel. Même la voix arrogante de la radio n'arrivait pas jusque-là.

Avec les premières ombres, je regagnais la cour, ma robe noire imprégnée de la mélancolie d'avoir attendu en vain. Et comme personne ne s'étonnait de l'absence de Paolo, j'ai compris qu'on savait tout. Jusqu'à quel point ma famille était-elle au courant ?

Quand ils me regardaient bien en face, je croyais lire dans leurs yeux un reproche, car cette effroyable manière d'embrasser ne m'était pas inconnue.

Une inquiétude irrépressible me poussait à me cacher, je me sentais de trop et mal vue. De ma fenêtre, je voyais tout le monde au travail. Les gestes de chacun étaient d'une inexorable lenteur et le rythme d'un geste devenait une règle de vie. J'avais délaissé mes études, je ne m'occupais plus de la maison, j'évoluais hors de cette discipline laborieuse. Fragile, coincée entre deux engrenages écrasants, je me bornais à écouter la radio, des heures et des heures.

Près du poste, je trouvais l'oncle Alfredo. Parfois c'était moi qui, spontanément, venais m'asseoir à côté de lui. Il continuait de me regarder d'un air goguenard, mais c'est ainsi qu'il regardait toutes les femmes. Seulement, je craignais qu'il ne soit au courant du baiser de Paolo, de mes conversations avec Fulvia, et du fait que la main d'Enea avait effleuré mes seins.

— C'est vrai que tu ressembles beaucoup à ta mère, me dit-il un jour.

En entendant ces paroles, en apparence inoffensives, j'aurais voulu me couvrir le visage, et fondre en larmes. Je ne pouvais plus supporter l'image que me renvoyaient les vitres des fenêtres. Je voyais le péché en moi, dans ma haute et svelte silhouette de blonde qui constituait, dans ce pays, une anomalie flagrante. Le regard hostile de Giuliano, le regard ironique de l'oncle Alfredo, les tristes regards de mes tantes m'aiguillonnaient, m'obsédaient, ils m'incitaient à ouvrir la fenêtre et mourir pour me cacher.

Un soir, je dis à grand-mère :

— Grand-mère, j'en ai assez !

Elle était assise, blanche et majestueuse, telle que je l'avais vue pour la première fois, le jour de mon arrivée. Je parlais à voix basse, sans oser lever les yeux vers elle : il m'était difficile de m'avouer battue.

— Je sais, me répondit-elle avec calme.

Ses épaules dépassaient le dossier de son fauteuil, sa tête se découpait dans l'embrasure de la fenêtre et sur le ciel, plus haut que les montagnes. De là-haut, il était bien certain qu'elle voyait tout, alors à quoi bon parler ? Je m'accroupis à ses pieds et lui pris la main. J'avais l'impression d'être à l'église.

Mais elle posa la question que je redoutais :

— Pourquoi t'es-tu comportée de cette façon avec Paolo ? Tu paraissais contente.

— J'étais contente, lui répondis-je. Je l'attendais avec impatience. Je l'ai attendu avec impatience tous ces jours-ci. Oh, j'aimais bien le voir entrer à la maison, aller à sa rencontre...

Elle m'interrompit :

— Tu aimais aller te promener le soir seule avec lui ?

— Oui, je pense qu'au fond j'aimais ça.

— Dans ce cas, pourquoi ne veux-tu pas l'épouser ? Tu aimes te faire embrasser par un homme et tu n'en veux pas pour mari ?

J'ai hésité avant de lui répondre – il était difficile de faire comprendre des réactions aussi subtiles à l'implacable sévérité de grand-mère.

M'étant décidée à lui parler avec franchise, je lui dis :

— Oui, j'aime ça ! Mais je pense que l'amour est tout autre chose.

— Tu te trompes, ce n'est pas autre chose. Tous les hommes sont pareils, ils disent les mêmes mots, ils font les mêmes gestes. Ce sont des hommes. Paolo est un garçon honnête et bien élevé, il t'aurait respectée. Au bout de peu de temps, tu aurais pu avoir un enfant. Quand on a un enfant, on en est très reconnaissante aux hommes. Tu te sens réellement vivre, ton corps se développe, tu te sens envahie par un immense bien-être, tu as faim, tu as soif, tu as sommeil, tous tes instincts se renouvellent, tu as la certitude d'être aussi saine et fertile que la terre quand le blé germe. Tu ne gardes plus rancune aux hommes, tu les considères eux aussi comme tes enfants. Une compassion maternelle et pleine de tendresse te pénètre quand tu les vois s'agiter pour des actes et des problèmes si futiles, si pauvres face au triomphe de la vie.

— Je ne garde aucune rancune contre les hommes. Seulement j'aimerais avoir cette certitude, cette force qu'ils possèdent, eux, et sur laquelle ils peuvent compter à tout instant.

— Ce n'est pas de la force, me répondit-elle en tapant de sa grande main sur le dossier de son fauteuil. C'est un manque de pitié. Et seuls les êtres qui sentent la pitié sont forts, tu comprends ? N'oublie jamais ça. À mon avis, tu as eu tort de croire que c'étaient eux les maîtres et qu'ils avaient ton bonheur entre leurs mains. Oui, tu as tort. La maison est à nous, les enfants sont à nous ; c'est nous qui les portons et qui les nourrissons. Par conséquent, la vie est à nous. Même chose pour le plaisir que te donnent les hommes, c'est une chose misérable que tu es obligée de garder secrète, et c'est au moyen de ce secret qu'ils te dominent et qu'ils t'humilient. Ce n'est que lorsqu'on attend un enfant qu'on prend vraiment de l'assurance : le lien qui nous a unies aux hommes n'est plus ni bas ni méprisable, il est splendide. C'est à notre tour de nous en glorifier, d'en tirer de l'orgueil. Tu deviens grasse, tu deviens belle, ton sein se gonfle de lait. Tu suffis à rassasier ton enfant, il n'a pas besoin d'autre chose. Même la douleur qu'on éprouve en le mettant au monde est une sorte de plaisir monstrueux. Si tu es réellement une femme, tu dois avoir envie de l'éprouver. Pour moi, la naissance d'Ariberto a été très difficile, alors je lui disais : « Mon enfant, pourquoi me fais-tu si mal ? Aie pitié de moi, sois plus doux ! » À ce moment-là, les hommes se tiennent sur le pas de la porte parce qu'ils ont peur, parce qu'ils ont honte, parce qu'ils sont incapables de se calmer – c'est toi qui possèdes la force d'affronter seule ce moment terrible où on transmet la vie.

Les paroles de grand-mère tombaient sur moi de haut, pareilles à des rochers qui emportaient mon faible corps, avec les rêves qui m'étaient chers. « Non, pensais-je tout en me laissant emporter, non, non, je ne veux pas posséder cette force horrible ! »

Écrasée par la conscience que j'avais de ma détresse, je lui dis :

— Pardonne-moi, grand-mère. J'avais l'impression d'être devenue forte, de te ressembler. Laisse-moi partir, j'en ai assez.

— Je sais, répéta-t-elle sourdement d'une voix douloureuse. Je te l'avais dit. Abandonne les livres, abandonne la musique.

Puis elle ajouta, comme ma mère :

— J'aurais voulu que tu sois heureuse.

Saisie par un frisson, je me suis agrippée à ses genoux. J'entendais le fleuve couler rapidement au-dessous de moi, je m'accrochais à un tronc du rivage, à un rocher :

— J'ai peur, ai-je murmuré, épuisée. Aide-moi !

On entendait la voix de la radio résonner depuis la maison du fermier, toute proche. Elle entrait dans la pièce et nous rattrapait, nous la respirions. La douce soirée d'été se peuplait d'embûches. En même temps que la voix de la radio, nous entendions les avions bourdonner, plonger à toute vitesse, s'abîmer en vrille au milieu des flammes. Trois avions tombés, six avions tombés.

— J'ai peur, ai-je avoué. J'ai peur, grand-mère.

— Nous avons tous peur. Et à mon sens, nous ne pourrons plus nous défaire de cette peur, désormais. Moi, je suis vieille, je n'en ai plus pour longtemps à avoir peur. Mais je ne peux pas oublier ton visage le soir de l'annonce de la guerre, alors que tu revenais de Sulmone. Tu avais compris que personne ne pourrait échapper à cette peur. Du reste, ce que nous vivons appartient à ton époque. Tu l'interprètes mieux que moi et c'est normal. À l'époque, j'avais encore l'espoir de te sauver, j'avais songé à faire construire un refuge dans l'office. La grotte est solide, c'est de la pierre. Toute la nuit, j'ai ruminé des idées aussi absurdes qu'abracadabrantes – faire blinder une pièce, alors que je n'ai pas l'argent pour. J'imaginais cette pièce pour toi… et pour Paolo, ajouta-t-elle à mi-voix. Je voulais y cacher le linge aussi, les sacs de blé, vous faire une sorte d'arche de Noé, en somme. Je me pensais plus forte que la guerre. Mais ce n'est pas possible. La guerre pénètre partout. Ton père nous a écrit que Sista a peur, elle veut retourner dans son village, en Sardaigne. Il ne peut pas se passer d'une femme pour repasser, pour faire la cuisine, pour raccommoder. J'avais déchiré la lettre sans même te la montrer, je pensais lui envoyer Adele.

— Il vaut mieux que ce soit moi qui y aille, dis-je.

— Oui, reconnut-elle après une pause. Ça vaut mieux.

Nous sommes restées l'une près de l'autre en silence, la radio ne disait rien. On entendait la voix des grillons, les gémissements d'un chien. Adieu, pensais-je en mon for intérieur. Adieu, adieu.

Mes tantes entrèrent. Je me suis levée d'un bond, en essayant de me reprendre. Cependant, la retenue silencieuse que nous avions toujours observée entre nous avait pris fin, nous nous connaissions intimement, comme seules des femmes peuvent se connaître, même quand elles croient n'avoir jamais échangé de confidences.

— Alessandra s'en va, dit grand-mère.

Elles ne manifestèrent aucun étonnement.

On décida que je partirais deux jours plus tard, le lundi. Le lundi matin, l'oncle Rodolfo enfila ses bottes de bonne heure pour aller dans la campagne.

— Je regrette, me dit-il, j'aurais voulu t'accompagner à la gare... Ce sera le métayer qui te conduira avec le cabriolet. Moi, je ne peux pas, j'ai trop à faire.

Il me prit la main. Je le regardai. « Tu ne m'embrasses pas, pourquoi ? lui demandais-je des yeux. Pourquoi est-ce que tu ne m'embrasses pas comme Paolo ? » Je me surpris de nouveau à penser qu'un homme de quarante-six ans est encore très jeune et très séduisant. « Embrasse-moi, insistais-je. Prends-moi dans tes bras, embrasse-moi. » Voilà comment je l'implorais de me libérer de tout ce qui m'attendait au cours de ma vie, de tous les gestes que je devrais accomplir. Tous les deux, nous savions bien ce que signifiait mon départ. C'est moi-même qui devais me mettre en route. Seule, pour la première fois. Grand-mère m'avait donné l'argent du billet puis fait cadeau d'une petite somme, non sans solennité. Et puisque je ne reviendrais plus dans cette maison, je regardais tout ce qui m'entourait pour prendre congé de cette vie paisible qui m'avait repoussée. Derrière l'oncle Rodolfo, je voyais accrochés ses fusils, ses pipes, la photographie de lui faite sur le Carso et aussi mon nom sur le grand arbre généalogique, libre et seul, au bout d'une branche, suspendu dans le vide.

— Tu comprends ? insista-t-il. Je ne peux pas t'accompagner. Nous allons nous dire au revoir ici.

Ils étaient tous sur le pas de la porte quand je suis montée dans le cabriolet conduit par le métayer. Grand-mère au milieu, tante Violante à gauche, tante Sofia à droite, les servantes derrière. Comme sur une photographie. Giuliano, assis par terre, époussetait ses souliers avec une cravache. Il y eut un moment de silence, puis tante Clarice se mit à pleurer.

— Pourquoi est-ce qu'elle part, Alessandra ? demanda-t-elle. Est-ce que c'est de ma faute ? Qu'est-ce que j'ai fait ? Est-ce que j'ai fait quelque chose de mal ?

Alors grand-mère baissa la tête et donna un ordre. J'eus un geste comme pour résister, pour m'accrocher. Mais le métayer avait fouetté son cheval et le bruit des roues sur le pavé ne tarda pas à brouiller la voix stridente de tante Clarice qui pleurait.

Ce qui me surprit le plus à mon retour, ce fut l'obscurité dans laquelle la ville était plongée en raison du black-out. En entrant en gare à Rome, le train semblait se pencher pour se glisser dans un sombre et dangereux tunnel. Dans le noir, c'est tout juste si j'ai reconnu mon père qui était venu chercher mes paniers avec Sista. Au cours de notre longue séparation, notre correspondance avait été maigre et sans chaleur, alors à quoi bon feindre des effusions de joie ?

— Tu as ton formulaire pour le rationnement ? me demanda-t-il.

Comme j'avais répondu par l'affirmative, il poussa un soupir de soulagement.

— Toute la journée, je me suis fait un sang d'encre à cause de ça.

Mon père avait abandonné notre ancien immeuble de la via Paolo Emilio pour s'installer dans un tout petit appartement des nouvelles constructions du quai Flaminio. Ce qui ne fit qu'accentuer mon impression d'arriver dans une ville inconnue. Dans ce labyrinthe de hauts immeubles blancs, je marchais en silence, suivant mon père et Sista comme deux étrangers. Je tenais un lourd panier d'osier qui m'écorchait le poignet, sans même songer à regarder autour de moi. L'ascenseur me fit peur, c'était un modèle moderne dont les portes s'ouvraient toutes seules. De même qu'à mon arrivée dans les Abruzzes, je me suis demandé si je n'étais pas morte, si je ne vivais pas dans l'au-delà. Peut-être était-il possible de connaître plusieurs morts, en renonçant chaque fois à quelque chose, à quelqu'un.

Les trois petites pièces de l'appartement étaient étouffées par les vieux meubles noirs. Mon père avait remplacé le lit à deux places par un petit lit en fer – toute trace du passage de ma mère avait disparu, les robes, les photographies... Le piano avait été vendu. « J'ai jeté tous les objets inutiles » ne cessait-il de me répéter, en me montrant la salle de bain, les placards, la cuisine. « Ça te plaît ? » me demandait-il d'un air satisfait. Je dis que oui. En réalité, je ne me posais même pas la question. Tout ce qu'il me fallait, c'était un coin pour dormir. Plus encore que le jour où j'étais arrivée chez grand-mère, j'avais l'impression de devoir expier un énorme péché.

Les lampes, très faibles, ne répandaient qu'une lumière pâle et jaunâtre. À cette époque, mon père connaissait ses premiers problèmes de vue. Il ouvrit la fenêtre en grand. L'obscurité était totale, un fleuve noir me séparait du quartier où j'avais vécu avec ma mère.

Le lendemain matin, je m'aperçus que la maison donnait sur le pont et sur la cannaie. Pour nous, c'était comme habiter au cimetière. Mais mon père n'y avait certainement pas pensé et ne se sentait pas mal à l'aise. « À vol d'oiseau, nous sommes tout près du Vatican, disait-il, je ne crois pas que nous ayons à redouter les bombes. »

Sista allait et venait devant un fourneau blanc et bleu ciel, l'air perdue. Elle m'appelait « mademoiselle » et parlait de moi à la troisième personne. Je la laissais faire sans protester car il me semblait que nous n'étions plus les mêmes et les formules de naguère n'avaient plus cours. Nous n'avions rien à nous dire. Quand j'ai fini de donner des nouvelles de la santé de grand-mère et de la campagne, il me fut impossible de trouver un autre sujet de conversation. Je continuais d'afficher une gratitude servile, j'étais contente d'avoir une chambre à moi, une fenêtre. Je tenais à payer mon écot d'une manière ou d'une autre. « Il faudra que tu fasses la cuisine et que tu t'occupes de la maison » me dit mon père, ce que j'ai accepté avec enthousiasme. Je l'ai informé que j'irais m'inscrire à l'université dès le lendemain et que je ferais l'impossible pour trouver du travail, il n'avait pas à s'inquiéter.

Il sourit d'un air rassuré.

— Tu verras. Une fois Sista partie, nous pourrons vivre sans trop de difficultés. Nous allons toucher l'indemnité de bombardement. Quelqu'un nous apporte un peu de viande de la campagne. Il fait bon vivre, dans cet immeuble. Au premier étage, il y a un veuf avec qui il m'arrive de jouer aux cartes. Ici, personne ne sait rien, me dit-il après une pause, les yeux plongés au fond des miens. Tu comprends ?

À l'entendre, on devinait clairement que la vie que j'avais menée avec ma mère n'était qu'une fable que nous nous étions inventée. Et nous ne pouvions que nous en mordre les doigts.

Deux jours plus tard, je suis allée voir Fulvia. À mesure que je m'approchais de la rue que j'avais habitée si longtemps, mon pas se ralentissait et je sentais mes jambes fléchir. Je reconnaissais les lieux, les vitrines, les commerçants assis derrière leur comptoir mais, en réalité, c'était comme si je ne les reconnaissais pas, comme si on m'en avait régulièrement parlé, rien de plus. Les hirondelles vinrent à ma rencontre en poussant un cri aigu pour me saluer. Elles, je les ai reconnues, elles étaient encore mes parentes. Elles s'abattaient rapidement dans la rue, en faisant résonner partout leur consternation, leur désespoir. Je les entendais crier au fond de moi.

Lentement, mais le cœur battant, j'ai monté l'escalier et me suis arrêtée devant la porte de l'appartement qui avait été le nôtre. Je m'attendais à ce que cette porte s'ouvre brusquement et à ce que maman vienne à ma rencontre, de son pas à la grâce ineffable, pour me dire : « Oh, Sandi, te revoilà ! »

Mais sur la porte, une plaque portait l'inscription « Ridolfi » et j'ai continué de monter l'escalier. Quand Fulvia vint m'ouvrir, elle eut peine à me reconnaître.

— Alessandra ! s'écria-t-elle en m'embrassant convulsivement.

Elle était tellement agitée qu'elle ne savait plus où me recevoir. Elle fut tentée d'ouvrir la porte du petit salon japonais où nous n'entrions jamais ; je retins sa main à temps. Nous nous sommes assises sur son lit, dans sa chambre tapissée de nouvelles photographies qui la montraient en maillot de bain. Je ne l'avais jamais vue dans cette tenue, je ne connaissais ni sa nouvelle coupe de cheveux, ni la nouvelle robe qu'elle portait ; j'étais à *ça* de fondre en larmes.

— Je suis tellement contente que tu sois revenue, Sandi, me dit-elle. J'ai mille choses à te raconter. Comment faire ? Il faudrait qu'on cause des journées entières et des nuits entières. Tiens, et si tu restais dormir ici ce soir ? Dommage que maman ne soit pas là. Elle est partie...

— Avec le capitaine ?

Fulvia resta un instant silencieuse, puis reprit gravement :

— Non. Le capitaine a été muté peu de temps après la mort de ta mère. Ça a été terrible. Celui-ci... celui-ci, c'est un entrepreneur, il a une 1500.

Je dis :

— Je comprends. Il s'est passé tant de choses !

— Oh oui, bien des choses !

— Et Dario ?

— Il habite toujours ici, dit-elle en indiquant du menton l'immeuble d'en face.

Nous nous sommes mises à la fenêtre pour regarder dans la rue ; la rue était étroite, poussiéreuse – un triste boyau. La façade de l'immeuble d'en face était livide, dans le crépuscule. Dario n'était pas assis à son bureau en train d'étudier, comme je l'avais toujours imaginé pendant mon absence. Sa fenêtre ouverte montrait un rideau blanc élimé et, derrière, un intérieur lugubre. Par instants, le vert sans limite des prés, l'éclat des montagnes des Abruzzes passèrent dans mon esprit, dans une lumière éblouissante, comme des paysages qu'on voit en rêve.

Mais ma vie était ici, je revenais l'offrir doucement à cette rue baignée de mélancolie.

— Comment est-il ? demandai-je à Fulvia en indiquant la fenêtre de Dario.

— Gentil, me répondit-elle. Affectueux. Mais parfois, il est odieux, incompréhensible, il disparaît sans prévenir. Toi qui viens de l'extérieur, tu ne peux pas comprendre. Pour les garçons, c'est une période difficile. Dario devait partir, il a été réformé à cause de sa vue. J'ai connu des journées atroces. Maintenant c'est passé, grâce au Ciel…

— À cause de son départ ?

— Oui. Mais surtout, figure-toi que je croyais être enceinte.

Avec un sursaut, je me suis écartée de la fenêtre pour dissimuler mon visage dans l'ombre. Je m'étais sentie rougir violemment, mais sans pouvoir quitter des yeux le visage et le corps de Fulvia. J'ai cru avoir mal compris ; Fulvia et Dario s'étaient-ils mariés en secret ? Mais ce qui me faisait le plus souffrir, c'est d'avoir été tenue à l'écart de cette confidence.

D'avoir été trompée, même, car pendant tous ces mois, j'avais continué de penser à Fulvia comme si elle était restée la même.

— C'est vrai, me dit-elle en détournant les yeux. C'est vrai que tu ne sais rien. C'est arrivé cet automne, le 13 octobre.

Je continuais de la regarder, les yeux écarquillés, tandis qu'elle prononçait sans difficulté ces paroles en écrasant une cigarette sur le rebord de la fenêtre. Elle avait dû s'habituer à fumer.

— Je voulais te l'écrire, continua-t-elle, mais il y a des choses qu'on a du mal à écrire, il vaut mieux en parler. Sans compter que j'avais peur que ton courrier soit lu par des étrangers. Vers cette époque, j'étais restée plusieurs semaines sans t'écrire, tu te souviens ?

Je fis signe que oui, de la tête.

— Tu me rappelais à l'ordre, tu te faisais du souci. Et moi j'entassais tes lettres parce que j'étais dans l'impossibilité de te répondre comme avant, même si rien n'avait changé, en réalité. Plus tard, je t'ai écrit : « Excuse-moi, il est arrivé plusieurs choses importantes... » Tu te souviens ?

Je fis encore signe que oui.

— C'était ça.

Pendant ce temps, je sentais s'élever en moi une rancune amère à son égard, à cause de ce silence. De longs mois durant, j'avais continué à correspondre avec un personnage qui n'existait plus, c'était de ce mensonge que je souffrais. Juger la conduite de Fulvia ne m'effleurait même pas ; je jugeais simplement son manque de sincérité à mon égard. Depuis notre prime jeunesse, nous nous étions juré qu'aussitôt que l'une de nous deux se marierait, elle révélerait à l'autre tous les détails de sa première nuit d'amour. Maintenant, je devinais qu'elle ne me dirait rien du tout. Si je lui avais rappelé notre serment, elle aurait probablement éclaté de rire et m'aurait traitée de petite fille. Je revoyais la haute silhouette de Dario lorsqu'il nous attendait au coin de la place, son pas à la fois indolent et dégagé. Et j'avais l'impression que lui seul était responsable de la trahison de Fulvia.

Elle se rapprocha de moi et m'attira plus près de la fenêtre. Dans la pénombre, nous distinguions encore la chambre de Dario, sa table de travail déserte et, dans le fond de la pièce, le blanc d'un lit, une chaise avec un veston sur le dossier. Ces signes de la vie quotidienne d'un homme nous apparaissaient mystérieux, indéchiffrables.

— C'est arrivé ici même, me dit-elle. Ce soir-là, maman était au théâtre.

J'aurais voulu me retourner et regarder autour de moi. Peut-être ne m'en étais-je pas aperçue en rentrant, tant cette chambre était restée figée dans mes souvenirs, mais il y avait sûrement quelque chose de changé dans la pièce. Il était impossible que la chose se soit produite ici, au milieu de ces vieilles malles, dans cette chambre où j'avais vu Fulvia pour la première fois, alors que nous étions encore deux petites filles. « Je suis Gloria Swanson », m'avait-elle dit en relevant ses cheveux au-dessus de ses yeux soulignés au crayon noir. Ici, pensais-je. Ici.

— Raconte-moi, murmurai-je.

Fulvia se mit à parler tout en observant fixement la fenêtre d'en face avec un mélange de tendresse et de rancune. Elle me dit qu'elle avait résisté tout l'été.

— Mais c'était une résistance obstinée, de pure forme. Dans mon imagination, il y a déjà longtemps que j'avais succombé. Je devais surtout lutter contre moi-même, plus que contre lui. Il le comprenait bien et semblait assister à la lutte sans prendre parti. Puisqu'il savait que c'était moi sa meilleure alliée, il me laissait affronter cette terrible bataille toute seule. Nous nous voyions tous les jours, deux fois par jour, et il y avait toujours entre nous comme une rancune qui entamait mes forces, je ne savais pas jusqu'à quel point mes résolutions tiendraient. J'avais peur de m'obstiner par respect des conventions sociales – je sentais que j'aurais été heureuse de céder s'il m'avait promis de m'épouser. Lui ne me disait rien du tout. Certaines fois, il ne m'embrassait même pas. Ou alors, s'il se laissait aller à me donner un baiser ou à m'effleurer du bras, il me demandait pardon. Le sourire ironique qui se dessinait parfois sur ses lèvres m'irritait, Dario ne m'avait pas habituée à ce petit sourire teinté de compassion. C'était le seul piège qu'il me tendait. Pour le reste, il était devenu doux, docile, toujours prêt à accourir dès que je l'appelais. Devant sa généreuse tendresse, je me sentais indigne, calculatrice, animée par une avarice farouche, sordide. Mais, surtout, je sentais que je jouais la comédie, que je faisais semblant d'avoir peur de la faute que j'allais commettre, uniquement pour respecter une tradition rassurante. Une fois que j'ai eu la certitude que cette peur n'était qu'un leurre, que je brûlais de l'assouvir, ce péché, en réalité, alors je…

— Alors quoi ?

— Alors je lui ai dit : « Ce soir maman va au théâtre, monte un instant. Juste un instant, c'est bien compris ? » Même à ce moment-là, je mentais encore ; je voulais qu'il me force, qu'il m'oblige…

— Et qu'est-ce qu'il a fait ?

— Il m'a dit d'accord.

— Et… quand il est monté ?

Après un silence, Fulvia murmura :

— Il tremblait.

Sur ces mots, nous nous sommes retournées, l'une et l'autre, vers la fenêtre de Dario, en la caressant tendrement du regard. Je me souvenais du jour où

Lydia m'avait dit : « Viens faire connaissance avec ma fille. » Je m'étais approchée timidement de ce monde inconnu que Fulvia représentait pour moi. Je sentais que c'était le début d'une nouvelle époque, que cette rencontre serait pour moi une expérience lourde de conséquences. Car mes jeux, mes confidences révélaient tout mon caractère. Les confier à quelqu'un, c'était prendre un risque. Voilà pourquoi je tremblais. Dario aussi tremblait. En entrant dans cette pièce, il avait pris un risque. Et de mon côté, j'espérais que nos jeux résisteraient et qu'il sortirait de cette chambre humilié et battu.

— On se voyait souvent, continuait Fulvia. Chaque fois que maman sortait le soir.

L'expression « se voir » avait changé de sens pour elle. Je rougis d'être sa complice en admettant le sens caché de cette expression.

— Pendant des mois, il ne s'était rien passé. Et c'est juste au moment où Dario a été convoqué par le conseil de révision que j'ai commencé à avoir peur. Je n'arrivais pas à croire que c'était possible, qu'un geste accompli avec une telle légèreté, comme des enfants, puisse avoir les mêmes conséquences qu'un mariage célébré à l'église, avec l'assentiment des parents, du curé, de tout le monde. Si ça me semblait impossible, c'était aussi parce que nous avions l'habitude de nous voir ici, dans cette chambre. À mes yeux, il n'y avait aucune différence avec toutes ces choses, avec toutes ces conversations que nous cachions à ta mère et à la mienne. Tu comprends ?

— Oui, bien sûr.

— L'idée que Dario s'en aille me révoltait aussi. C'était aussi injuste que la présence de cet être inconnu qui s'imposait en moi. Nous ne voulions pas de cet enfant, de même que nous ne voulions pas de cette guerre. Je cachais mes inquiétudes à Dario parce que je les trouvais honteuses, humiliantes, on aurait dit l'une de ces astuces auxquelles les femmes ont recours quand un homme s'apprête à les quitter. Il n'était pas plus sincère avec moi. Il me disait : « Tu vas voir, on va me renvoyer tout de suite. C'est la guerre, que veux-tu qu'on fasse d'un soldat aussi myope que moi ? » On riait, on partait faire des promenades à la campagne. Je m'étendais dans un pré, je posais ma tête sur ses genoux et il me caressait les cheveux. On avait pris l'habitude de parler politique, comme deux hommes. Oui, notre façon de parler d'amour, c'était de lire le journal et de discuter politique. Au retour, sur toutes les listes de mobilisation affichées sur les murs, à la lettre C, je lisais son nom au bout de mon doigt, « Clerici Dario ». Dans toutes les rues où nous passions, ces listes étaient affichées. Partout Dario était signalé, suivi, surveillé, il ne pouvait pas s'échapper. Ces affiches m'empêchaient de respirer, je ne pensais qu'à cette inquiétude affreuse, à cette présence inéluctable, nichée en moi comme une pieuvre monstrueuse qui me serrait, qui m'étouffait – et à la guerre. Dario me disait au revoir sur le pas de la porte : « Bonsoir, Fulvia ! » Quelquefois, je lui lançais d'un air indifférent : « Tu n'as qu'à monter, tout à l'heure », et il me répondait : « Ah, d'accord. » Un jour il m'a annoncé : « Je dois me présenter demain. » Oh, Alessandra, tu ne peux pas comprendre. Non, tu ne peux pas.

C'était la première fois qu'elle me disait une chose pareille.

— Ces jours-là, poursuivit Fulvia, j'étais souvent tentée de me tuer. J'avais envie de me jeter dans le Tibre. Je regardais l'eau et je songeais que ce serait facile de plonger tout au fond, ce serait comme s'endormir sous une couverture moelleuse. Je pensais à ta mère, j'avais l'impression qu'elle m'appelait, qu'elle me disait : « Viens, ma petite Fulvia, on est bien, là-dedans. » Je me voyais déjà sauter du haut du parapet, je voyais mon corps plonger et disparaître. Pourtant je restais clouée sur place, agrippée au parapet, et ce n'était pas par peur, tu sais bien que je ne suis pas lâche, mais je sentais que j'appartenais à la terre et à mon angoisse. Et cette angoisse-là, je devais la savourer lentement. Tout comme j'avais obéi naturellement à la loi de ceux qui s'aiment, je ne pouvais pas non plus échapper à la loi de la douleur. Tu comprends ?

— Oui.

— Ensuite, Dario a été réformé et mes craintes se sont dissipées. Quel soulagement ! Tous ces jours ont été terribles... Et maintenant que nous sommes tranquilles, nous avons recommencé à nous chamailler.

Nous finîmes par nous taire. Elle posa sa main sur mon épaule.

— Tu portes toujours le deuil ? me demanda-t-elle en touchant ma robe noire. Achète une robe claire. Fais-toi couper les cheveux. Tu devrais essayer de...

— Non, lui répondis-je brusquement.

De peur de l'avoir blessée, je l'ai prise dans mes bras. J'ai commencé à lui parler de mon voyage, de mon retour, mais comment lui parler alors qu'elle était si différente, dans cette chambre si différente, elle aussi ? Docilement, j'ai essayé de m'adapter. Je lui ai dit que j'espérais voir Lydia, que j'allais rester encore un peu, malgré l'heure tardive.

— Maman ne rentrera pas dîner, dit-elle d'un air légèrement gêné. Elle dîne dehors le soir... Elle va au théâtre, ajouta-t-elle après une pause.

— Ah, dis-je et un silence s'installa.

Nous avions de l'affection l'une pour l'autre – une affection douloureuse et profonde.

— Dans ce cas, je m'en vais, repris-je. Je te téléphonerai demain.

Je redescendis lentement l'escalier, dans une pâle

pénombre. Je voyais ma mère le descendre vivement dans sa robe bleue, pour aller retrouver Hervey.

Il me fut assez difficile, les premiers jours, de m'habituer à vivre dans cet immeuble du quai Flaminio. Ma chambre était petite – les meubles y avaient été disposés sans amour, selon les critères utilitaires de mon père et de Sista. Dans un coin, on voyait s'entasser des malles et des valises couvertes d'un vieux drap en percale taché de rouille. Le couloir et la salle de bain très clairs ainsi que la cuisine moderne juraient avec l'inertie de ces meubles qui, puisqu'ils portaient la marque de l'austérité écrasante des Abruzzes, avaient déjà eu tant de peine à s'adapter à notre appartement de la via Paolo Emilio. Je ne parvenais pas à trouver un coin accueillant. Ma chambre s'ouvrait sur un petit balcon en béton qui faisait penser à une baignoire et les personnes qu'on apercevait dans la cour n'avaient pas la physionomie indulgente des locataires de notre vieille bâtisse. « On ne peut pas se montrer à la fenêtre ! » disait Sista en hochant la tête depuis qu'elle avait vu quelqu'un abaisser le store vert pour se protéger de sa curiosité bienveillante. Quand elle se mettait à la fenêtre de la cour, elle jetait les yeux sur les murs blancs, sur les stores baissés, et déclarait en soupirant que la guerre avait changé l'humeur des gens.

Mon père obligeait Sista et m'obligea par la suite à faire la queue des heures pour acheter certaines variétés de fruits et de légumes pour lesquelles il n'avait jamais manifesté aucune prédilection en temps de paix. Je lui donnais volontiers satisfaction et cette docilité nouvelle chez moi lui fit plaisir. Il ne se doutait pas qu'elle était plus dangereuse que la révolte. À vrai dire, il ne suscitait pas chez moi la moindre envie de rébellion – il ne m'inspirait qu'indifférence et ennui.

Immédiatement, je m'étais rendu compte que la vie en commun était plus difficile que prévu. Il se montrait continuellement soupçonneux à mon égard. Il cachait soigneusement son argent et ne me donnait même pas de quoi acheter une paire de bas ou prendre le tram. Il n'était heureux que lorsqu'il me voyait m'occuper de la maison. « Qu'y a-t-il de bon à manger ? » me demandait-il. S'il revenait avec du jambon ou des anchois, il les posait sur la table entre nous deux et insistait pour que j'en prenne, afin qu'il n'y en ait plus pour Sista.

— Du jambon à la bonne, par les temps qui courent ? Il ne manquerait plus que ça !

Tous les jours, l'abîme qui nous séparait devenait plus profond. Je restais de longues heures dans ma chambre, comme si j'habitais une pension. Mon père descendait chez les locataires du premier étage et ne me proposait jamais de l'accompagner.

Dans notre nouvel immeuble, tout le monde me regardait passer, la façon dont j'étais habillée suscitait la curiosité – j'étais toujours vêtue de noir, même si la période de deuil était passée. Je portais de lourdes chaussures noires achetées dans les Abruzzes et nouais mes cheveux sur ma nuque en un nœud serré. Quand je descendais en trombe l'escalier avec ma robe un peu trop longue, les jeunes filles se retournaient sur mon passage ; je les entendais rire dans mon dos en échangeant des commentaires. Elles étaient bien coiffées et maquillées.

— Mademoiselle, me demanda Sista, pourquoi ne mettez-vous pas les robes de Madame ?

C'était quelques jours avant qu'elle ne quitte la maison. Elle avait la certitude que, tant qu'elle serait là, je ne les utiliserais pas. Elles se trouvaient toutes dans une malle. Il voulait les vendre, m'expliqua Sista. Nous avions pris l'habitude de ne jamais nommer papa.

La malle contenait aussi un paquet de forme allongée enveloppé dans du papier de soie froufroutant.

— Qu'est-ce que c'est, Sista ?

— La robe bleue du concert.

Il y eut un long silence. Je réentendis le son décidé et vibrant du piano. J'entendais ma mère et lui souriais en caressant le papier blanc qui répondait par un petit crissement strident.

— Tu ne sais rien de lui ? demandai-je dans un souffle.

— Non, me répondit Sista. Seulement... voilà, j'allais souvent au cimetière lui apporter quelques fleurs, mais il y avait toujours des fleurs fraîches dans les vases, ces fleurs des champs que madame aimait. Le gardien m'a expliqué que c'était toujours le même monsieur de haute taille qui les apportait. « Le mari », disait-il.

Nos mains s'unirent sur le papier qui crissait. Je ne pouvais pas m'ôter de la tête ce motif impétueux et bravache des *Murmures du printemps*, ces notes éclatantes qui faisaient penser à des rires.

— Il ne faut plus retourner au cimetière, Sista.

— Non, en effet. D'après Mme Lydia, il risque de ne plus revenir s'il croise quelqu'un. Elle a dit qu'il fallait les laisser seuls, Mme Lydia.

— Oui. Il faut les laisser seuls.

— C'est pour ça que je préfère m'en aller. Ce n'est pas à cause de la guerre, je lui ai dit ça parce que je ne pouvais pas lui expliquer tant de choses. Il faut bien mourir d'une manière ou d'une autre et, à ce qu'on raconte, avec les bombardements, on n'a même pas le temps de s'en apercevoir. Non, je m'en vais parce que je n'en peux plus. Attendre votre retour a été assez difficile comme ça.

Je l'ai accompagnée à son train au matin. « J'ai peur d'avoir le mal de mer », prétendait-elle pour masquer son inquiétude. Je savais qu'en Sardaigne rien ni personne ne l'attendait. Ses parents étaient morts, elle servirait de bonne chez l'un de ses frères. Mais elle ne voulait pas rester avec moi. Elle ne pouvait pas me voir marcher. « Ça m'impressionne, avait-elle avoué à Lydia. Je crois voir Madame. » C'était une aube brumeuse ; la gare était encore plongée dans le noir, nous attendions silencieusement l'heure du départ comme nous avions attendu ma mère, tenaillées par le crépuscule et la crainte. Au moment où le train s'ébranla, Sista s'écria :

— Madame... J'ai volé toutes les photographies de madame !

Je suis donc restée seule. J'ai pris l'habitude d'étudier à la cuisine. Tandis que la casserole bouillonnait sur le fourneau, l'eau qui glougloutait et le violet vif de la flamme me tenaient compagnie. Mon père était content parce que ça faisait des économies de lumière. Jamais je ne fus aussi seule qu'au cours de cette période.

Peu après mon arrivée, Claudio était parti pour l'école des élèves officiers de Milan. Son départ avait été pour moi un soulagement, une délivrance. Au cours de ces jours-là, il vivait dans l'attente du moment où il me verrait. Si, au lieu de le voir, je travaillais ou rendais visite à Fulvia, j'avais l'impression de me montrer cruelle. Quand je lui permettais de m'accompagner, il se réchauffait doucement à mon contact. Lorsqu'il me regardait, il devenait presque beau ; je voyais se réfléchir sur lui les plus nobles sentiments. Peut-être aurait-il été préférable pour lui de mourir à ces moments-là, puisqu'il ne lui restait rien à apprendre de la vie.

— Je pars demain, me dit-il un soir. Dans vingt-quatre heures.

Il paraissait calme – et tellement rempli de souffrance qu'il n'y avait aucune place pour le désespoir.

— Si tu n'es pas fatiguée, me proposa-t-il, serais-tu

d'accord pour qu'on retourne dans cette avenue du Monte Mario, là où j'ai compris pour la première fois que j'étais amoureux de toi ?

J'ai dit oui. Je sentais qu'il voulait revenir au commencement de sa tendre obéissance pour accepter celle qui l'attendait désormais. Nous y avions parlé d'Antonio. Il s'était montré insensible et méprisant, il l'avait accusé de lâcheté. À l'entendre, se rebeller était plus honteux que d'accepter l'ensemble des douloureuses exigences de la vie.

Je m'appuyais à son bras et lui me soutenait comme dévotieusement. J'avais pourtant l'impression que son départ me faisait subir la même violence que lui. Plus question d'ignorer la guerre maintenant qu'elle touchait jusqu'à mes camarades d'enfance, jusqu'à mon plus cher ami.

Mes camarades ne parlaient jamais de la possibilité de partir, ou bien, s'ils en parlaient, c'était avec légèreté, presque sur le ton de la boutade. Cependant, tout comme les jeunes paysans des Abruzzes, ils n'avaient plus le cœur à vivre. Ils se levaient tard et passaient des heures et des heures à lire et à fumer sur leur lit, servis avec empressement par leurs mères et leurs sœurs qui leur reconnaissaient le droit de s'adonner à cette vie oisive et immobile. Ils sentaient qu'ils appartenaient à la guerre ; ils attendaient que la guerre les appelle. Et plus cet appel leur paraissait odieux, plus l'obligation de l'attendre leur paraissait inexorable. Peut-être était-ce cette conscience qui les avait rendus hargneux dès leur enfance. Même le grand amour que Claudio éprouvait pour moi ne suffisait pas à lui inspirer un désir de révolte. Les femmes se rebellaient parce que la guerre n'était pas inscrite dans leur destin. Grand-mère songeait à construire un refuge, tante Violante à embusquer Giuliano. Moi, je souffrais de rester étrangère aux rapports mystérieux et impitoyables qui unissaient

Claudio et l'ordre qu'il avait reçu, Claudio et la possibilité qu'il trouve la mort.

De même qu'à la veille de mon départ pour les Abruzzes, il me suppliait de lui écrire. Quelques jours plus tôt, sa dernière lettre était signée « Ta Claudia », ce qui me semblait si puéril. « Adresse-la bien à l'élève officier d'infanterie Claudio Loris », me recommandait-il à présent, de peur que j'oublie quelque chose et que ma lettre puisse arriver en retard ou se perdre. L'élève officier Loris n'avait plus rien de commun avec le garçon que j'avais rencontré pour la première fois sur la terrasse de Fulvia. Il me semblait déjà enveloppé de cette odeur de cuir qu'ont tous les officiers. Je l'imaginais se mettant au garde-à-vous, parlant de cette voix inhumaine qu'impose l'uniforme pour répondre : « À vos ordres », ou bien ordonnant : « Partez immédiatement, vous êtes attendu sans délai sur le front africain où, dans seize jours, à 0 h 28, il vous faudra mourir. »

— Ne pars pas ! lui ai-je demandé sans cacher ma colère.

Ému par ces paroles, il m'expliqua longuement que la journée du lendemain était le dernier délai accordé pour rejoindre l'école d'infanterie de Milan. Comme il connaissait mon ignorance en matière militaire, il ajouta en souriant qu'il ferait partie de ce corps qui porte un fusil en or sur le képi. En donnant cette précision d'un ton goguenard, il trahissait son regret de ne pouvoir se présenter à moi en uniforme d'officier. Il espérait que cet uniforme le mettrait à son avantage et provoquerait chez moi une surprise agréable, voire de l'amour. Il ne savait pas que, dès mon enfance, j'avais toujours eu en horreur les petits garçons qui jouaient à la guerre. Nous en avions un, dans la cour, qui passait toute la journée coiffé d'un chapeau de bersaglier. Dès que je le regardais, il se pavanait. Puis, contrarié de ne pas susciter la moindre jalousie, la moindre admiration, il pointait ses deux index vers moi, faisait mine d'épauler un fusil et criait : « Poum-poum ! » C'était un enfant grêle et lymphatique. Il se montrait souvent sur la loggia, emmitouflé dans un châle, son chapeau de bersaglier sur la tête. Ma mère disait que c'était peut-être uniquement ce chapeau qui lui donnait l'impression d'être fort et bien portant. Il fallait donc l'excuser. « Tu vois ? me disait-elle. La guerre n'est pas une preuve de force. C'est une preuve de faiblesse. Et de peur. » Puis elle ajoutait : « Il n'y a que la peur et la faiblesse qui peuvent pousser des hommes à tuer d'autres hommes qui n'ont rien fait de mal. »

Le véritable danger de la guerre semblait, effectivement, résider dans cette peur et cette inertie qui, graduellement, inexorablement, s'emparaient de nous comme un brouillard épais, en nous ôtant toute confiance en l'avenir. Les gens âgés, au moins, pouvaient se raccrocher à leur passé, à leurs souvenirs. Ils se donnaient d'ailleurs beaucoup de mal pour les garder, au même titre que leurs biens matériels – jalousement. Certains enterraient leurs bijoux et leur argent sans se rendre compte que, par ce geste, ils s'ôtaient à eux-mêmes le droit d'en profiter. Mais pour les jeunes gens qui ne possédaient que l'avenir, il ne restait rien.

Je regardais Claudio et – tout en me rappelant la photographie de l'oncle Rodolfo dans la maison des Abruzzes – je m'efforçais en vain de l'imaginer dans la même attitude pleine de fierté, les bras croisés sur la poitrine, le pied sur le rocher. C'était pourtant la même épreuve qu'ils affrontaient, et au même âge. Bien souvent, l'oncle Rodolfo m'avait parlé de ce temps-là, d'un ton égrillard qui prouvait qu'il avait pris part à la guerre comme s'il s'agissait d'une occasion de manifester une exubérance virile et aventureuse. Quand, dans la pénombre de son bureau, il évoquait le départ des troupes, de leur pas sûr et joyeux, de leurs chants, des fleurs que les femmes leur jetaient du haut des fenêtres, des drapeaux claquant au vent, j'avais l'impression d'entendre se rapprocher peu à peu dans la pièce le son martial des fanfares et mes yeux s'embrasaient.

Mais à présent, c'était un piétinement sourd et désordonné qu'on entendait monter des rues la nuit. Un groupe de jeunes gens passait, lugubre, leurs chemisettes ouvertes sur la poitrine. Ils tenaient une valise ou un balluchon et marchaient en silence derrière un homme en uniforme. En entendant ce piétinement mélancolique, les gens se retournaient dans leurs lits, avec un soupir. Les fenêtres restaient fermées, par discrétion. C'était la nuit que les recrues quittaient la ville, c'était la nuit qu'ils embarquaient, c'était la nuit que les navires abandonnaient l'eau noire du port. Sanglés dans leurs uniformes grossiers, massés dans les cales, ils n'éprouvaient même plus assez de haine pour avoir la force de se redresser. Cette brutalité instinctive du mâle qui les avait poussés à jouer à la guerre quand ils étaient petits garçons ne leur servait plus à rien : ils n'ignoraient pas qu'ils seraient dans l'impossibilité de comparer leur valeur en tant qu'hommes avec celle d'autres hommes. Conscients de la fragilité de l'héroïsme humain face au choc brutal des machines et des engins de guerre, ils se savaient surtout attendus par le geste lâche de l'homme courant se cacher dans un trou où il tremble, secoué par les explosions des bombes, honteux de sa propre impuissance. Toutes les nuits, j'entendais ce piétinement mélancolique. Fulvia aussi l'entendait, car nous habitions toutes les deux à côté d'une caserne. Les personnes âgées dormaient, mais nous, nous ne pouvions dormir.

C'étaient les pas de nos amis d'enfance, les pas que nous avions entendus dans la cour de l'école, les pas qui avaient accompagné les nôtres au cours de nos promenades en amoureux. À l'aube, le passage des recrues ne laissait pour seule trace que des pelures d'orange et des mégots de cigarettes.

On pouvait ainsi croire qu'il ne se passait rien. Rome était une ville tranquille. Les aviateurs ennemis l'apercevaient d'en haut, innocente et blanche, serrée autour de son grand dôme comme en pleine prière – et s'empressaient alors de s'éloigner, respectueusement. Mais, sur les places, on n'entendait plus les propos amicaux des fontaines. La place Navone était silencieuse, figée dans le geste atterré de ses Fleuves. Ce qu'on entendait, au lieu de la douce mélodie de l'eau, c'était la voix arrogante de la radio. Le soir, quand j'étais couchée, elle traversait le faible rempart des murs et pénétrait dans ma chambre. Si je dormais, elle entrait dans mes rêves, avec le hurlement déchirant des sirènes. Je me réveillais en sueur et écarquillais les yeux dans le noir. Fulvia me disait : « C'est ça, nos meilleures années, c'est ça, que nous attendions : l'amour, la jeunesse. J'avais tant souhaité avoir dix-huit ans pour posséder une robe du soir en voile rose avec des volants ! »

Silencieusement, Claudio et moi remontions l'avenue, bras dessus, bras dessous.

— Il commence à faire sombre, me dit-il d'un ton angoissé, je ne peux plus voir ton visage. Quand te reverrai-je ?

L'endroit était désert, nous nous sommes appuyés à un arbre pour causer. Mais depuis la seule maison à proximité, la radio nous rattrapa. Pour mieux tromper, elle imitait un gazouillis d'oiseau. Après quoi, la voix inexorable se mettait à parler. Claudio ne parut pas s'en apercevoir, son regard tentait de faire violence à l'ombre pour continuer de voir mon visage. Il appartenait déjà à cette voix, c'était comme si elle me regardait avec amour, pour m'amadouer.

— Donne-moi un baiser, me demanda-t-il d'une voix suppliante.

Un baiser avant de mourir, ai-je pensé. Et le piège mortel qu'il portait en lui, dans sa plate obéissance, soulevait en moi une répugnance irrépressible.

J'ai détourné la tête pour m'arracher à la douce insistance de ses lèvres. « Oh ! disait Fulvia, nos mères avaient tellement de chance qu'elles pouvaient même se tuer par amour ! »

Vint ensuite une période obscure de luttes, d'hostilité et de découragement.

Je m'étais inscrite à la faculté de lettres, au grand dam de mon père. Il ne s'y opposa pourtant pas, mais à la condition que je trouve un poste. Je ne savais à qui m'adresser : nous n'avions pas de relations. J'en ai parlé à Fulvia et à Dario, je me suis mise à lire les annonces des journaux. J'ai commencé à apprendre la sténographie toute seule, avec un manuel. Je m'endormais sur mon cahier, dans la cuisine, et me réveillais tard dans la nuit, frigorifiée.

J'étais extrêmement lasse, n'ayant pas l'habitude d'ajouter au poids de mes études celui des tâches domestiques. Je me levais au point du jour et me couchais tard le soir. Je ne me doutais pas que laver des assiettes ou balayer soit si fatigant ; mon père ne s'en doutait pas non plus, parce qu'il me faisait toujours remarquer que la maison n'était pas très propre et qu'on mangeait mal.

Dans l'après-midi, je sortais en quête d'un emploi. Quand on m'interrogeait sur ce que je savais faire, je commençais par garder le silence, puis répondais : « Je pourrais faire n'importe quoi. » Quand on me demandait si j'avais des parents au front, on prenait bonne note de mon adresse, on me disait qu'on allait m'écrire, et on ne m'écrivait jamais.

Je me suis même rendue dans une parfumerie qui recherchait « une jeune fille présentant bien ». Une jeune femme blonde, fort élégamment habillée me demanda ce que je désirais, tout en examinant ma petite robe noire et mon imperméable. Je dis que je venais pour l'annonce. Elle me pria d'attendre et je fus contente de m'attarder quelques instants à l'intérieur, au milieu de ces rangées de flacons et de pots aux teintes claires, dans un doux parfum de poudre de riz. Elle revint tout de suite me dire que la place était déjà prise. Je la remerciai et, tout en la contemplant, je souriais car elle était très belle. Quelques jours plus tard, je me fis photographier pour ma carte de tramway. Et en la regardant, je me dis que j'aurais mieux fait de ne pas répondre à l'annonce.

« Rien de neuf ? » me demandait inexorablement mon père, tous les soirs dès qu'il rentrait. Je l'entendais monter l'escalier car la coupure de courant avait immobilisé l'ascenseur. À chaque marche, son pas lourd et sourd se rapprochait de moi et, avec lui, l'obligation d'avouer mon échec. Je tremblais tandis qu'il lisait d'un air de mépris le titre de mes manuels ou feuilletait mes notes. « Les femmes qui ont réellement l'intention de gagner leur vie étudient l'obstétrique ou se font couturières », dit-il un soir.

J'étais tellement seule que, parfois, une sorte de peur s'emparait de moi. Personne ne venait chez nous. Le téléphone ne sonnait jamais. La dépression qui m'avait écrasée me privait de la force de sortir de la maison, de traverser le pont. « Je ne peux pas, répondais-je à Fulvia quand elle m'invitait. J'ai à repriser, j'ai à repasser. » Je le disais d'un ton de regret enfantin, comme si j'avais reçu une punition.

D'autres fois, au contraire, je lâchais tout pour

m'engouffrer dans la via Paolo Emilio, où soufflait un vent froid.

La présence de Lydia et de Fulvia me mettait immédiatement de bonne humeur. Elles avaient toujours un projet en tête, qui les animait avec ferveur. Elles prenaient en toute hâte des mesures pour une robe qui devait être prête le lendemain, la coupaient, la bâtissaient, ou bien me mettaient au courant d'une querelle qu'elles avaient déclenchée pour défendre une autre locataire. Fulvia me demandait si j'avais trouvé un emploi. « Quelle guigne ! » soupirait-elle en se passant du rimmel. Lydia téléphonait à l'entrepreneur en se cachant derrière un rideau pour nous empêcher d'entendre. Fulvia en faisait autant quand elle parlait avec Dario. Après quoi, elles sortaient de derrière le rideau et racontaient tout.

On se sentait bien dans cette tiédeur féminine, au milieu du linge abandonné par-ci par-là, des bigoudis et des robes. Je me laissais tomber sur le grand lit, comme faisait ma mère. « Repose-toi », me disait Lydia en me mettant la bouillotte de caoutchouc entre les mains.

Un jour, Fulvia m'appela au téléphone :

— Viens tout de suite ! m'enjoignit-elle.

— Il est arrivé malheur ?

— Non, c'est une bonne nouvelle. Dépêche-toi !

Sans attendre ma réponse, elle me salua et raccrocha.

Grimper les marches quatre à quatre me mit hors d'haleine. À peine entrée, j'ai ôté mon imperméable et lui ai demandé de quoi il retournait.

— Devine ! me répondit Lydia.

— C'est moi qui parle ! intervint Fulvia.

— Pour quoi faire ? Non, c'est moi...

Après une pause qui contribuait à nimber la nouvelle d'anxiété, Lydia annonça :

— Grâce à lui, tu as une place.

« Lui », c'était l'entrepreneur. Il s'agissait d'un poste modeste, dans les bureaux de sa compagnie mais, disaient mes amies, il faut prévoir l'avenir et peut-être que, d'ici peu, je pourrais remplacer une secrétaire qui devait déménager parce qu'elle se mariait.

— J'espère bien que tu ne te présenteras pas avec cette robe, me dit Fulvia.

Nous nous assîmes sur le lit et commençâmes à louer la gentillesse de mon bienfaiteur.

Lydia disait avec humilité :

— Croyez-moi, c'est quelqu'un de très distingué.

J'appris qu'il était ingénieur et s'appelait Mantovani. Lydia me recommanda d'être discrète, non pas pour éviter de la compromettre (M. Celanti vivait désormais seul à Milan), mais parce que l'ingénieur se trouvait dans une situation délicate. Entre autres choses, sa femme souffrait d'une maladie du cœur.

— Je ne voudrais pas avoir ce remords sur la conscience ! soupirait Lydia en battant rapidement des cils.

L'ingénieur était un Turinois d'une soixantaine d'années, débonnaire et sans façon. Aussitôt après ma visite, Lydia me téléphona pour me dire que je lui avais fait bonne impression. « Il t'a trouvée distinguée », m'informa-t-elle. Sans doute était-ce grâce au vieux tailleur de ma mère, que je m'étais décidée à mettre, mais j'ai tout de même poussé un soupir de soulagement. Mon échec à la parfumerie avait grandement entamé ma confiance.

Au début, la chose ne m'avait fait ni chaud, ni froid. Et puis je m'étais mise à y repenser – ne serait-ce qu'en raison du fait que je passais souvent devant ce magasin et sa grande vitrine sur le Corso, l'une des parfumeries les plus réputées de la ville. Le magasin était toujours rempli de clientes élégantes et les vendeuses auraient été à leur niveau si elles n'affichaient pas, pour s'y hisser, des manières raffinées qui semblaient artificielles, simulées. La glace de la vitrine reflétait mon visage dur, ma silhouette maigre enveloppée dans mon long imperméable puis, derrière moi, l'asphalte gris de la rue, des gens qui passaient rapidement, enfermés dans leurs soucis, des filles comme moi qui ne trouvaient pas de travail et à qui leur père demandait : « Rien de neuf ? », pour les entendre répondre que non, tout en se brûlant les doigts à éplucher des pommes de terre. Je regardais les dames assises dans le magasin, qui choisissaient leur rouge à lèvres d'un air perplexe. Une animosité indomptable montait du tréfonds de mon être, j'aurais voulu lancer une pierre et briser la vitrine. J'essayais de justifier à mes propres yeux mon ressentiment en l'attribuant à une envie de révolte contre les injustices de la société, alors que c'était simplement par envie, par jalousie. Ces femmes étaient peut-être médiocres, stupides, elles ne s'intéressaient qu'à des choses superficielles, mais ces réflexions que je projetais violemment sur elles comme des insultes n'entamaient pas le pouvoir de leur beauté. Dans ces moments-là, j'avais l'impression de pouvoir renoncer à tout pour ressembler à l'une d'entre elles – même au souvenir de ma mère.

Humiliée, je m'éloignais de la vitrine. J'imaginais la joie d'un homme qui les accueillait à un rendez-vous – et la joie que ma présence avait fait naître dans les yeux de Claudio s'appauvrissait, s'évanouissait. Je recevais de longues lettres de lui mais, comme je l'ai déjà dit, il n'écrivait pas bien : il me parlait longuement de ses cours, de la vie militaire. Ma journée était comme un tunnel noir. « Rien de neuf », répondais-je à mon père. Éplucher les patates, laver le linge, voir mon visage dans l'eau de vaisselle grasse – rien de tout cela ne semblait suffire à compenser le peu de place que je prenais pour dormir, le peu de nourriture que je consommais. « Ce n'est pas possible que tu continues comme ça, à ne rien faire », disait-il.

Il se réjouit d'apprendre que j'étais engagée par Mantovani, encore que je pouvais facilement discerner, derrière cette satisfaction apparente, qu'il était agacé de ne plus pouvoir m'humilier tous les soirs, quand il rentrait à la maison. Le premier jour, il me demanda : « Eh bien ? », puis me répondit : « Ah, tant mieux ! », avec un sourire compatissant à l'adresse de l'entreprise Mantovani qui se contentait d'une employée semblable.

Je le laissais m'attaquer sans même tenter de me défendre ; je continuais de cheminer dans mon interminable tunnel noir. Ainsi s'écoula cette triste période de ma vie, qui dura plus de deux ans. La nature de mon travail ne parvenait pas à m'intéresser et la compagnie de mes collègues de bureau ne me plaisait pas. Presque tous s'attachaient, comme mon père, à travailler le moins possible, jugeant que le fait de rester enfermés entre quatre murs de huit heures à quatorze heures précises justifiait amplement leur salaire. Et à peine entendaient-ils, à quatorze heures, le premier coup de sonnette qu'ils se précipitaient dehors avec une expression de revanche dans les yeux. Je n'aimais pas mon travail mais je préférais aligner des additions ou taper à la machine plutôt que de converser avec ces peu sympathiques collègues qui faisaient des pieds et des mains pour se préparer une tasse de thé déplorable à l'aide d'un tout petit réchaud, au seul motif que le directeur avait recommandé d'économiser le courant. Après quoi, ils camouflaient le réchaud en échangeant de fades mots d'esprit, racontaient des blagues politiques, voire faisaient des farces triviales. Le bruit incessant de ma machine à écrire les gênait. Souvent, à l'heure de la sortie, j'étais encore penchée sur le gros registre, à me débattre au milieu de chiffres hostiles. Ils avaient une mentalité d'écoliers et me prirent en grippe comme si j'avais été la première de la classe.

Le comptable rôdait autour de moi d'un air soupçonneux, puis revoyait mes comptes. Je percevais chez lui comme chez mon père un léger agacement dans sa voix quand il me disait : « Très bien. » J'observais d'ailleurs qu'il adoptait la même attitude avec les meilleures de mes collègues : je sentais constamment chez les hommes une légère méfiance à l'endroit du travail féminin. Ils s'attendaient toujours à nous voir faire des erreurs. Ils voulaient pouvoir nous pardonner une faute. Le comptable passait et repassait dans le couloir pendant que la caissière faisait son bilan. Elle l'entendait faire ses allées et venues d'un pas monotone qui l'usait nerveusement. Les chiffres dansaient devant les yeux de cette femme, dégringolaient du quadrillage. Il pensait qu'il lui suffirait peut-être d'arpenter encore vingt fois le couloir pour qu'elle se résigne à appeler à l'aide, « Je n'y arrive pas, monsieur le comptable ». Nous avons été trois ou quatre à nous précipiter auprès d'elle, rien que des femmes. Elle s'agitait, les deux mains collées sur le front. C'était une femme mûre, mère de trois enfants. Nous sommes venues à son secours. Je suis même allée jusqu'à lui préparer un café sur l'odieux petit réchaud. « Calmez-vous, lui disions-nous. Allons, calmez-vous. » Nous étions toutes debout derrière elle quand le comptable rouvrit la porte au terme du nombre de passages qu'il s'était fixé. « Eh bien, madame ? » s'enquit-il. Nous étions pâles. « Le bilan est juste, monsieur le comptable. »

Non, on n'était guère équitable avec les pauvres filles qui travaillaient à mes côtés. Peut-être n'étaient-elles pas toujours sympathiques, ou d'allure avenante. Certaines étaient brouillonnes, elles se peignaient les ongles mais laissaient le vernis se craqueler, et sous leurs teintures blondes on entrevoyait la racine de leurs cheveux noirs. Il leur arrivait d'être nerveuses car, comme beaucoup de mes camarades d'université, elles n'avaient pas encore décidé si elles souhaitaient avoir un travail sérieux ou se trouver un mari. Et cette incertitude se manifestait dans l'une et l'autre de ces activités. « Vous qui êtes tellement ponctuelle, signez pour moi, mademoiselle ! » disaient ces messieurs. Elles ne refusaient jamais, bien trop contentes de se rendre agréables aux hommes. C'est ce qu'avaient fait leur mère et leurs grand-mères. Et c'est ce qu'elles faisaient aussi.

Elles se levaient au point du jour et effectuaient une rapide toilette : personne n'a envie de se laver à l'eau froide, en hiver. Elles faisaient néanmoins chauffer de l'eau pour les hommes. Elles rangeaient leur chambre, puis, après avoir préparé le petit déjeuner de leur père ou de leurs frères, ou bien après avoir accompagné une petite sœur à l'école, elles se hâtaient de s'entasser dans le tram. Il leur fallait parfois courir pour ne pas le manquer. Toutes les femmes sont ridicules quand elles courent, mais cela leur importait peu ; elles s'inquiétaient seulement de ne pas se mettre en retard. Elles arrivaient à bout de souffle, parfois juste à temps pour apposer leur signature au-dessous de l'horloge. Si la grande porte se refermait sévèrement sur leur retard, c'est devant cette haute porte qu'elles s'arrêtaient, incrédules, et tentaient de plaisanter, mais en tremblant au fond d'elles parce qu'elles avaient gardé intacte leur timidité d'écolières. Quand la grande porte se rouvrait, l'huissier les envoyait chez le comptable, avec une voix bourrue de concierge. Elles se présentaient chez lui, certaines avec un filet déjà rempli de provisions pour le repas de midi, et il leur disait :

« Souvenez-vous bien qu'il y a déjà trop de femmes dans les bureaux ! » J'arrivais toujours avec mes bas mouillés. Je n'en avais qu'une paire et elle n'avait jamais le temps de sécher pendant la nuit.

Au cours de la période des examens, je dormais à peine deux ou trois heures. Je travaillais à la cuisine car c'était là qu'il faisait le moins froid – la chaleur de la soupe durait longtemps. Mon père allait se coucher et ronflait. Le bruit régulier de son sommeil paisible me donnait une irrépressible envie de dormir. Dans la cour, toutes les fenêtres étaient noires et je respirais le sommeil de nos voisins comme une fumée dense, au pouvoir soporifique. Les mots se brouillaient devant moi, dansaient entre les lignes, pénétraient dans des rêves que je faisais fugacement quand mes yeux se fermaient à mon insu. Parfois, c'étaient des cauchemars éreintants – le professeur m'interrogeait et je ne pouvais pas répondre car l'huissier de mon bureau m'embrassait sur la bouche ; pendant ce temps la grande porte se refermait, je ne pouvais plus signer au-dessous de l'horloge et on m'expulsait de l'université. Je rouvrais les yeux avec un sursaut : il ne s'était écoulé que quelques minutes sur le grand cadran de la cuisine. Le ronflement monotone de mon père rongeait le calme de la nuit. J'allais à l'évier, me mouillais la figure et me remettais au travail.

Mon père ne me demandait jamais si j'étais fatiguée. Je ne veux pas dire par là qu'il me traitait mal. Il affectait simplement de croire que mes principaux centres d'intérêt étaient la cuisine, le marché et la maison. Il ne souhaitait jamais savoir si mon travail me plaisait ; il se bornait à me signaler les augmentations et les perspectives propres aux employés de ma catégorie. « Alors, ça s'est passé comment ? » me lançait-il quand je rentrais après un examen, les sourcils froncés et en affectant une appréhension excessive. Je réussissais facilement mes examens, avec d'assez bonnes notes. Il s'en réjouissait et rapportait le soir une bouteille de vin, même s'il savait que je ne buvais jamais d'alcool. Une fois par semaine, il me proposait de sortir avec lui et il était convenu que j'accepte : il m'emmenait prendre une glace comme lorsque j'étais petite fille. À ces occasions-là, il semblait se féliciter d'avoir toujours été un très bon père, au prix de lourds sacrifices.

Le matin, alors qu'il faisait encore noir, je lui apportais un broc rempli d'eau chaude pour sa barbe ; j'étais parfois obligée de lui présenter le miroir parce qu'il n'y voyait pas bien. Si j'avais une mine fatiguée, il me demandait : « Mais qu'est-ce que tu as fait ? » Les lettres que je recevais de Claudio le rendaient soupçonneux. Sans doute les lisait-il en cachette car je trouvais mon tiroir en désordre. Mon refus d'épouser Paolo n'avait fait qu'augmenter sa méfiance instinctive à l'endroit des femmes. Et ce refus était, à ses yeux, tellement dépourvu de bon sens qu'il le poussait à me soupçonner d'un projet sournois, raison pour laquelle il sondait ma journée dans l'espoir de découvrir mes desseins. Il était déjà assez furieux du fait que je serais bientôt diplômée, lui qui avait tout juste son brevet des collèges. « Ce n'est plus la peine d'avoir un diplôme, maintenant : tout le monde le décroche », disait-il, laissant ainsi supposer qu'il avait dédaigné de le faire.

Le fait est qu'il n'aimait que les femmes qui se conformaient au modèle traditionnel. Une fois où j'avais attrapé la grippe, Lydia passa nous voir. En lui adressant la parole, je m'apercevais que mon père usait de galanteries pleines de sous-entendus qui me semblaient légèrement indécentes, autant que le regard de l'oncle Alfredo. Lydia n'avait jamais eu la moindre sympathie pour mon père, ce qui ne l'empêchait visiblement pas d'apprécier ses compliments surannés. Elle bavardait avec des inflexions coquettes, ouvrait son paletot parce qu'elle se sentait des bouffées de chaleur, riait avec une petite aspiration avide et ce rire soulevait sa poitrine désormais lourde. « Votre génération n'était pas comme celle d'aujourd'hui, disait-elle. Vous saviez parler aux femmes. Et puis, les Méridionaux... », ajoutait-elle avec un soupir. Le capitaine était méridional. En raison du black-out, mon père voulut la reconduire chez elle. Elle déclina d'abord, mais finit par accepter parce qu'elle était flattée de cette galanterie.

Nous restâmes toutes les deux seules un moment, tandis que papa enfilait son pardessus :

— Je me fais du souci pour Fulvia, me chuchota-t-elle. Tu devrais la convaincre de parler à Dario, c'est à elle de prendre l'initiative. Vous avez vingt ans passés, à présent. Toi aussi, ma pauvre fille.

Tous deux me dirent au revoir et je restai seule à la maison. Derrière la porte, j'entendis encore Lydia rire, faire semblant d'avoir peur dans l'escalier obscur. Mon père l'éclairait avec sa lampe de poche. Ce soir-là, le timbre du rire de Lydia me fit comprendre qu'elle n'était plus jeune.

La dernière lettre que je reçus de Claudio me parvint alors que Dario avait déjà appris, par sa famille, qu'il avait été fait prisonnier. Fulvia et Dario, venus m'annoncer la nouvelle, m'appelèrent depuis la rue. J'eus grand-peine à les entendre car une colonne militaire traversait le quai du Tibre. Il en passait très fréquemment, désormais, et elles faisaient un vrai boucan.

Fulvia me fit signe de descendre, elle ne voulait pas monter pour éviter mon père.

Je descendis et nous nous retrouvâmes entre la poussière et le bruit.

— Claudio..., commença Dario.

— Tout va bien ! l'interrompit Fulvia en me voyant pâlir. Tout va bien. Il a été fait prisonnier.

La lettre que j'ai reçue de sa part quelques jours plus tard était résignée, mais apaisée. Et c'était justement dans cet apaisement amer qu'on pouvait pressentir une nouvelle obéissance, une nouvelle humiliation : « Peut-être est-ce la dernière lettre que je t'écris », lisait-on. « C'est la dernière fois que je te vois », m'avait-il dit au Monte Mario. Claudio avait vingt-deux ans et déjà bien des choses avaient été les dernières pour lui.

Chaque soir, la radio communiquait les noms de quelques prisonniers pour rassurer leurs familles. Le froid, l'obscurité, la faim enfermaient les habitants entre les quatre murs de leur maison, tout comme les autres étaient prisonniers de leurs barbelés. Et la radio qui, jusqu'à présent, était la voix inexorable de cette guerre qui séparait les êtres était devenue la seule voix qui les réunissait.

La radio ne donnait chaque fois que peu de noms – dix ou douze.

Entre deux noms, il y avait un long silence. Un silence d'un genre nouveau, terrible, effroyable, où l'on croyait percevoir le souffle lent de la mer. Une pause qui dessinait la terre déserte de l'Afrique dans le vide noir d'une nuit insidieuse. Dans ce vide, un frêle nom d'homme faisait une apparition, résonnait un instant et était aussitôt effacé par une autre pause. La maison semblait peuplée de ces noms sans visage qui se blottissaient dans les coins, pareils aux esprits après les visites d'Ottavia.

Le nom de Claudio n'avait pas encore été prononcé. Tous les soirs, après le dernier nom, le vide mesuré par ces longues pauses s'établissait de nouveau. « Demain, peut-être », pensais-je tout haut. Mon père me faisait remarquer : « Pourquoi te mettre en peine comme ça, puisque tu ne veux pas l'épouser ? »

Dans ces moments-là, je n'avais pas la force de me fâcher. « Tâche de comprendre, papa, lui disais-je. C'est mon meilleur ami. » Ces soirs-là, mon père non plus n'osait pas parler de façon brusque. Ces noms l'intimidaient, ils le remplissaient de respect et de mélancolie. « Quand j'étais jeune, me répondait-il, les jeunes filles n'avaient pas d'amis. » Je sentais que c'était vrai, ce qui m'inspirait une bienveillante compassion, à la fois pour lui et pour la grossièreté qui avait toujours caractérisé, à mes yeux, ses rapports avec les femmes. Pendant ce temps, il me scrutait, avec un mélange de curiosité et de méfiance.

C'était souvent que je me sentais regardée de cette façon-là, même par mes camarades à la faculté. Je n'assistais qu'aux cours de l'après-midi puisque, le matin, j'allais au bureau où j'avais désormais une place de secrétaire. J'avais une tenue neuve – veste de tailleur grise et jupe plissée. Fulvia me reprochait de choisir toujours des coupes passées de mode et de m'habiller trop long. Je m'étais fait couper les cheveux mais, comme ils étaient trop fins, ils retombaient tout droit de part et d'autre de mon visage. Fulvia secouait la tête mais Lydia disait : « Moi, j'aime. C'est son genre, comme c'était le genre d'Eleonora. Eleonora aussi, on avait l'impression qu'elle portait les toilettes d'une femme morte depuis des années. »

Ces paroles, dites à la légère, suscitèrent en moi un écho profond. Je priai Fulvia de me faire essayer une de ses robes.

— Non, tu as raison, reconnut-elle, enlève ça, enlève ça !

Je repris ma jupe longue et ma chemisette au col montant mais continuais de regarder la robe de Fulvia, une robe rouge et blanc avec de grandes fleurs. Elle me faisait envie, cette robe ; j'aurais voulu être grassouillette et souriante, avoir les cheveux ondulés et les lèvres charnues. Avec cette robe-là, cette apparence-là, il me semblait possible de m'adapter facilement à la vie et d'en jouir.

— Non, dit Fulvia en refermant son armoire. Tu ne peux pas t'habiller comme ça.

Nous nous voyions plus rarement car, désormais, sa vie dépendait des horaires et de l'humeur de Dario. Le dimanche, je sortais donc souvent avec d'autres étudiants. C'étaient pour la plupart des provinciaux qui logeaient dans des chambres meublées, en marge de la vie citadine. Ils effleuraient la ville, les maisons, les habitudes – sans réussir à en faire partie. Je me trouvais bien en leur compagnie, je partageais leur incertitude. Comme nous n'avions pas d'argent, nous allions nous asseoir à la Villa Borghèse ou nous promener le long de l'ancienne via Appia.

Le dimanche matin, nous allions visiter les musées. Certains de ces jeunes gens m'accompagnaient en tram jusque chez moi, me proposaient de porter mes livres. Presque tous me croyaient d'âge canonique et ils tombaient des nues en apprenant que je n'avais pas encore vingt et un ans. Ils avaient tellement confiance en moi qu'une fois l'un d'eux m'emprunta un peu d'argent, une somme de rien du tout que j'avais dans mon sac.

— Navré, me dit-il, je n'aurais jamais osé demander ça à une autre femme.

Au moment de nous séparer, il monta dans le tram et m'envoya un baiser. Je suis rentrée à pied parce que je n'avais plus un sou sur moi. Tout en marchant, j'avais l'impression d'aller retrouver l'oncle Rodolfo. « Tu es fatiguée, me disait-il, je ne veux pas que tu te fatigues comme ça. » Il arrêtait une voiture au passage et m'emmenait dîner dans un restaurant très gai rempli de lumière et de musique, ou il m'achetait une belle fleur à épingler sur ma robe.

Je l'appelais, mais il ne venait pas et, toute seule,

je n'arrivais pas à sortir de ce sombre tunnel. Dans cette obscurité, il m'arriva parfois de laisser certains de mes collègues marcher avec moi, et même de me laisser embrasser, sur le viale di Valle Giulia, tandis qu'ils me ramenaient à la maison. Une fois, je me suis laissé embrasser dans un abri antiaérien, pendant une alerte. Mais c'étaient des baisers sans douceur qui sentaient la cigarette bon marché, j'avais l'impression d'être un homme acceptant le baiser d'un autre homme. « Ne me téléphone pas, disais-je à ces collègues que j'avais la plus grande peine à tutoyer. Mon père ne veut pas. » Au retour, j'éprouvais un soulagement à revoir papa : je lui étais reconnaissante du rempart inconscient qu'il représentait pour moi.

« Il est tard », me faisait remarquer mon père sans m'adresser de reproches. Depuis que le mauvais état de ses yeux l'obligeait à rester à la maison, il commençait à perdre son assurance mordante. Pendant quelque temps, il avait réussi à cacher son infirmité. Je le voyais porter des lunettes noires mais il avait consulté un oculiste à mon insu. Un jour où je lui offrais une tasse de café, je me suis aperçue qu'il ne la voyait pas. « Papa ! » lui dis-je pour attirer son attention. Il rougit, tendit la main d'un geste hésitant et murmura : « Je n'y vois pas très bien. » Un peu plus tard, il fut obligé de me révéler la cachette où il mettait son argent.

Si la maladie avait amélioré son caractère, il était devenu un homme triste en peu de temps. Il ne s'était pas aigri, comme cela arrive souvent en pareil cas. Il ne voulut même pas tenter une opération car on ne lui avait pas donné beaucoup d'espoir. « Plus tard, peut-être, disait-il. Quand je n'y verrai plus du tout... » « J'y vois encore, assurait-il. Mais comme derrière un voile blanc... » « Je distingue encore les ombres », dit-il ensuite.

Ma présence était incapable de le réconforter. Je ne l'aimais pas et, quand je repensais à mes premiers souvenirs, j'estimais qu'il ne m'avait jamais aimée comme il avait aimé mon frère. À ma naissance, il paraît qu'il attendait nerveusement en faisant les cent pas dans les couloirs de la clinique. « C'est une fille ? » s'était-il écrié. Il s'était enfoncé son chapeau sur la tête avec colère et s'en était allé au café. Ma mère en avait pleuré et elle m'avait raconté que, moi aussi, je pleurais douloureusement, comme si j'avais eu l'intuition que je n'étais pas la bienvenue.

Quand j'étais petite fille, il rappelait souvent cet épisode. Peut-être doutait-il, comme tous les adultes, que je puisse en souffrir. Il le racontait en riant puis me tapotait la joue. Et ce geste ne faisait que m'humilier encore un peu plus parce que j'y lisais de l'indulgence et du pardon.

Il avait dû demander un congé. À la fin du mois je lui remettais, en même temps, son salaire et le mien, pas pour lui donner l'impression qu'il restait encore le chef de la famille, mais pour lui montrer que je gagnais beaucoup plus que lui. Il le remarquait et déclarait : « En ce moment, les femmes sont bien payées. » Et il ajoutait que c'était dû à la guerre. « Hein que c'est vrai ? » me demandait-il. Je ne répondais pas. « Tu prétends qu'une femme gagne autant qu'un homme, c'est ça ? Vous verrez, ricanait-il, vous verrez à la fin de la guerre ! » Alors je répondais : « Nous verrons. »

Mon calme l'exaspérait. Je m'efforçais d'être de plus en plus obéissante et serviable, de devancer ses désirs. Je m'oubliais moi-même, mon travail harassant me suffisait. Mon bureau, mes études, la maison, les soins que je prodiguais à mon père – tout cela m'épuisait car, même si j'étais résistante, je n'étais pas très forte. J'étais épuisée lorsque je me couchais le soir. Lui devenait de plus en plus faible, il allait même jusqu'à me demander :

— Tu n'es pas fatiguée, Alessandra ?

— Non, je ne suis pas fatiguée, lui répondais-je afin de ne pas interrompre le combat que nous menions depuis mon enfance et dont je sortais victorieuse.

Un soir, il laissa deviner sa défaite. Nous étions encore assis à table, après le dîner.

— Tu veux que je te lise le journal ? lui avais-je demandé.

— Non, m'avait-il répondu. Je ne veux plus savoir comment vont les choses.

Recrue de fatigue, je ne me sentais pas le courage de me lever, de me déshabiller, de me laver les dents. Et pourtant, la douceur que me promettait mon lit était ineffable. J'avais pris l'habitude de glisser entre les draps une vieille bouteille de mousseux remplie d'eau chaude. C'était la seule présence affectueuse qui m'accueillait au terme de ma journée.

— Écoute..., me dit mon père.

Le ton inhabituel de sa voix me frappa, c'était celui sur lequel il avait dit : « Nora », le matin de mon départ pour les Abruzzes. Ce qui me fit penser qu'il allait me parler d'elle. Nous n'avions jamais fait allusion à maman – et cette volonté tacite était l'un des piliers qui nous aidaient à supporter cette vie commune.

— Tu l'as connu ? me demanda-t-il à voix basse.

Tout en reprenant mon souffle, j'ai senti un imperceptible sourire détendre mon visage et mes lèvres.

— Oui, dis-je. Bien sûr. Je le voyais souvent.

Son silence sonna comme une invitation dénuée d'ambiguïté. Alors, même si je n'avais jamais fait que l'entrevoir, comme il l'avait fait lui-même, le jour du concert, je me mis à parler d'Hervey, à décrire sa personne, sa voix, ses gestes. Dans l'obscurité des yeux de mon père, ces images devaient piquer comme des épingles. Et pourtant, dès que je me tus, il me posa d'autres questions, timides d'abord, puis de plus en plus précises. Rassurée, je ne lui donnai que de brèves réponses pour l'obliger à m'interroger sur les moindres détails.

C'est ainsi que nous prîmes l'habitude de parler de ma mère et d'Hervey. Désormais, tous les soirs, quand le voisin ne montait pas pour lui tenir compagnie, je me présentais invariablement dans la chambre de mon père et m'asseyais dans le noir en face de lui. Le silence se gonflait d'images. « Et alors ? » finissait-il par me demander.

Je me mettais à raconter. Chaque soir, j'embellissais de nouveaux charmes la figure d'Hervey. Grâce à ce que je me rappelais des propos de ma mère, et en m'aidant de mes propres fantasmes amoureux, je reconstruisais l'histoire de leurs rencontres, de leurs conversations, de leurs regards ! Il ne se demandait jamais comment j'avais pu savoir autant de choses. Il écoutait, et son visage devenait immobile, un visage de pierre. Ses questions me faisaient comprendre qu'au cours de toutes ces années il n'avait jamais pensé qu'à ça, même lorsqu'il ne semblait se préoccuper que des rations, de l'argent, des provisions. Il était irrité que ma mère n'ait pas consommé l'adultère – combattre un amour uniquement spirituel était trop dur pour lui. « Ils n'avaient pas besoin d'être amants, lui disais-je à travers sa mélancolique obscurité. Ils étaient beaucoup plus que ça. » Je savais bien que ces paroles le blessaient.

— Tu crois que ta mère me détestait ? me demanda-t-il une fois.

— Te détester ? protestai-je.

J'étais indignée qu'il s'espère capable de susciter un tel sentiment.

— Non, non, repris-je d'un ton conciliant. Elle avait pitié, c'est tout.

— Alors c'est pour ça qu'elle n'est pas partie ? Par pitié ?

— Non, répondis-je, décidée à trancher le dernier lien par lequel il avait l'illusion de la retenir. Si elle n'est pas partie, c'était pour ne pas me quitter.

À peine avais-je prononcé ces mots que je vis comme un soulagement sur ce visage de pierre. Alors la couche de glace qui le recouvrait passa en moi et me coula le long du dos. Brusquement, j'eus peur d'être responsable de la mort de ma mère. Oui, c'était moi, l'amour qu'elle avait pour moi qui l'avait retenue, emprisonnée, c'est moi qui l'avais poussée dans le fleuve, de tout mon poids, qui l'avais fait couler à pic, qui avais rempli d'eau sa bouche. Mon père, maintenant, avait la certitude que tout était de ma faute mais ne disait rien ; il voulait me lier par une répugnante complicité.

Quand je sortais et que je traversais les jardins publics, je m'arrêtais pour regarder les enfants. Certains étaient très beaux et tous avaient un visage ouvert qui respirait l'innocence. Assises sur les bancs, leurs mères les surveillaient en tricotant de la laine bleu clair ou rose. Je m'asseyais aussi sur les bancs et j'appelais les enfants de la main. « Viens ici », insistais-je. Intimidés par la menace de mon regard, ils approchaient. Je palpais leurs bras qu'ils avaient tendres et potelés. « Oui, me disais-je en repensant aux mots de grand-mère. C'est doux, les enfants. C'est doux, c'est tendre, c'est innocent. » Les enfants et moi, nous nous regardions ; je caressais leur peau douce et me regardais dans l'eau bleue de leurs yeux sans tache. Mais, petit à petit, dans leur regard candide et stupéfait, je voyais affleurer une force implacable qui tirait précisément sa vigueur de cette innocence désarmée, de cette fragilité sans défense. Leur aplomb venait de ces chairs tendres que nul n'aurait eu le courage de blesser, du caractère invulnérable dont jouissent les faibles, ceux qui ont besoin d'être protégés. Leurs mères déroulaient rapidement leurs pelotes bleues et roses sans savoir la possibilité que détenaient ces enfants de garrotter, d'étouffer, de tuer, par la mollesse trompeuse de leurs menottes potelées. Moi, j'avais tué ma mère par ma seule présence.

Une fois, écrasée de remords, je courus via Paolo Emilio. C'est Lydia qui me délivra de mon cauchemar :

— En quoi es-tu responsable ? me dit-elle durement pour me secouer. Tu ne sais rien de ce qui se passait entre eux au cours de ces nuits-là. Ta mère le suppliait, se traînait à genoux. Et ton père répondait : « Tu ne peux pas partir. Même si tu laissais Alessandra, tu ne pourrais pas partir. Je donnerais ton signalement à toutes les frontières, je te ferais arrêter par la police. Le mari en a parfaitement le droit. Alors essaie un peu ! » Voilà ce qu'il lui disait.

Cela me permit de répondre à mon père que non, à mon avis, ma mère ne l'avait jamais aimé, même quand elle avait accepté de l'épouser. Ce n'était pas de l'amour. Il ne réagit même pas. Et ce silence sonnait comme un aveu de culpabilité. Un soir seulement, son visage s'anima brusquement :

— Tais-toi ! me cria-t-il. Tais-toi, vipère !

Je me suis levée et j'ai quitté la pièce. Il ne pouvait plus rester seul, désormais. Peut-être qu'avec l'obscurité qui l'entourait, ses souvenirs venaient le hanter. Je le persuadais que maman n'était pas au cimetière mais sous sa fenêtre, dans l'eau verte du fleuve, je lui racontais qu'elle entrait souvent dans l'appartement, que je l'entendais marcher de son pas léger. Je lui annonçais :

— La voilà. Tu ne la vois pas ?

Mais il ne pouvait pas la voir.

Au bout d'un moment, il me rappelait d'une voix suppliante et lamentable :

— Alessandra, viens ici. Pardonne-moi.

Je lui apportais son potage et son vin, j'étendais délicatement la nappe devant lui en songeant aux mains innocentes des enfants.

On était en octobre. Un élève de l'école d'architecture proposa de m'accompagner à une exposition de la Galerie Borghèse. J'étudiais avec plaisir l'histoire de l'art. Je demandais souvent conseil au jeune professeur qui remplaçait le titulaire de la chaire, il s'appelait Lascari. Je pensais que, le moment venu, j'aurais plaisir à préparer un mémoire sous sa direction. En attendant, je visitais les musées et, vu le peu de temps dont je disposais, il m'arrivait de m'y trouver à l'heure du déjeuner : je me contentais d'un sandwich, pudiquement dissimulé dans un journal. À cette heure-là, les musées étaient déserts ; on aurait dit que les statues m'attendaient. Je me présentais à l'entrée des salles et murmurais en souriant : « Me voilà. » Cela semblera peut-être un manque de modestie de ma part, mais quand je me trouvais en tête à tête avec la nature ou une œuvre d'art, j'avais l'impression qu'elles attendaient mon arrivée avec impatience pour révéler leur éclat secret. Un jour, Lascari m'avait surprise alors que j'entrais dans une salle en imitant inconsciemment la démarche de ma mère. « Qu'est-ce que vous faites ici ? » m'avait-il demandé d'un ton faussement sévère. J'avais rougi et caché mon sandwich derrière mon dos.

J'aurais voulu lui demander quelques conseils de méthode, mais je n'en avais pas le courage. C'était le seul qui ne me prenait jamais au sérieux, il me traitait comme une enfant. En sa présence, je n'arrivais jamais à trouver mes mots – j'employais des verbes impropres, des adjectifs inadéquats. J'étais certaine qu'il m'estimait peu intelligente et redoutais qu'il refuse de s'occuper de moi.

Au vernissage de l'exposition se trouvait aussi Lascari. En le voyant, j'ai d'abord voulu l'éviter, de peur qu'il m'interpelle, comme d'habitude, avec une ironique bienveillance, pour me demander ce que je faisais parmi des adultes. Je me sentais particulièrement timide, ce jour-là, tant j'étais ivre d'émotion d'avoir traversé les jardins à pied pour arriver à la Galerie Borghèse. Il avait plu. Puis, tout de suite après, le ciel avait chassé ses nuages pour se montrer d'un bleu provocant. Sur la haie de buis, on voyait trembloter des perles irisées et un rouge-gorge gazouillait dans des branches d'acacia. Des gouttelettes fraîches tombaient rapidement des arbres en piquant espièglement mon visage.

— Excuse-moi, je suis en retard, dis-je à mon camarade qui m'attendait à l'entrée. J'ai marché en prenant mon temps.

Son allure désagréable, ses mains violettes, ses cheveux en bataille me contrariaient. Et pourtant, si j'avais été seule, je n'aurais pas eu le courage de fendre cette foule. Cet étudiant connaissait beaucoup de gens et s'arrêtait pour les saluer. Il me présentait, mais ne disait que mon nom de famille. Je rougissais, gênée, sans ouvrir la bouche. Je ne comprenais rien, je m'ennuyais, je me sentais perdue. En voyant de nouveau passer Lascari, j'ai eu un mouvement brusque, un élan subit.

— Au revoir, dis-je à l'étudiant.

Il voulut me retenir.

— Où vas-tu ? Attends !

— Non. Ce n'est pas possible.

Il m'avait attrapée par la manche.

— Attends, répéta-t-il.

— Je te dis que je ne peux pas. Il faut que j'aille parler à Lascari.

Il me retenait et je me dégageai. Irritée par sa présomption, je sentais une colère violente s'élever en moi. Lascari s'était engagé dans l'escalier, accompagné d'un ami. J'eus peur de ne pouvoir le rattraper. M'étant enfin libérée, j'ai traversé la petite salle et dévalé l'escalier d'un pas léger, à toute vitesse, en volant presque. C'était un escalier en colimaçon, comme celui de la via Paolo Emilio. Ma longue jupe plissée s'ouvrait en cercle et la spirale grise de l'escalier me procurait un doux vertige. Les deux hommes étaient sur le pas de la porte. J'ai lancé :

— Monsieur le professeur !

Je me suis arrêtée, essoufflée, le visage tout rouge. Tous deux se retournèrent.

— Oh, Alessandra ! dit Lascari.

Il revint sur ses pas et me présenta son ami. Je souriais, encore essoufflée par ma course. C'était Francesco.

À partir de ce moment-là, je me souviens de tout, je me rappelle chaque détail de ce qui devint ma vie. Je vais tout dire, crûment, avec une sincérité impitoyable. C'est peut-être maintenant que mon histoire devient vraiment importante au regard du but qui a guidé son écriture. Mais il m'était impossible de passer sous silence tout ce qui a précédé notre rencontre. Francesco était en moi dès le premier instant, dès ma naissance, dès que mon père s'est mis en colère parce que j'étais une fille. C'était lui qui me tenait compagnie lorsque je m'asseyais près de la fenêtre pour enfiler mes perles. Voilà pourquoi je l'ai reconnu, en le voyant passer, pourquoi j'ai descendu l'escalier en trombe, avant de l'obliger à se retourner.

Encore maintenant, Francesco est assis près de moi et me parle. Il me dit : « Alessandra, comme tu étais belle à ce moment-là ! Tu étais essoufflée, la main posée sur le cœur. Lascari t'a dit une bêtise, tu te rappelles ? Il a dit que tu semblais sortir d'un tableau du dix-neuvième siècle. Et moi, je rougissais des idioties que les hommes disent aux jeunes filles, je ne voulais pas employer ce langage, il ne me semblait pas fait pour toi. C'est pour cette raison que j'ai appris à te parler à travers mon silence, dès ce moment. Tu étais tellement belle et je n'avais jamais vu toute la grâce du monde réunie dans un seul être. Tu t'es placée entre nous deux et nous nous sommes mis en marche. Lascari pouvait avancer tranquillement à côté de toi, mais moi, je ne pouvais calquer mon pas d'homme, lourd et pataud, sur le tien, qui était plein de grâce. Dès cet instant, je me suis senti gauche et empoté. Et cela n'a pas varié, voilà pourquoi je me montrais renfrogné. Oh, tu étais tellement belle, Alessandra ! »

De fait, il nous quitta brusquement. Tandis que je le regardais s'éloigner seul dans l'allée, Lascari, tout sourire, m'expliquait que Minelli avait un caractère ombrageux et renfermé. Il le connaissait depuis très longtemps, depuis le début du lycée. Tandis qu'il parlait, je restais grave et muette.

Le lendemain, Francesco me téléphonait :

— Je vous demande pardon. C'est Lascari qui m'a donné votre numéro de téléphone. Il paraît que je me suis conduit comme un malappris.

— Oh non, déclarai-je, toute confuse.

— Si, c'est sûrement vrai. J'avais beaucoup à faire !

— Oh ! répondis-je sans savoir quoi dire.

— Je voudrais vous voir... pour me faire pardonner. Je viendrai demain au cours de Lascari, à la faculté.

Je dis que oui, c'était d'accord. Et je me souviens qu'aussitôt après, j'aurais voulu le rappeler, lui expliquer que je ne pouvais pas, que le matin j'étais au bureau. Mais il avait disparu, je ne savais pas où il habitait, qui il était, toute la ville était vide de lui. Et pourtant, peut-être pour cette raison, toute la ville le rappelait à ma mémoire. J'étais restée près du téléphone, la main encore posée sur le combiné. Mon père sentit le poids de mon silence.

— Qu'y a-t-il ? me demanda-t-il avec agacement.

Au bout de quelques secondes, je lui répondis :

— Demain matin, je dois aller à la faculté.

En m'entendant dire « demain matin », j'eus l'impression que l'attente serait infiniment longue et que je serais incapable de la rendre moins difficile. Je me tournais vers le téléphone dur, noir et muet. Je disais : pas demain matin, tout de suite ! Mon esprit s'agitait, il arpentait toute la ville. J'ai attrapé l'annuaire, que j'ai feuilleté anxieusement. Minelli était un nom courant et j'ignorais encore que Francesco s'appelait Francesco.

« Moi, je savais que tu t'appelais Alessandra », me dit-il. Je cesse d'écrire pour l'écouter. « J'étais content de n'avoir jamais connu une femme qui portait le même nom que toi, puisque aucune femme ne te ressemblait. Ce soir-là, j'ai prononcé plusieurs fois ton nom afin d'être familiarisé avec une partie de toi, dès le lendemain. Je l'ai prononcé avec des intonations différentes. J'étais tout seul dans mon bureau. J'étais censé préparer un cours mais j'étais assis dans mon fauteuil, la tête sur le dossier et je disais "Alessandra", simplement, comme pour t'appeler d'une pièce voisine, puis avec ironie, avec agacement, avec colère. Mais ton prénom semblait se révolter, alors j'ai commencé à dire "Alessandra" avec tendresse, avec un léger accent de prière. Je fumais, la pièce était remplie d'une brume odorante et dense. J'ai dit "Alessandra" avec amour car il me paraissait si facile de prononcer ton nom de cette façon. Je voulais l'entendre prononcé par toi, voir le pli que prenaient tes lèvres. Voilà pourquoi, le lendemain, je t'ai tout de suite demandé comment tu t'appelais. Tu as été surprise, un peu déçue. »

La question de Francesco m'avait glacée. Nous avions marché quelques instants en silence. Pendant ce temps, je songeais que je n'avais guère piqué sa curiosité, puisque lors de son coup de téléphone avec Lascari, il ne s'était même pas soucié de s'enquérir de mon prénom.

Je me sentais humiliée d'avoir composé un rôle que personne ne me demandait d'interpréter. Il y eut entre nous un silence et, dans ce silence froid, je me perdais, je dégringolais. Un étudiant passa et dit :

— Bonjour, monsieur le professeur !

J'ai tâché de me ressaisir et lui ai demandé :

— Vous enseignez ?

Francesco acquiesça.

— La philosophie du droit, je suis chargé de cours.

Il parlait d'un ton grave, presque renfrogné. On aurait dit qu'il regrettait de donner une quelconque information sur son compte. Il était difficile de comprendre s'il était content de m'accompagner ou bien s'il se pliait de mauvaise grâce à une corvée à laquelle il ne pouvait pas se dérober. Je ne me rappelle plus ce que nous avons bien pu dire dans ces premiers moments, justement parce que nous usions de ce langage auquel deux personnes ne recourent que si elles n'ont rien en commun – les moindres prétextes sont bons pour établir une conversation. Pendant un instant, j'ai été tentée de me rebeller contre ces sujets sans intérêt. Mais j'ai fini par comprendre que nous placions ces mots entre nous pour élever une digue contre ceux que nous ne voulions pas dire. Nous nous abandonnions complètement à cette merveilleuse nouveauté – nous marchions ensemble sans nous interroger sur la direction à prendre. Moi qui avais toujours marché seule, même lorsque l'oncle Rodolfo m'offrait son soutien, même lorsque je permettais à Claudio de s'appuyer sur moi. Ce jour-là, au contraire, pour la première fois, je sentis un harmonieux équilibre entre nos deux pas, côte à côte, qui nous conduisaient dans des rues que je ne repérais pas, sur des bandes d'asphalte qui se déroulaient devant nous, au milieu d'arbres qui nous tenaient compagnie. Je n'étais pas particulièrement contente, l'émotion qui m'étreignait m'empêchait même d'éprouver du bonheur. Mais l'idée d'interrompre cette promenade m'épouvantait autant que l'idée de cesser, tout à coup, de respirer.

— Et vous, comment vous appelez-vous ? lui demandai-je brusquement.

— Francesco, dit-il à mi-voix.

J'ai rougi comme si on m'avait fait une confession intime. Je tenais son nom délicatement, entre mes doigts, comme quelque chose de fragile qui venait de naître. Je pensais Francesco, lui pensait Alessandra, et la conscience que son prénom habitait en moi et que le mien s'était installé en lui nous troublait et nous rendait heureux en même temps. Entraînés par ces noms, nous sortions du secret de notre for intérieur, nous nous présentions. Chacun parlait de soi avec indulgence, comme d'un ami extravagant auquel on reste attaché malgré ses défauts.

Brusquement, je m'aperçus que nous avions atteint le fleuve. Il suffisait de tourner à droite, mon immeuble se trouvait à quelques pas.

— Oh ! me suis-je exclamée.

Un air profondément peiné dut se peindre sur mon visage car il me demanda :

— Où habitez-vous ?

— Ici, fis-je avec un geste désemparé, comme si j'indiquais un ennemi aux aguets. Quand j'étais petite, j'habitais aux Prati, de l'autre côté du fleuve.

— Moi, j'ai toujours habité un vieil immeuble, place du Pont-Saint-Ange.

— Nous avions le fleuve entre nous.

Nous nous sommes esclaffés et, tandis que cette phrase semblait provoquer en moi une peur indéfinissable, Francesco me demanda mon âge. Après quoi, il précisa :

— J'étais de l'autre côté du fleuve onze ans avant vous.

Le vent soufflait. Mes cheveux se soulevaient, j'étais obligée de les retenir avec la main.

Alors je dis :

— Je regrette de ne pas l'avoir su. Ma mère me défendait toujours de passer le pont.

Il crut à une plaisanterie et se mit à rire.

— Et maintenant ?

Le quai du Tibre était traversé par le vent. Aussitôt prononcées, nos paroles fuyaient.

— Maintenant, ma mère est morte. Je vis avec mon père.

— Vous devriez vous en vouloir d'être rentrée si tard ! dit-il.

Ce qui me fit rougir.

Nous avions le vent dans le dos, mes cheveux balayaient mes joues. Comme s'il obéissait à une obligation pénible, Francesco déclara :

— Il faut que je vous revoie.

— Quand ? avons-nous demandé ensemble.

Nous aurions tous les deux voulu répondre « ce soir », mais nous avons décidé : « Demain. »

Il faut que je rassemble mes idées, que je les passe en revue, que je leur fasse violence, car lorsque je revois cette époque de ma vie, les douces journées qui suivirent ma rencontre avec Francesco, voilà qu'elles s'animent, qu'elles se dressent, ondulent et se gonflent comme si un vent impétueux les mettait sens dessus dessous. Au cours de ces jours-là, un rythme de course joyeux m'habitait en permanence, tout comme le désir de donner libre cours à cet emportement merveilleux qui m'animait. Mon pas était élastique et vibrant ; quand je descendais l'escalier, nos voisines avaient peine à suivre du regard ma robe noire qui passait à toute vitesse. Au bureau, si j'étais appelée par M. Mantovani, j'ouvrais la porte de son bureau avec un tel mélange de joie et d'énergie que j'en rougissais. En écrivant à la machine, je déplaçais le chariot en faisant un arpège avec mes doigts et je tapais sur les touches avec le bruit des orages de grêle, en été. Mes collègues venaient regarder à la porte de mon bureau, tout étonnés, et je leur disais « Bonjour » avec un sourire enjoué, triomphant. J'ouvrais les fenêtres en grand, je remplissais la baignoire, battais les œufs, frottais le linge sur ce même rythme de course enlevé. Et tout le monde se retournait, s'arrêtait, s'étonnait.

Le fait est que, toute la journée durant, je courais à mon rendez-vous avec Francesco – et pendant que je courais, remplir mes tâches quotidiennes ne me posait aucune difficulté. Je ne m'arrêtais qu'une fois auprès de lui. À peine était-il venu à ma rencontre que le moment de m'arrêter était arrivé. Au bout de quelques instants de silence, pendant lesquels nous sentions simplement nos nerfs se détendre, notre respiration devenir ample et régulière, nous commencions à nous parler, à nous raconter nous-mêmes hâtivement, anxieusement, quitte à parfois nous interrompre mutuellement et à nous en demander pardon avec un sourire.

— Qu'est-ce qu'il te dit ? souhaitait savoir Fulvia.

— Rien, lui répondais-je d'un air radieux. Il ne dit rien.

En effet, chacun de nous finissait par perdre haleine à force de parler de soi et de rien d'autre, chacun s'extrayait d'un passé sombre pour se présenter à l'autre. Tout ce que j'avais gardé jalousement pour moi jusque-là, je brûlais de le partager avec Francesco. À travers mes récits, je me connaissais enfin moi-même et, en même temps, je le connaissais lui. C'était une sensation magnifique.

Je parlais avec Fulvia de cette heureuse anxiété et elle m'écoutait les mains jointes, dans un geste de prière. « Je lui ai parlé de toi », lui confiais-je, et elle me souriait, reconnaissante d'avoir été admise, ne serait-ce que quelques instants, dans le cercle enchanté de nos discussions.

— Je lui ai parlé aussi de cette pièce, des jeux auxquels nous nous amusions quand nous étions petites.

— Et il ne t'a encore rien dit ?

Cinq ou six jours s'étaient écoulés déjà depuis notre première rencontre.

— Non. Rien du tout.

— Il doit être très amoureux s'il ne parle pas ! fit-elle observer.

Une fois, j'ai finalement eu l'impression que nous avions un vrai rendez-vous amoureux. Il pleuvait ; nous avions donc décidé de nous voir dans un café. Je suis arrivée sous une pluie fraîche qui piquait espièglement mon visage ; je portais le long imperméable de ma mère dont j'avais relevé la capuche. En entrant, j'ai tout de suite aperçu Francesco assis à une table devant une tasse de café. Intimidée, j'ai traversé l'atmosphère désolée de la petite salle nue et me suis dirigée vers lui – c'était un homme de haute taille, maigre et légèrement chauve. J'avais l'impression de ne connaître que son apparence, son costume gris, sa cravate, son pardessus plié sur sa chaise. Il se leva et, dans l'espace restreint entre deux tables, il s'inclina courtoisement, comme on salue une femme avec qui on a rendez-vous. Dans l'autre coin de la salle, il y avait un autre couple ; l'homme était en uniforme. La femme et lui se regardaient en se tenant les mains. Voir en eux mon propre reflet me fit brusquement rougir. Francesco suivit mon regard et me dit :

— Excusez-moi. Si j'ai pensé que nous pouvions nous voir ici, c'est parce que c'est près de chez vous. Je ne souhaitais pas que vous ayez à trop vous mouiller. Nous partons ?

— Non. Pourquoi ?

La pluie me donnait pourtant froid dans le dos, elle me gelait les épaules et je ne voulais pas ôter mon imperméable pour ne pas me familiariser avec ce lieu mélancolique. Je repensais au jour où j'avais surpris Lydia dans une crémerie, en compagnie du capitaine.

Le garçon m'apporta un café dans une tasse en verre. Je l'ai bu sans grande envie, en me disant que c'était une étape rituelle, dans un rendez-vous comme le nôtre. Je voyais cependant le regard de Francesco suivre tendrement le mouvement de mes mains. Et moi aussi, je l'observais. En marchant à côté de lui, je n'avais appris à connaître que son profil sévère, sa mâchoire saillante. Ce jour-là, au contraire, je l'avais en face de moi et, petit à petit, comme l'autre couple, nous nous étions rapprochés. Je sentais ses genoux durs, je voyais son visage rude et son front haut ; il avait sur la joue une petite éraflure rouge, signe que, le matin, il s'était coupé en se rasant.

Il scrutait mes yeux, mes lèvres. Je ne me dérobais pas à son regard, au contraire, je m'offrais, sans sourire, le visage plein d'intensité. Et dans l'élan qui nous poussait à nous connaître encore davantage, je crus discerner l'angoissante présence de l'amour.

— Oui, répondis-je à Fulvia ce soir-là, tu as peut-être raison, il est peut-être amoureux de moi.

Cela piquait sa curiosité. Elle voulait que je parle de lui, encore.

— Il est comment, Francesco ? me demandait-elle.

Elle l'appelait par son prénom, ce que je n'avais jamais osé faire. De loin, il était facile de se sentir à l'aise avec lui. Je me suis mise à parler de lui, à le décrire, et il me semblait moins rétif. Il se laissait regarder, tel un corps inconnu que nous nous étions défendues d'imaginer de façon précise. J'hésitais.

— Je n'irais pas jusqu'à dire qu'il est beau, non. Je ne sais pas. Il est grand. Bien plus grand que moi. Et puis… non, c'est inutile, tu ne comprendrais pas.

— Dis-moi.

— Voilà. Sa nuque ressemble à celle d'un cheval. Mais tu ne peux pas comprendre, c'est une sottise.

— Mais si, je comprends. Tu disais la même chose d'Hervey, le lendemain du concert. Ça m'avait beaucoup marquée. Je regardais ta mère et je pensais à la nuque du cheval.

— J'étais jeune, tu sais. Pourtant, maintenant que je t'écoute parler, j'ai l'impression que c'est la même histoire qui continue.

Nous étions allongées sur le lit, dans la pièce de nos jeux où, maintenant, elle recevait Dario.

— Mon histoire, dit amèrement Fulvia, c'est aussi la suite de l'histoire de ma mère.

Francesco m'attendait place Saint-Pierre. C'est moi qui lui avais fixé ce rendez-vous, dans le désir inconscient de retrouver les rues chères à ma mère et à Hervey. Peu à peu, nous nous sommes éloignés des rues habitées et nous sommes montés sur le Janicule, en suivant une belle route de campagne – celle que j'avais parcourue, des années plus tôt, pour me rendre au récital à la villa Pierce. J'avais beau avoir provoqué moi-même ce souvenir, il me saisit d'une façon si imprévue que j'en fus tout attendrie.

— Ma mère aimait beaucoup cette route.

Je n'avais jamais parlé d'elle avec Francesco, ni avec aucune personne qui ne l'avait pas connue. Une fois rentrée des Abruzzes, je m'en étais strictement tenue à la version que m'avait suggérée mon père. Dans mes conversations avec Francesco, j'avais seulement fait allusion à un événement qui m'avait profondément ébranlée, au point qu'il avait peut-être changé le cours de ma vie.

— Ma mère était tout heureuse, quand elle passait ici.

Et en faisant doucement violence à ce mélange de réticence et d'agitation qui me tenaillait, j'ai commencé à parler d'elle, de ses goûts, de sa démarche extraordinaire. J'ai aussi parlé de grand-mère Editta.

— Maman me lisait Shakespeare à haute voix. En cachette, parce que mon père était contre. J'avais sept ou huit ans. Le soir, dans mon lit, je répétais ces vers, c'est comme ça que j'apprenais à prier.

Il m'écoutait avec un intérêt que mes mots n'avaient jamais suscité. Ce n'était ni l'attention humble et soumise de Claudio, ni la stupeur amusée de Paolo. L'intimité qui s'établissait à travers ces confidences ne semblait ni provisoire, ni accidentelle – mais née de racines profondes. C'était comme si, depuis longtemps, nous savions tout l'un de l'autre. Emportée par mon récit, je me suis tournée vers Francesco : il me regardait avec une émotion si nouvelle sur son visage que je me suis interrompue, le rouge aux joues.

— Vous ressemblez tellement à votre mère ! s'exclama-t-il affectueusement.

— Moi ? dis-je en m'arrêtant, confuse.

— Oui, je crois. En parlant d'elle, vous faites votre propre portrait.

Troublée, j'ai baissé la tête. La présence de Francesco ne me communiquait pas uniquement un bonheur apaisé, mais aussi une sorte d'effroi inquiétant. Peut-être que ma mère n'était pas seulement heureuse, quand elle passait dans cette rue. Peut-être qu'elle avait peur, aussi.

Désemparée, je me suis retournée pour regarder Francesco. Nous étions immobiles au milieu du coucher du soleil, dans une lumière rouge, d'une extrême violence. Dans cette lumière, il semblait comme empourpré par une agitation intérieure. Sur les traits lisses de son visage, il me paraissait voir tout ce que, jusqu'à présent, je n'avais aimé que chez moi et dans la nature. Un élan irrésistible me poussait vers lui comme vers les arbres, les cours d'eau, mon image réfléchie dans un miroir. Maintenant, au fil d'un regard, tout ce qu'il y avait en nous de plus secret, de plus caché, passait sans difficulté de l'un à l'autre. Oh, quand je repense à ce moment et aux autres qui les suivirent, à la lumière de ces rencontres, à l'éclat du paysage, à la douceur de l'air, à la présence vivante de Francesco, je sens mes forces vaciller, un doux alanguissement s'empare de moi et des larmes d'émotion remplissent mes yeux, au point que les mots se brouillent et tremblent sur ma feuille.

— Ma mère s'est tuée par amour, dis-je dans un souffle.

À mon retour, la nuit tombait. J'avais prié Francesco de ne pas me raccompagner. J'avais inventé un prétexte. En réalité, je désirais rester seule. Il y avait beaucoup de monde dans les rues de mon quartier, à cette heure-là. Dans l'obscurité profonde du black-out, on voyait les gens entrer et sortir des boutiques pour faire leurs derniers achats avant le dîner. Je marchais perdue dans un rêve, le visage en feu, et me rafraîchissais au contact du vent léger qui soulevait mes cheveux. Les passants effleuraient mon bras, me cognaient, mais je ne me retournais même pas. J'avais devant les yeux le visage de Francesco. Je l'appelais, il me répondait ; nous parlions une langue que nul ne pouvait comprendre.

À partir de ce moment-là, mon amour pour lui a fait toujours partie de moi, c'était un invité que j'avais accueilli avec une gratitude émue et enjouée. Bien vite, il avait envahi tout mon être, jusqu'à mon sang et mon esprit. Dès lors, malgré les événements tantôt douloureux, tantôt terribles qui se sont produits entre nous, son visage a toujours rempli mes yeux. Et c'est derrière son visage, en transparence, que m'apparaissaient les objets. La campagne, les prés, les maisons, les rues de la ville et même les arbres, je ne parvenais à les voir que derrière son visage, comme s'ils étaient peints sur un voile translucide. Même le visage de Tomaso, le rire aimable de Tomaso, je ne l'ai jamais vu qu'à travers le visage de Francesco que je caressais depuis ce soir-là, non seulement avec toutes mes pensées tendres, mais avec toutes les pensées, bonnes et mauvaises, qui m'ont toujours habitée, dès ma naissance.

J'ai monté l'escalier d'un pas léger. Une fois entrée, j'ai tout de suite couru me mettre à la fenêtre pour murmurer : « Demain, à cinq heures », c'est ce que nous étions convenus.

Mon père m'appela ; j'accourus. Il était calmement assis dans la salle à manger qu'éclairait à peine la clarté glacée de la lune.

— Il est tard, Alessandra, me dit-il, j'aimerais manger.

Sa voix ne trahissait plus aucune irritation, aucun dépit. L'état lamentable qui était le sien semblait avoir conféré de la solennité à sa personne et ennobli les traits de son visage. Habillé de noir, il ne faisait qu'un avec sa chaise de la même couleur. Il avait désormais les cheveux blancs et, sur le marbre lisse de sa peau, ils lui donnaient, à lui aussi, une allure de statue, comme grand-mère.

Je pris une chaise basse pour m'asseoir à ses pieds. Il regardait dans la direction de la fenêtre, même s'il n'y voyait presque plus. Tout en lui, la silhouette comme la pensée, semblait concentré autour d'un nom, « Nora », qu'il s'acharnait à répéter et garder. « Nora », avait-il appris à dire un jour, comme moi, j'avais appris à dire « Francesco ». C'est au sentiment qu'il avait nourri pour ma mère que je devais d'être née et de connaître moi-même un sentiment semblable. La rancune que j'avais entretenue pendant tant d'années fondit brusquement, me plongeant dans un acte de contrition sincère. Je me suis rappelé ce projet que je caressais de l'abandonner, la joie cruelle avec laquelle, jour après jour, je m'acharnais à le blesser. J'étais débordante d'amour, enivrée de bonté. Tous les élans de générosité que je sentais, j'avais l'impression que je devais les faire converger sur mon père avant tout. Je le regardais fixement avec tendresse et gratitude, je me rappelais son habitude de m'emmener manger des glaces quand j'étais petite fille. Encore maintenant, il lui arrivait de me dire, aussi humiliante que soit cette contradiction : « Accompagne-moi, je t'emmène prendre une glace. » Mais ce qui m'attendrissait le plus, c'était le souvenir de ses journées monotones, uniquement réglées par ses horaires de bureau, et l'avilissement que ce rythme de vie avait produit chez lui. Sa naïve médiocrité, sa présomption vide, bref, tout ce qui avait pu m'irriter – voire m'indigner – suscita brusquement en moi une émotion profonde.

Car c'était aussi tout cela qui m'avait permis de me rendre, le jour même, à mon rendez-vous place Saint-Pierre.

Mon esprit était animé d'une telle fièvre qu'il en

perçut certainement la chaleur. Il se tourna légèrement vers moi et m'interrogea :

— Qu'est-ce que tu as, Alessandra ?

Je ne répondis pas tout de suite, je ne voulais pas mentir. Il n'y avait plus de place en moi pour le moindre mensonge, pour la moindre tromperie. Tout agitée, j'attendais la confirmation de ce qui me bouleversait. Une fois que je l'ai eue, j'ai pris la voix la plus légère possible pour lui avouer :

— Je suis amoureuse.

J'attendais qu'il m'ouvre ses bras en souriant, afin que je puisse enfin me réfugier auprès de lui, poser ma tête sur son épaule, pleurer peut-être, m'épancher. Mais non, il eut un soubresaut, sans doute sous le coup de la surprise, et me demanda :

— Qui est-ce ?

— Il s'appelle Francesco.

À peine ai-je prononcé son nom qu'un frisson me saisit. Je sentais que je venais de commettre une grave imprudence, je craignais que, chez lui, dans son bureau où il se trouvait toujours à cette heure, Francesco ait levé brusquement la tête en s'entendant appeler. Et je croyais lire sur sa figure comme une ironie étonnée. Je n'avais pas pu résister à la tentation de prononcer son prénom chez moi ; j'étais comme toutes les femmes, je ne pouvais pas garder un secret.

— Tu ne connais même pas son nom de famille ? observa mon père d'un ton fâché – et j'eus la vague intuition que j'avais eu tort de parler. Comment s'appelle-t-il ? Quel métier fait-il ?

— Mais si, je le sais, me suis-je empressée de répondre, d'un ton mal assuré. Il s'appelle Minelli, Francesco Minelli. Il est professeur à l'université.

— Professeur ? répéta-t-il d'un ton légèrement méprisant. C'est la pire catégorie de fonctionnaires. De pauvres types remplis de morgue et de prétention.

Où l'as-tu connu ? Et pourquoi n'est-il pas venu me parler ?

Je m'étais levée, j'hésitais à lui répondre. Chacune de ses paroles chassait un peu de l'ineffable enchantement qui me tenait en son pouvoir jusque-là.

— Pourquoi ? ai-je demandé timidement.

J'essayais de le ramener à l'affectueuse image de lui que je m'étais construite.

— Pourquoi aurait-il dû venir te parler, papa ?

— Parce que c'est ce que fait tout honnête homme quand il veut épouser une jeune fille.

— Mais il ne veut pas m'épouser. Il n'a jamais dit ça !

— Ah oui ? Parfait ! Alors qu'est-ce qu'il veut, s'amuser ?

Je gardai un silence horrifié. Dès ses premières questions, j'aurais voulu le supplier de se taire.

— Il veut simplement s'amuser au lieu de t'épouser, hein ? Je le crois volontiers. Et c'est toi-même qui viens me le dire ?

J'essayais de comprendre le sens de cette expression, « s'amuser », appliquée à nous deux, à Francesco et à moi. Et ce mot, en apparence innocent, me faisait monter aux joues des flammes irrépressibles. J'avais peur que Francesco entende notre conversation et s'en aille, déçu et dégoûté, une grimace sur les lèvres.

— Qu'as-tu à dire ?

— Rien du tout, papa. Je vais préparer le dîner.

L'appartement était sombre, silencieux et triste. J'étais si seule que penser à Francesco ne suffisait pas à me tenir compagnie. Oserais-je encore me présenter à lui avec le souvenir des humiliantes paroles de mon père ? Sur le fourneau, l'eau commençait de siffler dans la casserole. Dans un moment, il faudrait y jeter les pâtes, faire réchauffer la sauce. Même ce soir-là, je ne pouvais pas y couper. Du linge à repasser m'attendait ensuite. Ma mère me prit dans ses bras. « Oh ! me dit-elle, moi non plus, je ne voulais pas que tu sois une fille. »

Le téléphone sonna dans le silence. J'eus un instant d'hésitation, surprise qu'on appelle à cette heure. Puis j'accourus.

— Francesco à l'appareil.

Après la première fois, il n'avait jamais plus téléphoné. Sa voix était chaude et contenue, je voyais son visage devant moi dans le vide noir du combiné.

— Oh, merci, merci..., répondis-je.

— Pourquoi merci ?

— Mais de m'avoir appelée.

— Je vous dérange ?

— Non, au contraire.

— Excusez-moi, je ne voulais pas attendre jusqu'à demain. Je voulais vous dire quelque chose.

— Quoi ?

Il y eut un silence. Un silence doux. Une agréable obscurité.

— Bah, ça n'a plus d'importance. Je voulais vous parler d'aujourd'hui. Seulement...

— Je comprends.

— Vous comprenez ?

— Oui, dis-je tout doucement. Moi aussi, je voulais vous parler.

Il y eut un nouveau silence. Nous n'avions pas, pour nous aider, le rythme régulier de notre pas et le sens de nos paroles se présentait tout nu.

— C'est long, d'attendre jusqu'à demain.

— Oh oui ! avouai-je dans un souffle.

— Mais ça va déjà mieux maintenant.

— Beaucoup mieux.

— Excusez-moi. Bonne nuit, Alessandra.

— Bonne nuit, Francesco.

C'était la première fois que je l'appelais par son prénom. Nous avons gardé un instant le silence, liés par le fil ; j'entendais son souffle dans le combiné. Puis il raccrocha. Alors j'ai raccroché aussi, lentement, pour ne pas souffrir du déclic qui mettait fin à notre conversation.

Mon père ne dit rien. Nous avons dîné. De l'autre côté de la table, il me sentait forte et résolue.

Quelques jours plus tard – c'était le 11 novembre – nous nous sommes retrouvés à la Galerie Borghèse. Quand il m'avait conviée à revenir sur le lieu de notre première rencontre, Francesco avait eu comme une hésitation, comme un mélange d'agitation et d'incertitude dans la voix. Je l'avais regardé d'un air grave et je lui avais répondu oui.

Je cherchais anxieusement Francesco de salle en salle. En passant, je ne disais même pas bonjour aux tableaux, aux statues que j'aimais. Je fuyais même leur mystérieuse immobilité. Je marchais vivement, du pas de ma mère. Je ne me suis arrêtée qu'en voyant Francesco planté devant un tableau – il regardait la peinture mais, puisqu'il écoutait mon pas se rapprocher, il ne voyait rien. C'est ce qu'il m'a expliqué plus tard. Je lui dis : « Me voilà », sans un sourire. Nous avions ce visage triste, angoissé, d'où le bonheur inconscient a disparu – pour laisser place à l'effroi de l'amour.

Nous nous sommes mis à marcher l'un à côté de l'autre, en admirant les tableaux. On voyait, sur les murs, les vides laissés par des œuvres qu'on avait enlevées, à cause de la guerre. Ces vides nous poussèrent à nous arrêter. Nous regardions, apeurés, le vilain tissu des fils de jute. J'aurais pu rester dans la même désolation que ces murs. Francesco me prit alors le bras et je me suis serrée contre lui, afin qu'il nous défende.

— Non, me dit-il, je suis exempté, à cause de l'université.

Une peur brusque faisait gémir mes pensées. J'appelais grand-mère au secours, je pensais au refuge qu'elle avait songé à construire pour moi, dans la roche. Francesco était contre moi et me regardait.

— Demain, me dit-il, nous pourrions nous voir plus tôt.

— Oui, répondis-je. À quinze heures.

Nous voulions avoir la certitude de pouvoir nous croiser le lendemain, le surlendemain, toujours, pendant une succession ininterrompue de jours, afin de trouver le calme nécessaire pour nous regarder. Peut-être est-il difficile de comprendre que ce fabuleux souvenir de notre 11 novembre se résume au fait que je suis restée appuyée contre le mur, et lui contre moi, tandis que nous nous regardions. Mais c'est dans son regard que, pour la première fois, j'ai eu conscience de moi, de mes yeux, de ma bouche, de la plaine lisse de mon front, et que j'ai enfin compris pourquoi mon visage avait été dessiné ainsi.

Je ne me rappelle pas comment il m'apprit qu'il m'aimait. Il parlait d'une façon brusque et confuse. Peut-être n'a-t-il rien dit, peut-être me suis-je tout dit en moi-même, en le contemplant. Mais pendant des années, chaque fois que revenait le 11 novembre, j'attendais d'être belle comme ce jour-là. Sans doute n'est-il guère modeste d'affirmer une chose pareille mais je me croyais plus belle que ma mère le jour de son récital, que grand-mère Editta lors des soirées en son honneur. J'avais le visage romantique de grand-mère sous son chapeau de plumes, les cheveux d'Ophélie, la cape de Desdémone.

Nous nous voyions tous les soirs. Tout le reste de la journée, j'étais animée par une résolution inflexible, froidement décidée à isoler l'heure de notre rendez-vous de toutes les autres heures de ma vie. Je ne sentais plus en moi la bienheureuse félicité des premiers jours, mais une fervente détermination avec laquelle je me consacrais entièrement à l'amour. Il me semblait que lui seul pouvait m'aider à m'améliorer, une tâche qui m'occupait depuis mon enfance. Et, en effet, j'étais devenue plus intelligente, plus vive. Au bureau, la rapidité avec laquelle je m'acquittais de mes tâches et le sens des responsabilités que j'avais acquis me valaient maintenant le respect des hommes. À la maison, j'expédiais magistralement tout ce que j'avais à faire pour arriver à mon rendez-vous en ne laissant derrière moi que des pièces impeccables, du linge bien lavé, bien rangé. J'avais plaisir à porter en moi la netteté d'une cuisine toute propre, la pureté de belles pages dactylographiées, d'études menées avec méthode. À cette époque, j'ai passé un examen avec la note maximale et les félicitations du jury.

Nous avions désormais l'habitude de nous voir dans des lieux solitaires pour pouvoir nous embrasser. En raison des raids aériens tant redoutés, la ville était de plus en plus noire. Même si cette précaution nous rappelait la présence insidieuse de la guerre, nous en profitions, Francesco et moi. Tous les matins, sans nous l'avouer, nous surveillions le temps pour voir s'il nous serait possible de nous réfugier dans l'ombre de la Villa Borghèse, le soir venu. Nous nous désirions ardemment. D'abord réticente, j'avais fini par m'abandonner à ce désir qui ne me laissait désormais plus aucun répit. Voir les gestes de Francesco, même lorsque nous devisions, assis dans un café, renouvelait en moi le trouble que j'avais ressenti dans les Abruzzes en regardant les deux paysans battre ces épis dans la cour. Chaque geste de ses mains suscitait en moi la même impression, je devais m'interdire de le regarder pour ne pas frissonner, comme à cette époque, tandis qu'il bougeait, nonchalamment. La première fois que nous nous étions embrassés, j'avais éprouvé un profond mépris de moi-même. Pourquoi était-il nécessaire de recourir à cet expédient pour éprouver le feu de nos sentiments ? De plus, je me sentais retenue par une délicate pudeur ; à ces moments-là je percevais que mes yeux perdaient la douceur limpide avec laquelle j'avais l'habitude de regarder Francesco. Mon visage se transformait, j'avais peur qu'il soit surpris de découvrir en moi une autre personne, différente de celle qu'il connaissait, et qu'il me reproche de l'avoir trompé. Je songeais à Enea, le jour où il m'avait trouvée seule à la maison et où il s'était approché de moi pour m'embrasser – il avait le visage bouleversé, mauvais. J'avais l'impression de devenir complice d'Enea en accueillant sur mon visage la même expression. C'était comme si, tant d'années après, je l'appelais, comme si je lui ouvrais la porte. Dans l'ombre épaisse des chênes, Francesco scrutait mon visage et je le couvrais de ma main. Il l'écartait pour me connaître également sous cet aspect contre lequel je luttais depuis que j'étais petite fille : « Va-t'en, Alessandro ! » disais-je au fond de moi en prenant pour modèle le visage toujours chaste de ma mère. Cependant, quand Francesco m'embrassait, je le voyais animé de la même ardeur avec laquelle il s'acharnait à découvrir mes projets, mon passé, mes pensées. Il n'était pas rare que nous passions des aveux les plus candides aux baisers les plus troublants. Parfois même, c'était parler de ma mère qui me poussait doucement au bord de cet abîme.

J'avais raconté à Francesco l'histoire de ma mère et d'Hervey. Je ne saurais juger si ma version de cette histoire était fidèle à la vérité : chaque fois que je la racontais à papa, je l'enrichissais de nombreuses inventions que je ne pouvais désormais plus distinguer de la réalité. Nous avions pris l'habitude de nous rendre sur le quai du Tibre, le soir, près du lieu où ma mère s'était laissé emporter par le courant. Je lui parlais d'Alessandro, des anniversaires, de maman lançant ses marguerites dans le fleuve. « Je ne veux pas connaître ton père », me disait-il, le visage crispé. Il regardait l'eau, les arbres et me déclarait : « Il me suffit d'être ici pour me sentir chez toi, avec tes parents. » Oh, c'était vraiment un homme extraordinaire que Francesco. Et ma vie me paraissait extraordinaire aussi quand elle se reflétait en lui. Il circulait à présent dans mon histoire et dans celle de ma mère avec une familiarité pleine d'affection. De sa mère il ne parlait que rarement ; il disait que c'était une femme aussi maigre que lui et qu'elle portait toujours autour du cou un ruban blanc. Quand je téléphonais et que c'était elle qui répondait, d'un ton glacial, j'avais l'impression de me heurter à ce ruban blanc. Non, elle ne pouvait de toute évidence pas lutter avec une mère comme la mienne, qui s'était tuée par amour. Sur le quai du Tibre surplombant la cannaie, les arbres étaient verts et légers ; le printemps venu, au moment de fleurir, ils se couvraient de petites houppettes roses à l'odeur de dragée et de poudre de riz. Dans cet endroit, il semblait que nous nous embrassions avec plus de ferveur encore. Tandis que Francesco m'embrassait, j'entendais le courant du fleuve. Désormais, nous flânions dans le quartier des Prati comme dans une église.

Francesco m'avait souvent dit qu'il était curieux de connaître Fulvia, mais j'hésitais à les présenter l'un à l'autre. À travers mes récits, j'avais en effet l'impression que leur première rencontre avait eu lieu depuis longtemps, qu'ils étaient liés, dorénavant, à force de se fréquenter quotidiennement. Il leur faudrait donc revenir en arrière, faire semblant de ne pas se connaître, et cela les embarrasserait de jouer cette comédie en ma présence. Devant ce pressentiment, je retardais cette rencontre. Mais Francesco insistait, croyant qu'elle était la seule personne au courant de nos rendez-vous – je lui avais caché la malencontreuse conversation que j'avais eue avec mon père – et l'idée d'une témoin inconnue le gênait.

— Mais en définitive, que pense-t-elle de moi, Fulvia ? me demandait-il.

— Oh, elle te trouve très sympathique…, répondais-je.

— Pourquoi me trouverait-elle sympathique ? Elle ne me connaît absolument pas !

Je lui expliquais que nous parlions souvent de lui. Alors une innocente vanité masculine le poussait à se mesurer avec le personnage que je dépeignais. Je savais néanmoins que son caractère rétif l'incitait à tout faire pour se rabaisser. Je ne me risquais pas à le prier d'être aimable et gentil, je me raccrochais à la première impression qu'il m'avait faite pour deviner celle qu'il produirait sur mon amie.

Un jour, je finis par arranger une rencontre. Nous nous étions donné rendez-vous dans la rue. « Fulvia est toujours en retard », fis-je remarquer tout en souhaitant qu'elle ne vienne pas. Francesco n'était pas dans son assiette. Peut-être souhaitait-il lui aussi qu'elle ne vienne pas. Nous marchions de long en large, à distance l'un de l'autre. Convier une amie à entrer dans notre secret me donnait l'impression de ne plus être aussi amoureuse. Francesco portait un complet marron que je n'aimais pas beaucoup, j'aurais préféré qu'il porte une autre tenue pour faire la connaissance de Fulvia. « Si elle se fait encore attendre, nous partons ! » déclarai-je. Mais à ce moment précis, je l'aperçus de loin. « La voici ! » annonçai-je. Elle s'était habillée de façon voyante, comme si elle se rendait à une réception, avec des pendants d'oreilles en or qui tranchaient trop sur le brun de ses cheveux. D'ailleurs, Francesco demanda :

— C'est elle ? Je l'imaginais différente.

Ce moment fut bien difficile pour Fulvia. Nous sommes allés nous asseoir dans un café mais la conversation fut laborieuse. Francesco et elle se lançaient de rapides coups d'œil pour s'étudier sans pitié. J'essayais de leur venir en aide, de les mettre mutuellement en valeur, mais je sentais bien que Francesco était le plus fort parce qu'il avait mon amour pour le soutenir. Fulvia ne pouvait le voir qu'à travers ce sentiment, si bien qu'elle lui prêtait des qualités supérieures à celles que pouvait révéler leur fade conversation. Elle, au contraire, était seule en face de lui. Consciente de cet isolement, elle s'efforçait de le dominer par un excès de vivacité. Je me rappelle que j'ai été lâche. Pour bien marquer ma différence avec elle, je me suis enfermée dans la réserve la plus stricte. Je me suis montrée détachée, en accentuant par mon silence la maigreur de mon corps qui faisait sembler trop provocantes les formes épanouies de Fulvia.

En somme, nous avons échoué à dominer notre gêne mutuelle. Plus nous tentions d'en sortir, plus nous la sentions nous étreindre. Il n'y eut pas un seul instant plus léger. Fulvia servait le thé et versait le lait en souriant.

— Pas de sucre, n'est-ce pas ? dit-elle à Francesco.

J'ai senti mes joues s'embraser.

— Comment le savez-vous ? lui demanda-t-il avec étonnement.

Fulvia me regarda, interdite. J'ai dit :

— C'est moi. Je ne sais plus à quel propos cela est venu ni de quoi nous parlions…

Puis, froidement, j'ai ajouté :

— Tu as bonne mémoire.

Je la laissais se noyer, tout en lui disant intérieurement : « Pardonne-moi, par pitié. »

Nous avons fini par nous quitter sur le pas de la porte. Fulvia allait retrouver Dario qui travaillait maintenant dans un bureau. Elle feignit de regretter que Dario n'ait pas fait connaissance avec Francesco.

— Dommage ! ai-je dit.

Francesco et moi avons repris notre marche mais il nous a fallu du temps pour que nous nous sentions seuls à nouveau. « Pauvre Fulvia ! » ai-je soupiré. Lui se taisait. J'ai craint qu'il ne m'aime plus. Il suffisait d'un silence pour qu'il m'inspire cette crainte et pour que mes pensées se tournent vers lui, à bout de souffle, désemparées.

— Comment l'as-tu trouvée ? lui ai-je demandé.

— Elle est sympathique, me dit-il, d'une voix hésitante cependant.

— Mais encore ?

— Je ne sais pas. En la croisant, je n'aurais jamais pensé que c'était une amie à toi.

Alors j'admis :

— Il faut la connaître.

— Et ta mère ? Elle lui plaisait ?

— Oh, tu sais, elle la connaissait à peine ! me suis-je empressée de répondre.

Je lui en voulais de m'obliger à mentir. Je n'aurais jamais été aussi dure avec un ami de Francesco ; je l'aurais prié de me raconter ce que faisait Francesco étant petit. Lui n'avait rien demandé, il n'avait pas vu chez Fulvia ma terrasse et ma cour, il n'avait pas compris combien son existence avait été nécessaire à certains moments de ma vie, il l'avait jugée telle qu'elle était et pas pour ce qu'elle représentait à mes yeux. Nous avions dormi enlacées la nuit où ma mère était morte. Mais j'en voulais encore davantage à Francesco de ne pas avoir compris que c'était précisément tout ce que nous avions été l'une pour l'autre qui avait empêché Fulvia d'être naturelle et spontanée. Faire sa connaissance, l'admettre dans notre lien d'affection, l'avait tellement intimidée qu'elle avait éprouvé le besoin de mettre cette toilette voyante, ces boucles d'oreilles en or. Agrippée à son bras, j'ai tâché de lui arracher un mot amical à l'endroit de Fulvia.

— Elle savait que je ne prends jamais de sucre dans mon thé, remarqua-t-il d'un air moqueur. Tu lui dis tout, alors ?

Je n'ai rien répondu. Malgré son caractère agréable et franc, il semblait subsister chez lui des zones auxquelles j'avais moi-même du mal à accéder. Il m'était, par exemple, difficile de suivre ce qu'il faisait de sa journée. Il était toujours évasif, fuyant, il ne me parlait jamais de son travail, si ce n'est de façon allusive et ironique – signe d'une immense modestie. Il ramenait volontiers la conversation sur nous et je n'y voyais aucun inconvénient.

Tous les soirs, néanmoins, lorsque je le quittais, j'avais l'impression qu'il avait passé sous silence une part de lui, une part très importante. Si je n'avais pas su où il habitait, qui étaient ses parents et quelle profession il exerçait, je me serais demandé si je connaissais sa véritable identité. Parfois je soupçonnais qu'il avait une femme, quelque part dans le monde, et que c'était pour cela qu'il répétait si souvent que le mariage n'avait pas d'importance pour lui, que seul l'amour comptait. Il me fallait aussi chasser un autre soupçon qui me tenaillait souvent : et s'il avait une maîtresse qu'il n'osait pas abandonner ? Ce qui me donnait cette crainte, c'était qu'il lui arrivait d'être en retard à nos rendez-vous ou de les décaler au dernier moment. Un soir, à la Villa Borghèse, je l'avais vu se retourner brusquement, comme s'il avait eu peur d'être suivi. Il était d'humeur changeante ; parfois, sans raison aucune, son visage s'assombrissait. Ce n'était certainement pas de mon fait. Au contraire, à ces moments-là, il s'agrippait obstinément à mon bras.

Un soir que nous nous promenions ensemble et que Francesco me tenait de cette façon rageuse qui était le signe avant-coureur de son inquiétude, j'ai eu l'impression qu'il voulait défier un vent hostile, une bourrasque qui tentait de nous séparer. Je ne lui ai rien demandé, je me contentais de me rapprocher de lui encore davantage pour lui faire comprendre que, même si j'ignorais l'adversaire à affronter, j'étais prête moi aussi. Nous avons pris place sur un banc isolé et allumé une cigarette. C'est alors que je lui ai demandé :

— Quelque chose te préoccupe, Francesco ?

Tout en parlant, je faisais tomber la cendre de ma cigarette en prenant un air dégagé, même si je regrettais déjà d'avoir sollicité une confidence qu'il n'avait pas encore accepté de me faire, malgré l'immense amour qu'il me portait.

Francesco commença par me scruter, contrarié que ses sentiments se manifestent de façon aussi visible, puis détourna le regard et me dit :

— Oui, beaucoup.

Il prit tendrement ma main, qu'il aligna sur la sienne, et poursuivit d'une voix chaude et rassurante :

— Ça n'a rien à voir avec toi. Et ça n'a rien à voir avec notre amour, précisa-t-il avec la retenue qu'il avait toujours en prononçant certains mots. Enfin, pas plus que tout le reste. Pas plus que toute notre vie.

— Explique-toi, l'ai-je supplié car je sentais une peur brusque, et comme une étendue glacée sous ma peau.

— Pas aujourd'hui, dit-il. Ne me demande pas ça aujourd'hui. Je n'en ai pas envie. Je t'assure que c'est une chose qui ne nous concerne pas directement, ni toi, ni moi.

— D'accord, ai-je acquiescé sans insister davantage.

Il me regarda tendrement. Il appréciait ma discrétion, pas parce qu'il y voyait cette douce inexpérience féminine – qui l'irritait, d'ailleurs – mais parce qu'elle était la preuve de notre confiance réciproque.

Je lui dis au revoir, comme tous les soirs. Je souriais. Lui aussi essayait de sourire. Il me serra fort contre lui, dans l'obscurité du couloir.

— Au revoir ! me dit-il.

Et il s'éloigna brusquement.

J'attendis qu'il soit rentré chez lui pour lui téléphoner. Il n'était pas là. Je le rappelai plus tard – il n'était pas attendu pour dîner. J'étais sûre que son baiser sonnait comme un adieu. Je me suis mise à la fenêtre avec l'espoir que le hasard le fasse passer là, afin que je puisse au moins le voir une dernière fois. Dans l'ombre, on distinguait la berge couverte d'herbes et la cannaie. « Aide-moi ! disais-je à ma mère. Aide-moi ! » Je jetais mon appel dans l'eau noire du fleuve. Le Tibre passait au pied de mon immeuble pour aller jusqu'à celui de Francesco. « Aide-moi ! » disais-je en lui confiant mon message désespéré.

J'ai réessayé de téléphoner dans la nuit, mais il suffit que j'entende la sonnerie pour que j'imagine l'appareil sonner dans les pièces vides. La peur au ventre, j'ai raccroché. Peut-être Francesco allait-il comprendre et m'appeler ? J'attendais en chemise dans le noir, près de l'appareil, redoutant d'avoir éveillé mon père. Francesco ne téléphona pas. Il était auprès d'une femme, j'en étais sûre.

— Peu importe ! murmurai-je. Appelle-moi tout de même.

Après une nuit d'insomnie, je pus le joindre le

lendemain matin. Il était toujours laconique au téléphone.

— Que se passe-t-il ? me demanda-t-il.

— Rien. On se voit à dix-huit heures ?

— Bien sûr, d'accord.

Nous nous sommes retrouvés dans un petit café. Malgré ma joie de le revoir, de retrouver la couleur de sa peau, les marques de son visage, sa chemise bleue un peu élimée, une insoutenable angoisse me tenaillait. J'aurais voulu m'en tenir à l'attitude que je m'étais fixée : ne parler de rien, me contenter de le voir. Je savais que j'aurais tort de montrer ma curiosité, ma douloureuse jalousie, mais sa présence réduisait à néant ma détermination. J'étais bouleversée. J'avais l'impression que les clients du café m'observaient d'un air soupçonneux.

— Sortons, finis-je par dire. Ici, on ne peut pas parler.

— Oui, c'est mieux, approuva-t-il.

L'entendre acquiescer m'effraya. Il y avait bel et bien quelque chose, il ne s'agissait pas d'une supposition, d'un soupçon ridicule. Il y avait quelque chose et Francesco se préparait à me l'avouer. J'espérais encore qu'il ne s'agissait que d'une affaire d'argent, d'une dette de jeu. J'étais prête à écouter n'importe quelle confession.

Nous avons fait quelques pas supplémentaires en silence. Après quoi, il me dit :

— Je suis surveillé par la police.

J'ai hoqueté, à la fois atterrée et soulagée.

— Pourquoi ? lui ai-je demandé à voix basse en me serrant contre lui. Qu'est-ce que tu as fait ?

— Rien du tout, me répondit-il avec un sourire amer. Mais je suis antifasciste.

Je me rappelle que ce mot me fit l'effet d'un coup violent dans la poitrine. Même si son sens m'échappait, il me terrifiait. En réalité, j'aurais été incapable de dire en quoi consistait le fait d'être antifasciste. Je n'avais jamais vu d'antifascistes. Quelquefois, je lisais dans le journal que l'un d'eux avait ourdi un complot, lancé une grenade et qu'on l'avait fusillé dans le dos. C'étaient des individus suspects, mis au ban de la société, des hors-la-loi. Voilà à quelle espèce appartenait Francesco. Et moi, je me promenais avec lui depuis des mois sans me douter de rien. Mon cœur battait de toutes ses forces et je ressentais une légère nausée, comme s'il m'avait brusquement révélé qu'il était atteint d'une maladie honteuse.

Toutes ces idées me passèrent par la tête en un clin d'œil et, après un silence, je me suis contentée de dire :

— Ah ?

— Tu regrettes ? me demanda Francesco en affectant un ton méprisant.

— Non. Pourquoi devrais-je regretter ?

J'avais peur de lui. J'avais peur qu'il puisse me maltraiter, me frapper, sortir une grenade de sa poche. Je me sentais dans un piège et, inconsciemment, je jouais à la plus fine, en feignant d'apprendre cette nouvelle sans le moindre étonnement, ni la moindre désapprobation. Mais je n'aurais pas osé répéter le mot « antifasciste », pas plus que je n'aurais osé lire à haute voix certains mots écrits sur les murs et que je cherchais dans le dictionnaire, quand j'étais encore petite fille. Je croyais tout savoir de lui et voilà que tout à coup il devenait un personnage incompréhensible et mystérieux, comme Antonio. Pour bien montrer ma désinvolture, je dis :

— Le frère d'une de mes amies s'est fait arrêter avec un groupe de communistes.

— Quand ça ? demanda-t-il en s'immobilisant brusquement.

— Il y a très longtemps. En 36, je crois.

— Ah, c'est de l'histoire ancienne ! Mais en ce

moment aussi, ils opèrent beaucoup d'arrestations. Il y a quelques jours, j'ai reçu un avertissement de la police.

Je ne parvenais pas à dominer un trouble niché au fond de moi, une envie puérile de pleurer. Les gens passaient, et moi, je n'osais plus lever les yeux, humiliée comme je l'étais de me trouver au bras d'un homme souillé d'une tache secrète. J'ai soudain senti le découragement m'envahir à l'idée qu'il avait toujours été dans mon caractère de donner la préférence à un homme suspect ou coupable. C'est pour cela que j'avais quitté les Abruzzes, c'est pour cela que j'avais refusé d'épouser Paolo et que tout le monde s'était toujours méfié de moi – mon père, par exemple, quand il touchait son front en faisant mine de tourner une vis, ou l'oncle Alfredo quand il me regardait avec l'air de me dire : « Déshabille-toi ! »

J'ai baissé la tête.

— Qu'as-tu ? me demanda Francesco. Tu préférerais peut-être que je sois fasciste ? ajouta-t-il avec une ironie amère.

— Non, non ! lui répondis-je, aussitôt saisie par la peur. Enfin, je ne sais pas, c'est une question que je ne me suis jamais posée. Mais je ne pensais pas que les antifascistes étaient des gens comme toi.

— Ah bon ? dit-il d'un air amusé. Et à quoi croyais-tu qu'ils ressemblaient ?

— Surtout des gens ordinaires...

— Qu'est-ce que ça veut dire, « ordinaires » ?

— Des gens d'une autre classe que toi. Des terroristes.

— Alors d'après toi, un professeur ne pourrait pas être un terroriste ? Il ne pourrait pas tuer, si c'était nécessaire ?

Il semblait irrité. J'ai dit :

— Si, si, certainement !

Tout en le regardant, je m'étonnais qu'il ait un

visage aussi aimable et agréable – le même visage que la veille. J'ai murmuré :

— Je ne sais pas. Je n'en sais rien.

— Oui. La voilà, la vérité : tu ne sais rien !

Il dit cela d'un ton très dur. Mortifiée, je suis restée muette. J'avais peur qu'il me considère comme une poule mouillée, qu'il m'abandonne. C'était pire que s'il avait eu une maîtresse. Il ne m'aimait plus, c'était fini.

— C'est précisément parce qu'il y a trop de gens qui ne savent rien que je suis antifasciste.

Il avait prononcé cette phrase de la voix qu'il prenait tous les jours pour me parler ; il m'était doux de le reconnaître à travers elle. J'ai donc retrouvé ma bonne humeur, repris courage et n'ai pas demandé d'autres explications. Nous nous trouvions dans une rue isolée, derrière le château Saint-Ange, une des rues des Prati qui m'étaient si chères. Je me trouvais coincée entre le bras de Francesco et le souvenir d'Antonio. « Ils ne sont pas contents », disait Aida. Moi non plus, je n'avais plus la force d'être contente comme avant. C'était peut-être pire que s'il m'avait quittée. Nous n'étions plus contents. Lui ne l'avait jamais été.

Je me suis adossée au mur, dans le noir, et me suis mise à pleurer.

— Ça te fait tant de peine ? me demanda-t-il en me regardant avec des yeux remplis d'amour.

J'ai secoué la tête.

— Tu m'aimes ?

J'ai fait signe que oui.

— Pourquoi pleures-tu ?

J'ai haussé les épaules. Alors il continua :

— Ne pleure pas, je t'aime tant ! Excuse-moi, j'aurais dû te parler tout de suite, mais ce ne sont pas des choses dont on peut parler à une inconnue. Et, ensuite, j'ai eu peur de te perdre. Je redoutais que tu veuilles me quitter. Tu ne vas pas faire ça, n'est-ce pas ? Tu ne vas pas me quitter ?

Je faisais non, non, de la tête, mais sans joie. Les gens qui passaient nous observaient avec curiosité.

— Dis-moi que tu m'aimes ! insista-t-il. Est-ce que tu es à moi ? Dis-le-moi. Souris. Sois tranquille. Je ne crois pas qu'on va m'arrêter mais si jamais c'était le cas, garde bien en tête que ce ne serait pas pour longtemps. Ils vont perdre la guerre...

Je regardais tout autour de moi, même si Francesco parlait vraiment bas.

— Ils vont s'en aller et on pourra enfin être contents. On se mariera, on travaillera ensemble et tu seras réellement contente, toi aussi... Je suis sûr que tu n'as jamais été réellement contente.

Sous le bord de son chapeau sombre, je lui voyais des yeux exaltés et j'avais l'impression de découvrir pour la première fois son apparence véritable, tout comme j'avais vu Paolo pour la première fois quand il s'était assis sur le muret après m'avoir embrassée.

— Réfléchis bien, me pressait-il. Tu as déjà été contente ?

Lorsque j'ai repris le fil depuis mon quartier pauvre, depuis l'aile d'une de ces bâtisses où chaque journée suit un rythme aussi usant qu'implacable, je me suis aperçue d'une chose. Effectivement, toute ma vie antérieure avait été douloureuse et misérable, mis à part le conte de fées que j'ai brièvement vécu aux côtés de ma mère. Effectivement, je n'avais jamais été contente et j'espérais qu'enfin mon inquiétude allait s'apaiser et disparaître grâce à Francesco, grâce à notre amour. Au contraire, voilà qu'il nous fallait continuer à cheminer ensemble dans un tunnel noir et sordide.

— C'est vrai, dis-je en le regardant intensément, je n'ai jamais été contente.

Loin de me consoler, il sourit d'un air rayonnant,

comme s'il apprenait seulement maintenant que je l'aimais. Il m'embrassa longuement sur la bouche. Mais tandis qu'il m'embrassait, je me disais qu'il n'était plus le même que la veille. C'était un homme que je ne connaissais pas du tout. Je lui rendais son baiser, mais humiliée, sans éprouver ni joie ni plaisir. Et sur ses lèvres, au goût froid du tabac, se mêlait le goût salé de mes larmes.

Cela paraîtra peut-être excessif, mais ce soir-là, à mon retour à la maison, j'ai eu la sensation d'être suivie dans l'escalier. Depuis l'instant où Francesco m'avait fait cette terrible confidence, j'avais l'impression de me trouver sous un réflecteur glacial qui nous espionnait. En rentrant, je me suis sentie en proie à une angoisse inébranlable. La radio était allumée et la voix arrogante qui circulait dans l'appartement semblait me chercher, m'épier sévèrement. Je surveillais le téléphone, la porte, j'avais peur que tout le monde soit au courant, que mon père ait été prévenu par notre voisin et qu'il garde le silence dans le seul but de me tenir en son pouvoir. Lascari devait certainement tout savoir, lui aussi, car il semblait contrarié de voir à quel point l'amitié qui nous unissait, Francesco et moi, était devenue intime.

Ce soir-là, le cœur serré par un sentiment de culpabilité marqué, j'ai servi mon père docilement, mais en me méfiant de lui, de sa cécité même. Je redoutais qu'il joue la comédie, pour mieux m'étudier, et qu'il compte brusquement se démasquer, me prendre au dépourvu et m'accuser de fréquenter Francesco comme si j'appartenais à une secte. S'il s'en prenait à lui, j'étais prête à répondre fièrement que moi aussi, j'étais antifasciste, et depuis des années, dès l'époque de l'arrestation d'Antonio.

Dans mon for intérieur, je m'étonnais de cette singulière coïncidence. Peut-être étais-je une femme faible qui se rapprochait instinctivement des hommes forts. Néanmoins, je me sentais perplexe et je me demandais s'ils étaient réellement plus forts, et pas plus faibles, comme Claudio le prétendait. Francesco avait tout contre lui. Il m'avait raconté une fois les difficultés qu'il rencontrait avec les étudiants, en raison des bruits qui couraient sur son compte, des bruits qui laissaient même entendre qu'il serait exclu de sa chaire. Jusqu'à ce jour-là, j'avais pris Francesco pour un homme fier et sûr de lui. À présent, je devinais la cause de sa solitude ombrageuse. Et cette même compassion que m'avait inspirée la solitude d'Antonio et qui m'avait poussée vers lui, me faisait maintenant rester avec Francesco, poussée par l'envie de le consoler.

J'essayais de le rejoindre en pensée jusque dans cet appartement qu'il habitait et que je ne connaissais pas. Je l'admirais, je le réconfortais comme un inquiétant héros romantique qui m'aurait été confié. Je ne faisais aucune supposition sur le genre d'activités qu'il menait – impossible de le suivre dans la double vie qu'il menait. J'imaginais qu'à l'instar des conspirateurs du siècle passé, il sortait nuitamment, sous un déguisement quelconque. Je le revoyais, le bord de son chapeau baissé, comme lorsqu'il m'avait serrée dans ses bras, dans la rue des Prati. Où qu'il aille, je l'accompagnerais, quitte à guetter l'arrivée de la police devant la porte, si besoin. J'étais indissolublement liée à lui par une complicité dont je ne savais même pas en quoi elle consistait. J'avais honte de lui demander ce que faisaient des antifascistes.

Ce fut précisément lors d'une soirée qu'une alerte se fit entendre. Il y avait une sirène sur le toit de la maison voisine qui hurlait pile dans ma fenêtre. Au premier signal, nous n'avons pas bougé. Mais chaque fois que le signal se répétait, mon père pâlissait. Moi-même, j'avais peur. J'avais l'impression que ce son me sommait de rendre compte de mes pensées les plus secrètes. Chacun des hurlements de cette sirène me poussait dans le dos, me contraignait de fuir, de me cacher.

— On descend ? ai-je proposé à mon père.

Nous sortions juste de l'appartement quand Francesco me téléphona pour me recommander de rester tranquille. Le ton particulièrement assuré de sa voix me fit presque supposer qu'il y avait entre les avions et lui un de ces rapports mystérieux que je n'osais même pas imaginer. Et ses encouragements, loin de me rassurer, me rendirent encore plus soucieuse.

Je n'ai pas pu dormir de la nuit. Je portais encore, sur mes vêtements, l'odeur de moisi de la cave dont on avait fait un refuge. Il n'y avait jamais eu de bombardements. Toutefois, comme les informations sur la guerre étaient de moins en moins rassurantes et que, pour les autres villes, les bombardements devenaient quotidiens, même à Rome on n'espérait plus être épargné. À l'intérieur de l'abri antiaérien, nous étions assis le long des murs sur des bancs de bois et mon père me tenait par le bras. À côté des femmes, je voyais assis des enfants à moitié endormis qui tentaient de profiter de cette aventure nocturne et regardaient mon père avec un mélange de curiosité et d'effroi. Les hommes faisaient des allées et venues entre la porte de l'immeuble et le refuge, en nous donnant des bribes d'informations propres à nous rassurer. « *Ils* ne viennent pas, *ils* ne se risquent pas à venir à Rome », disaient les hommes. Ils parlaient toujours de façon allusive. « *Ils* ne sont pas là », annonçaient-ils en regagnant l'abri. Ou encore : « *Ils* ne lancent pas de bombes. » Exactement comme autrefois Aida disait : « *Ils* ne sont pas contents. »

J'avais l'impression qu'ils parlaient des amis de

Francesco, et donc qu'ils nous désignaient, implicitement, lui et moi. Une dame toute tremblante me demanda où je puisais mon courage. Les enfants ensommeillés qui me regardaient tâchaient de se montrer aussi innocents, aussi inoffensifs que possible, pour que Francesco les épargne. Je voyais les autres femmes étreindre leurs petits, leurs vêtements débraillés, un air hagard peint sur leurs visages apeurés. Les hommes les encourageaient en mentant de façon manifeste, ils ne les regardaient pas en face, ils ne leur tenaient pas le bras comme Francesco lorsqu'il m'avait lancé : « Tu ne vas pas me quitter, n'est-ce pas ? Tu ne vas pas me quitter ? » Désormais, je pouvais tout supporter, même la guerre. Je collais la tête au mur rugueux de la cave qui sentait le moisi et, dès que je baissais les paupières, je me retrouvais avec Francesco. « Nous serons mariés, à ce moment-là... », avait-il dit. Nous descendrions nous mettre en sécurité ensemble. Si les bombes faisaient trembler l'abri, nous nous dirions : « Courage, je t'aime ! » Voilà ce que Francesco avait voulu me dire, quand il m'avait téléphoné. À la fin de l'alerte, tout le monde s'était mis à rire nerveusement : « Ils n'ont pas le courage de venir jusqu'à Rome », s'exclamaient les gens, et j'avais l'impression qu'ils me regardaient d'un air fanfaron. Moi j'avais le visage fermé, j'étais déjà complice de Francesco quand il m'assurait : « Nous allons perdre la guerre, ça ne fait aucun doute. Et là, nous serons contents. »

Néanmoins, dans mes draps froids, je n'arrivais pas à me réchauffer. Je revoyais ces yeux interrogateurs des enfants, ces grosses femmes tremblantes. « Pourquoi fais-tu ça, Francesco ? » lui demandais-je. Et j'entendais le bourdonnement des avions. Les enfants essayaient de rire puis se taisaient brusquement, tout pâles. « Es-tu sûr que ça permettra de les sauver ? Es-tu sûr aussi qu'ils veulent être sauvés ? »

Je me demandais s'il avait le droit de bouleverser leur vie, celle des femmes qui, peut-être, souhaitaient uniquement ressembler à ma mère. Il bouleversait également ma vie ; mais moi, je l'acceptais. J'acceptais sa condition, j'acceptais n'importe quel coup du sort. Tous les jours, je me rendrais à la prison pour lui porter son repas, j'attendrais en faisant la queue avec les autres femmes, du bouillon chaud dans un bidon, comme faisait Aida.

J'aurais espéré l'entendre m'avouer que, pour lui, j'avais toujours été plus importante que tout, plus même que ce mécontentement qui le rongeait. Mais il avait déclaré que nous n'avions jamais été contents. J'aurais voulu lui téléphoner, le supplier : « Parle-moi, dis-moi qu'à la Galerie Borghèse au moins tu étais content. » Mais je ne pouvais pas : sa mère dormait et lui aussi, sans doute. On risquait aussi de l'arrêter en pleine nuit. Mes voisins m'avaient semblé bien faibles quand la sirène les avait tirés de leur sommeil par surprise. Je le voyais passer tout somnolent sur le pont du château Saint-Ange, entre les deux rangées de statues blanches. De part et d'autre, deux agents en civil l'encadraient. On me l'emmenait. « Francesco ! » murmurais-je, à bout de forces, par trop d'amour et trop de peur.

Mes rendez-vous avec Francesco étaient marqués par l'inquiétude et l'angoisse. De même qu'aux premiers temps de notre amour, nous nous efforcions d'avoir devant nous toute une suite de journées libres, nous nous efforcions à présent de déterminer ce que nous ferions si jamais Francesco était arrêté. Il redoutait que le fait de le fréquenter quotidiennement ne me rende suspecte. « Pardonne-moi, je ne peux pas me passer de te voir », s'excusait-il en me baisant les mains.

C'étaient des moments où je trouvais encore de

la joie dans l'amour. J'aurais voulu qu'on vienne m'arrêter, qu'on m'emprisonne, qu'on me torture, que je parvienne à ne pas révéler son nom. « Je n'ai pas peur », lui disais-je. Au contraire, cette peur qui m'écrasait finissait par donner plus de goût à nos rencontres. Tous les soirs nous éprouvions un déchirement à l'heure de nous quitter, de crainte de ne pas nous revoir le lendemain. À peine séparés, nous revenions sur nos pas pour nous saluer une dernière fois de façon précipitée, confuse. Il finissait par me lâcher brusquement et l'obscurité engloutissait son ombre adorée.

Je vivais désormais toute la journée dans un état de grande tension nerveuse. Pourtant, en apparence, tout semblait comme avant. Et cela suffisait à me couper le souffle, j'étais terrifiée. J'aurais voulu que le piège soit plus manifeste afin de pouvoir plus facilement le combattre.

— Explique-moi, disais-je à Francesco. Raconte-moi comment ça s'est passé.

— Ils m'ont convoqué avec un ami. Ils l'ont gardé. Moi, ils m'ont simplement averti.

— Et après ?

— Il n'y a pas d'après. Si je continue et s'ils me découvrent, ils m'arrêteront.

— Mais toi ?

Il me regardait tendrement, me prenait la main, l'embrassait longuement, et ne me répondait pas. J'insistais :

— Tu continues, n'est-ce pas ?

— Comment pourrais-je ne pas continuer ? Je ne serais plus moi, je devrais changer tout mon plan de vie, toutes mes idées. Tu ne me reconnaîtrais pas, tu cesserais peut-être de m'aimer !

« Comment pourrais-je ne pas continuer ? » disais-je aussi à Fulvia. Pendant quelques jours, j'avais résisté à la tentation de lui parler. Mais, à la longue, il m'avait été impossible de lui mentir, de déguiser ma voix au téléphone. « Qu'y a-t-il ? » me demandait-elle sans cesse. Devant mon silence obstiné, elle en vint à soupçonner que Francesco ne m'aimait plus et ce fut ce soupçon qui me décida. Nous nous sommes enfermées dans la salle de jeux et je lui ai parlé. Fulvia avait posé sa main sur mon genou et m'écoutait gravement. D'une voix timide, elle me demanda si j'avais l'intention de continuer à voir Francesco.

— Comment pourrais-je ne pas continuer ? lui répondis-je.

Je regardais autour de moi les vieux meubles de cette chambre que je connaissais bien.

— Tu te rappelles le jour où Aida nous a annoncé qu'Antonio avait été arrêté, celui où Maddalena a arraché les yeux de sa poupée ?

Depuis cette époque, j'avais l'impression de continuer. Fulvia me demanda ensuite ce que faisait Francesco, mais je ne savais rien : il m'avait parlé de réunions, de conversations avec les étudiants, de tracts imprimés.

— Comme Antonio ! s'écria-t-elle.

— Oui, répondis-je.

De toute évidence, rien n'avait changé au cours de toutes ces années. Une fois de plus, je répétai :

— Ils ne sont pas contents !

Leur mécontentement nous atteignait, nous écrasait. J'aurais voulu me révolter, crier.

— Comment peut-on se résoudre à n'être pas content ? Il vaut mieux se faire mettre en prison. Il vaut mieux se jeter dans le Tibre.

À peine avais-je prononcé ces mots qu'une peur glaciale me saisit. Je me rappelais les paroles mélancoliques de tante Violante, les paroles pleines d'orgueil de grand-mère. Tout en me conseillant de me résigner au plus vite, elles résumaient le même résultat d'amères expériences. L'une et l'autre m'aimaient et c'est pour cela qu'elles refusaient que je m'habitue au bonheur. Ma mère elle-même, lorsque j'étais enfant, m'arrachait à ma fenêtre où je restais des heures en compagnie de mes rêves. Grand-mère avait enfermé l'harmonium au grenier.

C'est en cherchant refuge dans le souvenir de Francesco que je me suis délivrée de ces idées. Il nous fallait lutter ensemble pour défendre le tendre cercle de notre vie. Jamais je n'accepterais d'être mécontente de lui, ni d'en être réduite aux petites obscénités qui avaient dérangé l'ordre de notre salle de jeux. « Nous nous marierons », ai-je annoncé à Fulvia.

Nous en parlions souvent, Francesco et moi. Lorsque nous pensions à l'avenir en toute liberté, nous semblions vouloir mettre à l'épreuve ce qu'il avait de certain, d'intangible. Ainsi, petit à petit, notre histoire avait repris le dessus, le danger était devenu le sel de nos journées et la lourde charge du ménage et du bureau que j'avais supportée sans difficulté jusque-là me pesait maintenant comme un joug cruel. Je négligeais mes études ; je négligeais la maison. La cécité de mon père me semblait révéler la cécité dans laquelle s'était déroulée sa vie. Je l'accusais de n'avoir jamais lutté, d'avoir dormi sur ses deux oreilles en faisant confiance à l'État et à la perspective de la retraite.

Francesco m'avait prêté quelques livres que je cachais dans des piles de linge. Je les lisais la nuit et les dissimulais ensuite mais la maison, les murs, les meubles me semblaient trahir leur présence. Désormais, ces lectures faisaient de moi une coupable, elles suffisaient à prouver ma complicité avec Francesco. J'avais hâte de l'épouser pour approfondir cette complicité. Il me regardait avec admiration ; je voyais briller dans ses yeux une tendre gratitude.

Moi-même, en contemplant l'image qu'il me renvoyait, je m'admirais. Oh, c'étaient des jours merveilleux !

— J'aimerais que nous nous mariions le plus vite possible, me dit Francesco. Je vais parler à ton père.

C'est avec une grande timidité que j'ai ouvert la porte à Francesco. Jusqu'alors, je m'étais présentée à lui seule avec ma légende. Je lui avais parlé de ces meubles des Abruzzes qui avaient écrasé notre maison et mon enfance. En les voyant, n'allait-il pas les trouver ordinaires et inoffensifs, n'allait-il pas croire que j'avais une imagination trop exaltée ? Et pourtant, je lui avais dit la stricte vérité. En effet, dès son entrée, il observa avec sympathie une grande armoire que notre voisin avait estimée d'une certaine valeur. C'était la grande armoire noire qui avait écrasé mon lit d'enfant et que je croyais habitée par Cola parce qu'on l'entendait craquer la nuit.

Francesco regarda autour de lui et vit peut-être que nous étions une famille de condition modeste. Son appartement était différent, je m'en suis rendu compte plus tard. Son père avait été magistrat. Partout, chez lui, même dans le vestibule, on voyait des livres enfermés derrière des vitrines. Dans notre entrée à nous, il y avait une balance avec laquelle papa pesait la farine que nous recevions de la campagne.

J'avais averti mon père la veille. Au lieu d'accueillir la nouvelle avec joie, il avait eu un instant de froide hésitation, voire de contrariété. Francesco ne coïncidait plus avec le personnage qu'il aimait s'imaginer, pour me faire enrager. Cela ne nous a pas empêchés de nous tomber dans les bras. Le matin, mon père avait voulu se faire la barbe et s'habiller de noir, puis m'avait demandé comment était la cravate que je lui tendais. De mon côté, j'avais acheté quelques fleurs et, au moment d'offrir du café à Francesco, j'avais sorti du buffet de jolies tasses dont nous ne nous servions jamais.

Je les ai laissés seuls. Quand je suis revenue pour servir le café, ils avaient déjà atteint le but principal de leur rencontre : Francesco avait donné quelques renseignements sur sa famille et sur lui-même, puis déclaré que nous avions l'intention de nous marier le mois suivant. Il avait appris que je n'avais pas un sou de dot, à part le trousseau que grand-mère m'enverrait des Abruzzes et un bout de terre qui me reviendrait à sa mort. Au moment où je suis entrée, mon père était justement en train de parler de cette terre et j'ai eu l'impression qu'ils concluaient la vente d'un animal. Il leur avait été facile de s'acquitter, entre hommes, de cette tâche grossière dont ils semblaient rougir en ma présence. J'ai cessé d'éprouver de l'amour pour Francesco : j'avais envie de me révolter et de me sauver. En vérité, il n'avait soulevé aucune objection et avait même dit que ces détails ne l'intéressaient pas. Mon père ajouta que j'étais une assez bonne ménagère et que je gagnais bien ma vie au bureau. Francesco s'esclaffa. Je les détestais. Je leur ai servi le café l'air hargneuse. En sortant, Francesco me dit :

— C'est un brave homme.

J'ai refermé la porte derrière lui comme derrière un étranger.

J'espérais que notre mariage tout proche me ferait retrouver le bonheur. Mais tant s'en faut, car je me sentais prise dans un engrenage que j'étais incapable d'arrêter. Depuis le jour où Francesco était venu parler à mon père jusqu'à celui de notre mariage, nous avons dû constamment courir l'un après l'autre. Il nous fallait résoudre des problèmes en apparence liés à notre amour mais qui, en réalité, nous en détournaient. Habituée à la solitude et aux rendez-vous secrets, je me sentais désorientée, nous commettions à mes yeux une grave erreur en accueillant tant de gens et tant de choses dans notre jalouse intimité. J'exposais mes craintes à Francesco. Il souriait, croyant que je plaisantais ; après quoi il m'embrassait et, quand il m'embrassait, je ne pensais plus que nous nous apprêtions à commettre une erreur.

Nous étions pauvres, nous n'avions pas beaucoup de préparatifs à régler. Mais son appartement était dans le quartier Parioli, dans un immeuble élégant, qui m'intimida tout d'abord. Ou, plus exactement, ce qui m'intimida fut l'accueil du concierge qui salua respectueusement « monsieur le professeur » puis, en lorgnant de mon côté, laissa bien voir qu'il désapprouvait le choix de monsieur le professeur.

Je souffrais de ces jugements, inquiète à l'idée de ne plus plaire à Francesco. Au cours de ces journées-là, il me regardait moins parce qu'il était très occupé. Et quand il ne me regardait pas, je cessais de me croire belle. J'ai acheté quelques robes mais, puisque je suivais les conseils de Fulvia, Francesco avait peur qu'elles ne soient trop voyantes, trop excentriques. À cette période, Fulvia et Francesco lièrent vraiment connaissance et firent l'impossible pour devenir amis, mais furent incapables de se tutoyer.

En attendant, la peur qui, tout d'abord, avait paru simplement s'éloigner de nous, finit graduellement par se dissiper. Envisager de frapper deux personnes honnêtement occupées à préparer leur mariage ? C'était impossible. Francesco n'aurait pas pu nier qu'il était content. Je pensais parfois qu'il avait exagéré quand il s'était cru en danger et cette idée ne faisait que me le rendre encore plus cher, elle accentuait en moi le désir de l'accompagner et de le protéger. Depuis que nous avions visité ensemble notre futur appartement, ma crainte de perdre notre chère solitude avait disparu. Ce n'était l'affaire que de quelques semaines. Par la suite, c'est toute la vie qui ressemblerait à nos rendez-vous sur le Palatin ou à la Villa Borghèse.

J'avais décidé d'arriver au jour de mon mariage après toute une série de journées idylliques. Désormais, c'était le printemps : la ville, le fleuve, la couleur du ciel se transformaient. J'aurais voulu profiter de tout cela avec mon bien-aimé. Jour après jour, je m'imaginais, pour le lendemain, un itinéraire romantique mais, le lendemain venu, nous n'avions pas le temps. Un soir, nous sommes retournés à la Villa Borghèse. Les feuilles nouvelles rendaient les arbres transparents et, désormais, le soleil se couchait tard. Impossible de trouver un peu d'ombre. De peur d'être vus, nous nous sommes embrassés hâtivement. J'avais espéré une douce soirée, comme aux premiers temps de notre amour ; je pensais même que ce serait encore meilleur maintenant que nous ne ressentions plus ni peur, ni culpabilité. Mais nous n'avons pas retrouvé notre ardeur – ces baisers à la dérobée pouvaient-ils encore nous combler, tant nous avions soif de cette totale liberté qui nous attendait.

J'ai dit à Francesco :

— Écoute, je veux que nous revenions souvent à la Villa Borghèse pour nous embrasser. Même *après*, ai-je précisé. Je ne veux pas perdre cette douce habitude.

Autour de nous le printemps ne faisait qu'inviter à la tendresse.

— Nous continuerons d'aller au Janicule, au Palatin…

Brusquement, j'ai serré son bras.

— J'ai peur, Francesco. Aucun de ces couples qui passent à côté de nous n'est marié.

— Mais si, me dit-il. Évidemment que si.

— Non, ai-je insisté avec effroi. Posons-leur la question.

Il se mit à rire affectueusement. Ces derniers temps, je ne l'avais pas beaucoup vu rire. Une crainte subite me poussa vers lui.

— J'ai peur, ai-je répété. Les gens mariés ne viennent jamais à la Villa Borghèse. Ils y viennent le dimanche pour les enfants. Non, Francesco, tu me jures que ça ne sera pas comme ça ? Nous continuerons à nous promener ensemble, n'est-ce pas ?

— Oui, me promit-il en me regardant avec une tendresse mêlée de gravité. Oui, je te le jure.

Ce sont ses mots exacts – il me fallait donc le croire. Nous sommes lentement revenus sur nos pas, bras dessus, bras dessous. Je lui racontais la via Paolo Emilio, ces vies conjugales lugubres, l'existence fatigante et mélancolique que j'avais vu toutes les femmes mener. Au cours des premières années, les jeunes femmes attendaient le dimanche avec impatience parce qu'elles espéraient voir leur mari redevenir l'amoureux ardent et dévoué de naguère. Et puis elles cessaient de l'attendre. Pour le dimanche, elles apprenaient à faire un bon gâteau. Je cherchais anxieusement dans mes souvenirs un couple ayant trouvé le salut, un seul.

— Je n'en connais aucun, disais-je à Francesco, avec épouvante. Oh, mon Dieu ! Aucun. S'ils sortent ensemble, c'est pour aller au cinéma. Fulvia et moi, nous les voyions bâiller pendant l'entracte.

— Comment cela serait-il possible entre nous ? me répondait-il.

Il se mettait alors à parler de mon caractère, de mon imagination, et cela me rassérénait : j'aimais tant l'écouter parler de moi ! Dans le soir embaumé, je me sentais à nouveau heureuse et légère. Nous souriions alors que, sans le savoir, c'était la dernière fois que nous sortions heureux de la Villa.

Au cours de cette période, Francesco me présenta quelques-uns de ses amis qui, comme lui, n'étaient « pas contents ».

Il eut la satisfaction de voir que ses amis me plaisaient, et s'aperçut immédiatement que moi aussi, je leur plaisais. En ces occasions-là, j'avais une conversation agréable et je disais toujours des choses intelligentes. Seulement je n'étais plus Alessandra, j'étais une Alessandra qui incarnait la femme qu'aimait Francesco. J'avais plaisir à ce qu'il aime une femme hors du commun. Alberto et Tomaso m'écoutaient avec plaisir et curiosité. Alberto était philosophe, il avait déjà quarante ans. Il avait cessé d'enseigner ; il écrivait des livres dont la publication était interdite, mais dont des copies dactylographiées circulaient parmi ses amis. Tomaso était journaliste : s'il n'était « pas content », il semblait pourtant l'être. À cause de son métier, disait-il. Mais j'ai compris que c'était à cause de son caractère. Tomaso avait vingt ans et, par plaisanterie, il appelait Francesco « le chef ». Ils avaient tout d'abord hésité à me livrer leur ami Francesco, Alberto surtout. Mais très vite c'est eux-mêmes qui me l'offrirent et me regardèrent avec sympathie. Ce jour-là, quand nous nous sommes éloignés seuls, moi à son bras, j'ai senti que Francesco m'aimait beaucoup. Nous étions grands, nous marchions bien ensemble. Mais notre pas était devenu trop assuré.

La rencontre avec sa mère fut moins facile. J'aurais préféré ne me présenter à elle qu'accompagnée de Francesco mais, au téléphone, il me déclara : « Nous t'attendons », et je n'ai pas osé répliquer.

C'était un après-midi magnifique, le ciel jaune se reflétait dans le miroir gris du fleuve. Exaltée par le renouveau, je suis arrivée légèrement sonnée, le visage rêveur, les cheveux en désordre. C'est une chose qui arrivait souvent à ma mère. Elle se laissait distraire juste au moment où elle tenait le plus à faire bonne impression. J'ai tout de suite été intimidée par la vaste entrée ornée de meubles anciens et de rideaux rouges que je n'ai pu m'empêcher de comparer à notre vestibule décoré d'une balance.

Ce qui me manqua surtout, ce fut l'aide de Francesco. Pour la première fois, il n'était plus exclusivement à moi. Il était le fils de cette dame âgée dont un ruban blanc enserrait le cou. Une impression bizarre me saisit ; je n'osais rien regarder autour de moi, j'avais honte de faire connaissance avec les objets au milieu desquels il vivait et qui suscitaient en moi une profonde mélancolie. Sa mère m'observait : elle était mécontente de notre mariage car j'étais pauvre et obligée d'avoir un emploi. Elle cacha néanmoins sa contrariété et fut même aimable. Ce n'est qu'incidemment qu'elle me demanda si j'étais bonne dactylo et Francesco se hâta de dire que j'étais la secrétaire du directeur. C'était vrai. Mais s'il le disait, c'est qu'il rougissait de moi. Il s'était pourtant montré fier du fait que je travaillais, c'est lui-même qui l'avait confié à Alberto et Tomaso, en ajoutant au passage que je trouvais encore le temps de suivre les cours de l'université. Sa mère déclara qu'elle regrettait de ne pouvoir aider son fils pour me permettre de quitter mon emploi.

— Pourquoi, madame ? lui répondis-je. Même si Francesco était très riche, je voudrais tout de même travailler pour contribuer à notre budget. La sensation d'être à la charge d'un homme n'a rien d'agréable. D'ailleurs, ma mère aussi travaillait. Elle était toute la journée dehors pour donner ses leçons de piano.

Un silence glacial me fit comprendre l'erreur que je venais de commettre. Une femme de chambre entra avec le plateau du thé. Les tasses sur le plateau étaient d'une beauté remarquable. Eux aussi avaient sorti leur plus beau service, ai-je songé. Mais cela ne suffisait pas à me faire rougir de ma mère.

Avec une aisance affectée, j'ai aidé la femme de chambre à servir le thé. Francesco me regarda d'un air satisfait et sa mère parut également apprécier mon geste – en réalité bien simple et naturel, que n'importe quelle jeune fille aurait pu faire, alors que n'importe quelle jeune fille n'aurait pu remplir mes fonctions au bureau. La conversation roula sur nos préparatifs, j'ai commencé à me familiariser avec cette femme et avec cet appartement, à regarder les photographies dans les cadres. Mme Minelli désapprouvait le choix que nous avions fait pour notre appartement, même s'il était tout sauf évident de trouver un logement à cette époque – il était trop petit.

— Il faut prévoir l'avenir, disait-elle. Du moment que vous vous mariez, c'est pour avoir des enfants.

— Oh non, madame ! me suis-je écriée dans l'illusion de la rassurer. Si nous nous marions, ce n'est pas pour ça. C'est pour passer toute notre vie ensemble.

De nouveau, mes paroles suscitèrent entre nous un silence pénible. Francesco passa un bras autour de mes épaules.

Sa mère se versa une autre tasse de thé avec un sourire acide, lança un rapide coup d'œil à Francesco et déclara :

— Elle est très jolie, dans sa naïveté.

J'aurais voulu protester, lui expliquer que je n'étais pas naïve, que je n'avais jamais été naïve, mais Francesco me serra le bras pour me faire taire. Pour dissiper la gêne, il parla d'autre chose. J'ai eu alors l'impression d'être tombée dans un piège. Ils discutaient des parents, des amis auxquels il faudrait envoyer des faire-part. Ils se demandaient s'il serait nécessaire d'inviter Mme Spazzavento à notre mariage, qui serait célébré dans la plus stricte intimité, même s'ils faisaient grand cas des réactions des uns et des autres. J'ai avoué que je n'avais pas de famille à Rome. Je doutais – et la suite me donna tort – que tante Sofia viendrait des Abruzzes pour assister à mon mariage. J'ai dit que je n'avais qu'une amie, qui habitait via Paolo Emilio. Sur ce, on décida d'inviter également Mme Spazzavento. J'écoutais, plongée dans la mélancolie ; à mon sens, cette cérémonie et ces préparatifs n'avaient plus rien de commun avec les conversations que nous avions eues, Francesco et moi, à la Villa Borghèse ou au Janicule.

— Et où comptez-vous aller ensuite, pour votre petit voyage de noces ? nous demanda Mme Minelli tandis que nous regagnions la porte.

— Je vous demande pardon, madame, lui dis-je en rougissant, mais gentiment. Ça, c'est notre secret.

De retour dans la rue, il me sembla voir que Francesco était mécontent de ma réponse. J'ai tenté de lui expliquer que si je n'avais pas voulu révéler le lieu où nous passerions nos premiers jours d'intimité, c'était uniquement pour retrouver, en quelque sorte, nos jours clandestins, secrets. Il m'attira à lui, dans l'ombre des platanes qui bordent le quai du Tibre.

— Mais oui, me dit-il, bien sûr. Au contraire, il me plaît, ton caprice.

Je me suis donné beaucoup de mal pour lui expliquer qu'il ne s'agissait pas d'un caprice.

— Fulvia le comprend. Elle le comprend tout à fait bien.

— Bien sûr, répétait-il dans l'espoir que j'abandonnerais la discussion parce qu'il voulait m'embrasser.

Depuis que nous avions fixé la date de notre

mariage, il lui arrivait de me prendre par la taille et de m'embrasser à l'improviste, conscient de son droit. Et de mon côté, plus il affichait d'aplomb, plus je me sentais troublée. Depuis quelque temps, je ne pensais qu'à la première nuit que nous allions passer ensemble, je ne pouvais détourner mon esprit de cette attente aussi douce qu'effrayante. Penser à cette nuit, jusque dans ses moindres détails, occupait entièrement mon esprit tandis que je répondais au téléphone, au bureau, que je tapais à la machine ou que je prenais en sténo les lettres que me dictait Mantovani.

J'étais troublée même en donnant les mesures du peignoir bleu que je me faisais faire. Bleu, en souvenir de la robe de ma mère. Quand je m'endormais, c'était en imaginant Francesco qui dénouait la ceinture de mon peignoir. C'était comme un film qui se déroulait sans arrêt dans mon imagination ; et ce qui m'attirait, ce n'était pas tant le désir que la dimension religieuse du rite que nous allions accomplir en nous unissant. Je m'épuisais à imaginer les mots qu'allait prononcer Francesco, de même que, lors de mes passages à l'église, un flot ininterrompu de paroles d'amour débordait de mon cœur. J'imaginais ses gestes, les paupières fermées. Je m'imaginais pénétrant dans notre chambre et me présentant gracieusement à lui : cette chambre était différente de toutes celles que je connaissais – vaste, élégante, ouatée de tentures souples. Je marchais sur un tapis moelleux. La lumière était tamisée. Dans un coin, des fleurs à hautes tiges embaumaient – des tubéreuses. Je n'avais jamais vu une chambre pareille. C'est ainsi que je me figurais les chambres de la villa Pierce.

Un jour, nous étions restés seuls dans notre futur appartement. Les déménageurs étaient sortis après avoir installé les meubles de la chambre à coucher, cadeau de Mme Minelli. La porte refermée avec bruit, nous nous étions trouvés l'un en face de l'autre, Francesco et moi, à droite et à gauche du grand lit. Les meubles neufs, impeccables, semblaient encore en vitrine, le matelas envahissait tout l'espace de sa blancheur outrageante.

En m'embrassant, Francesco me poussa à m'étendre sur le matelas, de biais, et s'étendit à mon côté. Quand il était allongé, son visage prenait une expression différente ; c'était un visage nouveau, que je caressais pour me familiariser avec lui. Je ne m'étais jamais trouvée seule avec lui. Il m'embrassait, si bien que je ne le voyais plus. Des voix d'enfants qui jouaient montaient de la cour.

Tout en s'apprêtant à déboutonner ma chemisette, Francesco me chuchota :

— Nous sommes seuls, est-ce que tu veux...

Je me suis dégagée en me levant d'un bond, tandis qu'il me suivait en me disant de ne pas avoir peur.

— Je n'ai pas peur, lui répondis-je, mais est-ce que tu veux vraiment faire ça ici ? Ici ?

Je désignais des yeux la pièce froide, le matelas nu, le fil électrique qui pendait au plafond.

— Ici ? répétai-je.

Je m'imaginais dans mon peignoir bleu. Et une pensée me vint : « Non, ça n'aura pas lieu dès la première nuit. Ce sera déjà si difficile de me trouver dans une chambre d'hôtel avec lui. »

Notre mariage fut célébré dans une petite église romantique : Sant'Onofrio, au pied du Janicule. J'avais choisi cette église en souvenir de notre première promenade et aussi parce que ma mère m'en parlait souvent. Vers le soir, quand elle descendait avec Hervey, ils se promenaient à pas lents et finissaient par entrer dans cette église pour se reposer un peu. Lorsque nous nous y étions rendus, Francesco et moi, nous avions eu l'impression de pénétrer dans un lieu doublement sacré.

— Ils seront là eux aussi, avais-je dit en lançant aux bancs un regard fasciné.

Le soir qui avait précédé notre mariage, Francesco m'avait quittée à la porte de chez nous, comme les premiers jours. Tante Sofia était arrivée, on lui avait donné un lit de camp ; il était devenu impossible de trouver un instant de solitude et de liberté. Nous ne paraissions plus désormais que deux associés pressés de conclure une affaire avantageuse. Nous nous étions téléphoné brièvement pour nous mettre d'accord, et nous avions passé de longues heures dans les couloirs gris de la mairie.

À la maison, j'ai trouvé Fulvia qui m'attendait avec tante Sofia ; elles étaient en train d'admirer les draps que grand-mère m'avait envoyés des Abruzzes. Mon père les tâtait de la main. Ils avaient déplié une très belle pièce entre eux :

— Qu'est-ce que vous faites là ? me suis-je écriée. Laissez ce drap tranquille !

Je m'étais aussitôt excusée, en expliquant que j'étais très nerveuse. Mais j'avais tout de même ajouté :

— Repliez tout !

Et j'étais allée m'enfermer dans ma chambre avec Fulvia.

Fulvia fut très gentille, ce soir-là. Ce fut une soirée terrible pour moi, la plus terrible de toutes celles que j'avais affrontées depuis la nuit où les agents s'étaient présentés chez nous avec le sac à main de ma mère.

La porte refermée sur nous, elle me regarda avec tendresse :

— Sandi ! me dit-elle.

Je me promenais en long et en large puis je l'ai serrée dans mes bras, la tête posée sur son épaule.

— Je t'ai apporté un cadeau, m'annonça-t-elle timidement.

C'était un cadeau coûteux, sans doute avait-il fallu demander de l'aide à Mantovani.

— Merci, lui dis-je.

Aussitôt, j'ai fondu en larmes.

Fulvia me caressait la tête, jamais elle n'avait été aussi douce. Jamais plus elle ne le serait autant.

— Tu ne l'aimes pas de tout ton cœur ? me demanda-t-elle.

— Si, lui répondis-je. C'est justement pour ça.

Nous regardions la valise ouverte, prête pour le départ du lendemain. On voyait mon peignoir bleu plié. Je n'avais jamais possédé de peignoir en soie et Fulvia le savait. Nous étions assises sur une malle et il y avait beaucoup de désordre dans la chambre : des souliers jetés un peu partout, des lettres déchirées, des housses de percale décolorées…

— Ça fait tant d'années ! disait Fulvia.

Je sentais un lien profond entre elle et moi, entre moi et ces malles, et cette vieille machine à coudre avec laquelle une fois, petite fille, je m'étais piqué le doigt. Je pensais qu'il me faudrait abandonner tout ce qui m'avait accompagnée jusque-là.

— J'ai peur ! me suis-je exclamée en me levant brusquement, mes yeux dans ceux de Fulvia. J'ai peur de ne pas être satisfaite. Tu sais, ai-je ajouté d'un ton agité et inquiet, en ce moment, je ne l'aime plus. Je ne me rappelle même plus à quoi ressemble son visage.

Fulvia m'a lancé un regard si compatissant qu'il m'a presque fait peur.

— Calme-toi ! C'est comme ça aujourd'hui, mais demain, ce sera pire.

— Pire ?

— Oui, confirma-t-elle en posant mes pantoufles

sur mon peignoir bleu. Ensuite ça passera, tu seras très heureuse.

Au cours de la cérémonie, je pensais à Fulvia et j'attendais que la joie revienne. Mais elle ne revenait pas. Je ne me sentais pas émue du tout. J'avais l'impression d'assister à la messe un jour de Pâques ou de Noël. L'église était très belle. Gentiment, Fulvia l'avait ornée de fleurs. Elle et Lydia pleurèrent, émues de me voir devant l'autel. Elles avaient les yeux rouges et se mouchaient bruyamment. Mme Minelli se retournait pour les regarder ; Francesco aussi se retourna sans desserrer les bras qu'il tenait croisés sur son costume noir. L'un et l'autre les condamnaient sans comprendre qu'elles pensaient à Dario, à Mantovani, au capitaine, bref qu'elles se laissaient attendrir par ces idées qui viennent à toutes les femmes quand une autre femme se marie.

J'avais une robe blanche courte que j'ai portée tout l'été qui suivit et, dans les cheveux, une petite coiffe de blonde qui avait appartenu à grand-mère Editta. Quand j'avais parlé de cette blonde, Francesco avait d'abord semblé approuver mon idée romantique. Après quoi, il avait ajouté :

— Ce n'est pas un accessoire de théâtre, j'espère ?

Cela m'avait vexée. Je ne comprenais pas quelle idée il se faisait du théâtre et surtout de moi. Cependant, le matin, tandis que je marchais vers l'autel, au bras de mon père, Francesco m'avait chuchoté : « Tu es très belle ! » en me tendant, l'air emprunté, un bouquet de gardénias.

De toute la cérémonie, seuls ces gardénias m'émurent, ainsi que les chants des oiseaux qui se glissaient entre les notes de l'harmonium, depuis la petite place isolée et paisible.

J'ai emporté ces fleurs avec moi dans le train. En sortant de la maison, je m'étais retournée pour réclamer : « Les gardénias ! » Tout le monde m'avait embrassée. Tante Sofia m'avait dit : « Il me plaît, ton mari ! », et ses yeux allaient de lui à moi, comme pour faire une comparaison. Mon père partait s'installer dans les Abruzzes, il était censé s'en aller quelques jours plus tard, avec elle. Il voulut me dire adieu ; nous deux seuls, dans sa chambre.

— Alors, Alessandra, c'est fini ? me dit-il.

Il me prit la main et j'ai senti encore une fois la chaleur sèche de sa peau. Il avait toujours son serpent d'or au doigt. J'ai revu sa main se tendre vers celle de ma mère et j'ai pensé à Francesco qui m'attendait derrière la porte.

— Tu es heureuse ? me demanda-t-il.

J'ai dit que oui – et ce n'était pas vrai, j'étais simplement pressée.

— Tant mieux ! Je croyais que tu aurais du mal à être heureuse. C'est la vérité. Tu sais bien ce que je veux dire.

C'était la première fois en vingt-deux ans que nous parlions ensemble, mon père et moi.

— Il me plaît, ton mari, dit-il lui aussi, comme tante Sofia, ce qui me causa un vague sentiment de crainte. J'espère que vous viendrez bientôt dans les Abruzzes, je voudrais que Francesco fasse la connaissance de ta grand-mère.

— Bien sûr. Ou alors, c'est toi qui viendras, tu n'auras qu'à nous rendre visite.

— Non merci, me répondit-il d'un ton décidé.

Et sur ce, il répéta :

— C'est fini !

Francesco me pressait, nous avons donc quitté l'appartement d'un pas rapide et joyeux.

— Adieu ! me dit Fulvia en se penchant du haut du palier.

— Adieu ! répondis-je en agitant la main dans la cage de l'escalier.

Des portes s'ouvrirent sur notre passage ; le concierge et quelques locataires groupés à l'entrée de l'immeuble nous sourirent avec sympathie. Une jeune fille, du troisième étage, cueillit sur sa fenêtre une tige de géranium et nous la lança.

L'erreur était d'avoir attendu trop anxieusement ce voyage. Nous l'avions imaginé pendant des semaines et des mois, alors qu'il passait rapidement, geste après geste, minute après minute.

Les bombardements nous avaient fait renoncer à Naples et à Capri. Nous avions choisi Florence, et j'étais contente que ce soit une ville ayant un beau fleuve. À notre arrivée, Francesco se mit en colère contre le porteur de bagages. C'était la première fois que je l'entendais élever la voix, mais ses arguments étaient tellement justes que son agacement m'a gagnée moi aussi. De plus, nous étions à peine arrivés à l'hôtel qu'une autre altercation éclata parce qu'on ne nous avait pas réservé une chambre donnant sur l'Arno. J'avais exprimé ce souhait. Francesco avait écrit dans ce sens à la direction de l'hôtel, plusieurs jours en amont. Il avait donc tous les droits d'être fâché. Je l'entendais discuter avec le concierge et avec le directeur, sans qu'il se rendît compte à quel point il était gênant pour moi d'assister à cette querelle.

— Mon courrier était clair, répétait-il. Une chambre avec vue sur l'Arno.

Les autres protestaient. J'étais seule avec nos valises, mes gardénias à la main. Nous avons fini par avoir la chambre. La porte aussitôt refermée, nous nous sommes mis à la fenêtre.

— Oh ! s'était-il écrié d'un ton de revanche.

Mais il était encore bien trop furieux pour savourer la vue du fleuve.

Oui, l'erreur fut d'avoir trop attendu ce jour-là.

Peut-être aurions-nous dû le laisser passer. Nous n'avons même pas dîné. J'avais indiqué ne pas avoir faim, parce que je ne désirais qu'une chose : voir se dissiper cette mauvaise humeur, ce froid, cette gêne. J'attendais de me sentir heureuse ; je m'efforçais de l'être, je souriais, en tâchant de me concentrer sur la douce nouveauté du fait que j'étais seule avec Francesco. « Aide-moi, lui disais-je intérieurement, viens à mon secours, parle-moi. » J'avais besoin de l'entendre parler de lui, de moi, de notre amour pour reporter toute mon attention sur nous deux, à nouveau. Je ne pouvais m'empêcher de penser qu'il éprouvait la même sensation et que, s'il me souriait et m'embrassait à ce moment, c'est parce qu'il se trouvait précisément dans l'obligation d'agir de la sorte. Nous aurions mieux fait de sortir nous promener le long de l'Arno, de nous fier à l'accord de nos pas. Nous sommes restés dans cette chambre comme s'il nous était impossible de résister au désir. Alors que je ne pouvais m'ôter de l'esprit la mine arrogante du porteur, les mots désobligeants prononcés par le directeur de l'hôtel. En regardant mon peignoir bleu en boule par terre, j'ai pensé à Fulvia. Sur le mur blanc, les voyageurs qui nous avaient précédés avaient écrasé deux moustiques.

Ensuite, Francesco s'endormit. Ce soir-là, ses épaules nues sortaient du drap et j'ai observé froidement cette peau inconnue. Il avait sur le dos sept petits grains de beauté, disposés dans un ordre qui rappelait les étoiles de la Grande Ourse. Sa nuque était lisse, tendre, engageante. Je l'appelais. « Aide-moi ! lui disais-je en pensée. Réveille-toi, parle-moi, prends-moi dans tes bras. » Je n'avais pour réponse que le rythme régulier de son souffle qui rendait le silence plus profond, ma solitude plus angoissante.

Tout avait été différent de ce que j'avais imaginé.

Je pensais que Francesco embrasserait mes mains, qu'il m'effleurerait à peine du regard, que petit à petit, par de tendres paroles, il m'amènerait à accepter l'audace de ses gestes. Il n'avait rien dit du tout ; peut-être croyait-il qu'à certains moments les gestes mêmes peuvent être de l'amour. Il n'en est rien. Il avait onze ans de plus que moi, mais moi, j'étais femme et je savais bien que l'amour est dans les regards et dans les paroles, plus encore que dans les gestes, qui servent aussi à exprimer des sentiments tout à fait différents de l'amour. Lui que j'avais vu souvent si caressant semblait devenu sévère, il n'avait plus que des gestes pressés. Partout où je me tournais, je me cognais contre ses bras. Je l'écartais de moi pour le regarder dans les yeux, me sentir vivante, aimée dans ses yeux. Mais aussitôt ses bras étaient de nouveau sur moi et je ne parvenais plus à voir son visage. Je murmurais en pensée : « Francesco, mon amour, regarde-moi ! » Je me sentais une inflexion suppliante dans tout le corps et dans cette voix secrète que, tant de fois, il avait su entendre.

Honnêtement, je dois avouer que ces rapports intimes avec un homme ne m'avaient pas étonnée, ils n'avaient même pas suscité en moi la surprise et la révolte du premier baiser que m'avait donné Paolo. À l'époque, je n'imaginais pas ce baiser, ni sa nouveauté déconcertante. N'étant pas amoureuse de lui, je ne m'étais pas donné la peine de l'imaginer. En revanche, comme j'aimais Francesco, j'avais déjà imaginé en pensée tous ses gestes et je les avais acceptés par amour. Je me suis seulement étonnée qu'ensuite il ne veuille pas me regarder tendrement, m'appeler « ma reine », se mettre à genoux devant moi. Nous sommes restés un instant allongés l'un près de l'autre, il prit des cigarettes sur la table de chevet. Je sentais tout mon sang glacé.

Malgré tout, j'ai fumé tranquillement, en observant le plafond blanc, les vieux rideaux. « Oncle Rodolfo, oncle Rodolfo, viens m'aider », pensais-je au fond de moi. Je revoyais ses yeux, le jour de notre repas à Sulmone.

Nous conversions en fumant pour nous donner de l'aisance ; il revenait sur certains épisodes de la journée, proposait des itinéraires pour le lendemain, évoquait même sa discussion avec le directeur non sans montrer une mâle satisfaction d'avoir eu le dessus.

Près de notre lit, les gardénias exhalaient un parfum intense. Depuis lors, chaque fois que je sens cette odeur, je repense à cette nuit. En les regardant, je me reprochais d'être injuste, d'oublier tout ce qu'indiquait leur présence. Je voyais Francesco entrer chez le fleuriste et commander les gardénias, j'étais flattée qu'en pensant à moi il ait choisi ces fleurs lisses, tendres, parfumées.

— Francesco, lui dis-je. Pendant toute la journée, tes fleurs m'ont parlé. Elles me parlent encore maintenant et me sont d'une grande aide. Je voulais t'en remercier, les pensées d'amour ont beaucoup d'importance pour moi.

Il garda d'abord le silence puis me répondit :

— Eh bien, voilà, il faut que tu saches la vérité. C'est Fulvia. Je dois t'avouer que moi, je n'y aurais pas pensé. Peut-être que c'est un défaut de ma part, peut-être aussi qu'un homme ne pense pas à ces choses-là. C'est Fulvia qui m'a téléphoné pour me demander discrètement si j'avais pensé à tes fleurs. Je lui ai répondu que non, que je ne savais pas, mais alors, vraiment pas quelles fleurs choisir, lesquelles te feraient le plus plaisir. Bref, j'étais embarrassé. Alors c'est elle qui m'a proposé très gentiment de m'aider. Elle m'a promis de s'occuper de tout, elle m'a donné l'adresse du fleuriste chez qui je n'aurais qu'à passer les prendre. Elle a été très attentionnée.

Tu sais qu'elle ne m'était pas sympathique. Mais à compter de ce moment-là, j'ai compris toute l'affection qu'elle a pour toi. Elle m'a tellement recommandé de ne rien te dire ! Mais moi, je tiens à te le raconter pour que tu l'apprécies encore davantage et pour reconnaître aussi que je comprends pourquoi tu es son amie.

Et il ajouta :

— Demain, nous lui enverrons une carte postale.

C'était elle ! Elle savait tout. Cela ne l'avait pas empêchée d'avoir un sourire encourageant quand je lui avais montré les gardénias en lui disant :

— Regarde la pensée délicate qu'a eue Francesco !

— Oh ! s'était-elle écriée d'un ton joyeux.

Au retour de la cérémonie, c'est avec effroi qu'elle m'avait embrassée : « Tu t'en vas ! Tu t'en vas ! » murmurait-elle. Après quoi, elle m'avait crié : « Adieu ! », en souriant à travers ses larmes, penchée dans la cage d'escalier. Elle était restée à la maison pour préparer la valise de mon père et ranger les verres dans lesquels nous avions bu du mousseux.

— Oui ! insistai-je. Une belle carte avec une vue de l'Arno !

— Qu'as-tu, Sandra ? me demanda Francesco, surpris par le ton de ma voix.

— Mais, rien ! Que pourrais-je bien avoir ?

En effet, je n'avais plus rien, sauf ma rancœur.

Je suis restée longtemps éveillée. De temps en temps, Francesco remuait un bras, et je m'écartais. Quand le gris de l'aube éclaircit le ciel derrière les volets fermés, je me suis endormie, épuisée par la mélancolie. Ce furent encore les bras de Francesco qui me réveillèrent, dans l'obscurité de la chambre où filtrait la lumière du soleil. Je ne me sentais plus son ennemie comme avant mon court sommeil. Il me tenait embrassée, nous avons causé en regardant le vide. Nous parlions de choses, de programmes, mais plus de nous, pour nous connaître et nous chercher. De nombreux personnages entraient dans notre petit cercle : Mme Spazzavento avait envoyé un beau cadeau et déclaré à ma belle-mère que j'étais jolie, mais trop maigre. Francesco dit qu'effectivement il faudrait que je grossisse, il était prêt à me surveiller lui-même pour me faire suivre une cure. Morte de honte, j'ai relevé mes couvertures sur mes épaules.

Ensuite Francesco se leva, ouvrit la fenêtre et m'annonça qu'il faisait beau, nous allions pouvoir nous promener. Puis il me dit : « Je te demande pardon, chérie », lissa ses cheveux d'un geste désinvolte et résolu, et me laissa seule pour entrer dans la salle de bain. J'ai entendu l'eau couler dans la baignoire, le frottement d'une petite brosse. Il devait se laver les dents. « J'ignore comment est Francesco quand il se lave les dents », ai-je alors pensé. On aurait dit que la cloison était en verre et que chacun de nous pouvait voir les gestes de l'autre, alors que l'autre feignait habilement d'être seul. Je l'ai entendu entrer dans la baignoire, bruyamment, puis il commença à se savonner avec des mouvements énergiques. « Il ne peut pas faire ça tous les matins, me suis-je dit. Il exagère pour dissimuler son embarras. Oui, il exagère parce que je suis là et que je l'entends. » Il se frottait vigoureusement, s'appliquait sur le dos des claques rapides, il chantonnait. J'aurais voulu l'aider à surmonter ces débuts difficiles de notre intimité quotidienne, mais j'étais trop troublée moi-même pour être en mesure de voler à son secours.

J'avais allumé une nouvelle cigarette mais il n'y avait pas de cendrier près du lit, et ce lit défait m'inspirait un grand malaise. J'ai fermé les yeux pour essayer de me rendormir, éviter une journée difficile, mais les draps ne gardaient pas seulement mon odeur. Quand je remuais, je sentais l'odeur de lavande de la brillantine de Francesco, cette odeur qu'il avait sur lui dès le jour où nous avions fait connaissance. C'est elle que je sentais quand il s'approchait de moi, quand il m'embrassait, c'était l'odeur même de notre amour. Néanmoins, à ce moment-là, elle me parut complètement étrangère, tant j'étais troublée de la sentir dans mon lit. Elle suscitait en moi des souvenirs amers, coupables, elle appartenait au désordre de ma mise et de ma coiffure, elle était liée au bruit de tuyauterie qui venait de la salle de bain, à la voix masculine qui chantonnait avec assurance, au pardessus gris accroché au portemanteau, sous un chapeau noir, et qui n'était plus le vieux pardessus gris de Francesco à nos rendez-vous ; c'était le pardessus d'un homme qui s'était déshabillé pour coucher avec une femme. Je me sentais seule, froissée, abîmée, bien que ce soit mon premier réveil après mon mariage. Je ne pensais pas qu'il me faudrait, même ce matin-là, accomplir les mêmes gestes que d'habitude, je croyais que tout se ferait par magie.

— Francesco ! ai-je appelé, désemparée.

Un instant après, il se montrait. Il avait passé un peignoir rayé un peu défraîchi et frottait ses joues encore légèrement savonneuses avec la serviette enroulée autour de son cou.

— Excuse-moi, chérie, qu'y a-t-il ? me demanda-t-il avec empressement, tout en continuant de s'essuyer le visage.

Je l'avais appelé sans réfléchir, avec un grand cri. J'avais plaisir à le voir dans cette vieille robe de chambre, sûrement celle qu'il portait quand il venait me répondre au téléphone, avec cette poche déformée par les paquets de cigarettes. Si sa robe de chambre avait été neuve, je l'aurais sans doute insulté, je l'aurais traité d'hypocrite et de menteur. J'espérais qu'il ne remarquerait pas mon prétentieux peignoir de rayonne bleue, j'étais décidée à ne pas le porter, à passer mon manteau sur ma chemise de nuit, comme je faisais dans les Abruzzes. Et pourtant, c'étaient justement cette vieille robe de chambre, ces pantoufles au talon avachi qui suscitaient en moi une irrésistible envie de pleurer. Il me semblait en effet aisé de greffer l'une sur l'autre deux vies éphémères, soigneusement préparées en vue d'une rencontre agréable, mais rapide. Si le lit avait été correct, si cette lugubre chambre d'hôtel s'était transformée en une pièce somptueusement meublée, si tout, autour de nous, avait révélé une aisance, une indifférence face aux épreuves du quotidien, si nous avions nous-mêmes été à nos propres yeux plus conformes à notre idéal esthétique, peut-être aurais-je été insouciante et heureuse. « Francesco ! » aurais-je dit avec cette intonation que je me connaissais si bien et qui faisait se retourner les hommes, surpris et émus comme lorsqu'on entend la musique d'un carillon. « Francesco, je t'en prie, commande le petit déjeuner ! » J'aurais eu très faim, cette faim capricieuse des riches. Mais il était difficile d'entrelacer l'une à l'autre nos vies de personnes pauvres, habituées à lutter dans la solitude et engagées dans un profond amour. En moi-même, je le suppliais : « Cache mon peignoir bleu, je t'en prie, Francesco, cache-le tout de suite, ne faisons pas semblant d'être différents, acceptons-nous tels que nous sommes, dans le désordre de ce lit, avec mes cheveux dépeignés et tes vieilles pantoufles. » Je l'appelais désespérément : « Viens, affrontons-la ensemble, cette matinée difficile. »

Mais lui me dit :

— Excuse-moi, mon amour, je te laisse tout de suite la salle de bain.

Il continuait de s'essuyer le visage, ses cheveux clairsemés se dressaient sur ses tempes. Je me suis retournée et me suis mise à pleurer. J'enfonçais mon visage dans l'oreiller pour me plonger encore davantage dans l'odeur de la nuit que je venais de passer, dans cette odeur de sommeil masculin que je connaissais pour la première fois. Le fond amer de mon désespoir, c'était mon grand amour pour Francesco ; j'aurais voulu qu'il ne soit plus esclave du lit, des draps, j'aurais voulu que nous nous soyons unis d'une manière angélique, mystique, innocente, échappant à la loi commune de toutes les créatures. « Francesco ! murmurais-je. Francesco ! » Voici que revenait à ma mémoire le jardin des Pierce, les grands cèdres du Liban habités par un cheval, Emilia se couvrant le visage d'une écharpe de voile pour venir à la rencontre de son bien-aimé. Et j'étais là, pas encore lavée, dans ces draps...

— Non, dis-moi, insistait-il en me serrant dans ses bras, j'ai fait quelque chose qui t'a froissée ? Sûrement. Dis-moi, je t'en prie !

Il me demandait avec anxiété :

— Quand ? Hier soir ? Cette nuit ? Ce matin ? Dis-moi. Tu dois tout me dire, absolument tout.

— Non, répondis-je entre deux sanglots. Tu n'as rien fait, je t'assure.

— Ce n'est pas possible, insistait-il. Qu'est-ce que j'ai fait, chérie ? Pardonne-moi. Dis-moi, Sandra...

Plus tard, nous sommes sortis. Il subsistait toujours ce voile entre le bonheur et moi. C'est moi qui ai tout gâché, songeais-je. C'est ma faute.

« Oui ! » me dit-il maintenant, et sa voix devient vibrante, agressive. Lorsque nous reparlons de cette nuit-là, j'ai l'impression qu'il tente de se défendre. « Oui, insiste-t-il, c'était ta faute. J'admets que tu as été la première à en souffrir. Oh, Alessandra, tu ne savais pas à quel point il était difficile d'affronter des heures déjà vécues en pensée, depuis des mois. Il est si difficile de rester à la hauteur de l'imagination, de se risquer à accomplir ces gestes qui, dans la pensée, sont sans poids, sans impact, mais qui se présentent sous leur apparence la plus crue lorsqu'on les accomplit. Si je ne t'avais pas aimée – tu dois me croire, j'exige que tu me croies, désormais –, tout aurait été bien plus facile. Avec une autre femme, j'aurais agi froidement, quitte à excéder le portrait qu'elle s'était fait de moi. Mais tu étais Alessandra et je t'aimais. Quand je t'ai vue entrer dans ton peignoir bleu, l'émotion qui m'a saisi était si forte que je suis revenu vertigineusement en arrière, j'ai retrouvé le trouble qui m'animait quand j'avais à peine plus de huit ans et que je voyais apparaître une petite fille dont j'étais amoureux. Dès que nous nous croisions, je n'arrivais jamais à lui parler. Elle me traitait de "muet" et d'"idiot" tandis que je la regardais avec adoration. Et puis elle se moquait de moi. Oh, tu étais si belle, tu évoluais avec une telle grâce et les gestes que nous devions accomplir pour échapper à l'obligation qui pesait inéluctablement sur nous me semblaient si vulgaires en comparaison de ton charme ! Du reste, cette nuit-là, je ne te désirais pas du tout. Si je t'avais dit : "Allons dîner", c'est que j'aurais voulu simplement te regarder te mouvoir dans cette belle couleur qui t'entourait, te baiser les mains, m'en aller, peut-être, humilié d'être un homme. Mais penser à la douce et impitoyable tâche que je devais accomplir, mêlée à un indomptable mépris masculin, m'incitait à me montrer plus fort que mes craintes mêmes. J'aurais voulu que tu comprennes tout ça, en sachant bien que tu ne le pouvais pas puisque j'étais le premier homme que tu connaissais. L'erreur est venue précisément du grand amour que je te portais, c'est lui qui m'a poussé à te traiter avec un tel respect. Ce qui est arrivé cette nuit aurait dû arriver sur-le-champ, dès le premier instant où nous avions senti que nous étions amoureux l'un de l'autre, et cela aurait dû arriver brusquement et devancer notre imagination. Alors, en te voyant entrer dans ton peignoir bleu, je n'aurais pas été en concurrence avec l'image que tu avais de moi. J'ai commis une grave erreur en voulant me débarrasser au plus vite de l'angoissante obligation de ne pas te décevoir. Dès lors, j'ai senti comme une rancune contre ta mère qui n'avait pas eu le courage d'affronter ce qu'il y a de plus concret dans l'amour, l'habitude, peut-être même la déchéance et la fin. Si elle avait été la maîtresse d'Hervey, elle ne nous aurait pas fait tant de mal ; tu m'en aurais parlé autrement, toi-même, tu aurais été différente. Mentalement, je m'acharnais contre elle, je l'accusais d'être lâche et hypocrite, j'en arrivais presque à l'insulter. Oh, Alessandra, en te révélant ce que sont véritablement les hommes, c'était presque une dispute que j'engageais contre elle. Je t'aimais tant ! Au fond de moi, je t'appelais "ma chérie", je t'appelais "ma reine". Il me semblait impossible d'employer de telles familiarités pour te parler. J'étais tellement épuisé par la brutalité de ces incertitudes et de ces combats intérieurs qu'aussitôt "après" je me suis endormi. Je ne voulais pas être témoin de tes pensées, je ne voulais pas savoir si tu souffrais. Ce fut mon seul tort. Oh, Alessandra, il n'était pas facile de te parler à ce moment-là. Tu étais une jeune fille timide, le soir de sa nuit de noces. Aujourd'hui, tu es une femme. Aujourd'hui, tu peux me comprendre. Pardonne-moi. »

En vérité, je lui ai tout de suite pardonné. À peine étions-nous dehors que j'ai retrouvé son pas familier. J'ai même cru pouvoir tout oublier, y compris les gardénias. Au cours de l'après-midi, j'ai osé en passer un à la boutonnière de mon tailleur noir. J'ignorais que, dorénavant, cette nuit d'angoisse habiterait toujours en moi, qu'elle s'emparerait sournoisement de toutes mes fibres, de mon sang même comme un germe nuisible. Toutefois, au cours de ces jours-là, elle sembla si bien disparaître qu'elle me laissa être heureuse, si heureuse, même, que j'ai envoyé à Fulvia deux cartes postales remplies de sottises exaltées. Tout ce temps libre et cette possibilité de nous consacrer entièrement à l'amour nous étaient d'une grande aide. Nous sommes allés ensemble au musée des Offices, Francesco s'arrêta devant un tableau et me dit :

— Allez, sors de la salle et viens me retrouver, comme le jour de notre rendez-vous à la Galerie Borghèse.

Au moment de rentrer, j'avais une mine si saisissante d'hallucinée que Francesco se mit à rire.

— Réessaie ! insista-t-il.

Je suis rentrée, mais en me caricaturant moi-même. Nous nous sommes mis à rire et à nous embrasser. Deux touristes allemands nous ont surpris et se sont mis à rire, eux aussi. Et nous, nous étions si heureux que la gaieté de ces Allemands nous a mis en joie. Nous allions dans les restaurants où jouait un petit orchestre, nous nous faisions photographier sur le piazzale dei Colli. En somme, nous nous amusions à suivre les itinéraires classiques des voyages de noces. La nuit, nous ne nous endormions que très tard, enlacés.

Nous avons regagné Rome un jour avant la fin de mon congé ; nous n'avions plus un sou en poche et nous avons dû porter nous-mêmes nos bagages depuis la gare. Ce fut très amusant. Francesco admirait mon caractère facile à vivre. Sans doute oubliait-il que j'avais l'habitude de la pauvreté. J'ai dit que je pourrais toucher mon traitement avec deux ou trois jours d'avance et Francesco répondit en riant qu'il avait toujours rêvé de se faire entretenir. Le soir, nous sommes allés dîner chez sa mère ;

j'ai recommandé à Francesco de ne pas lui raconter que nous étions sans le sou, je ne voulais pas la laisser penser qu'il avait trop dépensé pour moi. Nous avions fait l'achat émouvant d'une capeline en paille de Florence qu'il avait tenu à m'offrir. Elle encadrait très bien mon visage et je regrettais de ne pas pouvoir la mettre, les femmes ne portant plus de chapeau ! Cette capeline était encombrante, si bien qu'à la gare, pour porter mes valises, j'ai été obligée de me la poser sur la tête. Ce qui déclencha chez nous une joie puérile parce que tout le monde me regardait. Notre concierge des Parioli nous vit arriver à pied, moi portant mes valises et coiffée de ce chapeau. Coïncidence malheureuse, car il eut tout de suite une impression déplorable de ses nouveaux locataires.

L'appartement était agréable et situé sous le toit. Devant notre chambre se déroulait une terrasse, pavée de tommettes rouges. Je pensais que je pourrais y lire et y travailler tranquillement. Mais au début, je ne trouvais jamais le temps de travailler parce qu'il nous manquait certaines choses indispensables et nous devions nous débrouiller grâce à toutes sortes d'expédients. Je ne demandais rien à Francesco, de peur qu'il sollicite sa mère – elle aurait pu lui reprocher d'avoir épousé une fille pauvre et incapable de bien gagner sa vie, qui plus est. J'ai donc décidé de négliger pour un temps mes études et d'effectuer quelques heures supplémentaires l'après-midi. Le coût de la vie augmentait sans cesse. Pour les gens pauvres, acheter de quoi se nourrir devenait difficile. Et encore plus pour ceux qui, comme nous, devaient garder un certain décorum, au moins en apparence.

Personne ne pouvait m'aider. L'immeuble des Parioli était plus impénétrable encore que celui du quai Flaminio. Les cours étaient fermées, polies comme des miroirs ; les servantes elles-mêmes ne se mettaient pas aux fenêtres. Je ne connaissais pas le nom des locataires, car il n'y avait pas beaucoup de plaques sur les portes. Dans l'escalier, on aurait dit qu'il ne passait personne et personne ne s'attardait jamais sur les paliers. C'était un immeuble où on naissait sans joie, où on mourait sans drame, en respectant les bonnes manières. C'est tout juste si le concierge nous saluait parce que nous n'avions pas de bonne, et je dois avouer que je rougissais de passer devant lui avec mon filet à provisions.

Il m'arrivait souvent, pour sortir de cette impitoyable prison, de descendre jusqu'aux Prati pour savourer le bonheur de me sentir à nouveau parmi des gens sympathiques et cordiaux. Je revenais dans l'immeuble de la via Paolo Emilio. Il y avait énormément de poussière dans le vestibule. Avait-il toujours été aussi sale ? Cela me semblait impossible. Tout de suite, la concierge s'enquérait de ma santé et me demandait des nouvelles de mon mari, ça lui faisait plaisir de m'appeler « madame ».

Les difficultés que rencontrait Francesco en raison de son engagement politique le gênaient dans son activité professionnelle. Maintenant que c'en était fini de notre effervescence insouciante des premiers jours, nous devions faire face à une vie très dure. Non seulement nous sursautions au moindre coup de sonnette, non seulement Francesco se montrait de plus en plus prudent au téléphone et lorsqu'il se rendait auprès de ses amis, mais il nous fallait aussi endurer la faim, régulièrement, même si nous protestions tous les deux que nous avions suffisamment mangé. Francesco ne se voyait plus confier les travaux supplémentaires qui, en s'ajoutant à son mince traitement de l'université, nous auraient permis de joindre plus facilement les deux bouts. Quant à moi, je ne parvenais plus à étudier et la maison n'avait pas encore l'aspect accueillant que j'appelais de mes vœux. Dans le bureau de Francesco, il n'y avait que sa table de travail et quelques rayonnages pour les livres, empruntés à l'appartement de sa mère. Il était bien désagréable de ne posséder que quelques chaises et pas un seul fauteuil. D'emblée, je ne m'étais pas rendu compte de tous les inconvénients que cela comportait pour nous. Dans ce bureau encore froid et sans âme, il nous était impossible de causer assis sur des chaises, nous avions l'impression de nous trouver dans la salle d'attente d'un dentiste. C'était plus facile quand des amis passaient nous rendre visite parce que nous nous asseyions autour de la table – mais, pensant qu'ils souhaitaient rester seuls, je finissais très vite par dire que j'avais sommeil et j'allais me coucher. Mais si nous n'étions que nous deux, assis sur nos chaises, il nous était impossible d'entamer une de ces conversations intéressantes, sur la religion, sur l'art, sur nos projets spirituels – tous ces sujets que nous affectionnions le plus à l'époque de nos fiançailles, dès que nous cessions de parler de notre amour ou de notre future vie conjugale.

Après le dîner, nous allions nous asseoir sur le lit. Mais nous étions fatigués et Francesco ne tardait pas à me proposer : « Et si on continuait notre discussion au lit ? » Au lit, toujours sous le coup de notre fatigue, nous nous endormions aussitôt. Je luttais courageusement pour que notre vie reste fidèle à celle que nous avions imaginée. Mais il y avait deux choses contre lesquelles j'étais incapable de lutter : le malaise que nous occasionnait cette absence de fauteuils et la stupeur que notre manque d'argent causait chez Francesco. Il avait l'habitude de me remettre tout ce qu'il gagnait – c'est-à-dire pas grand-chose – et, à partir de là, jusqu'à la fin du mois, il semblait croire que l'argent devenait inépuisable entre mes mains. « Il n'y a plus rien ? » me demandait-il, tout étonné. Et dans sa surprise, je pensais qu'il me soupçonnait d'être dépensière. Le rouge aux joues, je me hâtais de lui expliquer à quoi j'avais dépensé cet argent ; je voulais prendre un crayon, aligner quelques chiffres.

— Non, non ! disait-il galamment. Tu n'as à me rendre compte de rien. Tu peux dépenser l'argent comme bon te semble, en faire tout ce que tu veux.

Ces phrases me plongeaient dans une colère et un ressentiment que je ne parvenais pas toujours à maîtriser. J'insistais pour faire des comptes, mais il refusait, de sorte que je restais implicitement accusée d'avoir gaspillé l'argent pour moi. Un jour, je suis parvenue à dresser mes comptes et à les lui faire lire par surprise. Il n'y avait que les dépenses du ménage, déjà réduites au minimum, à l'essentiel, même. Après avoir parcouru la feuille, il me la rendit et me répéta :

— Mais bien sûr, ma chérie ! Pas la peine de te justifier. Je te l'ai déjà dit : tu peux faire ce que tu veux de cet argent !

Après avoir renvoyé au printemps la préparation de mon examen, j'ai été trop heureuse de donner des cours particuliers à une élève de quatrième. C'était une petite fille riche et prétentieuse, qui me faisait attendre et me disait « mademoiselle » sous prétexte que toutes les institutrices sont vieilles filles. Elle aimait prendre son goûter pendant sa leçon, si bien qu'elle couvrait tous ses livres de taches de chocolat et de café au lait. À cette heure de la journée, j'avais très faim, j'attendais, minute après minute, qu'arrive l'heure du goûter de mon élève et me rassasiais en la regardant manger. Elle m'offrait parfois une tartine beurrée ou une tranche de gâteau. Francesco et moi nous nourrissions de tomates et de haricots en salade. Chaque jour, pourtant, afin de montrer à cette petite mon indifférence et mon mépris, je mettais un point d'honneur à refuser. Mais sans jamais y parvenir.

Depuis que j'avais accepté de donner ces leçons, je pensais plus souvent à ma mère. Tandis que je montais l'escalier de la villa qu'habitait mon élève, je me demandais si, même dans ces moments-là, elle parvenait à garder la grâce inimitable de son pas. Comme je me disais que oui, je me sentais humiliée. Quand la petite fille n'était pas libre, le valet de chambre me faisait attendre. C'était un homme gigantesque et sa haute taille achevait de m'intimider. Les familiers de la maison traversaient l'antichambre en me saluant d'un bref signe de tête.

Il m'était impossible de renoncer à ces leçons. Mais un soir que je sortais de cette maison, pour me consoler, j'ai acheté deux pieds de jasmin pour en décorer la terrasse. Le parfum du jasmin se glissait jusque dans notre chambre. Bien souvent, Francesco rentrait en retard et, chaque fois, j'éprouvais la même terreur qu'au temps où j'attendais ma mère. Mais ce soir-là, dès que j'entendis son pas dans l'escalier, je me suis assise sur un coussin au milieu de notre terrasse égayée par ces fleurs. J'avais rassemblé mes cheveux au sommet de ma tête et j'y avais planté un brin de jasmin. Francesco me chercha partout mais je ne répondais pas. « Alessandra ! » m'appelait-il avec une pointe de désarroi dans la voix. Quand il me trouva, nous nous sommes aussitôt tombés dans les bras, heureux et rassurés tous deux. Après le dîner, il s'assit avec moi sur le coussin de la terrasse pour regarder les étoiles. Même de notre lit, plus tard, nous voyions les étoiles dans l'encadrement de la fenêtre. Le lendemain matin, je me suis précipitée chez Lydia pour me faire prêter l'argent du marché. J'ai rapidement pris congé d'elle et, craignant d'arriver en retard au bureau, j'ai descendu lestement l'escalier du pas aérien de ma mère. Francesco et moi avons pris l'habitude de rester chez nous le soir. Grâce à la terrasse, nous ne souffrions pas de la chaleur. Nous nous étendions sur le lit. Dans ces moments-là, je n'étais ni lasse, ni pauvre, parce que j'étais amoureuse. Désormais, quand ils m'étreignaient, les bras de Francesco ne me meurtrissaient plus. Il avait les bras très longs et moi, j'étais bien contente d'être maigre car, ainsi, ses bras s'enroulaient autour de moi comme des lianes et trouvaient naturellement leur place autour de mes épaules ou au creux de ma taille. Quand il ne m'étreignait pas, j'avais l'impression que mon corps restait sans défense.

Au début de l'automne, Francesco se trouva dans l'obligation d'accepter, l'après-midi, un très modeste emploi chez un parent d'Alberto. Il n'était pas rare qu'il ne rentre pas dîner pour se rendre à des réunions avec des amis qui, comme lui, n'étaient « pas contents ». Quand il était en retard j'avais toujours peur qu'on ne l'ait arrêté. Alors, pour avoir des nouvelles, je téléphonais à Tomaso. Lui aussi s'était toujours montré adroit mais m'avait avoué rencontrer bien des difficultés dans son travail. Francesco ne pouvait plus écrire nulle part et se heurtait à une froideur croissante. Maintenant, c'était à contrecœur qu'il se rendait à l'université où tout le monde l'évitait sans avoir le courage de le désapprouver ouvertement. On détournait la tête à son passage ou on le saluait à peine, comme les enfants à qui leurs parents ont défendu de faire quelque chose. Même Lascari le fuyait. Il était très occupé, disait-il.

C'était une situation bien triste, aggravée par notre pauvreté qui tournait à l'obsession. Nous avions une dette chez l'épicier d'en face ; je me hâtais de sortir de l'immeuble, en prenant un air distrait, pour éviter qu'il ne me réclame de l'argent devant le concierge. Celui-ci avait une attitude insupportable. Puisque, à cette époque, les concierges étaient tous au service de la police, nous supposions qu'il n'ignorait pas les positions politiques de Francesco. Francesco m'avait recommandé de me montrer prudente et même gentille avec lui. De fait, depuis quelque temps, l'homme semblait désireux de causer avec moi : il me parlait des pourboires généreux que lui donnaient les autres locataires, des robes dont la dame du deuxième étage faisait cadeau à sa femme – rien que des belles robes, de très belles robes, comme neuves. Mais il essayait surtout de savoir qui étaient ces amis que Francesco recevait à la maison. Je lui répondais de façon vague et courais me réfugier chez nous.

Je rentrais toujours à la maison fatiguée, épuisée. Tous les jours, je faisais de longs trajets à pied, par économie. En marchant sur l'asphalte gris, cernée par ces immeubles gris, je repensais aux belles promenades que j'avais faites dans les Abruzzes. Depuis que j'étais mariée, grand-mère m'écrivait fréquemment. Dans son style sobre et sec, elle m'interrogeait sur ma vie et mes études. Je lui répondais que tout allait bien. Dans chacune de ses lettres, elle me demandait si je n'avais rien de nouveau à lui annoncer, c'est-à-dire si je n'attendais pas un enfant.

Je trouvais ses lettres en rentrant tout essoufflée du bureau, mon sac à provisions au bras. Il me fallait cuisiner et faire la vaisselle très vite pour arriver à l'heure auprès de mon élève. Et le soir, sur le chemin du retour, je m'inquiétais pour ce qui restait à faire, comme le repassage et le raccommodage de notre maigre linge. Je pensais à grand-mère assise dans le jardin, dans la paix et l'harmonie de la campagne. Si je lui avais répondu : « Oui, il y a du nouveau », elle m'aurait expédié les draps destinés à ses arrière-petits-enfants, quelques brassières et un sac de polenta. J'aurais été obligée de m'arrêter de travailler et Francesco aurait dû pourvoir tout seul à tout. Le fait de lui avoir donné un enfant m'aurait assuré pour toujours le droit de me faire entretenir. Je ne me serais jamais présentée à lui sans notre enfant – il aurait toujours été avec nous, il aurait dormi avec nous, je l'aurais tenu par la main, entre nous deux, lors de nos promenades. Tous les jours, j'aurais annoncé candidement à Francesco que notre enfant avait besoin de chaussures ou de vitamines et qu'il fallait qu'il se débrouille d'une manière ou d'une autre pour trouver l'argent nécessaire. Il suffisait qu'il travaille davantage encore et renonce, pour le moment, aux recherches qui lui tenaient à cœur. D'ailleurs, quand bien même il aurait dû finir par y renoncer pour toujours en raison de l'augmentation de nos dépenses et de la disparition de mon traitement, l'idée que son fils puisse, vingt ans plus tard, se consacrer à ces mêmes études que lui-même avait été dans l'obligation de sacrifier suffirait à assurer son bonheur. Grand-mère pourrait ajouter une branche nouvelle à l'arbre auquel s'était greffée sa vie sûre et vigoureuse. « À mon avis, nous n'aurons pas d'enfants pour le moment, lui ai-je écrit. Je suis trop pauvre, ou peut-être pas encore assez. Et surtout, je suis trop amoureuse, je veux rester seule avec Francesco. Je ne pourrai jamais me plier à renoncer à l'amour. Autrement, j'aurais épousé Paolo et je serais restée avec toi. »

Grand-mère garda quelques jours le silence, puis me répondit : « Chère Alessandra, tu es bien téméraire. Je ne déteste pas les gens téméraires. Mais, à mon sens, se priver d'enfants n'est pas seulement une grande faute : c'est un grand risque. Je te souhaite de parvenir à être heureuse avec ton mari. Mais si tu n'y arrives pas, tu ne pourras même pas mettre ton échec sur le compte des sacrifices que tu aurais faits pour tes enfants. »

Ces paroles de grand-mère me frappèrent. Je les réentendais souvent au cours de la journée – aussi sévères, aussi inexorables qu'elle. « Je te souhaite d'y arriver. » Piquée par ce défi, je travaillais avec encore plus de résolution et de minutie, en m'efforçant de constamment ménager un moment de répit et de douceur dans notre journée. Ce qui n'était pas facile, avec la vie que nous menions. Et pourtant, j'arrivais toujours à être fraîche et bien habillée, je restais sereine, souriante, harmonieuse. Je repassais et rafraîchissais mes robes, mon seul regret étant de ne pas pouvoir m'acheter une paire de jolis bas. Ceux que je portais étaient constamment reprisés, si bien que j'étais toujours obligée de cacher mes jambes, pourtant loin d'être laides. Je refusais que la misère puisse avoir le dessus sur notre amour. J'essayais de me persuader que tout venait du fait que Francesco n'était « pas content ». À l'université, il faisait l'objet d'une enquête et nous tremblions à l'idée de ce qui en sortirait. « Ils perdront la guerre, m'avait-il dit un jour. Alors nous serons libres, nous serons contents. » Il est si douloureux d'en être réduite à désirer la défaite de son propre pays, mais je la souhaitais de toutes mes forces. Pendant les alertes, nous ne descendions jamais à l'abri. Nous sortions sur la terrasse, dans le froid, et nous nous tenions serrés l'un contre l'autre, avec l'espoir que les bombes tomberaient, qu'elles finiraient par nous tuer ou par nous délivrer.

Alberto et Tomaso venaient plus souvent et, désormais, comme Fulvia et Dario, nous ne parlions plus que de politique, nous aussi ; nous laissions notre appartement se remplir de la voix arrogante de la radio. On aurait dit que si elle parlait sur ce ton, c'était pour nous avertir, pour nous menacer. Mais, la nuit, nous nous asseyions par terre, l'oreille collée au poste, et nous écoutions les stations interdites. Nous restions aux aguets. Francesco faisait tourner silencieusement l'aiguille. Finalement, nous entendions résonner des coups graves, insistants et prudents. C'était comme être en prison et entendre quelqu'un cogner contre le mur pour nous donner du courage. Je pensais à ce que ma mère m'avait confié au sujet d'Hervey qui croyait, dans son délire d'enfant, frapper contre la coque d'un sous-marin coulé. « Ils ne répondent plus, ils ne répondent plus ! » criait-il en s'agitant. J'avais l'impression que, d'ici peu, nous ne pourrions plus répondre, nous non plus.

Nous restions assis par terre, dans le froid, jusqu'à une heure avancée. Je devais aller au bureau de bonne heure. Francesco m'embrassait en me disant : « Tu as l'air fatiguée. » Il ne me regardait plus. S'il lui arrivait de le faire un instant, c'était tout ce qu'il trouvait à me dire. Oui, j'étais très fatiguée et cela se voyait sûrement sur mon visage, mais il n'aurait pas dû me le dire, parce que ces paroles m'enlevaient beaucoup de ma force. Il savait bien, du reste, qu'il me fallait continuer à être fatiguée. J'en suis donc venue à croire que j'étais laide.

Ce n'est que maintenant, depuis que je suis ici, qu'il me regarde. Il est assis dans un des deux grands fauteuils de cuir dont j'avais tant rêvé avant de les voir entrer dans la maison, solides et rassurants dans leur imposante gravité. Francesco, donc, est assis dans son fauteuil. Et quand je lève les yeux sur lui, je le vois me contempler avec un tendre dévouement.

Si j'avais rêvé de les placer l'un en face de l'autre, c'était justement pour que Francesco me regarde. Désormais, je m'étais persuadée que c'était en grande partie à cause de l'absence de ces fauteuils que nous n'étions pas heureux. « Oui, c'est nécessaire d'avoir des fauteuils », m'avait dit Fulvia. Elle avait proposé de me servir de caution dans un magasin où on vendait à crédit. Je me suis décidée à demander à Mantovani une avance sur la gratification de Noël.

— Ça va mal ? s'enquit-il en levant la tête de ses papiers.

— Oui... plutôt. Mais c'est surtout parce que je voudrais acheter deux fauteuils. À la maison, nous n'avons rien pour nous asseoir.

Il eut un geste de stupeur.

— Enfin, si, naturellement..., ai-je ajouté en rougissant aussitôt. Nous avons bien quelques chaises. Mais ce n'est pas la même chose. Mon mari travaille jusque tard le soir, et ce n'est pas agréable de travailler sur une chaise inconfortable. D'ailleurs, il est toujours fatigué, alors...

— Et vous, vous n'êtes pas fatiguée, madame Minelli ? me demanda-t-il en reculant sur son fauteuil pivotant pour me regarder.

— Si, naturellement. Moi aussi, je suis fatiguée. Mais je passe pas mal de temps à la cuisine, il y a tant à faire.

— Et vos études ?

— Elles sont un peu... comment dire ? à l'arrêt pour l'instant. Je suis obligée de donner quelques leçons l'après-midi, si bien que...

Il y eut un silence, pendant lequel il m'observa. Il a toujours été très gentil avec moi, Mantovani. Je m'étonnais qu'il fasse preuve de tant de gentillesse, lui qui était riche. Les riches sont souvent distraits.

— Je crois que vous avez vraiment droit à votre fauteuil, vous aussi, madame Minelli.

Il appela le caissier et lui ordonna de me verser une petite somme.

— Aujourd'hui même, spécifia-t-il.

— À quel titre dois-je enregistrer ce versement ? demanda le caissier.

Mantovani réfléchit un instant, puis lui répondit :

— Gratification extraordinaire, gratification... pour repos.

Le chiffre dépassait légèrement la somme nécessaire à l'achat des fauteuils. Je n'osais pas lever les yeux sur le caissier parce que je rougissais devant lui. Je regardais fixement Mantovani et ne le voyais que confusément, à cause de larmes stupides qui remplissaient mes yeux sans que je puisse les contenir.

Lorsque nous avons été seuls à nouveau, je lui dis :

— Oh, merci ! Je n'aurais peut-être pas dû...

— Vous devez, au contraire..., me coupa-t-il avec fermeté.

Puis il changea de ton et reprit :

— Je viens d'une famille pauvre. Mon père était contremaître, mais il possédait un fauteuil. Je m'en souviens très bien, il était couvert de percale rouge. Dieu sait où il a pu finir ! Nous étions huit enfants, ma mère travaillait beaucoup ; elle travaillait plus à la maison que mon père au chantier. Elle allait ramasser du bois, chercher de l'eau, et malgré tout ça, elle n'osait jamais s'asseoir dans ce fauteuil. Mon père ne le lui cédait jamais. Une fois que je suis devenu un homme, lorsque j'ai repensé à sa façon d'agir, je lui en ai voulu. Au moment où j'aurais pu acheter un fauteuil à ma mère, elle était déjà morte. Depuis, lorsque je pense à elle, je la vois assise à la cuisine, sur une chaise, en train de travailler pour nous, ses huit enfants.

Il s'abîma dans un autre silence, puis conclut :

— Oui, je suis fermement convaincu que vous avez droit à votre fauteuil, madame Minelli.

Je lui ai adressé un léger mouvement de tête et j'ai quitté son bureau. J'étais trop émue pour parler, mais il m'avait sûrement comprise, lui qui comprenait tout des fauteuils et des femmes.

Malheureusement, le jour où Francesco vit les fauteuils, une coïncidence fâcheuse gâcha une bonne partie de la surprise que je lui avais préparée. C'était son anniversaire. Sachant que je n'avais pas d'argent, il ne s'attendait pas à ce que je lui fasse un cadeau. Conformément à mes instructions, les fauteuils arrivèrent dans la matinée pendant son absence. Pour ma part, j'étais libre parce que son anniversaire tombait un jour férié. Dès le matin, je m'étais donné beaucoup de mal pour rendre son bureau net et reluisant. Ma belle-mère ayant manifesté le désir d'offrir quelque chose à son fils, je m'étais risquée à lui demander le tapis qui se trouvait dans sa chambre de garçon. Elle me le donna de bon cœur et je l'ai déroulé entre les deux sièges. Meublée de la sorte, la pièce me parut tout à fait accueillante. Assise dans mon fauteuil, j'imaginais Francesco installé en face de moi, en train de me regarder comme à la Galerie Borghèse.

Mais en entendant la clef de Francesco dans la serrure, j'ai perçu, en même temps que la voix de Francesco, une autre voix masculine. Il rentrait avec Tomaso, qu'il avait invité à déjeuner. C'était bien entendu un pur hasard, mais il n'avait pas songé combien j'aurais été heureuse de déjeuner avec lui le jour de son anniversaire. Quand ils entrèrent, j'ai rougi comme si j'étais prise en faute.

— Qu'est-ce que c'est que ça ? demanda Francesco, en s'arrêtant net.

— Splendides, ces fauteuils ! s'écria Tomaso en s'asseyant dessus pour les essayer.

Je dis :

— C'est mon cadeau.

— Mais où as-tu pris l'argent ?

— J'ai reçu une gratification.

Lui aussi s'assit sur un fauteuil, pour tester les ressorts.

— Très confortables !

Puis, en regardant Tomaso, il lui lança :

— Qu'est-ce que je te répète toujours ? Marie-toi.

Après quoi, il se leva pour s'avancer vers moi :

— Merci, tu as très bien fait.

Il me prit par le menton et m'embrassa. Nos effusions firent toussoter Tomaso.

— Le tapis, c'est ta mère qui t'en fait cadeau, lui dis-je.

Et sur ces mots, je partis m'occuper du déjeuner. J'avais préparé deux coupes de macédoine, j'ai dû en faire trois. Longtemps après, j'ai expliqué à Tomaso que, pour la première fois, partager en trois m'avait causé une impression pénible.

Oui, les fêtes et les anniversaires sont des dates difficiles, dans la vie d'un couple. Malheureusement je gardais de ces dates un souvenir d'enfance incomparable. Ma mère était pauvre, je me demande parfois comment elle faisait pour m'acheter un cadeau. Et pourtant, ce ne furent jamais des cadeaux utiles – jamais une paire de chaussures neuves, des gants ou une petite écharpe. Je me rappelle que, pour mes douze ans, elle me fit cadeau d'un chardonneret. Elle était venue me réveiller, avec un sourire enjoué. « Qu'est-ce que j'ai là ? » me demanda-t-elle en me montrant ses belles mains réunies en fuseau. J'étais pâle, mon cœur battait la chamade. Elle ouvrit les mains et l'oisillon s'envola dans la chambre, pour venir se poser sur l'armoire.

Oui, entre un homme et une femme, cette question des dates est importante. Bien souvent, au cours de notre mariage, Francesco oublia nos dates. Quand il lui arrivait de s'en souvenir, je me rappelais les gardénias et pensais toujours qu'il avait reçu un coup de téléphone de Fulvia. Du reste, ses cadeaux me causaient une profonde mélancolie – c'étaient les cadeaux des gens qui ne peuvent pas se permettre de gaspiller de l'argent pour un caprice, pour une folie. Il lui arriva de m'offrir une paire de bas, preuve qu'il avait remarqué que j'en avais grand besoin. Il avait vu les reprises et les longs remaillages. Pire : il ne m'en avait pas parlé. Et je ne m'attendais pas à une humiliation pareille. Pour ne pas en pleurer, je me suis abritée derrière une ironie cassante :

— Pourquoi avoir tant dépensé d'argent ? C'est mon anniversaire, aujourd'hui. J'aurais préféré quelques fleurs avec un billet. Tu aurais regretté que je sois arrivée si tard.

— Si tard ? répéta-t-il déconcerté.

Mais il se rattrapa tout de suite :

— Oh oui, mon amour, excuse-moi, je viens de comprendre ! C'est vrai, ça aurait été une belle idée. Tu as toujours des idées, toi !

Il observait d'un air de regret les beaux bas posés sur le lit, la forme longue du pied. Ce regard mortifié me fendit le cœur.

— Mais non, protestai-je en l'embrassant, c'était pour rire ! Ils sont magnifiques, ces bas. C'était pour rire, pardonne-moi. Tu me pardonnes ? On est heureux, maintenant.

Mais, dans mon désir de l'être vraiment, j'ai vite fini, sans le vouloir, par adresser de nouveaux reproches à Francesco.

— Pourquoi est-ce que tu ne m'écris plus de lettres d'amour ?

Il sembla chagriné, perplexe :

— C'est vrai. Peut-être parce que, maintenant, je peux te parler quand je veux.

— Mais tu ne me parles jamais d'amour !

— Je ne t'en parle jamais ? Excuse-moi, Alessandra. En ce moment, je suis très nerveux. Il arrive quantité de choses importantes, j'ai du mal à penser à autre chose. Je ne sais pas si tu peux comprendre, parce que tu es une femme.

— Jusqu'à présent, nous avions toujours parlé de toi et de moi, lui ai-je fait remarquer en feignant l'indifférence alors que j'avais les nerfs à vif. Jamais d'hommes et de femmes. Tu ne t'en souviens pas ? Nous nous étions juré de ne jamais le faire.

— C'est vrai, reconnut-il. Mais peut-être que ce n'est pas possible, je l'ai compris il y a un instant, quand tu m'as parlé du billet que tu aurais voulu que je t'envoie aujourd'hui, pour ton anniversaire. Tu attends toujours de moi ce que toi, tu ferais à ma place. Mais toi, tu es une femme.

— Mais moi, je souffre ! m'écriai-je en abandonnant toute retenue.

— Je sais. Je comprends. Seulement, je suis comme ça.

Sa sincérité me bouleversa. Il ne réagissait pas, ne protestait pas. Il se bornait à opposer à ma nature de femme romantique et sensible sa nature d'homme ferme, décidé, sans pitié.

— Dans ce cas, pourquoi semblais-tu différent à la Galerie Borghèse et au Janicule ? lui demandai-je. Pourquoi m'as-tu trompée ?

— Oh, Alessandra, pourquoi dis-tu une chose pareille ? J'ai toujours été le même, je t'assure. Je n'ai jamais agi autrement. Excuse-moi, mais parfois j'ai peur que tu ne m'aies cru différent de ce que je suis en réalité. Rien n'a changé en moi. Au contraire, je t'apprécie encore plus aujourd'hui. Il n'y a rien de nouveau, sinon que nous n'avons jamais de temps pour nous.

— On le trouvait, à l'époque.

— C'est vrai. Je ne sais pas comment nous faisions. Et puis, chaque jour, ce qui se produit me rend de plus en plus mécontent. On croit toujours que c'est la fin, et ce n'est jamais la fin. C'est humiliant de ne pas pouvoir travailler, de ne pas pouvoir exprimer ses opinions…

— Moi non plus, je ne peux pas continuer mes études.

— Je sais, et ça m'attriste énormément. Mais toi, au moins, tu t'exprimes dans l'amour. J'ai bien peur que ce soit toujours le cas, entre les hommes et les femmes. Tous les couples imaginent qu'ils peuvent éviter ça, y échapper...

— Non, je t'en prie ! m'écriai-je alors. Ne dis pas ça, tais-toi !

— Tu vois, chérie ? reprit-il avec calme, après une pause de quelques minutes. Ça encore, c'est une force des femmes de vouloir toujours ignorer la vérité.

— Alors tu penses que je dois me rendre ? Que je dois renoncer ?

— Non, ce n'est pas ça, ma chérie. Mais nous avons une autre façon de ressentir les choses. C'est l'histoire du verre.

— Quel verre ?

— Oh, c'est bien simple. Moi, quand je vois un demi-verre, je dis qu'il est à moitié plein. Toi, tu penses toujours qu'il est à moitié vide.

J'ai eu beau éclater de rire, je me sentais glacée. En quelques mots, il semblait avoir défini nos deux caractères – opposés, inconciliables. Inutile, donc, de lui révéler une autre cause de ma souffrance – cette habitude qu'il avait prise de ne plus me dire « Je t'aime » mais « Je tiens à toi ». Il m'aurait répondu que c'était la même chose. Mais j'avais Fulvia, Lydia, grand-mère, beaucoup de personnes pour tenir à moi – et lui seul pour m'aimer.

Je n'ai plus rien dit. Il changea de conversation, convaincu que son trait d'esprit avait suffi à dissiper notre mauvaise humeur. Peut-être n'avait-il pas conscience de la gravité des paroles que nous venions d'échanger. Je m'en suis rendu compte quand, peu après, je me suis sentie seule derrière le mur de son dos.

Il faisait encore froid dans notre chambre, la

terrasse de nos belles soirées d'été laissait le froid nous assiéger. Même sans dormir, j'étais en proie à un cauchemar. Dans l'appartement au-dessus du nôtre, dans celui qui jouxtait le nôtre, dans les immeubles blancs modernes qui s'élevaient à côté du nôtre, dans tous les immeubles de Rome, dans tous les immeubles du monde, je voyais des femmes éveillées dans le noir, derrière le mur infranchissable des dos masculins. Nous parlions des langues différentes mais c'étaient les mêmes paroles que nous tentions toutes en vain de faire entendre. Rien ne pouvait traverser le rempart de ces dos. Nous devions nous résigner à rester seules, derrière ce mur, et nous serrer les unes aux autres, nous épauler, ne plus faire qu'un seul noyau de souffrance et d'attente. C'était le seul réconfort qui nous soit permis, hormis celui de travailler, d'accoucher, de pleurer ; ce qui nous consolait vraiment, c'était de pleurer toutes seules, assises dans ces cuisines bleues qui deviennent blêmes et tristes au coucher du soleil, dans ces cuisines grises où les petits enfants jouent par terre en pleurant souvent, eux aussi, avec des intonations lugubres qui sont déjà des intonations d'adultes. Certaines d'entre nous, comme grand-mère, se contentaient de posséder de grandes armoires à linge aussi sombres et solennelles que des cercueils. D'autres, sans le savoir, en arrivaient à s'oublier complètement dans une succession de journées riches, futiles et mondaines. Mais toutes, quelquefois ou toujours, dormaient dans le froid, derrière un mur. Toutes. Je les entendais, gémir, implorer, sans se faire entendre, car la voix d'une femme n'est qu'un pauvre souffle, alors qu'un mur est en pierre, en brique, en ciment.

Dès que nous avions une petite dissension, Francesco devenait toujours plus affectueux avec moi, durant quelques jours. Pendant la première année, cela m'incitait à oublier mes craintes et à redoubler d'efforts pour combattre le piège de l'habitude et du laisser-aller. Je m'évertuais donc à être constamment calme et souriante ; je considérais que notre bonheur du début pourrait renaître dans une atmosphère sereine plus facilement qu'au milieu de discussions acerbes et d'accusations réciproques. Mes nerfs se raffermirent, je sentais une mer tranquille se déployer en moi. Se succédaient alors des journées ennuyeuses, centrées sur nos horaires monotones de travail. Nous ne nous voyions qu'au petit déjeuner et, à cette heure-là, j'avais les mains encombrées de verres et d'assiettes. Le soir, nous restions souvent à la maison. Mais Francesco ne pouvait pas me regarder parce qu'il était toujours caché derrière son journal déplié en grand. Le soir, nous lisions jusqu'à une heure avancée ; après quoi, nous éteignions les lumières et nous allions nous coucher, en répétant toujours les mêmes gestes, déjà attirés par le sommeil. Le fait d'être allongés ensemble dans le même lit avait entièrement cessé de nous troubler, mais cela reposait nos jambes endolories et nos corps alourdis de fatigue, comme à l'époque où j'étais seule. Malgré ma lassitude, je comprenais tout de même les moments où Francesco n'avait pas envie de dormir. Il se rapprochait de moi, me demandait : « Qu'est-ce que tu lis ? », m'ôtait le livre des mains, le regardait à peine et le posait sur la couverture. C'était le préambule. Ensuite, sans le moindre mot d'amour, c'étaient toujours les mêmes gestes, silencieux, et dans le même ordre. Suivant un accord tacite, si je défendais mon livre, Francesco se remettait à lire ou se tournait de l'autre côté pour dormir.

Ces étreintes navrantes me causaient une amère humiliation. Je ne pouvais m'empêcher de les comparer aux douces soirées pendant lesquelles nous montions à la Villa Borghèse sans cesser de causer, anxieux de nous connaître. On aurait dit que c'était uniquement pour mieux nous connaître et mieux nous aimer que nous cédions à la tentation des caresses et des baisers. J'aurais voulu reprendre ces merveilleuses conversations qu'il avait fallu interrompre, lui parler de moi, de mes souvenirs, mais il les connaissait tous, désormais. D'ailleurs, si j'essayais de ramener la conversation à nos sujets d'alors, d'avoir la même voix, d'employer les mêmes adjectifs, Francesco me regardait d'un air méfiant et j'avais l'impression de jouer la comédie. Nous ne pouvions même plus nous faire d'illusions sur notre vie à venir. Nous la connaissions, désormais : c'était celle-là.

Et moi, je savais que cette vie ne suffirait pas à nous rendre heureux. Nous avions grandi, notre stature humaine avait augmenté, même l'innocente allégresse de nos journées florentines ne pouvait plus nous satisfaire. J'étais devenue plus grande qu'une habitude conjugale, je m'y trouvais à l'étroit comme dans une robe trop serrée. Du reste, pendant nos fiançailles, nous ne nous étions pas promis le mariage comme un but, une destination. Nous pensions seulement qu'à deux nous serions plus forts, que nous nous aiderions à mener à bien nos projets intimes, à devenir meilleurs, en somme. Ainsi, à force de constater la dégradation progressive de notre vie en commun, je pensais que j'en étais responsable. M'étais-je tellement laissée déchoir que je ne méritais plus l'attention de Francesco ? Alors, courageusement, je m'accrochais à mes orgueilleuses résolutions, je luttais contre mes faiblesses de caractère et je criais victoire. Je ne pouvais plus m'acheter de livres, mais Tomaso m'en prêtait constamment. Il les puisait dans la bibliothèque de son père, expert en théosophie. Tomaso avait l'esprit vif, pétillant, expansif, j'aimais causer avec lui. Quand je lui parlais, il me regardait toujours avec l'expression étonnée que prennent naturellement les grands yeux clairs. Mais, au lieu de me consoler, l'intérêt croissant que m'inspiraient nos conversations me plongeait dans une cruelle amertume ; j'aurais voulu voir Francesco me suivre dans les problèmes que je me posais et les lectures que je faisais. Sans compter qu'il était bien plus intelligent que Tomaso. Inversement, en vertu d'une brusque pudeur qui s'était emparée de nous après notre mariage, Francesco et moi ne parlions jamais de sujets qui me tenaient à cœur. Quand je proposais de faire quelque chose pour lui, il me demandait de copier ses écrits à la machine – je le faisais depuis longtemps avec autant de soin que d'enthousiasme. Une fois, il me demanda de changer la doublure de son veston. Peut-être est-ce d'ailleurs lui qui suggéra à Mme Minelli de me faire venir chez elle sur mon temps libre, afin de tricoter pour les soldats.

Mme Minelli réunissait un bon nombre d'amies dans ce but, au cours de l'après-midi. Tout en faisant cliqueter leurs aiguilles, elles échangeaient des recettes de gâteaux sans sucre et sans œufs, ou de décoctions pour remplacer le café. À deux ou trois reprises, j'ai participé à ces réunions, mais je n'avais aucune recette à partager. De sorte que, sans arrêter leur ouvrage, ces dames me regardaient avec étonnement, les sourcils levés, et me jugeaient sans doute paresseuse et propre à rien, même si aucune ne travaillait. Par ailleurs, toutes avaient une bonne. Elles m'obligèrent à avouer que je ne savais pas faire de gâteaux et regardèrent aussitôt ma belle-mère à la dérobée, avec un mélange de complicité et de commisération. De plus, je n'étais pas bonne tricoteuse. Mes aiguilles, contrairement aux leurs, ne suivaient pas le rythme effréné de tous ces commérages. Le ton méprisant avec lequel elles parlaient des autres femmes me poussait à croire toutes ces dames parfaites, si bien que j'étais portée à ressentir un léger sentiment d'envie à leur égard. Il nous manquait presque tous les ustensiles qu'elles nommaient. Je n'allais jamais chez le coiffeur ; quand je me lavais les cheveux, je les faisais sécher au soleil, sur la terrasse. J'ignorais les magasins en vogue, je faisais nos achats dans le quartier. En m'entendant dire que Francesco et moi n'allions jamais au cinéma, ces dames me regardèrent d'un air incrédule et même soupçonneux, prêtes à croire que j'osais me moquer d'elles !

Dans ces moments-là, ma belle-mère se tournait vers moi et me caressait les cheveux. Peut-être regrettait-elle, elle aussi, que je ne sache pas faire de gâteaux – que je ne ressemble pas aux filles et aux brus de ses amies, en somme. Mais Francesco lui avait raconté que c'était ma gratification qui avait payé nos fauteuils. Une fois, il était tombé malade et avait eu une forte fièvre ; on avait eu peur que ce soit le typhus, mais ce n'était qu'un simple empoisonnement dû aux abominables cigarettes qu'il fumait. J'avais aussitôt appelé ma belle-mère et, en lui ouvrant, je lui avais aussitôt lancé : « Venez m'aider, j'ai peur ! » Je l'avais regardée évoluer dans la pièce avec des gestes assurés. Pour ma part, je n'avais aucune expérience des malades ; je m'étais assise près du lit, le regard tourné vers Francesco, et je lui avais posé des mouchoirs sur le front. Pour moi, c'étaient comme des baisers, de ferventes prières qui le suppliaient de guérir. J'étais restée des heures immobiles auprès de son lit, aussi fidèlement qu'un chien. C'est ainsi que je m'étais aperçue que sa mère m'observait. Au cours de ces longues heures, pour être plus à l'aise, elle avait ôté son ruban blanc et sa vieille peau s'était relâchée.

— Non, Alessandra ne sait pas faire de gâteaux parce que mon fils n'aime pas ça. Même quand il était enfant, il n'en mangeait pas.

Elle fit une pause et le petit ruban remua comme pour laisser passer quelque chose.

— Du reste, elle n'a pas beaucoup de temps, expliqua-t-elle. Elle est secrétaire dans une entreprise et, avec l'argent qu'elle gagne, elle aide son mari.

Ces dames continuèrent malgré tout de m'observer avec une froide hostilité. Mais inutile de les blâmer : dans la société où elles avaient grandi, on croyait que les femmes qui travaillent étaient des femmes différentes des autres.

Un soir, Francesco vint me chercher. En me voyant, il me sourit tendrement. Était-ce ma façon de m'habiller, toujours un peu désuète, ou était-ce la mine modeste qu'avait gardée mon visage – j'avais l'air d'une orpheline qu'on accueille par pitié.

Sur le chemin du retour, Francesco souriait en m'imaginant au milieu des amies de sa mère. Il avait un peu changé, depuis qu'il vivait avec moi. Il ne se souciait notamment plus du tout de ce que pouvait bien dire Mme Spazzavento.

Je lui ai dit :

— Tu sais, quand je suis avec elles, je ressens la même impression pénible qu'au milieu de mes camarades, à l'école primaire. J'étais grande, la plus grande de toutes. La plus haute m'arrivait à peine aux épaules. Alors elles me regardaient comme si j'avais fait appel à un stratagème pour m'introduire dans la classe. Parfois, j'avais aussi les meilleures notes, ce qui ne faisait qu'augmenter mon embarras. Au moins, les chaussettes que je tricote maintenant sont affreuses !

Francesco éclata de rire. Mais je me fis brusquement sérieuse.

— Écoute, je ne sais pas tricoter des chaussettes.

Je ne peux pas faire comme les autres et pallier le mal que produit la violence. J'aimerais œuvrer activement à ce qu'on ne recoure jamais à la violence. Tu me comprends, Francesco ?

Nous nous acheminions lentement le long de l'artère qu'on appelait alors l'avenue des Martyrs-Fascistes : une montée tortueuse, couverte de bitume. De part et d'autre s'étendaient des terrains vagues sur lesquels s'amoncelaient détritus et ordures.

— Bref, j'aimerais travailler avec toi, déclarai-je.

Francesco ne répondit pas tout de suite. Je voyais son anguleux profil se découper sur le ciel déjà éclairé par le printemps qui s'annonçait. J'ai rougi comme si je m'étais départie de ma réserve de femme, comme si j'avais été la première à oser déclarer ma flamme. Mais j'avais parlé impulsivement, comme lorsque j'avais dit à ma mère : « Ne pars pas sans moi. »

— Je ne sais pas ce que je pourrais faire au juste, insistai-je. Mais toi, tu le sais sûrement. Tomaso m'a dit l'autre soir que je pourrais être utile.

— Qui t'a dit ça ?

— Tomaso.

— Tomaso est célibataire ! me répondit-il durement.

— Qu'est-ce que ça a à voir...

— Tomaso ne comprend rien.

— Pourquoi dis-tu une chose pareille ? Quand tu sors sans m'expliquer où tu vas, je sais que tu vas retrouver tes camarades. Moi, je reste à la maison, retenue par tout ce que j'ai à faire, dans la cuisine très souvent. Mais je sens entre nous un lien de solidarité tellement étroit qu'il me fait mal, parfois. Je touille le potage et, à chaque tour de cuillère dans la casserole, ma main est guidée par une volonté si affirmée, un sentiment d'unité si profond : j'en arrive à croire que mon geste paisible de ménagère peut produire, par miracle, les mêmes effets que ton combat et les dangers que tu affrontes. Même chose quand je vais faire la queue de bonne heure le matin, avant d'aller au bureau, alors que tu dors encore. En hiver, il fait noir et très froid. Toutes les femmes gémissent, elles ne sont pas contentes. Moi, chaque fois que j'avance d'un cran dans la queue, je pense à toi qui dors encore. J'ai l'impression que tu ne pourras te reposer que si je n'abandonne pas ma place, même si mes mains sont tellement engourdies que je crois qu'elles vont tomber. Mais ça ne suffit plus, désormais. Je suis devenue si forte, au fond de moi, si pleine d'énergie...

En prononçant ces mots, je me suis passé le doigt sur un sourcil comme pour dominer ma timidité.

— Je sais que je pourrais t'aider.

Nous avons marché encore un instant en silence. Francesco me prit le bras et me le serra fort. Il le lâcha, puis le reprit pour le serrer de nouveau. Nous ne formions qu'un seul être, qu'un seul pas. Autour de nous flottait comme un doux rythme de marche qui nous poussait à avancer. « Nous sommes mariés », pensais-je avec émotion.

— Non, dit-il. Ce n'est pas possible.

— Pourquoi ? lui demandai-je, déçue.

— Parce que ce ne sont pas des choses pour les femmes.

— Pourtant, il y en a beaucoup qui travaillent, parmi vous. Tomaso m'a même dit...

— Demande-lui pourquoi il ne fait pas travailler Casimira.

— Casimira, qui est-ce ?

— Une jeune fille, me répondit-il évasivement.

Puis il insista :

— Demande-lui.

— Tomaso pense peut-être qu'elle n'est pas assez courageuse, assez dégourdie, ou...

— Justement. Je pense à ton sujet ce que lui pense de Casimira.

J'ai gardé un instant le silence, puis lui ai demandé d'une voix incertaine et tremblante :

— C'est-à-dire que je ne suis pas…

Une pause. Après quoi Francesco avoua d'une voix basse, mais ferme :

— Oui.

Nous sommes rentrés en silence. Nous n'étions plus une seule et même personne mais deux personnes différentes. L'une avait du courage, l'autre n'en avait pas.

« Oui, m'explique maintenant Francesco. Celui qui n'avait pas de courage, c'était moi. Quelques jours auparavant – mais ça, tu l'ignorais – on avait arrêté Marisa. Marisa était la compagne d'Alberto. Je n'avais pas le courage d'endurer la même chose que lui. Tu ne la connaissais pas. Elle ne voulait pas se montrer parce qu'elle était enceinte. Elle était séparée de son mari et tu l'intimidais beaucoup. C'était une femme d'un courage extraordinaire, Marisa ! Presque autant que toi. Elle voulait toujours transporter le matériel le plus compromettant parce que son état la protégeait, disait-elle. Et en effet, on aurait eu du mal à la soupçonner. Elle ne vivait pas avec Alberto ; elle habitait une chambre meublée, chez une couturière. Depuis qu'Alberto et elle travaillaient ensemble, ils étaient très prudents. Ils ne laissaient jamais chez eux une lettre ou tout autre élément susceptible de donner la preuve de leur relation. Ils ne se voyaient que loin du regard de leurs concierges. C'était une femme très intelligente, Marisa, presque autant que toi. Mais c'est précisément son état qui l'a perdue. Elle s'est évanouie au beau milieu du Corso et on l'a transportée à l'hôpital, à deux pas d'ici. On a ouvert son sac : il était rempli de tracts. C'est une infirmière qui a prévenu la police. Oui, une autre femme. Dès qu'il a appris la nouvelle, Alberto s'est réfugié chez un ami. Nous nous attendions à ce que, d'un moment à l'autre, Marisa se sente à bout de forces, vu son état, et qu'elle se mette à parler. Les jours s'écoulaient et notre inquiétude ne faisait que grandir. Alberto voulait aller se constituer prisonnier, mais nous lui avons fait comprendre que ce serait inutile, et même dangereux. Dorénavant, sa culpabilité à elle était avérée et nous ignorions ce qu'elle avait avancé pour se défendre. En se présentant, Alberto ne ferait certainement que lui nuire. Il répétait : “C'est ma faute, c'est moi qui l'ai incitée à travailler avec nous. Peut-être qu'elle parlera demain. Si elle parle, on la relâchera.” Mais elle n'a pas parlé, parce qu'elle était courageuse. Toi aussi, tu aurais été courageuse. C'est pourquoi, moi, je ne l'étais pas. »

Les semaines qui suivirent furent froides et désagréables. C'est à peine si Francesco m'adressait la parole : il s'absentait longtemps et moi, j'affectais de vouloir ignorer où il était allé. Un dimanche, j'ai préparé un gâteau. Quand je l'ai posé sur la table, il m'interrogea du regard.

— C'est la fameuse recette des amies de ta mère, lui dis-je.

Il était exécrable, nous n'y avons presque pas touché. Et puisque nous mangions dans le bureau, le gâteau resta toute la soirée au milieu de notre silence.

Nous avions maintenant un bon nombre d'amis qui venaient souvent nous voir. Les premiers temps, je n'avais eu aucun plaisir à les voir troubler notre solitude. Puis c'est moi qui les ai invités pour échapper à nos soirées d'ennui. Tomaso était l'un des plus assidus. Denise venait aussi : c'était une femme déjà âgée, toujours coiffée d'un béret basque, qui connaissait tous nos camarades résidant à Paris. Elle avait des allures masculines et me disait bonjour en inclinant la tête à la façon des Allemands. Elle parlait toute la soirée sans m'adresser la parole. Mais de temps à autre, elle semblait brusquement se souvenir de ma présence et les règles de savoir-vivre lui revenaient en tête. Alors avec un sourire aimable, en oubliant qu'elle m'avait déjà posé la même question plusieurs fois, elle me demandait si j'avais des enfants. « Ça viendra ! » affirmait-elle maternellement pour me rassurer. Après quoi, elle s'adressait de nouveau aux hommes et reprenait la conversation qui l'intéressait. Elle parlait toujours du moment où viendrait la liberté. Ce qui m'intéressait, moi, pensait-elle, c'était uniquement le moment où j'aurais des enfants.

La présence de cette femme m'agaçait.

— Pourtant, elle n'a pas tort, me disait Lydia avec un soupir. Il faudrait que tu aies un enfant.

— Je le pense aussi, mais plus tard. Quand j'aurai trente ans, par exemple, quand je n'aurai plus cette soif de vivre pour Francesco, rien que pour nous deux.

Lydia insista :

— Non. Maintenant, ça vaut mieux. À trente ans, tu auras encore plus soif de vivre. Et davantage encore à quarante. Les enfants, ça lie un homme, ça le retient. Quand il y a un enfant, l'homme peut te tromper, mais il finira toujours par revenir.

— Il revient à cause de l'enfant ?

— Bien sûr, mais ça l'empêche aussi de t'abandonner.

— Oh, quelle horreur ! disais-je en cachant mon visage entre mes mains. Quelle honte !

Imaginer Francesco près d'une autre femme me dévorait de jalousie. Je le voyais près de cette camarade dont les cheveux ternes s'échappaient de son béret basque, en train de lui expliquer : « Je ne peux pas quitter Alessandra, je ne peux pas la quitter à cause de l'enfant. » Il la regardait tendrement tandis que moi, je l'attendais à la maison, exsangue, un enfant dans les bras.

Je voulais qu'il puisse me quitter comme on quitte un homme, un camarade. Au besoin, ce serait une bonne occasion pour descendre vivement l'escalier – je me voyais déjà marcher en direction du fleuve, mon imperméable gonflé par le vent. Francesco n'aimait plus m'entendre parler de ma mère : à son âge, elle aurait dû savoir renoncer, m'avait-il déclaré une fois. Il disait aussi que mon père devait être un brave homme, au fond.

— Mais elle ne pouvait pas se contenter d'un brave homme ! lui avais-je répondu avec mépris.

— Pourquoi l'avait-elle épousé, alors ?

— Peut-être qu'elle ne le savait pas. Peut-être aussi qu'elle se croyait plus forte. On se croit toujours plus fort qu'on est.

— Ça, c'est des histoires ! En attendant, elle t'a fait bien du mal.

— À moi ? me suis-je écriée. Ma mère m'a fait du mal ?

— Oui, et je ne crois pas que ce macaque-là en valait la peine.

En entendant ce mot, je m'étais écartée de lui avec horreur. « Macaque » était un mot que je ne connaissais qu'à travers mes livres, il me rappelait l'horrible bruit d'un couteau grinçant sur une assiette. J'étais outrée que Francesco appelle Hervey de cette façon, c'était rabaisser l'histoire romantique de ma mère. Je savais qu'il la condamnait, désormais. Il avait raconté à ma belle-mère qu'elle s'était noyée par accident. « Quelle femme extraordinaire ! » avait murmuré Tomaso en admirant sa photographie.

Jadis, Francesco et moi tombions toujours

d'accord, nous manifestions les mêmes goûts, les mêmes opinions. Maintenant, quand nous discutions avec d'autres, il se trouvait toujours dans le camp opposé au mien. Très souvent, je partageais l'opinion de Tomaso, peut-être parce qu'il était à peine plus âgé que moi. Mais ce qui me causait sincèrement de la peine, c'était de me rendre compte que mes amis m'écoutaient volontiers – ils affirmaient même que je possédais une remarquable clarté intellectuelle et une solide culture, y compris en matière de politique – mais que Francesco ne semblait jamais tenir compte de ce que je disais. Je l'excusais en pensant qu'à force de me voir constamment occupée par mes tâches domestiques, il supposait peut-être, comme mon père, qu'elles constituaient mes principaux centres d'intérêt. Un soir, au cours d'une de ces discussions, Francesco m'adressa une parole un peu rude. Je n'ai pas réagi et Tomaso a pris ma défense. Je l'ai regardé avec gratitude. Lui aussi me regardait comme pour me demander pardon de ce qu'avait dit Francesco. Tomaso avait un beau visage clair et franc, des cheveux châtains pleins de vie, brillants, ondulés, comme ceux de mes amis d'enfance. Ce souvenir remua en moi des vagues de chaleur et de tendresse. « Merci », lui ai-je répété avec les yeux. Au moment de nous quitter, nous nous sommes longuement serré la main.

La plus fallacieuse de toutes les vertus du mariage, c'est celle qui fait oublier, le matin, tout ce qui s'est produit la veille au soir. Rassurée par la pureté du soleil naissant et le rythme énergique des gestes quotidiens, j'étais toujours la première à revenir vers Francesco.

Nous étions mariés depuis plus d'un an. Les jours s'ajoutaient aux jours, les mois avalaient prestement les mois, les saisons se succédaient. Je me disais constamment : « Pour l'instant, je travaille, mais ensuite, je serai heureuse. Pour l'instant, je lave les assiettes, mais ensuite, je serai heureuse. Pour l'instant, je fais la queue, mais ensuite, je serai heureuse. » Francesco avait appris à me donner un baiser sur la joue, avec un *clac* sonore – il ne m'embrassait plus sur la bouche. Pourtant, naguère, il ne connaissait pas d'autre façon de le faire. Par la suite, il ne m'embrassa sur la bouche que lorsqu'il se rapprochait de moi. Finalement, nous avons pris l'habitude de lire et il ne m'embrassa plus du tout. Il avait cessé de me raconter ce que lui inspirait son amour pour moi. Peut-être pensait-il qu'il était désormais superflu d'en parler. Et pourtant, l'amour consiste précisément à désirer exprimer continuellement l'amour et à l'entendre s'exprimer continuellement. Je ne savais plus rien de ce qui l'animait. Je ne pouvais plus tout lui accorder uniquement parce que je savais qu'il avait faim, soif, sommeil, peu d'argent ou des difficultés d'ordre politique.

Quand il se rapprochait de moi, la nuit, il ne prononçait jamais mon nom, alors que je l'appelais passionnément. « Oh, c'est toi, Francesco », lui disais-je pour bien lui confirmer que c'était lui, vraiment lui, l'être aimé par-dessus tout, celui qui me donnait ces joies si troublantes. Bien vite, nos brefs rapprochements nocturnes devinrent pour nous deux une zone secrète, interdite, où l'on ne pouvait évoluer qu'en cachette, chacun avec le consentement de l'autre, néanmoins. Le matin, Francesco ne parlait jamais de ce qui avait eu lieu, on aurait dit qu'il voulait oublier un moment de faiblesse et d'abandon répréhensible.

Tomaso téléphonait fréquemment. Il avait une voix jeune et joyeuse.

— Ne reste pas toujours à la maison, Alessandra. Tu n'as pas envie de sortir ? Je t'accompagne ! On ira jusqu'aux Prati. Ça me fera plaisir de voir l'immeuble où tu habitais autrefois. Le soir, aux Prati, il y a toujours une bonne odeur de chèvrefeuille. Allez, on sort ! Tu veux que je le dise à Francesco ?

Je lui répondais que j'étais très occupée. En réalité, cette invitation m'avait donné envie de revoir mon ancien quartier. Mais c'est avec Francesco que je voulais y revenir. J'espérais qu'il s'apercevrait, lui aussi, du retour du printemps. Je me hâtais de dire au revoir à Tomaso et regagnais la cuisine en me traitant d'hypocrite. Je ne tenais pas à ce que Francesco se rende compte que le printemps était là : je voulais qu'il se rende compte que moi, j'étais là.

Je posais l'assiette que je tenais et me laissais tomber sur une chaise. J'étais seule à la maison comme au temps de mon enfance, mais la ferveur qui m'enflammait ne se tournait plus vers les arbres et le ciel que je voyais de la fenêtre. Elle se déversait sur moi, sur ma vie physique. Je sentais le sang circuler sous ma peau avec le rythme accéléré et régulier de la jeunesse. Je me levais et allais m'allonger sur le lit dans notre chambre fraîche et plongée dans l'ombre. J'avais les lèvres sèches et terriblement soif.

Il y avait si longtemps que personne ne m'avait embrassée sur la bouche ! J'avais peine à croire que c'était une manière naturelle de le faire et que j'en avais eu l'expérience. Les yeux clos, j'imaginais une bouche se posant sur la mienne avec cette insistance rageuse qu'ont les baisers conquis au terme d'une longue attente ou d'une lutte. Je résistais, j'hésitais comme quand on regarde le fleuve avant de s'y plonger – et puis je m'abandonnais, en me laissant engloutir. J'essayais d'évoquer dans les moindres détails à quoi ressemblait un baiser, à quoi ressemblait le moment où, vaincue, je desserrais les dents. Mais cette sensation précise m'échappait. « Comment est-ce ? me demandais-je avec effroi. Je ne me le rappelle même plus ! »

Alors je me levais, me brossais les cheveux, changeais de robe et me poudrais soigneusement. Je ne mettais pas de rouge parce que je sentais tout mon sang concentré dans mes lèvres. Et j'attendais, rêveuse, désœuvrée, sans me soucier de faire la cuisine, de mettre le couvert. Pourquoi aurions-nous pensé à manger ?

Francesco rentrait. Je l'attendais derrière la porte. Dans la pénombre, ma robe blanche était comme un gardénia frais.

— Oh, chérie, je suis content de me retrouver à la maison ! me disait-il.

Il allait dans la salle de bain et l'eau fraîche que j'entendais couler dans le lavabo ravivait ma soif terrible.

— Qu'y a-t-il ? me demandait-il.

— Rien, mon chéri, lui répondais-je.

J'attendais qu'il se retourne, qu'il voie mon attente et la ramasse comme un cadeau.

— Ce n'est pas prêt ?

— Non, ce n'est pas prêt.

— J'ai faim.

Il se dirigeait vers le bureau et je le suivais.

— Rien n'est prêt, lui disais-je. Nous mangerons plus tard, après. Nous mangerons à quatre heures.

— Pourquoi ? Qu'est-ce qu'il y a ? Qu'est-ce qui est arrivé ? Si tu es fatiguée, je peux t'aider.

Je le regardais intensément, toute ma vie concentrée sur mes lèvres sans rouge. « Comment est-ce, un baiser ? lui demandais-je en moi-même avec angoisse. Je ne me rappelle plus, Francesco, c'est terrible. Aide-moi, je ne veux pas perdre ce souvenir ! » J'avais soif, j'avais peur de tomber à terre, épuisée de soif.

— Non, lui répondais-je. Merci. Je plaisantais, ce sera prêt dans quelques minutes.

Je traversais lentement l'entrée, retournais à

la cuisine, préparais l'omelette au fromage que Francesco aimait. Petit à petit, ma soif s'atténuait et me quittait, sans aucun égard. Au lieu de cette soif douce, c'étaient des pleurs qui m'envahissaient, aussi déchirants et solitaires que le gémissement plaintif d'un chien.

Dès le lendemain, j'avais oublié. C'était une alternance épuisante de matins pleins d'espoir et de soirs désespérés. Les nuits étaient des pauses sombres. Un dimanche, nous avons commencé la journée par un acte de paresse involontaire, parce que nous avions oublié de mettre notre réveil à l'heure légale. Ce qui nous causa d'abord quelque appréhension – Francesco avait un rendez-vous et aurait dû être parti depuis longtemps – puis une joie puérile. Nous avions, semble-t-il, décidé que plus rien n'avait d'importance et que nous devions profiter de notre journée de vacances. À travers les persiennes à moitié fermées, le soleil nous pressait de nous réveiller.

Tendrement, j'ai dit :

— Reste, Francesco, reste !

— Toi, reste, me répondit-il tandis que je le retenais par la manche de son pyjama. Reste. Moi, il faut que j'y aille, maintenant. Tu sais ce qu'on va faire ? On va se donner rendez-vous en ville et on rentrera à la maison ensemble, sans se presser, pour profiter du soleil.

— Place d'Espagne ? ai-je proposé avec enthousiasme.

— Si tu veux.

Avant de sortir, il ouvrit la fenêtre en grand et le soleil tomba sur le lit, à mes pieds comme une vague.

— À plus tard, Sandra ! me dit-il.

— À plus tard, lui répondis-je en lui souriant avec coquetterie.

J'avais l'impression d'être longtemps restée clouée

au lit à cause d'une maladie et d'avoir enfin le droit de me lever, afin de commencer ma convalescence.

Ce jour-là, quand j'ai franchi la porte de la maison, tout semblait me faire fête. L'air était tiède, ni trop frais, ni trop chaud, et mes vêtements pesaient si peu que je ne me sentais même pas les porter. Aux fenêtres, on voyait du linge de couleur et le grand mimosa du jardin en face était fleuri. Dans les corbeilles, des oranges éclatantes ; dans les vitrines, des bouteilles de vin rouge qui avaient l'air de gros rubis. Le tram roulait en faisant joyeusement tinter sa cloche et, à la dernière fenêtre, un petit garçon agitait gaiement la main – sans doute s'imaginait-il à bord d'un joli train. Tout le monde me regardait avec insistance. J'étais seule, mais je marchais sans traîner, on comprenait que j'avais un but précis – un rendez-vous, ça se voyait très bien. Tout le monde comprenait évidemment que j'avais rendez-vous avec un homme, c'est même pour ça que j'affichais un aplomb aussi insolent.

Je suis entrée dans la via Veneto comme sur une scène de théâtre. Mon pas dominait le trottoir, une insolence espiègle perçait à travers mes cils. La terre et la beauté de la saison s'inclinaient devant moi ; j'étais une reine altière marchant la cravache à la main. Les hommes me regardaient avec une insistance qui m'aurait agacée dans d'autres circonstances, mais ce jour-là, tandis que je m'éloignais d'un pas rapide pour me rendre à mon rendez-vous amoureux, je laissais percer comme une invite discrète. De vitrine en vitrine, j'observais mon reflet et me trouvais un charme irrésistible. Je me reconnaissais même une qualité dont je m'étais toujours trouvée dépourvue – donner à mes formes cette allure provocante qui stimule l'admiration des hommes, mais surtout leur désir immédiat. Peut-être était-ce l'effet du souffle triomphant qui gonflait ma poitrine sous ma veste, une vieille jaquette que j'étais fort contente de porter, bien coupée, aussi fidèle et sûre qu'une amie à qui on peut se fier en toute circonstance. Cette jaquette grise plaisait beaucoup à Francesco, c'était d'ailleurs celle que je portais le jour de notre rencontre. À ce souvenir, j'ai eu un sursaut, un instant d'égarement, presque. J'aurais voulu entrer dans une boutique et téléphoner à Francesco, pour lui dire : « Tu sais, je viens te retrouver habillée comme la première fois ! J'arrive tout de suite. Attends-moi, Francesco. » Mais comme j'ignorais où il se trouvait à ce moment-là, une angoisse irrationnelle me saisit. « Est-il encore en vie ? » me demandais-je. Je le voyais étendu par terre, pâle, entouré de gens, comme après un accident de la route ; je me frayais un passage au milieu de la foule, en disant : « Je suis sa femme, laissez-moi passer. » Mon angoisse était si vive que je geignais, je gémissais. Au fond de moi, je criais : « Francesco ! Attends, Francesco, nous devons vivre cette journée de bonheur ! »

J'ai rejoint la place d'Espagne par la via Propaganda Fide, une rue aristocratique qui m'avait toujours intimidée, et me suis arrêtée à l'angle car le trottoir était jonché de branches de pêcher couvertes de fleurs.

— Non, disait une dame à la fleuriste, c'est trop cher !

Ces fleurs avaient l'odeur des noyaux d'abricots que, dans mon enfance, je m'amusais à écraser sur la pierre de la fenêtre. Une odeur amère, interdite.

— Je les prends !

J'ai aimé le ton avec lequel j'ai prononcé ces mots.

Un jour, Tomaso m'avait dit : « Quelle voix tu as, Alessandra ! Quand tu parles, je ne saisis pas toujours le sens exact de ce que tu dis. Pardon, ce n'est peut-être pas poli, mais j'ai envie de fermer les yeux, comme au concert, pour mieux écouter la musique. »

J'ai payé avec les cinquante lires qui constituaient

toute ma fortune et empoché la monnaie d'un geste désinvolte.

Francesco était déjà là, près des palmiers. Je me suis rappelé une chose qu'il m'avait dite à l'époque de nos fiançailles. « Les palmiers te ressemblent : grands, élancés et les cheveux tout ébouriffés. » Cette comparaison m'avait beaucoup flattée. Peut-être avait-il choisi exprès cet endroit ? Je ne pouvais m'empêcher de sourire, fière de moi et fière de son amour. Je prenais plaisir à marcher lentement, à me faire attendre un peu. Il ne m'avait pas encore vue ; il se croyait seul, je le voyais se promener de long en large avec impatience.

— Francesco..., murmurai-je avec ferveur.

— Oh, chérie ! s'écria-t-il. C'est une matinée gâchée. Comme je suis arrivé en retard, ils étaient déjà partis. Tout ça à cause de cette fichue heure légale !

Il se retourna et me lança :

— Elles sont jolies, ces fleurs !

Après quoi il ajouta, absorbé par sa mauvaise humeur :

— Il faut que j'essaie d'avoir Alberto au téléphone.

— On rentre à pied ? lui demandai-je – et ma voix l'incitait à me reconnaître, dans l'éclat du matin.

— Non, non, c'est trop tard. Ils pourraient téléphoner chez nous et ne pas me trouver.

Il écarta la branche de pêcher, me prit par le bras et nous nous sommes mis en route. Dans le tram, il se plaça près de la fenêtre pour soutenir les fleurs, qui étaient quelque peu encombrantes.

Plus tard, je l'ai appelé pour le tirer doucement de son sommeil :

— Francesco...

J'attendais encore, patiemment, ma journée d'heureuse liberté. Alberto avait téléphoné : « Tout va bien, avait-il déclaré. Dans quelques jours, la tante arrive. » Cela voulait dire que, dans quelques jours, l'ennemi débarquerait en Sicile. La radio nous les faisait entendre tous les soirs, en train de frapper à la porte de notre prison. Maintenant, ils venaient à notre rencontre, en faisant plier amandiers, orangers, bergamotiers sur leur passage. Même si je sentais au fond de moi ces arbres plier, j'étais contente.

— Tu es content ? demandai-je à Francesco.

Mais il était encore enfermé entre les quatre murs rigides de sa pensée. Après déjeuner, il s'était étendu sur le lit, avait pris un livre et s'était endormi. Moi, j'attendais docilement, tel un enfant à qui on a promis quelque chose, je sentais en moi un grand calme, mais celui-ci menaçait de s'écrouler et de m'emporter. Je regardais fixement le livre que Francesco avait posé sur la table de chevet, ouvert bien à plat, pour ne pas perdre la page. Même lorsqu'il se retournait vers moi, le soir, il le posait de cette façon-là, parce que après ces brèves parenthèses, il désirait retourner à sa lecture. C'était un pacte entre lui et le livre, qui le pardonnait d'être momentanément oublié. Parfois, je feignais de dormir. Une lutte s'engageait entre ce livre odieux au dos dur, rigide, et mon orgueil blessé.

— Francesco ! l'appelai-je encore.

Il se réveilla et je l'ai longuement embrassé, en le réclamant de toutes mes forces.

Ensuite, je suis restée allongée sur notre lit. Pour me protéger de la lumière filtrant par la fenêtre ou bien, peut-être, parce que je ressentais une honte cuisante, j'avais posé mon bras sur mes yeux. J'avais l'impression d'être une de ces femmes qui ont subi les derniers outrages et qu'on abandonne en plein champ, leurs vêtements relevés et déchirés. La honte d'avoir été violentée me semblait encore plus grave parce que j'avais encouragé ce geste. Et pendant quelques instants, j'en avais tiré du plaisir.

Dans l'obscurité de la chambre transpercée par quelques rais de lumière blanche, on entendait les voix insouciantes de la rue. Francesco aurait voulu se rendormir. Seul mon silence le tenait éveillé, il percevait comme une accusation dans ce silence et ne se rassurait qu'à grand-peine, même s'il était convaincu de son innocence. Mais n'était-ce pas, précisément, la peur que je lui inspirais qui l'empêchait de dire un seul mot ? Je pressentais aussi que, s'il l'avait dit, ce mot-là n'aurait pas été le bon.

Finalement, j'ai articulé :

— Francesco, j'aimerais te parler.

Il ne répondit pas, ne manifesta aucune curiosité. Peut-être savait-il ce que j'allais lui dire ? Son corps nu, qui reposait sur le drap, était jeune, sûr de lui. Les muscles de ses épaules, de son cou, de ses reins révélaient la présence d'une force cachée.

— On ne peut pas continuer comme ça, tu comprends ?

— Qu'est-ce que j'ai fait ? me demanda-t-il avec calme, après une pause.

— Rien, tu n'as rien fait. Mais il faut que je te parle. Pardon, ne m'en veux pas...

— Je t'écoute.

Il avait une voix conciliante qui, au lieu de me rasséréner, accentuait ma mauvaise humeur. J'aurais préféré qu'il avoue ne plus m'aimer. Qu'il agisse de cette façon tout en m'aimant, voilà quelle était la raison principale de mon ressentiment.

— Il faut que je te parle. Un jour, tu seras bien forcé de te souvenir que tu savais tout ça, tu ne pourras pas me reprocher de l'avoir tu. Il faut que je te dise tout, sincèrement. Je ne suis pas en colère, je ne suis pas nerveuse.

J'ai attrapé sa main posée sur le drap.

— C'est précisément parce que je t'aime que je dois te parler.

Il vit que je n'étais pas en colère, ce qui, me semblait-il, ne fit qu'accentuer son appréhension. J'ai vu s'allumer dans ses yeux comme une flamme douloureuse et tendre. Il était très beau, Francesco, à ce moment-là.

— J'aimerais te parler franchement. Te dire ce qu'on ne dit jamais aux hommes parce que les hommes répondent d'un ton amer et tranchant. Ne me réponds pas de cette façon, je t'en prie, laisse-moi faire.

La voix que j'avais prise était si inhabituelle qu'il se retourna pour me regarder avec effroi. C'était la voix que j'avais pour parler à Fulvia, à Claudio, celle que j'avais eue pour parler à Francesco aux premiers temps de notre amour.

— Je te trompe, lui dis-je. Je te trompe tous les jours, et je ne sais combien de fois, dans mon imagination. Peu importe que ce soit avec ta propre image que je te trompe. Comme cette image fait ce que tu ne fais jamais et qu'elle dit ce que tu ne dis jamais, ce n'est pas toi, c'est un autre. De cette confrontation avec ce personnage imaginaire, tu sors plus affaibli que s'il s'agissait d'un homme qui ne serait pas toi, d'un étranger. Si je te trompais avec un autre, j'aurais au moins des remords, des regrets. Là, je n'éprouve que de la rancune.

Une pénombre grise enveloppait la chambre. Sur les persiennes, on voyait briller des nœuds de lumière qui ressemblaient à des étoiles et les bruits qui nous parvenaient, lents et étouffés, avaient le rythme ondoyant de la mer.

J'ai continué :

— Tu voulais dormir. Tu dors toujours, après, alors que moi, je reste éveillée et je réfléchis. Il y a si longtemps qu'on ne parle plus. Tu ne sais plus qui je suis, ce que je porte en moi, la valeur que je donne à chaque geste et à chaque mot d'amour.

Il dit quelque chose, fit allusion au désir qu'il venait de ressentir pour moi.

— Chut ! lui soufflai-je en lui prenant la main. Ne parle pas de ça. Qu'est-ce que ça a à voir avec l'amour ? Ce n'est pas de l'amour puisque, après, on a envie de pleurer. J'étais encore une petite fille que je savais déjà ce que c'est, l'amour. J'y pensais nuit et jour, devant ma fenêtre ou dans mon petit lit coincé entre les armoires. Je sais ce que c'est, je sais tout de lui, je le connais très bien. Toutes les femmes savent comment est l'amour même si, parfois, elles font semblant de l'oublier, de s'adapter, de ne plus y penser. Il ne faut pas confondre l'amour avec ce pauvre geste qui est là pour donner du plaisir, satisfaire, rassasier, comme boire ou dormir. Il faut que tu m'en empêches, d'ailleurs. Ne me laisse pas m'avilir, ne nous laisse pas nous avilir ensemble de cette façon.

— Pourquoi ? me demanda-t-il avec chaleur. C'était bon.

— Non, pas du tout. Ce qui a provoqué ton désir, c'était l'alanguissement qui précède le sommeil et pas l'amour pour moi. L'amour, c'est autre chose. Tu ne m'as même pas embrassée sur la bouche.

J'ai couvert mon visage pour le lui dire.

— L'amour c'est se chercher continuellement l'un l'autre, s'embrasser, s'étreindre, se regarder, vouloir se refléter à tout prix l'un dans l'autre, avoir continuellement peur de se perdre alors qu'on semble étroitement liés, « Est-ce que tu m'aimes, Alessandra ? », avoir toujours des doutes, « Est-ce que tu m'aimes, Francesco ? ». Ne me dis pas que tu es sûr de mon amour, parce que je serai obligée de t'avouer que souvent, tandis que tu me prends, je ne t'aime pas. Et toi, tu ne le sais pas, tu es bouché, prisonnier de ton corps, tu poursuis un but précis. Tu ne m'aimes pas. Sans quoi, tu ne me laisserais pas seule. C'est terrible d'être seule dans des moments pareils. Le fait que tu tiennes à moi ne suffit pas. L'affection suffit à justifier que je vive avec toi, que je travaille avec toi, que je mange avec toi ; elle ne justifie pas que je sois ici nue sur le lit, à côté de toi.

— Alessandra ! me réprimanda-t-il doucement.

— Ne me fais pas de reproches. Ne te prends pas pour un ami, pour un membre de ma famille. Si tu me fais des reproches, je ne parlerai plus, alors qu'il faut que tu saches. Il n'y a que l'amour qui justifie que je me trouve avec toi, ici, de cette façon-là. Mais l'amour, ce n'est pas ça, tu comprends ? Ce ne sont pas ces gestes. Écoute, nous n'avons pas une vie facile, nous n'avons pas d'argent, nous travaillons tous les deux et, parfois, je suis fatiguée. Dès mon enfance, la vie n'a pas été facile pour moi, mais je ne m'en suis jamais aperçue parce que je possédais un trésor d'amour sans limites qui m'a toujours empêchée de me sentir pauvre ou épuisée. Dès mon enfance, je m'asseyais près de la fenêtre et j'attendais ; j'étais calme, tranquille, docile – parce que j'attendais. Les femmes sont capables de n'importe quel effort ou de n'importe quel sacrifice tant qu'elles attendent. Mais, après, elles refusent de pleurer, elles refusent d'avoir envie de pleurer et d'avoir à se couvrir le visage de la main. Elles ne peuvent pas, tu comprends ? Elles sont condamnées à ne pas pouvoir se passer de l'amour. C'est pour ça que je te trompe, que je te trompe tous les jours. C'est avec cette image de toi que nous nous promenons tous les deux, que nous lisons tous deux, que nous causons, que nous nous confessons l'un à l'autre, de façon si intime que chacun de nous deux connaît tout de l'autre, l'ange et le démon que nous portons en nous. Nous avons de longues nuits, jeunes et joyeuses. Et lorsque la lumière de l'aube entre par la fenêtre, cette image de toi me tient encore dans ses bras et me parle doucement, à l'oreille. Surtout, ne ris pas, ce serait véritablement la fin de tout si je pensais que tu as envie de rire pendant que je te dis ces choses-là.

— Je ne ris pas.

Il tenait ma main ; son corps ne semblait plus si abondamment musclé, il semblait faible et las.

— Il se pourrait que je te trompe un jour avec un autre.

La silhouette de Tomaso me traversa l'esprit mais je l'ai repoussée avec antipathie et répulsion.

— Ça n'aurait peut-être aucune importance, je continuerais à vivre avec toi et je serais toujours la même, sincère, pleine d'affection. Et honnête.

Si je pouvais lui parler aussi franchement c'était parce que, au point où nous en étions, Francesco ne comptait pas plus que moi-même, à mes yeux.

— Je suis sûre que ça n'aurait pas beaucoup d'importance. Mais j'ai voulu te parler pour que tu me comprennes, pour que tu saches que les femmes font l'impossible pour résister à l'amour. Mais l'amour est toujours plus fort qu'elles.

— Oui. Je comprends.

Il m'attira vers lui. Nus, nous nous sommes enlacés dans une étreinte triste, désespérée.

Dès le lendemain, j'oubliais. Si Francesco tardait à rentrer, je craignais tout de même qu'au lieu de nous avoir rapprochés ma sincérité n'ait creusé entre nous un gouffre infranchissable. Je me mettais à la fenêtre et l'attendais avec inquiétude. Parfois, pour ne pas prolonger cette anxiété, j'allais à sa rencontre jusqu'à l'arrêt du tram. Aussitôt que je le voyais, une agréable chaleur inondait mes veines. Mon amour résistait à toutes les secousses. Ce qui me procurait un sentiment de rage et de peur, surtout. Il me semblait terrible que mon amour puisse survivre au bonheur.

Lydia me suggéra d'aller voir une chiromancienne. Elle m'en conseilla un bon nombre mais, me dit-elle, se fiait tout particulièrement à Mme Adele, qui lui avait prédit qu'elle serait abandonnée par le capitaine. À ce moment, elle lui avait même conseillé d'avoir recours à un sortilège. « Je ne l'ai pas fait parce que je le croyais incapable de me quitter », m'avoua Lydia en secouant la tête. Moi-même, je souhaitais revoir Ottavia. Toutes les nuits, ma mère me rendait visite et me regardait, affligée de ne pouvoir entrer en communication avec moi.

Un soir, à la maison, nous avons longuement parlé du spiritisme. Francesco refusait d'admettre ces phénomènes et haussait les épaules quand Tomaso lui affirmait qu'il avait eu des expériences intéressantes.

— Écoute, Alessandra..., me dit-il une fois que nous étions seuls. Je t'en prie, arrête de penser à ces histoires-là. N'écoute pas Tomaso.

— Tu es jaloux de lui ? demandai-je avec un sourire malicieux.

— Non. Pourquoi serais-je jaloux ?

— Parce qu'il me fait la cour.

— Oh, je sais. Il passe les soirées à te regarder.

— Et alors ?

— Alors, qu'est-ce que je devrais faire ? Le lui interdire ? Je le connais depuis trop longtemps, Tomaso. Je sais que c'est pour passer le temps, peut-être même par politesse. Tu es la seule femme dans la pièce...

— Je comprends. En somme, tu crois que personne ne peut s'intéresser sérieusement à moi ?

— Mais non, j'ai démontré le contraire, il me semble. C'est beaucoup plus commode de faire la cour à une femme mariée. Tu voudrais réellement que je m'inquiète à cause de Tomaso ?

— Pourquoi pas ?

— D'abord parce que je te connais. Et puis, ajouta-t-il après une petite pause, modestie à part, je vaux mieux que Tomaso.

— Ça, c'est vrai. Seulement...

— Seulement... je n'aime pas ce genre de propos. Tomaso s'amuse. Je le connais !

Moi, je savais que Tomaso ne plaisantait pas. Il m'arriva d'autres fois d'cssayer de le faire comprendre à Francesco, mais il me répondait toujours de la même façon. J'étais agacée qu'il me croie assez vaniteuse pour me tromper sur les intentions de mon soupirant. Un soir, il le traita de « macaque ».

Le lendemain, je suis sortie pour la première fois avec Tomaso à l'insu de Francesco. C'était uniquement parce que je tenais à rendre visite à Ottavia et que lui ne voulait pas. Nous étions gais comme des gamins et nous riions en imaginant la réaction de Francesco s'il venait à apprendre notre escapade. Tomaso imitait sa voix, le ton qu'il prendrait pour nous réprimander. Je riais tout attendrie de voir à quel point il le connaissait. J'ai dit :

— Il est tellement extraordinaire, Francesco !

Après quoi, nous avons eu tous les deux un moment d'embarras.

Ottavia n'était plus là, elle était partie se réfugier dans son village. Nous nous sommes arrêtés un moment, déçus, devant la petite porte de son immeuble, situé dans une vieille rue, aux alentours de la place Navone. Nous regardions autour de nous, bredouilles. Ne sachant comment passer le temps, nous sommes allés nous asseoir dans un café, un petit café fréquenté par des couples. J'ai déclaré en souriant que sa présence me compromettait, il me répondit en souriant lui aussi que, malheureusement, ce n'était pas vrai. J'ai eu un moment de honte devant le garçon, lequel nous traitait sans façon, et caché ma main gauche à laquelle je portais mon alliance. J'en ai fait l'aveu à Tomaso qui feignit, pour rire, de s'en froisser.

— Pourquoi ? Est-ce que je ne pourrais pas être ton mari ?

Et nous avons ri. Nous riions très souvent, mais d'un rire gêné, forcé. C'est ainsi que nous avons commencé à parler du mariage et, plus encore, des rapports entre l'homme et la femme – de l'amour, en somme. Chacun de nous avait beaucoup de choses à dire. Tout en parlant, nous nous coupions réciproquement la parole, nos phrases se chevauchaient. Cependant le café se vidait. Nous avons regardé l'heure et j'ai sursauté, l'air confuse :

— Oh, déjà si tard !

Tomaso me regardait, un sourire plein de bonté dans ses yeux clairs.

— Comme tu es jolie, Alessandra ! me dit-il.

Nous avons fait un bout de route en silence, puis nous nous sommes séparés. J'ai dit, d'un air malicieux :

— Nous pourrions bien avouer à Francesco que nous sommes allés voir Ottavia, puisque nous avons fait chou blanc !

— Non, Alessandra, m'interrompit-il. Je t'en prie. Bien sûr que nous pourrions le faire. Mais ça me plaît de partager un secret avec toi. Même un secret aussi innocent.

J'ai eu l'impression que je pouvais lui accorder cette faveur et c'est sur ce pacte que s'acheva cet agréable après-midi. Il y avait longtemps que je n'avais passé une journée semblable, ai-je songé en montant mélancoliquement l'escalier. Sous nos fenêtres, quelqu'un jouait de l'accordéon. En me penchant au balcon, j'ai aperçu un groupe d'ouvriers. Quel air tendre et doux ! Je serais restée une heure à écouter cet accordéon.

J'ai dit à Francesco que j'étais allée voir Fulvia, puis un instant d'incertitude m'a saisie ; je m'attendais à ce qu'il se retourne et m'adresse amèrement un reproche : « Pourquoi me racontes-tu un mensonge ? » Je n'avais rien fait de mal, mais je rougissais. Francesco, assis par terre, écoutait la radio. Le faible volume donnait l'impression que quelqu'un lui parlait à l'oreille, à mi-voix.

— Je suis passée voir Fulvia, ai-je répété en espérant qu'il s'apercevrait de mon mensonge.

Il inclina la tête pour me signifier qu'il avait compris et, d'un signe, m'invita à m'asseoir à côté de lui.

Je la voyais moins souvent, Fulvia. Mais un matin, nous étions allées ensemble chez la chiromancienne que sa mère nous avait recommandée et qui habitait dans une rue isolée, près du Colisée. Pour ce faire, il m'avait fallu demander quelques heures de liberté au bureau sous je ne sais quel prétexte. Ce subterfuge, et plus encore cette liberté inaccoutumée aux premières heures du matin, m'avait mise en joie. C'est en ricanant que nous avons monté l'escalier étroit, gris et poussiéreux de la chiromancienne. Mme Adele habitait sous les toits. En entrant, nous avons immédiatement aperçu dans l'entrée un grand nombre de femmes assises le long du mur, attendant patiemment leur tour, le regard tourné vers la porte vitrée derrière laquelle on apercevait l'ombre de Mme Adele.

C'était un appartement extrêmement pauvre. Au mur, quelques chromos et surtout de nombreux saints, parmi les plus accrédités. L'entrée était sombre, tout juste éclairée par deux ampoules minuscules brûlant devant une image de saint Antoine. Cette lumière rougeâtre semblait allumer de minuscules flammes dans les yeux de celles qui attendaient. La plupart étaient des petites bonnes femmes modestes. L'une d'elles portait un enfant à qui elle répétait sans cesse de rester sage, même s'il ne bougeait pas. Il y avait aussi quelques femmes à l'allure tapageuse, aux cheveux oxygénés, qui manifestaient leur impatience et affectaient d'être venues pour se plier à une obligation ennuyeuse. Et puis Fulvia, qui venait pour savoir si Dario l'épouserait, et moi. Je n'étais plus la petite fille qui s'asseyait près de la fenêtre, ni la jeune fille qui descendait l'escalier pour retrouver Francesco ; j'étais l'une de ces nombreuses femmes qui, n'ayant plus confiance en elles-mêmes, se rabattent sur les sortilèges. Peut-être avais-je le regard égaré de ma voisine dont le sac pendait entre les genoux. Comme toutes celles qui étaient là, je ne rougissais pas de laisser voir ma défaite à d'autres femmes. Je les regardais l'une après l'autre ; leur misère suscitait en moi la compassion et la révolte.

— Il y a trop de gens, dis-je à Fulvia en l'entraînant dehors.

Je l'avais invitée à dîner car, depuis quelques jours, Francesco n'était pas là : il s'était rendu avec quelques camarades à une réunion à Milan. J'avais l'habitude de l'accompagner à la gare et nous souriions jusqu'au dernier moment, mais quand le train s'ébranlait et se mettait à glisser le long des rails, c'était comme si mon sang s'écoulait hors de mes veines. Mon sourire s'éteignait et j'étais à nouveau en proie à cette peur qui était devenue désormais la trame même de notre vie. Chaque jour, notre séparation me semblait un risque à courir, c'était comme si, par la faute d'une étourderie de notre part, nous devions ne plus nous revoir. Je rentrais et la maison me faisait l'impression d'une grande boîte vide. La porte gémissait quand je l'ouvrais ; je la refermais et le bruit sourd qu'elle faisait alors avait, dans l'appartement désert, un écho sinistre. La première nuit avait été lugubre ; je n'étais pas parvenue à fermer l'œil. Puis, lentement, l'apaisement m'avait enveloppée comme un pansement blanc uni. La solitude m'appelait avec ses alléchantes séductions : j'étais libre de choisir mon programme de l'après-midi. Mais aucun ne me semblait coller à la liberté illimitée dont je disposais. Je finissais par rester à la maison et coudre près de la fenêtre. Alors Fulvia s'emparait de moi.

— Francesco n'est pas là ? Dans ce cas, je viens. J'ai tellement de choses à te dire ! Quand il y a des hommes, on ne peut jamais parler !

C'était vrai. Nous passions des semaines sans nous voir parce que nous nous disions que c'était inutile. Quand Francesco était avec nous, je n'accordais à Fulvia qu'une attention relative, comme si nous nous trouvions dans un salon. Elle ne s'en étonnait pas, elle savait que cela faisait partie du rôle que toutes les femmes doivent jouer et n'ignorait pas non plus que je le jouais sincèrement. Le rôle d'une femme ayant un homme à ses côtés est tout à fait différent du rôle qu'interprète une femme seule.

Souvent, nous finissions par nous enfermer dans la salle de bain afin de discuter. Je désapprouvais ces subterfuges. Nous étions les premières à nous sentir humiliées d'adopter de tels comportements. Et pourtant, à peine Fulvia était-elle arrivée que nous mourions tout de suite d'impatience de nous retrouver seules. De sorte que nos premières phrases étaient purement conventionnelles et – je dois le reconnaître – quoi que pût dire Francesco, c'est tout juste si je lui répondais. Nous avions besoin de parler de ce qui était essentiel pour nous, et de laisser Francesco dans cette solitude dont il ne sortait pas, même en notre présence. De fait, quand je demandais à Fulvia : « Veux-tu te donner un coup de peigne ? » ou « Veux-tu ôter ton manteau ? », nous étions contents tous les trois. Francesco prenait son journal et nous nous éloignions dans le couloir où résonnaient nos phrases indifférentes. Mais dès que je tournais la clef dans la serrure, Fulvia perdait son air vif et insolent pour me demander d'un air plein de sollicitude : « Alors ? » Je me laissais tomber sur le bord de la baignoire, en lui disant : « Je suis désespérée. » « Si tu savais… », me répondait-elle avec un soupir, en faisant allusion à sa propre situation. Nous avions la figure grave, le regard perdu. De temps en temps, nous faisions silence, l'oreille tendue en direction de la porte, puis recommencions notre discussion à voix basse.

— Figure-toi qu'hier, j'avais mis des fleurs sur la table parce que c'était le onze, et c'est le onze que…

— Je sais !

— Bien. Voilà qu'il me demande, tout sourire : « Qu'est-ce qu'on fête, aujourd'hui ? » J'avais envie de pleurer, mais je lui ai dit : « Devine. » J'avais la même robe. Je m'étais fait une coiffure vaporeuse comme ce jour-là. « Devine ! » je lui répétais en souriant. Il ne se souvenait de rien. C'est moi qui ai dû tout lui rappeler.

— Et alors ?

— Le soir, il m'a apporté un flacon de parfum.

— C'est drôle, disait Fulvia, les hommes s'imaginent que des choses qui coûtent de l'argent suffisent à tout réparer…

Tout en parlant, nous surveillions la porte, un doigt sur les lèvres, puis nous disions tout haut des choses insignifiantes. Cela me chagrinait de penser que malgré tout mon amour pour Francesco – et peut-être à cause de tout cet amour, justement – j'étais obligée de m'avilir de la sorte.

Nous étions donc seules à dîner et on sentait dans la maison cette atmosphère détendue et fervente à la fois qui s'y établit quand les femmes sont seules.

J'allais et venais entre la cuisine et la salle à manger, je servais Fulvia, assise à table, sans le moindre embarras. Je n'avais pas à me contrôler et cela me détendait plus que je ne saurais dire. Quand j'étais seule avec Francesco, j'avais toujours peur qu'un geste, un mot de moi, suffise à me faire mal juger. Une femme sent toujours à quel point la vie d'une autre femme est pénible ; elle sait qu'on se trompe si fréquemment quand on est fatiguée ! Fulvia regardait affectueusement cet appartement que je rangeais, balayais, époussetais tous les jours. Et je sentais son regard dans mon dos comme une agréable caresse.

Nous déjeunions sur une table pliante dans le bureau :

— On est bien, ici, dit Fulvia.

Le soleil faisait pression sur les volets mi-clos, s'efforçait de violer la pénombre ; l'air, déjà chaud, et le désespoir que je sentais monter obstinément en moi me coupaient le souffle.

— Je n'ai pas envie de manger, lui dis-je. D'ailleurs, tout est très mauvais, excuse-moi. À cause de Francesco, je ne peux pas me risquer à faire des réserves – même trois grains de riz, même un peu d'huile. Ils n'ont pas le courage de l'arrêter comme ça, il est trop connu, Francesco ! Mais le plus petit délit de ce genre leur permettrait de le faire, c'est leur méthode.

J'ai alors compris que mon désespoir provenait en partie de la crainte que quelque chose ne lui soit arrivé alors qu'il était seul, dans une ville inconnue. J'avais beau avoir reçu de ses nouvelles la veille, la certitude me venait qu'on l'avait arrêté à Milan ou en cours de route. Je le voyais descendre du train entre deux agents ; j'imaginais la douleur que j'éprouverais en apprenant cette arrestation ; je la sentais dans la gorge, comme un poids étouffant, déchirant, et pourtant je savais que je ne pourrais pas mourir pour me soustraire à cette souffrance, que ce serait seulement une nouvelle peine à endurer, longuement. Je me suis passé la main sur le front pour me libérer de ce cauchemar ou, plus exactement, de cet amour.

— Viens, dis-je à Fulvia à la fin de son repas. Allons dans ma chambre, allongeons-nous sur le lit pour causer.

On était très bien dans la chambre.

— Je te demande pardon, mais j'ôte ma robe, me dit-elle. J'aurai moins chaud et je ne la froisserai pas.

Elle s'étendit sur le lit, vêtue d'une courte combinaison noire qui découvrait ses jolies jambes, ses seins gonflant la guipure. Je lui parlais sans trop suivre le fil de ce que je lui disais, je faisais semblant de la regarder dans les yeux. Mais en réalité, c'était ses seins ronds et blancs que je regardais. Que c'est doux, un sein de femme ! pensais-je.

— Déshabille-toi aussi, me dit-elle. Ça rafraîchit tellement !

J'hésitais. Je mettais de l'ordre dans ma chambre sans me décider à ôter ma robe parce que je rougissais de ma maigreur. J'étais prête à faire une cure pour augmenter ma poitrine.

— Que tu es jolie ! s'écria-t-elle une fois que j'étais déshabillée. Tu es comme un jonc !

Et elle ajouta avec une légère ironie :

— Je n'ai jamais vu de joncs. C'est un mot qu'on lit dans les livres, mais il te va bien, il sonne joliment. Il est moitié homme, moitié femme. Mais au fait, qu'est-ce que c'est, un jonc, en définitive ?

— Une plante qui pousse près de l'eau, lui expliquai-je en souriant. Enfin, je crois. Une plante très souple.

— Ah, dit-elle.

Mais elle était déjà passée à autre chose.

— Viens ici, allonge-toi, repose-toi. Quand deux femmes restent seules ensemble elles finissent toujours par s'allonger sur le lit pour mieux bavarder. Tu te rappelles ta mère et la mienne ?

— Oui, répondis-je distraitement.

— Elles parlaient constamment d'Hervey. J'ai grandi en étant si curieuse de le connaître... mais ce n'est peut-être pas plus mal. Tu sais, lorsque Dario me fait souffrir, je me venge toujours en pensant à Hervey. Mais si je l'avais connu, j'aurais trouvé un homme comme tous les autres.

— Je ne le crois pas, objectai-je d'une voix sévèrement réprobatrice.

— Si, si. Et peut-être encore pire. Je dois t'avouer qu'une fois, l'an passé, j'ai entendu parler des Pierce. Je me trouvais au milieu de gens qui vont souvent au concert. Ils parlaient de la mère, mais aussi de lui. Tu sais ce qu'ils disaient d'Hervey ?

— D'Hervey ? dis-je, toute pâle.

— Ils disaient que c'était un maniaque, un fou, qu'il avait des idées fixes. J'ai même cru comprendre...

— Qu'est-ce que tu as cru comprendre ?

— Je ne sais pas, c'est peut-être une simple impression, mais en résumé...

Elle se tut, très gênée, et me regarda dans l'espoir que je devinerais. Je l'ai pressée :

— Parle ! Dis !

— En résumé, ils disaient que ce n'est pas un type normal. Qu'il ne... comment dire ? Qu'il n'aime pas les femmes !

— Quelle sottise ! me suis-je exclamée. C'est impossible.

— Évidemment que oui, admit-elle aussitôt, c'est impossible.

Nous fumions, murées dans le silence. « Il n'y a jamais rien qui me froisse chez lui, disait ma mère. Quand je parle, il répond comme je me répondrais moi-même. »

Il faisait chaud. Malgré les volets fermés, l'air devenait étouffant, insupportable. J'avais légèrement sommeil ; la seule chose qui me tenait en éveil était le désir de continuer à parler de ce sujet-là. C'était incroyable qu'un homme n'ait jamais eu un geste malvenu, un mot malvenu.

— Ou alors, peut-être que...

Dans un murmure, j'ai admis cette hypothèse désolante, en évitant de tourner les yeux pour ne pas croiser le regard de Fulvia.

— Oui, répondit-elle.

Nous sommes restées muettes. Une douce mélancolie se répandait en nous, et avec elle le besoin d'être consolées. Pendant ce temps, nous fumions, en échangeant quelques mots au hasard pour alléger le poids de ce silence, « Voilà le cendrier. Merci. Pardon. »

D'un ton implorant, je lui dis :

— Ne dis rien à Francesco, si jamais on parlait de...

— Oh, tu penses bien. La preuve, je ne te l'avais même pas dit et je ne m'en souvenais pas moi-même. Maintenant, je ne sais pas comment...

— Bien sûr, bien sûr.

— Peut-être parce que nous parlions de ta mère, du temps où nous étions petites filles. Quand je me rappelle ce temps-là, j'ai toujours envie de revenir en arrière. Est-ce parce que nous sommes devenues des adultes, parce que nous avons connu les hommes et tant de choses ?

Elle ajouta en souriant :

— Je ne suis même pas sûre de t'avoir dit que, dans notre enfance, j'étais amoureuse de toi.

— De moi ? ai-je répété d'un ton désemparé.

Mon cœur battait à toute vitesse.

— Oui, c'est pour ça que je te traitais aussi mal. Ensuite, je me mettais à pleurer.

— Oh ! dis-je avec un ricanement gêné.

— J'aimais ton nom, l'élégance de tes manières, ta robe boutonnée jusqu'au cou, tout ce qui te rendait différente de moi. Alors je me montrais outrancière, effrontée, pour te choquer. Je te lâchais, j'allais me promener avec Aida ou avec Maddalena pour te rendre jalouse, pour te faire souffrir.

— En effet, j'étais jalouse, avouai-je dans un filet de voix.

Je regardais dans le vide. Mais je contemplais, dans mon souvenir, le visage de Fulvia enfant – en même temps que ses cheveux noirs défaits sur l'oreiller de Francesco et la douce colline de sa poitrine. Oh, pensais-je, c'est si merveilleux, une femme ! Pourquoi est-ce que personne ne sait la voir, l'aimer entièrement ?

— Au fond, lança-t-elle sur le ton de la boutade, c'est dommage que nous soyons des femmes toutes les deux. Nous aurions pu nous marier. Est-ce que tu m'aurais épousée ?

— Bien sûr, lui répondis-je. Je t'aurais emmenée en voyage de noces à Venise.

Elle eut un rire léger. Et moi aussi, j'ai ri. Mais nous sentions autour de nous de l'émotion et de la gêne. J'avais l'impression que, si nous vivions cette heure-là, ce n'était pas le fruit du hasard. Une force particulière naissait en moi, animée par la détermination diabolique de ne plus laisser Fulvia sortir de la chambre. Nous allions nous enfermer toutes deux dans l'appartement au milieu de l'ordre et du désordre que créent les femmes, comme à l'intérieur d'un anneau précieux. Pensées et désirs paraissaient couler librement entre elle et moi, à la faveur d'une entente naturelle. Je la prierais d'ôter sa combinaison, de me laisser voir sa poitrine. « Où est le mal ? lui dirais-je. Nous sommes des femmes toutes les deux, non ? » Elle avait une peau de nacre. Je sentais se livrer en moi comme une dispute acharnée avec Francesco. J'aurais voulu lui montrer que je connaissais la religieuse attention qu'on doit à une femme, que je savais les mots à dire, les histoires à inventer. J'éprouvais de la rage et de la rancune à me rappeler qu'il ne prononçait jamais mon nom dans les moments qui auraient dû être les plus doux et qui étaient durs et crus.

— Oui. Ça aurait été formidable qu'on se marie. Mais telles que nous sommes, c'est-à-dire deux femmes.

J'ai poussé un soupir de regret dans lequel s'exprimait librement toute ma mélancolie d'être seule et incomprise.

Fulvia me prit la main pour me consoler. Elle désirait tellement m'apaiser que si je lui demandais de faire quelque chose pour moi, de découvrir sa poitrine, elle le ferait certainement.

J'ai hésité un instant, en serrant sa main tendre et potelée. Pour ma main forte, c'était apaisant.

La sonnette tinta et j'ai sursauté comme si j'étais prise en faute. J'ai décidé de ne pas ouvrir. La sonnette se fit encore entendre, avec insistance.

— Attends ! me suis-je écriée en sautant à bas du lit. C'est peut-être un télégramme de Francesco.

J'ai enfilé mon peignoir et suis revenue avec une robe de soie sur les bras.

— C'est la teinturière. Elle a l'air comme neuve, tu ne trouves pas ?

— Oui, répondit-elle en s'asseyant sur le lit. J'ai l'impression que oui.

— Elle a été raisonnable. Quatre-vingts lires.

Le temps de prendre l'argent dans mon sac, j'ai regagné la porte. À mon retour dans la chambre, Fulvia était debout, en train de reboutonner sa chemisette. Nous avons eu un instant de gêne et j'ai eu l'impression qu'elle était de mauvaise humeur.

Alors je me suis approchée d'elle.

— Reviens ce soir, lui dis-je à voix basse. Je ne vais jamais au cinéma, allons-y ensemble. Tu n'auras qu'à venir coucher ici, puisque nous sommes seules. Le soir, il fait frais, cette fenêtre donne sur la terrasse ; on se sent bien, ça fleure bon le jasmin.

Elle me regardait fixement, hésitante. J'ai serré son poignet entre mes doigts.

— Viens, tu entends ?

Elle me répondit oui à voix basse et nous avons cessé d'en parler.

Je me suis présentée au rendez-vous à l'heure précise, mais Fulvia n'était pas là. Les hommes me regardaient faire les cent pas devant le cinéma, toute seule, et projetaient sur moi la lumière blanche de leurs lampes de poche. J'étais agacée, j'avais peur que Fulvia ne manque à sa parole. Elle finit par arriver et commença par s'excuser de son retard. Mais je ne lui en ai pas laissé le temps, la dernière séance était sur le point de commencer.

J'avais pris les places les plus chères ; Fulvia ne sembla pas s'en étonner. Elle se comportait comme si c'était la première fois que nous nous retrouvions seule à seule. Nous n'avons parlé ni de Francesco, ni de Dario : nous étions comme deux nouvelles connaissances ayant peu de sujets de conversation en commun. Elle évitait de me regarder mais, comme elle percevait, dans le noir, mon regard qui la cherchait, elle contrôlait ses attitudes, redressait joliment ses épaules et se lissait les cheveux. Moi, je me sentais tout agitée, de peur qu'un obstacle puisse nous empêcher de revenir ensemble à la maison ; je craignais même qu'elle ait oublié mon invitation. C'est dans cette idée que je lui ai précisé :

— S'il y a une alerte, cette nuit, l'abri de l'immeuble est sûr.

Fulvia ne me répondit pas, ce qui me rassura. Cela signifiait qu'elle viendrait.

Nous échangions nos impressions sur le film, qui était mauvais et ne nous intéressait pas le moins du monde. Nos commentaires n'étaient pas d'une grande intelligence. Je me suis rendu compte que nous essayions de revenir en arrière et de renouer avec notre familiarité du temps où nous étions enfants ; nous imitions le même langage et, surtout, nous ressentions cette même impression de faire quelque chose de mal, comme chaque fois que nous nous retrouvions seules. Nous allions au cinéma accompagnées de Sista. Dans le noir, tandis que le film nous confrontait sans détour à des questions que nous n'osions même pas effleurer, nous avions l'impression de ne plus être nous-mêmes. Pour dissimuler son embarras, Fulvia faisait toujours un commentaire à voix haute ; une fois, alors que les interprètes du film échangeaient un long baiser, elle avait éclaté de rire. Mais je connaissais enfin la clef de son insolence d'alors et de la brusque indifférence derrière laquelle elle se retranchait dorénavant pour se défendre.

Je l'ai appelée :

— Fulvia ! Tiens, je t'ai acheté des bonbons au chocolat.

Le cinéma n'était pas loin de chez moi. Je lui montrais le chemin comme si elle ne le connaissait pas. C'était un soir de clair de lune et le quartier neuf était tout blanc ; on se serait cru dans une ville inconnue d'Algérie ou du Maroc.

— Beau quartier, disait Fulvia.

Je lui répondais avec animation pour l'empêcher d'entendre les passants parler de ce ciel clair et lumineux qui semblait inviter les avions à venir.

Nous avons monté à tâtons l'escalier sombre, je conduisais Fulvia par la main. L'incertitude que lui causait cette brusque obscurité donnait à son pas le poids d'une résistance. L'escalier – en colimaçon, lui aussi – était interminable, enveloppant, hallucinant. Notre respiration soulevait un écho et, au moment d'ouvrir tout doucement la porte, ma main tremblait.

— Chut ! j'ai fait.

Je continuais de guider Fulvia dans l'appartement vide. La lune entrait par les fenêtres ouvertes comme un courant d'air glacé et la chambre embaumait le jasmin. Dans cette odeur, il me semblait retrouver Francesco, mais j'ai chassé son souvenir. J'ai dit à Fulvia :

— Voilà ! Regarde la belle vue, de là-haut.

— Oh ! fit-elle, surprise.

De notre terrasse, on voyait les immeubles neufs des Parioli, la campagne plate, solitaire, déprimante. Et le fleuve bas n'était qu'une bande de ténèbres coincée entre ses rives. Mais que ce soit ces grands immeubles, cette vaste plaine, les arbres, les collines – tout se perdait dans l'étendue infinie du ciel. Seul le ciel paraissait vivre, animé par ce clair de lune, les mouvements légers des nuages, le vif scintillement des étoiles. Du haut de cette terrasse au neuvième étage, Fulvia et moi semblions les premières à nous confronter à cet élément aussi époustouflant que dangereux.

— Ça fait peur, dit-elle.

— Non, l'ai-je rassurée. Ils ne viendront pas. Il faut recommencer à regarder le ciel avec confiance.

De retour à l'intérieur, j'ai choisi, non sans difficulté, une chemise de nuit pour Fulvia parmi mon maigre linge. J'ai décidé de lui offrir la plus jolie, celle de ma nuit de noces. Après quoi, j'ai refermé les persiennes et, comme je me retournais dans le noir, je l'ai frôlée sans le faire exprès. Elle sursauta et poussa un cri étouffé.

— Attends, lui dis-je.

Je pris le chemin de la salle de bain, dont je ressortis en chemise de nuit. Mes gestes étaient résolus mais, précisément, cette résolution abrupte et le ton coupant de ma voix donnaient la mesure de mon malaise. La chambre était encore dans le noir. Et en allumant la lumière, je vis Fulvia debout, immobile. Elle était tellement désemparée que le désir de la consoler, de la prendre dans mes bras pour la défendre me saisit. Au lieu de quoi, je m'enquis brusquement, sans la regarder :

— Est-ce que tu préfères te déshabiller dans la salle de bain ?

— Non, merci, me répondit-elle timidement. Je vais me déshabiller ici.

Elle tournait et retournait sa chemisette, en disant que, le lendemain matin, elle avait beaucoup à faire. Elle finit par laisser glisser sa jupe à imprimés fleuris et resta en combinaison, une combinaison qui découvrait ses genoux potelés, rougis par la chaleur. Cette combinaison était élimée. Elle devina ma pensée et, en désignant à la fois sa tenue et la mienne, déclara :

— Aux Prati, il y a un magasin où on vend à crédit, et sans points.

Elle eut une minute d'hésitation, avec un vague sourire, mi-ambigu, mi-apeuré. Puis elle ôta sa combinaison et resta nue, tandis qu'elle dépliait sa chemise de nuit.

Ce corps nu concentrait le peu de lumière que donnait la lampe. C'était une grande tache laiteuse qui blessait le regard. Elle ne parvenait pas à défaire un ruban qui l'empêchait de passer la tête dans l'encolure de la chemise. Tout son corps était en mouvement, tant elle avait hâte de se coucher – ses jambes se serraient, ses bras s'agitaient nerveusement sous la soie blanche qui cachait sa tête. Je pouvais regarder son corps tout à mon aise, sans que ses yeux ne puissent me l'interdire. Fulvia était jeune, sous l'éclat immaculé de sa peau. Mais comme elle était assez opulente, ce corps apparaissait déjà las, en quelque sorte. Bien que plus fort, plus arrondi, je le sentais semblable au mien, jusque dans ses moindres replis. En raison même de cette ressemblance, j'ai été prise d'une pitié dévorante à l'égard des souffrances qu'on inflige au corps de toutes les femmes. Depuis l'affront effrayant qu'il subit à l'adolescence jusqu'à la violence des noces, depuis la déformation de son ventre blanc jusqu'au déchirement de la maternité, à l'épuisement de l'allaitement, aux humiliantes souffrances de l'âge où la jeunesse l'abandonne. J'avais les yeux fixés sur le corps de Fulvia avec une pitié si intense qu'elle devait la sentir, pour se débattre à ce point dans cette chemise trop étroite. Je sentais qu'elle était prête à tout déchirer pour se débarrasser de mon regard. Elle finit par pousser un cri rageur, et me lança :

— Aide-moi !

Je m'approchai d'elle et défis le ruban de l'encolure. Elle y passa sa tête avec un soupir de soulagement. Elle regarda autour d'elle comme si elle redoutait qu'au cours de ces brefs instants, quelque chose ait changé. Rassurée, elle se tourna vers le miroir.

Nous nous vîmes toutes deux vêtues de blanc, comme deux anges. Derrière nous, la blanche surface du lit. Sans rouge aux lèvres, les cheveux simplement brossés, malgré toutes nos différences, nous avions l'air de deux jeunes sœurs logées dans la même chambre et attendant ensemble un avenir rempli de rêves. Je nouai la ceinture autour de sa taille.

— Qu'elle est jolie, cette chemise ! s'écria Fulvia en la lissant d'un geste gracieux.

Son regard traversait l'image rêveuse que la glace lui offrait d'elle-même, dépassait les limites de la chambre et rejoignait quelqu'un pour s'offrir à lui.

Moi aussi, en me contemplant, je me tendais vers mon visage énamouré. Toutes deux, immobiles, nous avancions pieds nus, légères, sur la glace polie du miroir – à la rencontre d'Hervey.

— Aide-moi ! dis-je à Fulvia en m'écroulant sur le lit, agitée par des sanglots.

— Aide-moi ! disait-elle aussi.

Nous disions Dario. Nous disions Francesco. Nous avons passé toute la nuit enlacées.

Je sentais parfois que seule la vieillesse pourrait m'apporter du réconfort. Peut-être trouverais-je ce calme limpide auquel j'aspirais. Je me promettais de vieillir vite, de vieillir tout de suite. Mais c'était difficile parce que j'étais très jeune, et que la jeunesse porte en soi la nécessité impérieuse de tout rapporter à l'amour. Je me disais que, avec un peu de chance, une entente uniquement spirituelle me serait d'un grand réconfort. Et, dans cet espoir, je cultivais l'idée de Tomaso. Un soir, je l'avais vu ; nous avions fait une longue promenade ensemble. Aussitôt rentrée, j'en avais informé Francesco. Mais je ne lui avais pas dit que, tout ce temps-là, nous n'avions fait que parler de ma mère. Tomaso avait voulu tout savoir, jusqu'à chaque détail. Il m'avait même demandé si j'avais une photographie d'Hervey. Chaque fois que je voyais Tomaso, je m'attardais toute pensive au parapet de ma terrasse puis, subitement, je courais à Francesco et me serrais contre lui.

Je lui parlais, à travers cette étreinte. Muette, en blottissant ma tête contre sa poitrine, je me confessais. Mais même ainsi, il n'entendait pas ma voix. Et s'il l'entendait, je craignais désormais qu'il me gronde, comme font les parents avec leurs enfants, qu'il me demande de ne plus revoir Tomaso au lieu de chercher à comprendre pourquoi j'étais si heureuse de le voir. Lui se tenait compagnie à travers ses écrits et le combat qu'il menait avec ses camarades – c'était une manière de parler, de s'exprimer. Il n'était pas juste que, moi, je ne parle jamais.

Je ne voudrais tout de même pas que mon récit montre Francesco différent de ce qu'il était en réalité. C'était un homme bon, et le plus intelligent que j'aie jamais rencontré. À l'inverse, j'étais une fille comme tant d'autres. Et c'est pour cela que je m'attarde tant à parler de moi, à me présenter. Tout le monde sait qui était Francesco.

Il me plaisait tant. Il n'était pas beau, je l'ai dit, mais il possédait cette grâce naturelle qui s'exprime, chez les hommes, par la réserve et la sobriété. J'avais observé la façon dont tous, à un moment ou l'autre, semblaient laids ou antipathiques ; Francesco, au contraire, me plaisait toujours. Parfois, quand nous étions invités chez des gens, nous restions éloignés l'un de l'autre. Je ne m'en sentais pas moins liée à lui par un fil invisible, et c'est lui qui tenait le bout de ce fil, sans même me regarder. « Je t'aime », lui disais-je. C'était comme si je le choisissais une fois de plus, parmi tous les autres. « Tu comprends ? Retourne-toi, mon amour. » Mais il ne percevait jamais ce que je lui disais en moi-même. Alors je pensais : « C'est un homme odieux, il est égoïste, il est froid », et je sentais le fil invisible serrer mes poignets. « Laisse-moi, je veux respirer ! » lui disais-je. Mais dans cette rancœur même que je lui portais, je me sentais liée à lui indissolublement. Il était mon mari. Ces sombres difficultés et ces désillusions cuisantes nous appartenaient ; je lui reconnaissais le droit d'être mon ennemi.

Je l'aimais, et je ne veux pas l'accuser. Je veux seulement montrer ce qu'il était pour moi. Car tout le monde sait ce que valaient ses écrits, ce qu'il était pour ses élèves. Ses amis savent l'ami qu'il était, sa mère, le fils qu'il était ; moi seule peux savoir le mari qu'il était. Il ne pensait jamais que j'étais cette même femme qu'il avait aimée et désirée un jour, que j'avais le même caractère et les mêmes exigences qu'alors. Francesco était très intelligent ; il semblait pourtant croire que tout avait changé en moi par le seul fait que j'étais devenue sa femme. « Tout va commencer après », m'avait-il dit. S'il m'avait dit : « Tout va finir », je ne l'aurais peut-être pas épousé, n'étant pas assez forte pour renoncer à tout. J'étais restée la même ; de plus, je lavais les assiettes dans lesquelles il mangeait, je cirais les souliers qu'il chaussait, je tapais à la machine ses écrits, les cachais en haut du buffet de la cuisine, je faisais la queue. J'aurais préféré ne manger qu'un peu de pain trempé dans l'huile et ne pas faire la vaisselle ni la queue. Les femmes n'ont pas vocation à faire ces choses-là, c'est faux ; elles les font quand il est nécessaire de les faire, et surtout pour être utiles et agréables aux hommes, de même qu'elles font bien d'autres choses pour eux, quand elles aiment, comme les choses horribles et cruelles que j'ai faites. Les hommes croient compenser tout cela parce qu'ils ont la certitude que ce sont eux qui les font vivre. En fait, il est rare qu'il en soit ainsi. Bien sûr, il y a des femmes qui ne se lèvent qu'à midi et, lorsqu'elles sortent, c'est pour aller chez le coiffeur, chez la couturière ou au théâtre, alors que les hommes travaillent tous les jours et toute la journée pour leur offrir du confort et de l'agrément, des fourrures somptueuses et des bijoux – et elles s'en contentent. Moi, je ne connaissais aucune de ces femmes ; je ne les croisais jamais parce qu'elles passaient à bord de leur voiture sans s'arrêter. Les femmes que je connaissais, c'étaient celles qui travaillaient avec moi, celles qui habitaient la via Paolo Emilio, celles qui faisaient la queue, dans le froid, un enfant dans les bras, et celles qui étaient assises à côté de moi, dans le tram, quand je me rendais au bureau ou quand j'allais donner mes leçons. Chez elles, presque toutes faisaient un travail de servante. Mais on ne dit jamais à la servante : « C'est moi qui t'entretiens », parce qu'en échange de l'argent qu'elle reçoit, du gîte et du couvert, elle travaille sans relâche. L'épouse, elle, fait le même travail que la servante, plus celui des femmes qu'on paie : elle est nourrice, bonne d'enfants, raccommode les vêtements des petits et ceux du mari, n'aspire même pas au salaire de la bonne. Et, malgré tout, le mari peut lui dire : « C'est moi qui t'entretiens ! »

Pour ma part, j'effectuais tout cela sans rechigner. Quand je faisais le lit, je posais souvent ma joue sur l'oreiller de Francesco ; quand je retournais les manchettes de ses chemises, j'avais l'impression de tenir ses poignets entre mes doigts ; je faisais la queue pour avoir des courgettes parce qu'il aimait ça et, quand elles m'échappaient des mains, j'éprouvais un mélange d'envie et de colère à l'égard des autres femmes qui pourraient donner à manger des courgettes à leur mari. Et je tapais ses écrits à la machine, et j'avais peur quand il ne rentrait pas à la maison, et je l'encourageais à travailler avec ses camarades, et je m'habillais pour lui, je me coiffais pour lui, je faisais tout pour lui. Je me serais livrée aux besognes les plus basses – ce qui fut le cas – pour l'amener à s'apercevoir que j'étais toujours celle qui semblait voler au bas de l'escalier de la Villa Borghèse et à me regarder avec ébahissement, comme si j'étais une créature merveilleuse. Les femmes qui font cela et donnent, en plus, la vie aux enfants ne réclament, en échange, que quelques mots d'amour.

Ces mots-là, je remettais d'un dimanche à l'autre l'espoir de les entendre. Cela semblera peut-être ridicule aux gens qui n'ont jamais travaillé, parce qu'ils ne connaissent pas l'impitoyable meule des heures et l'aveugle engrenage de la semaine. Moi, j'aimais le dimanche : ce jour-là, le soleil me semblait plus brillant, le ciel plus pur. À mon avis, c'était vraiment le cas. Je n'allais jamais à l'église, mais j'aimais entendre toutes ces cloches. J'aimais voir l'allure intrépide des jeunes filles dans leurs robes neuves. J'aimais regarder par la fenêtre les bonnes qui passaient de la brillantine sur leurs cheveux et sortaient, toutes dépaysées, écrasées par leur liberté.

J'attendais aussi qu'il soit dimanche au fond de mon cœur. Mais dès le matin, je renvoyais cet instant à l'heure du déjeuner, puis à l'après-midi. Francesco travaillait et moi, je lisais ou cousais près de lui. Il est à peine six heures, me disais-je, nous avons encore le temps. Il levait les yeux et me disait avec affectation : « Tu as l'air fatiguée. » Huit heures venaient, huit heures et demie ; et c'était moi qui me rendais quand je lui demandais s'il voulait dîner. « Oui, merci », me répondait-il en s'étirant un peu. J'allais dans la cuisine. « C'est fini, pensais-je. Pour aujourd'hui encore, c'est fini. » J'avais la gorge sèche, aride, comme du bois ; je me sentais des larmes au bord des yeux. Et le lendemain, j'oubliais. S'il pleuvait, je mettais mon espoir dans le premier jour de soleil ; si je travaillais, dans une journée de congé. J'en arrivais à faire confiance à une petite robe neuve ! C'est pour aujourd'hui, me disais-je, ou peut-être demain. Mais rien à faire, je ne me sentais plus ni jeune, ni belle, et j'avais vingt et un ans. Quand je passais dans la rue, il me semblait que moi seule, parmi toutes les femmes, n'avais plus d'yeux, plus de pas, plus de mains.

Le dimanche, en rentrant à la maison, Francesco m'apportait toujours des gâteaux. La rue où nous habitions était une impasse quelque peu étroite, flanquée d'immeubles remplis de petits balcons sur lesquels les gens se mettaient volontiers les jours fériés, quand il faisait soleil. Sur le costume sombre de Francesco, le paquet enveloppé d'un papier blanc luisant se détachait nettement : dès qu'il entrait dans la rue, c'était la première chose que les voisins remarquaient. Ils se penchaient pour le regarder, certainement en notant le contraste entre cette tendre attention et l'apparente austérité du professeur qui, d'ailleurs, aurait eu bien des raisons d'être préoccupé puisque sa position politique n'était ni claire, ni bien vue.

— Je t'ai apporté des gâteaux, Sandra, me disait-il.

— Oh ! merci, merci ! lui répondais-je en souriant comme si, chaque fois, c'était une surprise.

Je me rappelais la période de nos fiançailles, l'époque où Francesco et moi allions nous asseoir dans un café pour parler dans le calme et dans l'intimité. Nous évitions soigneusement les cafés éloignés chers aux couples parce que nous ne voulions absolument pas que leurs relations pussent se confondre avec la nôtre, que nous considérions tout à fait différente de celles des autres amoureux. Nous étions devenus clients assidus de cafés fréquentés par des hommes âgés qui y passaient tout leur après-midi. Dans un café de la via Nazionale nous nous trouvions souvent à côté d'un groupe d'employés de ministère à la retraite qui parlait toujours de politique – ils s'entretenaient à voix basse et changeaient de conversation dès qu'on s'approchait d'eux.

À peine étions-nous assis, Francesco et moi, que nous commencions à causer à toute vitesse, tant nous avions hâte de faire tenir, dans le peu de temps dont nous disposions, tout ce que nous avions à nous dire. Quand le garçon approchait, c'était d'un air contrarié que nous nous retournions vers lui afin de satisfaire à l'obligation déplaisante de commander quelque chose. Dès qu'il s'éloignait, nous reprenions un sourire bienheureux, comme si nous venions de conquérir notre solitude au prix d'un acte d'héroïsme. Mais le garçon avait laissé sur notre table une assiette de gâteaux – cannoli, sospiri, barquettes aux cerises. Leur présence était une injure, un véritable affront, puisqu'elle laissait supposer que nous nous étions donné rendez-vous à cet endroit pour nous rassasier ou parce que la pâtisserie avait bonne réputation.

Nous voyions souvent près de nous un couple taciturne. L'homme feuilletait son journal, la femme dégustait goulûment une glace aux fruits confits, servie dans une coupe. La glace terminée, le journal lu, ils se distrayaient tous les deux en observant les autres clients. De loin en loin, ils échangeaient quelques mots, un signe de la tête. « Ils sont mari et femme », disions-nous en riant. Le mari vérifiait l'addition, que la femme aussi regardait sans en avoir l'air, le sourcil froncé. Moi, je détournais la tête, tandis que Francesco, tout honteux, se hâtait de déposer sur le plateau quelques petits billets très sales. Après quoi, nous nous éloignions bras dessus, bras dessous.

Il y avait désormais un peu plus d'un an que nous étions mariés et nous ne sortions plus que rarement ensemble. Quand nous le faisions, c'était toujours dans un but précis. Jamais nous n'étions retournés à la Villa Borghèse pour nous embrasser, ou dans un café pour causer. « À quoi bon ? Maintenant, nous pouvons discuter à la maison », m'avait-il dit un jour. Mais, à la maison, Francesco lisait et écrivait, moi je cuisinais, faisais le lit et repassais. Jamais nous ne pouvions causer. Tant de fois, j'aurais voulu lui proposer d'aller bavarder au café comme autrefois, quand je me présentais à lui libérée de toute corvée domestique, sans savoir s'il avait en poche de quoi régler l'addition. Désormais, j'avais peur que, quand bien même nous serions retournés au café, nous n'aurions plus rien à nous dire. Il ouvrirait le journal, et moi, je le jalouserais d'avoir un journal.

Finalement, ce que nous redoutions le plus arriva. Un soir, Francesco rentra à la maison en déclarant que l'enquête qu'on avait menée sur son compte à l'université était terminée. Je l'ai regardé, toute pâle, l'interrogeant des yeux. Après une pause, qui dura peu, il dit à voix basse :

— Dorénavant, il m'est interdit d'enseigner.

Nous nous sommes enlacés en silence. C'était une nouvelle tellement grave que nous n'avons pas eu la force d'aborder le sujet, même au cours des journées qui suivirent. Mais il nous était difficile, à tous les deux, de dormir la nuit.

— Bonne nuit, ma chérie, disait-il.

Je lui répondais :

— Bonne nuit, mon amour !

Et l'obscurité retombait sur nous, épaisse, écrasante. Dans le noir, je sentais partout autour de nous des présences invisibles et menaçantes : j'entendais une voiture s'arrêter devant la porte de l'immeuble et mon cœur s'emballait. Francesco ne bougeait pas, sans doute dormait-il. La nuit était interminable : le réveil marquait toutes les minutes qui nous séparaient du jour où Francesco cesserait de n'être pas content. « Je suis là, mon chéri, dors ! » lui disais-je au fond de moi. Et il me semblait qu'il se nichait dans mon sang, dans tous mes membres comme dans un écrin. J'aurais voulu le cacher, le défendre des yeux invisibles qui le guettaient, des doigts invisibles qui l'admonestaient, de la voix arrogante de la radio.

Dans notre grand lit, nous ne nous frôlions même pas. Et pourtant, c'était comme si nous nous tenions la main : je me sentais liée à lui par une solidarité indestructible, une volonté acharnée de nous défendre. Nous portions le même nom et il ne nous suffisait pas d'habiter la même maison – nous voulions partager lit, draps, sommeil.

— Francesco…, lui ai-je murmuré pour l'appeler près de moi.

Il était éveillé ; il se retournait. Nous nous cherchions, poussés par un brusque désir de mettre à l'épreuve notre intimité. Dans la nuit insidieuse qui nous entourait, nous voulions affirmer que nous avions encore la liberté de nos désirs et de nos gestes. Au cours de ces journées, nous nous sommes souvent donnés l'un à l'autre avec l'acharnement des gens pauvres, misérables, opprimés, qui n'ont plus que ce moyen-là d'affirmer leur pouvoir. Chaque nuit était peut-être la dernière que nous passions ensemble. Dans un instant, peut-être allait-on frapper à la porte. Nous prendre était un acte de courage et de mépris. Par la fenêtre ouverte, on voyait le beau ciel de juin et les étoiles. Dans ces moments-là, nous ne nous sentions plus ni humiliés ni faibles.

Vint ensuite l'époque où nous ne mangions plus que des pommes de terre cuites à l'eau. Le bruit de la disgrâce de Francesco s'était répandu et tout le monde nous évitait. Même ma belle-mère ne nous recevait qu'à contrecœur et reprenait, pour nous blâmer, les expressions de Mme Spazzavento. Je me rendais compte que toutes les accusations qu'elle lançait contre son fils – elle allait jusqu'à se féliciter que son mari soit mort avant de pouvoir être entraîné dans cette malheureuse affaire – étaient, avant tout, dirigées contre moi. En effet, chaque fois qu'elle prononçait une phrase dure, elle me jetait un coup d'œil furtif pour bien s'assurer que je l'avais relevée. Elle se tenait assise sur un fauteuil raide et nous, en face d'elle, sur deux chaises. Elle nous parlait sévèrement et moi, je souriais. Je sentais que Francesco n'était plus son fils, désormais, mais mon mari. Je me rappelais la première fois que j'étais entrée dans cette maison : il était assis sur le bras du fauteuil de sa mère, et moi sur une chaise devant eux. Maintenant, il était assis à côté de moi et elle était seule. Francesco avait également perdu son petit emploi de l'après-midi chez le parent d'Alberto. « Vous comprendrez », lui avait dit celui-ci. Et Francesco avait compris. La mère de mon élève m'avait également dit : « Vous comprendrez... », quand la nouvelle avait paru dans les journaux.

Ma belle-mère nous demanda comment nous comptions résoudre le problème de la vie quotidienne. Elle avait réservé pour la fin cette question qui lui ferait prendre sa revanche. Peut-être s'attendait-elle à ce que nous implorions son aide. Je lui ai dit qu'il nous restait mon traitement et que je comptais sur un bon nombre d'heures supplémentaires. Ma modeste indépendance suscita en elle, une fois de plus, un désappointement manifeste.

— Vous voyez, madame, lui dis-je, c'est bien que les femmes travaillent aussi. Comme ça, les hommes n'en sont pas réduits à accepter toutes les humiliations pour les faire vivre.

— Alors tu approuves ton mari ? me demanda-t-elle irritée de ne pas trouver en moi une alliée. Tu l'encourages ?

Que ces paroles me paraissaient absurdes ! Qu'il me semblait vieux, cet intérieur, avec ses rideaux rouges et ses meubles noirs ! Qu'elle était prétentieuse, cette femme de chambre avec son petit tablier ! De toute évidence, c'était la dernière fois que j'y mettais les pieds, je n'entendrais plus jamais parler de Mme Spazzavento. Cependant, je me suis rappelé la nuit où Francesco avait été malade, j'ai donc répondu avec douceur :

— Tâchez de comprendre, madame, c'est beaucoup plus que ça. Je l'aime.

Plus tard, elle a déclaré :

— Elle a toujours été une menteuse. Une menteuse doublée d'une hypocrite, alors qu'elle faisait mine d'être docile et douce. Mais, moi, je l'avais tout de suite compris.

Et elle a dressé de moi un portrait dans lequel, honnêtement, il m'est impossible de me reconnaître. Elle a été jusqu'à affirmer que j'étais jalouse de son appartement, de ses porcelaines.

— Oh, ce n'est pas vrai. Pourquoi dites-vous cela, madame ?

J'aurais voulu la convaincre du contraire, mais j'ai gardé le silence. Elle a même dit que je n'aimais pas Francesco : elle a été la seule à dire une chose pareille. Je le lui ai pardonné parce que, après moi, c'était certainement elle qui souffrait le plus. Mais j'ai repensé à la solitude qui nous a saisis, Francesco et moi, en sortant de chez elle ce soir-là, place du Pont-Saint-Ange. Ce n'était plus la douce solitude de nos premières rencontres : c'était un vide glacial, animé par sa voix qui nous avait condamnés. J'aurais voulu dire à Francesco que, pour nous, rien n'avait d'importance en dehors de notre amour, mais je savais qu'il aurait dit oui sans conviction. Il n'était pas content, raison pour laquelle il n'était pas content de moi non plus. Pire : le courage que j'étais forcée d'avoir le confortait dans son mécontentement.

Parfois, il semblait irrité que j'aie encore la possibilité de travailler. Quand je sortais pour me rendre au bureau, c'est tout juste s'il me disait au revoir. Il était devenu sombre et bougon ; il allait jusqu'à pester : « Toujours des pommes de terre ! » Nous en avions reçu un sac des Abruzzes. Grand-mère était la seule personne à laquelle je n'avais pas honte de demander de l'aide, elle était incapable de me croire intéressée ou peu courageuse, elle qui savait que j'avais renoncé à l'exploitation et n'avais même pas de quoi me procurer des pommes de terre. Nos quelques sous servaient à acheter les cigarettes que Francesco fumait sans arrêt. Il n'était pas facile d'en trouver. Un de mes collègues de bureau me cédait sa ration ; l'huissier en vendait, mais pas à moi parce qu'il était opposé aux idées politiques de Francesco. Il avait accroché derrière son bureau une grande carte sur laquelle, pendant les premiers mois de la guerre, on voyait une avancée foudroyante de petits drapeaux. Il était souriant, jovial, il se vantait d'avoir un fils soldat. Puis les petits drapeaux avaient disparu les uns après les autres et, sur la carte qu'il avait derrière lui, on pouvait voir l'Érythrée perdue, la Libye perdue. Depuis que Francesco avait été évincé de l'université, Salvetti me regardait sévèrement comme si j'étais responsable de la retraite des petits drapeaux. Néanmoins, sachant qu'il pouvait me fournir des cigarettes, je revenais tous les jours à la charge et il me répondait avec arrogance :

— Mais qu'est-ce que vous croyez, que je fais du marché noir ? Vous êtes au courant que j'ai un fils qui combat ?

J'insistais :

— Je vous en prie, Salvetti !

Il me répondait encore non et jetait à la carte un regard d'intelligence.

Un jour, j'ai eu un malaise au bureau ; tout le monde s'est pressé autour de moi et on a supposé que j'avais mangé un aliment avarié ou abîmé. J'ai dit :

— Ce n'est pas possible. Hier je n'ai mangé que des pommes de terre.

J'ai alors vu, à mon grand embarras, que mes collègues se regardaient entre eux : l'un d'eux me demanda à mi-voix si j'avais faim. J'ai répondu que non. Je ne voulais pas qu'on me plaigne ; cela aurait été en quelque sorte prendre parti contre Francesco. J'ai affirmé que je mangeais souvent de la viande et des haricots qui venaient des Abruzzes – je n'avais jamais connu la famine, pour de vrai. Le regard de chacun se posa d'un air apitoyé sur mes bras maigres et mon corset vide, et il me parut injuste qu'on puisse accuser Francesco de ma maigreur congénitale.

— Je vais très bien ! ai-je dit d'un ton agressif. Nous allons très bien !

Une jeune employée proposa une collecte ; je l'ai remerciée mais lui ai expliqué qu'il m'était impossible d'accepter – c'était pour raisons politiques que mon mari était sans emploi. Alors quelques collègues s'approchèrent de moi et, les mains dans leurs poches, me conseillèrent de mettre ma fierté de côté. L'incident risquait de dégénérer en une querelle désagréable, ce qui me fendait le cœur car ces hommes étaient mes collègues de travail depuis longtemps. Je m'adressais principalement aux femmes, mais je sentais qu'elles étaient libres enfin d'exprimer la méfiance que je leur avais toujours inspirée. Le vide se fit autour de moi. Seul Salvetti me demanda, au moment où je sortais :

— Vous accepterez bien un paquet de cigarettes de ma part, madame Minelli ?

Il refusa catégoriquement que je le paie, en dodelinant de la tête et en cachant ses mains comme un enfant.

— J'aime voir une femme défendre son mari ! me déclara-t-il.

Je l'ai remercié de son cadeau, lui ai serré la main et, à peine rentrée à la maison, j'ai donné les cigarettes à Francesco en lui racontant l'incident. Il me laissa achever mon récit, puis s'exclama brusquement qu'il n'avait pas besoin de cadeaux. Il prit les cigarettes et les tordit. J'ai bondi ; j'avais l'impression d'offenser Salvetti. Il finit par annoncer qu'il pourvoirait lui-même à tout. Dès le lendemain, il irait vendre le tapis. C'était la première fois que je l'entendais parler sur ce ton – celui qu'il avait pris à notre arrivée à Florence, avec ce porteur de bagages.

— Où est le tapis ? me demanda-t-il d'un ton brusque.

Voyant que je ne répondais pas, il insista.

— Alessandra, je te demande où est le tapis.

J'ai dû lui avouer que je l'avais vendu.

— Quand ça ?

— Il y a trois mois.

— Pourquoi ? Qu'est-ce que nous dépensons ? Nous ne mangeons que des patates à l'eau parce que ta grand-mère nous fait l'aumône. Et moi, je ne peux même pas fumer si je ne veux pas accepter l'aumône de l'huissier.

Je suis restée muette, terrifiée. J'avais vendu jusqu'à la petite broche que m'avait donnée tante Violante et engagé deux des draps de mon trousseau au mont-de-piété.

— Dans ce cas, nous vendrons les fauteuils, dit-il.

Je me suis exclamée :

— Non ! Les fauteuils, jamais !

— Ah, parce qu'ils sont à toi, n'est-ce pas ? Parce que c'est toi qui les as payés, avec ton argent ?

Qu'il devait être malheureux, Francesco, pour dire des choses pareilles ! J'ai couru vers lui pour l'embrasser, afin qu'il comprenne pourquoi je refusais qu'on vende ces fauteuils.

Mais il continuait :

— Je ne vendrai pas tes fauteuils, je vendrai mes livres. Ça te va ? Je suis maître de vendre mes livres, non ?

Peinée de le voir dans cet état, je me suis éloignée sans lui répondre. Il n'y avait dans la cuisine que des pommes de terre cuites à l'eau et un morceau de fromage de campagne. Francesco avait raison ; c'était injuste qu'il subisse un tel sort, mais je n'avais plus la moindre ressource. Je me suis assise près de l'évier comme Sista s'asseyait près de l'évier de la via Paolo Emilio. L'homme a le droit de manger, disait-elle toujours. Elle achetait de la viande pour mon père et, nous, nous nous nourrissions de riz, de pâtes et de salades. « Ça n'a pas d'importance, il suffit que lui ne manque de rien », disait également ma mère.

Il me fallait trouver une solution, et je finirais bien par la trouver. Je comptais me rendre au bureau à pied, mais cela ne servirait à rien. Je demanderais un petit sac de farine à grand-mère pour faire des pâtes ; je ne les réussissais pas très bien, mais en m'appliquant, je ferais forcément des progrès. Je craignais toutefois que cela ne soit pas suffisant. « Oh, Francesco, Francesco ! » me disais-je en moi-même comme on dit : « Oh, mon Dieu, mon Dieu ! » Hors de question qu'il vende ses livres. Mieux valait vendre les fauteuils ; un seul pour l'instant – j'avais si peu le temps de rester assise ! Je me suis précipitée dans le bureau pour le lui dire.

Je l'ai trouvé en train de reconstituer une des cigarettes qu'il avait tordues. Il la cacha en me voyant entrer.

Quelques jours plus tard eut lieu le premier bombardement de Rome. Parmi les morts, il y eut Antonio, le frère d'Aida. Lui aussi, comme Francesco, était dans l'impossibilité de travailler. Une fois son interdiction de séjour arrivée à son terme, il avait été obligé d'abandonner son métier de typographe et en était réduit à décharger des marchandises aux entrepôts de San Lorenzo. Il habitait non loin de là avec sa sœur, qui s'était mariée. De leurs fenêtres, on voyait tout le cimetière. « La journée, quand on n'en a pas l'habitude, c'est triste, m'avait dit une fois Aida. Mais le soir c'est très beau, on voit toutes les lumières allumées. Quand mon petit se met à la fenêtre, il bat des mains ! » Antonio avait été atteint au ventre, il avait retenu ses entrailles à deux mains jusqu'à ce qu'on l'emmène à l'hôpital. Une fois là-bas, il avait tout de suite compris qu'il n'y avait rien à faire, et il avait déclaré : « Je regrette, je regrette… » Il était mort dans la soirée sans arrêter de répéter ces mots : « Je regrette… » À ses compagnons de chambre qui l'encourageaient, à sa sœur qui pleurait, au prêtre qui lui suggérait de se résigner à la volonté de Dieu, il avait fini par expliquer :

— Je regrette de mourir en ce moment, parce que c'est pour bientôt.

Aida avait rapporté que les assistants croyaient qu'il délirait mais qu'il avait continué à parler, très péniblement, néanmoins :

— Voilà dix ans que j'attends, d'abord en prison, puis en résidence surveillée, et c'est maintenant que je m'en vais, alors que c'est pour bientôt !

Jusqu'à la fin, alors qu'il agonisait déjà, il avait répété sans arrêt : « Je regrette, je regrette… »

Pendant le bombardement, je me trouvais dans une vieille cave de la via Venti Settembre. Les autres femmes avaient très peur, elles criaient en invoquant la Sainte Vierge. Moi aussi, j'avais très peur et j'appelais Francesco. Je ne savais pas où il était. Chez Tomaso, sans doute. On entendait circuler toutes sortes d'informations absurdes. La moitié de la ville aurait été touchée, le quartier que nous habitions – et qui était aussi celui de Tomaso – aurait été détruit.

À peine sortie de l'abri, j'ai couru téléphoner.

— Tomaso, ai-je demandé en pleurant, est-ce que Francesco est là ?

— Oui, il est ici, à mes côtés.

— Comment va-t-il ? Dis-moi.

— Il est assis, il fume.

— Oh, ne plaisante pas, je t'en prie ! Passe-moi Francesco !

— Le voilà ! me dit-il.

Après quoi il ajouta d'un ton enjoué :

— Mais je tiens à te rassurer : moi aussi, je vais bien !

Je m'étais excusée, mettant mon oubli sur le compte de mon agitation, et il s'était esclaffé.

Tomaso plaisantait toujours, disait Francesco. Il le répéta le soir même tandis que nous regardions la fumée rouge d'un incendie depuis notre terrasse. Il ajouta que Tomaso s'était fait beaucoup de souci pour moi au moment où les bombes tombaient – sans songer que cela ne cadrait pas avec l'opinion qu'il avait de lui.

— Moi, j'étais tranquille, affirma-t-il. Il n'y a pas la moindre cible militaire à proximité de ton bureau et tu es toujours si rapide, si pragmatique, si résolue ! Tomaso, lui, avait peur que tu sois dans la rue, en train de me rejoindre.

J'ai ébauché un vague sourire, sans répondre.

— Pourquoi souris-tu ?

— Parce que Tomaso me connaît bien.

— Comment ça ?

— Effectivement, j'étais sortie du bureau et je revenais chez nous. Mais lorsque je suis arrivée via Venti Settembre, on m'a arrêtée et obligée à entrer dans un immeuble.

Deux jours plus tard, je suis allée voir le quartier bombardé avec Tomaso. Nous nous trouvions sur l'esplanade du cimetière de Verano quand nous avons senti l'odeur des chevaux morts ; elle était tellement forte que nous avons dû nous boucher le nez avec nos mouchoirs et Tomaso me prit par le bras. On nous expliqua qu'une écurie avait été frappée de plein fouet, celle qui abritait les chevaux noirs des pompes funèbres. Ceux qui étaient venus porter secours aux victimes avaient perçu des hennissements désespérés. Mais pas les voix des hommes enterrés vifs dans les caves, car on ne les entendait pas. Pendant toute l'opération de sauvetage, on n'avait cessé d'entendre les hennissements des chevaux. Et quand ils se turent enfin, le dernier cri humain s'était certainement déjà éteint sous les décombres.

Le quartier San Lorenzo était désert. Sur le côté des immeubles, tout éventrés, on voyait pendre des matelas, des vêtements, des portraits, et le silence pesait sur les cours étouffées par les gravats et la poussière. On sentait partout cette odeur douceâtre et nauséabonde.

— Tomaso, demandai-je en pâlissant, qu'est-ce que c'est que cette odeur ?

Il me serra le bras et murmura :

— Les chevaux.

Nous avons croisé un vieillard qui allait remplir un seau à la fontaine.

— Je venais juste de sortir dans la rue, l'immeuble s'est écroulé derrière moi.

Il répétait sans arrêt la même phrase. Moi, je voulais l'interroger sur cette atroce odeur, mais Tomaso me devança :

— Ce sont les chevaux, n'est-ce pas ?

Le vieillard fit signe que oui, et répéta :

— Je venais juste de sortir dans la rue, l'immeuble s'est écroulé derrière moi.

Deux soldats confirmèrent que cette odeur était celle des chevaux. Et aussi une femme maigre chaussée de souliers d'homme et couverte d'un pauvre petit paletot noir :

— Oui, oui, ce sont les chevaux !

Puis elle s'adressa à Tomaso et lui dit que ce n'était pas un endroit pour y conduire son épouse.

« Laisse-moi ! » dis-je à Tomaso qui insistait pour

m'emmener ailleurs. Je voyais ma mère cheminer devant nous, dans les rues désertes, et dans l'embrasure des portes, étonnée de cette mort qu'elle ne connaissait pas. Elle passait gracieusement de son pas léger, aérien, sans souiller ses pieds de poussière. Je voyais aussi grand-mère Editta. Elle marchait lentement, majestueusement, le visage poudré sous son grand chapeau à plumes. Il me semblait que leur mort n'était pas une vraie mort comme l'avait été celle d'Antonio, qui avait retenu ses entrailles de ses mains blanchies par les gravats, comme l'aurait été celle qui pouvait nous atteindre, qui se trouvait partout autour de nous, en laissant traîner une odeur de chevaux morts. « Je regrette, parce que c'est pour bientôt ! » avait dit Antonio. J'étais encore petite quand Aida nous avait raconté qu'il n'était « pas content ». À présent, Aida était mariée, son enfant riait en voyant les lumières du cimetière et moi, j'attendais que Francesco soit content. Nous pourrions alors recommencer à marcher comme ma mère, comme grand-mère Editta.

— C'est pour bientôt, dis-je à Tomaso.

J'étais nerveuse, bouleversée.

— Ensuite nous serons contents.

Nous sommes revenus sur nos pas en nous tenant par le bras ; je gardais mon mouchoir sous le nez parce qu'il y avait des chevaux morts dans toutes les caves, dans toutes les rues. Je hâtais le pas et j'avais peur, je redoutais que les avions ne reviennent, maintenant qu'il faisait noir. Je ne voulais pas avoir à dire moi aussi : « Je regrette… », comme Antonio. Je brûlais de retrouver Francesco, d'attendre avec lui, de nous sauver, puisque c'était pour bientôt.

— Oui, me dit Tomaso. Mais moi, je ne pourrai plus être content comme toi, comme Francesco…

— Pourquoi ? lui demandai-je en m'arrêtant, l'air étonnée.

Tomaso m'a regardée, j'ai écarté de mon visage mon mouchoir blanc et c'est ainsi qu'en même temps que l'odeur des chevaux morts, j'ai été frappée par sa voix qui m'avouait :

— Parce que je t'aime.

Les nuits qui suivirent, je suis restée constamment éveillée derrière ce mur qui semblait couper en deux le matelas. La chaleur assiégeait notre lit ; je me passais la main sur le front pour relever mes cheveux et chasser la voix de Tomaso qui me disait : « Je t'aime. » Francesco se réveillait et allait boire sur la terrasse, nu-pieds.

— Tu ne dors pas ? me disait-il.

Et moi, je lui demandais :

— C'est pour bientôt, n'est-ce pas, Francesco ?

Alors il me répondait que ce n'était peut-être plus qu'une question de semaines. Il fallait que ce jour-là arrive vite pour que Francesco redevienne comme avant. À cause de la voix de Tomaso, une peur irrationnelle s'était emparée de moi – la peur de ne plus avoir le temps d'être heureuse avec lui. Alors, quand il revenait s'allonger sur le lit, je l'étreignais en lui disant : « Je t'aime. » Il faisait chaud ; Francesco me disait :

— Pardon, ça t'ennuierait de t'écarter un peu ?

C'était la faute de la chaleur, mais je me sentais abandonnée. Non, repoussée. Je me retournais dans le lit pour me délivrer des mots que m'avait dits Tomaso et qui m'enserraient, qui s'enroulaient autour de mon cou comme un ruban, je t'aime, je t'aime, je t'aime, dans une interminable spirale. Nous restions éveillés, couchés sur le dos, dans le noir, le regard vers la fenêtre.

Désormais, nous apportions nos pommes de terre bouillies près de la radio et nous les mangions là, assis par terre. Francesco les avalait volontiers. Le samedi suivant, j'ai reçu la farine que j'avais demandée à grand-mère. Le dimanche matin, dès qu'il est sorti, je me suis mise à faire des pâtes. J'étais contente de rester seule à la maison ; je craignais seulement de voir monter le concierge. Constatant que je recevais si souvent des lettres de Claudio, il m'avait demandé d'un air pénétré si j'avais un parent prisonnier. J'avais répondu qu'il s'agissait d'un ami. Depuis, il avait pris l'habitude de me remettre les lettres d'un air entendu, presque à la dérobée. Il en arriva jusqu'à me glisser, une fois : « Il y en a une ce matin », pour me faire comprendre qu'il n'avait pas jugé opportun de la donner à mon mari. J'en avais parlé à Francesco ; il m'avait répondu qu'il valait mieux laisser passer, ne rien dire, puisque nous pouvions redouter une dénonciation, une perquisition. J'avais peur que ce concierge ne lise dans mes pensées, qu'il ne cherche à me faire chanter et ne puisse entrer chez nous en me demandant durement : « Où sont les textes du professeur ? » Mais peut-être aurais-je le temps de me précipiter dans notre chambre, de prendre le revolver que Francesco avait sur sa table de chevet, et de tirer. J'avais peur d'être obligée de tirer. Voilà pourquoi, dès que Francesco fut sorti, j'ai poussé le verrou et commencé à préparer les pâtes.

J'aimais plonger mes mains dans la pâte molle. Un plaisir qui montait de mes mains à mes bras, et jusqu'à mon cou, aux coins de ma bouche, à ma nuque. « Je t'aime ! » me chuchotait Tomaso. J'essayais de retirer mes mains de la pâte, mais elle me retenait. Je disais : « Laisse-moi, Tomaso, laisse-moi ! » Ma mère circulait autour de moi et se mettait à la fenêtre en s'exclamant : « Quel beau dimanche ! » Je la suppliais, je suppliais Tomaso : « Laisse-moi ! Laisse-moi tranquille ! » La fatigue me donnait mal aux bras, je gémissais : « C'est pour bientôt ! Laisse-moi tranquille ! » J'ai étalé une belle couche de pâte, lisse et compacte, avec l'impression d'avoir triomphé d'un défi.

Le verrou empêchait Francesco d'ouvrir avec sa clef. Il frappait avec insistance, une insistance pressée.

— C'est moi, Alessandra, disait-il. Ouvre-moi, Alessandra !

Ça me faisait plaisir de m'entendre appeler par lui, de cette voix anxieuse. À peine entré il me serra très fort.

— Qu'y a-t-il ? lui demandai-je en le suivant tandis qu'il approchait du poste de radio.

— Il faut écouter toute la journée.

— Pourquoi ? Que s'est-il passé ?

Il hésita :

— Il semblerait que... bref, ils ont dit qu'il fallait écouter la musique.

Peu après, comme je voulais retourner à la cuisine, il s'y opposa :

— Non, viens ici. Ne t'éloigne pas.

Nous avons écouté la radio toute la journée, assis par terre. Nous avons mangé du pain et du fromage, Francesco me dit qu'il n'avait pas faim. De temps en temps, je pensais à ma pâte en me disant que c'était dommage. Même quand la radio n'annonçait rien, nous restions par terre, moi dans les bras de Francesco, bercée par le ronronnement du poste. C'était un dimanche sans espoir, un beau dimanche. Nous étions las, nous nous sentions les os rompus, les nerfs usés, mais nous continuions d'écouter. Si le téléphone sonnait, c'était moi qui courais répondre, et Francesco me pressait : « Dépêche-toi ! » Tomaso avait téléphoné pour nous recommander de ne pas manquer d'écouter le programme musical. Et pourtant, ce jour-là, la voix arrogante semblait parler avec une insistance accrue, une sorte d'insolence furieuse. Je regardais Francesco d'un air interrogatif, et lui me disait : « Attendons ! Attendons encore. » Même Fulvia avait téléphoné pour nous dire qu'elle était en train d'écouter la musique. « Nous aussi, merci », avions-nous répondu. Nous percevions que dans l'appartement à côté du nôtre et dans celui de dessous, les gens passaient leur après-midi à côté de leur poste. Francesco aurait voulu causer avec Alberto, mais les lignes téléphoniques étaient toujours occupées. D'un appareil à l'autre, des voix circonspectes se hâtaient de souffler : « Écoutez la musique. » L'obscurité tombait et je commençais à croire que ce nouveau dimanche s'achèverait sans espoir.

D'un ton désemparé, je murmurai :

— Francesco... Il est tard.

Il me dit, comme chaque soir :

— Maintenant, ferme la fenêtre.

À cette heure-là, chaque soir, malgré la chaleur étouffante, je voyais les femmes de l'immeuble d'en face fermer également leur fenêtre et, pendant une minute, nous nous regardions. Ce soir-là, nous nous sommes regardées encore plus intensément. Je suis revenue à côté de Francesco et, quand nous avons approché l'oreille de la toile qui cachait le haut-parleur, nous avons entendu frapper des coups graves qui nous incitaient à avoir confiance, à attendre.

Mais nous savions que ce soir-là, le réconfort de la station interdite ne nous suffirait plus. Francesco tourna l'aiguille et, volontairement, nous nous en sommes remis à la voix arrogante que nous avions écoutée des années en silence, dans l'attente. C'était précisément par ce silence et cette patiente expectative que s'exprimait notre révolte. Par la patience d'Antonio attendant sans céder, en prison d'abord, puis en déchargeant des marchandises à San Lorenzo, par la peur qu'Alberto éprouvait, qu'éprouvait Francesco, mais qu'ils supportaient sans céder, par la peur que j'éprouvais moi, parce que j'aimais Francesco, mais que je supportais sans céder. Par la patience avec laquelle nous ne mangions que des pommes de terre bouillies, en attendant. Par la patience avec laquelle mes amis d'enfance partaient et avec laquelle Claudio attendait silencieusement, derrière ses barbelés, par la patience de toute la ville, de tout le pays qui, chaque soir, fermait la fenêtre parce qu'on avait peur, mais on préférait avoir peur plutôt que de renoncer à écouter ceux qui se trouvaient hors de la prison. Nous savions que garder le silence, avoir peur et attendre était le signe de notre volonté de résister, sans relâche. Mais ce soir-là, une lassitude subite semblait s'être emparée de nous ; j'étais pâle et défaite. Derrière nos fenêtres fermées, la chaleur devenait écrasante, mais Francesco ne me disait pas de m'écarter. Il avait quitté son veston et nos bras en sueur se touchaient. Nous attendrions toute la nuit, nous traînerions le matelas ici, nous attendrions étendus, à bout de forces. Il ne fallait pas se fatiguer d'attendre. Nous savions qu'avec nous toute la ville allait rester éveillée, pour en faire de même.

Tout à coup, derrière la toile jaune de l'appareil, le silence se fit. Un long silence effrayant, plus long, plus effrayant que celui qui s'établissait entre nous et les noms des prisonniers. Dans ce silence, ce n'était pas le souffle de la mer qu'on percevait, mais l'haleine de tous ceux qui étaient à l'écoute, le visage à peine éclairé par leur lampe. Nous n'avions même plus l'impression que c'étaient nous qui écoutions ; c'était l'appareil qui nous écoutait. Je me suis levée d'un bond, en m'écartant du poste, prête à crier. C'était la première fois que j'avais vraiment peur.

— Francesco ! dis-je en saisissant mon mari par les bras. S'ils viennent, on n'ouvre pas, hein ? On n'ouvre pas.

C'est à ce moment que parla l'autre voix – douloureuse et grave, sans arrogance. Comme je ne la connaissais pas, elle m'inspira tout d'abord une peur plus forte que celle dont j'avais l'habitude. Nous avons appris que la voix arrogante ne parlerait jamais plus. J'aurais dû être contente, puisque Antonio, mort six jours avant de pouvoir écouter cette voix nouvelle, avait répété tant de fois : « Je regrette ! », puisqu'en l'écoutant, Francesco y entendait la voix d'un ami cher. Mais, moi, je me trouvais seule face à cette voix sage et modeste. Et, bien que contente de n'avoir plus peur, j'ai fondu en larmes, humiliée que la voix arrogante eût été celle de mon temps et de mon âge.

Dès le lendemain matin, Francesco décousit une doublure de valise renfermant des exemplaires de son journal clandestin, les plia et les mit dans sa poche. Il allait chercher des amis à leur sortie de prison comme on va chercher des camarades à leur sortie de l'école. J'ai téléphoné au bureau, mais on me répondit en riant que M. Mantovani était parti en voyage pour une destination inconnue. Le bureau serait fermé quelques jours. Alors j'ai appelé Lydia. Je l'ai trouvée en plein désarroi : elle m'apprit en pleurant que l'ingénieur était parti pour raisons de santé, mais en usant du même ton circonspect que nous prenions pour dire qu'il fallait écouter la musique. J'ai compris que s'il était parti, c'est qu'il avait peur. Et pourtant, j'espérais que, désormais, plus personne n'aurait peur.

La soirée de la veille avait été merveilleuse. Tandis que je pleurais, Francesco m'avait prise dans ses bras en me disant : « Calme-toi, Sandra, calme-toi. » Et s'il me disait cela, c'était pour se calmer lui aussi. Ensuite, nous étions allés ouvrir la fenêtre ; la nuit était limpide, éclairée par la lune. Dans le silence, on n'entendait plus le son de la radio, mais celui des grillons. Nous contemplions la nuit et le ciel. Une paix lumineuse m'inondait ; je comprenais que, dès ma naissance, quelque chose m'avait toujours empêchée d'écouter le chant des grillons. Mais ce soir-là, toutes les fenêtres s'ouvraient les unes après les autres. En face de nous se dressait un gros immeuble blanc où habitaient beaucoup de gens. Et tous ces gens se mettaient à la fenêtre sans aucune crainte, ils sortaient sur les balcons pour profiter de cette nuit étoilée et du chant des grillons. Ils avaient beau se connaître, ils ne se disaient pas bonjour, n'échangeaient pas un mot d'une fenêtre à l'autre. Il y avait des années qu'ils avaient pris l'habitude de se taire, voilà pourquoi ils se contentaient d'ouvrir leur fenêtre et d'écouter les grillons. Il y avait des années qu'on n'avait pas mesuré l'importance, en été, du chant des grillons.

Francesco et moi étions à notre fenêtre épaule contre épaule, en silence, et nous regardions les gens de l'immeuble d'en face. J'avais toujours aimé regarder le visage des gens pour imaginer leur histoire, leurs pensées. Mais quand j'étais dans le tram, je ressentais toujours une tristesse et un malaise en les voyant absorbés, renfrognés. Je savais que leur travail les fatiguait et qu'ils pensaient à tout ce qu'il y avait d'angoissant dans leur vie : l'argent qu'ils n'avaient pas, les membres de leur famille combattants ou prisonniers. Je savais qu'ils attendaient toujours quelque chose – le facteur, la fin du mois ou la fin de la guerre. Ce soir-là, au contraire, j'avais plaisir à les regarder parce qu'ils semblaient calmes et sereins, on avait l'impression qu'ils ne nourrissaient plus d'idées tristes mais seulement des espoirs très proches et tout roses. On voyait les femmes s'entretenir à voix basse avec leurs maris ; j'imaginais que leurs plus beaux rêves de bonheur leur semblaient près de se réaliser dans la nuit, y compris ce qu'elles avaient attendu vainement depuis leur enfance. À l'évidence, tout le monde se croyait en mesure d'être constamment heureux : les couples pauvres pensaient qu'ils deviendraient riches, les couples stériles qu'ils auraient bientôt un bébé. Ceux qui étaient fatigués pensaient qu'ils pourraient se reposer et les enfants s'imaginaient dans un monde sans punitions, ni examens ; les jeunes filles souriaient comme si on venait de les demander en mariage. Ceux qui avaient des proches sur le front croyaient que le lendemain matin, à leur réveil, ils allaient les trouver à la porte de chez eux, souriants d'être enfin de retour. Et à l'évidence, les malades s'endormaient dans la certitude qu'ils seraient guéris le lendemain.

Moi-même, après tant de nuits accablantes et tant de nuits mélancoliques, voilà que je vivais une douce nuit vibrante d'espoir, encore plus douce que celles où je m'attardais à la fenêtre, le regard tourné vers le fleuve, quelques jours après avoir fait la connaissance de Francesco. Peut-être n'avais-je connu un tel contentement que dans mon enfance, la nuit qui précédait la descente de la Befana, la sorcière des Rois mages. Francesco s'accoudait à la fenêtre à côté de moi et me parlait comme il ne l'avait pas fait depuis longtemps. En quittant la fenêtre, j'étais allée récupérer ses textes en haut du buffet de cuisine et je les avais posés sur son bureau.

Oh, ce fut un moment important ! Jusque-là, dès que nous entendions un pas dans l'escalier, nous étions obligés de cacher les feuillets et de regarder soigneusement autour de nous si nous n'en avions pas oublié un. Francesco travaillait dans l'incertitude, comme s'il s'adonnait à une activité honteuse. Quand je copiais ce qu'il écrivait, j'avais l'impression de taper des phrases grossières, des mots obscènes. Ce soir-là, dans le cercle de la lampe, ces pages se trouvaient honnêtement à leur place, toutes blanches sur la table de couleur sombre. Enlacés, nous regardions ces pages. Francesco les parcourait lentement, revivant ainsi les journées écoulées, les angoisses endurées, notre faim, notre peur – notre vie, en somme.

Toutefois, dès le lendemain matin, il nous devint impossible de rester plus longtemps ensemble, car Francesco était constamment occupé et je ne pouvais pas l'accompagner – il s'agissait de réunions auxquelles les femmes, m'expliquait-il, ne prenaient jamais part, hormis la camarade Denise. Les premiers jours, je rechignais à sortir. Dans les rues, tout le monde criait et il m'était désagréable d'entendre crier des gens qui s'étaient tus si longtemps. Même notre concierge criait. Au bureau, tout le monde me traitait avec déférence, comme si j'étais brusquement devenue une dame âgée. Et tout le monde se montrait bruyamment satisfait par la tournure qu'avaient prise les événements. Seul Salvetti l'huissier ne sortait pas d'une noire mélancolie ; il déclarait en passant la main sur son crâne chauve que, depuis cette nuit-là, il était incapable de fermer l'œil. « Je donnerais tout, même l'échelon que j'ai atteint, ce bureau, mon appartement, tout ! » déclarait-il. Je m'asseyais à côté de lui et nous causions. Je regrettais que Salvetti ne soit pas content ; j'aurais voulu le consoler en lui avouant que, moi non plus, je n'étais pas contente.

Désormais, je ne voyais plus Francesco. Je déjeunais souvent seule. Beaucoup de gens lui téléphonaient. Quand il rentrait et que je lui disais le nom de ceux qui avaient cherché à le joindre, il était obligé de passer au téléphone la majeure partie de son maigre temps libre. Le soir, il était si fatigué qu'à peine couché il s'endormait sans même lire, laissant parfois sa lampe de chevet allumée. Je me relevais pour l'éteindre, mais pas avant de regarder le visage de Francesco, ses pensées sous ses paupières closes. Je l'embrassais doucement, sans qu'il s'en aperçoive. Puis je retournais m'allonger contre le mur avec un soupir. Je ne voulais pas encore admettre ma souffrance : Francesco me négligeait à cause de son travail, mais cela devait être tellement enthousiasmant pour lui de recommencer à travailler, à parler librement ! Il avait reçu des témoignages d'affection de tous ses étudiants. Dorénavant, on voyait souvent sa signature dans les journaux et, un soir, un éditeur vint prendre ce manuscrit que nous avions caché pendant un an en haut du buffet de la cuisine. En sortant, il laissa un chèque à la place du manuscrit. Ce n'était pas une somme énorme, mais pour nous qui avions toujours été pauvres, il était important. « Mange maintenant, me disait Francesco. Achète-toi de la viande. » Quand Francesco ne rentrait pas dîner, je mangeais cette viande toute seule, à la cuisine.

Mantovani était revenu. Il semblait plus vieux, moins actif. « Vous êtes contente, hein ? » m'avait-il demandé, pour la première fois sans sa bonhomie coutumière. Tous les jours, il me devenait de plus en plus difficile de répondre. À présent, sous-entendaient certains, Francesco devait bien gagner sa vie – en raison de cette charge qu'il avait obtenue et qui, précisément, l'éloignait de moi. Ces propos m'offensaient parce qu'ils suggéraient que Francesco avait tout fait par calcul, alors que, depuis très peu de temps, il touchait simplement ce que les autres n'avaient jamais cessé de gagner – des émoluments bien modestes qui nous permettaient tout juste de manger en nous montrant vigilants et économes. Avec l'argent de l'éditeur, je m'étais rendue au mont-de-piété dégager mes draps. Mais en passant devant notre concierge avec mon paquet, j'ai eu l'impression de les avoir volés. Et c'est en rougissant que j'ai payé ma note chez l'épicier.

J'étais constamment seule. Depuis quelque temps, j'étais même privée de l'affectueuse complicité de Fulvia. Si j'allais chez elle, je la voyais tout de suite cacher les bas laissés sur les chaises et mettre de l'ordre dans la pièce. La situation nouvelle de Francesco n'y était pas étrangère. « C'est vrai qu'on va le nommer député ? » me demanda Lydia. Un jour, la concierge de la via Paolo Emilio m'arrêta au passage pour me prier humblement de recommander son fils auprès de mon mari.

— Tu te souviens de l'époque où personne ne voulait nous saluer ? me dit Francesco en riant. Eh bien, devine qui m'a téléphoné ce matin. Lascari ! Lascari qui était toujours pressé quand il me croisait. Il a même ajouté : « Mon bon souvenir à ta femme. »

Et Francesco m'avoua qu'il lui avait répondu froidement.

— Oh non, Francesco ! Tu n'aurais pas dû faire ça. C'est lui qui nous a présentés.

Il sourit, tout en se hâtant de manger parce qu'il devait sortir. Alors, je lui dis :

— Écoute, Francesco, nous n'avons plus une seule heure à nous. Nous ne discutons jamais.

— Et que sommes-nous en train de faire, s'il te plaît ?

— Oui, bien sûr, mais tu sais parfaitement ce que je veux dire ! Tu prétendais qu'après, nous serions contents…

— Tu n'es pas contente, à présent ? Tu voudrais revenir en arrière ? me demanda-t-il en s'essuyant la bouche.

J'aimais ses gestes, même quand il s'essuyait la bouche.

— Oh non, évidemment que non ! Seulement, je suis toujours seule.

— Pourquoi est-ce que tu ne sors pas avec Fulvia ? Tu n'as qu'à aller au cinéma…

— Au cinéma ? m'écriai-je, prête à me fâcher. Tu crois qu'aller au cinéma ou passer l'après-midi avec toi, c'est la même chose ?

— Je sais bien, mais pour passer le temps…

— Je n'ai pas besoin de passer le temps. Entre mon travail et tout ce que j'ai à faire à la maison…

— Tu pourrais prendre une femme de ménage pour t'aider, rien que quelques heures.

— Mais je ne me plains pas de ça.

— Moi, au contraire, j'ai l'impression que tu t'en plains.

Je n'arrivais pas à me faire comprendre et il commençait à regarder sa montre avec impatience. Nous ne pouvions pas nous quitter de cette façon. Je le retenais.

— Je t'en prie, ne t'en va pas ! Encore un moment, lui disais-je.

Je l'attendais au lieu de dormir et j'essayais de lui parler à son retour. Un soir, pendant que je lui parlais, il s'endormit.

J'étais seule, horriblement seule comme tous ceux qu'on croit heureux. Je lisais beaucoup de romans, et tous les romans me rendaient encore plus amoureuse de Francesco, encore plus pressée d'être heureuse avec lui. J'ai cessé de lire des romans et repris mes études. Francesco me dit : « Très bien ! très bien ! », de la même voix distraite que mon père. Ce n'était pas ma faute si je ne prenais pas plaisir à faire du lèche-vitrine ou à aller au cinéma. Quand je me sentais d'humeur trop mélancolique, je téléphonais à Tomaso et le trouvais toujours prêt à me consoler, à me redonner confiance en moi-même. Lui aussi me demandait si j'étais contente : je lui répondais que oui, mais d'une voix blême et incertaine. Il me semblait que je ne pouvais être sincère qu'avec lui.

Désormais, un mur s'était élevé entre Fulvia et moi. Un soir, Dario lui avait annoncé : « Je monte ! J'ai à te parler sérieusement. » Elle m'avait téléphoné toute joyeuse et avait demandé à sa mère de rentrer tard. Elle s'était habillée simplement. Tout au plus avait-elle mis un peu de rouge à lèvres. Mais, le lendemain matin, elle m'avait téléphoné pour me dire d'un ton fébrile :

— Je passe à ton bureau, est-ce que tu peux sortir un instant ?

Nous sommes allées nous asseoir dans un café. Là, elle m'a avoué qu'elle s'attendait à ce qu'il la demande en mariage, au beau milieu de la salle de jeux. « J'étais restée toute la matinée à l'église », ajouta-t-elle. Au lieu de ça, ce fut une soirée comme les autres. Après, Dario avait allumé une cigarette, ramené le drap sur le corps de Fulvia et déclaré : « Il vaut mieux qu'on cesse de se voir aussi souvent. J'ai fait la connaissance d'une jeune fille que je voudrais épouser. » Tandis que Fulvia me répétait ces mots-là, son visage ruisselait de larmes. Le serveur nous regardait avec curiosité. Moi, je me rappelais la crânerie de Fulvia, petite fille, lorsqu'elle avait enlevé son peignoir. Elle me racontait qu'elle s'était abaissée jusqu'à lui demander : « Pourquoi tu ne m'épouses pas, moi ? » Dario lui avait répondu que ce n'était pas possible parce qu'il n'ignorait rien d'elle, y compris les mensonges qu'elle débitait à sa mère quand elle voulait recevoir un homme – il n'avait pas confiance en elle. « Tu pourrais faire avec moi comme avec ta mère », lui avait-il dit. Des mots tellement humiliants que j'en ai pleuré avec elle. C'était parce qu'elle avait cédé à ses pressions, parce qu'elle l'avait aimé, en somme, que Dario la condamnait. Je me rappelais le ton ironique de mon père quand il évoquait ses promenades en barque avec ma mère alors qu'ils n'étaient encore que fiancés.

Ouvertement, devant moi, il tournait son trouble en ridicule.

— C'était bien difficile pour moi de lui dire : épouse-moi, m'expliquait Fulvia. Plus difficile que pour une autre. J'avais l'air de vouloir le pousser à m'épouser à cause de ce qui avait eu lieu entre nous et non parce que je l'aimais… Oh ! soupirait-elle, comme c'est difficile de se faire comprendre pour une femme !

Il lui avait promis qu'ils continueraient de se voir souvent, mais en usant de prudence. Il raconterait à sa femme qu'il sortait pour affaires et viendrait la retrouver. « Ah ? Il va faire comme ça avec sa femme ? » ai-je alors demandé. Et Fulvia de me répondre en souriant que les femmes croient toujours leurs maris quand ils leur racontent ce genre d'histoires.

— Il m'a dit que je pourrais lui téléphoner à son bureau pour lui indiquer quand ma mère s'absentait. Je lui ai dit que je ne désirais pas le voir uniquement pour ces moments-là, que ça m'était bien égal. Mais c'était difficile de lui dire une chose pareille avec rien qu'un drap sur le corps.

Deux jeunes gens avaient pénétré dans le café et leur regard malicieux était une invite. Fulvia s'écria, furieuse :

— Quelle horreur, mais quelle horreur ! Allons-nous-en.

C'était le mois d'août. Le soleil nous mordait les épaules, nous mordait les mollets, et Fulvia pleurait derrière ses lunettes noires. Ce qui ne l'empêcha pas de dire, en passant devant une vitrine :

— Ce tissu-là me rendrait bien service !

J'ai essayé de lui parler de ma solitude, mais elle secouait la tête et me répondait que j'avais épousé Francesco, que je devais être heureuse. J'insistais. « Comprends-moi », lui disais-je. Mais elle me répliquait : « Non, vraiment, je ne peux pas te comprendre. » Il m'arriva de lui dire, une autre fois : « C'est peut-être mieux comme ça. Tu le laisses manger avec une autre, dormir avec une autre et trouver le temps de venir se promener avec toi et coucher avec toi. » Elle le prit mal et nous sommes restées plusieurs semaines sans nous voir.

Pourtant, je n'ai jamais autant aimé Fulvia qu'à cette époque. Je me montrais avec elle comme elle s'était montrée avec moi à la veille de mon mariage – lorsqu'elle avait téléphoné à Francesco pour lui dire de m'apporter des gardénias. À ce moment-là, moi aussi, je la condamnais. Maintenant, je la plaignais, parce qu'elle ne savait rien des hommes. Fulvia en avait reçu un, le soir, dans la salle de nos jeux. Mais elle n'avait jamais dormi derrière un mur, et ce n'est qu'en dormant derrière ce mur qu'on connaît les hommes. C'est une expérience qui sépare les femmes mariées de celles qui ne le sont pas, les femmes qui ont eu des amants de celles qui ont eu un mari.

Je suis donc restée tout à fait seule. De plus, c'était le mois des congés annuels qu'on m'accordait chez Mantovani. J'aurais voulu refuser. L'oisiveté me faisait peur, mais Mantovani me dit qu'il partait lui-même en vacances, que le bureau allait fermer. En fait, si tout le monde partait, c'est que tout le monde avait peur des bombardements. Je m'étais remise à étudier, sans grande envie ; j'avais l'impression d'avoir dépassé ce stade, non seulement parce que j'avais lâché prise, mais parce que ce diplôme ne m'intéressait plus. Je préférais lire sans méthode ni programme, alors que seul un travail régulier et organisé parvenait à captiver Francesco. J'aurais bien aimé rester chez nous en sa compagnie ; lui avec ses livres, moi avec les miens. Mais maintenant, il était toujours occupé. Nerveux, aussi, et facilement irritable. Une fois, je l'ai entendu parler à la radio.

En l'entendant prononcer, dans notre intérieur, des paroles complètement étrangères à nous et à notre sort, j'ai eu l'impression qu'il était définitivement perdu. Il évoluait toujours au milieu de gens et d'intérêts très éloignés de moi, enfermé dans un monde à lui, qui le remplissait d'énergie et de vie. « C'était le bon temps ! » soupirait-il quand je lui rappelais la Villa Borghèse ou le Janicule. Tout le monde disait à Francesco que notre appartement était très agréable. Alors il souriait, satisfait d'avoir un intérieur accueillant et une femme aimable. Un jour, je lui ai dit : « Francesco, j'ai peur que tu deviennes ambitieux. » À compter de cet instant, il cessa d'avoir la moindre sympathie pour moi. Je ne lui ai jamais caché la vérité. Peut-être ai-je eu tort, peut-être aurais-je dû l'aduler. Quand il rentrait, je sortais de l'ombre de la maison comme lorsque rentrait ma mère. J'avais d'innombrables choses à lui dire. J'avais souligné dans mes livres des phrases que j'aurais aimé relire avec lui. Je lui demandais de réserver au moins une heure pour nous. Une fois, au moment de sortir, il attrapa mon menton entre ses doigts pour soulever mon visage vers le sien. Je croyais qu'il voulait m'embrasser sur la bouche. Cela faisait des mois qu'il ne l'avait pas fait ; j'avais l'impression qu'il ne l'avait jamais fait. J'attendais son baiser en tremblant d'impatience, comme la première fois. Au lieu de ça, il me lança du ton plein de sollicitude qu'aurait pris quelqu'un de beaucoup plus âgé que moi :

— Chérie, ça ne te ferait pas plaisir d'avoir un enfant ?

Voilà qu'il me proposait d'avoir un enfant d'un ton léger, comme en guise de passe-temps ! Tout comme une autre fois, il m'avait suggéré d'aller au cinéma avec Fulvia. Il y avait déjà belle lurette qu'il ne m'approchait plus la nuit. Néanmoins, si je lui avais dit oui, cette fois-là, il l'aurait fait, afin de me donner, par la suite, la possibilité de me distraire en cousant et en tricotant, en allaitant et en berçant un enfant. C'était un homme très intelligent, tout le monde connaissait son nom et lisait ses textes. Moi, j'étais une femme quelconque, personne ne savait rien sur mon compte en dehors du cercle restreint de mes amis. Pourtant, j'étais la seule de nous deux à comprendre l'importance du geste qui consiste à donner la vie à un enfant.

— Non, merci, lui répondis-je avec une politesse ironique.

Et cette nuit-là, j'ai pleuré contre son dos, dans la bonne odeur de son corps. Il me conseillait :

— Dors, chérie. Dors. Il est très tard.

Le lendemain, je lui dis :

— Écoute, Francesco, et si tu arrêtais de travailler à tant de choses à la fois ? Nous pourrions très bien vivre avec tes publications, l'université, et mon travail.

— Mais pourquoi, s'il te plaît ?

— Tu dis toujours que tu es trop occupé. C'est pour ça que nous n'avons jamais de temps à nous, que nous ne trouvons jamais le moyen de parler.

Il regarda sa montre, puis s'assit en s'exclamant :

— Eh bien, parlons !

C'était de la méchanceté. Comment discuter de la sorte ? Je l'ai regardé ; j'aurais voulu lui faire comprendre la façon dont j'envisage le mariage.

— Je te demande pardon, lui dis-je. Je te demande pardon. Merci.

Je me suis sentie plus tranquille quand j'ai commencé à comprendre que je pouvais parler avec lui par l'intermédiaire de Tomaso.

La première fois que je l'ai vraiment compris, ce fut à l'occasion de ma fête, le 26 août.

Tomaso me téléphonait tous les jours et nous

causions longuement. Il y avait déjà quelque temps qu'il me parlait ouvertement de son amour. Tandis qu'il m'en parlait, je regardais le portrait de Francesco. Mon regard intense et suppliant voulait dire : « Écoute, je t'en prie. Écoute combien Tomaso m'aime. » J'étais en vacances. Tomaso me téléphonait le matin, alors que j'étais encore au lit. Ensuite, je me levais d'un pas léger et commençais ma journée avec plaisir. Il avait une voix agréable, l'écouter me donnait l'impression de me trouver devant un miroir et de m'y voir très belle.

Au début, il m'avait souvent demandé de sortir avec lui ; j'avais refusé et il avait cessé de me le proposer. Quand il venait à la maison, c'était toujours en présence de Francesco, et j'oubliais l'intimité de nos coups de téléphone quotidiens pour affecter de n'accorder d'attention qu'à mon mari. Le lendemain matin, Tomaso me téléphonait plus tôt que d'habitude.

— Le chef est là ? me demandait-il en plaisantant.

Dès qu'il me savait seule, il changeait de ton et m'interrogeait tout angoissé :

— Pourquoi me traites-tu comme ça, Alessandra ? Dis-moi. Tu ne m'as pas parlé une seule fois hier soir, tu ne m'as pas regardé une seule fois. C'est toujours lui que tu regardes...

— Qui, lui ?

— Mais lui, Francesco !

— Ah ? répondais-je d'un ton froid pour lui faire comprendre que c'était ainsi qu'il fallait l'appeler, par son nom. Je le regardais ? C'est possible. Je le regarde toujours. Tu sais bien que je l'aime.

J'éprouvais du plaisir à parler de lui, sachant pourtant qu'il n'avait jamais inspiré une amitié sincère à Tomaso. Francesco était d'une autre envergure, plus sérieux, plus intelligent. Je répétais sans arrêt que je n'avais jamais rencontré un être aussi bon ; je parlais de son courage, de sa dignité, des succès qu'il obtenait. Et Tomaso, qui ne l'avait jamais aimé, l'aimait encore moins du fait que j'étais à lui.

Le 26 août, Francesco oublia ma fête, c'est moi qui le lui ai rappelé au moment du dîner. Il me présenta ses excuses, me demanda pardon, me dit qu'il l'avait noté sur son agenda mais qu'il avait oublié de le consulter. Mais j'étais sereine et souriante. Dans la matinée, quand Tomaso m'avait téléphoné, il m'avait demandé timidement :

— Est-ce que ce n'est pas aujourd'hui ta fête, Alessandra ?

— Si, merci ! lui avais-je répondu avec un certain étonnement. Comment le sais-tu ?

Il m'avait expliqué que, quelques mois auparavant, il avait parcouru attentivement le calendrier. Je l'avais remercié d'un ton ému, comme quelques heures plus tard, j'ai dit à Francesco :

— Ça n'a pas d'importance, nous avons toute la soirée pour nous. Nous irons nous asseoir sur la terrasse, j'ai acheté un gardénia qui sent divinement bon.

C'était un mensonge. Le gardénia était arrivé dans la matinée, peu après le coup de téléphone de Tomaso.

— Impossible, me répondit-il, Tomaso va passer me prendre dans un instant. Nous avons une réunion.

— Trouve un prétexte, mon amour ! C'est ma fête, tu comprends !

Il hésita, puis trancha :

— Non, ce n'est pas possible.

— Envoie Tomaso à ta place, dis-je cruellement.

Alors il m'expliqua :

— C'est avant tout pour lui que j'y vais. Il s'agit d'un nouveau journal, c'est important. Il y a longtemps que nous en parlons et tout doit se décider ce soir. Tomaso n'a pas de poste assuré.

Mais, à dix heures, celui-ci n'était pas encore là. Francesco me dit :

— J'ai peut-être mal compris et Tomaso s'est rendu directement sur place.

Il m'embrassa sur le pas de la porte et me déclara :

— Demain nous la célébrerons solennellement, ta fête, chérie !

J'ai regagné notre chambre. Je regardais avec un poignant regret la fleur de gardénia piquée dans mes cheveux et les coussins préparés sur la terrasse, quand Tomaso sonna :

— Le chef est là ? me demanda-t-il.

Il était tout de blanc vêtu et sentait bon le savon.

— Non, lui répondis-je. Il t'a attendu un bon moment. Il vient de sortir. Si tu cours, tu le rattraperas à l'arrêt de tram.

Il prit ma main, la baisa et se disposa à partir. Puis il s'arrêta et me demanda :

— Et toi, tu restes seule ?

— Oui. Ça n'a pas d'importance. À vrai dire, je suis un peu fatiguée, par conséquent...

— Toute seule le jour de ta fête ? me coupa Tomaso en entrant.

Je ne voulais pas qu'il reste, je ne voulais pas qu'il soit meilleur que Francesco ; j'ai insisté, en lui disant que cette réunion était très importante pour lui, qu'il obtiendrait peut-être un poste. Mais il rétorqua :

— Et si j'étais malade ? Si j'avais quarante de fièvre ? Est-ce qu'ils ne seraient pas obligés de m'attendre ? Tout le monde peut attendre, quand il s'agit de toi !

Pour célébrer ma fête, le lendemain, Francesco m'apporta un sac. Un beau sac rouge que j'ai ouvert et fermé tout en l'admirant. Nous l'avons comparé à l'ancien – il était beaucoup plus beau.

Nous avons parlé de la difficulté à trouver des sacs ; j'ai cité Fulvia, qui aurait bien voulu s'en acheter un. Nous avons souhaité que, la guerre finie, c'en serait fini aussi de cette difficulté. Il m'avoua qu'au fond – maintenant, entre nous, c'étaient des choses qu'on pouvait dire – il avait l'impression d'avoir fait une bonne affaire. Et je lui ai confirmé que oui, en effet. Je l'ai embrassé, il me tapota l'épaule puis se mit à l'ouvrage. Je l'ai remercié à nouveau et c'est ainsi que se termina la célébration de ma fête.

Une fois dans ma chambre, j'ai lancé le sac à terre. Le bruit qu'il fit en tombant me causa une petite frayeur, j'avais l'impression d'avoir giflé Francesco. Je me suis penchée pour le ramasser, l'épousseter et le poser sur le lit. C'était vraiment un beau sac rouge, j'aurais dû être contente ; je m'attendrissais à l'idée de tout cet argent qu'il avait dépensé pour moi. Ce n'était pas la première fois que penser à l'argent que Francesco dépensait pour moi m'attendrissait.

Je regrettais qu'il ne trouve pas d'autre façon de me manifester son amour. J'aurais voulu qu'il sache s'exprimer comme Tomaso, par exemple. Et cela me chagrinait d'être obligée de constater qu'un autre faisait quelque chose de mieux que lui. « Mais si tu n'y arrives pas… » Pendant la nuit, la voix de grand-mère me parlait à l'oreille dans le silence de notre chambre, ce même silence qui pesait dans la chambre de mon père et de ma mère, et qui me faisait peur, du temps où j'étais petite fille.

La veille au soir, Tomaso était resté à peu près deux heures avec moi ; il s'était assis dans le fauteuil de Francesco et me regardait sans arrêt. Moi, je lui parlais avec ferveur. C'était passionnant de pouvoir raconter à nouveau ces choses que je ne pouvais plus raconter à Francesco parce qu'il me les avait déjà entendu dire plus d'une fois, ce qu'il ne manquait pas de me rappeler gentiment. Tomaso trouvait tout ce que je lui disais extraordinaire. D'un tiroir, j'avais sorti quelques vieilles photographies avec tant d'enthousiasme que j'avais tout mis sens dessus dessous pour fouiller. Je lui avais montré celle de mon frère. Après l'avoir regardée, il m'avait observée attentivement. « On pourrait vous prendre pour deux jumeaux », m'avait-il dit. J'avais rougi et il m'avait demandé ce que j'avais. Sans croiser ses yeux, je lui avais avoué que c'était toujours Alessandro qui avait éveillé la tentation en moi.

Il avait gardé le silence un moment. Après quoi, il m'avait déclaré : « Ce n'est pas Alessandro que je tiens à connaître, c'est toi. » Comme toujours quand nous étions ensemble, le temps suivait son propre rythme, il filait. C'est avec tristesse que je voyais venir l'instant où j'allais rester seule. Et néanmoins, c'est moi qui l'avais congédié, brusquement. Sur le pas de la porte, nous étions restés muets, éloignés l'un de l'autre. J'hésitais à lui donner la main ; c'était comme si je m'engageais. Quand je la lui avais donnée, il l'avait gardée dans la sienne pour l'embrasser avec dévotion, et je m'étais sentie innocente et contente.

Francesco disait toujours que nous ne pouvions pas encore être contents parce que d'autres jours difficiles viendraient. Mais n'était-ce pas un prétexte pour dissimuler son indifférence à mon égard et son ambition ? Certes, il essayait, par son travail, de s'améliorer en contribuant à l'amélioration de la société dans laquelle nous vivions mais, à cette époque, cela n'était pas facile à comprendre. Il était entouré de gens mesquins, bassement ambitieux, et la froideur pratique qui l'animait semblait en contradiction avec les idéaux pour lesquels il avait combattu jusqu'alors. Chaque fois que je lui avais offert de l'aider, il avait refusé avec un sourire. Peut-être ne me jugeait-il pas aussi intelligente que cette Denise avec laquelle il était heureux de travailler.

Un jour, elle vint déjeuner chez nous. Elle avait perdu l'habitude de me demander si j'attendais un enfant. Elle se laissait servir par moi comme par une domestique. Après le déjeuner, tandis qu'elle parlait avec Francesco, je suis allée laver les assiettes à la cuisine ; puis, ils sortirent ensemble. Tout occupé d'elle, c'est à peine si Francesco me dit au revoir. C'était une femme presque vieille, informe sous sa veste. J'avais pourtant l'impression que Francesco la préférait à moi.

J'étais jalouse. J'ai tout de suite téléphoné à Tomaso pour lui dire :

— Je veux te voir.

Je lui parlais sèchement, comme j'aurais voulu parler de Denise à Francesco. Tout en le rejoignant en ville, j'ai songé que ce rendez-vous ne me coûterait même pas l'effort de raconter un mensonge à Francesco puisqu'il ne me demandait jamais où j'allais. Nous nous sommes mis à marcher côte à côte et les gens nous regardaient avec sympathie, ce qui ne m'arrivait jamais quand j'étais seule avec Francesco. Peut-être s'étonnaient-ils de nous voir comme enfermés sur une île fertile et sereine, malgré l'inquiétude causée par la guerre, la chaleur et la poussière. J'ignorais où Francesco pouvait bien cheminer au même instant, accompagné du pas lourd et pataud de la camarade Denise.

Nous étions dans une rue solitaire près du Panthéon quand je me suis arrêtée brusquement :

— Tomaso, qui est Casimira ?

Il me regarda d'un air étonné, puis sourit. Moi, je souffrais horriblement. J'ai répété :

— Qui est Casimira ?

Il répondit comme Francesco.

— Une fille.
— Tu es amoureux d'elle ?
— Moi ? Non ! s'empressa-t-il de dire. Absolument pas.
— Tu avais l'idée de l'épouser ?
— Moi, non. Elle, peut-être. Elle me téléphonait toujours au journal le soir. C'est une fille chaleureuse.
— Tu la vois souvent ?
— Non. Maintenant, je ne la vois plus.
J'ai eu un soupir de soulagement.
— Dommage ! Tu devrais l'épouser. À en croire Francesco, Casimira est une fille sympathique.
— Francesco ? répéta-t-il étonné.
— Oui, pourquoi ?
— Je ne sais pas. Je croyais qu'elle ne lui plaisait pas.
— Au contraire. Je l'espère, du moins, puisqu'il dit toujours qu'elle a le même caractère que moi.
— Francesco dit ça ?
— À peu près.
Tomaso m'avoua alors brusquement :
— Excuse-moi, mais j'ai toujours pensé que Francesco ne méritait pas une femme comme toi.
Nous marchions lentement et il me parlait de moi comme d'une personne que je connaîtrais mal. Et je me reconnaissais dans l'image que Tomaso, à travers ses mots tendres, dessinait de moi. Pourquoi Francesco disait-il que je ressemblais à Casimira ? Tomaso, même si je ne les lui avais jamais confiées, savait beaucoup de choses sur moi – l'abnégation avec laquelle je vivais, mes luttes, mes doutes, la voie que j'entendais suivre. J'avais peur qu'il connaisse jusqu'au mur derrière lequel je dormais.
Autour de l'île que formaient nos pas, les gens marchaient hâtivement, d'un air préoccupé, et

semblaient plus soucieux que les autres jours. Tomaso devait aller au journal et il était en train de l'oublier. J'ai pensé que Francesco était peut-être rentré et m'attendait. J'aurais voulu qu'il m'accueille en souriant, en me serrant dans ses bras, même si je le mettais au courant de mes rendez-vous avec Tomaso. Pourquoi aurait-il dû en aller autrement ? Moi, je l'accueillais tout heureuse à son retour d'un travail qui nous séparait, certes, mais qui confirmait à ses yeux sa valeur d'homme. Je le servais tandis qu'il mangeait avec la camarade Denise et devais me réjouir de ses magnifiques succès qui n'étaient plus les nôtres, car ils n'appartenaient qu'à lui. Pourquoi, s'il m'aimait, n'aurait-il pas dû se réjouir que j'aie, moi aussi, une confirmation de ma valeur ? J'aurais voulu lui raconter tout ce que me disait Tomaso.

— Il est tard, murmurai-je en voyant le ciel s'assombrir.

— Quelle importance ? me répondit-il.

Parmi les passants pressés, nous aperçûmes quelques personnes qui se regroupèrent pour parler puis se massèrent devant une boutique qui faisait entendre le signal de la radio. J'avais peur quand je voyais les gens se rassembler de la sorte, c'était toujours un signe funeste. Dans les Abruzzes, les gens étaient tous éparpillés dans la campagne. Ici, ils s'attardaient dans les rues encore claires puisqu'on était en été. Ils étaient chez eux, à table, ils travaillaient, pour certains, ils étaient amoureux, ils semblaient indifférents, protégés – et pourtant, il leur fallait tout interrompre pour accourir docilement afin d'écouter la radio. Ce n'était plus une invention miraculeuse qui diffusait de la musique ou les appels de détresse des navires. C'était une puissance inexorable, le cours de nos vies dépendait en grande partie de ce qu'elle disait.

— Attends ! dis-je à Tomaso, avec l'espoir que nous soyons au moins deux à y échapper.

Mais Tomaso me prit par le bras comme l'oncle Rodolfo m'avait prise par le bras, et nous sommes arrivés juste à temps pour entendre les derniers mots. Puis nous avons gardé le silence, tout pâles, tandis que certains soldats lançaient leur calot en l'air, heureux qu'on ait signé l'armistice.

Commença alors la longue journée au cours de laquelle j'ai été incapable de me reposer. À vrai dire, j'ai l'impression de ne pas avoir dormi, mangé ou souri un seul instant, de ne pas avoir eu un moment de répit avant d'arriver ici – où j'ai connu le repos pour la première fois.

La nouvelle n'avait suscité aucun commentaire. Il y avait des années désormais que les gens, sans rien dire, comprenaient quand les annonces de la radio étaient bonnes ou mauvaises. Et, ces jours-ci, ils avaient oublié bien des choses, mais pas la longue habitude qu'ils avaient prise de comprendre. Tous avaient repris leur marche, murés dans leurs propres soucis, sans se hâter de rejoindre leurs proches et de s'enfermer avec eux comme ils l'avaient fait en apprenant que la guerre venait d'éclater. Ils savaient, désormais, que les habitations ne suffisaient pas à les défendre, eux et leurs sentiments. Aussi marchaient-ils calmement, laissant voir qu'ils s'étaient familiarisés avec les longs jours sombres, la faim, l'odeur des chevaux morts.

Je marchais à côté de Tomaso. Il n'avait que quelques années de plus que moi. Lui non plus ne se rappelait sans doute pas à quoi ressemblaient les jours où l'on vivait en paix, sans redouter ce que disait la radio.

Un enfant passa près de nous ; je l'ai entendu demander à son père :

— Maintenant on va rallumer toutes les lumières dans les rues, pas vrai ? Je ne me rappelle pas comment c'était, les rues avec la lumière.

Je me suis alors tournée vers Tomaso pour lui dire à mon tour :

— Tomaso, comment était-ce, les rues éclairées ?

Il me prit par le bras sans me répondre. Je pensais aux rues bien éclairées où passaient des jeunes femmes comme ma mère, qui travaillaient pour réussir leur examen de piano, et des jeunes femmes comme grand-mère, qui étudiaient pour jouer Shakespeare.

— C'est un moment difficile, n'est-ce pas ? lui demandai-je.

— Non, me répondit-il.

Mais il pensait le contraire.

— Est-ce qu'il pourrait arriver quelque chose à Francesco ?

— Je ne crois pas, nous avons toujours prévu cette éventualité.

J'aurais souhaité me rasséréner. Au lieu de quoi, après un silence, je lui demandai tout angoissée :

— Tomaso, qu'est-ce qui va se passer, maintenant ?

Nous n'étions plus enfermés sur une île heureuse. Désormais, nous marchions nous aussi au milieu des autres, dans une rue de plus en plus noire. Pourtant, dès ce soir-là, nous avons eu l'impression que personne, dans cette ville, ne nous était inconnu ; nous nous regardions sans curiosité et sans intérêt, comme des gens de la même famille. Si nous ne parlions pas, c'est précisément parce que les parents ne se parlent pas. Tomaso me ramenait chez moi, sans m'en avoir demandé la permission. Nous marchions en silence, nous étions pressés en silence dans l'autobus, entourés d'un grand nombre de gens qui se taisaient aussi – c'était un silence écrasant, étouffant, qui pesait sur la ville obscurcie. Tomaso me laissa devant la porte de l'immeuble. Je ne me demandais même pas ce que Francesco pourrait penser s'il nous voyait ensemble. Nous nous sommes séparés sans un mot. Mais à peine avais-je gravi quelques marches que j'ai entendu Tomaso monter derrière moi, le souffle court. Dans la lumière de l'ampoule bleue, son costume blanc semblait livide ; je crois revoir encore l'ardeur intense de son regard lorsque je me suis arrêtée et qu'il m'a rattrapée.

— Écoute, Alessandra, me dit-il, je dois t'avouer une chose. Je ferai tout pour t'arracher à Francesco. Excuse-moi. Je voulais t'avouer la vérité ce soir. Tu comprends ?

Je l'ai regardé sans avoir la force de réagir, de répondre, de lutter. J'ai fait oui de la tête. Il a pris ma main qu'il a embrassée alors que je remontais déjà l'escalier. J'ai entendu son pas s'éloigner. J'étais calme, résignée à la voix de la radio comme à la sienne.

Francesco rentra très tard et me déclara tout de suite :

— Je t'avais bien dit que nous ne pouvions pas encore être contents, hein ?

J'aurais voulu lui répondre que notre époque était ainsi faite – il fallait bien se résigner à être content pour quelques heures, un après-midi, une nuit, dès qu'on le pouvait. Tomaso s'était hâté de passer un après-midi heureux avec moi, avant que la radio ne parle. Cependant, en voyant Francesco, je comprenais que c'était uniquement avec lui que je pourrais être vraiment heureuse. Il appartenait à ma vie. Même le fait de souffrir pour lui m'appartenait, comme cette longue journée qui commençait et que je ne pouvais refuser de vivre. « Je te l'avais bien dit ! » répétait Francesco, et sa voix sonnait comme un reproche, bien que ma seule faute ait été d'avoir essayé, à tout prix, que nous soyons heureux ensemble.

Nous sommes sortis sur la terrasse pour interroger la nuit, l'air, le vent – plus forts que nous. Ma mère m'avait appris à être l'amie des arbres, du ciel, et même de la pluie, qui laisse derrière elle un arc-en-ciel. Mais tout était fini de ce temps-là, il ne subsistait plus en moi que le vague souvenir d'une légende.

C'était une nuit blanche et menaçante. Le ciel, gonflé de nuages, vibrait de lointains grondements comme à l'approche d'un orage. Je me serrais contre Francesco, la tête plongée dans le creux de son épaule. Il me semblait que c'était la dernière nuit qui nous restait. Tous les deux, nous savions qu'allait commencer la longue journée où les femmes et les hommes ne pourraient plus coucher ensemble, se parler et s'aimer. Commençait à se lever un vent qui devait durer trois jours. Ce vent semblait accompagner toutes les heures difficiles de ma vie, de même que, souvent, mon humeur suivait celle de la nature. Un vent chaud traversait la terrasse. Francesco regardait vers le sud, tendu et à l'écoute comme lorsque, auprès de notre poste de radio, nous attendions d'entendre frapper aux murs de notre prison.

— Ils n'auront pas le temps d'arriver, dit-il.

Moi aussi, je sentais qu'ils n'en auraient pas le temps et c'était très bien ainsi – nous ne pourrions compter que sur nos propres forces. De même, je savais que je n'accepterais pas le secours de Tomaso même si, dans les moments difficiles, je m'appuyais souvent sur lui en pensée, de même que, des années durant, nous n'avions résisté qu'en entendant les coups frappés par la radio.

De nouveau, nous nous trouvions seuls, Francesco et moi. Personne ne pouvait nous aider – et cette condamnation était aussi notre ultime ressource. Je ne pourrai jamais oublier la terrasse nue, le ciel blanc et nous, blancs aussi, dans cette lumière, au milieu des immeubles blancs, les fenêtres fermées, les hautes terrasses désertes. De là-haut, on voyait toute la ville, seule, elle aussi, dans la nudité dévastée de la campagne environnante, sans défense à la veille de cette longue journée, comme nous l'étions tous deux. Je sentais qu'il était nécessaire de parler, de rompre la réserve à laquelle nous nous étions astreints jusque-là parce qu'il était nécessaire que deux camarades se parlent au cours d'une nuit pareille, qu'ils évoquent leurs sentiments, leurs élans, leurs souvenirs, les seules choses sur lesquelles ils pouvaient compter, de même que la vie comptait sur nous tous, sur nos maisons, sur les armes cachées dans les caves et sur une tradition qu'en définitive il fallait bien respecter. J'ai attendu toute la nuit. À l'aube, un camarade téléphona et parla d'un débarquement qu'on tentait pour nous venir en aide. Ce n'était pas vrai. Personne ne viendrait, je le savais. J'entendais à nouveau les paroles de Tomaso dans l'escalier et les grondements qui venaient de loin, annonçant l'orage. Il était nécessaire de rassembler toutes nos forces, de ne pas ignorer que nous étions aussi en danger, tous les deux, et pas seulement la ville. Francesco ne parlait qu'à ses camarades : ils se téléphonaient les uns aux autres, se suggéraient des moyens de trouver du secours, des armes. Quant à moi, j'attendais près du téléphone, sur un tabouret, en peignoir : je voulais qu'on m'aide, moi aussi.

— Parle-moi, dis-je à Francesco en tournant autour de lui tandis qu'il se préparait pour sortir.

— Chérie, est-ce que ça te semble être le bon moment ? répliqua-t-il en me caressant le front.

C'était le moment de parler, au contraire. Toute la journée, les églises furent bondées de gens qui priaient pour s'assurer que quelque chose subsistait, qu'il y avait quelque chose de certain, même si les grondements se rapprochaient de plus en plus et on savait, désormais, que ce n'était pas un orage. Francesco prit son revolver, le mit dans sa poche et se dirigea vers la porte. Puis il revint sur ses pas et me dit :

— Non. Il vaut mieux que je te le laisse. On ne sait jamais. Cache-le, mais à portée de main. Tu as peur ?

— Je ne crois pas, répondis-je. Comment est-ce qu'on tire ?

— Tout est prêt. Il suffit d'appuyer ici.

C'était terrible d'avoir entre les mains ce revolver lourd et froid.

— Tu as peur ? répéta Francesco quand il me vit pâlir.

— Non. Mais je n'aimerais pas être obligée de m'en servir.

— Tu n'en auras certainement pas besoin. Mais quelquefois, ça sert à se défendre.

— Où vas-tu, Francesco ?

— Pour l'instant, chez Alberto. Ensuite, on verra.

— Ne me quitte pas comme ça, lui dis-je dans l'escalier.

Nous nous sommes embrassés ; mais au moment même où il le faisait, il était déjà loin de moi, il parlait déjà avec ses amis. Je suis rentrée. Un moment plus tard, Tomaso téléphonait. Lui non plus ne croyait pas qu'ils arriveraient à temps pour nous venir en aide.

— J'aimerais te voir, me demanda-t-il. Même quelques minutes seulement.

Je lui dis que non, que je restais à la maison à attendre Francesco.

J'avais encore le revolver à la main – je l'ai déposé dans le tiroir de la table de chevet. J'ai passé la matinée au téléphone à répondre aux amis qui cherchaient Francesco. Tomaso m'appela plus tard et m'informa qu'on se battait aux portes de la ville.

— Où est Francesco ? lui demandai-je d'un ton angoissé.

— Je ne sais pas. Pour le moment, il faut que je te laisse, je pars avec les autres. Écoute, je voulais te dire que je t'aime.

Il fallait absolument que je joigne Francesco, peu importe comment, que je l'empêche d'aller avec Tomaso. Je suis sortie. Le concierge m'a arrêtée :

— Que dit le professeur, madame ?

Je l'ai regardé un moment, entendant déjà monter en moi un sentiment de haine, une haine dont j'avais perdu l'habitude. Mais il avait derrière lui sa femme et sa fille, qui tenait son petit frère dans ses bras. Et tous me regardaient, la mine angoissée.

— Est-ce qu'ils seront là à temps ? insista le concierge.

— Non. Je ne crois pas.

Sa femme regarda mon filet à provisions passé en bandoulière et me dit :

— Les magasins sont fermés, mais je peux vous donner un peu de mon pain.

Bien des choses avaient changé, au cours de la nuit. Des gens qui ne se connaissaient pas se parlaient dans la rue. Je cherchais partout Francesco – dans les charrettes qui passaient, remplies de soldats tristes et déguenillés, au milieu des hommes égarés assis aux arrêts des trams, habillés en civil, mais ayant encore leur giberne. Il n'y avait ni véhicules, ni moyens de transport ; je continuais mon chemin, agitée, en m'unissant de temps en temps à des petits groupes de femmes pâles qui marchaient, marchaient, marchaient aussi à la recherche d'un homme qu'elles ne désignaient que par son prénom.

Le vent soufflait encore ; un vent lourd, étouffant. Chez Alberto, cinquante à soixante personnes écoutaient la radio. Des jeunes gens arrivaient à bicyclette, porteurs de messages écrits au crayon. On vit venir la camarade Denise. Elle aussi portait un message. Elle me dévisagea d'un air contrarié :

— Rentrez chez vous, madame, me dit-elle, votre mari ne serait pas content de vous trouver ici.

Elle connaissait bien Francesco. En effet, à son retour, il ne fut pas content de me voir là, son regard me le dit. Sa mine sévère détruisit l'optimisme qui soutenait encore ses compagnons. La radio de treize heures n'avait pas parlé des combats.

— On nous a abandonnés, déclara Francesco. Chacun de nous est seul avec ses camarades.

Moi aussi, j'étais seule car, lorsqu'il parlait, il ne s'adressait jamais à moi. Pourtant, même s'il ne me regardait pas, je l'ai regardé une fois de plus et je l'ai choisi. Il y avait beaucoup d'autres hommes autour de lui, certains de son âge, d'autres beaucoup plus âgés et quelques-uns plus jeunes. L'air graves, ils formaient un groupe. Cependant, il me semblait que, même à ce moment, les hommes éprouvaient une grande difficulté à entrer en communication les uns avec les autres parce qu'une retenue innée – et la honte de paraître faibles – les en empêchait. Leur visage trahissait l'effort qu'ils fournissaient pour accepter la souffrance. Ils étaient moins forts que nous, même s'ils maniaient des fusils et prononçaient des mots graves, absolus, auxquels je n'ignorais pas, désormais, qu'il était à peu près impossible de rester fidèle.

Du faubourg où il combattait arriva un message de Tomaso, qui finissait par cette recommandation : « Téléphonez à Mme Minelli et dites-lui de ne pas s'inquiéter, son mari est rentré en ville. »

Tout le monde me regarda et j'ai rougi. Francesco s'approcha de moi et me conseilla de rentrer chez nous en tâchant de trouver de quoi manger en prévision des difficultés du lendemain. Dans la rue, j'ai vu des femmes pousser des charrettes sur lesquelles

elles avaient placé leurs enfants et quelques affaires – elles disaient qu'elles venaient des quartiers où l'on se battait et poussaient leurs charrettes sans pleurer ni gémir, conscientes, elles aussi, que c'était le commencement d'une longue journée où l'on ne ferait que souffrir.

À partir de ce soir-là, nous avons dû rentrer de bonne heure à la maison, en raison du couvre-feu. L'alerte sonnait et nous descendions dans les abris. Le jour, je faisais la queue devant la boulangerie. Dans les rues, on voyait passer continuellement des camions chargés d'Allemands qui nous toisaient comme du bétail. Avant le soir, je ne voyais jamais Francesco. Parfois, il ne me téléphonait même pas. Tomaso, lui, m'appelait souvent et me donnait des nouvelles dans un langage codé, parce que de nouveau, voilà que nous avions peur de la voix arrogante. Tout le monde avait eu froid dans le dos quand elle avait recommencé à se faire entendre, mais nous savions désormais qu'elle ne faisait pas inéluctablement partie de notre vie, contrairement à ce que nous avions pu croire, pendant tant d'années.

Mon père m'avait écrit pour nous proposer de venir passer quelque temps dans les Abruzzes ; je l'ai dit à Francesco et lui ai conseillé d'accepter. En apprenant cette possibilité, Tomaso pâlit. « Ne t'en va pas ! » me dit-il et, signe de son égoïsme, il ajouta : « Je ne sais pas comment je pourrais continuer si tu n'étais plus là. » Francesco, pour sa part, dit :

— Oui. Il faut que tu y ailles. Mais toi seule. J'y ai réfléchi sérieusement, aujourd'hui, justement. J'ai décidé de t'envoyer chez ton père.

Il parlait de moi comme d'une petite fille ou d'un meuble, cela ne me disait rien qui vaille.

— Et toi ? lui demandai-je.

— Il faut que je quitte la maison ce soir ou demain. Il ne serait pas prudent que je reste.

— Alors pourquoi ne pas partir ensemble pour les Abruzzes ?

Il fit une pause, puis reprit :

— Non. J'y ai beaucoup réfléchi et j'ai failli me laisser tenter, je suis tellement fatigué ! Mais ce n'est pas possible. Il faut que je reste avec nos amis, maintenant qu'on commence à travailler. Je ne doute pas que nous en ayons vite terminé, il faudra peut-être encore deux mois. Ce soir, j'irai loger chez le frère de Tullio.

— Et ensuite ?

— Ensuite, je changerai, si c'est nécessaire. Mais je ne veux pas avoir à m'inquiéter pour toi, je veux savoir que tu es en sécurité, que tu dors bien, que tu manges bien.

— Ah, c'est ça...

Il ne s'était pas aperçu que tout cela n'avait jamais eu beaucoup d'importance à mes yeux. Et maintenant, cela n'en avait plus du tout.

— Comme ça, même s'il t'arrivait quelque chose, moi, je m'en tirerais, naturellement.

— Il ne m'arrivera rien.

— Mais s'il t'arrivait quelque chose ?

— Évidemment que je serais plus tranquille de te savoir à l'abri.

Je me suis tue. Puis j'ai déclaré, non sans amertume :

— C'est une chose qui m'a toujours laissée songeuse.

— Quoi ?

— Cet empressement qu'éprouvent les hommes à mettre les femmes à l'abri de deux choses exclusivement : la faim et la mort. Les femmes les redoutent, mais pas plus que la majeure partie des hommes. En revanche, vous ne pensez jamais à les mettre à l'abri de bien des choses beaucoup plus à craindre, qui sont autour d'elles et en elles. Je ne veux pas qu'on me mette à l'abri.

Une fois de plus, je l'ai supplié :

— Francesco, fais-moi travailler avec toi.

J'étais assise au pied du lit et lui étendu, la tête enfoncée dans l'oreiller. Il leva les yeux sur moi, des yeux froids.

— Non, finit-il par dire. Il vaut mieux que tu ailles dans les Abruzzes.

Furieuse, je lui répondis :

— Tu as peur que je parle, n'est-ce pas ? Que je manque de sang-froid ? Que je sois une femme comme Casimira ? C'est bien ça ?

— Non, ce n'est pas ça !

— Si ! Tu estimes plus le dernier de tes amis que moi, parce que je suis une femme.

— Calme-toi, Alessandra, je t'en prie.

— Ce n'est pas possible ! C'est une journée décisive qu'on vit. Si tu ne veux pas venir avec moi dans les Abruzzes, laisse-moi te suivre. Jusqu'à présent, tu as fait tout ce que tu as voulu mais, maintenant, j'ai peur, j'ai peur que tout soit fini, tu comprends ? Et la seule chose importante, c'est toi et moi.

Il s'efforça de me persuader. Il me dit des choses que je savais justes mais que je me refusais à croire parce que je l'aimais. Si lui aussi avait parlé un peu de nous, de notre amour, peut-être l'aurais-je écouté. Mais il n'en parla pas.

— Alors tout ça, c'est plus important que nous ? finis-je par lui demander.

— Oui, me répondit-il. C'est plus important que tout. Tu dis constamment qu'on ne doit pas trahir sa propre ligne, n'est-ce pas ?

C'est vrai, je le disais. Mais il avait toujours une façon de répéter mes paroles qui me faisait rougir de les avoir dites.

— C'est justement le moment de ne pas la trahir, tu comprends ?

— Non, lui rétorquais-je froidement. Non, je ne comprends pas.

Un moment après, Tullio arriva accompagné de son frère pour le prévenir qu'il valait mieux partir tout de suite. Francesco les fit attendre dans le cabinet de travail et rentra dans la chambre m'annoncer que mon mari partirait avant le couvre-feu. C'était fini. Il s'en allait. Et il ne restait plus qu'une heure avant le couvre-feu. Mais en une heure, peut-être aurions-nous le temps de parler ?

— Je ne pars pas, lui dis-je. Je veux rester ici, près de toi, avoir de tes nouvelles. Tu comprends ?

Cette fois-là c'est lui qui me répondit :

— Non. Mais tu es libre de faire ce que tu veux.

— Je t'aime !

Désemparée, j'ai cessé de lutter.

Nous avions encore une demi-heure devant nous ; nous pouvions encore tout sauver. J'ai sorti sa valise, que j'ai posée sur le lit, et me suis mise à la remplir.

— Quel costume prends-tu ?

— Celui que j'ai sur le dos.

— Un seul ? Ce n'est pas prudent.

— C'est vrai. Le plus vieux, alors...

J'ai pris des chemises, des chaussettes. J'espérais encore l'entendre m'annoncer : « Non, Alessandra, je n'ai pas le courage de m'en aller. » J'étais sûre qu'il dirait quelque chose avant que j'aie fini la valise.

— Rien d'autre ? lui demandai-je.

— Non, merci.

Je m'attendais à ce qu'il dise : « Ta photo, celle qui est sur la table de chevet. » Peut-être même : « Viens aussi », avant que je ferme la valise à clef. Il nous restait encore quelques minutes. Tullio le pressait. J'ai fermé la valise à clef. Au moins, il allait certainement dire : « Excuse-moi, je ne peux pas faire autrement. C'est un déchirement de te quitter. Et je t'aime, je t'aime ! »

Mais il se contenta de déclarer :

— Sois tranquille. Je te ferai donner des nouvelles.

Tout en s'attardant sur ces détails, il avança dans le couloir. Tandis qu'il m'embrassait en présence de Tullio, j'ai tâché d'affecter beaucoup d'aisance. Il avait descendu la moitié d'un étage, quand je l'ai rappelé en criant :

— Francesco !

— Qu'y a-t-il ? me demanda-t-il en s'arrêtant.

Tullio et son frère regardèrent aussi en l'air. Je dis alors :

— Si tu as besoin de quelque chose, fais-le-moi savoir.

Je me suis précipitée à la terrasse pour le voir encore une fois. Trois hommes s'éloignaient et parlaient entre eux. Celui qui était le plus grand et portait un costume gris était Francesco.

Quelques jours plus tard, Tullio vint m'apporter un billet de Francesco. Tandis que je le lisais, il resta debout à mes côtés, le regard posé sur moi. Dans ce billet, Francesco me suggérait de répondre, dès qu'on m'interrogerait à son sujet, que je m'étais séparée de lui et ne savais pas où il se trouvait. Qu'il avait sans doute déménagé dans le Nord.

— Il faut brûler ce billet tout de suite.

Tullio était un homme d'une quarantaine d'années, célibataire, blond, la mine sévère. Derrière ses lunettes, le regard qu'il fixait sur moi était glacial. Je sentais qu'il était mon ennemi parce qu'il était l'ennemi de la faiblesse que je représentais pour Francesco.

— S'il vous plaît ? me demanda-t-il en tendant la main pour récupérer le billet. Francesco désire aussi toutes ses affaires. N'oubliez rien, madame, ni dans la salle de bain ni dans les armoires. Mettez tout dans une valise. J'attends.

Il fouilla le tiroir du bureau et prit tous les papiers – calme, précis, inexorable. J'ai écrit quelques mots à Francesco, pour le rassurer, mais surtout pour m'accrocher à des paroles écrites. Quand Tullio sortit en emportant la valise, il me salua avec une froide déférence, comme si je n'étais plus la femme de son camarade.

Entrer dans ce jeu n'était pas sans risque. Nous avions tous pris une fausse identité et devions nous convaincre que c'était la seule véritable. Tullio n'était plus archéologue ; sa carte d'identité indiquait qu'il était marchand de bois. Moi, j'étais une femme séparée de son mari. Parfois, je me repentais d'avoir accepté, comme si j'étais tombée dans un piège. J'en arrivais à craindre que Francesco n'use de ce moyen déloyal pour m'abandonner. Il était bien difficile de rester attaché à tout ce qui s'était produit avant cette longue journée – nous portions notre passé comme un scapulaire. Il arrivait même que le visage de Francesco se brouille dans ma mémoire ; il n'aimait pas se faire photographier, raison pour laquelle je ne possédais de lui qu'un petit instantané pris au cours d'un congrès universitaire. Il était grave, coiffé de son chapeau, vêtu de son pardessus. Il ne me semblait pas le même que celui qui venait me retrouver à la Villa Borghèse. Et pourtant, j'avais l'impression que cette photographie avait saisi son apparence véritable. C'est ainsi que je l'imaginais, entre Tullio et ses autres amis, sombre et sévère, son chapeau sur la tête et son pardessus sur le dos. Mais les traits de son visage, les inflexions de sa voix commençaient à s'estomper comme s'étaient estompés les traits et le timbre de ma mère.

Le visage de Tomaso m'était plus familier. Il était même devenu le seul visage familier de ma vie. Il me fallait faire un effort pour l'oublier. Parfois aussi, c'était moi qui le rappelais à ma mémoire pour alléger ma solitude. Il suivait fidèlement ma vie dont Francesco ne savait plus rien, désormais. Lui aussi déménageait souvent, ce qui ne l'empêchait pas de me téléphoner plusieurs fois par jour. « Me voilà ! » disait-il pour s'annoncer. Je me suis mise à attendre ses appels avec impatience. Au cours de nos entretiens, le jugement que devait porter sur moi le préposé à la censure téléphonique m'insupportait, mais je me rassurais en pensant que j'avais à jouer le rôle d'une femme seule, séparée de son mari. Ces conversations semblaient confirmer ma situation.

Les premiers jours, l'appartement vide et la vue des vêtements et des livres de Francesco m'avaient rongée. Je tournais dans la maison en l'appelant, je passais la soirée dans son fauteuil avec, ainsi, l'illusion d'être dans ses bras. Quand ces effets disparurent, un soulagement amer s'est emparé de moi. J'allais au bureau, j'en revenais, je mangeais la triste nourriture dont les femmes se contentent lorsqu'elles sont seules. Je croyais combler froidement les heures qui me séparaient du retour de Francesco. En réalité, pendant toute la journée, j'attendais que Tomaso téléphone.

Je ne pouvais penser à rien d'autre. J'avais l'impression d'une lutte incessante contre le sentiment que je commençais d'éprouver pour lui. J'évoquais son visage clair, ouvert, la façon qu'il avait de sourire en clignant légèrement les yeux. Je faisais souvent appel à certains romans du siècle passé, à un personnage de femme forte et courageuse qui se débat pour éloigner d'elle un sentiment coupable et revenir au sage et légitime amour. Mais quand je cherchais dans mes souvenirs de lectures, je m'apercevais que ces luttes avaient toujours été factices et inutiles. Chaque attaque ne servait qu'à rapprocher davantage encore l'héroïne de son adversaire bien-aimé, la lutte ne faisait que l'épuiser, rendre la capitulation plus proche. Le caractère inéluctable de cette fin m'atterrait.

Alors je rassemblais toutes mes forces et décidais de ne plus le voir. Pendant plusieurs heures, je me croyais sûre – et heureuse – de ma décision. Ensuite, je songeais qu'il m'était impossible de me volatiliser, qu'il téléphonerait, qu'il viendrait me chercher à la maison, qu'il fallait bien lui donner une explication – et, donc, le voir une dernière fois pour lui faire comprendre le sentiment qui me liait à Francesco. Sans doute aurais-je raison de lui téléphoner le lendemain pour prendre rendez-vous. Peut-être le soir même, ou tout de suite. Oui, tout de suite, ça valait mieux. Ensuite je serais plus tranquille. Tout serait classé, résolu.

Je l'ai appelé :

— Allô ! C'est moi, Alessandra.

Je prenais plaisir à me présenter à lui avec tant de grâce, pour la dernière fois.

— Tu n'as pas peur ? lui demandai-je.

— Très peur. Mais je ne suis pas recherché, on dirait. Ils cherchent les éléments importants. Francesco, par exemple, Alberto, Tullio. S'ils m'arrêtaient, ils en trouveraient facilement un autre à mettre à ma place. Alors que tout le monde ne peut pas prendre la place d'Alberto ou de Francesco.

En attendant, peu à peu, Tomaso essayait de prendre la place de Francesco auprès de moi. C'était précisément sa dévotion sans faille qui me faisait peur. Il me traitait comme si j'étais encore une jeune fille ; il me demandait, comme une faveur, que je le laisse me baiser la main ou me donner le bras. Je redoutais l'heureuse innocence de nos rendez-vous, la certitude que j'avais de ne rien faire de mal.

Très vite, la distraction que m'offrait mon travail me manqua. Mantovani s'était lancé dans un grand nombre d'importants chantiers qui l'obligeaient à partir pour le Nord. Il était redevenu carré, expéditif. Il avait installé un poste de radio près de son bureau et l'allumait de temps en temps, comme pour bien s'assurer que la voix arrogante parlait encore.

— Vous venez dans le Nord, madame Minelli ? me demanda-t-il un matin.

Nous avions entre nous le plateau lisse de la table, le sous-main en peau de porc, les belles garnitures de bureau que j'avais toujours désiré posséder même lorsque j'étais petite fille. Quand cette table nous séparait, en dépit de la gentillesse et de la générosité de mon patron, peut-être même à cause d'elles, je sentais qu'il était riche et moi pauvre, lui très puissant et moi très faible. Ce jour-là, pourtant, bien qu'il ait repris son assurance et que Francesco ait dû fuir, j'avais l'impression d'être beaucoup plus forte que lui. Car sans doute avais-je toujours été pauvre et, sans son aide, je serais sûrement morte, comme sa mère, sans avoir jamais possédé de fauteuil. Mais je me demandais ce qu'il aurait fait, lui, sans cette magnifique table, sans ces téléphones, sans la courbette que Salvetti lui adressait en lui ouvrant la porte. Et, surtout, sans cette voix arrogante de la radio qui le rassurait. Francesco et moi étions habitués à cette vie pleine d'incertitudes.

— Merci, lui dis-je. Croyez bien que je regrette de ne plus pouvoir travailler avec vous, mais je suis obligée de rester ici.

— À cause de votre mari ?

— Non, répondis-je après une pause. Je vous ai déjà dit que nous étions séparés. C'est parce que j'ai peur de perdre mon appartement.

— Oui, je comprends.

On se comprenait sans peine, même sans avoir recours à un langage codé. Nous n'avions donc pas l'impression de dire des mensonges. Lydia annonça qu'elle ferait souvent l'aller-retour entre Rome et

Milan. J'ai accompagné Fulvia à la mairie et nous avons lu tous les bans qui avaient été publiés pour savoir quand avait lieu le mariage de Dario.

C'est Tomaso qui me dit d'aller retrouver Francesco le lendemain, à l'heure du déjeuner.

— Qu'est-il arrivé ? lui demandai-je, remplie d'effroi.

— Rien du tout, me répondit-il. Il veut te voir.

Je me suis rendu compte que Tomaso était jaloux. Peut-être se demandait-il si son amour n'était pas au-dessus des droits que Francesco avait vis-à-vis de moi. Mais je désirais lui faire comprendre que ce n'était pas une question de droits, que j'étais heureuse d'aller le retrouver parce que je l'aimais. Je me suis approchée de Tomaso pour lui expliquer cela. De tâcher de le consoler, aussi. C'est ainsi que, pour la première fois, nous nous sommes tombés dans les bras. Des années que je n'avais pas été enlacée de cette façon-là. J'ai été étonnée de prendre plaisir à une étreinte qui n'était pas celle de Francesco. Jusqu'à présent, j'avais confondu Francesco et Tomaso, mais ce n'était plus possible. J'ai eu la sensation particulière de l'intimité avec un homme qui n'était pas mon mari et, par conséquent, de la trahison, de la faute.

— Va-t'en, je t'en prie, lui dis-je.

Le souvenir de cette étreinte subsista pourtant en moi, même tandis que je causais avec Francesco.

De crainte d'être suivie, j'avais fait un grand détour. Le frère de Tullio s'appelait Luigi : il était marié et père de quatre enfants. Francesco était censé être le beau-frère de Luigi et, donc, faire partie de la famille. Ils habitaient le quatrième étage d'un immeuble situé sur l'Aventin. Pour y arriver, il fallait monter un large escalier inondé de soleil. C'est la femme de Luigi qui vint m'ouvrir. Je ne disais rien, elle me jaugea d'un regard, sourit, et me dit :

— Entrez.

Francesco était assis dans la salle à manger, un des enfants sur ses genoux, en train d'écouter la radio. Quand je suis apparue sur le seuil, il se retourna et posa l'enfant à terre pour me prendre dans ses bras. L'enfant se mit à pleurer, les autres enfants plus âgés à nous regarder. Il ne me tenait pas comme Tomaso. La femme de Luigi nous contemplait avec émotion ; elle était plutôt grosse, avec un visage sympathique. J'aurais voulu rester seule avec Francesco mais elle ne semblait pas disposée à nous laisser tous les deux. Sans doute pensait-elle qu'une conversation entre mari et femme peut être entendue de tout le monde. En effet, nous nous demandions : « Que fais-tu ? Comment te sens-tu ? Tu manges ? » J'aurais aimé attraper les mains de Francesco, me serrer contre lui, retrouver sa façon de me prendre dans ses bras, l'odeur de sa nuque. Au lieu de ça, j'étais assise près de la table mise, au milieu de ces inconnus avec lesquels Francesco avait déjà noué des liens. À table, ils me racontèrent des événements qui les faisaient encore palpiter d'angoisse et auxquels je n'avais pas pris part. Ils me révélèrent l'existence d'une petite porte, dissimulée derrière une bibliothèque, et qui conduisait à une mansarde. Dans cette mansarde se tenaient des réunions et des séances ; Francesco et les autres pouvaient s'y cacher en cas de danger. J'avais l'impression d'être une étrangère.

Après déjeuner, Francesco me dit :

— Viens voir ma chambre.

C'était celle du fils aîné, qui avait douze ans. Aux murs, les photos des champions de football les plus connus, dans les rayonnages, des livres d'aventures et des soldats de plomb. J'ai regretté qu'il couche dans cette chambre ; j'aurais voulu à tout prix recommencer à dormir dans son dos. Derrière la porte vitrée, on entendait jouer les enfants.

— Reviens à la maison, Francesco, lui dis-je.

Puis j'ai ajouté :

— Excuse-moi, je sais que ce n'est pas possible, mais je ne peux plus vivre sans toi.

Nous sommes restés serrés l'un contre l'autre. Je l'aimais de toutes mes forces, de toute cette force que je mettais à me défendre de Tomaso.

— Enlève donc ta veste, me dit-il. Tu n'as pas trop chaud ?

Puis il alla à la porte et tourna la clef de la serrure. Un enfant vint tambouriner sur le verre dépoli. Je pensais à la femme de Luigi qui devait certainement imaginer pour quelle raison un mari désirait rester seul avec sa femme, après deux mois.

— Recoiffe-toi, me dit Francesco quelques instants plus tard, tout en rajustant sa cravate devant la glace.

On entendait toujours la voix des enfants ; l'un d'eux appelait sa mère en pleurnichant. Une silhouette de Blanche-Neige était collée sur la glace. Tandis que je m'exécutais, Francesco s'approcha de moi pour me parler. Sa présence suscitait en moi un si profond bonheur, une souffrance si aiguë qu'elle me donnait envie de partir au plus vite, afin que ce conflit s'apaise.

— Sandra, je voulais te dire une chose. Demain, je quitte cette maison. Je pars pour un petit pavillon à la campagne où nous avons un poste émetteur. Il est temps de passer à l'action. Nous avons rassemblé des hommes, des armes et des explosifs.

— C'est très dangereux, Francesco.

Il eut une minute d'hésitation, comme s'il chassait une pensée de son esprit, puis me dit :

— Non, je ne crois pas. Quoi qu'il en soit, tu dois comprendre que je ne peux pas faire autrement. Il faut que tu comprennes. Comprends-moi, je t'en prie. Je sais que nous allons rester quelque temps sans nous voir. As-tu besoin d'argent ?

— Non, lui répondis-je durement.

J'étais en train d'enfiler ma veste. J'ai rougi, j'avais l'impression qu'il voulait me payer.

— Écoute, Alessandra, continua-t-il en me prenant la main. Je veux que tu aies du courage.

— Je n'en ai absolument aucun.

— Je sais. Moi aussi, du reste, je me sens plus fort quand nous sommes éloignés l'un de l'autre. Peut-être que, dans des moments pareils, les réactions d'un homme et d'une femme sont très différentes. Mais j'espère que tu te rends compte de tout ce qui arrive. Jusqu'à présent, nous n'avons pas eu beaucoup de temps pour nous. Je n'ai jamais été comme tu l'aurais souhaité. Mais je ne me sentais pas encore libre. Je sentais, je savais qu'il fallait en passer par là pour être enfin content.

La pièce était froide, Francesco avait passé son pardessus et ressemblait à sa photographie.

— Tu le comprendras peut-être bientôt, reprit-il. Et moi, je te comprends, même si tu penses le contraire. Il faut se libérer.

Je n'ai pas répondu – c'était de mon amour pour lui que je voulais me libérer.

— Allez, sortons.

Il était de nouveau aussi impassible et distant qu'un moment plus tôt. Je n'arrivais jamais à franchir le mur qui nous séparait. Dans le couloir, la femme de Luigi nous attendait, toute souriante ; j'ai rougi, craignant d'avoir laissé la chambre en désordre. Je n'acceptais pas sa bienveillante complicité. C'est à peine si je lui ai dit au revoir. Tandis que Francesco m'embrassait, un enfant s'agrippait à ses jambes.

— J'ai peur, je t'aime, lui ai-je soufflé à l'oreille.

Puis, vivement, j'ai disparu dans l'escalier.

Quelques soirs plus tard, j'étais en train de parler avec Tomaso au téléphone quand j'entendis frapper à la porte avec insistance. L'heure du couvre-feu était passée et cette insistance me rendit méfiante. Je dis :

— Excuse-moi, Tomaso, on frappe. Peut-être que c'est eux, je te rappelle tout de suite, bonsoir !

C'était la petite fille du concierge, toute pâle :

— Ils arrivent, attention ! dit-elle.

Elle monta encore quelques marches puis alla se réfugier derrière les réservoirs d'eau.

Je courus dans ma chambre et pris le pistolet que j'ai caché dans un fauteuil du bureau. J'entendais déjà des pas lourds, le bruit de souliers ferrés montant l'escalier. C'étaient les pas qu'on entendait tous les soirs dans les rues, les pas qui cherchaient Francesco. Ça y est, ils étaient devant ma porte. « Il suffit d'appuyer là », m'avait-il dit.

Leur manière de frapper ressemblait à leurs pas, à leur regard dur. Ils étaient trois et me saluèrent en entrant.

Je n'avais pas peur ; je me sentais enveloppée d'une impassibilité glaciale. À leurs questions, j'ai répondu qu'il y avait longtemps que mon mari ne vivait plus avec moi, que nous étions séparés et qu'il s'était sans doute établi à Milan. Je parlais avec calme, avec assurance. Si seulement Francesco pouvait me voir ! Ils m'observaient d'un air méfiant et moi, je les regardais fixement en savourant une joie amère à l'idée d'appuyer sur la gâchette. Ils étaient grands et blonds ; nous avions en commun notre taille, la couleur de nos yeux, la couleur de nos cheveux. Je les connaissais bien : ma mère m'avait toujours parlé du caractère de grand-mère Editta. Nous avions l'air de quatre personnes de la même famille, ils auraient donc dû savoir que je ne dirais rien. Je me demandais seulement si je pourrais résister à la douleur physique. Ils se montraient respectueux, courtois, et me demandèrent pardon en entrant dans le bureau. Je me suis assise sur le bras du fauteuil. Ils parcoururent rapidement les papiers et, sans aucune raison, la peur qu'ils puissent trouver quelque chose me saisit. Ce fut justement leur précision méthodique qui me rassura. S'ils cherchaient sans faire d'erreur, j'avais détruit sans faire d'erreur. « À la poitrine. Dans leur poitrine pleine d'aplomb et d'arrogance », ai-je pensé. La présence du revolver m'inspirait une grande appréhension ; j'avais l'impression que le fauteuil était transparent.

Les soldats sortirent du cabinet de travail et je fis mine de les suivre.

— Je vous en prie, madame, dit l'officier pour me faire comprendre que je devais rester avec lui pendant qu'ils fouilleraient le reste de l'appartement.

Il m'invita à m'asseoir et je me suis ainsi retrouvée à quelques centimètres du revolver.

— Vous lisez beaucoup ? me demanda-t-il en regardant les étagères.

— Oui. C'est mon occupation préférée.

— Bon !

Il commença à prendre quelques livres, sans doute pour y trouver quelque chose. Il les feuilletait et je sentais du mépris pour cette hypocrisie inutile.

— Vous ne trouverez rien dans les livres, lui assurai-je.

Il se retourna, étonné.

— Je ne cherche rien. Du reste, je me rends bien compte que nous ne trouverons rien. Il est difficile de trouver quelque chose dans la maison de quelqu'un qui lit tant de livres, ajouta-t-il avec une légère ironie.

J'avais peur ; je craignais qu'il ne me connaisse trop bien. Peut-être savait-il que je ne supporterais pas longtemps la douleur physique. « Dans le dos, quand il prendra un autre livre », pensai-je.

— Excusez-moi, me dit-il. Si je vous ennuie, j'arrête tout de suite.

J'ai fait un geste pour montrer que ça m'était bien égal.

— Je vous remercie. Il y a bien longtemps que je n'ai pas vu de livres. Depuis que j'ai quitté ma maison. Maintenant, ma maison est détruite, tout est détruit, les livres aussi. C'est dommage. On ne peut pas acheter tant de livres en même temps, il faut le faire petit à petit. Je vous souhaite de ne pas perdre les vôtres.

Je le regardais sans lui répondre. Je comprenais mal ce qu'il voulait dire. J'entendais dans ma chambre les pas des soldats, leurs mouvements, un meuble qu'ils déplaçaient. Peut-être essayait-il de me faire oublier ce que les autres étaient en train de faire. Peut-être aussi étudiait-il la manière la plus opportune de m'amener à parler.

Il se rapprocha. Je le regardai fixement. Il était jeune, à peine plus âgé que moi.

— Je pénètre souvent dans les immeubles de cette ville, me dit-il avec une sorte de gêne dans la voix. Mais je ne trouve jamais beaucoup de livres, comme dans les maisons de mon village.

Croyant m'avoir blessée, il ajouta :

— Excusez-moi. Pourquoi en avez-vous tant ?

— J'ai fait des études de lettres.

— Moi aussi, me dit-il gravement. Je préparais une thèse sur ce poète quand la guerre m'a forcé à partir.

Il me montra le livre qu'il tenait entre ses mains. C'étaient les poèmes français de Rilke. Il s'assit dans le fauteuil en face de moi tandis que j'entendais les soldats fouiller toute la maison.

— Vous connaissez ces poèmes ?

— Bien sûr.

— Lisez-moi un de ceux que vous préférez, je vous en prie.

Il me tendit le livre. Tout en le prenant, je m'efforçai de deviner quel traquenard pour Francesco cela dissimulait.

— Lequel ? demandai-je en le regardant fixement, dans l'espoir de trouver le piège.

— Celui que vous voudrez, je vous en prie.

Je n'aurais jamais cru avoir à lire un poème avec un revolver à quelques centimètres de moi. Je pensais à ceux qui avaient entendu la voiture des Allemands s'arrêter devant la porte, à la nouvelle qui circulait dans notre petite rue, à l'immeuble que la terreur tenait certainement en éveil, aux quelques hommes restés sur place qui devaient se dissimuler dans leurs cachettes. Mais lire un poème était peut-être un moyen de les aider ?

— Oui, dis-je. Il y en a un que je préfère.

J'ai feuilleté le livre. Il attendait, attentif et raide :

Tous mes adieux sont faits. Tant de départs
M'ont tellement formé dès mon enfance.

J'ai continué à lire, non sans le regarder subrepticement de temps en temps, dans la crainte de le voir tirer parti de ma bonne foi, d'une manière ou d'une autre. Il ne fallait pas le laisser s'imaginer que ma haine était moins grande parce que je lui lisais un poème.

— *Tous mes adieux sont faits*, répéta-t-il.

J'ai entendu les pas des soldats se rapprocher dans le couloir ; j'avais l'impression que Francesco se trouvait entre eux, certaine que c'était moi qui l'avais livré à travers ce poème.

« *Tous mes adieux sont faits* », pensais-je en approchant ma main du revolver.

Ils entrèrent et montrèrent à l'officier deux photographies : l'une était celle de Francesco, l'autre celle de Tomaso, en train de rire – celle-ci, je la gardais cachée au milieu du linge. Ils parlèrent entre eux sans que je puisse les comprendre. De toute évidence, cette photographie les mettrait sur la piste de Francesco. Il y avait en moi un chien prêt à mordre.

— Je vous en prie, madame, dit l'officier en évitant de regarder mes mains qui tenaient encore le livre ouvert. Il est nécessaire que vous me disiez lequel de ces deux hommes est votre mari.

Il me montra les photographies. En un clin d'œil, mon sang se glaça, puis se transforma en un flot bouillant.

— Celui-ci.

J'avais montré la photographie de Tomaso.

— Je vous remercie. Et l'autre ?

— C'est un ami, répondis-je en rougissant.

— Je comprends, fit-il en inclinant légèrement le buste.

Il prit la photographie de Tomaso et la mit dans sa poche.

Sur le pas de la porte, les deux autres soldats étant déjà sortis, il me dit :

— Je sais que ces visites ne sont pas agréables. J'espère ne pas revenir. Je ne voudrais pas détruire par ma personne le souvenir de Rilke.

J'entendis leurs pas dans l'escalier. L'immeuble entier s'en faisait l'écho et tous les locataires tremblaient certainement de les entendre s'arrêter devant leur palier. J'entendis la porte d'entrée se refermer, leur voiture démarrer, s'éloigner. Quand il n'y eut plus un bruit, je courus prendre la photographie de Francesco et la brûler. Il n'était plus là ; je l'avais soustrait, sauvé.

Je me suis ruée sur le téléphone pour demander Tomaso. Alors seulement, j'ai compris la gravité de ce que j'avais fait. C'était un geste vil, abject, qui me vaudrait le mépris de Francesco. Je voulais prévenir aussitôt Tomaso, je composais avec angoisse son numéro mais, comme personne ne répondait, je le recomposais frénétiquement. La sonnerie qui retentissait dans le vide me donnait la certitude qu'on l'avait déjà arrêté. Je me persuadais que c'était impossible. Mais en attendant, je pensais avec désespoir à son visage dans la poche de l'officier.

Le concierge monta chercher sa petite fille qui était restée entre les réservoirs d'eau, tremblante de froid.

Les portes s'ouvrirent, les voisins sortirent en robe de chambre et peignoir.

— Ça aurait pu être pire ! disaient-ils.

Ils me demandaient pourquoi ils étaient venus. Je répondais de façon vague. Finalement, nous sommes restés seuls, le concierge et moi.

— Madame, me glissa-t-il à voix basse, ils m'ont montré la photographie et j'ai dit que c'était bien votre mari.

Je rougis violemment, mais il continua :

— Ce monsieur est devant la porte, il veut entrer.

— Où est-il ?

— En bas. Il les a vus repartir, il veut entrer. Je lui ai fait signe d'attendre, mais maintenant, il vaut peut-être mieux que… qu'il ne reste pas dans la rue… puisque le couvre-feu a commencé.

— Oui ! lui dis-je sans le regarder.

Le concierge ajouta :

— Ils ne vont pas revenir. Quoi qu'il en soit, souvenez-vous du local des réservoirs. Le dernier, à droite, est vide.

Un moment plus tard, j'entendis se rapprocher le pas de Tomaso dans l'escalier, léger et rapide. Il entra le souffle court, referma la porte derrière lui et nous nous sommes enlacés frénétiquement dans le vestibule noir. « Alessandra ! » disait-il. Et moi, je répondais : « Tomaso ! », le désespoir dans la voix. Je pensais à la photographie. « Tomaso ! »

répétai-je en me serrant contre lui. Alors il se pencha vers moi et m'embrassa sur la bouche. Nous nous sommes embrassés longuement ; c'était merveilleux que de s'embrasser, de sentir une bouche chaude et vibrante, un corps jeune et libre.

— Je t'aime, me disait-il. Après ton coup de téléphone, j'ai eu peur, je suis venu tout de suite.

— Mais le couvre-feu ?

— Qu'est-ce que ça peut faire ? Je me suis caché en face de l'immeuble, entre les arbres. Je voyais leur voiture devant la porte, mais eux ne descendaient jamais.

Il m'embrassait, me tenait serrée contre lui.

— J'ai eu tellement peur, Alessandra. Enfin, c'est passé, te voilà ! Je me suis dit qu'ils ne pouvaient pas être plus de deux ou trois et j'avais décidé que s'ils t'emmenaient, je tirerais ! Mon amour...

Moi, je répondais :

— Mon amour...

Nous avons passé la nuit dans le cabinet de travail, moi assise dans le fauteuil et lui à mes pieds. Je lui caressais les cheveux. Je regardais un petit rouleau de papier brûlé – c'était la photographie de Francesco. Nous avons parlé des heures et des heures. Nous avons même parlé de Francesco. Il me demandait : « Tu l'aimes tant ? », et je faisais oui de la tête, un oui étonné, désolé. Je ne lui ai rien dit pour la photographie. Avant le jour, j'ai voulu qu'il s'en aille. Nous retardions le moment parce que nous étions incapables de nous séparer. Nous nous sommes à nouveau embrassés dans l'escalier désert et noir.

Au cours des semaines qui suivirent, je n'ai plus connu ni le calme, ni le repos. Je ne pouvais me libérer du remords d'avoir exposé Tomaso à un grave danger, si bien que je ne pouvais m'empêcher de penser à lui. Si je lui avais avoué l'acte méprisable que j'avais commis, il aurait continué de m'aimer, il aurait compris et aimé ce geste aussi. Voilà pourquoi je souhaitais voir Francesco et me réconforter auprès de lui. Dans ce but, j'avais demandé de parler avec Tullio, et Tullio m'avait donné rendez-vous chez Luigi. Je n'avais aucun plaisir à retourner là-bas, surtout en raison de ce qui s'était passé dans la chambre du petit garçon. C'est la femme de Luigi qui vint m'ouvrir. Tullio m'attendait dans la salle à manger ; les enfants se taisaient, intimidés par ma présence.

— J'ai besoin de voir Francesco, lui dis-je.

Tullio me répondit que c'était impossible. Après la visite que j'avais reçue, j'étais probablement suivie et cela aurait pu perdre non seulement Francesco, mais aussi ses camarades. Francesco allait bien, me dit Tullio, et, comme d'habitude, il me remit une lettre de lui pour que je la lise en sa présence. C'était une fort belle lettre, dans laquelle Francesco me rassurait sur son sort et tâchait de me donner du courage en invoquant toujours des sentiments plus hauts que nous et des devoirs auxquels il fallait se conformer. Une lettre très noble, vraiment, comme celle que les révolutionnaires écrivent à leur famille avant leur exécution et qu'on publie plus tard dans les anthologies. Après l'avoir lue, je rougissais de confier à Tullio la lettre brouillonne où j'exprimais à mon mari combien j'avais besoin de son amour et de sa présence. Au moment de récupérer cette lettre, Tullio baissa la tête avec un sourire. Je lui demandai de me révéler le lieu où se cachait Francesco, il me corrigea :

— Il ne se cache pas, madame, il travaille.

Impossible de savoir où il se trouvait. Avec Tullio, je faisais toujours piètre figure : j'avais les yeux pleins de larmes, les lèvres tremblantes, je bafouillais. J'ai essayé d'insister, de le supplier. Il refusa carrément, mais à regret, semblait-il. Il ne manquerait pas de raconter à Francesco que j'étais une femme faible et victime de ses nerfs.

— Pourtant, ajoutai-je en sortant, il fallait vraiment que je voie mon mari.

En me saluant, Tullio me recommanda froidement :

— Si on vous interroge quand vous sortirez d'ici, dites que vous êtes venue voir ma belle-sœur, elle s'appelle Maria.

Je n'ai croisé personne. Vers le soir, je suis allée rejoindre Tomaso dans un café. Je l'ai trouvé agité.

— Depuis qu'ils sont venus chez toi l'autre soir, chaque fois que tu as un peu de retard, j'ai peur de ne plus te voir, me dit-il.

Nous nous voyions désormais tous les jours. Il savait ce que je faisais heure par heure, l'argent qu'il me restait exactement ; c'est lui qui m'avait procuré une traduction du français pour un éditeur travaillant dans la clandestinité. Je lui dis que je n'étais pas sûre de bien traduire, mais quand je lui remis, toute rougissante, les premières pages à lire, il prit un air étonné et me regarda avec admiration :

— Je pensais que je serais obligé de la reprendre de fond en comble. Mais ce ne sera pas nécessaire et je le regrette. On ne peut jamais rien faire pour t'aider. Quand on s'approche de toi, on reçoit quelque chose, même quand on avait l'intention de donner. Tu finiras par revoir mes articles.

Le soir même, j'ai écrit à Francesco pour lui parler de cette traduction ; j'aurais voulu composer une belle lettre qui justifie les propos de Tomaso. Mais quand je m'adressais à lui, mes sentiments me privaient toujours du calme nécessaire pour m'exprimer comme il faut.

Il me semblait dorénavant impossible de le rejoindre ; je ne savais plus rien de sa vie quotidienne et lui ignorait la mienne. Je n'avais pas osé avouer que j'avais donné la photo de Tomaso à la place de la sienne, tout en l'accusant dans mon for intérieur de m'avoir poussée à ce geste déloyal, dicté par mon amour pour lui. Peu à peu, l'idée me venait que mon mariage avait peut-être été une erreur et qu'en réalité c'était à l'homme tendre et dévoué avec qui, dorénavant, je partageais les heures les plus importantes de ma vie, que j'appartenais. Nous valions peut-être moins que Francesco, aussi bien lui que moi. Mais notre journée était un cercle harmonieux, un doux anneau. Nous discutions avec animation. Après quoi, souvent, nous travaillions ensemble dans la lumière de la même lampe, l'un à droite, l'autre à gauche de la table. Dans ces moments-là, la vie semblait si belle, si parfaite que lorsqu'il levait les yeux de son travail pour me regarder, comme cela lui arrivait fréquemment, je rougissais et j'avais envie de pleurer. Nous étions toujours liés l'un à l'autre et du même avis. Lorsqu'il sortait pour une mission risquée, il m'en avertissait. Puis, tout de suite après, il me téléphonait pour m'informer, par le biais de formules convenues, que tout avait bien marché. Il mettait une grande simplicité dans tout ce qu'il faisait.

— Non, je ne serai jamais un héros, me disait-il en souriant. Le destin ne m'en offrira pas l'occasion. Mais c'est peut-être moi qui ne fais jamais assez d'efforts pour me la procurer.

En ce temps-là, la ville était remplie de gens qui n'auraient jamais la possibilité de devenir des héros. Il circulait pourtant entre nous tous une solidarité qui confinait souvent à l'héroïsme – même si c'était à travers la peur. Voilà peut-être pourquoi nous nous comprenions facilement. Il suffisait d'un signe ou d'un coup d'œil. Les maisons s'ouvraient aux persécutés, afin de les accueillir au sein de la misère qu'elles abritaient. C'était comme si, finalement, nous nous étions décidés à nous révéler les uns aux autres. Oui, ce fut vraiment une époque qui rendit meilleurs même ceux qui n'avaient pas l'ambition de devenir des héros mais se sentaient obligés de rester fidèles à eux-mêmes. Cela paraîtra peut-être bizarre, mais je sentais que même ces grands soldats raides qui nous faisaient si peur étaient poussés par ce devoir imprescriptible. Je ne pouvais pas croire qu'ils tiraient de la satisfaction à faire peur à des hommes et à des femmes qu'ils ne connaissaient pas. Contrairement à ce que certains pensaient à l'époque, j'avais l'intuition qu'ils sentaient leur bon droit faiblir de jour en jour et que, pour cette raison, ils tentaient de le raffermir par la terreur. Si je me faisais cette réflexion, c'est que ma mère, même si elle avait vécu à une époque bien différente de la nôtre, m'avait appris à me montrer clémente envers ceux qui en sont réduits à faire la guerre.

J'ai aussi compris pourquoi Claudio avait cessé de m'écrire, après l'armistice. Je ne pouvais oublier ce qu'il m'avait dit quand nous n'étions encore que deux enfants. À cette époque, il condamnait le courage d'Antonio que j'admirais tant ; il le jugeait inférieur au courage nécessaire pour se plier aux obligations propres à notre temps et pour vivre dans un anonymat silencieux, au sein d'une famille à laquelle on est inévitablement étranger, avec des devoirs qui pèsent, et la seule satisfaction d'obéir.

En somme, il fallait accepter de n'être ni des héros, ni des personnages de premier plan. J'aurais dû accepter le mariage avec la solitude qu'il comporte, la décadence et la fin du projet romantique d'après lequel nous nous étions inventés. Il fallait avoir le courage de vivre derrière mon mur, comme Claudio vivait derrière ses barbelés. Mais je n'avais pas ce courage, comme Francesco n'avait pas eu le courage d'accepter l'anéantissement de sa liberté morale. L'impossibilité dans laquelle nous étions de nous conformer aux modèles qui nous étaient proposés de toutes parts était un lien qui nous apparentait de manière indestructible, par-delà la différence de nos caractères et de la souffrance que nous nous imposions l'un à l'autre. De fait, les lettres que nous échangions étaient peut-être exaltées et sentencieuses, toutefois, même inspirées par des sentiments différents, elles parlaient le même langage et exprimaient la même volonté de ne pas capituler.

Le soir, enveloppée d'un châle, je me promenais en long et en large pendant des heures dans l'appartement privé de lumière.

Dans l'obscurité froide et silencieuse, je songeais à quel point il aurait été tentant de se rendre. C'étaient des heures tellement douces que je passais avec Tomaso, lorsqu'il m'interrogeait sur ce que je pensais, sur mon passé, sur mes projets, puis me demandait : « Tu m'aimes ? » À quoi je répondais toujours : « Non, je n'aime que Francesco » – mais à ces moments-là, je ne croyais même plus que c'était encore vrai. Je n'avais rien pour me soutenir, hormis le souvenir du soir où ma mère était morte. « Aide-moi ! » lui demandais-je. Et au lieu du visage d'hallucinée qu'elle avait au moment de partir pour le fleuve, je la revoyais dans sa toilette bleue du concert. « Aide-moi », lui disais-je. Mais elle ne me répondait pas, elle continuait à marcher, en volant au bas de l'escalier pour aller retrouver Hervey. « J'espère que tu y arriveras ! » me répétait continuellement grand-mère, et je croyais la voir à nouveau regarder ma charpente gracile, comme le jour de mon arrivée dans les Abruzzes.

Souvent, je décidais à nouveau de ne plus voir Tomaso, mais il m'était bien difficile de rester seule, à mon âge. J'avais à peine plus de vingt et un ans. Il était aisé de résister quand on dormait chaque nuit derrière un mur et quand l'intimité partagée avec un homme semblait sordide et humiliante. Mais cela devenait difficile lorsque Tomaso, assis à mes pieds, me regardait avec des yeux remplis d'amour et me disait tous les mots que j'avais toujours désiré entendre. Nous étions constamment à la maison et, pour deux personnes aussi jeunes que nous, la satisfaction du désir amoureux nous aurait semblé innocente et naturelle. Parfois, on entendait l'alerte au cours de la nuit. Le lendemain, on apprenait qu'un immeuble s'était écroulé. Dans le journal, à côté du nom des victimes, on indiquait leur âge – cinquante-huit ans, soixante ans, mais souvent aussi, trente ans, vingt et un ans. Et nous nous demandions s'il était juste qu'une femme de vingt et un ans n'emporte avec elle d'autre souvenir que celui des nuits où elle dormait contre le mur ou des jours où elle faisait la queue, lavait la vaisselle et se réfugiait à la cave. « Ce n'est pas juste », pensait Tomaso en me quittant, alors que c'était peut-être la dernière fois que nous nous voyions, puisqu'il pouvait être arrêté d'un moment à l'autre. « Ce n'est pas juste », répétait-il depuis le jour où, pour la première fois, il m'avait demandé de lui permettre de rester. Il disait :

— Je ne m'en irai plus ! Je vais aller parler à Francesco. Nous n'aurons aucun mal à nous entendre, il n'est pas difficile de s'entendre entre personnes qui ont risqué leur vie ensemble.

Je lui répondais :

— Non, je t'en prie, ne me prive pas de la sérénité dont j'ai besoin. Tu sais bien que je ne quitterai pas Francesco, tu sais bien que je l'aime.

Je lui demandais aussi :

— Tu voudrais réellement que notre relation ressemble à l'histoire classique de la femme éloignée de son mari, seule en villégiature et qui...

— Ce ne serait que ça ?

— Oui. Ce ne serait que ça, lui répondais-je en évitant de croiser son regard.

J'espérais qu'il dirait : « Ça ne fait rien. Laisse-moi rester tout de même. » Je le priais en moi-même de le faire afin d'avoir une raison de le mépriser. Mais il s'éloignait de moi, en inspirant profondément comme s'il venait de regagner la surface après avoir plongé longtemps sous l'eau. Il me disait : « Pardonne-moi », et me baisait la main : « Adieu, adieu. »

Je restais collée derrière la porte. La nuit, j'étreignais ma bouillotte pour ne pas me perdre dans mon lit immense. La sirène sonnait, je descendais à l'abri, j'entendais la chute des bombes, les coups sourds de la DCA, la défense antiaérienne. Je n'avais pas très peur mais je pensais sans arrêt : « âgé de trente ans, âgée de vingt et un ans. »

Oui, dans ces moments-là, il était assez difficile de résister.

Je n'avais personne pour m'aider. C'était très pénible, mais je devais reconnaître que mon amitié avec Fulvia était finie. Désormais, à part les souvenirs de notre enfance, nous n'avions plus rien de commun. Je répétais toujours que j'aurais aimé retourner vivre dans ce quartier au milieu de ces gens, mais était-ce si vrai que ça ? En réalité, je voulais tout simplement dire que j'aurais aimé être à nouveau celle que j'étais avant la mort de ma mère, avant le début de la guerre et avant ma rencontre avec Francesco puis celle avec Tomaso. Mais ce n'était pas possible. Il ne m'était plus possible de continuer d'entretenir une sincère amitié avec Fulvia. Cela m'inspirait une désillusion teintée d'amertume, car sa chaleur m'avait toujours réconfortée, et voilà que ce réconfort même me manquait. Nous n'avions plus rien qui nous liait, ni intérêts, ni personnes.

Maintenant, Dario s'était marié. Il avait épousé la

fille d'un riche épicier. Le jeune couple habitait non loin de là ; Fulvia et Lydia avaient pris l'habitude de se mettre à la fenêtre, dans l'espoir de les voir passer. Il m'arriva de les apercevoir une fois moi-même. Elle était grosse, assez vulgaire ; en marchant, elle s'appuyait sur son mari. Dario aussi avait grossi et je ne comprenais pas quel attrait Fulvia pouvait bien trouver chez un homme qui avait accepté de vivre avec cette femme uniquement parce qu'elle était riche. Dario et Fulvia se voyaient deux fois par semaine, toujours au cours de l'après-midi ; il préférait cette heure-là en raison du couvre-feu. Lydia, maintenant, était d'accord avec sa fille et, ces jours-là, s'attardait hors de la maison.

La dernière fois que j'étais allée la voir pour causer, nous nous étions assises sur le lit de Fulvia. Je m'étais juré de ne plus revenir chez Lydia et Fulvia pour ne pas abîmer le souvenir de la salle de jeux. « C'était une pièce enchantée, avais-je dit à Tomaso, les meubles projetaient par terre de grandes ombres dans lesquelles nous nous réfugiions, le lit à couverture verte était une interminable prairie. » Quand Fulvia avait laissé entrer Dario dans cette pièce pour la première fois, ils n'étaient encore que deux enfants ; cela pouvait sembler encore un jeu dangereux, interdit, mais un jeu tout de même. Pas question d'imaginer ce garçon gras et prétentieux en train de se déshabiller dans cette pièce et se coucher dans ce lit à côté de Fulvia, complaisante et docile.

Les deux femmes disaient que j'avais eu de la chance que Francesco m'épouse et je répondais que oui. Elles me demandaient si j'étais heureuse et je sentais derrière cette question l'espoir qu'apprendre mon malheur leur ferait atténuer le bien-être dont jouissait Dario avec la fille de l'épicier. Leur faire part de mon amertume aurait été ma seule manière de nous retrouver. Mais il m'était impossible de me confier à elles ; nos aspirations, désormais, étant entièrement différentes, voire opposées. Voilà pourquoi je répondais que j'étais heureuse et, pour effacer de l'esprit de Fulvia l'aveu de mes premières désillusions, je disais qu'il faut s'habituer au mariage qui peut être déconcertant, les premiers temps, mais finit par devenir une situation parfaite, idéale. Elles me regardaient comme elles regardaient passer la fille de l'épicier et, à partir de ce moment-là, j'ai senti que j'appartenais de plein droit à ce bâtiment où tout le monde était heureux.

— Oui, me dit Lydia à un moment où Fulvia s'était éloignée pour me préparer un peu de vermouth qu'elle voulait m'offrir à tout prix, c'est triste d'être la maîtresse d'un homme marié. Quand la guerre sera finie, j'enverrai Fulvia à Milan, près de son père. Les filles qui viennent d'une autre ville trouvent plus facilement un mari.

— Mais elle ne voudra pas..., objectai-je.

— Eh, je sais ! approuva Lydia avec un soupir. Mais j'espère la convaincre, je ne voudrais pas qu'elle finisse comme moi... Je ne peux pas t'expliquer, mais tu comprends certainement. Tu es instruite, tu lis beaucoup de livres. C'est bizarre, il y a des tas de choses que je ressens et que je ne parviens pas à dire. Pire : bien souvent, je suis même incapable de mettre le doigt dessus, et, comme ça, j'en souffre à peine. Ensuite, je lis les mêmes choses dans les romans, alors je les comprends réellement et j'ai souvent envie de pleurer. Ces jours-ci, j'ai lu l'histoire d'une femme qui est la maîtresse d'un homme marié. Ne me demande pas comment il s'appelle ; j'oublie toujours les titres. Mais il m'a expliqué beaucoup de choses sur moi et sur ma vie. Par exemple, à un certain moment, l'homme marié voudrait aller la retrouver, mais il est retenu par sa femme. Alors il téléphone à sa maîtresse et lui dit : « Je vous demande pardon, mais je ne peux pas venir ce soir, monsieur le directeur. » Les premières fois, on rit ensemble de ces stratagèmes. Mantovani fait souvent comme ça avec moi, il m'appelle « monsieur le directeur ». C'est bête, n'est-ce pas ? Eh bien, on est dévastée quand on raccroche. En ce moment, par exemple, je lui écris chez un de ses huissiers qui lui est tout dévoué, un certain Salvetti. Toujours à cause de sa femme, naturellement. L'huissier fait comme si les lettres étaient pour lui. Tu vas dire que c'est sans importance. Pourtant je ne peux pas t'expliquer, mais cette correspondance avec l'huissier est quelque chose d'assez humiliant.

— Je n'ai pas cette impression... L'essentiel, c'est d'écrire et de recevoir les lettres.

— Oui, c'est ce qu'on croit tant qu'on est jeune, en effet. Mais il n'en est rien. Quand on est jeune, on aime se voir dans des chambres meublées ou à l'hôtel. Ça fait l'effet d'une aventure. Mais ensuite, en réalité, tu rentres toute seule chez toi tandis qu'il va retrouver sa femme. Il va au théâtre avec sa femme, il dort avec sa femme.

— Peut-être bien qu'il ne la regarde même pas, qu'il ne lui parle même pas ?

J'ai eu peur d'avoir tout avoué. J'étais sur le point de me reprendre, mais Lydia continuait déjà :

— Oui, je sais. Je sais ce que tu veux dire. Moi aussi, j'ai été mariée pendant des années et, au fond, si nous nous sommes séparés, c'était parce que Domenico était susceptible.

Comment pouvait-elle mettre tout ce qui avait eu lieu entre elle et le capitaine sur le compte de la susceptibilité de son mari ?

Elle continua :

— Je sais. Même quand on est marié, on n'est pas heureux. Mais c'est différent. Le mari, c'est le mari, j'aurais du mal à mieux m'expliquer. Tu ne me comprendrais pas. Eleonora non plus ne m'aurait pas comprise. Au contraire, je comprends ce que ressent Fulvia quand elle reste des heures et des heures à la fenêtre, puis qu'elle se met à rire en disant : « Ce qu'elle est grosse », en parlant de la femme de Dario.

J'ai dit au revoir à Fulvia dans ce même angle de porte où elle m'avait coincée une fois, lorsque nous étions petites filles. Elle m'invita à revenir, mais je sentais que nous n'avions plus rien à nous dire maintenant que Dario était marié.

— Tu te souviens ? me demanda-t-elle en se penchant par-dessus la rambarde tandis que je commençais à descendre doucement l'escalier.

J'ai fait signe que oui, en constatant que nous ne pourrions plus nous sentir aussi heureuses qu'à l'époque où nous ne connaissions pas Dario et Francesco.

L'escalier que ma mère descendait si légèrement était assombri par le black-out, le hall obstrué en partie par des sacs de sable. Tomaso m'attendait près de là, exactement comme le capitaine attendait Lydia, derrière le kiosque à journaux.

Quelques jours plus tard, j'ai commencé à travailler avec Tomaso ; c'était la fin mars, la ville était prostrée par la terreur. Dans les immeubles, tous les habitants ne semblaient qu'attendre le moment où l'on viendrait les emmener. Des familles entières, épuisées par la faim et par la peur, restaient silencieusement assises dans l'obscurité des appartements encore froids, en attendant qu'enfin « leurs » pas se fassent entendre et viennent mettre un terme à leur attente angoissée. Les rues étaient de plus en plus désertes, les gens passaient hâtivement, tête basse, comme pour fuir une épidémie. Fulvia m'avait téléphoné pour me dire que Natalia Donati, ma camarade de lycée, avait été emmenée avec son enfant en bas âge parce qu'elle était juive. Je me rappelais l'époque où nous allions nous asseoir dans le petit square et où elle me lisait les lettres qu'elle croyait écrites par Andreani. Je ne me souvenais même pas qu'elle était juive. C'était une fille comme moi, nous avions eu la même enfance, les mêmes professeurs. « On les a emmenées dans un camion. Elles criaient », m'avait dit Fulvia.

Depuis l'époque de l'école, je n'avais jamais recroisé Natalia. Voilà pourquoi je la revoyais encore avec son petit manteau vert, ses longues nattes rousses, ses grosses lunettes. C'est de cette façon que je la voyais monter dans le camion – encore petite fille, un enfant aux cheveux roux entre ses bras. « Elles criaient », avait dit Fulvia. La vie des femmes était devenue par trop lourde, maintenant qu'on ne leur épargnait plus cette mort cruelle que, même en temps de paix, les hommes revendiquaient pour eux comme un glorieux privilège.

Tout commença un soir où Tomaso avait dans sa poche des messages pour la radio et craignait de se faire arrêter devant la porte de chez Tullio.

— C'est moi qui les porterai, lui dis-je.

Il ne voulait pas. J'ai insisté avec gravité :

— Je veux les porter.

— Francesco finira par l'apprendre, objecta-t-il.

Mais je sentais que cette complicité le tentait.

— Tant mieux ! lui dis-je.

Nous marchions sur le quai du Tibre, tout près de l'immeuble où habitait ma belle-mère. Celle-ci était venue un jour me demander des nouvelles de Francesco ; je lui avais répondu que nous nous étions séparés. Elle m'avait regardée avec une fixité froide. Mais elle s'était réjouie de constater qu'elle avait toujours vu clair en moi.

On voyait, entre les platanes, l'ombre d'autres couples.

— Comment faire pour te passer les messages ? me demanda Tomaso.

— Embrasse-moi, lui répondis-je. Et profites-en pour me les passer !

Nous étions tout près l'un de l'autre. Sous nos tenues déjà printanières, l'un sentait la chaleur de l'autre. Tomaso m'embrassa longuement, plongea sa main dans mon décolleté, trouva ma peau nue et fit glisser les feuillets dans mon soutien-gorge. Je n'avais jamais embrassé un homme d'une manière aussi dangereuse. Nous avons repris notre marche bras dessus, bras dessous et, malgré l'hésitation de Tomaso, nous nous sommes séparés peu après.

En me retrouvant seule, j'ai eu très peur : j'avais l'impression que tout le monde voyait ces feuillets. J'aurais voulu reboutonner ma veste, mais ce geste ne suffirait-il pas à me trahir ? Je n'avais jamais eu si peur ; je craignais d'avoir trop présumé de mes forces. Chaque fois qu'une voiture s'approchait de moi, je sentais mes jambes fléchir. Francesco avait-il aussi peur ? J'avais l'impression que oui. Je tâchais néanmoins de me montrer désinvolte, je payais mon billet de tram, je disais « s'il vous plaît » et « merci ». Francesco finirait bien par constater que je ne ressemblais pas à Casimira.

À mon arrivée chez Tullio, une vieille femme vint m'ouvrir et me dit qu'il n'y avait personne. Comme j'insistais, elle me regarda d'un air apeuré. Alors derrière une porte vitrée restée entrouverte sur une pièce plongée dans le noir, j'ai vu apparaître la camarade Denise, qui dit de me laisser entrer.

— Il faut sonner six fois, m'expliqua-t-elle.

Elle me regardait d'un air hésitant. Elle me retint dans le vestibule et me dit aussitôt :

— Rassurez-vous, votre mari va bien.

— Je vous remercie. Mais je ne venais pas demander de nouvelles. Je viens apporter les messages. Tomaso craignait d'être suivi.

Quand elle vit de quoi il retournait, elle me dit :

— Bien. Mais que faites-vous ici, madame ? Votre mari ne serait pas content...

— Désormais, ça n'a plus aucune importance qu'il soit content ou non ! lui répondis-je sèchement. L'important, c'est que certaines choses soient faites. Et ce n'est pas Francesco qui peut m'empêcher d'éprouver la nécessité de les faire.

Je parlais durement et Denise me regardait comme si elle me voyait pour la première fois. Quelques soirs plus tard, elle vint se réfugier chez moi avant le couvre-feu ; elle me dit qu'elle se risquait à me demander l'hospitalité sur les conseils de Tullio, certes, mais aussi parce que notre brève conversation lui avait donné envie de revenir parler avec moi.

— Je partirai demain matin de bonne heure, me dit-elle. Les jours que nous vivons sont difficiles.

Nous avons enterré ensemble quelques papiers dans les pots de la terrasse, entre les racines des jasmins ; je songeais au jour où j'avais acheté ces plantes, certaines branches, déjà fleuries, exhalaient un parfum ténu. Nous avons ensuite discuté, je lui ai dit qu'elle pouvait être tranquille. Le concierge était un homme de confiance et il y avait toujours le local des réservoirs d'eau.

— Je doute qu'ils viennent, me répondit-elle.

Quand elle ôta son béret basque, j'ai vu la racine de ses cheveux, d'un gris métallique.

— Bien souvent, nous exagérons le danger. En changeant de planque, nous cherchons seulement à calmer notre inquiétude. À mon avis, ils ont parfois autant peur de nous repérer que nous avons peur de nous faire repérer. Le combat repose sur la possibilité de supporter plus ou moins longtemps cette peur.

— Oui, dis-je. Peut-être aussi que la souffrance qu'ils nous imposent n'est pas pire que celle que nous leur imposons en les forçant à se montrer inhumains et cruels.

— Il est tout de même plus facile de supporter la cruauté que d'être cruel.

Elle marqua une pause et reprit :

— C'est pour ça que nous l'emporterons. La cruauté est contraire à la loi naturelle de la vie. La raison finit toujours par se trouver du côté des patients et des faibles.

— Je ne crois pas. Quoi qu'il en soit, je ne me résignerai jamais à être patiente et faible.

— Je m'en aperçois, dit-elle en hochant la tête. Je suis beaucoup plus vieille que toi. Tu permets que je te tutoie ? Moi aussi, autrefois, je pensais comme toi. Mais c'est peut-être une erreur.

Tout en parlant, elle retirait le chemisier de coupe masculine qui couvrait ses gros seins lourds.

— Quand je venais voir Francesco, continua-t-elle, ça me faisait plaisir de te voir évoluer autour de lui, toujours gracieuse et d'une gentillesse très féminine. J'espérais que tu n'étais pas intelligente. Les femmes ne doivent jamais être intelligentes si elles veulent être heureuses. Pour les hommes, c'est différent : ils ne confient jamais toute leur vie à l'amour. Ils considèrent que ce n'est pas un sentiment très important ; ils le croient parfois même moins important que l'ambition. Ils vont jusqu'à le voir comme une faiblesse. Ils rougissent d'avoir fait une erreur dans leur carrière ou même dans une opération financière, mais ils n'essaient même pas de ne pas faire d'erreur en amour. Les femmes, au contraire, quand elles sont réellement intelligentes, reconnaissent qu'aucun sentiment n'a plus d'importance que l'amour.

— Et alors ? lui demandai-je avec effroi.

— Alors elles comprennent que les rapports d'un homme et d'une femme sont à la racine de la vie qui, du reste, se perpétue par eux. Tous les autres sentiments sont moins importants ; souvent, ils ne sont même pas innés, mais créés par la société particulière dans laquelle nous vivons. Sans compter qu'on ne peut se conformer totalement à eux que par la conscience de l'amour. Mais les hommes n'aiment pas les femmes qui savent ces choses-là, qui connaissent les fils qui les mettent en mouvement, qui les font agir. Ils préfèrent s'enfermer en eux-mêmes, ils n'admettent pas de se soumettre à un jugement qui risque de se conclure par une condamnation.

— Et alors ? insistai-je.

— Bah, quand on est intelligente et qu'on ne peut pas se résigner, il faut s'arranger pour rester seule.

Dans la pénombre, c'est à peine si je distinguais son profil, alourdi sous les yeux. Elle eut vite fait de s'endormir, ce corps comme entassé à côté du mien me faisait peur. Le sommeil la murait dans une solitude amère et résignée qui suscitait en moi une révolte indomptable. « Elle est vieille, pensais-je avec dérision. Si elle parle ainsi, c'est parce qu'elle est vieille. » Pourtant, en l'observant avec plus d'attention, j'ai songé qu'elle pouvait avoir quarante ans à peine et que son apparence était peut-être voulue. C'est avec soulagement que je l'ai vue s'en aller le lendemain matin, de bonne heure. Avant de sortir, elle me confia quelques tâches. Sa voix n'était plus celle avec laquelle elle me demandait si j'attendais un enfant.

Aussitôt, j'ai écrit une longue lettre à Francesco. Je lui demandais de m'aider à voir clair en moi et dans ces rapports auxquels nous nous étions fiés, dès le premier instant. Il me répondit toujours sur le même ton affectueux et rassurant, de sorte que mes lettres restèrent toujours sans effet. J'avais l'impression que le seul moyen de le rejoindre était de travailler avec lui, même de loin. Aussi ai-je exécuté scrupuleusement les instructions de la camarade Denise qui ne me parlait plus comme elle m'avait parlé cette nuit-là mais comme elle parlait aux hommes – et, de toute évidence, comme Francesco lui parlait.

Par ailleurs, pour partie à cause de la terreur que ses propos m'avaient laissée, je répugnais de plus en plus à fuir les occasions de voir Tomaso. Tomaso participait à notre lutte clandestine d'une façon à lui, particulière. Les autres étaient graves, solennels, murés dans leur mélancolie coutumière. Lui n'agissait pas avec méthode, froideur et précision comme Francesco, mais avec l'enthousiasme imprévisible qui m'animait moi-même lorsque je m'acquittais des missions qu'on me confiait. Notre travail fini, nous allions nous reposer dans la campagne à la périphérie de la ville ; nous nous étendions sur l'herbe comme deux étudiants et, malgré la journée dangereuse que nous venions de vivre, nous sentions circuler en nous une sève pleine de joie et de jeunesse, avec la ferveur de la saison nouvelle. « Tu m'aimes ? » me demandait-il. Et je lui répondais toujours : « Un peu », sur le ton de la plaisanterie. En fait, même dans ces moments-là, je sentais que je n'aimais que Francesco. Mais me savoir avec Tomaso, l'écouter rire et parler, le voir me regarder, était une joie saine, pleine de jeunesse, heureuse, que je ne me rappelais pas avoir éprouvée un jour.

Il n'était pas rare que nous rentrions ensemble. Tant que nous étions dans la rue, je sentais que je ne faisais rien de mal. Mais, brusquement, je lisais ma faute dans les yeux déférents du concierge. Je vivais seule, Tomaso était un homme jeune, il restait chez moi des heures et des heures. Par ailleurs, le concierge connaissait l'histoire de la photographie, sa présence m'intimidait. J'aurais voulu m'arrêter à bavarder avec lui, le convaincre que ce jeune homme n'était pas mon amant, comme il l'imaginait. Mais il ne m'aurait pas crue. Nul ne m'aurait crue en nous voyant rentrer bras dessus, bras dessous, enfermés dans notre île. En réalité, j'étais la première à ne pas le croire ; je sentais que nous avions entre nous beaucoup plus qu'une intimité physique : l'intimité des pensées et des sentiments. Malgré tout, quand il me demandait si j'aimais Francesco, c'est avec une profonde sincérité que je lui répondais que oui.

Parfois, de peur de ressembler déjà à la camarade Denise, je me déshabillais et me regardais dans le miroir. Je disais : « Francesco… », mais c'était la voix de Tomaso que j'entendais. « Pourquoi est-ce que tu ne veux pas, Alessandra ? » me disait-il. J'errais dans l'appartement, comme folle. Le mot « adultère » me hantait, je l'entendais sans cesse résonner dans mes oreilles. Je me rappelais ma mère et son attachement à l'histoire d'Emma Bovary. Je voyais ce livre sur sa table de chevet, les pages marquées dans la marge, du bout de l'ongle. Peut-être le lisait-elle la nuit, pendant qu'elle était derrière le mur, tout éveillée. Le combat mené par ma mère venait ainsi s'ajouter au mien, en me donnant l'impression qu'elle m'avait confié la responsabilité de remporter cette bataille pour nous deux. Mais d'autres fois, j'étais persuadée de n'être l'esclave que de la crainte conventionnelle qu'inspire ce mot. « Il faut que je cède, il faut que je cède pour m'en libérer », me disais-je. Aussitôt, un désespoir glacial, insoutenable, s'emparait de moi. Oui, céder était peut-être un moyen de se libérer. Ensuite, je me jetterais du haut de la terrasse. Il me semblait même qu'à force de l'appeler avec tant d'insistance, de l'implorer, presque, la mort finirait par venir spontanément à mon secours. Mais elle ne venait pas. Désormais, je portais souvent des tracts dans mon sac, je les déposais dans les boîtes aux lettres, je les glissais derrière les grilles, dans les loges de concierge désertes. Et de temps en temps, j'attendais d'entendre une rafale de mitraillette derrière moi.

J'ai vu Tullio, à qui j'ai remis une lettre pour Francesco – à la fois pleine d'orgueil et de désarroi. Je lui disais notamment : « De tous les moyens permettant de se comprendre l'un l'autre, j'ai choisi le plus dangereux et le plus difficile. C'est vraiment difficile. Aide-moi. » Tullio m'apprit que Francesco s'était clandestinement embarqué pour se rendre dans le Sud et qu'il était rentré depuis peu, de la même façon, pour s'acquitter d'une mission très périlleuse. À mes yeux, garder si rigoureusement un secret au fond de moi, à un moment aussi risqué, ce n'était plus obéir à un devoir, mais marquer ma défiance. Et pourtant, voilà quelque temps que Tullio me regardait d'un œil moins distant, mais tout aussi froid.

— Vous travaillez très bien, Mme Minelli, m'avait-il dit, mais nous avons cru bon de ne pas en informer votre mari jusqu'à aujourd'hui, afin qu'il garde son calme et sa sérénité.

Il disposait de nous, en somme, comme je m'en étais doutée. J'ai néanmoins senti moi aussi la nécessité inéluctable de le respecter et de lui obéir. Il avait maigri mais son regard conservait sa vigueur tranchante.

Le lendemain, à mon retour, le concierge m'accueillit tout pâle. Sa femme sanglotait.

— Que s'est-il passé ? me suis-je écriée.

Ils me dirent que Francesco était revenu et qu'on l'avait arrêté devant la porte.

Vers le soir, j'attendais de longues heures, assise sur la terrasse. Je ne faisais rien d'autre qu'attendre et les soirs, à cette époque-là, s'étiraient interminablement. Quelquefois, la fille du concierge venait me voir, une petite fille grêle et blanche qui se faisait deux tresses comme j'en avais porté à son âge. Elle se souvenait à peine du temps qui avait précédé la guerre ; c'est peut-être pour cela que ses yeux ne se départaient jamais d'un air d'effroi.

— Qu'est-ce que vous faites, madame ? me demandait-elle en s'asseyant à côté de moi sur le petit tabouret.

— J'attends que ça finisse, lui disais-je.

— Quand est-ce que ça va finir ?

Me voyant faire un geste vague de la main, elle murmurait :

— J'ai peur que ça ne finisse jamais !

Le soir de l'arrestation, elle avait couru derrière moi dans l'escalier, m'avait pris la main et me l'avait embrassée pour me consoler. C'était réellement une enfant charmante et délicate ; j'étais navrée qu'elle doive connaître des choses pareilles.

Tomaso m'avait téléphoné quelques heures après, et nous nous étions parlé dans le langage des heures difficiles. Il m'avait demandé s'il pouvait passer. J'aurais voulu lui dire que non, que c'était dangereux, je pensais toujours à la photographie que j'avais donnée à l'officier ; mais le concierge m'avait dit que c'était ce même officier qui avait arrêté Francesco. À l'évidence, il savait déjà que je mentais, ce qui me fit comprendre les mots qu'il avait prononcés sur le pas de la porte, au sujet de ses visites et de Rilke. Il avait dû se douter que Tomaso était mon amant et, en me voyant désigner sa photographie avec une telle assurance, il m'avait prise pour une femme cruelle et sans cœur, même si je lisais bien Rilke. De toute façon, rien de tout cela n'avait plus beaucoup d'importance. Plus rien n'avait d'importance depuis que Francesco – désormais au courant que je travaillais pour lui et que je le comprenais – était venu me dire qu'il m'aimait. Lui aussi avait tout compris, finalement. Mais cette fois-là encore, le temps nous avait manqué.

J'ai accueilli Tomaso sans un mot ; il s'assit en face de moi et nous avons longtemps gardé le silence. Je devais le regarder d'un air de rancune car il me dit doucement :

— Je sais très bien que tu m'en veux d'être libre.

En effet, il avait une mine coupable. Il se risqua à me demander si tout resterait comme avant entre nous deux et je lui ai répondu que oui, puisqu'il avait toujours su mon amour pour Francesco. Il me regarda comme si j'étais devenue, au cours de ces quelques heures, beaucoup plus forte, alors que, depuis l'arrestation de Francesco, je me sentais absolument sans défense. S'il avait été contraint de se rendre, il me semblait que j'allais moi aussi perdre tout courage, toute raison de me battre. Peut-être que si, à ce moment, Tomaso m'avait demandé : « Tu veux, Alessandra ? », je l'aurais conduit dans ma chambre et me serais allongée sur le lit. Si Francesco était perdu, plus rien ne comptait. Le tromper serait une mesquinerie sans envergure comme tant d'autres auxquelles j'assistais.

Je suis restée plusieurs jours sans sortir. La petite fille du concierge m'apportait du pain, que je mangeais avec des pommes de terre comme au cours des journées où nous attendions que la voix arrogante cesse de parler. Tout cela semblait déjà bien loin. Une des particularités du temps que nous vivions était que les événements survenus à peine quelques mois plus tôt nous semblaient éloignés. Ce qui donnait aux jeunes l'impression d'avoir suffisamment vécu.

Tullio me fit savoir qu'il désirait me voir et qu'il m'attendait dans un café du viale Giulio Cesare. Tomaso voulut m'accompagner. Il s'agit de l'une des principales artères du quartier des Prati. Chemin faisant, nous nous sommes arrêtés pour regarder pardessus le parapet du pont du Risorgimento. Sur le pont passaient des camions bondés de grands soldats à la mine hautaine. Le défilé de ces véhicules faisait trembler la seule arche du pont. Nous aussi, nous tremblions – à cause du pont.

— Tu vois ? dis-je à Tomaso. C'est là que ma mère s'est tuée. Il y avait une belle cannaie, à l'époque ; la berge était couverte d'herbes et l'eau était verte et transparente. Elle avait l'air de couler sur des feuilles.

J'étais certaine que Tomaso ne me croyait pas. Il semblait impossible que j'aie pu être heureuse d'habiter ce quartier, ces immeubles – ou, plus exactement, il semblait tout à fait impossible que j'aie pu être heureuse. Je sentais que je venais de prendre brusquement connaissance de la vérité, comme si on avait jusque-là tenté de me la cacher derrière de pieux mensonges. Le Tibre était un fleuve boueux et ce quartier bas et plat, l'un des plus tristes de la ville. Toute passion s'était éteinte en moi, non seulement la haine farouche qui m'avait animée pendant tant d'années contre mon père, mais aussi le souvenir de ma mère. Et ce n'étaient plus le fleuve, les arbres, les vols joyeux d'hirondelles qui accompagnaient mes journées, mais le pas des soldats, l'humidité des abris, l'obscurité et le pont tremblant sous le poids des camions.

Tullio nous attendait dans la petite salle grise d'une crémerie. Il était pâle, émacié, mais ses yeux laissaient transparaître une force intense, qui soutenait tout son être, à la façon d'une armure. Avec un mélange d'animation et de prudence, il nous mit au courant des dernières nouvelles, comme s'il tenait à partager un précieux butin avec nous. Il croyait aussi nous rassurer, mais je lui ai dit que, désormais, plus rien n'avait d'importance pour moi : j'attendais. Viendrait le jour où il m'appellerait pour me dire que Francesco n'avait pas eu le temps d'être content. Je le regardais, attendant de l'entendre prononcer la condamnation que j'avais toujours lue sur son visage. Imperturbable, il me répondit qu'au contraire il avait de bonnes nouvelles de mon mari – une fois libre, celui-ci apprécierait à sa juste valeur tout ce que j'avais fait. Tomaso était assis à côté de moi et on aurait pu croire que Tullio faisait allusion à la bataille que je livrais contre moi-même – et qui était réellement d'une extrême dureté. Comme d'habitude, j'ai trahi mes pensées par le rouge qui me monta au visage. D'instinct, je me suis tournée vers Tullio qui put lire, dans mes yeux, le paysage de mes journées. Je lui ai dit que je voulais faire davantage, bien davantage, et pas seulement des missions risquées mais des tâches humbles, patientes. Je voulais qu'il sache que j'étais allée souvent m'asseoir sur un mur de la via della Lungara et que j'avais longuement et fixement regardé le grand édifice de la prison, comme je regardais Francesco quand il était assis dans son fauteuil. Le mur de la prison ressemblait à ses yeux, qui ne me répondaient jamais, à son dos infranchissable derrière lequel je passais la nuit éveillée, en pleurs. C'était vraiment comme être avec lui, cela me donnait la même envie de le rejoindre et la même impression de désespoir mêlé d'impuissance. Je voulais me rendre à la grille de la prison pour apporter à manger à Francesco, comme Aida l'avait fait pour Antonio, faire la queue des heures et des heures, une gamelle à la main. Tullio me répondit que ce n'était pas ainsi que je pourrais aider Francesco ; je ne pouvais l'aider que par ma volonté et mon travail.

C'est ainsi que j'ai accepté de remplir une mission qu'il jugeait très difficile : transporter des grenades à bicyclette. J'ai aussitôt dit oui, et, pendant une seconde, le regard de Tullio s'attendrit. Quand Francesco quitta la prison, tous ses camarades lui parlèrent de cet épisode et j'avais l'impression qu'ils voulaient me rabaisser, m'humilier. J'avais pourtant rempli une mission autrement plus difficile mais eux l'ignoraient et, de toute façon, ils ne l'auraient pas jugée comme telle tant les hommes et les femmes apprécient différemment le courage.

La mission en question avait été tout autre. Après elle, j'aurais pu faire n'importe quoi sans le moindre problème. La saison rendait la chose encore plus difficile. Même si la ville était en proie à la peur, les hommes pris par la lutte ou cachés, les femmes seules, éreintées à force de chercher de quoi manger, déprimées par le manque d'argent, les arbres se couvraient malgré tout de jeunes feuilles et, dans les jardins que personne n'avait plus le temps d'entretenir, les plantes repoussaient sur leurs vieilles racines, l'herbe affleurait entre les pavés même là où les soldats passaient. Sur ma terrasse, dans la terre où les documents dangereux étaient ensevelis, les jasmins qui plaisaient à Francesco fleurissaient à nouveau. J'ai déjà dit que je sentais profondément l'influence des saisons : en hiver, je m'étiolais ; au printemps, je me sentais pousser des bourgeons et des feuilles.

Un matin, on sonna à la porte. En accourant, j'ai entendu Tomaso me dire d'une voix angoissée :

— Ouvre, Alessandra.

Il referma vivement la porte derrière lui. Je vis qu'il était pâle.

— J'ai peur d'avoir été suivi, me dit-il. J'ai les messages de la radio et le nouveau code dans ma poche.

— Combien y a-t-il de messages ?

— Quatre.

— Donne-les-moi. Je vais les apprendre par cœur.

Je les ai lus, relus, toute tendue d'attention. Nous nous sommes rendus dans la cuisine brûler la feuille puis j'ai caché le code dans une fente, sur le haut du buffet. Tomaso me dit :

— Écoute, voilà mon nouveau nom.

Et il me tendit une fausse carte d'identité. La photo le montrait avec les cheveux courts, une moustache et des lunettes. Depuis quelque temps, il s'était fait cette tête. Je me suis aperçue qu'il avait pris mon nom de jeune fille : Francesco Corteggiani.

— Je suis ton frère, tu comprends ?

Je répondis que oui et, déjà, ce lien de parenté si étroit entre lui et moi me faisait peur. Je ne savais plus à quoi me raccrocher dans cette réalité factice qui nous entourait. Je voulus répéter son nom :

— Francesco...

Je me suis interrompue et lui ai lancé d'un ton dur :

— Pourquoi as-tu choisi ce prénom ?

— Je ne sais pas. C'est le premier qui m'est venu à l'esprit, peut-être parce que tu le répètes souvent. Il faut que je passe quelques jours ici.

— Ici ? lui demandai-je avec effarement.

— Oui. Ton domicile est le plus surveillé. Par conséquent, il y a des chances pour qu'il soit le plus sûr. Personne n'imaginera que quelqu'un puisse venir se réfugier ici, depuis l'arrestation de Francesco. Et puis ce n'est pas moi qui ai pris cette décision, c'est Tullio.

— Tullio ?

— Oui. J'ai bien essayé de refuser, d'invoquer des excuses. Mais il a insisté, il était catégorique : « Je te dis que tu ne seras en sécurité que chez Minelli. » Il pensait peut-être aux terrasses contiguës, au local des réservoirs...

Non, Tullio ne pensait pas à cela. Je gardai le

silence, immobile, appuyée contre l'évier, en évitant de regarder Tomaso qui s'appelait maintenant Francesco. Tullio n'avait pas le droit d'exiger de moi une chose pareille après tout le reste, c'était trop difficile.

— Je n'ai que mon lit, dis-je à Tomaso.

— Je dormirai dans le bureau, sur les coussins des fauteuils. Je te demande pardon, mais ce n'est pas de ma faute, c'est l'idée de Tullio. Je t'assure qu'au début, j'ai refusé, j'ai eu l'impression que si j'insistais trop, il pourrait penser...

Il s'arrêta, reprit à voix basse :

— Laisse-moi t'avouer que j'ai refusé sans grande conviction parce que j'étais heureux d'avoir une autorisation précise, une obligation, presque, de venir chez toi et d'y rester. Et si j'ai pris ce nom, inconsciemment, c'est par désir de me lier à ta vie, d'être tout à la fois ton mari et ton frère. D'ailleurs, tu sais bien que c'est pour bientôt et je ne veux pas que Francesco recommence à vivre avec toi. Il n'en a même plus le droit.

— C'est maintenant que tu te mets à penser une chose pareille ?

— Oui. Pourquoi pas ? Parce qu'il est en prison ? Qu'est-ce que la prison a à voir dans tout ça ? Il aura droit à une médaille, avec un peu de chance, à une décoration. Il n'y a plus rien de lui dans cette maison.

— Il y a moi.

— Même pas. Interroge-toi bien. Tu n'es plus ici. Il y a un instant, je montais l'escalier quatre à quatre, tout heureux que quelque chose de plus fort que nous nous contraigne à accepter ce que j'avais déjà décidé depuis longtemps et que tu avais accepté toi aussi. J'avais l'impression que Francesco avait autant que moi le droit de revenir dans cette maison, mais pas davantage. J'étais tout heureux en montant l'escalier, c'est à peine si je tendais l'oreille pour m'assurer que je n'étais pas suivi.

Pour ma part, j'étais saisie par la peur, la plus grande peur que j'aie jamais éprouvée de ma vie. Et ça, Tullio ne le savait pas, voilà pourquoi il s'étonna de voir que je n'avais pas peur le jour de la course à bicyclette. Même si on m'avait arrêtée à ce moment-là, rien n'aurait changé entre Francesco et moi.

— En montant l'escalier, continua Tomaso, j'avais oublié les messages, le code et tout ce qui va arriver si nous ne transmettons pas ces documents…

— Nous le ferons, lui dis-je. C'est moi qui vais y aller.

— Non, ce n'est pas possible. Mais maintenant que je suis ici, plus rien n'a d'importance. L'important, c'était de monter, de monter vers toi, tu comprends ?

Oui, je comprenais. À cet instant, j'aurais voulu appeler Francesco au secours, mais il ne parvenait jamais à me rejoindre. Je l'imaginais grave, comme sur sa photographie, son chapeau sur la tête, son pardessus sur le dos, aussi sévère, aussi impénétrable que le mur de la prison. Il avait été arrêté au moment précis où il venait enfin me parler, me dire tout ce que je souhaitais entendre. Mais son geste était resté abstrait à côté de la présence concrète de Tomaso et de ses mots. J'avais si peur que je souhaitais entendre une voiture s'arrêter devant la porte de l'immeuble et des pas lourds monter l'escalier, dans un silence atterré. « Ils vont venir, espérais-je. Ils vont l'emmener. »

— Alessandra ! appela-t-il.

Il était assis devant la table de marbre et me regardait en souriant. Son sourire découvrait ses dents blanches sous la moustache ombrant sa lèvre. Il avait les yeux clairs, comme moi ; c'était mon frère. « Ils vont venir, pensais-je. Ils vont forcément venir. Ils vont l'emmener. »

— Écoute, Alessandra, dit gaiement Tomaso, j'ai faim.

C'est ainsi que ce jour-là marqua le début de notre vie commune. Je le servais puisqu'il m'avait été assigné comme compagnon et il ne me quittait pas des yeux. « Comme tu es belle ! » me disait-il. Et chaque fois que je passais à côté de lui, il me prenait la main pour l'embrasser. On entendait des grondements de plus en plus distincts mais, dans le brillant ciel de mai, on pouvait simplement croire à la bienveillante menace d'un orage printanier.

« Ça me fait plaisir d'habiter cette maison », disait Tomaso en riant. Il regardait autour de lui et parlait du bureau comme moi je parlais de la salle de jeux.

Résister à la séduction d'une vie à ce point harmonieuse et sereine était un martyre : j'ignorais si j'aurais la force de le faire. J'espérais qu'on viendrait chercher Tomaso, j'étais même contente d'avoir donné sa photographie à cet officier. « Ils viendront, pensais-je, ils viendront forcément. » Et forte de cet espoir, je m'abandonnais au bonheur de la journée. Mais je souhaitais qu'ils viennent vite. Sans quoi, Tomaso finirait par rester avec moi la nuit. « Ils viendront avant ! » me disais-je pour me rassurer. Et en même temps, je caressais en secret l'espoir qu'ils ne viennent pas – je pourrais alors mettre le fait que Tomaso reste chez moi sur le compte de leur incurie, de leur étourderie. J'imaginais la ville noire et muette, soumise à l'ordre inflexible institué par le couvre-feu qui ne me semblait plus une mesure menaçante mais une précaution prise pour notre bien-être. Dans l'immobilité de ce silence, les nuits étaient longues. Le lendemain matin, il fallait remettre le code. « C'est moi qui irai », avais-je dit à Tomaso. Prendre cette décision m'avait calmée. J'irais, on m'attraperait, on me collerait au mur. Voilà ce qui se produirait, j'en étais sûre. Mais au moins, j'aurais eu le temps de passer une nuit heureuse. J'avais l'intuition nébuleuse qu'on ne peut jamais rien faire si l'on n'est pas prêt à payer douloureusement son droit au bonheur. C'était sûrement pour cette raison que Tullio avait incité Tomaso à venir chez moi. Je comprenais également le motif de la pitié que j'avais lue fugacement dans ses yeux. Même Tullio voulait me laisser le temps…

Je me sentais ainsi libre d'imaginer la nuit qui m'attendait. J'écoutais Tomaso, ses paroles, son rire, tout ce qui était jeune en lui et qui me revenait de droit. Je ne voulais pas recommencer à dormir derrière le mur. Tomaso me prendrait dans ses bras pour que je me repose. Une fois, il m'avait dit : « Je voudrais voir comment tu es quand tu dors, quand tu te réveilles le matin. Il y a encore tant d'Alessandra que je voudrais aimer et que je ne connais pas ! » Souvent, sans me demander mon assentiment ou plutôt comme s'il était sûr de l'avoir, il décrivait quelle serait notre vie après la fin de la guerre. Il disait :

— Nous quitterons Rome. Sans quoi, nous ne serons jamais vraiment contents ici. L'empreinte de ces jours d'angoisse restera dans les rues et sur les pierres. Nous sentirions toujours la nécessité de nous cacher, comme en ce moment. Nous irons à Capri ; nous aurons une grande table devant la fenêtre, nous ferons des traductions ensemble. Je voudrais essayer d'écrire un livre. Mais j'ai peur d'échouer, je n'écris pas bien, je ne suis qu'un assez bon journaliste. Nous gagnerons juste ce qu'il nous faudra pour vivre, nous sommes habitués à faire avec peu. Pour ma part, je n'ai pas d'autre ambition que de passer mes jours avec toi.

Ce jour-là aussi, il dit des choses semblables. Je l'écoutais avec ravissement. Dans mon imagination, j'ouvrais la fenêtre donnant sur le petit port fleurant bon les algues, je mettais des fleurs sur notre table de travail commune. Ils n'étaient pas encore venus le prendre et peut-être ne viendraient-ils pas du tout. Les vibrations véhémentes des canons se rapprochaient de plus en plus. De même que la nuit où la voix arrogante avait cessé de parler, on n'avait aucun mal à s'abandonner aux rêves les plus doux. C'est pour bientôt, pensais-je, c'est peut-être la dernière nuit. Je refusais de mourir le lendemain en disant, comme Antonio : « Je regrette. » Il suffisait de résister encore, comme Francesco résistant dans sa prison.

— Écoute, Tomaso, lui dis-je, il faut que tu partes d'ici avant le couvre-feu.

J'étais assise dans le fauteuil ; il était à mes pieds et je lui caressais les cheveux. Tout me faisait mal, à l'intérieur de mon être, pendant que je parlais.

— Pourquoi ? me demanda-t-il en se retournant brusquement vers moi.

— Parce que je ne suis pas aussi forte que tu le crois. Il n'y a qu'une seule chose forte en moi, même si ça ne se voit pas toujours, et c'est mon amour pour Francesco. Tout s'écroulerait si tu restais ici, tu le sais bien. Tout ce que j'ai été, depuis le jour de ma naissance, tout ce qu'a été ma mère, tout ce qu'a été ma grand-mère Editta – bref, tout ce à quoi j'ai cru jusqu'à présent s'exprime dans mon amour pour Francesco. C'est pourquoi je suis prête à faire n'importe quoi pour me défendre. Toute la journée, j'ai souhaité qu'ils viennent te prendre pour ne pas être obligée d'être aussi forte, ce soir. C'est toujours difficile d'être fort, mais ça ne l'a jamais été autant qu'en ce moment. Voilà peut-être ce que Tullio voulait dire quand il m'a demandé s'il pouvait compter sur moi en toute circonstance. Je n'aurais jamais cru que c'était si difficile ; je n'aurais jamais cru qu'on puisse avoir plus peur qu'en portant des messages contre sa poitrine, en portant des tracts et des revolvers dans son sac.

Tomaso me regarda, tout pâle.

— Et moi ? me demanda-t-il.

— Je ne sais pas, ça ne m'intéresse pas. Le travail que je mène sur moi-même est trop impitoyable, je ne peux avoir pitié de personne.

C'est à peine si je l'ai entendu me supplier, prononcer des paroles confuses, angoissées, répéter sans arrêt : « Je t'aime. »

Puis il dit :

— Je n'ai plus rien.

J'ignore comment l'idée me vint mais je lui répondis :

— Tu as Casimira.

Tomaso me regarda d'un air hésitant. Et, brusquement, je crus comprendre qu'elle existait encore, que ce n'était pas là un simple nom prononcé au hasard. Je risquai :

— Tu la vois parfois ?

— Qui te l'a dit ?

— Tu voudrais le nier ?

— Non, pour quoi faire ? Elle me téléphone souvent pour me demander des nouvelles de tout ce qui se passe. C'est une fille faible. En ce moment, elle ne sait pas si elle doit partir ou rester, elle a très peur. Au téléphone, il est impossible de parler de ces choses-là, c'est pour ça que je la vois de temps en temps.

— Je comprends.

J'ai senti mon cœur se serrer, comme lorsque maman m'abandonnait pour aller chez Hervey, mais, comme alors, une douloureuse béatitude m'inondait en même temps. Je dis :

— Ça me fait plaisir. J'ai toujours pensé que c'était mieux ainsi. Elle voudrait t'épouser, n'est-ce pas ?

— Oui, me répondit-il brusquement. Mais quel rapport ? C'est toi que j'aime. Je m'en moque pas mal, de Casimira !

Et pourtant, je comprenais que si j'avais le courage de le renvoyer ce soir-là, il finirait par l'épouser.

— Casimira sait que nous nous voyons aussi souvent ?

— Bien sûr. Elle sait que nous travaillons ensemble, mais elle ne comprend rien à ces choses-là. Elle t'imagine peut-être très différente de ce que tu es...

— Comme Denise ? lui demandai-je en riant avec une amertume insoutenable.

— Plus ou moins, oui. Elle croit que les femmes qui travaillent avec nous ne sont pas des femmes comme les autres. Par exemple, il lui semble impossible qu'elles puissent penser à l'amour. C'est une fille simple.

— Tu l'aimes bien, n'est-ce pas ? m'enquis-je avec un sourire indulgent.

— Oui, c'est exactement ça, je l'aime bien. Elle m'inspire de la pitié, de la tendresse. Tu n'ignores pas que ces sentiments sont très éloignés de l'amour.

— Je le sais, je le sais très bien.

J'avais laissé tomber ma tête sur le dossier du fauteuil et regardais Tomaso avec un sourire figé, angélique.

— J'imagine que tu devais la voir le jour où tu étais si pressé de me quitter et je ne comprenais pas pourquoi.

— Oui, avoua-t-il avec un sourire innocent. Je ne l'ai pas revue depuis, ça fait près d'un mois. Elle m'attendait dans un café et elle était tout excitée parce qu'elle avait une petite robe neuve. C'est pour ça qu'elle était si contrariée que j'arrive en retard.

Mais je lui ai dit la vérité, tu sais ? Je lui ai dit que j'étais avec toi jusque-là.

Je souriais et m'efforçais d'imaginer en quels termes il lui avait parlé de moi. Il ne lui avait sûrement pas dit que j'étais belle, comme il me le répétait continuellement. Peut-être lui avait-il parlé de mon apparence modeste, de ma maigreur. Casimira devait être une de ces filles qui ont la poitrine ronde et les cheveux bien ondulés.

— Oh, Alessandra ! s'exclama-t-il, épouvanté par mon visage impassible. Si tu me quittais, je n'aurais rien.

Il attrapa mes mains.

— Je veux que tout redevienne comme avant, me dit-il d'un ton d'enfant capricieux. Comme avant que tu me demandes de m'en aller.

— Ce n'est pas possible, fis-je en lui souriant tendrement. C'était très difficile à dire mais il me semble que je suis soulagée d'un grand poids, désormais. Ce sera encore plus difficile dès que tu seras parti et que je resterai seule, peut-être même au cours des journées à venir. Mais Francesco va revenir, c'est pour bientôt, et cette jeune fille cessera d'avoir peur à ce point. Tu ne devrais plus prendre part à des opérations dangereuses. Casimira t'attendrait encore au café, dans sa robe neuve, et tu risquerais de ne pas venir du tout, ce soir-là. Quel âge a-t-elle ?

— Vingt ans, me répondit-il distraitement.

— Justement, c'est bien jeune.

Je parlais comme si ma jeunesse était déjà loin.

— À cet âge-là, il y a tant de choses qui sont incompréhensibles, je le sais bien. Demain, c'est moi qui porterai le nouveau code à Tullio.

— Non. N'insiste pas.

— Je t'assure que c'est simple pour moi. Je relève mes cheveux et je le cache dans mon chignon ; je l'ai déjà fait bien des fois.

— Oh, Alessandra ! dit Tomaso. Ne fais pas une chose pareille pour moi.

Il était difficile de lui expliquer que ce ne serait pas pour lui que je le ferais, mais pour moi-même. Il ne l'aurait pas cru.

— Laisse-moi rester, me supplia-t-il. Je veux rester pour toujours.

Je secouais la tête en souriant, tout en lui caressant les cheveux ; le parti que j'avais choisi était réellement le meilleur moyen de demeurer avec lui pour toujours. Je resterais à jamais entre Casimira et lui ; je fleurirais brusquement à côté d'eux au moment où, d'une manière ou d'une autre, elle trahirait la mesquinerie et la médiocrité qui existe en chacun de nous. Pourtant, le renvoyer ce soir-là était encore plus difficile que ce que ma mère avait fait pour rester avec Hervey.

— Alessandra, ne souris pas comme ça, me dit-il. Hors de question que je m'en aille. Je sais que tu m'aimes de tout ton cœur.

— Non, pas « de tout mon cœur », lui répondis-je avec le même sourire distant. Un peu, seulement. Il n'y a que Francesco que j'aime « de tout mon cœur ».

Je continuais à lui caresser les cheveux, pour le consoler. Une douleur aiguë brûlait sous la peau de ma main, dans mes doigts, dans mes phalanges. Quand cette douleur devint insupportable, j'ai regardé Tomaso et lui ai dit :

— Il est tard, maintenant, il faut que tu partes.

Quelques jours plus tard, en repensant au moment où j'avais prononcé cette phrase, j'aurais voulu dire à Tullio : « Croyez-moi, c'était beaucoup plus difficile que de passer devant la sentinelle. »

Tomaso me regarda, puis me demanda lentement, en pesant le sens et la valeur de chaque mot :

— Mon départ a une autre signification que les autres soirs, n'est-ce pas ?

— Oui, ça a une autre signification.

— Pourquoi ? insista-t-il avec une tendre angoisse dans les yeux.

— Parce que, vois-tu, Tomaso, il y a un moment où il faut choisir de se rendre ou de se défendre. On ne peut pas constamment vivre dans l'incertitude et dans la peur. C'est ce que vous avez fait. Vous avez commencé par vous cacher et, ensuite, vous êtes passés à l'action.

— Ce n'est pas la même chose.

— Si, c'est la même chose. Certains disent qu'il est plus difficile de se rendre et c'est peut-être le cas puisque j'ai tellement peur de me rendre, ce soir. Mais je suis de ceux qui n'ont pas d'autre choix que se défendre. Comme Francesco. Il me comprendra quand il rentrera.

— Il ne l'a pas encore compris en vivant à tes côtés ? me demanda-t-il sans broncher.

— Si, bien sûr. Seulement…

— Non, me coupa-t-il, il n'a absolument rien compris, je le sais. Il ne le comprendra pas davantage quand il reviendra. Vois-tu, Alessandra, je pense que tout ce qui se produit en ce moment, dans le monde, relève d'une raison profonde. Et c'est peut-être simplement pour que les gens comprennent. Ça n'empêche que beaucoup ne comprendront pas et ce sera bien malheureux pour eux. Je voudrais écrire un livre là-dessus, mais je n'en suis pas capable. C'est un autre qui le fera. Alberto, pourquoi pas. Ou Francesco, justement. De la même façon, tout ce qui arrive entre un homme et une femme, entre toi et moi ce soir, par exemple, relève aussi d'une raison profonde, qui échappe au premier abord. Tout cela a peut-être eu lieu pour que quelqu'un comprenne…

Je l'interrompis – je ne voulais pas qu'il aille plus loin.

— Il est tard, dis-je, il vaut mieux que tu partes.

— Non, répondit-il brusquement. Laisse-moi finir.

Il me prit dans ses bras.

— Ce n'est pas juste que ton amie d'enfance, comment s'appelle-t-elle ? Natalia, Natalia Donati, soit emmenée à bord d'un camion avec son enfant pour obéir à une loi contraire à toutes celles qui constituent le droit de chaque être humain. Il n'empêche : Natalia avait beau s'agripper et crier, on l'a emmenée. Et moi, je m'en vais, même si en ce moment je me cramponne à toi. Ensuite, je crierai, au fond de moi, toute ma vie, quand bien même j'arriverai à me cramponner à Casimira. Mais là encore, cela a peut-être lieu pour que quelqu'un comprenne.

Nous étions sur le pas de la porte. Il m'embrassait et me caressait les cheveux. Tout, en nous, n'était que douleur, y compris notre sang. « Dans une minute », ai-je pensé.

— Mon amour ! me dit-il doucement. Je souhaiterais que ce soit moi qui ne comprenne pas.

Il me serra à nouveau contre lui, puis sortit sur le palier. Nous avions le seuil entre nous.

— Où vas-tu ? lui demandai-je à mi-voix.

— Je ne sais pas. Peut-être près d'ici, chez Saverio, aucune importance. Donne-moi ces papiers.

— Non ! dis-je d'un ton presque apeuré, car je ne voulais pas me séparer d'eux aussi. Va-t'en vite.

— Si tu veux que je m'en aille, ferme la porte toi-même. Ferme-la.

« Dans une seconde, dans un instant », ai-je pensé. Et j'ai refermé lentement la porte.

Je suis retournée dans le bureau : il faisait déjà noir. On voyait l'empreinte du corps de Tomaso dans le fauteuil et un paquet de cigarettes vide et froissé. Je n'osais m'enfoncer dans cette solitude. Je me suis laissée tomber dans un fauteuil, la tête renversée sur le dossier. Dans le lointain, on entendait un piano ; cela rendait le silence qui m'entourait encore plus désert. Finalement, je me suis mise à pleurer. Je pleurais en me donnant tout entière à mes larmes, sans me rappeler pourquoi je les versais. Pleurer était la seule chose qui comptait, à cet instant. « Dès qu'il sera parti, je pourrai pleurer », m'étais-je répété pour ne pas flancher, tant que Tomaso était là.

C'est ainsi que, le lendemain matin, je me suis rendue chez Luigi, qui hébergeait Tullio. Tullio était assis devant un bureau, aussi calme, pâle et sévère qu'à son habitude. Il ne m'inspirait pourtant plus la peur des premiers jours ; je dois même dire que, désormais, une sorte de réconfort s'emparait de moi quand je le voyais. J'avais pleuré jusqu'aux premières heures du matin, puis j'avais entendu qu'on ouvrait les fenêtres de l'immeuble d'en face, qu'on claquait les volets. Je m'étais alors décidée à ouvrir moi aussi la fenêtre afin de laisser partir jusqu'à l'odeur des cigarettes de Tomaso.

Tout en m'asseyant en face de lui, j'ai retiré le papier caché dans le nœud de mes cheveux et dit :

— Voilà ! Tomaso...

— Je sais, m'interrompit Tullio.

— Il est parti hier soir avant le couvre-feu, expliquai-je à voix basse, sans le regarder. J'étais convaincue qu'il n'était pas en sécurité chez moi. Malgré ce que vous lui aviez conseillé, j'ai cru que ça valait mieux ainsi, voilà pourquoi.

C'était le seul de nos camarades que je vouvoyais. Et lui aussi me traitait avec un détachement respectueux.

— Vous avez bien fait si vous étiez persuadée qu'il n'était pas en sécurité. Ce serait dommage de se perdre maintenant que c'est pour bientôt.

Le visage de Tullio ne s'éclairait jamais – même quand il disait que c'était pour bientôt. Aussitôt après, d'autres camarades arrivèrent. Eux aussi avaient une mine grave et mélancolique, mais leurs yeux brillaient autant que les miens. Pour parler plus tranquillement, nous avons déplacé la bibliothèque et grimpé dans la mansarde par le petit escalier sombre. On entendait les grondements se rapprocher de plus en plus et, peut-être à cause de la belle saison, on aurait cru les salves qu'on tire lors des fêtes de village. Dans l'encadrement de la fenêtre, on voyait les arbres sur la verte colline du Palatin. Dès que les grondements se tairaient, je pourrais retourner sur le Palatin avec Francesco.

Au cours de ces semaines, un souffle de confiance avait ranimé la ville ; un réveil heureux se propageait dans les rues et dans les maisons, sans qu'on s'en aperçoive, comme une sève nouvelle circule dans des troncs d'arbres encore nus. Tout le monde montait sur les terrasses, se mettait au balcon, s'asseyait là, calmement, en attendant la fin de cette longue journée. Les jeunes filles se rendaient, par groupes, sur les hauteurs du Monte Mario et s'asseyaient sur l'herbe, en regardant vers le sud et en parlant de l'avenir comme elles ne le faisaient plus depuis longtemps. Les vieux sortaient en se donnant le bras pour profiter eux aussi du paysage, du haut d'un belvédère. De grands autobus passaient à toute vitesse et, dans les rues, les soldats ne marchaient qu'avec une vigilance croissante, deux par deux ou par cohortes – et tous, malgré leur attitude et leur regard impassibles, trahissant un cruel désespoir. Ils auraient voulu que la ville, usée par la terreur, demande grâce ; ils sentaient le besoin, plus pressant que jamais, d'être impitoyables, inhumains, de s'oublier eux-mêmes, mais ne pouvaient rien faire ; ils ne pouvaient plus arrêter des femmes, des vieillards et des enfants uniquement parce qu'ils s'asseyaient sur des terrasses et regardaient vers le sud.

Moi aussi, j'étais assise sur ma terrasse, et j'attendais.

La fille du concierge attendait avec moi et parfois, comme j'étais plus grande qu'elle, elle me demandait ce que je voyais. Je me sentais beaucoup d'affection pour elle ; peut-être étions-nous les seules personnes de l'immeuble à nous sentir vraiment désemparées par cette attente, elle à cause de son âge et moi à cause de mon amour pour Francesco. Nous nous sentions bien ensemble, malgré ma certitude qu'elle ne retrouverait plus jamais ses yeux d'enfant. D'ici peu, les enfants auraient peut-être le droit d'avoir à nouveau les yeux auxquels ils ont droit. Alors j'aurais été heureuse d'avoir un enfant. Elle reconnaissait les types d'avions, qu'elle montrait du doigt, mais ne connaissait pas une seule fable, pas un seul poème. Et j'espérais que mon enfant pourrait connaître les fables et les poésies.

Sur les terrasses, les groupes devenaient de plus en plus nombreux. C'était la belle saison, on aurait pu croire qu'ils désiraient simplement profiter du bon air. Mais les soldats savaient que, dans les immeubles, beaucoup d'hommes jeunes se tenaient derrière les fenêtres fermées et les regardaient comme nous les regardions du haut de notre mansarde. Et puisque chacun de nous, au cours de cette longue journée, avait fait les choses les plus difficiles, les soldats savaient que, pour défendre la merveilleuse nouveauté de cette attente, nous n'hésiterions pas à en accomplir d'autres. Et en effet, de temps en temps, Tullio donnait un ordre et l'un de nous s'éloignait, silencieusement, pour ne pas troubler l'attente de ses camarades.

Tomaso n'était pas avec nous ; il était plus prudent pour lui de rester chez Saverio. Ainsi en avait décidé Tullio et il avait obéi. J'étais quelque peu soulagée de m'en remettre entièrement à Tullio. C'est ce qui arriva le jour où, tandis que nous nous trouvions tous réunis dans la mansarde, il demanda s'il n'y avait pas une fille sachant monter à bicyclette. La bicyclette serait très lourde, ajouta-t-il.

Nous avons tous compris qu'il ne fallait pas répondre oui ou non à la légère. Il y eut un silence que Tullio interpréta comme une hésitation. J'étais bonne cycliste, je me suis proposée. La camarade Denise aurait voulu me retenir.

Non, ce ne fut pas vraiment difficile. Comme le danger était en dehors de moi et non pas en moi, je pouvais consacrer toute mon énergie à l'affronter. Je me rappelle que je me suis coiffée avec soin et que j'ai mis la large jupe qui plaisait à Francesco. Même usée, elle gardait cette ampleur qui me donnait l'impression de m'envoler.

En ce temps-là, toutes les femmes allaient chercher des légumes dans les potagers aux abords de la ville et, comme il était interdit d'aller à bicyclette, elles avaient transformé leurs vélos en triporteurs en fixant deux roulettes sous une caisse ou un panier. Dans l'après-midi, on voyait de longues rangées de ces bicyclettes à remorque montées par des femmes. Au retour, quand elles passaient devant le poste de contrôle, les soldats regardaient dans les paniers et dans les caisses. Tantôt ils se contentaient de regarder, tantôt ils plongeaient la main à l'intérieur, fouillaient et prélevaient une poignée de petits pois.

À l'aller, j'ai eu l'impression de faire une excursion à la campagne ; je pédalais légèrement et la caisse bondissait joyeusement derrière moi. Mais au retour, j'étais grave et résolue comme lorsque je faisais la queue avec les autres femmes, le matin de bonne heure, tandis que Francesco dormait encore parce qu'on lui avait interdit d'enseigner. Chaque pas, alors, me paraissait pouvoir l'aider. Et, ce jour-là, chaque coup de pédale aussi. Nous étions nombreuses ; nous avions beau ne pas nous connaître, nous échangions un mot au passage, ne serait-ce que pour nous dire : « Qu'il est lourd, ce vélo. » Le mien était très vieux, mais s'il pesait plus que les autres c'était parce que, sous les petits pois, il y avait de la salade et, sous la salade, des grenades. Il était très lourd, le guidon se tournait constamment ; malgré mes forces, je peinais à le maintenir droit. J'ai dû faire un effort de volonté plus grand encore quand j'ai aperçu le poste de garde, à quelques dizaines de mètres. Devant moi, les autres femmes péniblement courbées sur leur guidon commençaient déjà à former une queue puisqu'il leur fallait passer une à une. « Francesco », murmurais-je à part moi. Je n'avais pas l'impression de me diriger vers une sentinelle mais vers lui, je le voyais debout comme sur sa photographie, vêtu de son pardessus, le chapeau sur la tête – il m'attendait. Est-ce à cause de l'émotion d'aller vers lui que mes jambes tremblèrent très fort ? Il y eut un moment où j'ai cru que je n'aurais plus la force de pédaler ; j'ai mis pied à terre, j'étais devant le poste. La sentinelle plongea la main dans ma caisse. Mais il la retira, immédiatement, déçu. « Toujours des petits pois ! » dit-il. Nous nous sommes regardés ; j'ai compris qu'il en avait assez d'être là, à contrôler les femmes qui rapportaient des légumes. « Toujours des petits pois ! » ai-je répété machinalement et il était visible que, moi de même, j'étais très fatiguée. Voilà pourquoi il a donné une petite poussée à ma selle. Sans quoi je n'aurais pas pu repartir : je ne sentais plus mes jambes et ces grenades étaient lourdes.

C'était une vieille avenue, proche du pont Milvio. Dans le crépuscule silencieux, on entendait les bicyclettes qui glissaient en sifflant sur la terre battue – c'était un bruit monotone et réconfortant. Faisant confiance à ce petit bruissement semblable au léger ronronnement d'une usine, nous pédalions toutes ensemble sans nous regarder. « Toujours des petits pois », avait dit le soldat en soupirant. Je regardais les nuques de ces femmes comme, jadis, celles de mes camarades de classe ; j'aurais voulu les caresser avec attendrissement. Certaines s'usaient à patiemment chercher de quoi manger pour leurs enfants, à trouver l'argent nécessaire pour les faire vivre. Toutes travaillaient depuis que les hommes n'étaient plus là ; certaines allaient voler dans les wagons de marchandises frappés par les bombardements, d'autres couchaient avec les soldats. Puisqu'on pouvait tout demander aux femmes, il n'y avait aucune limite. Tullio demandait de préparer un lit, de laver le linge d'une camarade qui avait besoin d'un abri, il demandait de cuisiner à n'importe quelle heure pour toutes les personnes de passage. Il fallait les servir, trouver de la nourriture et parfois de l'argent pour chacune d'elles. Tullio priait d'héberger Tomaso puis demandait si nous savions faire du vélo. Aux hommes, on demandait seulement de faire du vélo.

Je me suis arrêtée, comme convenu, devant la boutique d'un étameur à côté de chez Luigi. Deux hommes, dont les mains étaient singulièrement fines pour des mains d'ouvrier, travaillaient avec l'étameur.

— Voilà, j'apporte les légumes, dis-je en remettant la bicyclette.

Ils me regardèrent, étonnés de mon air animé, fouillèrent dans la caisse et furent rassurés. Alors j'ai franchi le porche et monté l'escalier ; je me rappelais la première fois où j'étais entrée dans cet immeuble pour y retrouver Francesco. J'étais hésitante, émue. À présent, je montais l'escalier d'un pas léger, comme j'avais monté celui de la Galerie Borghèse. Le jour de ma première visite, Francesco et moi étions encore deux personnes avec peu de choses en commun à part cette rencontre sur le lit du petit garçon, sous les photos des champions de football. Souvent, l'un de nous disait : « Les hommes », l'autre : « Les femmes » et l'un ou l'autre répondait : « Comprends pas ! » Mais moi j'avais vraiment tout compris : j'avais fermé la porte au nez de Tomaso et apporté des légumes dans ma caisse.

Aussitôt la porte ouverte, la femme de Luigi me prit dans ses bras. Puis nous avons déplacé la bibliothèque et j'ai grimpé l'escalier raide qui conduisait à la mansarde.

Tout le monde se trouvait là-haut, y compris Alberto que je n'avais pas vu depuis longtemps. Il ne manquait que ceux qui étaient en prison, comme Francesco, ceux réfugiés chez Saverio, comme Tomaso, et certains qui avaient dû sortir, comme moi, et dont on attendait le retour. Quelques-uns aussi n'étaient pas revenus, comme une fille qui s'appelait Laura et un jeune professeur nommé Pino. Aussi tout le monde attendait-il avec angoisse le retour de ceux qui étaient sortis. « C'est Alessandra ! » les ai-je entendus dire, tout contents. Et leur attente me réjouit d'autant plus que je n'avais jamais été aimée, ni de mes camarades de classe, ni de mes collègues de bureau. Personne n'avait pressenti l'amour que je portais en moi, le désir que j'avais de l'exprimer à ceux qui m'entouraient. Maintenant seulement, je m'apercevais qu'on me reconnaissait. Voilà pourquoi j'ai fait mon apparition sur le pas de la porte de la mansarde comme ma mère, le soir, à la maison.

Tullio vint à ma rencontre et, contre toute attente, m'appela par mon prénom :

— Pas trop tôt, Alessandra ! Nous avons eu très peur.

— Peur ? répétai-je. Pourquoi ?

Je savais que j'avais vaincu des difficultés bien pires, et eux aussi, sûrement, au cours de cette longue journée. Je ne comprenais pas pourquoi ils attribuaient tant d'importance à cette histoire du vélo et des bombes. Tout au plus, j'y risquais la mort.

— Il ne faut pas exagérer, dis-je.

Les autres m'entourèrent en silence et j'avais plaisir à me dire que ce silence était la marque de leur affection. J'ajoutai :

— Vous devriez savoir que ces opérations ne sont pas si difficiles.

Mais j'ai vu qu'ils ne comprenaient pas mes propos, qu'ils me croyaient peut-être orgueilleuse ou présomptueuse. Tullio lui-même me regardait d'un air incertain. Tous, d'ailleurs, justifièrent mon attitude par l'angoisse que m'inspirait le sort de Francesco. Ils me garantirent en effet qu'on ne l'emmènerait pas et que, de toute façon, tout était prêt pour le faire sortir à coup sûr. C'est pour bientôt, désormais, disaient-ils en regardant du côté de la fenêtre et en écoutant les canons tonner comme les jours de fête. Je regardais le ciel voilé par la tombée du soir, et le Palatin.

— Je n'ai pas peur, dis-je. Je suis sûre que Francesco reviendra.

Un moment après, je remontais vers la maison à bicyclette. Tullio m'avait suggéré de coucher chez Luigi, cette nuit-là, mais j'avais dit que je n'en voyais pas la nécessité ; je l'avais simplement prié de me laisser rentrer à vélo. « C'est interdit », m'avait-il objecté, mais j'avais répondu que tout ce que nous faisions depuis quelque temps était défendu. Tullio avait répliqué qu'il était inutile de s'exposer sans raison. « Croyez-moi, Tullio, je sens qu'il y a une raison », avais-je insisté. L'étameur avait décroché la remorque et j'étais partie tout de suite, heureuse et souriante, en faisant un signe d'adieu. La bicyclette roulait bien, n'étant plus alourdie par la caisse. C'était le premier jour de mai, une brise légère soulevait mes cheveux ; tandis que je pédalais à toute vitesse, je sentais à nouveau circuler en moi vigueur et jeunesse. Je suis passée le long du fleuve qui, dans le soir tout vert, avait repris sa belle couleur d'eau coulant sur des feuilles.

Je filais le long du fleuve en parlant avec ma mère. Elle ne passait plus à côté de moi sans me voir, comme le soir où je marchais aux côtés de Tomaso, dans l'odeur douceâtre des chevaux morts. Je l'appelais, elle me répondait, nous usions du même langage. Personne, désormais, ne pouvait m'empêcher de parler avec elle. Je passais crânement devant les soldats, tenant entre les dents une feuille de salade prise dans la caisse pendant que l'étameur la décrochait. Je pédalais vivement en roulant les épaules et en faisant zigzaguer le vélo à la façon d'un pas de danse. Les soldats me regardaient sans méfiance ; ils oubliaient la consigne, qui leur paraissait caduque puisqu'une jeune femme pouvait à nouveau s'offrir la joie de rouler à bicyclette. Du reste, malgré leurs efforts pour conférer de la dignité à leur peur, ils avaient perdu leur raideur, leur hostilité, leur assurance. Peut-être pourrais-je, sous peu, écrire à nouveau à grand-mère ; cela faisait des mois que je n'avais aucune nouvelle, ni de mon père, ni d'elle. Je lui écrirais : « J'y arrive, j'y suis arrivée ! » J'avais réussi à refermer la porte sur les yeux angoissés de Tomaso, je réentendais ses paroles et, exaltée par ces souvenirs, je pédalais de plus en plus fort, de crainte de ne pas rejoindre Francesco à temps. Sans doute parce que son retour approchait, ma mémoire se le représentait nettement à nouveau. Il n'avait plus l'expression sévère de la photographie, son chapeau sur la tête et son pardessus sur le dos ; nous étions à la Galerie Borghèse, le 11 novembre, et il me regardait avec amour. La vitesse de ma bicyclette gonflait ma jupe en rond, comme lorsque j'avais volé jusqu'en bas de l'escalier. J'irais à sa rencontre comme ce jour-là. Je lui ouvrirais la porte. « Vous devriez vous en vouloir d'arriver si tard ! » lui dirais-je en souriant.

Je n'ai pas pu le lui dire. Une fois de plus, ce fut un hasard, mais un hasard malheureux ; nous n'avions jamais de chance ! Les deux derniers jours, je n'avais voulu voir personne. Je ne voulais même pas recevoir de nouvelles. Certains s'étonnaient que je n'aie pas peur pour Francesco. En réalité, depuis le jour où j'avais eu la force d'éloigner Tomaso, je n'avais jamais eu le moindre doute sur son retour.

Pendant la nuit, on entendit des camions passer, d'abord sans interruption, puis de façon toujours plus espacée ; c'est ainsi que, petit à petit, la dernière lueur de la longue journée s'évanouit. Francesco reviendrait dormir avec moi nuit après nuit. J'ai rangé la maison, tout heureuse à l'idée de reçommencer d'ici peu à lui faire la cuisine, à tapoter son oreiller. Mais à tous ces préparatifs la maison semblait vouloir résister. Dans les tiroirs, mes effets prenaient toute la place. Il en était de même de mes livres sur les étagères, de mes petits accessoires de toilette sur la console de la salle de bain. Mes dictionnaires et les manuscrits de mes traductions occupaient tout le bureau de Francesco. Il semblait impossible que nous ayons habité ces pièces à deux, chacun avec sa vie propre. Joyeusement, je lui faisais de la place dans la maison et en moi-même, comme quand nous nous étions rencontrés et qu'il avait bouleversé ma solitude. J'imaginais tout le temps que nous allions passer à causer ; je voulais lui raconter ce qui était arrivé, puis lui parler longuement de moi parce qu'il me semblait qu'autrement il ne pourrait pas me reconnaître. Je voulais tout de suite lui parler de Tomaso. Je lui raconterais les nuits où j'avais été seule, où j'avais eu peur, dont je pensais qu'elles seraient mes dernières nuits. « Tu comprends ? » lui dirais-je. Je lui avouerais que j'avais embrassé Tomaso, longuement, le soir de la photographie, mais je lui ferais bien comprendre que c'était lui que je cherchais à travers ce baiser, c'était sa vie sauve et libre. « Tu comprends ? » lui dirais-je. Je ne voulais pas qu'il garde rancune à Tomaso. C'était Francesco le vainqueur, il devait se montrer généreux avec son adversaire et même apprécier la noblesse de ses sentiments et de sa conduite. Je le voyais aller à sa rencontre, la main tendue. « Tu l'as aimée et c'est tout naturel, on ne peut pas vivre à côté d'elle sans l'aimer », lui dirait-il. Serrés l'un contre l'autre, nous prendrions congé de Tomaso et je lui demanderais de me présenter Casimira. En écoutant son pas s'éloigner dans l'escalier, nous resterions seuls dans cet appartement enfin à nous, avec de la place pour nous deux, avec nos livres, nos vêtements mélangés, le grand lit où nous pourrions nous allonger ensemble, en toute innocence.

Tomaso téléphona pour savoir si j'avais besoin de quelque chose. À la fin, il me demanda si j'étais contente.

— Oui, admis-je tout bas, je suis très contente.

Je n'ai pas pu m'empêcher de lui demander :

— Tu crois qu'il sortira tout de suite ?

Plus tard je me suis rappelé la voix éteinte avec laquelle il me répondit :

— Oui, je crois que demain, à cette heure-ci, il sera chez toi.

J'aurais voulu l'appeler à nouveau dans la soirée mais le téléphone fut coupé et l'électricité éteinte – les derniers camions qui abandonnaient la ville voulurent laisser derrière eux l'obscurité et le silence. Dans ce noir, dans ce silence, j'entendais le pas de Francesco qui montait l'escalier, deux marches à la fois, comme faisait Tomaso.

J'étais obsédée par ce pas de Francesco montant l'escalier. « Demain », pensais-je. Je mettrais la vieille jupe qui tournoierait en décrivant un cercle autour de moi, tandis que j'ouvrirais la porte. « Vous devriez vous en vouloir d'arriver si tard ! » Je renversais la tête en arrière, en imaginant la violence du baiser de Francesco. De nouveau, autour de ma taille, j'ai senti l'absence de ses bras. « C'est pour bientôt, me disais-je. Quelques heures et c'est fini. »

Le matin, les gens sortirent avec beaucoup de prudence, en inspectant précautionneusement les rues et les places où l'on ne voyait plus ni camions, ni soldats le fusil en joue. Tout d'abord, la désolation les épouvanta – ils craignaient que cela ne cache un piège, un ultime stratagème. Mais ce fut précisément la mélancolie déserte des rues humiliées et malmenées qui leur donna la certitude que la ville avait été abandonnée. Alors, en un clin d'œil, les immeubles se vidèrent, la foule s'écoulait comme de l'eau, elle inondait les rues, qui recommencèrent à résonner de bruits de pas, d'appels. Tout le monde parlait à voix haute, on criait sous les fenêtres, les filles filaient à bicyclette et le vent soulevait leurs cheveux gonflés d'air. Du haut de ma terrasse, je voyais les gens se presser avec impatience le long des trottoirs, sur la grande avenue non loin de la maison : ils attendaient l'arrivée de ceux qui, des années durant, avaient frappé sans relâche au mur de notre prison tandis que, de l'autre côté, nous le grattions de nos ongles. Lentement, le mur qui nous séparait s'était effrité, aminci et, aujourd'hui, nous allions enfin pouvoir nous retrouver. Les camions bondés de soldats de haute taille et à la mine sévère étaient à peine sortis par les portes nord qu'entraient par les portes sud d'autres camions chargés de soldats débraillés et joyeux. Au torve silence de la longue journée inclémente succédaient maintenant des cris frénétiques et des applaudissements. Voilà donc le moment que nous avions attendu. J'aurais dû être contente, mais je ne l'étais pas ; je ne parviendrais à l'être qu'au moment où, parmi les pas de ceux qui revenaient, je reconnaîtrais celui de Francesco. Du haut de ma terrasse, je me sentais comme étourdie par l'air libre du bel été et par les cris de joie qui éclataient de-ci, de-là, tels des feux d'artifice. De la fenêtre au-dessous de moi, j'entendais monter des voix désapprouvant ce bruyant enthousiasme. Moi, au contraire, il me semblait que c'était une façon de nous acclamer nous-mêmes, d'acclamer notre courage et notre patience, d'effacer ainsi les dures journées vécues, d'applaudir, de crier, de hurler pour prouver que la longue et sombre journée avait réellement pris fin. Il fallait être dépourvu de pitié pour ne pas comprendre que tant de vie réprimée, refoulée, bâillonnée devait bien exploser d'une manière ou d'une autre. Pour moi, toute ma vie se concentrait sur le pas de Francesco montant l'escalier.

C'est ainsi que j'ai attendu Francesco, deux jours durant. Je restais de longs instants dans le vestibule. À chaque heure qui s'écoulait, ma peur devenait plus profonde. Je n'appelais pas Tullio pour avoir des nouvelles. Quand le téléphone sonnait, j'accourais mais n'avais pas le courage de décrocher. La sonnerie du téléphone semblait stridente dans l'appartement désert, et l'appareil noir, impassible et froid ne tressauterait pas pour m'apprendre une mauvaise nouvelle. « Je ne veux rien savoir, murmurais-je en secouant la tête et en me bouchant les oreilles. Ils n'arriveront pas à me le dire. » Je resterais pour toujours à l'attendre à la maison ; je ne sortirais plus afin de ne pas croiser de gens susceptibles de m'annoncer que Francesco ne reviendrait plus. « Mais non, me disais-je en me rongeant les sangs, non, Francesco doit revenir et il reviendra ! »

Je l'attendais dans l'entrée, assise sur une chaise. La lumière du jour s'enflammait, s'affaiblissait, je sentais à chaque instant se raviver en moi le souvenir du soir où j'avais attendu ma mère. Tout à coup, j'entendis tout un groupe monter l'escalier, les pas se rapprochèrent. Il y avait aussi des voix – des voix d'hommes. Les voix et les pas se rapprochèrent encore ; peut-être comptaient-ils s'arrêter à l'étage au-dessous du mien. Mais non, ils continuèrent. Et là-haut, il n'y avait que moi. On sonna. « Je n'ouvre pas, me dis-je. Je ne veux pas savoir. » Pourtant, j'ouvris quand même.

Francesco me regardait en souriant, tout joyeux. Derrière lui, d'autres personnes souriaient aussi.

Il me prit dans ses bras et m'embrassa sur les joues – un baiser sur la joue droite, un baiser sur la joue gauche.

— Oh, ma chérie !

J'entendis d'autres voix, celles de ses camarades, les mêmes que j'entendais quand Francesco n'était pas là. Impossible de croire qu'il était parmi nous en ce moment même. Impossible qu'il soit revenu, tout simplement. Je l'avais attendu pendant deux mois et voilà qu'en un clin d'œil il se trouvait ici et nous nous tenions enlacés au milieu de tous ces gens qui nous regardaient. Je n'osais pas m'écarter de lui, je n'osais pas lever les yeux, de peur que ce soit un autre, qu'il soit devenu différent. Et puis, j'avais honte de ces gens, je refusais qu'ils soient témoins de mon émotion, je les détestais. « Non », disais-je à Francesco en dissimulant mon visage. C'était bien lui, je reconnaissais la forme de ses épaules.

— Calme-toi, me dit-il.

J'ai levé les yeux et vu qu'il souriait aux autres. « Le choc, c'est bien normal », disait-on autour de lui. Francesco me caressait le menton avec un sourire imperceptible. C'était bien son visage âpre, dur, sévère. Je l'aimais. Je l'étreignis à nouveau.

— Fais-les partir, lui chuchotai-je à l'oreille.

Il fit signe que oui et, tandis qu'il me tenait par les épaules, nous sommes tous entrés dans le bureau.

Nos amis se hâtèrent de me faire asseoir. Francesco regardait autour de lui d'un air satisfait : il contemplait sa table, les rayonnages, il les palpait avec des gestes lents, délicats. Moi, j'attendais que ces gens s'en aillent pour que Francesco me regarde comme il regardait sa table, me touche comme il touchait ses livres. Il s'assit dans son fauteuil et tous prirent place autour de lui, mais légèrement à l'écart, pour raconter, pêle-mêle, les derniers événements. C'était un de ces moments où il faut offrir le vermouth.

— Tu es content d'être à la maison, hein ? lui dit Alberto.

— Oui, répondit-il. Il y a une chose à laquelle je pensais nuit et jour : ma baignoire !

Tout le monde rit, puis Francesco se mit à parler avec ses camarades de sa vie de prisonnier. Tandis qu'il parlait, il me tenait la main et caressait mes doigts. Je sentais une violente fureur monter en moi ; j'aurais voulu me retrouver seule en train d'attendre Francesco. Je ne désirais pas m'attarder dans ces stupides effusions familiales. Mais à ce moment précis, Luigi interrompit ses camarades, se pencha vers Francesco et lui dit :

— Ta femme a été à la hauteur.

— Je le sais, elle est toujours courageuse et à la hauteur.

— Oui, mais tu ne sais pas...

— Luigi, je t'en prie, le coupai-je.

Nos autres camarades protestèrent. Eux aussi voulaient aborder ce sujet avec Francesco. J'ai dit :

— Non, s'il vous plaît !

Puis, en m'adressant durement à Luigi, je répétai :

— Luigi, je t'en prie !

Ce cher Luigi. Il voulut parler à tout prix et c'est lui qui acheva de tout gâcher. Il raconta ce que j'avais fait, et maintenant que les jours difficiles appartenaient au passé, j'étais persuadée que je n'avais rien fait du tout et la généreuse aumône de Luigi aplatit jusqu'à la toute petite fierté que je gardais de ces exploits.

Francesco disait :

— Mais c'est très bien ! C'est vrai, tu as été courageuse à ce point ?

Il me relevait le menton et je souriais sans bouger, mais j'aurais voulu m'enfuir et pleurer. Je ne pouvais plus lui faire comprendre que mon geste avait été, avant tout, un moyen de connaître ce qui me faisait souffrir chez lui, ce qui m'était naturellement étranger, ou ennemi, et de l'englober dans notre amour. Je ne pourrais plus lui confier que, lorsque j'avais peur, j'appelais Francesco comme les autres appellent Dieu. Alberto parla même des grenades et des légumes. Francesco me regarda un bon moment puis me dit : « Très bien », et je me suis sentie toute honteuse. Je n'avais plus rien à raconter, désormais.

— Où vas-tu ? me demanda Francesco en voyant que je me levais.

— À la cuisine. Je voudrais faire chauffer de l'eau pour te préparer un bain…

Il n'y avait pas de gaz. J'allumai le feu et versai péniblement de l'eau dans une lourde dame-jeanne. Puis je m'assis près du fourneau en attendant que l'eau chauffe.

Au bout d'un assez long moment, Francesco vint me voir.

— Qu'est-ce que tu fais, Alessandra ? Tout le monde veut te dire au revoir.

Je pris congé de nos amis qui me saluèrent un à un sur le seuil, comme après un mariage ou un baptême. Finalement, je refermai la porte et m'appuyai contre elle, de tout mon corps. Francesco était en face de moi, je le regardais et, des yeux, courais à sa rencontre comme la première fois, à la Galerie Borghèse. Ça y est, il était vraiment rentré ; il allait me serrer dans ses bras, m'embrasser. Je sentis mes lèvres devenir molles et dociles. Il s'approcha de moi, me regarda avec tendresse et me dit :

— Tu devrais te reposer, chérie, tu as l'air bien fatiguée.

En entendant ces mots, j'eus l'impression que ma peau était devenue un tissu glacé. Cette impression-là, je ne l'avais plus éprouvée depuis qu'il était parti.

— Non, merci, lui répondis-je, je n'en ai pas envie.

Je le regardais fixement, désespérément, désespérément. Quand se déciderait-il à revenir ?

— Pourquoi es-tu arrivé avec ces gens ? lui demandai-je.

— Ils sont venus me chercher. Alors...

— Je sais. Mais moi, je voulais te retrouver seul.

— Mais nous sommes seuls, maintenant, ma chérie...

Tout en parlant, il m'embrassait. Ses mains essayèrent de déboutonner mon chemisier. Peut-être croyait-il qu'il s'agissait du moyen le plus efficace de manifester sa joie d'être de retour. J'avais perdu l'habitude de ses mains. Instinctivement, mes muscles se tendirent, prêts à se défendre. Je me rappelais la course légère que j'avais imaginé faire jusqu'à la porte pour l'ouvrir en lui disant : « Vous devriez vous en vouloir... » J'ai écarté Francesco, doucement.

— Attends, mon amour, lui dis-je tout bas. Pas comme ça, je t'en prie !

C'était réellement difficile de recommencer. Je savais désormais que me retrouver seule lui était bien égal, qu'il lui avait semblé naturel de m'embrasser, pour la première fois, devant des étrangers, sur les deux joues. J'étais rongée par l'angoisse mais voulais résister à cette colère et à cette rancune.

Il était absolument nécessaire que nous nous parlions *avant*. Tant de choses étaient arrivées, au cours de ces mois. Il fallait que nous nous retrouvions et, pour ainsi dire, que nous nous choisissions à nouveau.

— Regarde-moi, lui dis-je. Voilà des mois que nous ne nous sommes pas vus...

— On n'aurait jamais cru que ça durerait si longtemps, tu te rappelles ? Nous disions toujours que c'était pour bientôt, alors qu'en fait... Je me suis fait beaucoup de souci pour toi. On racontait qu'il n'y avait plus rien à manger, que les familles des prisonniers étaient prises en otage. J'étais vraiment inquiet.

— C'était la seule chose qui te troublait ?

— Oui. Pour le reste, j'étais tranquille. On a seulement peur tant qu'on n'est pas obligé à se rendre, vois-tu. Après, on est calme. D'ailleurs, nous savions que nous étions très nombreux. Rien que dans ma cellule, nous étions cinq, je te raconterai plus tard... Nous entendions des tas de gens autour de nous, il suffisait d'un petit coup contre le mur ou d'un regard furtif quand on nous emmenait prendre l'air pour sentir que nous formions un cercle fermé. Mais surtout, nous avions la sensation ineffable de faire le tri dans nos pensées, de les rassembler, parce que c'étaient peut-être les dernières. Tu ne peux pas comprendre, mais...

— Je comprends, au contraire, le coupai-je.

— Excuse-moi, chérie, mais je ne crois pas. Ce sont des choses que ne peuvent comprendre que ceux qui ont été en prison, ne serait-ce qu'un jour. Je ne sais pas si c'est une bonne chose, peut-être pas, d'ailleurs, mais on sort complètement changé.

— Moi aussi, murmurai-je, j'ai beaucoup changé.

— J'espère que non. Tu es restée dehors.

— Oui, mais, justement, il y a des choses que ne peuvent comprendre que ceux qui sont restés dehors.

Il s'approcha de la fenêtre sans me répondre.

— Que c'est beau ici, dit-il. Je n'aurais jamais cru que quatre barreaux qui nous séparent de la campagne et du soleil pussent avoir une telle importance. Ça aide à comprendre certaines vérités qu'on s'imaginait connaître et qu'on ne connaissait pas du tout. C'est plus utile que tous ces livres. En sortant de prison, on a l'impression de posséder certaines connaissances essentielles qu'on ne peut acquérir qu'à l'intérieur, c'est indéniable.

Il parlait sans me regarder, laissant ses yeux courir sur le paysage, la campagne, et les grandes constructions neuves.

— On se sent très fort, à l'intérieur, continua-t-il. Je ne me faisais du souci que pour ma mère et pour toi. Elle a un peu vieilli mais, tout compte fait, elle va bien.

— Comment le sais-tu ? demandai-je avec étonnement.

— Je suis passé un instant chez elle, c'est elle qui habite le plus près de la prison. Elle va bien.

— Tu as bien fait.

Sur ces mots, je lui ai tourné le dos et me suis dirigée vers la porte.

— Où vas-tu ? me demanda-t-il en me retenant par la main.

— Préparer ton bain.

C'étaient trois grandes casseroles que j'ai attrapées avec deux chiffons tant les poignées étaient brûlantes. Je les ai apportées dans la salle de bain, l'une après l'autre, en tremblant à cause de leurs poids et de l'eau qui tressautait. J'ai versé le flot bouillant dans la baignoire et la vapeur qui m'est montée au visage m'a donné un léger vertige. J'aurais voulu transporter un nombre infini de casseroles, me soulager par ce geste qui consistait à verser l'eau bouillante, d'un seul coup. J'aspirais à porter des poids et à les décharger pour éprouver une minute de réconfort.

— Pourquoi ne m'as-tu pas appelé pour que je t'aide ? me demanda Francesco avec sollicitude.

Tout de suite après, il s'écria :

— Oh, un bain !

Sa stupeur et son bonheur me touchèrent. « Oui, un bain, aurais-je voulu lui dire. Et la maison et le soleil, libre derrière les fenêtres, et moi, Francesco, mon amour, moi ! »

Je me suis dit qu'il ne voulait reposer son regard sur moi que pas à pas, par le biais de tout ce qui nous avait accompagnés jusqu'au moment de la séparation – la maison, les livres, le panorama que nous voyions de notre fenêtre. En attendant, il avait fermé la porte et j'étais restée seule. J'ai vu, dans l'entrée, sa petite valise. Je me suis accrochée à un pâle espoir. Peut-être serait-ce de là qu'il viendrait à ma rencontre ? À l'intérieur, il n'y avait que du linge sale, son peigne et un cahier. Je l'ai feuilleté, c'était un journal. J'ai eu une brusque illumination ; c'est dans ces pages qu'enfin Francesco allait me parler. Assise par terre, à côté de la valise ouverte, j'ai cherché soigneusement mon nom. Il ne s'y trouvait pas. J'ai lu avidement en suivant les lignes du doigt. C'était un très beau journal, une longue lettre de révolutionnaire à la veille de son exécution. Comme je l'aimais en découvrant à quel point il était supérieur aux autres hommes ! Une fois de plus, je m'éprenais de lui, je me sentais liée, enchaînée. Nous flottions ensemble tel un grand drapeau. Et pourtant, dans ces pages, il ne parlait jamais ni de moi, ni d'un tendre sentiment à mon égard. À un certain point, alors qu'il faisait allusion à l'éventualité de sa fin prochaine, il écrivait : « Je souhaite que ma mère et ma femme comprennent. »

Francesco s'était couché de bonne heure. En s'allongeant lentement, il avait dit : « Ma chambre, mes draps. » Sur la table de chevet, j'avais mis un brin de jasmin dans un verre ; il avait été content de retrouver le jasmin vivant et fleuri. Je lui avais parlé du soir où Denise et moi avions enterré des documents dans les pots, c'était un miracle qu'après avoir été traitées de cette façon, les plantes aient continué à donner des fleurs.

Tout en parlant, je le regardais tendrement et, en le regardant, j'imaginais sans peine les dures journées qu'il avait vécues. Les événements par lesquels nous avions passé, précisément parce que nous avions dû nous y consacrer corps et âme, avaient révélé la trame de notre caractère, changé notre façon de vivre et de juger. Tous les deux nous étions devenus beaucoup plus généreux et meilleurs, à tous les égards. C'est ainsi que notre vie commune enrichie des expériences dont nous étions sortis à notre avantage semblait commencer pour la première fois. Émue par la beauté et la délicatesse du moment que nous traversions, je me suis allongée à côté de lui et, doucement, j'ai fermé les yeux.

— J'ai lu ton journal, lui dis-je. Je te demande pardon, j'ai été indiscrète.

Puis j'ajoutai, d'une voix qui se voulait pleine de chaleur :

— Je voulais te dire que ta femme aurait compris.

Il garda le silence et je poursuivis :

— Il est bien difficile de comprendre tout ce qui s'interpose entre l'amour et nous. Mais quand on est très amoureux, on finit toujours par comprendre. Moi, j'ai commencé à te comprendre le soir où nous sommes sortis de chez ta mère, tu te souviens ? Nous étions absolument seuls. Ensuite… oh, je te raconterai, petit à petit. Nous sommes arrivés à la même conclusion par des chemins bien différents, mais ce que nous voulions sauver tous les deux, c'était l'intégrité du sentiment qui nous avait poussés l'un vers l'autre. Tu ne sais pas tout le courage qu'il m'a fallu.

— Je le sais, ma chérie. Luigi m'a dit...

— Non. Luigi ne t'a rien dit. Et puis, maintenant, nous avons le temps d'en parler. Moi aussi j'aimerais que mon mari comprenne. C'est pour ça que j'ai commencé à travailler. J'y voyais une manière de te parler, de te rejoindre. Je te l'ai écrit...

— Oui, m'interrompit Francesco. C'est bien pour ça qu'on m'a arrêté. Mais ce n'était pas ta faute, cela va sans dire...

— Ma faute ? lui demandai-je sans comprendre.

— Si j'étais venu à la maison, c'est parce que je ne voulais pas que tu travailles avec nous. Je savais que des lettres ne te convaincraient pas.

— C'est pour ça que tu venais ?

— Oui, je n'avais l'intention de rester que quelques minutes, juste le temps nécessaire pour te convaincre. J'étais loin de m'imaginer que la porte était surveillée.

— Ah. Je comprends.

Il m'embrassa comme pour me pardonner et déclara qu'il ne fallait plus penser à ça. Mais moi, je ne pouvais pas recommencer de cette façon. Nous ne pouvions pas nous contenter de reprendre des habitudes usées jusqu'à la corde. Je sentais que Francesco s'approchait de moi comme au temps où il me demandait quel livre je lisais : « Ne pensons plus à rien, Sandra », dit-il. Mais je ne pouvais pas lui permettre de m'approcher uniquement parce qu'il était mon mari, ou bien parce qu'il avait été en prison, moi qui ne l'avais pas permis à Tomaso qui comprenait tout et qui m'aimait. Je pensais cela pendant que je l'accueillais dans mes bras. « Francesco », lui chuchotais-je tendrement à l'oreille. « Francesco », murmurais-je encore la nuit tandis qu'éveillée derrière le mur j'écoutais le tic-tac monotone du réveil mesurer la durée de ma solitude.

Le lendemain, je n'avais rien oublié. J'avais réussi à m'endormir à l'aube, faisant confiance au réconfort naturel que la naissance d'un jour nouveau aurait dû m'apporter. Mais, au réveil, j'avais retrouvé intacts et ma rancune et mes regrets. Il était de bonne heure ; le bruit inhumain, inexorable, que faisait le tic-tac du réveil couvrait le cri des hirondelles qui, de leurs vols, encerclaient l'immeuble. Il y avait longtemps, désormais, que je m'étais habituée à dormir seule ; voilà pourquoi j'ai sursauté en apercevant une encombrante forme étrangère couchée à côté de moi sous le drap blanc.

Francesco dormait sur le dos ; son sommeil lourd, son visage fermé ne m'offraient pas la plus infime possibilité de pénétrer jusqu'à lui. Je me demandais pourquoi cet homme trouvait naturel de dormir dans mon lit sans m'en avoir donné la moindre justification. Cet homme-là qui ne laissait voir que l'épaisse satisfaction de dormir dans mon lit ne pouvait pas être Francesco ; Francesco revenant d'une longue absence aurait tenu à reprendre sa place au nom de l'amour – et non pas d'un droit.

Je continuais à le regarder, sans oser bouger. Dans la chambre, ses vêtements avaient dérangé l'harmonie par laquelle je m'étais laissé leurrer ; ils étaient sombres et le pantalon, long et raide, pendait vilainement sur le dossier de la chaise. Je ne discernais en lui aucun signe rappelant notre heureux passé. Je me suis redressée sur les coudes pour mieux observer son visage ; je suivais des yeux le contour de ses joues, le front, le dessin des sourcils, des lèvres. Partout, il m'était inconnu. J'ai eu peur. Et dans cette peur qui me prenait, je reconnaissais le genre de peur que j'avais éprouvée la veille quand Francesco était revenu. « Non ! » me disais-je avec fureur. Maintenant, je croyais savoir comment on résiste à une invasion arbitraire.

Je l'appelai :

— Francesco… Francesco !

Mais il ne bougea pas. Je craignis qu'il soit devenu sourd en prison et que je ne puisse plus lui parler, jamais plus – je tournerais autour de lui avec mes histoires sans qu'il puisse les écouter. Peut-être avait-il fait exprès de devenir sourd pour rester enfermé dans son monde et m'empêcher de l'y rejoindre ? Jusqu'alors, il avait parlé uniquement de lui, sans s'intéresser à ce que je disais moi, sans répondre à mes questions.

Je l'appelai plus fort :

— Francesco !

Rien qu'en ouvrant les yeux, Francesco faisait couler sous ma peau un courant chaud et bienfaisant. D'un bras, il m'attira à lui, me serra contre lui.

Immobile, il observait les meubles de la chambre, les tableaux accrochés aux murs. Peut-être craignait-il de s'attacher à nouveau à de vieilles habitudes et de ne plus être à la hauteur des sentiments exprimés dans son journal. Il voulait sûrement rester tel qu'il avait été au cours de la longue journée qui nous avait contraints de nous rendre. Je désirais la même chose pour moi. Mais, désormais, la longue journée avait pris fin, nous étions encore jeunes et, par conséquent, assurés de vivre des années et des années. Nous ne nous étions même pas aperçus qu'une invasion bienveillante s'était produite. Francesco était rentré à la maison, gai, épanoui, et tout le monde l'avait fêté, de même que, dans les rues, tout le monde applaudissait les amis qui, si longtemps, s'étaient servis de la radio pour frapper à la porte de notre prison et, maintenant, sur leurs camions étincelants, parcouraient la ville, joyeux et souriants, en lançant aux gens des poignées de bonbons. En attendant, Francesco avait envahi ma chambre avec ses vêtements de couleur foncée, mon lit avec son sommeil lourd, sourd, hostile. Sur les murs de la ville, on avait placardé des affiches menaçant de la peine de mort ; les palais, les belles villas, les beaux lieux publics où nous aurions pu enfin nous distraire étaient eux aussi envahis, avec une bienveillance systématique. Nous rôdions comme des chiens à la porte des lieux où nos amis se rassasiaient ou s'amusaient. Et nous qui ne mangions pas et ne souriions pas depuis si longtemps, nous réclamions l'affront d'une aumône. Je n'étais qu'un chien veillant derrière le dos de Francesco, dans l'attente d'un geste de tendresse ou d'un mot d'affection.

Je ruminais ces pensées quand Francesco se retourna et me caressa l'épaule. Je me suis tournée vers lui en souriant, mais il avait les yeux fermés. Peut-être croyait-il encore être en prison. Au réveil, tous ses camarades, et lui aussi, devaient sentir le désir muet et torturant d'une femme ! Sa caresse était tellement insistante – tellement circonscrite et exacte – qu'elle trahissait une obsession constante. Mais je ne voulais pas servir uniquement à assouvir cette obsession, je ne voulais pas me rabaisser à guider son imagination. Il fallait qu'il m'appelle par mon nom, il fallait qu'il me dise : « Alessandra », et de cette manière, en me retrouvant, il pourrait s'évader du cauchemar de notre séparation. Mais il restait toujours muet et sa main envahissait tout le territoire jaloux de ma personne. « Non », murmurais-je. « Non, Francesco », disais-je le souffle court. Mais il n'entendait pas ma voix, nous ne nous connaissions plus, nous ne nous rappelions plus rien de ce que l'un avait aimé chez l'autre. Il connaissait bien mon caractère romantique, comment pouvait-il avoir oublié tout cela et se rappeler seulement les articles du code que nous avait lus le prêtre ? Il me semblait qu'il existait aussi un code intime auquel, jusqu'à présent, nous étions tous les deux restés fidèles et qu'il fallait respecter. Si nous avions vécu à l'époque de l'esclavage, il aurait revendiqué les droits de l'homme, il se serait battu, il se serait fait tuer pour empêcher qu'un homme soit le maître d'un autre homme. Personne n'a le droit d'avoir en propriété le corps d'une personne humaine. On ne peut pas acheter le corps d'un esclave ; en revanche, on peut avoir la propriété du corps d'une femme. On l'achète en s'engageant à la nourrir, exactement comme les esclaves. Si j'avais décidé d'abandonner Francesco, la loi lui aurait malgré tout reconnu le droit de rester maître de mon corps. Pendant des années et des années, pendant toute ma vie, il aurait pu m'empêcher d'en disposer, même s'il était méchant, même s'il était infidèle, même s'il habitait depuis des dizaines d'années à des centaines de kilomètres de moi. Car il y a plus de liberté pour un esclave que pour une femme. Et si j'avais usé librement de mon corps, je n'aurais pas seulement été condamnée à des coups de fouet, comme un esclave, mais à la prison et au déshonneur. Ma seule façon de disposer de mon corps, c'était de le jeter dans le fleuve.

Le matin, de bonne heure, Tullio vint chercher Francesco.

— Que voulez-vous ? lui demandai-je en ouvrant la porte.

Il eut un léger sourire comme pour me faire comprendre que j'aurais dû lui dire bonjour, tout comme il m'avait dit bonjour. Il voulait parler à Francesco. J'ai objecté qu'il était dans la salle de bain.

— Ça ne fait rien, me dit-il. J'attendrai.

Je connaissais sa fermeté inébranlable ; il

n'empêche que je l'ai regardé une fois de plus en le jaugeant – il était maigre, blond, pas très grand ; sa force de volonté se trahissait entièrement dans ses mains. S'il se battait contre quelqu'un, il n'aurait eu aucun mal à l'anéantir.

Je suis allée prévenir Francesco. Je l'ai trouvé en train de se raser, le torse nu, devant le lavabo. Le savon qui moussait lui donnait comme une expression gouailleuse.

— Mon amour…, lui dis-je.

Il se retourna en souriant.

Des mois que je n'avais pas vu un homme vivre chez moi, que j'avais oublié cette présence, ces habitudes qu'un simple blaireau de rasage peut suffire à évoquer. En sentant l'âcre odeur de savon mélangée à la forte odeur de tabac qui stagnait dans la petite salle de bain, j'ai eu l'impression que mes pores respiraient, que mes poumons se dilataient. Et je me suis révoltée au souvenir du temps où j'avais été seule. Je me suis approchée de Francesco et lui ai demandé à voix basse :

— Tu ne vas pas sortir avec Tullio, n'est-ce pas ?

Je me sentais délivrée du cauchemar qui m'avait oppressée pendant la nuit. En reconnaissant Francesco, j'étais heureuse qu'il soit mon mari. Brusquement, et comme par mépris pour la femme seule que j'avais été jusqu'alors, j'ai éprouvé une joie insolente, une intarissable gaieté.

Francesco se retourna pour me regarder d'un air étonné, son rasoir en l'air.

— Tu m'emmènes à la Villa Borghèse ? lui ai-je demandé avec un sourire taquin en m'approchant de sa joue savonneuse.

Je me suis excusée auprès de Tullio de l'avoir laissé seul dans le bureau.

— Francesco vient tout de suite. Il est prêt à sortir.

Tullio s'était levé en me voyant entrer. Comme je m'avançais dans sa direction, nous avons failli nous cogner.

« Pardon ! » dis-je en rougissant au moment où lui-même disait : « Pardon ! »

Nous étions l'un en face de l'autre, comme le jour où il était venu prendre la valise de Francesco.

— Je voudrais vous faire mes adieux, Alessandra, me dit-il.

Il était très rare que Tullio appelle quelqu'un par son prénom, il ne le faisait que dans les moments qu'il jugeait importants. Autrement, on avait l'impression qu'il fuyait la familiarité comme un danger de s'attendrir ou de céder.

— Pourquoi ? lui demandai-je à mi-voix, non sans méfiance.

— Parce que nous avons tous cru ces jours-ci que notre lutte était arrivée à son terme. Moi aussi, je le pensais. Pendant un moment, je n'ai éprouvé que la tentation de m'allonger, de me reposer. Mais ensuite, j'ai compris que je ne pouvais pas me dispenser d'aller rejoindre ceux qui ne sont pas encore libérés.

— Vous pensez réellement que c'est si important que ça, de se libérer ?

— Non, peut-être que non, me répondit-il après une pause. Surtout parce qu'on n'est jamais libéré. Et à une invasion succède toujours une autre invasion. Mais l'important, c'est de sentir la nécessité de se libérer, et de lutter pour ça.

— Je comprends, dis-je en penchant la tête. J'ai l'impression que nous n'aurons jamais fini de lutter, ne serait-ce que parce qu'il y aura toujours des territoires envahis et des gens voulant se libérer.

Francesco entra et nous nous sommes tus. Tullio partait le soir même, il lui fallait donc se mettre d'accord avec ses camarades. J'ai encore eu l'espoir que Francesco dise : « Excuse-moi, Tullio, mais je ne peux pas. Le plus important pour moi, aujourd'hui, c'est de rester avec Alessandra. » Au lieu de quoi, il déclara :

— Eh bien, allons-y !

Et il jeta un rapide coup d'œil en direction de la fenêtre, visiblement satisfait à l'idée du grand air qu'il allait savourer dans un instant. Un moment plus tôt, je lui avais dit dans la salle de bain :

— Mets-toi bien dans la tête qu'il n'y a rien de plus important que de passer la journée d'aujourd'hui ensemble, d'aller tous deux à la Villa Borghèse.

— Sois raisonnable ! m'avait-il répondu. Pourquoi juste aujourd'hui ?

J'avais essayé de lui faire comprendre qu'un fil ténu nous accordait encore une possibilité d'être heureux. D'ici peu, ce fil se briserait et il serait trop tard. Alors il avait souri et m'avait consolée avec sa manie de me traiter comme une petite fille, comme si le mariage m'avait fait retomber en enfance. Il me promit que nous aurions toujours du temps pour nous. Les journées que nous vivions étaient difficiles, certes, mais elles ne tarderaient pas à passer.

— L'essentiel, me disait-il, du ton dont on sermonne gentiment quelqu'un, c'est d'être rentré à la maison.

Il avait fait la même chose la veille au soir. Je me suis rendu compte que, dorénavant, il me renverrait souvent son retour au visage. On aurait dit qu'en restant vivant il avait accompli un sacrifice dont je devais lui être reconnaissante pour toujours. Ces premiers jours, il aurait beaucoup à faire. Il tenta de me convaincre à l'aide de mots et d'arguments qui rappelaient la lettre du révolutionnaire, mais adaptée à l'usage des écoles. Je l'ai regardé sans repérer de fissure par laquelle mon amour aurait pu se frayer un passage jusqu'à lui. Et tandis qu'il parlait, je sentais une violente colère s'emparer de moi et me dominer.

Mes yeux lui criaient : « Va-t'en, arrête de me raconter ces blagues-là ! Peut-être que j'aurais pu te croire si je n'avais pas porté des grenades au milieu de ces légumes et lu du Rilke la main sur un revolver. » Je n'avais même plus pitié de lui. Je pensais aux mots de Lydia : « C'est vrai qu'on va le nommer député ? »

Sur la porte, Francesco m'embrassa et Tullio me serra la main en me disant adieu. Alors je me suis aperçue brusquement qu'après son départ je ne saurais plus à qui demander de l'aide. Pendant des mois et des mois, c'était Tullio qui avait organisé les horaires et le programme de nos journées, nous permettant d'échapper au danger de nos réactions, de nos impulsions. J'aurais voulu le retenir par le bras pour lui demander : « Et maintenant qu'est-ce que je dois faire ? Chargez-moi encore de porter des grenades et des tracts, forcez-moi à chasser Tomaso, forcez-moi, forcez-moi à garder mon meilleur visage. » Mais il était déjà dans l'escalier avec Francesco. Je suis restée longtemps immobile sur le pas de la porte, suivant en pensée leurs pas qui s'éloignaient.

« Pardonne-moi, me dit maintenant Francesco d'une voix tendre. Pardonne-moi, Alessandra. Tu m'as pardonné, hein, dis-moi ? »

Comment ne pas pardonner à un homme qui parle d'un ton si tendre ? Et puisque cet homme est Francesco, je me rends aussitôt, je suis vaincue.

« Pardonne-moi, insiste-t-il. Oui, tout ce qui s'est passé après mon retour n'a été qu'une grande erreur. Mais peut-être que l'erreur était de rentrer. Nous avions tous survécu au jour de notre mort. Car s'il y a un moment où nous touchons l'extrême limite de nos ressources idéales, c'est celui où nous attendons d'heure en heure qu'on vienne nous chercher pour mourir. Je n'avais jamais été aussi pur, noble, généreux qu'au cours de ces journées, et c'est précisément parce que ce sentiment m'habitait que je regrettais d'avoir à mourir. Je ne comprenais pas que c'était précisément cet adieu suprême qui m'invitait à être le héros de tous les meilleurs sentiments virils. D'ailleurs, instinctivement peut-être, quand nous avons appris que nous étions libres, j'ai été le dernier à sortir de ma cellule. Je ne voulais pas quitter tout de suite le personnage qu'il semblait tellement facile de jouer entre ces murs-là. J'étais seul et, en regardant autour de moi, j'ai murmuré : "Alessandra." Car chaque instant de ce temps-là et chaque progrès qui s'était fait en moi t'avait été consacré. Je n'en parlais pas dans mon journal car à peine serais-je entré dans le cercle tourbillonnant de ton nom que toutes mes résolutions auraient été balayées. Je t'aurais écrit que j'étais désespéré de mourir. Au besoin, je t'aurais demandé de m'aider, je me serais découragé, humilié, alors que j'étais le seul de tous les camarades qui n'avait jamais pleuré. Si tu avais lu dans mon journal ce tendre désespoir, tu m'aurais pris pour un homme faible, tu aurais pensé que j'étais mort rempli de sentiments troubles, de haine et de rancune. Au contraire, je voulais te faire penser à un homme dont la fidélité à ses principes moraux était encore plus forte que l'amour. Je voulais rester, dans ton souvenir, fidèle à l'image que tu t'étais faite de moi au cours de nos premières journées. Bien souvent, au début de ces cruels mois de lutte, j'avais été sur le point de céder. J'aurais souhaité ne pas recommencer à travailler avec Tullio, après l'armistice. J'avais même peur. Il m'a été très dur d'accepter de ne pas avoir peur, et de combattre. Si je l'ai fait, c'était justement pour toi, au risque de donner l'impression que j'avais perdu l'amour que je te vouais. Je préférais que tu m'imagines ainsi plutôt que de me voir tapi au fond d'une cave ou déguisé en moine dans un couvent – tu te serais rappelé ce que je t'avais dit sur moi, sur mes projets, et tu aurais constaté que je n'étais qu'un vantard. Maintenant, vois-tu, je peux te parler sincèrement. Eh bien sache qu'en prison, nous avions toujours peur d'être envoyés au mur et fusillés. Et je pensais sans cesse aux gestes que je ferais à ce moment-là, à la dernière parole que je prononcerais. Le choix de cette parole me semblait extrêmement important ; je n'aurais certainement pas pu crier “Alessandra !” en voyant les fusils me coucher en joue. Et, pourtant, ce serait bien ton nom que j'aurais crié en criant : “Vive la liberté !” Je n'aurais pas hésité une seconde à te parler de tout cela si, depuis ma cellule, je n'avais eu qu'un pas à faire pour me trouver dans notre bureau. Mais mes amis sont venus me chercher et je suis sorti avec eux. Je me suis ainsi aperçu que, depuis le jour où j'avais été mis en prison, la ville n'avait pas changé le moins du monde. La première chose qui m'a sauté aux yeux, c'était une dame qui portait des gants blancs, un chien au bout d'une laisse. Vois-tu, ce sont des considérations dérisoires que ceux qui sont restés libres ne peuvent peut-être pas comprendre. Mais pendant qu'on est en prison, couvert de punaises, on ne peut pas s'imaginer que des gens pensent à promener leur chien. Ces considérations-là ont été exprimées tant de fois, elles n'ont rien d'original, je le sais. Seulement voilà, nous pensions carrément que la ville était aux abois, qu'elle faisait cercle autour de ceux qui mouraient et de ceux qui étaient en prison. Ensuite, j'ai vu un couple cheminant bras dessus, bras dessous et leur pas révélait une tendre habitude. Je me disais que, peut-être, le dernier mot d'amour que j'aurais pu t'adresser aurait été de crier : “Vive la liberté”, pour dire : “Alessandra”. Cela me paraissait être la manière la plus intense de prononcer un mot d'amour. Mais encore une fois, nous n'avions pas eu le temps de nous exprimer de la meilleure des façons. Sur les murs de la ville, on avait apposé des plaques couvertes d'indications dans des langues étrangères, des pancartes, des flèches. D'autres soldats passaient dans des camions, mais ils souriaient, leurs joues roses et bien rasées. Quand je me suis engagé dans notre rue, j'ai été étonné de ne pas voir notre immeuble rongé, déchiqueté par la souffrance. Rien ne laissait deviner l'angoisse que suscitait mon sort. Pas une vitre cassée, pas une éraflure sur le mur de l'escalier. Froidement, je me suis dit qu'il en serait allé de même si j'étais mort. Mon erreur avait été de survivre. Tout mon espoir était en toi, je croyais que tu avais échappé aux souffrances cruelles, aux retours amers, et je comptais sur toi pour redevenir celui que j'avais été dans ma prison et dans mon journal. Toi seule pouvais reconnaître en moi une qualité supérieure, et me contempler avec ébahissement. J'aurais pu te raconter mon histoire et tu l'aurais écoutée avec un effroi mêlé d'admiration, sans soupçonner combien, parfois, il est facile d'accepter la nécessité de l'héroïsme. Toi seule aurais pu me sauver ; j'en étais convaincu en te voyant, toujours la même, si belle, bien qu'entourée de choses superflues pour la vie dépouillée d'un homme. Même si, peu de temps après, je me suis aperçu que tu t'étais mise à dire : “Non ?”, comme Tomaso. Quand on m'a appris ce que tu avais fait, j'ai failli ne pas y croire parce que je n'avais pas envie d'y croire. Mais nos camarades insistaient. Et j'ai remarqué avec quelle véhémence tu tentais de les empêcher de parler. C'est justement ton insistance qui m'a surpris, parce que j'y reconnaissais la tare secrète de tous ceux qui ont été en prison ou qui ont porté des grenades dans un cabas. Désormais toi aussi, tu étais comme moi, tu savais tout – tu ne pourrais plus m'aider. C'est pour cette raison que j'ai demandé à Tullio de continuer à me faire travailler avec lui, que je l'ai prié de me faire travailler comme un forcené. J'avais des remords à l'idée de te laisser seule, mais je continuais à le faire. Je voulais être absolument seul comme je l'avais été en prison, pour retrouver mon assurance d'alors. Et, petit à petit, je sentais le temps de notre mort s'éloigner, le modèle du héros viril avait disparu en moi. Oui, c'est vrai, on m'avait dit que je serais élu député. Et comme, à l'époque où j'étais en prison, c'était derrière le sens du devoir que je cachais mon amour pour toi, c'était sous ces obligations imprescriptibles que je m'efforçais de te faire respecter que je cachais la misérable ambition de ne pas être uniquement une personne ayant survécu au mythe de l'homme-héros, sublimé par la mort. Oh ! pardonne-moi, Alessandra, pardonne-moi ! »

Mais je ne pardonnais pas. J'étais constamment seule et, depuis que j'avais congédié Tomaso, je n'avais plus personne avec qui parler, à qui me confier. Je ne voyais que rarement Francesco au cours de la journée – il était souvent retenu en ville et, puisque le téléphone était coupé, il n'avait aucun moyen de me prévenir. Alors je l'attendais en réchauffant son repas de temps en temps. Il était constamment occupé avec ses amis et semblait désireux de me tenir à l'écart de ses intérêts et de son activité. Parfois, je me demandais pourquoi je l'aimais encore ; car cette rancune, ce mépris, tous ces mauvais sentiments que je nourrissais à son égard étaient encore des façons de l'aimer. Un soir où il était resté à la maison, j'avais essayé de lui parler de l'époque où nous avions été séparés : j'avais remarqué qu'il évitait toujours de le faire. J'espérais tout au moins qu'il s'intéresserait à ce que j'avais accompli avec Tullio et qu'il était en train de poursuivre. Mais il ne m'avait accordé qu'une attention affectueuse et distraite. J'en suis arrivée à lui parler d'une robe neuve que je désirais acheter. Mes paroles ne suscitaient désormais plus d'écho chez lui. Si, pendant la nuit, un mur nous séparait, dans la journée, nous avions un livre entre nous deux.

Nos camarades venaient souvent nous voir le soir, pour nous parler de Tullio et de la façon dont il œuvrait dans le Nord. Rapidement, la longue journée s'éloignait de la ville et, dès qu'elle s'était évanouie, elle prenait, même aux yeux de ceux qui l'avaient vécue, la dimension d'une légende héroïque. Pourtant, cette époque était la plus belle que nous ayons vécue, celle à laquelle nous devions toujours remonter afin de justifier certains aspects de notre être, comme on le fait pour l'enfance. Souvent, en effet, il nous arrivait de lancer : « Tu te souviens ? », comme nous le faisions, Fulvia et moi. Même face à mes camarades, je ne trouvais plus rien à dire, désormais. L'amitié réciproque que nous nous témoignions était factice : en réalité, tous étaient redevenus les amis de Francesco. Quand ils amenaient un nouvel ami, ou un nouveau camarade, ils me le présentaient en annonçant brièvement : « Madame Minelli », et, tandis qu'il s'efforçait de trouver une phrase aimable, ils l'entraînaient déjà par le bras pour le présenter à Francesco, sur un ton tout à fait différent. Ils racontaient ensuite les aventures – désormais fameuses – de mon mari. J'étais heureuse qu'ils ne fassent pas allusion aux modestes missions que j'avais accomplies car, pour moi, elles avaient une valeur strictement personnelle et j'étais contrariée que d'autres en disposent à leur gré. Toutefois, j'en arrivais à soupçonner que les grenades que j'avais transportées étaient fausses puisque seules celles transportées par des hommes présentaient un danger. Je me demandais ce que pouvaient bien contenir les tracts ; je me rappelais que les messages se composaient la plupart du temps de phrases terre à terre, qui ressemblaient aux exemples dans les grammaires étrangères. Peut-être qu'ils ne signifiaient rien du tout. Je commençais à croire qu'on les avait rédigés dans le seul but de se moquer de moi. Mais quand bien même ils auraient été faux, je les avais acheminés avec la même peur, j'avais quand même accepté de courir ce risque. Et maintenant, nous étions tous là, tous également sains et saufs, tous des rescapés.

Intimidée comme je l'étais, il m'arrivait souvent de me tapir dans un coin et de me taire. Francesco, pris par ses propres paroles et par le cercle de sympathie qui se formait autour de lui, ne s'adressait parfois à moi que pour me dire : « Tu veux bien nous donner un peu de citronnade, s'il te plaît, chérie ? » Après l'avoir donnée, je retournais m'asseoir, muette. Je me rappelais la façon dont Sista repassait la chemise blanche de mon père, la cruelle insistance de son fer au niveau de l'encolure. Ça devait lui procurer un certain soulagement.

Il était tard dans l'après-midi quand Tomaso passa.

— Le chef est là ? me demanda-t-il en riant.

J'ai sursauté en le voyant. Et cette phrase, qui nous ramenait à l'époque de nos premiers rendez-vous, me fit craindre d'être obligée de repartir de zéro.

— Non, lui répondis-je à mi-voix. Il n'est pas là.

Tomaso n'avait pas encore revu Francesco – aussitôt après la libération de la ville, il avait dû se rendre à Naples pour le compte de son journal. Tous les matins, je l'achetais. Quand j'y trouvais son nom, je le repliais et le rapportais à la maison sous mon bras. À ces moments-là, j'avais l'impression d'être encore une femme très belle.

Tomaso entra dans le bureau et balaya aussitôt la pièce du regard, lentement, comme l'avait fait Francesco, mais je sentais ce que son regard ardent et mélancolique cherchait sur ces murs chéris : c'était moi, c'étaient les traits de mon visage.

— Tu es heureuse, Alessandra ? me demanda-t-il en fixant ses yeux sur un point vague où il avait certainement retrouvé mes yeux.

J'hésitai un instant, puis lui répondis doucement :

— Oui.

Un silence grave et gêné s'installa entre nous.

— Oui, je comprends, dit-il. J'étais plus tranquille quand je ne pouvais pas sortir de chez Saverio ou, plus tard, pendant que j'étais à Naples. Je pensais que tu m'attendais et que je te retrouverais à mon retour. Maintenant, je n'ai plus une minute de répit.

Il fit une pause et reprit :

— J'aurais dû rester, ce soir-là. Je n'aurais pas dû t'obéir. À cette période, un ordre de Tullio avait plus de valeur qu'un certificat de mariage. Moi aussi, j'aurais dû profiter de cette loi-là, ne serait-ce que pour ton bien.

— Tomaso ! lui dis-je d'un ton de reproche.

Je refusais qu'il parle de cette façon.

— Excuse-moi, murmura-t-il, contrit.

Il se tut à nouveau ; je me sentais habitée par une crainte confuse, mais irrésistible. En faisant nonchalamment deux pas, je mis entre nous la table de travail encombrée de papiers. Tout en feuilletant une revue, Tomaso me demanda :

— Où as-tu rangé la traduction ?

— Dans l'autre pièce, parce que…

— Je comprends.

En quelques jours la table, docilement, s'était laissé envahir par Francesco.

— Qu'est-ce qu'il en a pensé ?

— Qui ça ?

Tomaso continua de feuilleter la revue sans me répondre.

— Ah ! fis-je doucement. Il ne l'a pas encore vue.

— Et il ne t'a pas demandé de…

— Il n'est même pas au courant.

Alors, pour la première fois, il leva les yeux pour me regarder. En montant de la revue jusqu'à moi, son regard exprimait une interrogation. Maintenant que Francesco était revenu, je me sentais désarmée.

— Qu'est-ce que tu es venu faire ici ? lui demandai-je d'une voix hostile.

— Te voir. J'ai tout de suite téléphoné, mais la ligne est encore coupée. Il n'empêche : j'avais l'impression d'entendre sonner l'appareil dans la maison, j'en connais les vibrations et l'écho. Je sais que, lorsque tu parles, tu mets une main entre ta bouche et le micro comme si tu avais honte de tes propos.

Il s'arrêta, et j'ai eu l'impression d'avoir le souffle coupé, d'un coup. Mais Tomaso avait peur de me blesser. Voilà pourquoi, tout en se remettant à feuilleter la revue, il changea de ton et me dit :

— Je suis venu saluer le chef.

Je m'aperçus que je n'avais pas parlé depuis longtemps.

Francesco finit par rentrer. Tomaso et lui se donnèrent l'accolade. J'aurais voulu m'y opposer, de peur que ce geste ne révèle tout à Francesco. Peut-être allait-il retirer brusquement sa main, la regarder avec épouvante et murmurer : « Qu'y a-t-il ? » Je criais en moi-même pour l'avertir : « Non, lui disais-je, non, aide-moi, ne lui donne pas l'accolade, insulte-le, renvoie-le ! » Mais Francesco n'entendait pas la pièce retentir de mes cris suppliants ; il était sourd, et ce fut l'unique fois que je l'ai regardé en riant de le voir dupé, comme mon père quand j'allais téléphoner à la villa Pierce.

— Je suis venu dire bonjour au chef ! déclara Tomaso.

— Ce n'est pas trop tôt ! s'écria Francesco d'un

ton joyeusement réprobateur. Il faut toujours que tu blagues !

Et en lui donnant une tape sur l'épaule, il ajouta :

— Je suis vraiment content de te voir !

Pendant la nuit qui suivit, je me sentis bouleversée. Je trépignais : « Non, je ne veux pas que Francesco me réduise à ça. » Tomaso était encore sur le pas de la porte quand il lui avait dit : « Reviens vite. » Et Tomaso lui avait répondu : « Merci. Demain, peut-être », tout en me regardant comme pour me demander confirmation du rendez-vous. Je connaissais la ténacité de Tomaso et je sentais qu'il l'emploierait, même contre ma volonté. En me lavant le visage, je m'étais regardée dans la glace et j'avais dit : « Oui », pour mesurer la fermeté avec laquelle je lui avais répondu quand il m'avait demandé : « Tu es heureuse ? » Puis je m'étais assurée que le téléphone était encore coupé et j'avais poussé un soupir de satisfaction. Le lendemain, je resterais toute la journée hors de la maison. Mais pour aller où ? Cela me permit de me rendre compte que ma mère et moi n'avions jamais eu d'amis. Tullio semblait être le seul à avoir deviné mon caractère, ainsi que la ferveur passionnée qu'il recelait. Hélas, il était désormais impossible de communiquer avec Tullio ; il avait passé la ligne du front et Francesco regrettait de ne pas l'avoir suivi.

— Pourquoi est-ce que tu ne l'as pas fait ? lui avais-je demandé.

— À cause de toi, m'avait-il répondu.

Il m'avait été impossible de retenir un rire méchant.

— Pour moi ? Et dans quel but ? Nous ne sommes pas sortis une seule fois ensemble, nous n'avons pas causé ensemble un seul instant.

Il avait protesté. Mais quand je l'avais entendu répéter que c'étaient des jours particulièrement difficiles, je m'étais redressée d'un bond dans notre lit, et mon visage l'avait inquiété :

— Ah, non, Francesco ! C'est terminé, on ne croit plus ces histoires-là, ni toi, ni moi, n'est-ce pas ?

Il s'était retourné sur le côté et avait éteint sa lampe. Dans le cercle restreint de lumière que ma lampe dessinait de l'autre côté du lit, j'étais allongée le long d'un gouffre de ténèbres.

Mes pensées étaient désormais hors de tout contrôle. Je voyais le regard de Tomaso m'atteindre par-delà le frêle rempart de la table. Je ne me sentais plus en sécurité parce qu'il me semblait qu'il avait deviné ma faiblesse. Le tic-tac du réveil m'avertissait que le fatal écoulement du temps ne me permettrait pas de prolonger ce conflit. Tomaso viendrait certainement le lendemain. Je l'entendais déjà monter les marches de l'escalier, deux par deux. C'était le pas avec lequel j'avais imaginé entendre Francesco monter jusqu'à moi, à son retour. Je ne voulais pas les confondre dans cette promiscuité inacceptable ; je ne voulais pas qu'ils se disent bonjour avec affection. Je les préférais ennemis. Mais non, ils étaient voués à devenir amis. C'était de cela que j'avais peur. Ils allaient devenir inséparables ; ils afficheraient les mêmes goûts, ils prendraient les mêmes habitudes. Tomaso viendrait de plus en plus souvent chez nous – tous les jours. Et si d'aventure il ne pouvait pas venir, Francesco sentirait son absence, il se montrerait peut-être de mauvaise humeur. « Non ! » me disais-je. Mais mon sang circulait au rythme de ce pas. Le lendemain, Tomaso sonnerait à la porte et, au bout de quelques minutes d'attente, il sonnerait à nouveau. Puis plus longtemps, de plus en plus longtemps, sans arrêt – un appel, une supplique. « Il faut qu'elle m'ouvre, penserait-il. Elle va ouvrir. » Un être épris qui appelle sans que personne ne lui réponde ? C'est impensable. Et pourtant, j'avais beau appeler

Francesco toute la nuit, il ne répondait jamais. En tendant l'oreille, j'ai entendu une sonnette insistante et sourde. Tomaso était déjà là et il sonnait. Le son jaillissait sans interruption, inlassablement. Vainement, j'ai essayé de me distraire, de me boucher les oreilles pour ne pas l'entendre – il pénétrait dans mon oreille comme la mèche d'une perceuse. « Vite, Alessandra, je suis suivi ! » m'avait dit Tomaso ce jour-là. Le son n'arrêtait pas. Alors je me suis levée et je suis allée à la porte – lorsque quelqu'un est en danger, il faut toujours répondre. « Me voici », ai-je dit en réponse à la sonnette. J'ai ouvert mais n'ai vu personne. L'escalier était noir, les portes closes. Le son persistait, implacable. De peur que ce soit Francesco qui appelait, je me suis précipitée dans notre chambre. Il dormait, le visage immobile, les bras serrés contre lui pour se défendre. « Mais si tu n'y arrives pas… », me défiait grand-mère. Je lui ai répondu crânement : « Si je n'y arrive pas, je me tuerai ! »

Le lendemain, même si je ne savais pas où aller, je suis sortie tôt dans l'après-midi. Je n'avais pas d'argent et puis, contrairement à tant de femmes, je n'avais pas le goût d'acheter, qui est un autre moyen de se mettre en valeur. J'avais demandé à Francesco de m'accompagner, mais il était occupé.

J'étais allée m'asseoir dans les jardins de la Villa Borghèse avec un livre, comme je le faisais souvent du temps où j'étais encore lycéenne. Au fur et à mesure que la lumière déclinait, je me suis sentie saisie par une peur mélancolique. J'aurais voulu que notre appartement ait une belle fenêtre frôlée par les arbres autour de laquelle les hirondelles voleraient. Nos fenêtres, en réalité, regardaient une triste campagne, dont nous séparait une enfilade irrégulière de hautes bâtisses blanches. Vers le soir, les fenêtres s'éclairaient l'une après l'autre. Quand j'étais petite fille, ce spectacle suscitait ma curiosité, j'aurais voulu savoir l'histoire de ceux qui habitaient derrière. Je savais à présent que c'est toujours une triste histoire ; voilà pourquoi je ne voulais plus les regarder.

Je suis rentrée assez tard à la maison ; le concierge me tendit un billet de Tomaso.

— Il m'a demandé d'attendre que vous soyez seule pour vous le remettre, me dit-il à voix basse.

Mon premier mouvement fut de le rabrouer, mais j'ai été retenue par la complicité qui s'était établie entre nous depuis l'épisode de la photographie. Et puis il exerçait un métier délicat – on sait trop de choses qu'il faut faire semblant de ne pas savoir. J'avais désormais compris que c'était un brave homme ; la nuit où Francesco s'était fait arrêter, il n'aurait pas voulu me laisser seule. Il m'arrivait souvent de constater, non sans étonnement, que beaucoup de gens sont réellement bons. À vrai dire, je n'avais jamais rencontré quelqu'un de foncièrement mauvais. Même l'officier qui avait arrêté Francesco devait avoir bon fond, je l'avais senti quand il m'avait parlé avec une telle amertume de sa maison et de ses livres. Avec tant d'hommes bons dans le monde, il aurait dû être facile d'être heureux pour toujours. Et pourtant, il se produisait des choses qui ne permettaient jamais de l'être : on était donc obligé d'emprisonner ou de tuer, au lieu de lire Rilke.

À peine entrée à la maison, j'ai ouvert le message. Tomaso m'informait qu'il était passé et qu'il avait sonné près d'une demi-heure, que je n'avais pas voulu lui ouvrir. Il reviendrait tout de même le lendemain, puis le surlendemain, jusqu'à ce que je me décide à le faire. Tout cela était dit très affectueusement, du ton dont il me parlait toujours. J'avais beaucoup marché, j'étais extrêmement fatiguée ; je n'avais plus que des idées sens dessus dessous, élémentaires. Je pensais : sommeil, faim, Francesco, Tomaso.

Dans la cuisine, j'ai pris un morceau de pain que j'ai trempé dans l'eau, comme faisait Sista. Aussitôt que j'ai reconnu cette saveur mouillée, je me suis crue revenue au temps de mon enfance, lorsque ma mère était vivante et que nous l'attendions à la cuisine. Sista aussi était bonne ; il me semblait la revoir, courbée, en train de lacer les chaussures de ma mère. Nous étions tous bons, dans ce monde, mais nous n'étions jamais disposés à le montrer au même moment, voilà pourquoi nous ne nous rencontrions jamais. Si Tomaso avait eu le téléphone, je l'aurais appelé pour lui dire : « Ne sonne pas à la porte, je t'en prie. Ne fais pas ça. » « Ne fais pas ça, l'aurais-je imploré, parce que je finirai forcément par te répondre ! »

Après le dîner, Francesco et moi nous sommes assis au bureau. Il était rentré à la maison l'esprit serein et, tout de suite, j'avais tenté de calquer mon humeur sur la sienne, avec l'espoir de trouver le temps de passer une soirée heureuse. À travers les fenêtres on voyait s'étendre l'immensité désespérée de l'atmosphère estivale. Le bureau, lui, était intime, accueillant. Et pourtant, en regardant autour de moi, je discernais partout des traces de la solitude que j'avais ressentie entre ces murs. Les coussins des fauteuils n'étaient plus arrogants et durs, mais dociles et domestiqués. Francesco était assis dans celui où s'asseyait Tomaso quand il venait me voir.

Les visites de Tomaso, pensais-je avec un frisson, avaient elles aussi contribué à insuffler de la vie à cette pièce. Et n'était-ce pas aux heures que nous y avions passées ensemble que cette pièce devait le caractère intense qui frappait tous ceux qui y pénétraient pour la première fois ? « Qu'elle est agréable, cette pièce, Alessandra ! » disaient-ils. Je répondais toujours de la même façon, qui semblait devenir une coquetterie : « On sent que c'est là que je vis. Comme l'appartement est minuscule, je suis bien obligée de vivre toute la journée là-dedans. »

Du fauteuil où s'était assis Francesco, je voyais venir à ma rencontre le regard tendre et souriant de Tomaso.

— Je ne sais pas si tu préfères cette pièce ou moi, lui avais-je reproché une fois pour rire.

— Les deux en même temps ! m'avait-il répondu sans hésiter. Cette pièce, c'est toi. Sans toi, elle n'aurait plus aucun charme.

Et, comme je souriais, il avait continué :

— C'est ton monde. Et ton monde, on s'en éprend aussitôt qu'on fait connaissance avec lui. Voilà pourquoi on ne peut pas se résigner à ne prendre qu'une heure ou une journée de ton temps.

Dans la tiédeur compacte de cette pièce, je décelais une sorte d'héroïsme – il me semblait qu'elle n'était devenue si intime et si accueillante qu'au prix de mes souffrances. Les bras de ces fauteuils étaient usés tant j'y avais frotté mes mains fébriles dans les moments où je ne parvenais pas à dominer l'angoisse que m'inspirait le sort de Francesco ou le désir de téléphoner à Tomaso. Emportée par une vague de gratitude, je repensais à toutes les heures tourmentées que j'avais vécues dans cette pièce, au soir où j'avais lu Rilke, la main sur un revolver, à l'inquiétude dans laquelle je me débattais, au milieu de la fumée des mauvaises cigarettes que je me préparais quand j'étais seule. Elle avait été une prison, un cachot, une salle de torture, mais maintenant que Francesco était en face de moi, je pouvais le regarder tandis qu'il lisait. Il fallait défendre cette pièce comme nous nous étions défendus de la tentation de nous rendre. J'ai dit :

— Francesco, j'aimerais te parler.

Surpris, il leva les yeux de son livre.

— Qu'y a-t-il ? me demanda-t-il en m'effleurant à peine du regard, avant de reprendre sa lecture.

J'ai contemplé son visage, sa belle stature bien proportionnée, ses mains qui, lorsqu'elles remuaient, suscitaient chez moi une tendre avidité. Oh, je l'aimais intensément ! En le regardant, je resplendissais ; je me nimbais d'une affection suave, d'un orgueil conscient. Je n'avais jamais été aussi belle qu'à ce moment-là.

— J'aimerais te parler, repris-je doucement.

Francesco posa son livre sur ses genoux, dans l'attente.

— Ces mois-ci, d'abord quand tu étais caché, puis quand tu étais en prison, quelqu'un est tombé amoureux de moi. J'étais seule et cet amour si dévoué, si insistant…

— Tu as eu un amant ? m'interrompit-il avec gravité, mais calmement, comme pour dissimuler l'importance de sa question.

— Non, lui répondis-je aussitôt, partagée entre le triomphe et l'effroi. Non… mais c'était devenu une tentation obsédante.

Au bout d'un silence, je repris à voix basse :

— C'était un de tes amis.

Francesco ne me demanda pas immédiatement qui, ce qui me déçut. Je ne voulais pas qu'il imagine un rival au rabais, un homme médiocre, auquel il aurait été facile de résister. Je m'attendais à ce qu'il me demande : « Qui est-ce ? » Je formulais en moi-même cette question, je la lui suggérais ; son silence me plongeait dans l'incertitude.

Pendant un moment, Francesco fit jouer dédaigneusement ses doigts entre les pages de son livre. Puis finit par dire :

— Je n'aime pas ce genre d'hommes qui profitent de l'absence du mari pour courtiser la femme.

Surtout quand le mari est en prison. Ils ne sont ni loyaux, ni bons joueurs.

— Mais il était amoureux de moi, ai-je corrigé, tout angoissée à l'idée que Tomaso puisse être mal compris, mal jugé.

— Oh, rien que ça ! s'écria Francesco avec ironie. Amoureux ! Non, je n'aime pas ces hommes-là. Et je suis bien sûr que toi non plus, tu ne les aimes pas.

Voilà tout ce qu'il dit. Après quoi, il reprit sa lecture. Il ne m'avait pas demandé de qui il s'agissait ; il ne voulait pas le savoir. Il m'aurait d'ailleurs été difficile de lui parler après l'avoir entendu dire « amoureux », comme mon père m'avait soupçonnée de « m'amuser » en parlant de Francesco. J'essayais de rester calme, pour me défendre, mais aussi pour défendre et Francesco et cette pièce. Mais il fallait tout de même qu'il me comprenne ; je tenais à lui faire comprendre que se débattre dans une lutte semblable, sans autre soutien que celui de ma conscience, n'avait pas été aussi facile qu'il le croyait. Je voulais lui parler des nuits que j'avais passées éveillée, des paroles que Tomaso m'avait dites. Il ne devait pas ignorer la bataille que j'avais eu à livrer, les doutes qui m'avaient saisie, ce désir contenu, violemment refoulé. Ce que j'avais dû combattre, c'était tout ce qu'il y a de plus beau, vivant, séduisant. S'il avait résisté à des forces brutales et maléfiques, contre lesquelles il est naturel de lutter, moi, j'avais résisté à l'amour.

Je l'appelai d'un ton désemparé :

— Francesco...

Je voulais le supplier de comprendre que cette lutte avait été rude et qu'il ne devait pas dire « les femmes », mais « toi, Alessandra », *une* femme, avec la légende éclatante que toute femme porte en elle et qui lui est plus chère que tout, plus que la liberté, même. Je le regardais avec effroi ; j'avais peur qu'il ne soit plus l'homme avec qui j'allais me promener sur le Janicule, puisqu'il ne se rappelait même pas mon caractère romantique et l'importance que certains sentiments avaient pour moi. J'avais peur qu'il ait oublié tout ce qui, chez lui, avait été pour moi une source de joie et de ravissement, quand je cheminais à ses côtés, quand je l'attendais, quand j'étais dans ses bras ; j'avais peur qu'il ne soit devenu un membre quelconque de ma famille, un « mari ». Quel droit avait-il, « mon mari », de siéger dans cette pièce ?

— Aide-moi, Francesco, lui demandai-je. Pourquoi ne m'as-tu jamais aidée ?

Il posa de nouveau son livre et me regarda d'un air surpris. Agacé, même…

— Comment pourrais-je t'aider, Sandra ? me demanda-t-il avec calme. Il y a des moments où chacun de nous sait ce qu'il doit faire. Une femme encore mieux que les autres – elle la porte en elle-même, cette connaissance. Tu l'as bien vu, d'ailleurs. Inutile de nous attarder sur ce sujet.

Je m'abstins de lui répondre ; sa force me coupait le souffle. Il n'est pas vrai de dire qu'une femme sait parfaitement ce qu'elle doit faire ; elle ne le sait qu'en principe et les principes ne comptent pas. Moi, je n'en savais rien du tout, surtout depuis qu'il était revenu et que sa personne était en contradiction avec l'image que je m'étais faite de lui pendant son absence, et à laquelle je m'étais raccrochée.

J'aurais voulu l'expulser hors du bureau, le chasser de mes pensées, de ma vie ; mais je sentais que je n'aurais jamais le courage de refermer la porte sur lui. « Aide-moi, Francesco », le suppliais-je intérieurement, car je l'aimais trop pour le faire à nouveau avec des mots. « Il n'est pas trop tard. Toi seul peux me sauver, alors sauve-moi », lui disais-je. Mais il n'entendait jamais.

Mes sanglots l'arrachèrent à sa lecture. Il vint près de moi, me caressa les cheveux :

— Pourquoi pleures-tu, chérie ? me demanda-t-il. Je suis bien sûr que tu n'as rien fait de mal.

Voilà, je reconnais qu'à partir de ce soir-là mes souvenirs deviennent confus et nébuleux. Les sensations sont demeurées en moi, très nettes, à force de s'entrelacer sans relâche, mais je serais incapable de les situer, ni à un jour précis, ni à une heure précise. Toutes me paraissent se perdre dans une interminable et insondable nuit.

C'est après cet entretien, paisible en apparence, que commença cette effroyable nuit. Elle commença par un lourd sommeil au cours duquel j'ai été victime d'un cauchemar qui devait souvent revenir me peser sur le cœur au cours de mes rares instants de sommeil.

J'ai rêvé que j'étais un chien. Dans mon rêve, j'avais bien conscience de cette nouvelle condition. J'étais un vieux chien ; je ne pouvais pas me voir, mais je sentais le poids de ma peau usée sur l'humiliante maigreur de mon corps. C'était la nuit et je marchais tête basse, peut-être à cause du poids de mes oreilles qui pendaient comme mes nattes de petite fille. Je marchais en rasant le mur, parce que le mur me protégeait du froid, et je marchais, marchais, marchais dans l'espoir qu'il allait s'ouvrir et que je serais accueillie dans une demeure chaleureuse où je pourrais enfin me reposer et dormir. J'étais épuisée ; des crampes me torturaient l'estomac, tant j'avais faim. Parfois j'apercevais une porte ouverte et demandais tout de suite l'hospitalité ; une confiante satisfaction m'animait, je m'installais, je regardais les habitants de la maison et leur promettais de leur consacrer tout le reste de ma vie. Je les regardais, m'engageant pleinement par une promesse solennelle que traduisaient bien mon port de tête, mon museau noble et fier. Aussitôt, tout le monde me chassait sans ménagement et je me retrouvais à nouveau dehors, sans avoir apaisé ma faim. Pire : sans avoir pu manifester ma tendre fidélité. Mortifiée, je m'accroupissais dans la poussière à l'ombre du mur. Je retentais ma chance, mais, de nouveau, je me faisais chasser. Parfois, je restais patiemment assise, des heures durant, devant ces portes, en attendant qu'on me rappelle – il était impossible que personne ne veuille d'un bon chien comme moi.

Chaque fois que je me réveillais, j'avais peine à me débarrasser du souvenir de cette cuisante humiliation. Peu à peu, je cessais d'être un chien, mais je restais bouleversée, tendue. Mon cœur battait la chamade. Francesco dormait à côté de moi ; il pouvait dormir alors que je n'étais qu'un chien et qu'on me chassait de toutes parts. Le réveil ne s'arrêtait pas, il ne sautait jamais ni un jour, ni une heure. Et la nuit n'en finissait pas.

Je réveillais Francesco et lui parlais du chien. Il me confia qu'il lui arrivait souvent de rêver qu'il était encore en prison. Je crois que j'ai dû rester longtemps seule. Je me souviens d'une sonnette qui retentissait avec insistance ; je me vois aussi me promener en long et en large, entre les murs déserts, littéralement affolée, en me tordant les mains et me bouchant les oreilles, mais je finis par trouver la force de ne pas aller ouvrir.

Il m'arrivait de passer la journée sans quitter mon lit… Francesco me caressait les cheveux, me disait que j'étais trop fatiguée, que j'aurais dû appeler un médecin. Je sentais en moi, sous ma peau, un frisson qui n'en finissait pas, et mon front, ma nuque devenaient aussi raides que l'acier. Désormais, même quand Francesco était à la maison, j'entendais tinter la sonnette. Il était sourd. Ou bien peut-être feignait-il de ne pas comprendre ce que signifiait ce son. Je le suppliais : « Reste avec moi ! », mais j'étais toujours seule, même quand il restait avec moi. Et désormais ma seule hantise était de me retrouver seule ; je me sentais commandée par une force qui m'entraînait. Je le suppliais : « Ne me quitte pas ! » Alors il me montrait le réveil, le comparait à sa montre-bracelet, sursautait et, un instant après, j'entendais la porte se refermer sur lui. Je courais me poster sur la terrasse ; peut-être que si je me jetais du balcon et que je tombais sous ses yeux, Francesco finirait par me regarder ? « Oui, pensais-je, en me penchant. Juste ici, à l'endroit où s'arrête l'asphalte. » Francesco sortait et, sans s'en apercevoir, marchait sur moi ; je sentais ses souliers durs sur mon visage, sur mon corps inerte allongé dans la molle attitude de la mort. Je me sentais aiguillonnée par les paroles de grand-mère. « Mais si tu n'y arrives pas ? » – « Si je n'y arrive pas, je me tuerai ! lui répondais-je. Je me tuerai ! Je me tuerai ! » Ces paroles se répétaient convulsivement en moi comme un disque rayé. Je ne voyais jamais le visage de Francesco. J'essayais donc de me le représenter avec une telle intensité que mes yeux s'embuaient de larmes. « Mon amour, aurais-je voulu lui dire, j'ai peur ! J'ai peur qu'il puisse m'arriver ce qui est arrivé à ma mère. » J'avais la nette sensation que je ne serais bientôt plus capable de contrôler mes gestes. Je me serrais contre Francesco pour qu'il m'empêche de faire ce que, toute la journée, j'étais prête à faire. Mes nerfs ne se détendaient que lorsque j'imaginais contre ma tempe le froid du revolver. Alors je m'endormais avec une sorte de soulagement bienfaisant. Je rêvais que Francesco me disait : « Dors. Dors dans mes bras. Je t'aime tant ! » C'était une belle nuit fraîche, ma mère rôdait autour de moi comme une brise. J'étais un chien et je m'asseyais dans le jardin de la villa Pierce, à l'ombre d'un grand arbre ; j'étais heureuse, je posais mon museau sur la pelouse. Je pouvais enfin voir les paons blancs ouvrir l'éventail de leur queue, les orchidées poussant sur les arbres, les papillons aux ailes multicolores et le grand cèdre du Liban qu'un cheval habitait. « Sandi ! me disait ma mère en venant à ma rencontre de son pas gracieux. Oh, tu devrais t'en vouloir d'arriver si tard ! »

Alors je m'endormais près de l'arbre. Quelqu'un peut-il vraiment comprendre ce que ça veut dire, pour un pauvre chien fatigué, de poser sa tête sur l'herbe épaisse et humide d'une pelouse ? Tomaso s'agenouillait près de moi et, tout en frôlant mes cheveux, me disait que je ne sortirais plus de la villa Pierce, qu'il veillerait sur moi, qu'il empêcherait quiconque de m'approcher. Il me caressait doucement et je sentais à nouveau la jeunesse couler avec bonheur sous ma peau. Tout heureuse, je levais la tête pour le regarder dans les yeux. C'était la première fois que des yeux d'homme étaient aussi bons pour moi.

Je restais constamment à la maison et la voix de Tomaso me parvenait grâce au téléphone qu'on avait rétabli pour nous, Francesco étant désormais un personnage influent – d'aucuns disaient qu'on n'allait pas tarder à le nommer sous-secrétaire d'État. Je décidais de ne pas répondre, puis craignais que le coup de téléphone ne soit pour Francesco. En réalité, je savais que c'était Tomaso. Je lui demandais : « Tu m'aimes vraiment ? Alors fais-toi envoyer quelque part en mission par ton journal, je t'en prie. »

Mais Tomaso avait beau m'aimer de tout son cœur, il refusait de m'aider.

Francesco et moi nous regardions comme deux ennemis. Tout au moins moi, je le regardais de cette façon. À l'évidence, mon amour était ce qui le gênait le plus. Nous sommes sortis ensemble, un soir ; je me sentais aussi agitée et intimidée que si c'était la première fois que je sortais avec un homme. J'imaginais que nous allions nous promener lentement, en nous parlant sans nous regarder, comme les premiers temps, en nous laissant aller à la douce complicité de cette nuit d'été. En fait, il me dit qu'il voulait aller au cinéma, voir je ne sais plus quel documentaire. C'était un cinéma de quartier proche de chez nous. Au retour, nous nous taisions, tout somnolents. Les rues, entre les immeubles blancs, étaient mélancoliques et désertes. Dans l'air qui embaumait le chèvrefeuille, d'innombrables lucioles s'animèrent brusquement. À leur vue, ma décision de mourir fléchit – je ne résistais pas à l'idée de ne plus voir les lucioles, de ne plus respirer l'odeur du chèvrefeuille.

Nous étions déjà couchés quand j'ai dit à Francesco :

— Écoute, mon amour, j'ai à te parler.

Il se tourna du côté du réveil et me demanda :

— Maintenant ?

— Mais quand faudrait-il que je te parle, autrement ? Nous ne nous voyons jamais.

— Tu me reproches de travailler, alors ?

— Oh, pourquoi dis-tu ça, Francesco ? Mais ça ne suffit pas, de travailler ! Nous ne devons pas nous borner à ça. Je suis prête à renoncer à tout sauf à être avec toi, à parler avec toi. Je ne sais plus ce que tu penses et je ne sais plus à quoi me raccrocher. J'ai peur que nous prenions deux chemins différents…

— Mais non, me dit-il. Ne te tourmente pas !

— Je me tourmente, au contraire ! Nos conversations, notre intimité passent après tout le reste. Voilà où nous en sommes. Il suffit de l'arrivée d'un ami, d'un article important pour te distraire. À un ami, tu lui diras : « Excuse-moi de ne pas pouvoir te recevoir, je dois sortir, j'ai rendez-vous avec Alberto. » Mais tu ne lui diras jamais : « Je ne peux pas te recevoir, j'ai à parler avec Alessandra. » Si on te convoque à une réunion et que tu as déjà un engagement, tu diras : « Pardon, je suis vraiment navré, mais je ne peux pas. » Mais si l'engagement en question était de passer la soirée avec moi, tu accepterais tout de suite. Tu crois que nous avons toujours le temps. Et comme ça, nous ne l'avons jamais. Résultat : tu parles avec tout le monde, sauf avec moi, et tout le monde te connaît, tout le monde sait ce que tu penses. Il n'y a que moi qui ne sais rien de toi.

— Mais nous avons eu toute la soirée pour parler !

— Parler au cinéma ? Comment, tu veux bien me le dire ?

J'étais tellement désespérée que j'ai fait une dernière tentative :

— Écoute, lui dis-je, et si nous partions habiter tous les deux à Capri ? Tu pourrais écrire des livres et, avec mes traductions, je gagne suffisamment. Et puis nous avons l'habitude de ne pas dépenser beaucoup.

Je lui ai parlé de la grande fenêtre – de tout ce qu'avait imaginé Tomaso, en somme. Mais il secouait la tête comme mon père.

— Pourquoi pas ! disait-il avec un soupir. Plus tard, peut-être.

En l'entendant me répondre ainsi, je sentais une rancune hargneuse s'emparer de moi. Finalement, après m'avoir embrassée sur la joue, il me caressa les cheveux :

— Maintenant, dors, ma chérie, me dit-il en se préparant lui-même à dormir.

— Excuse-moi, mais je ne peux pas dormir, Francesco. Tiens-moi compagnie, j'ai tellement peur de...

Je rougissais de lui avouer mon obsession. Je

craignais qu'il me gronde comme les parents grondent les enfants.

— Oui, en résumé, je pense que je n'ai plus longtemps à vivre.

Tout en lui disant ça, je rougissais, et, en même temps, je pensais que tout était bel et bien fini entre nous si je ne pouvais pas lui confier mes pensées sans rougir. Il me rassura, me déclara que j'étais en excellente santé et me conseilla affectueusement d'aller passer quelques jours auprès de mon père, maintenant que la chaleur était devenue écrasante.

J'ai alors jugé nécessaire qu'il sache. Je me suis senti le devoir de l'informer de mon projet désespéré, pour qu'il puisse me venir en aide.

— Écoute-moi, Francesco. J'ai peur de finir comme ma mère.

Il me montra qu'il accordait peu d'importance à mes paroles.

— Quelle idée ! Ne pense pas des bêtises pareilles. Tu es très différente de ta mère.

— C'est-à-dire ? lui ai-je demandé, prête à la défendre.

— Tu es équilibrée, sérieuse, raisonnable...

Je le regardais avec stupéfaction. Était-ce bien de moi qu'il parlait ?

— Ta mère, en revanche...

Il hésitait, mais je voulais qu'il révèle sa pensée jusqu'au bout. J'ai insisté :

— Ma mère ?

— Je ne sais pas..., poursuivit-il d'un ton hésitant. Je ne l'ai jamais connue, mais...

— Mais quoi ? Dis-moi, vas-y !

— À mon avis, elle devait être un peu exaltée.

— Ah, fis-je d'un ton glacial. Je comprends.

Francesco tenta de s'excuser :

— Je ne sais pas, peut-être que mes mots te font de la peine. Ça te fait de la peine ?

— Mais non, quelle idée.

— C'est réellement ce que je pense, continua-t-il gravement. Et j'aimerais que tu arrives à t'en persuader toi aussi.

— Oui, je comprends. Mais ce ne sera sans doute pas facile...

Et puis je me tus. Je me sentais comme un lac de glace, tout lisse, sous lequel coule une eau d'une violence torrentielle. Francesco remonta sa montre et la compara avec le réveil.

— Bonne nuit, chérie, me dit-il en me laissant seule avec mes pensées, derrière le mur.

Immobile, éveillée, je me suis rappelé le temps où nous étions fiancés et où nous allions échanger des baisers dans l'ombre au bord du Tibre, près du lieu où ma mère était morte. Je lui parlais d'elle et Francesco semblait m'écouter avec admiration. Peut-être la jugeait-il sévèrement, dès cette époque. Seulement, comme il s'apercevait qu'après le récit de mes souvenirs je l'embrassais avec un regain d'ardeur, il m'incitait à parler. C'était un homme solitaire ; il était charmé de découvrir le monde imaginaire d'une toute jeune fille dont la mère s'était suicidée par amour. Maintenant, il s'agissait de sa femme. Tout doucement, à pas comptés, il souhaitait modifier mon apparence. Il aurait aimé me voir, dans ma vieillesse, ressembler à sa mère – petit col blanc serré, femme de chambre à coiffure amidonnée, belles tasses à thé. Il venait de dire que j'étais calme, équilibrée, raisonnable. Comment pouvait-il réellement penser de moi une chose pareille ? Un doute me saisit. À travers ces mots, Francesco me proposait un modèle. Il lui était arrivé une fois de me dire : « J'aimerais te voir habillée d'une façon plus élégante. » Peut-être voyait-il déjà en moi la femme du sous-secrétaire d'État ? À un autre moment de cette nébuleuse insondable, je lui avais demandé :

— Dans ce cas, tu penses que nous devions nous résigner, accepter le mariage ?

J'avais attendu, tremblante. Toute ma vie dépendait de sa réponse. Il avait haussé les épaules en soupirant, et m'avait répondu :

— C'est la plus vieille institution qui soit.

Je m'étais jetée par terre auprès de lui, agrippée à ses genoux, pour le conjurer. J'avais murmuré :

— Non, Francesco, non.

La haine et l'amour s'entremêlaient si profondément en moi que je l'embrassais alors que j'aurais voulu le blesser.

— Eh bien, qu'est-ce que j'ai dit ? C'est une considération d'ordre général. Cela n'a rien à voir avec toi et moi. Je tiens à toi, Alessandra. Notre mariage est un mariage heureux.

J'avais continué d'entendre se refermer la porte de la maison. De rêver que j'étais un chien las marchant derrière un mur.

Il fallait accepter le mariage ! Voilà pourquoi il ne voulait jamais me laisser évoquer Tomaso. Tant d'autres fois, j'avais essayé de lui en reparler. « J'aimerais te parler », commençais-je par dire. Francesco ne levait pas la tête de son texte, de son journal, de son livre. Je tentais de faire entendre ma voix de l'autre côté du mur, je répétais : « J'aimerais te parler. Écoute-moi, j'aimerais te parler. » Mais il y avait toujours une voiture qui l'attendait devant la porte, un ami dans le bureau. Je finirais par ne plus parler. L'institution de l'adultère était aussi vieille que celle du mariage et j'étais trop amoureuse de lui pour ne pas céder. J'acceptais déjà les billets que Tomaso me faisait parvenir avec la complicité du concierge ; je n'évitais plus cette complicité. Une fois, même, en lui disant « merci », je lui avais donné un petit pourboire.

Mais cette nuit-là, je suis restée longtemps sans

dormir ; impossible d'oublier Lydia adressant ses lettres à l'huissier Salvetti. Quand j'ai fini par m'endormir, à bout de forces, j'ai rêvé que j'étais un chien faisant le guet devant la porte des cuisines. Je reniflais avec délices les odeurs de nourriture, les servantes me jetaient les restes. Et dans la poubelle, je découvrais toujours quelque chose. Je n'avais donc plus faim et m'endormais heureuse et rassasiée.

Aussitôt réveillée, je me suis écriée :

— Francesco ! J'ai fait un mauvais rêve, un cauchemar. J'ai passé une nuit terrible.

Je sentis qu'il avait peine à y croire.

— Maintenant n'y pense plus, me dit-il. N'y pense plus et dors.

Lydia avait déclaré que, tant qu'on est jeune, c'est bon de se rencontrer en cachette. On ment facilement quand on est jeune, avait-elle remarqué, c'est un jeu. Même un rendez-vous dans une chambre meublée avait des allures de merveilleuse aventure. À présent, j'étais une femme faite ; il fallait que je perde l'habitude de rougir pour un rien. Francesco était un personnage influent, il avait le droit d'exiger que sa femme s'habille avec élégance. J'apprendrais à sortir avec désinvolture en déclarant : « Je vais chez la couturière. Je vais chez le coiffeur. » Et Francesco me ferait fête à mon retour, comme Tomaso fêtait Casimira qui l'attendait avec une robe neuve. Je ne me plaindrais pas de ses silences. Je ne lui dirais plus : « Aide-moi », ou bien « Reste à la maison avec moi. » Alors il penserait, avec satisfaction, que j'étais devenue réellement équilibrée, sérieuse, raisonnable, telle qu'il le désirait, et que les femmes ne sont vraiment contentes que lorsqu'elles ont une belle toilette neuve. « Elles ne demandent rien d'autre », conclurait-il avec une légère amertume. Chaque jour, Tomaso me dirait : « Que tu es belle ! », puis : « Je t'aime », et toutes les autres choses ineffables qu'il me disait constamment. Nous étions jeunes, nous ririons beaucoup en regardant la chambre meublée autour de nous. Et puis tandis que Francesco me croirait chez la couturière ou chez le coiffeur, Tomaso déboutonnerait avec ferveur ma robe neuve.

Non, je me rebellais furieusement contre cette idée. Pas question que Francesco me pousse à une chose pareille. Si l'amour que j'avais pour lui pouvait se salir et déchoir, c'est que tout chez moi pouvait déchoir, j'en étais sûre. En me rendant, je perdrais tout. Et je ne voulais pas me rendre. Du reste, lui n'avait pas voulu se rendre quand je l'avais supplié de le faire. C'était justement lui qui m'avait donné l'exemple de cette intransigeance coûteuse. En acceptant ses raisons de tenir bon, j'avais renforcé les miennes. Il fallait résister, me disais-je. Monotone, j'entendais la voix de grand-mère s'insinuer dans mon sommeil, troubler les longs demi-sommeils qui adoucissaient mes angoisses. « Mais si tu n'y arrives pas ? » demandait-elle. « Je me tuerai ! lui répondais-je. Je me tuerai ! » Seule cette idée-là m'apaisait.

Je me sentais allongée sur le fond vert du fleuve. Au-dessus de mon corps coulait une eau verte aussi, opalescente, brillante. À travers l'eau, je voyais Tomaso se pencher sur moi, m'appeler anxieusement, bouleversé par le désespoir. Puis je voyais le visage de Francesco, sévère et triste, et ses yeux froids. « Alessandra, me disait-il à voix basse tandis que sa voix m'enveloppait comme l'eau. Alessandra ! » À son appel, je me levais immédiatement. Francesco marchait devant moi mais, tandis que je le suivais, j'étais un chien fatigué, dont la peau usée ruisselait d'eau.

Je ne cesserais jamais de l'aimer, même dans la mort. Ma mère, elle, reposait dans le fleuve, gracieusement étendue. Je me sentais saisie de colère et de dépit contre elle. J'aurais voulu qu'elle soit avec

Hervey, qu'ils vivent ensemble de longues années, dans la même maison, dans le même lit. Mais peut-être ne serait-elle plus parvenue à se lever, le matin, du pas léger qu'elle avait pour descendre l'escalier et se rendre à la villa Pierce.

— Francesco ! l'ai-je appelé en le secouant par le bras. Écoute, Francesco !

Même humiliée de lui montrer toute la trame douloureuse de ma souffrance, je l'ai supplié :

— Je t'en prie, ne dors pas. Je suis trop bouleversée, j'ai peur.

— Qu'y a-t-il, Sandra ? me demanda-t-il tout somnolent.

— Je ne peux pas rester seule, cette nuit. Aide-moi.

— Calme-toi, chérie, me répondit-il. Demain matin, je dois me lever de bonne heure.

On aurait dit qu'il était déjà à la porte, chapeau sur la tête et pardessus sur le dos, comme sur la photographie. Il me disait au revoir et j'entendais la porte se refermer derrière lui. C'était un inconnu, même s'il partageait mon lit – je regardais sa tête sombre sur l'oreiller blanc.

— Francesco ! ai-je murmuré.

J'aurais voulu lui rappeler certaines nuits, les premiers temps de notre mariage, quand nous restions très tard à nous aimer, au milieu de l'odeur fraîche qui montait de la fenêtre ouverte. Ensuite, nous causions en fumant, l'esprit éveillé, le corps jeune, libre, heureux. Finalement, les hirondelles nous avertissaient qu'il fallait éteindre – ce que nous faisions, à la hâte, et comme pris en faute. Il arrivait souvent que Francesco doive se lever une heure après. Mais il ne regrettait jamais le sommeil qu'il avait perdu.

J'aurais voulu lui dire : « Ne dors pas cette nuit, j'ai peur. Sacrifie une nuit pour moi, Francesco, je t'en prie. Fais-moi cadeau d'une nuit. » Mais, quand je me suis tournée, le sommeil l'avait englouti.

Je me suis relevée sur le coude et j'ai regardé fixement Francesco, en lui lançant des appels désespérés. Mes yeux étaient des mots doux, d'ardentes paroles d'amour. Dans la pénombre, usés par la fureur de mon regard, les traits précis de son visage s'évanouissaient. Il me semblait parfois que son profil maigre prenait la détermination massive du profil de mon père. Il lui ressemblait, j'en étais certaine. C'était lui. Épouvantée, je me suis passé la main sur les yeux pour chasser cette hallucination. J'ai essayé de me rasséréner en me répétant qu'ils n'avaient rien de commun, hormis leurs larges épaules. En été, Francesco dormait sans mettre de haut de pyjama, si bien qu'on voyait le blanc de ses épaules nues, telle une haute muraille impossible à franchir. Rien qu'à les voir, j'ai été prise d'un tremblement qui me secouait de plus en plus violemment. Je suis devenue un chien furieux, j'avais envie de planter mes crocs, de mordre. Épouvantée par cette tentation effroyable, j'ai tenté de me calmer, de dominer la terreur que m'inspirait cette rage haineuse, de m'abîmer à nouveau dans la douleur. Mais je n'étais désormais plus qu'un chien enragé ; j'avais en moi un chien enragé. J'ai essayé de dissiper cette impression en me rappelant que, chez le chien, la rage s'accompagne d'un dégoût de l'eau. Or la veille au soir, j'avais bu avec plaisir. Hélas, plus aucun argument ne pouvait me calmer. Je marchais en rasant un mur interminable, la langue sèche, la tête basse. De l'autre côté du mur, j'entendais le pas de ma mère, un pas léger de jeune fille. « Tu n'as jamais su marcher comme moi », me disait-elle pour se moquer de moi. Je l'entendais rire sans parvenir à la voir. Le mur me séparait de tout – des maisons chaudes et accueillantes où je pourrais trouver des restes. Et même du souvenir de ma mère. Elle riait avec Hervey, juste de l'autre côté. Je marchais avec patience, insistance, acharnement, en flairant à droite, à gauche pour les retrouver. Mais j'ai fini par y arriver. Il suffit d'un coup de crocs pour que je les voie tomber à terre, s'allonger dans la mort, immobiles dans la saison de leur jeunesse, dans la pureté de leur amour préservé de la faute et de la déchéance. J'aurais voulu les mutiler, les détruire. Mes pattes s'acharnaient contre le visage de ma mère, sur ses yeux. Mais autant griffer un visage et des yeux de statue. J'ai continué de griffer et de gratter, des heures et des heures ; j'avais l'impression de creuser le sable du fleuve, la boue grise et dure. De cette vase, le corps de ma mère ressortait intact, tout vêtu de bleu.

Je me suis réveillée en sursaut. La première lueur du jour, encore froide, filtrait au travers des volets. Je connaissais dorénavant tout le cérémonial du réveil. D'abord le rossignol chantait, seul et insolent, puis les moineaux. Finalement, lorsque apparaissait le soleil, c'était au tour des cris stridents et déchirants des hirondelles. Depuis longtemps, j'avais l'impression de ne plus voir la clarté annonçant l'aurore – j'avais donc la certitude que, désormais, même cette longue nuit nébuleuse, où se réfugiait ma conscience, se refuserait à moi. Je devais accepter que commence un implacable enchaînement de jours. Chaque jour, j'allais entendre la porte se refermer dans le dos de Francesco. Après quoi, le téléphone sonnerait et je répondrais à Tomaso.

J'ai dit :

— Non, non ! Aide-moi, Francesco !

J'avais les tempes qui bourdonnaient et le chien rageur que j'avais en moi haletait. « Non, non ! » me conjurait ma mère en accourant à mon secours, le souffle court. Son pas était rapide et doux, on aurait dit qu'elle descendait d'un escalier. Grand-mère

Editta s'approchait lentement, relevant le bord de sa jupe. Elle s'arrêta près de mon lit, dans l'attente, le visage triste. J'avais beau les aimer tendrement, les voir apparaître me glaçait. J'avais peur, j'aurais voulu reculer, fuir. Natalia Donati s'avançait lentement sans bruit, elle aussi. C'était une petite fille aux tresses rousses, un regard énamouré derrière ses lunettes. « Tu connaîtras tout ça, toi aussi », m'avait-elle promis en me lisant ses lettres d'amour dans le jardin poussiéreux des Prati. Elle ne semblait pas avoir changé depuis, si ce n'est qu'elle tenait dans ses bras un petit enfant aux cheveux roux, et que ses yeux étaient écarquillés par la terreur.

La lumière augmentait peu à peu ; les hirondelles tournaient autour de la maison comme dans notre cour de la via Paolo Emilio. Ainsi cette longue nuit avait pris fin. D'ici peu, je devrais me lever, recommencer.

D'un ton implorant, j'ai dit :

— Francesco ! Francesco, je t'en prie !

Ses épaules n'étaient qu'un interminable mur de pierre. Ma mère, assise près de mon lit, me caressait les cheveux, mais sa main éthérée ne m'offrait ni calme, ni soulagement. C'est ainsi qu'elle me caressait quand j'étais petite et que nous nous attardions près de la fenêtre. Je lui ai dit que j'aurais voulu voir au moins une fois les paons de la villa Pierce. Et retourner au Janicule avec Francesco, retourner à la Villa Borghèse.

Je suppliais :

— Francesco, allons là-bas !

J'avais le visage trempé de larmes, pas moyen de me faire entendre. « Mais si tu n'y arrives pas ? » J'étais debout, en face de grand-mère, comme la première fois que je l'avais vue. « Si je n'y arrive pas, je me tuerai ! » ai-je murmuré, sans la moindre insolence désormais.

J'ai ouvert le tiroir et pris le revolver. Il était dur et froid ; épuisé par le poids, mon bras retomba le long du lit. La lassitude et le désespoir s'atténuèrent en moi ; même le chien furieux s'apaisa. Ce serait difficile, bien plus difficile que de porter des grenades sous des légumes. Plus difficile encore que de refermer ce soir-là ma porte sur le visage angoissé de Tomaso. Mais je ne dormirais plus derrière le mur, je n'irais plus ramasser des restes devant la porte des cuisines. J'avais peur. Ma mère et grand-mère Editta aussi avaient peur. Elles suivaient mes gestes d'un air apitoyé et, dans sa robe bleue, ma mère était pâle. Je les appelais et elles ne me répondaient pas. Une fois de plus, j'ai songé à fuir, à me réfugier dans la vieille maison des Abruzzes. Je trouverais l'oncle Rodolfo assis à son bureau, dans son paisible cabinet de travail où se trouve peint le grand arbre emprisonnant mon nom dans ses branches. L'oncle Rodolfo était un homme de mon sang, je pouvais me fier à lui. C'était le seul qui pouvait me prendre dans ses bras, m'emporter, m'allonger dans un lit à rideaux blancs. Dans toute ma vie, il n'y avait que sur lui que j'avais pu m'appuyer. J'ai répété : « Oncle Rodolfo, oncle Rodolfo ! », mais il n'est pas venu. J'étais seule derrière le dos de Francesco – un mur livide dans la faible lumière de l'aurore. Je sentais enfin la fraîcheur apaisante du revolver froid sur ma tempe. *Tous mes adieux sont faits*, me disais-je, en regardant ma mère en face. *Tous mes adieux*...

— Francesco, ai-je lancé d'un ton désespéré. Aide-moi, Francesco.

C'est à peine s'il remua.

— Dors, murmura-t-il. Sois tranquille. Dors. On parlera demain.

En moi, le chien furieux s'élança, d'un bond. Je me suis ruée sur Francesco et j'ai déchargé le revolver dans son dos.

Immédiatement, j'ai vu du sang couler sur le drap blanc. Le vide se fit dans mon esprit, puis je l'ai appelé : « Francesco ! », en le secouant doucement, comme je faisais toujours pour le réveiller.

— Francesco, je t'aime ! Pardonne-moi, pardonne-moi, je t'aime !

Comme il ne répondait pas, je l'ai secoué plus fort. Atterrée, j'ai crié :

— Réponds-moi, Francesco, réponds-moi.

J'ai continué à le secouer. Quand je me suis arrêtée, son corps est retombé lourdement sur le dos.

— Francesco ! l'ai-je supplié d'une voix étranglée. Réponds ! Réponds, mon amour !

Finalement, j'ai sauté à bas du lit en appelant à l'aide de toutes mes forces ; j'ai ouvert en grand les fenêtres et la porte de l'appartement pour crier au secours.

Les voisins me trouvèrent agenouillée près de lui. Je les ai implorés :

— Faites quelque chose, il ne me répond pas. Faites quelque chose !

Tous avaient accouru en peignoir et en robe de chambre, les cheveux ébouriffés. Ils sont restés silencieux, puis s'écartèrent en formant autour de nous un cercle de curiosité et de terreur. On nous laissait seuls. J'ai caressé la main de Francesco, contemplé son visage immobile, fermé, inexorable, sa mâchoire dure. Et je lui ai parlé avec l'amour dévorant que j'avais senti pour lui dès le premier jour. Je lui ai dit :

— Réponds-moi. Ne fais pas ça, je t'en prie, réponds !

J'ai approché mes lèvres de ses mains.

— Je t'aime ! lui ai-je dit sous le regard horrifié de la fille du concierge.

Et puis les agents sont arrivés.

Le jour du procès, toutes les femmes m'invectivèrent. Habituée au silence et à l'isolement par les onze mois passés au couvent des Mantellate, je me suis enfin rendu compte des réactions qu'avait suscitées mon geste. Je pensais jusque-là qu'il n'intéressait que moi, ma vie, les gardiens de la loi. Au contraire, à peine suis-je entrée dans la salle que les femmes parurent heureuses de pouvoir déverser sur moi une haine longtemps contenue. Certaines criaient ; je voyais leurs visages furieux se tourner vers mon banc avec des yeux qui n'avaient rien de compatissant, ni même de simplement humain. Je les ai contemplées, ébahie. Elles auraient dû comprendre, au moins elles. Mais c'étaient elles qui s'acharnaient sur moi ! Celles qui furent appelées à la barre me connaissaient à peine. Elles assurèrent néanmoins que Francesco était un excellent mari ; les voisines témoignèrent que, le dimanche, il m'apportait toujours des gâteaux. Au cours de sa déposition, Fulvia n'osa pas me regarder un seul instant. Comme elle était ma seule amie, son témoignage fit la plus grande impression. Elle déclara que je n'avais jamais apprécié le bonheur de m'être mariée avec un homme honnête et loyal. Indifférente à un tel privilège, j'accusais même souvent Francesco de défauts imaginaires ou négligeables. Mon avocat s'agitait. J'ai moi-même écouté avec stupeur et consternation jusqu'au moment où j'ai compris que sa déposition n'était pas dirigée contre moi, mais contre la fille de l'épicier.

Puis vint le tour des amis de Francesco. Ils déposèrent avec gravité et mélancolie ; tous me jugèrent sévèrement, mais sans haine. Ils parlèrent peu de moi et beaucoup de Francesco ; j'ai eu plaisir à les écouter parce que je me rendais compte que j'avais eu raison de tomber amoureuse de lui, qu'il était véritablement un homme extraordinaire. Quand

Alberto prit la parole, le public le suivit avec émotion. Puis les femmes m'invectivèrent encore, à tel point que le président menaça de faire évacuer la salle. J'aurais aimé remercier Alberto d'un signe de tête ; il me semblait que son intervention avait été véritablement sincère et digne. Mais il ne me regarda même pas. Personne ne me regarda avec amitié. De toute ma vie passée, plus rien n'existait, sauf le moment où j'avais tiré. Et du reste, à l'entendre interprétée de tant de façons, je ne reconnaissais même plus ma vie. On parla de ce que j'avais fait pendant l'odieuse période de l'occupation et tout le monde s'accorda à considérer que mon courage hors du commun était une nouvelle preuve manifeste de mon inconscience et de ma froide cruauté. Tomaso se trouvait en Angleterre, avec sa femme, en tant que correspondant de son journal : on lut sa déposition dans laquelle il parlait de Francesco avec respect, et de moi avec une déférente admiration. Mais on n'attribua aucune valeur à ce témoignage favorable, les assertions du concierge ayant prouvé clairement que Tomaso avait été mon amant.

Après la mère de Francesco, quelques membres de ma famille vinrent à la barre. Ils arrivèrent en retard car papa avait eu un malaise. Quand il entra au bras de tante Sofia, sa haute taille, ses cheveux blancs, sa triste cécité lui valurent aussitôt la sympathie de l'auditoire. En dépit du motif douloureux qui le conduisait là, j'ai bien compris qu'il était fier d'incarner enfin le personnage auquel il pensait être constamment resté fidèle – celui d'un homme à la droiture intransigeante, prêt à sacrifier sa fille pour obéir aux lois de l'État. Il déclara que j'étais extravagante et sujette à des crises de violence depuis mon enfance. Il me prenait, avant tout, pour une écervelée cruelle. Étant aveugle, il avait peu de mal à parler sans réticences, comme si je n'étais pas là.

C'est ainsi que j'ai appris ce qu'il pensait de moi et n'avait jamais osé me dire, pendant tant d'années. Il n'en essaya pas moins de me disculper en disant que j'avais reçu une éducation déficiente, la faute au caractère de ma mère. Il fit allusion à la fin tragique qu'elle avait connue et, du haut de son austère résignation, il nous accusait toutes les deux – au bout du compte, c'est lui qui suscita la compassion de l'assistance, plus que Francesco.

Tante Sofia parut hésiter. À chaque question qu'on lui posait, elle me regardait dans l'espoir que je lui souffle sa réponse. Elle dit que j'étais une brave fille, quoique peu pratiquante, et m'attribua des tas de qualités que j'ignorais posséder – l'ordre et la patience, entre autres. Elle dit toutefois que, pendant tout le temps qu'avait duré mon séjour dans les Abruzzes, elle avait eu secrètement peur de moi. Elle n'arrivait pas à me comprendre. Elle avait seulement l'intuition confuse de la violence dont pourrait s'accompagner une révolte chez un caractère aussi solitaire et patient que le mien. Pour étayer ses propos, elle rappela la force avec laquelle j'avais tué le coq et l'attention de la cour s'arrêta tout particulièrement sur cet épisode. On parla de la mère de ma mère, qui avait été actrice. Je ne comprenais pas pourquoi on s'attardait tant sur des détails inutiles.

Le tour de grand-mère arriva. Quand elle prêta serment, un respectueux silence se fit dans l'auditoire. Elle n'était jamais venue à Rome, n'avait jamais mis les pieds dans une salle d'audience. Et pourtant elle vint à la barre sans le moindre embarras et s'y planta avec sa solennité naturelle. Franchissant l'espace qui nous séparait, son regard chercha aussitôt le mien. J'ai caché mon visage dans mes mains. Elle se montra impitoyable en accusant ma mère de l'exemple de faiblesse qu'elle m'avait donné, puis parla longuement de moi, de la situation particulière dans laquelle j'avais vécu et, surtout, de mon caractère qu'elle éclaira dans ses aspects les plus cachés, mettant en lumière avec insistance ma nature douce, loyale – et la sensibilité aiguë dont je souffrais. Je m'apercevais avec émotion qu'elle seule m'avait toujours entièrement comprise. De fait, ce fut le seul témoin qui déposa en ma faveur.

C'est ainsi que la sentence prononcée contre moi fut la plus dure qui soit. Francesco avait été un homme intègre et n'avait rien fait de condamnable aux yeux de la loi. Au cours du procès, je n'ai même pas tenté de me défendre. S'il m'avait été possible de dévoiler, devant tant de gens, tout ce qui m'avait blessée dans la vie, je n'aurais plus été Alessandra, mais quelqu'un d'autre. Dès la première fois où le juge m'interrogea, dur et hostile, dictant froidement à son greffier, j'ai été incapable de parler. On m'avait mise dans une petite pièce grise du Palais de Justice qui donnait sur une rue des Prati et ressemblait à celle de l'immeuble où j'avais passé mon enfance. Là, toute réconfortée, j'avais commencé de parler avec une sincérité spontanée. Mais aussitôt, à cette sincérité, le juge avait opposé l'incrédulité et le sarcasme – comme le faisait mon père. Il était déjà si difficile d'exprimer en peu de mots ce qui m'avait poussée à agir ainsi – et, surtout, de citer des faits concrets ! Voilà pourquoi cet homme serait sourd à mes explications, comme il l'était sûrement avec les femmes, chez lui. À partir de ce moment-là, j'ai donc préféré ne plus parler et accepter mon entière culpabilité.

Même l'avocat qui me défend, un homme des Abruzzes choisi par mon père, en sait bien peu sur moi. Il ne me connaissait pas avant le procès et je ne me suis pas confiée à lui au cours de nos rares entrevues. Il lui a donc fallu s'en tenir aux causes traditionnelles des gestes horribles tels que le mien. Il a parlé d'une infidélité de Francesco et d'une scène de jalousie qui aurait probablement eu lieu entre nous la nuit avant sa mort. Il a même supposé un brusque accès de folie. Lui aussi, pour me disculper, a invoqué le suicide de ma mère ainsi que l'hérédité. Je l'ai laissé parler puisqu'il devait parler et qu'il le faisait avec ardeur.

Si j'avais eu une femme pour avocat, sans doute m'aurait-il été facile de m'expliquer. Même chose si j'avais aperçu une silhouette de femme parmi les membres de la cour. Mais j'avais beau me rendre compte que mon silence obstiné soulevait l'indignation de l'auditoire, m'aliénant tout mouvement de sympathie et de pitié, je ne pouvais pas parler. S'il ne m'avait pas été possible de me faire comprendre par l'homme à côté duquel je vivais et que j'aimais de toutes mes forces, si je n'avais pas pu parler avec lui, comment aurais-je pu le faire avec les autres ? Voilà pourquoi j'ai indiqué d'un signe de la tête que je n'avais rien à objecter et accueilli la sentence avec sérénité pour me conformer aux normes qu'une longue habitude à la vie sociale a établies. Mais aussitôt arrivée ici, à la maison d'arrêt, dans l'attente du résultat de l'appel, j'ai tenu à faire l'exacte chronique de ce tragique événement parce qu'il me semble juste de le voir sous l'angle de celle qui l'a vécu et qui en a été le personnage principal. Je ne sais pas si ceux qui me jugeront auront le temps de lire ces mémoires. Ils sont longs, parce que jour après jour, heure après heure, même la brève vie d'une femme est longue – et parce qu'il y a toujours plus d'une seule raison qui l'oblige à soudainement se rebeller.

Dans la paix sévère de ce lieu, il m'a été facile de retracer mon histoire. L'écrire a été pour moi un vrai soulagement. Je me suis efforcée de l'exposer objectivement, ne serait-ce que pour dissiper la méfiance suscitée par ma réserve et mon silence – sans doute l'une des raisons pour lesquelles ma mère et moi avions si peu d'amis. Je pense qu'après l'avoir lue un homme comprendra plus facilement mes actes, même si, par nature, il n'aura aucune envie de les justifier. Du reste, si la sentence est confirmée, si je dois purger l'intégralité de ma peine, je ne regretterai pas, malgré mon jeune âge, d'avoir à passer tant d'années dans une cour où viennent plonger les hirondelles, dès le crépuscule. À cette heure-là, les sœurs me font prendre l'air et me permettent d'arroser les géraniums. Ceux qui ont pris connaissance de ces pages le savent : depuis les jours lointains de mon enfance, rester silencieuse auprès d'une fenêtre a toujours été, pour moi, une des conditions du bonheur.

Et puis chaque soir, Francesco vient me rendre visite. Il entre et, rien qu'à le voir, je me sens pénétrée d'un immense bien-être. Il a désormais perdu cette habitude qu'il avait, et qui me faisait tant souffrir, de se montrer toujours empressé et distrait. Il s'assied en face de moi, dans le fauteuil de la maison, et me regarde. Il ne se lasse pas de me regarder. Chaque soir, nous retrouvons le ravissement de discuter ensemble et de nous révéler l'un à l'autre, comme aux premiers temps. Il est en somme tel que je l'avais toujours rêvé. J'en viens à soupçonner que mon geste violent lui a donné la conscience de son amour et le moyen de reconnaître celle que son amour pour moi m'avait donné envie d'être.

APPENDICE

Sous le titre « Préface à *Elles* (1994) », les archives des éditions Mondadori conservent le manuscrit dactylographié de la note introductive rédigée par Alba de Céspedes en prévision de la réédition du roman, cette même année. Le directeur littéraire de la maison milanaise, Ernesto Ferrero, avait proposé à l'autrice d'écrire une note qui lui permettrait de « rappeler comment [était] né le livre, dans quel contexte, etc. ; comment elle le [voyait] et l'[appréhendait] au sein de l'ensemble de [son] œuvre ; quelles réactions il [avait suscitées] auprès de la critique et du public, et ainsi de suite » (lettre du 31 mai 1994). La remise était établie pour la fin du mois d'août. Le 15 septembre, Ferrero écrivit à la romancière qu'il la remerciait d'avoir écrit ces pages mais que « le livre [était] parti à l'impression ces jours-ci ». N'ayant pas voulu interrompre le processus et retarder la sortie, il comptait proposer le texte à la presse. Le 20 octobre 1994, celui-ci parut dans le *Corriere della Sera*, sous le titre « Quand l'Italie perdit ses illusions ».

Préface

d'Alba de Céspedes, 1994

Ce livre est l'histoire d'un grand amour et d'un crime. Je m'étais lancée dans son écriture sans rien savoir de la façon dont il se terminerait. À cette époque, je croyais dur comme fer à l'éternité de l'amour. Je croyais également dans une foule d'autres choses dont la réalité qui m'entourait m'a appris l'inconsistance. Quatre ans seulement s'étaient écoulés depuis la fin de la guerre et, avec d'autres Italiennes et Italiens, je m'étais persuadée que la solution à tous nos problèmes coïncidait avec la fin du fascisme.

Même si j'avais trente-cinq ans passés, j'ignorais tout des mécanismes économiques qui avaient déclenché les deux Guerres mondiales. Ce livre est aussi le résultat d'une prise de conscience autour de l'enthousiasme qui m'avait naïvement guidée dans ce combat pour la liberté et de la certitude de pouvoir vivre l'amour comme une aventure sans limites et sans ambiguïtés.

Dès ces années-là, entre 1946 et 1949, mes convictions commençaient à vaciller. L'amour qui m'avait ardemment habitée au moment de franchir la ligne de feu et lorsque j'avais été témoin de la solidarité supérieure engendrée par l'esprit de la Résistance se refroidissait peu à peu au contact d'une vie redevenue banale et pleine de compromissions. Se faisait jour, déjà, une amertume que m'inspirait également ma vie publique. La revue *Mercurio*, que j'avais fondée en 1944 et que je dirigeais, mit un terme à ses publications en 1948. Le financeur de la revue, compte tenu de la situation particulière liée au conflit et, par la suite, de ce qu'on a appelé le « tournant de Salerne[1] », m'avait jusqu'alors lâché la bride. Et voilà subitement qu'il me proposait de bifurquer vers des positions relevant d'un atlantisme orthodoxe. Je découvrais à la fois comment le pouvoir mercantile peut se montrer permissif, les premiers temps, et se servir d'un titre de presse alors qu'un nombre non négligeable de lecteurs s'est habitué à le suivre. J'ai refusé.

Seuls quelques cœurs âgés peuvent encore être animés par la déception liée à la morosité grise de ces années où l'on s'apercevait que la lutte, la prison et, pour beaucoup, la mort n'avaient servi qu'à faire de l'Italie un protectorat nord-américain. Une couche de grisaille, de tristesse s'abattit sur tout. Le fascisme, avec sa morgue et sa théâtralité, avait cédé le pas à une classe dirigeante indigne de confiance et avide de servilité. C'était donc ça que nous étions ? C'était donc ça qui nous attendait ? Je me rappelle le jour où le président du Conseil déchaîna l'enthousiasme du Sénat en agitant un chèque américain comme un drapeau[2]. Je ne m'en étais pas rendu compte à ce moment-là, mais il était devenu notre nouvel emblème. Les reproches que je m'adressais à moi-même, face à ma position privilégiée qui me permettait de mépriser le clientélisme politique et la soumission au système, ne m'empêchaient pas de me demander : « Travestir en héroïsme des ambitions qui avaient animé les combattants pour la liberté, voilà donc à quoi ça a servi ? »

Je ne pouvais pas encore savoir à quel degré de cor-

1. L'expression désigne un changement de ligne politique initié au mois de mars 1944 par Palmiro Togliatti, secrétaire général du Parti communiste italien. Lors d'un discours prononcé à Salerne (Campanie), il se déclare favorable à la formation d'un gouvernement d'unité nationale, au cours d'une période particulièrement troublée pour le pays. Pour plus d'informations historiques, voir la note 2 page suivante. (Toutes les notes sont du traducteur.)

2. En l'occurrence Alcide De Gasperi, qui fut conjointement le dernier président du Conseil des ministres du royaume d'Italie et le premier de la République italienne qui lui succéda. Il resta plus de sept ans au pouvoir.

ruption la nation italienne pouvait parvenir. Mais je le pressentais. Je voyais les protagonistes de la Résistance déchoir et, peu à peu, s'éteindre dans l'acceptation des rites de la démocratie parlementaire. La tragédie devenait comédie. Mon pays d'adoption sortait de l'Histoire tandis que mon pays d'origine, Cuba, se préparait à y rentrer – mais cela n'arriverait qu'une dizaine d'années plus tard.

Par ailleurs, l'aversion pour les liens qui retenaient les femmes d'exprimer leur volonté d'agir pesait encore davantage sur moi. Cette aversion s'était déjà traduite dans mon premier roman, *Nul ne revient sur ses pas*, mais je n'avais plus vingt-sept ans comme à l'époque de sa publication[1]. L'expérience de la guerre et de l'engagement politique m'avait rendu ces liens encore plus intolérables. L'égalité de la femme et de l'homme face au danger et à la mort était désormais devenue manifeste à mes yeux.

Franchir les lignes de front au niveau du Sangro[2] avait irrévocablement renforcé cette conviction. Je savais désormais qu'un homme peut trembler et une femme rester impavide lors d'un bombardement d'artillerie. Par la suite, la documentation historique m'édifierait sur l'immense sacrifice accompli par les femmes combattantes, qu'elles soient antifascistes ou fascistes. J'étais donc exaspérée que le retour à la normalité me ramène également à la condition subalterne à laquelle la société m'assignait en tant que femme.

1. Paru en 1938 chez Mondadori, sous le titre *Nessuno torna indietro*, le roman échappa de justesse à la censure du régime fasciste. Pour l'édition française : Albin Michel, 1949, dans une traduction de Juliette Bertrand.

2. Au mois de septembre 1943, Alba de Céspedes quitte Rome en compagnie de Franco Bounos, qui deviendra son second mari. Depuis la chute de Mussolini et la signature de l'armistice avec les forces alliées, le pays est coupé en deux – entre la zone occupée par les troupes allemandes après ce revirement, au nord, et la zone libre, au sud. Pendant plusieurs semaines, elle s'établit dans les Abruzzes et participe à la Résistance, dont elle devient l'une des voix, au travers de ses émissions radiophoniques. Au mois de novembre, elle franchit le fleuve Sangro où se trouvent les lignes ennemies et gagne la ville de Bari, dans les Pouilles. Elle ne retrouvera Rome qu'à la fin du mois de juin 1944, peu de temps après la libération de la ville.

Seule une femme pouvait comprendre, en ce temps-là, à quel point il était exaspérant de se sentir sous tutelle. La liberté dont je jouissais grâce à mon joli succès littéraire confirmait, comme une exception confirme la règle, la réalité de la condition féminine. Peut-être est-il difficile de comprendre tout cela pour une jeune femme d'aujourd'hui dans la mesure où une économie nouvelle fondée, plus de trente années durant, sur l'encouragement de la demande de biens matériels a ouvert aux femmes les portes du travail rétribué au sein des entreprises privées et de la fonction publique. La conquête de certains droits fondamentaux conduira donc nombre de mes lectrices à ne pas comprendre quel aurait été leur sort en 1948. Un jour de cette année-là, je me trouvais à Milan, chez Mondadori. Mon éditeur m'y demandait des informations sur mon nouveau roman. Je lui en parlais avec la difficulté que tout auteur éprouve à parler du livre qu'il est en train d'écrire face à son éditeur. J'ai fini par lui expliquer qu'il s'agissait d'une histoire d'amour entre un homme et une femme, mais vue de son côté à elle. *Dalla parte di lei*, comme on le dit en italien. Le visage du génial Arnoldo s'éclaira et il m'interrompit en s'écriant : « De son côté à elle… *Dalla parte di lei*… » Ainsi décida-t-on du titre original du roman, qui devint aussi celui de ma rubrique dans l'hebdomadaire *Epoca*, avec lequel je commençais à collaborer.

Depuis un an déjà, je me trouvais à Washington, à l'ambassade d'Italie, où j'avais suivi mon mari. Une partie du livre fut écrite là-bas. Au moment de la publication, j'étais encore aux États-Unis et n'ai pu suivre ni le lancement du livre, ni les réactions de la presse. Quelle différence avec *Nul ne revient sur ses pas*, dont le lancement fut pour moi une expérience très proche de l'enthousiasme ! Je suis restée aux États-Unis jusqu'en 1952. Et c'est sans regret que j'ai quitté l'Amérique maccarthyste de ces premières années de guerre froide pour l'Union soviétique où mon mari avait été muté.

Lors des brefs séjours que j'effectuais en Italie, je retrouvais ce pays que j'aimais tant comme sous une chape de plomb. Le « miracle économique » n'avait pas encore eu lieu et, l'éloignement aidant, il était encore plus douloureux à mes yeux de redécouvrir, chaque fois davantage, que le pays avait perdu son indépendance et était devenu quantité négligeable, politiquement parlant. Les années 1960 apporteraient à de nombreux Italiens une amélioration de leurs conditions d'existence et, à travers elle, l'illusion de la liberté. On pourra trouver mon jugement sévère car les années 1960 et les années 1970 ont vu les hommes et les femmes d'Italie se battre afin que des droits fondamentaux leur soient reconnus. Les victoires remportées alors, notamment par les femmes italiennes en matière d'égalité et de rémunération de leur travail, ne sauraient me laisser indifférente. Il en va de même pour la bataille victorieuse pour le droit au divorce.

Pour autant, mon ascendance cubaine m'exhorte à ne pas séparer la politique intérieure d'un pays de sa politique extérieure. Et à privilégier son indépendance et la légitimité de son gouvernement comme étant les meilleures garanties de sa liberté. Voilà ce que j'ai pu retirer de l'exemple héroïque de la mort, en plein combat, de mon grand-père, Carlos Manuel de Céspedes y del Castillo, père de la patrie cubaine et libérateur des esclaves, mais aussi de mon père, Carlos Manuel de Céspedes y de Quesada, président de la République cubaine, disparu en 1939. Les mots qu'il avait pour évoquer ce sujet me surprenaient – j'étais alors dans mes jeunes années et encore sans expérience. Les épreuves de la vie se chargèrent d'élucider le sens des paroles de mon père quand il me disait que, pour défendre la liberté et les intérêts de la patrie, le citoyen peut affronter jusqu'à la prison et à la mort. À l'heure actuelle, Cuba, ma patrie (j'ai la double nationalité, comme toute Cubaine mariée à un étranger), est étranglé par un blocus économique dont l'iniquité dure depuis trente ans, tandis que son noble, son si intègre Guide, est moqué et discrédité par les mercenaires de la presse occidentale.

Aujourd'hui devenue une femme au crépuscule de sa vie, je reviens toujours par la pensée à mes jeunes années et à leurs fervents espoirs. Je n'arrivais ni à comprendre comment la liberté des citoyens pouvait se concilier avec la perte de l'indépendance de la nation, ni à saisir comment une nation pouvait se transformer en une banale filiale de supermarché.

Au fil des années j'ai ainsi cru découvrir le degré d'illusion que renferme le terme même de *liberté*. J'ai vu Cuba conquérir son indépendance politique en 1959, au prix d'impitoyables sanctions économiques imposées au pays pour avoir osé poursuivre un tel but. J'ai vu l'Italie perdre son indépendance en 1945 au nom d'une liberté dont je cherche le sens, aujourd'hui et au moment où la crise qui déséquilibre l'économie mondiale met en question à la fois l'unité de la nation, la prospérité et le travail des Italiens. Je cherche aussi le sens de l'amour et me demande si en parler n'est pas une hypocrisie ou une preuve de faiblesse. Mais je peux dire une chose : chez une femme, même les vicissitudes les plus décevantes font toujours surgir la force de l'amour, comme d'une source inextinguible.

En dépit de sa fin tragique, *Elles* voulait s'opposer à l'idée que l'amour est une illusion.

*Tous les papiers utilisés pour les ouvrages
des collections Folio sont certifiés
et proviennent de forêts gérées durablement.*

*Composition Nord Compo
Impression Grafica Veneta
à Trebaseleghe, le 22 janvier 2024
Dépôt légal : janvier 2024*

ISBN 978-2-07-304324-5 / Imprimé en Italie

617652

7237. Kamel Daoud — *Meursault, contre-enquête*
7238. Marc Dugain — *La volonté*
7239. Alain Finkielkraut — *L'après littérature*
7240. Raphaël Haroche — *Une éclipse*
7241. Laura Kasischke — *À Suspicious River*
7242. Étienne Kern — *Les envolés*
7243. Alexandre Labruffe — *Wonder Landes*
7244. Virginie Ollagnier — *Ils ont tué Oppenheimer*
7245. John Steinbeck — *Des souris et des hommes*
7246. Collectif — *La poésie à vivre. Paroles de poètes*
7247. Gisèle Halimi — *Plaidoirie pour l'avortement*
7248. Gustave Flaubert — *Récits de jeunesse*
7249. Santiago H. Amigorena — *Le premier exil*
7250. Fabrice Caro — *Samouraï*
7251. Raphaël Confiant — *La muse ténébreuse de Charles Baudelaire*
7252. Annie Ernaux — *L'autre fille*
7253. Margaret Kennedy — *Le festin*
7254. Zoé Oldenbourg — *Argile et cendres*
7255. Julie Otsuka — *Quand l'empereur était un dieu*
7256. Pascal Quignard — *L'amour la mer*
7257. Salman Rushdie — *Grimus*
7258. Antoine Wauters — *Le musée des contradictions*
7259. Nathalie Azoulai — *La fille parfaite*
7260. Claire Castillon — *Son empire*
7261. Sophie Chauveau — *Journal intime de la Vierge Marie*
7262. Éric Fottorino — *Mohican*
7263. Abdulrazak Gurnah — *Paradis*
7264. Anna Hope — *Le Rocher blanc*
7265. Maylis de Kerangal — *Canoës*
7266. Anaïs LLobet — *Au café de la ville perdue*
7267. Akira Mizubayashi — *Reine de cœur*
7268. Ron Rash — *Une terre d'ombre*
7269. Yasmina Reza — *Théâtre II*
7270. Emmanuelle Salasc — *Hors gel*

7209.	Elizabeth Jane Howard	*Confusion. La saga des Cazalet III*
7210.	Arthur Larrue	*La diagonale Alekhine*
7211.	Hervé Le Tellier	*Inukshuk, l'homme debout*
7212.	Jean-Christophe Rufin	*La princesse au petit moi. Les énigmes d'Aurel le Consul*
7213.	Yannick Bestaven	*Mon tour du monde en 80 jours*
7214.	Hisham Matar	*Un mois à Sienne*
7215.	Paolo Rumiz	*Appia*
7216.	Victor Hugo	*Préface de* Cromwell
7217.	François-René de Chateaubriand	*Atala* suivi de *René*
7218.	Victor Hugo	*Le Rhin*
7219.	Platon	*Apologie de Socrate*
7220.	Maurice Merleau-Ponty	*Le doute de Cézanne*
7221.	Anne Delaflotte Mehdevi	*Le livre des heures*
7222.	Milena Busquets	*Gema*
7223.	Michel Butor	*Petite histoire de la littérature française*
7224.	Marie Darrieussecq	*Pas dormir*
7225.	Jacky Durand	*Plus on est de fous plus on s'aime*
7226.	Cecil Scott Forester	*Hornblower aux Antilles. Capitaine Hornblower*
7227.	Mia Kankimäki	*Ces héroïnes qui peuplent mes nuits*
7228.	François Noudelmann	*Les enfants de Cadillac*
7229.	Laurine Roux	*L'autre moitié du monde*
7230.	Robert Seethaler	*Le dernier mouvement*
7231.	Gilbert Sinoué	*Le Bec de Canard*
7232.	Leïla Slimani	*Regardez-nous danser. Le pays des autres, 2*
7233.	Jack London	*Le Loup des mers*
7234.	Tonino Benacquista	*Porca miseria*
7235.	Daniel Cordier	*La victoire en pleurant. Alias Caracalla 1943-1946*
7236.	Catherine Cusset	*La définition du bonheur*

7177.	Jules Verne	*Le Rayon vert*
7178.	George Eliot	*Silas Marner. Le tisserand de Raveloe*
7179.	Gerbrand Bakker	*Parce que les fleurs sont blanches*
7180.	Christophe Boltanski	*Les vies de Jacob*
7181.	Benoît Duteurtre	*Ma vie extraordinaire*
7182.	Akwaeke Emezi	*Eau douce*
7183.	Kazuo Ishiguro	*Klara et le Soleil*
7184.	Nadeije Laneyrie-Dagen	*L'étoile brisée*
7185.	Karine Tuil	*La décision*
7186.	Bernhard Schlink	*Couleurs de l'adieu*
7187.	Gabrielle Filteau-Chiba	*Sauvagines*
7188.	Antoine Wauters	*Mahmoud ou la montée des eaux*
7189.	Guillaume Aubin	*L'arbre de colère*
7190.	Isabelle Aupy	*L'homme qui n'aimait plus les chats*
7191.	Jean-Baptiste Del Amo	*Le fils de l'homme*
7192.	Astrid Eliard	*Les bourgeoises*
7193.	Camille Goudeau	*Les chats éraflés*
7194.	Alexis Jenni	*La beauté dure toujours*
7195.	Edgar Morin	*Réveillons-nous !*
7196.	Marie Richeux	*Sages femmes*
7197.	Kawai Strong Washburn	*Au temps des requins et des sauveurs*
7198.	Christèle Wurmser	*Même les anges*
7199.	Alix de Saint-André	*57 rue de Babylone, Paris 7e*
7200.	Nathacha Appanah	*Rien ne t'appartient*
7201.	Anne Guglielmetti	*Deux femmes et un jardin*
7202.	Lawrence Hill	*Aminata*
7203.	Tristan Garcia	*Âmes. Histoire de la souffrance I*
7204.	Elsa Morante	*Mensonge et sortilège*
7205.	Claire de Duras	*Œuvres romanesques*
7206.	Alexandre Dumas	*Les Trois Mousquetaires. D'Artagnan*
7207.	François-Henri Désérable	*Mon maître et mon vainqueur*
7208.	Léo Henry	*Hildegarde*

7144. François Garde — *Roi par effraction*
7145. Dominique Bona — *Divine Jacqueline*
7146. Collectif — *SOS Méditerranée*
7147. Régis Debray — *D'un siècle l'autre*
7148. Erri De Luca — *Impossible*
7149. Philippe Labro — *J'irais nager dans plus de rivières*
7150. Mathieu Lindon — *Hervelino*
7151. Amos Oz — *Les terres du chacal*
7152. Philip Roth — *Les faits. Autobiographie d'un romancier*
7153. Roberto Saviano — *Le contraire de la mort*
7154. Kerwin Spire — *Monsieur Romain Gary. Consul général de France*
7155. Graham Swift — *La dernière tournée*
7156. Ferdinand von Schirach — *Sanction*
7157. Sempé — *Garder le cap*
7158. Rabindranath Tagore — *Par les nuées de Shrâvana* et autres poèmes
7159. Urabe Kenkô et Kamo no Chômei — *Cahiers de l'ermitage*
7160. David Foenkinos — *Numéro deux*
7161. Geneviève Damas — *Bluebird*
7162. Josephine Hart — *Dangereuse*
7163. Lilia Hassaine — *Soleil amer*
7164. Hervé Le Tellier — *Moi et François Mitterrand*
7165. Ludmila Oulitskaïa — *Ce n'était que la peste*
7166. Daniel Pennac — *Le cas Malaussène I Ils m'ont menti*
7167. Giuseppe Santoliquido — *L'été sans retour*
7168. Isabelle Sorente — *La femme et l'oiseau*
7169. Jón Kalman Stefánsson — *Ton absence n'est que ténèbres*
7170. Delphine de Vigan — *Jours sans faim*
7171. Ralph Waldo Emerson — *La Nature*
7172. Henry David Thoreau — *Sept jours sur le fleuve*
7173. Honoré de Balzac — *Pierrette*
7174. Karen Blixen — *Ehrengarde*
7175. Paul Éluard — *L'amour la poésie*
7176. Franz Kafka — *Lettre au père*

7114. Abigail Assor	*Aussi riche que le roi*
7115. Aurélien Bellanger	*Téléréalité*
7116. Emmanuel Carrère	*Yoga*
7117. Thierry Laget	*Proust, prix Goncourt. Une émeute littéraire*
7118. Marie NDiaye	*La vengeance m'appartient*
7119. Pierre Nora	*Jeunesse*
7120. Julie Otsuka	*Certaines n'avaient jamais vu la mer*
7121. Yasmina Reza	*Serge*
7122. Zadie Smith	*Grand Union*
7123. Chantal Thomas	*De sable et de neige*
7124. Pef	*Petit éloge de l'aéroplane*
7125. Grégoire Polet	*Petit éloge de la Belgique*
7126. Collectif	*Proust-Monde. Quand les écrivains étrangers lisent Proust*
7127. Victor Hugo	*Carnets d'amour à Juliette Drouet*
7128. Blaise Cendrars	*Trop c'est trop*
7129. Jonathan Coe	*Mr Wilder et moi*
7130. Jean-Paul Didierlaurent	*Malamute*
7131. Shilpi Somaya Gowda	*« La famille »*
7132. Elizabeth Jane Howard	*À rude épreuve. La saga des Cazalet II*
7133. Hédi Kaddour	*La nuit des orateurs*
7134. Jean-Marie Laclavetine	*La vie des morts*
7135. Camille Laurens	*La trilogie des mots*
7136. J.M.G. Le Clézio	*Le flot de la poésie continuera de couler*
7137. Ryoko Sekiguchi	*961 heures à Beyrouth (et 321 plats qui les accompagnent)*
7138. Patti Smith	*L'année du singe*
7139. George R. Stewart	*La Terre demeure*
7140. Mario Vargas Llosa	*L'appel de la tribu*
7141. Louis Guilloux	*O.K., Joe !*
7142. Virginia Woolf	*Flush*
7143. Sénèque	*Tragédies complètes*

7083. Étienne de Montety — *La grande épreuve*
7084. Thomas Snégaroff — *Putzi. Le pianiste d'Hitler*
7085. Gilbert Sinoué — *L'île du Couchant*
7086. Federico García Lorca — *Aube d'été* et autres impressions et paysages
7087. Franz Kafka — *Blumfeld, un célibataire plus très jeune* et autres textes
7088. Georges Navel — *En faisant les foins* et autres travaux
7089. Robert Louis Stevenson — *Voyage avec un âne dans les Cévennes*
7090. H. G. Wells — *L'Homme invisible*
7091. Simone de Beauvoir — *La longue marche*
7092. Tahar Ben Jelloun — *Le miel et l'amertume*
7093. Shane Haddad — *Toni tout court*
7094. Jean Hatzfeld — *Là où tout se tait*
7095. Nathalie Kuperman — *On était des poissons*
7096. Hervé Le Tellier — *L'anomalie*
7097. Pascal Quignard — *L'homme aux trois lettres*
7098. Marie Sizun — *La maison de Bretagne*
7099. Bruno de Stabenrath — *L'ami impossible. Une jeunesse avec Xavier Dupont de Ligonnès*
7100. Pajtim Statovci — *La traversée*
7101. Graham Swift — *Le grand jeu*
7102. Charles Dickens — *L'Ami commun*
7103. Pierric Bailly — *Le roman de Jim*
7104. François Bégaudeau — *Un enlèvement*
7105. Rachel Cusk — *Contour. Contour – Transit – Kudos*
7106. Éric Fottorino — *Marina A*
7107. Roy Jacobsen — *Les yeux du Rigel*
7108. Maria Pourchet — *Avancer*
7109. Sylvain Prudhomme — *Les orages*
7110. Ruta Sepetys — *Hôtel Castellana*
7111. Delphine de Vigan — *Les enfants sont rois*
7112. Ocean Vuong — *Un bref instant de splendeur*
7113. Huysmans — *À Rebours*

7056.	Laurence Sterne	*Voyage sentimental en France et en Italie*
7057.	Nicolas de Condorcet	*Conseils à sa fille* et autres textes
7058.	Jack Kerouac	*La grande traversée de l'Ouest en bus* et autres textes beat
7059.	Albert Camus	*« Cher Monsieur Germain,... »* Lettres et extraits
7060.	Philippe Sollers	*Agent secret*
7061.	Jacky Durand	*Marguerite*
7062.	Gianfranco Calligarich	*Le dernier été en ville*
7063.	Iliana Holguín Teodorescu	*Aller avec la chance*
7064.	Tommaso Melilli	*L'écume des pâtes*
7065.	John Muir	*Un été dans la Sierra*
7066.	Patrice Jean	*La poursuite de l'idéal*
7067.	Laura Kasischke	*Un oiseau blanc dans le blizzard*
7068.	Scholastique Mukasonga	*Kibogo est monté au ciel*
7069.	Éric Reinhardt	*Comédies françaises*
7070.	Jean Rolin	*Le pont de Bezons*
7071.	Jean-Christophe Rufin	*Le flambeur de la Caspienne. Les énigmes d'Aurel le Consul*
7072.	Agathe Saint-Maur	*De sel et de fumée*
7073.	Leïla Slimani	*Le parfum des fleurs la nuit*
7074.	Bénédicte Belpois	*Saint Jacques*
7075.	Jean-Philippe Blondel	*Un si petit monde*
7076.	Caterina Bonvicini	*Les femmes de*
7077.	Olivier Bourdeaut	*Florida*
7078.	Anna Burns	*Milkman*
7079.	Fabrice Caro	*Broadway*
7080.	Cecil Scott Forester	*Le seigneur de la mer. Capitaine Hornblower*
7081.	Cecil Scott Forester	*Lord Hornblower. Capitaine Hornblower*
7082.	Camille Laurens	*Fille*

7027. Ivan Tourguéniev — *Le Journal d'un homme de trop*
7028. Henry Céard — *Une belle journée*
7029. Mohammed Aïssaoui — *Les funambules*
7030. Julian Barnes — *L'homme en rouge*
7031. Gaëlle Bélem — *Un monstre est là, derrière la porte*
7032. Olivier Chantraine — *De beaux restes*
7033. Elena Ferrante — *La vie mensongère des adultes*
7034. Marie-Hélène Lafon — *Histoire du fils*
7035. Marie-Hélène Lafon — *Mo*
7036. Carole Martinez — *Les roses fauves*
7037. Laurine Roux — *Le Sanctuaire*
7038. Dai Sijie — *Les caves du Potala*
7039. Adèle Van Reeth — *La vie ordinaire*
7040. Antoine Wauters — *Nos mères*
7041. Alain — *Connais-toi* et autres fragments
7042. Françoise de Graffigny — *Lettres d'une Péruvienne*
7043. Antoine de Saint-Exupéry — *Lettres à l'inconnue* suivi de *Choix de lettres dessinées*
7044. Pauline Baer de Perignon — *La collection disparue*
7045. Collectif — *Le Cantique des cantiques. L'Ecclésiaste*
7046. Jessie Burton — *Les secrets de ma mère*
7047. Stéphanie Coste — *Le passeur*
7048. Carole Fives — *Térébenthine*
7049. Luc-Michel Fouassier — *Les pantoufles*
7050. Franz-Olivier Giesbert — *Dernier été*
7051. Julia Kerninon — *Liv Maria*
7052. Bruno Le Maire — *L'ange et la bête. Mémoires provisoires*
7053. Philippe Sollers — *Légende*
7054. Mamen Sánchez — *La gitane aux yeux bleus*
7055. Jean-Marie Rouart — *La construction d'un coupable.* À paraître

COLLECTION FOLIO

Dernières parutions

7003. Collectif	*À nous la Terre !*
7004. Dave Eggers	*Le moine de Moka*
7005. Alain Finkielkraut	*À la première personne*
7007. C. E. Morgan	*Tous les vivants*
7008. Jean d'Ormesson	*Un hosanna sans fin*
7009. Amos Oz	*Connaître une femme*
7010. Olivia Rosenthal	*Éloge des bâtards*
7011. Collectif	*Écrire Marseille.* 15 grands auteurs célèbrent la cité phocéenne
7012. Fédor Dostoïevski	*Les Nuits blanches*
7013. Marguerite Abouet et Clément Oubrerie	*Aya de Yopougon 5*
7014. Marguerite Abouet et Clément Oubrerie	*Aya de Yopougon 6*
7015. Élisa Shua Dusapin	*Vladivostok Circus*
7016. David Foenkinos	*La famille Martin*
7017. Pierre Jourde	*Pays perdu*
7018. Patrick Lapeyre	*Paula ou personne*
7019. Albane Linÿer	*J'ai des idées pour détruire ton ego*
7020. Marie Nimier	*Le Palais des Orties*
7021. Daniel Pennac	*La loi du rêveur*
7022. Philip Pullman	*La Communauté des esprits. La trilogie de la Poussière II*
7023. Robert Seethaler	*Le Champ*
7024. Jón Kalman Stefánsson	*Lumière d'été, puis vient la nuit*
7025. Gabrielle Filteau-Chiba	*Encabanée*
7026. George Orwell	*Pourquoi j'écris* et autres textes politiques

DE LA MÊME AUTRICE

Aux Éditions Gallimard

LE CAHIER INTERDIT, 2023

ELLES, 2022 (Folio n° 7328)